Gustave Flaubert, geboren am 13. Dezember 1821 in Rouen, ist am 8. Mai 1880 in Croisset bei Rouen gestorben.

Der berühmte Roman *Lehrjahre des Gefühls* erschien 1869. Eine erste Fassung unter dem Titel *Henry und Jules* wurde erst postum bekannt. Der Desillusionscharakter des Romans hatte die meisten seiner Zeitgenossen abgestoßen. Erst die moderne Kritik hat die überragende künstlerische Qualität dieses Romans richtig einschätzen können. Anhand der Biographie des jungen Frédéric Moreau, der von einem hoffnungsvollen, weichen und sentimentalen jungen Mann zu einem stumpfen petit bourgeois verkommt, entwickelt Flaubert ein realistisches und eindrucksvolles Zeitgemälde der Jahre um 1848 in Paris. Der geglückte Versuch, den historischen Zeitablauf und ein anonymes Schicksal parallel darzustellen, war für Proust »eine neue und in sich vollkommene Art, die Dinge zu sehen«. Die künstlerischen Mittel, das Prinzip der impassibilité und der impartialité (Kaltblütigkeit und Unparteilichkeit des Autors gegenüber der dargestellten Handlung) sind in diesem Roman verwirklicht und machen ihn zu einem Sprachkunstwerk höchsten Ranges, das neue stilistische Möglichkeiten für den modernen Romanstil erschloß.

insel taschenbuch 276

Flaubert

Lehrjahre des Gefühls

Winter 1987/88

Gustave Flaubert
Lehrjahre des Gefühls

Geschichte eines jungen Mannes

Übertragen von Paul Wiegler

Mit einem Essay von

Erich Köhler

Insel

insel taschenbuch 276
Erste Auflage 1977

Vertrieb durch den Suhrkamp Taschenbuch Verlag
Umschlag nach Entwürfen von Willy Fleckhaus
Druck: Nomos Verlagsgesellschaft, Baden-Baden
Printed in Germany

5 6 7 8 9 – 89 88 87

Lehrjahre des Gefühls

Erster Teil

1

Am 15. September 1840, gegen sechs Uhr früh, lag die ›Stadt Montereau‹ fahrbereit am Quai Saint-Bernard. Dicke Rauchwolken entwälzten sich ihrem Schlot.

Passagiere liefen in überstürzter Hast. Fässer, Taue, Reisekörbe versperrten den Durchgang. Die Schiffsmannschaft gab niemandem Auskunft. Man wurde herumgestoßen. Die Frachtkisten schwebten zwischen den beiden Radkästen, und das Gepolter ward übertönt vom Zischen des Dampfes, der durch Ventile von Eisenblech sich Luft machte und alles in weißgrauen Nebel hüllte. Dazu läutete unaufhörlich vorn am Bug die Glocke.

Endlich schwankte das Schiff; und die Ufer mit ihren Speichern, Werften und Fabriken begannen wie breite Bänder, die aufgerollt werden, vorüberzuziehen.

Ein junger Mann von achtzehn Jahren, der das Haar lang trug und unter seinen Arm ein Skizzenbuch geschoben hatte, stand, ohne sich zu regen, in der Nähe des Steuerrades. Durch die Schleier des Morgendunstes blickte er auf Kirchtürme und Gebäude, deren Namen er nicht kannte. Er umfaßte ein letztes Mal die Ile Saint-Louis, die Cité und Notre-Dame. Nun sah er mit einem tiefen Seufzer Paris entschwinden.

Frédéric Moreau hatte seine Abschlußprüfung hinter sich und mußte jetzt nach Hause, nach Nogent-sur-Seine. Zwei Monate sollte er dort in Untätigkeit leben, bis er wieder fort durfte, Jura zu studieren. Seine Mutter hatte ihn mit einer knappen Geldsumme nach Le Havre geschickt, zum Besuch eines Onkels, dessen Erbe, so hoffte sie, Frédéric werden würde. Nur einen Tag war er in Paris gewesen; und für die Verkürzung seines Aufenthalts in der Großstadt entschädigte er sich, indem er mit recht weitem Umweg seiner Provinzstadt zustrebte.

Der Lärm ließ nach. Jeder hatte seinen Platz eingenommen. Mehrere der Schiffsgäste standen nahe bei der Maschine und wärmten sich. Mit schleppendem, rhythmischem Keuchen spie der Schornstein seine schwarze Rauchfahne. Tropfen von Wasserdampf sickerten über die Kupferrohre. Unter dem leisen Gestampf von drinnen bebte die Brücke. Die beiden Räder wühlten den Strom auf.

Sandige Böschungen dehnten sich an seinem Rand. Man holte Flöße ein, die der Wellenschlag abtrieb; oder in einem Boot ohne Segel saß ein Angler. Dann zerriß der Dunst, die Sonne erschien, die Hügel, die rechts den Lauf der Seine begleiteten, senkten sich, und dichter am jenseitigen Ufer stieg ein anderer niederer Höhenzug auf.

Bäume umkränzten ihn, zwischen niedrigen Häusern mit italienisch flachem Dach. Gärten umschlossen die Häuser, schief zum Fluß geneigt, mit kalkweißen Mauern dazwischen. Man sah Gitter, Rasenstücke, Glasfenster, unter denen Obst wuchs, und Töpfe mit Geranien, in regelmäßigem Abstand auf Terrassen, an deren Brüstung man sich lehnen konnte. Wer die gefälligen Wohnsitze bemerkte, der mußte den Wunsch haben, sich hier als Eigentümer niederzulassen, um immer sich der ländlichen Ruhe zu freuen, ein gutes Billard dabei, ein Boot, eine Frau oder die Verwirklichung irgendeines anderen Traums. Der Genuß einer Schiffsreise, der allen neu war, stimmte zu redseliger Lustigkeit. Schon gaben ein paar Witzlinge ihre Späße zum besten. Viele sangen. Man war ausgelassen. Etliche tranken Cognac.

Frédéric dachte an die Stube, die er in Paris sich mieten wollte, an ein von ihm entworfenes Drama, an romantische Gemälde, an Leidenschaften, die seiner harrten. Er fand, daß das Glück, auf das sein Seelenadel ihm ein Recht gab, nur zögernd zu ihm komme. Er deklamierte sich schwermutsvolle Verse vor. Er betrat mit raschen Schritten das Oberdeck. Er ging bis zur Spitze, wo die Glocke hing. Dort stand, umgeben von Passagieren und vom Personal des Dampfers, ein Herr, der einer jungen Bäuerin galante Dinge sagte, indes er mit dem goldenen Kreuz auf ihrem Busen spielte. Er hatte ein derbes Gesicht, war kraushaarig und ungefähr vierzig Jahre alt. Sein robuster Leib füllte ein schwarzes Samtjackett, an seinem Batisthemd glänzten zwei Smaragdknöpfe, seine geräumige weiße Hose lag auf seltsamen Schuhen von rotem Juchtenleder, die mit blauen Mustern geschmückt waren.

Daß Frédéric sich neben ihn stellte, beirrte ihn nicht. Des öfteren wandte er sich nach ihm um, mit fragendem Augenzwinkern. Dann bot er allen in der Runde Zigarren an. Doch die Gesellschaft langweilte ihn, wie es schien, und er entfernte sich von ihr, Frédéric mit ihm.

Zuerst sprach man über die einzelnen Tabaksorten, dann natürlich über die Frauen. Der Herr mit den roten Schuhen erteilte dem jungen Mann Lehren. Er setzte Theorien auseinander, erzählte Anekdoten, führte seinen eigenen Fall an, und immer in väterlichem Ton, mit naiver und komischer Unsittlichkeit.

Er war Republikaner; er war häufig gereist, wußte, was in den Theatern los ist, den Restaurants, bei den Zeitungsredaktionen, er kannte die prominenten Künstler und nannte sie vertraulich mit ihren Vornamen. Frédéric weihte ihn in seine Zukunftspläne ein, und er ermutigte ihn. Aber plötzlich unterbrach er sich, sah sich den Rauchfang an, rechnete mit halblautem Gemurmel umständlich aus, wie oft der Kolben in jeder Minute hin und her sausen müsse und so weiter. Als er damit fertig war, bewunderte er die Landschaft. Er sagte, daß er froh sei, den Geschäften entronnen zu sein.

Frédéric empfand Hochachtung vor ihm und konnte die Neugier, mit wem er es zu tun habe, nicht unterdrücken. Der Herr antwortete in einem einzigen Atemzug:

»Jacques Arnoux, Inhaber der Werkkunst, Boulevard Montmartre.«

Ein Diener mit einer goldenen Borte an der Mütze drängte sich zu ihnen durch und meldete:

»Der Herr werden gebeten herunterzukommen. Das Fräulein weint.« Er folgte ihm.

Die ›Werkkunst‹ war eine Doppelgründung; eine Zeitschrift und ein Bilderverkauf gehörten zu ihr. Frédéric hatte den Titel mehrmals im Schaufenster des Buchhändlers in seiner Heimatstadt auf ungeheuren Reklameprospekten gesehen, auf denen überragend der Name Jacques Arnoux zu lesen war.

Die Sonnenglut brannte, die Eisenhaken um die Masten, die Blechplatten vom Schiffsrumpf, der Wasserspiegel funkelten. Vorn am Bug wurde die Flut in zwei helle Bahnen entzweigeschnitten, die sich bis zu den Uferwiesen kräuselten. Bei jeder Biegung der Seine fand man die gleiche Wand blaßgrüner Pappeln wieder. Die Felder waren leer. Weiße Wölkchen starrten droben am Himmel. Unfaßbar brütete rings die Stille, die das Tempo der Fahrt zu verschleppen und die Menschen auf dem Dampfer zu einer noch gleichgültigeren Ansammlung zu machen schien.

In der ersten Klasse reisten ein paar Bourgeois. Sonst waren es Arbeiter und kleiner Mittelstand nebst Frauen und Kindern. Da man sich zu der Zeit auf Reisen gewöhnlich schäbig anzog, trugen die Männer fast ausnahmslos alte griechische Kappen oder verschossene Zylinder, schon dünne, enge schwarze Röcke, die im Büro abgewetzt, oder weite Gehröcke, deren Knopflöcher ausgefranst waren, weil sie zu lange im Laden hatten dienen müssen. Hier und da wurde über einer gestrickten Weste ein mit Kaffee beflecktes Baumwollhemd sichtbar; Nadeln von Talmigold zerstachen schlissige Krawatten; genähte Hosenstege hielten Socken von Tuch fest. Einige junge Lümmel mit Bambusstöcken, die an Lederriemen wippten, spähten zweideutig umher, Familienväter erkundigten sich und rissen die Augen auf. Sie sprachen im Stehen oder kauerten dabei zwischen ihren Koffern. Andere waren in einem Winkel eingeschlafen; andere wieder verzehrten ihr Essen. Das Deck war schmutzig von Nußschalen, Zigarrenresten, Birnengehäusen, von Schweinsknochen, die man in Papier gewickelt hatte. Drei Tischler in Blusen rekelten sich vor der Kantine. Ein zerlumpter Harfenist stützte sich am Boden auf sein Instrument. Man hörte von Zeit zu Zeit das Prasseln der Steinkohle, die in die Feuerkammer rutschte, dann wieder Stimmengewirr, ein Lachen; und hin und her marschierte, von Radkasten zu Radkasten, auf der Brücke der Kapitän. Frédéric öffnete, um bis zu seinem Platz zu klettern, die Gittertür der ersten Klasse und störte zwei Jäger mit Hunden in ihrer Behaglichkeit.

Es war wie eine Traumerscheinung:

Sie saß mitten auf der Bank. Allein; wenigstens gewahrte er niemanden als sie, so fühlte er sich vom Leuchten ihrer Augen geblendet. Indes er vorbeiging, hatte sie aufgeblickt. Unwillkürlich verbeugte er sich; und als er weiter weg, in derselben Richtung gegangen war, schaute er zu ihr hin.

Sie hatte einen breiten Strohhut mit rosenroten Bändern, die im Winde flatterten. Ihr glattes, dunkles Haar schmiegte sich an den Bogen ihrer großen Brauen und senkte sich zum Hals herab, als presse es sich zärtlich an ihr ovales Antlitz. Ihr Kleid von hellem, getupftem Musselin ergoß sich in vielen Falten. Sie hatte eine Stickerei vor sich; und ihre gerade Nase, ihr Kinn, ihre ganze Figur hob sich deutlich vom blauen Hintergrund ab.

Da sie ihre Haltung nicht änderte, rückte er wiederholt mehrere Schritte nach rechts oder links, um zu verheimlichen, daß er nur sie sah. Dann postierte er sich neben ihren Sonnenschirm, den sie an die Bank gelehnt hatte, und täuschte vor, daß seine Aufmerksamkeit einem Boot gelte, das über den Strom fuhr.

Nie hatte er diesen Glanz ihrer braunen Haut gesehen, die bezaubernde Schlankheit ihres Wuchses, diese Feinheit ihrer Hände, durch die das Sonnengold schimmerte. Ihren Arbeitskorb betrachtete er fassungslos, als sei er etwas unglaubhaft Seltenes. Wie hieß sie, wo wohnte sie, wie war ihr jetziges Leben, wie ihr früheres? Er hatte den Wunsch, die Möbel ihres Zimmers zu

kennen, alle Gewänder, die sie je getragen hatte, die Leute, mit denen sie zusammenkam. Und das Verlangen nach ihrem körperlichen Besitz wurde sogar von einem noch tieferen Begehren übertäubt, einem schmerzlichen, einem maßlosen Drang, das Letzte von ihr zu wissen.
Ein Negerweib mit seidenem Kopftuch kam mit einem Kind, einem schon großen Mädchen, das es an der Hand hielt. Das Kind war gerade vom Schlummer erwacht; in seinen Augen schwammen Tränen. Sie setzte es auf ihre Knie. Das Fräulein war nicht artig, und es war doch bald sieben Jahre alt; die Mama würde es nicht mehr gern haben; das Fräulein überließ sich zu sehr seinen Launen. Und ihre Worte beglückten Frédéric, als wären sie eine Entdeckung, ein Gewinn für ihn.
Er dachte, sie sei Andalusierin, vielleicht Kreolin; und sie habe die Negerin von den Inseln mit sich gebracht.
Ein großer Schal mit violettem Saum lag hinter ihr auf der Messingstange. Oft hatte sie wohl auf hoher See an feuchtkalten Abenden ihn um ihre Taille geschlungen, ihn über ihre Füße gebreitet, darin geschlafen. Doch von seinen Fransen gezogen, glitt er nach und nach fast hinunter in den Fluß. Frédéric sprang hinzu und fing ihn auf.
Sie sagte zu ihm: »Ich danke Ihnen.«
Ihre Augen begegneten sich.
»Bist du soweit, Frau?« rief Herr Arnoux und tauchte im Treppenkasten empor.
Die kleine Marthe lief zu ihm, umklammerte ihn und zerrte ihn am Schnurrbart. Harfensaiten erklangen, sie wollte den Musikanten sehn. Und bald besuchte der Harfenist, den die Negerin begleitete, die erste Klasse. Arnoux erkannte ihn, er war vor Jahren Malermodell gewesen; und er duzte ihn, zur Überraschung der Zuhörer. Endlich warf der Harfenist seine Künstlermähne in den Nacken, streckte den Arm aus und begann zu spielen.
Es war eine orientalische Romanze, in der von Dolchen, Blumen und Sternen die Rede war. Der Mann im zerlumpten Kittel sang

sie kreischend; das Stampfen der Maschine zerhieb in falschem Rhythmus die Melodie. Die Saiten zitterten, ihr metallisches Geschwirr schien in Schluchzen zu verhauchen, schien die Klage einer stolzen, einer hoffnungslosen Liebe. An beiden Ufern berührten Bäume das Wasser. Ein milderer Lufthauch wehte. Frau Arnoux sah irgendwohin in die Ferne. Die Musik verstummte. Sie bewegte mehrmals die Augenlider, als kehre sie aus Träumen zurück.

Der Harfenist trat mit demutsvoller Miene auf sie zu. Indes Arnoux nach Kleingeld in die Tasche griff, näherte Frédéric der Mütze des Bettlers seine geschlossene Hand, öffnete sie und spendete einen Louisdor. Nicht Eitelkeit verlockte ihn dazu, in ihrer Gegenwart so freigebig zu sein. Es war ein Segen, in den er sie einbezog, eine fast religiöse Wallung des Herzens.

Arnoux wies ihm den Weg zum Salon und lud ihn gemütlich ein, mitzukommen. Frédéric versicherte, er habe schon gespeist; und dabei war ihm elend vor Hunger. Er hatte in seiner Börse keinen Centime mehr. Dann dachte er, er habe wie jeder andere das Recht, im Salon zu bleiben.

An den Tischen aßen Bourgeois ihr Mittagsmahl, ein Kellner rannte umher. Herr und Frau Arnoux hatten hinten rechts ihre Plätze. Frédéric setzte sich auf das lange Samtsofa, nachdem er ein Journal, das darauf lag, fortgestreift hatte.

Die Arnoux wollten von Montereau mit der Expreßpost nach Châlons und einen Monat sich in der Schweiz aufhalten. Frau Arnoux tadelte ihren Gatten, er lasse dem Kind alles hingehen. Er flüsterte ihr ins Ohr, einen Scherz wohl, denn sie lächelte. Dann stand er auf, um hinter sich den Fenstervorhang zu schließen.

Der niedere, kreidig weiße Saal warf das Licht roh und grell zurück. Frédéric, der Frau Arnoux gegenübersaß, konnte den Schatten ihrer Wimpernhaare unterscheiden. Sie nippte an ihrem Glas, zerbröckelte zwischen den Fingern etwas Brot. Das Medaillon von Lapislazuli, das mit einem Goldkettchen an ihrem

Unterarm befestigt war, klingelte ab und zu gegen ihren Teller. Doch die Tischnachbarn schauten nicht auf sie.
Manchmal sah man durch die Luken die Seite eines Ruderboots, das an dem Dampfer anlegte, um Passagiere zu holen oder abzusetzen. Die Restaurantgäste neigten sich hinaus und nannten sich die Ortschaften an den Ufern.
Arnoux schimpfte auf die Küche. Er machte einen ordentlichen Skandal, als der Kellner ihm die Rechnung präsentierte, und zog ihm ein paar Francs ab. Dann führte er den jungen Mann nach vorn, um mehrere Grogs zu trinken. Doch Frédéric ging bald auf das bespannte Oberdeck zurück, wohin Frau Arnoux sich wieder begeben hatte. Sie las in einem dünnen Buch mit grauem Umschlag. Bisweilen zuckten ihre Mundwinkel, und ein Glanz der Freude überflog ihre Stirn. Er beneidete den, der erfunden hatte, was sie beschäftigte. Je mehr er sie anstarrte, eine desto größere Kluft fühlte er zwischen ihr und sich. Es war ihm bewußt, daß er sich jetzt gleich von ihr trennen müsse, unwiderruflich, ohne ihr ein Wort entrissen zu haben, ohne irgendwie in ihrem Gedächtnis zu haften.
Rechts lag eine Ebene. Links schmiegte eine Grasweide sich sanft einen Hügel hinauf, wo man Weingärten sah, Nußbäume, eine Windmühle mitten im Grün und oberhalb davon schmale Pfade, Zickzacklinien an weißem Gestein, das in den Himmel wuchs. Oh, welche Seligkeit, neben ihr dort umherzuklettern, ihre Hüften zu fassen, indes ihr Kleid die gelben Blätter aufwirbelte, ihrer Stimme zu lauschen, von ihrem strahlenden Blick begnadet! Der Dampfer konnte halten, sie mußten nur aussteigen; und dennoch, so einfach das schien, es war nicht leichter, als die Sonne stillstehen zu lassen.
In einiger Entfernung fuhr man an einem Schloß vorbei mit spitzem Dach und viereckigen Türmchen. Vor seiner Front blühte ein Blumenbeet; Alleen durchquerten wie schwarze Gewölbe das Dickicht von hohen Linden. Er träumte, sie wandle unter den Laubbogen dahin. Auf der Freitreppe, zwischen den Kübeln

der Orangen, zeigten sich eine junge Frau und ein junger Mann. Dann war alles fort.
Die Kleine spielte bei ihm. Frédéric wollte sie liebkosen. Sie versteckte sich hinter ihrer Bonne. Ihre Mama schalt sie, sie sei nicht nett zu dem Herrn, der ihren Schal aufgefangen habe. War das eine indirekte Anknüpfung?
Wird sie nun endlich mit mir sprechen? fragte er sich.
Die Zeit wurde knapp. Wie konnte er eine Einladung zu Arnoux erringen? Es fiel ihm nichts Besseres ein, als ihn auf die Herbstfarbe der Natur hinzuweisen und zu sagen: »Jetzt kommt bald der Winter, mit der Ballsaison, den Diners.«
Indessen widmete Arnoux sich nur seinem Gepäck. Der Hang von Surville erschien, die beiden Brücken nahten, man kam an einer Seilerwerkstatt vorüber, dann an einer Reihe einstöckiger Häuser; unter ihr waren Teerfässer und Holzstapel geschichtet, und Bengel liefen radschlagend durch den Sand. Frédéric erkannte einen Mann in Weste und Hemdsärmeln und rief ihm zu: »Beeile dich!«
Man war vor der Station. Mit Mühe bahnte er sich durch den Schwall der Passagiere den Weg zu Arnoux. Der reichte ihm die Hand und schrie: »Viel Vergnügen!«
Auf dem Quai sah Frédéric sich um. Sie hatte sich nicht weit vom Steuer aufgestellt. Er sandte ihr einen Blick zu, in dem seine ganze Seele zu ihr sprechen sollte. Sie blieb unbeweglich, als hätte er nichts dergleichen getan. Dann schalt er seinen Diener aus, ohne dessen Begrüßungsworte zu erwidern: »Warum bist du nicht bis hierher vorgefahren?«
Der Mann entschuldigte sich.
»So ein Tölpel! Nun gib mir schon Geld!« Und er ging zum Essen in eine Wirtschaft.
Nach einer Viertelstunde schlenderte er wie zufällig durch den Gasthof. Er dachte, ihr nochmal begegnen zu können. Was hilft es mir? fragte er sich.
Und die Kalesche fuhr ihn davon. Nicht beide Pferde gehörten seiner Mutter. Sie hatte sich das Pferd des Herrn Chambrion, des

Finanzkassenvorstands, geliehen und neben das ihre spannen lassen. Isidore war gestern von Nogent aufgebrochen, hatte bis Sonnenuntergang in Bray gerastet und in Montereau Nachtquartier gemacht, so daß die Tiere, die wieder frisch waren, in beschleunigtem Trab dahinliefen.

Abgeerntete Fluren berührten den Horizont. In geraden Linien umschlossen Bäume die Landstraße, zerschlagene Kieselsteine waren überall aufgehäuft, und nach und nach erinnerte er sich an Villeneuve-Saint-Georges, Ablon, Châtillon, Corbeil und all die anderen Ortschaften. Die ganze Schiffsreise durchlebte er wieder, so genau, daß er sich jetzt neue Einzelheiten, noch intimere Beobachtungen vergegenwärtigte: Unter dem äußersten Saum ihres Gewandes schlüpfte ihr Fuß hervor, in einem schmalen Seidenschuh von kastanienbrauner Farbe; das leinene Zeltdach wölbte sich über ihr wie ein Baldachin, und die kleinen roten Quasten, mit denen es garniert war, zitterten ohne Unterlaß im sanften Windeswehen.

Sie glich den Heldinnen der romantischen Bücher. Er brauchte zu ihrem Wesen nichts hinzuzudichten, ihm keine Eigenschaften zu nehmen. Plötzlich hatte sich die Welt für ihn erweitert. Sie war der große, strahlende Mittelpunkt aller Dinge. Vom Schaukeln der Kalesche eingeschläfert, mit halb zugedrückten Lidern, den Wolken nachträumend, verlor er sich in einen unermessenen Rausch.

In Bray wartete er nicht ab, bis die Pferde ihr Futter hatten. Er schritt allein voraus über die Chaussee. Marie, so nannte sie Arnoux. Laut rief er »Marie!« In der Luft verklang es.

Ein purpurrotes Meer überflammte den westlichen Himmel. Von Mühlen, die zwischen den strohgedeckten Häusern ragten, fielen formlose Schatten. In einem Gehöft bellte ein Hund. Eine rätselhafte Angst machte Frédéric erschauern.

Als Isidore ihn einholte, setzte er sich auf den Bock, um zu lenken. Seine Willensschwäche hatte er überwunden. Er war sich nun klar, daß er irgendeine Gelegenheit finden mußte, im Haus der Arnoux zu verkehren und Beziehungen zu ihnen zu haben.

Es war bei ihnen sicher amüsant; Herr Arnoux gefiel ihm. Und dann, wer konnte wissen? Das Blut stieg ihm bei dieser Regung in die Wangen; in den Ohren hatte er ein Sausen, er knallte mit der Peitsche, riß an den Zügeln, und so heftig jagte er die Pferde, daß der alte Kutscher immer wieder ihn beschwor: »Langsam! langsam! sonst werden sie noch scheu!«
Allmählich ward Frédéric ruhiger und hörte seinem Bedienten zu. Man sah dem Kommen des Herrn mit großer Ungeduld entgegen. Fräulein Luise hatte geweint, weil sie mitfahren wollte.
»Welches Fräulein Louise?«
»Die Kleine von Herrn Roque, na ja!«
»Ach, die habe ich vergessen«, warf Frédéric hin.
Jedoch die Pferde waren erschöpft. Sie hinkten. Und an der Kirche Saint-Laurent schlug es neun, als er auf dem Place d'Armes ankam, vor dem Hause seiner Mutter. Die geräumige Villa, mit einem Garten, der in freies Feld überging, erhöhte die Achtung der Leute vor Frau Moreau, der geehrtesten Persönlichkeit in der Stadt.
Sie war die Letzte des alten, jetzt erloschenen Adelsgeschlechts. Ihr niedriggeborener Gatte, den sie nach dem Wunsch ihrer Eltern geheiratet hatte, war während ihrer Schwangerschaft durch einen Degenstich umgekommen und hatte ihr ein gefährdetes Vermögen hinterlassen. Sie gab in der Woche drei Gesellschaftsabende und mitunter ein festliches Diner. Indes, die dabei verbrannten Kerzen wurden abgezählt, und es war für sie jedesmal eine Sorge, daß die Pachtgelder einliefen. Ihre wie ein Laster verheimlichte Dürftigkeit hatte zur Folge, daß sie sehr ernst war. Aber sie betätigte ihre Tugend ohne mürrische Heuchelei und ohne Verbitterung. Ihre kleinsten Almosen schienen große Spenden. Man suchte ihren Rat bei der Wahl von Dienstboten, bei der Erziehung der jungen Mädchen, beim Einkochen von Obst, und auf seinen kirchlichen Inspektionsreisen wohnte in ihrem Haus der hochwürdige Herr Bischof.

Frau Moreau nährte in ihrer Seele einen stolzen Ehrgeiz für ihren Sohn. Aus vorsichtiger Klugheit liebte sie es nicht, daß man bei ihr die Regierung tadelte. Erst war Frédéric auf Protektion angewiesen; dann sollte er durch seine Fähigkeiten Staatsrat, Botschafter, Minister werden. Seine Triumphe als Schüler in Sens gaben ihr ein Recht, ihm das zuzutrauen; er war mit Auszeichnung vom dortigen Gymnasium abgegangen.

Als er in den Salon trat, erhoben sich alle geräuschvoll, und man umarmte ihn, mit Sesseln und Stühlen bildete man einen Halbkreis um den Kamin. Herr Gamblin fragte ihn sofort nach seiner Ansicht über Frau Lafarge. Ihr Prozeß, eine Sensation jener Tage, wurde natürlich Gegenstand eines hitzigen Wortgefechts. Frau Moreau gebot ihm Einhalt, was Herrn Gamblin verstimmte. Er meinte, die Debatte sei für den jungen Mann als späteren Rechtsgelehrten von Nutzen; und beleidigt entfernte er sich.

Bei einem Freund des alten Roque war eine solche Unziemlichkeit nicht überraschend. Von dem alten Roque kam die Rede auf Herrn Dambreuse, der das Gut La Fortelle gekauft hatte. Aber der Finanzkassenvorstand nahm Frédéric beiseite und fragte ihn, was er über das neueste Werk Guizot's denke. Alle wollten wissen, wie es mit seinen Angelegenheiten stände, und Frau Benoît forschte ihn zu dem Zweck nach seinem Onkel aus. Wie war die werte Gesundheit des Verwandten? Man erfuhr nichts mehr von ihm. Lebte nicht eine Kusine zweiten Gliedes in Amerika?

Die Köchin meldete, es sei für den jungen Herrn angerichtet. Diskret empfahlen sich die Gäste.

Als sie im Eßzimmer unter sich waren, sagte die Mutter: »Na, und?«

Der Onkel hatte den Neffen sehr freundlich empfangen, jedoch nicht durchblicken lassen, wie er sein Testament machen werde. Frau Moreau seufzte.

›Wo ist sie jetzt?‹ sann er.

Die Expreßkutsche rollte dahin, und sie lehnte, in den Schal gehüllt, gegen das Tuchpolster des Wagens ihr schönes, schlummerndes Haupt.

Er und seine Mutter schritten die Treppe zu den Schlafräumen hinan, als ein Hausdiener des Hotels ›Zum silbernen Schwan‹ mit einem Brief für ihn läutete.

»Wer schreibt dir?«

»Deslauriers, er muß mich sehen«, antwortete er.

»Ach! Dein Schulkamerad!« sagte Frau Moreau mit spöttischem Lächeln. »Die Stunde ist sehr passend für ein Beisammensein.«

Frédéric zögerte. Aber die Freundschaft siegte. Er griff nach seinem Hut.

»Bleibe wenigstens nicht zu lange«, bat ihn seine Mutter.

2

Der Vater von Charles Deslauriers hatte 1818 als Hauptmann der Infanterie seinen Abschied genommen, war nach Nogent zurückgekehrt, um hier zu heiraten, und hatte für die Mitgift seiner Frau sich die Stelle eines Vollzugsbeamten gekauft, von der er kaum existieren konnte. Durch die Ungerechtigkeiten langer Jahre gereizt, an seinen alten Wunden krankend, um Napoleon trauernd, entlud er den Zorn, der ihm die Brust preßte, auf seine Familie. Selten wurde ein Kind so viel geschlagen wie sein Sohn. Trotz der Mißhandlungen fügte der Junge sich nicht. Wenn die Frau vermitteln wollte, ließ er auch sie unsanft an. Endlich zwang er ihn, bei ihm im Büro zu sitzen. Den ganzen Tag mußte Charles am Pult hocken und Akten kopieren. Hiervon war seine linke Schulter schwächer geworden als die rechte.

1833 verkaufte Deslauriers, da der Präsident diesen Wunsch zu verstehen gab, sein Amt. Die Frau starb an Krebs. Er übersiedelte nach Dijon und hatte dann in Troyes ein Geschäft für Herrenartikel. Charles brachte er als Freischüler am Gymnasium in Sens unter, wo Frédéric mit ihm bekannt wurde. Aber der eine war zwölfjährig, der andere fünfzehnjährig. Auch waren sie durch viele Verschiedenheiten des Charakters und der Herkunft innerlich getrennt.

Frédéric hatte in seinen Schubladen allerlei Eßvorrat und Dinge, die nur ein Verwöhnter sich leisten durfte, wie ein Toilettennecessaire. Er liebte es, in den Morgen hinein zu schlafen, den Schwalben zuzuschauen, Theaterstücke zu lesen, und gegenüber der häuslichen Bequemlichkeit, die er vermißte, fand er die Gymnasiastenzeit rauh.

Dem Sohn des Gerichtsbeamten schien sie eine Wohltat. Er war so fleißig, daß er nach zwei Jahren in die Sekunda aufrückte. Jedoch wegen seiner Armut, oder weil er zänkisch war, umlagerte ihn eine dumpfe Feindseligkeit. Als ein Schuldiener ihn auf dem Hof einen Betteljungen nannte, sprang er vor der gesamten Klasse ihm an die Kehle und hätte ihn erwürgt, hätten nicht drei Lehrer es verhindert. Frédéric umfaßte ihn in wilder Bewunderung. Seitdem einte sie schrankenlose Freundschaft. Das Interesse des Großen schmeichelte Charles, dem die ihm dargebotene Zuneigung ein tiefes Glück war.

Während der Ferien ließ sein Vater ihn im Gymnasium. Eine Übersetzung des Platon, die er von ungefähr öffnete, begeisterte ihn. Er geriet ganz in metaphysische Studien und arbeitete sich in raschem Tempo durch, denn er ging mit junger Kraft an sie heran und mit der Kühnheit einer nach Unabhängigkeit strebenden Intelligenz. Jouffroy, Cousin, Laromiguière, Malebranche, die Schotten, alles, was die Bibliothek enthielt, verzehrte sein Wissensdrang. Er konnte sich die Bücher nur dadurch beschaffen, daß er den Schlüssel entwendete.

Frédéric's Beschäftigung in seiner Muße war weniger ernsthaft. Er zeichnete in der Rue des Trois-Rois den Stammbaum Christi ab, der dort in das Holz eines Pfahls eingeschnitten war, dann das Haupttor der Kathedrale. Nach den Dramen des Mittelalters wurden die Memoiren seine Lektüre: Froissart, Comines, Pierre de L'Estoile und Brantôme. Die Figuren, die hierdurch seine Phantasie bevölkerten, hatten solche Gewalt über ihn, daß es ihn lockte, sie nachzubilden. Er hatte die Hoffnung, eines Tages der französische Walter Scott zu sein. Charles erwog ein ungeheures philosophisches System, dem er die ausgedehntesten Wirkungen beimaß.

Über all das sprachen sie oft in den Pausen, im Schulhof, vor der an die Wand unter der großen Uhr gemalten moralischen Inschrift. Sie flüsterten davon in der Kapelle, vor dem Antlitz des heiligen Königs Ludwig. Sie träumten davon im Schlafsaal, der hoch über einem Friedhof lag. Bei den Spaziergängen gingen sie hinter den andern am Schluß des Zuges und machten sich stundenlange Bekenntnisse.

Sie sprachen über das, was sie später, nach ihrem Abschied vom Gymnasium beginnen wollten. Zunächst planten sie eine weite Reise für die Summe, die Frédéric, wenn er großjährig wäre, von seinem Vermögen sich auszahlen lassen würde. Dann wollten sie nach Paris gehn, zu gemeinschaftlicher Arbeit, unaufhörlich zusammenhalten; und ihre Erholung würden Liebesfreuden mit Prinzessinnen in seidig schimmernden Boudoirs sein oder funkelnde Orgien mit berühmten Kurtisanen. In ihren romantischen Überschwang mischten sich Anfälle des Zweifels. Nach Krisen schwatzhafter Fröhlichkeit wurden sie kleinlaut und verstummten.

An Sommerabenden, wenn sie über die holprigen Wege zwischen den Weinbergen gewandelt waren oder auf der Chaussee über Land, durch das im Licht flutende Getreide, in der vom Duft der Angelika geschwängerten Luft, fühlten sie eine erstickende Beklommenheit, und sie warfen sich auf die Erde, trunken, betäubt. Die anderen, in Hemdsärmeln, ergötzten sich am Fangspiel oder ließen Drachen schweben. Der Hilfslehrer mahnte die Säumigen. Man ging zurück, vorbei an den Gärten, in denen schmale Bäche rannen, und über die von den alten Mauern verdunkelten Boulevards. Das Pflaster der menschenleeren

Straßen hallte wider. Das Gittertor tat sich auf, man stieg die Treppe hinan; und sie waren zerrüttet wie nach sinnlichen Exzessen.

Der Studieninspektor erklärte, die ungesunde Beeinflussung sei gegenseitig. Jedoch wenn Frédéric in den oberen Klassen arbeitete, so geschah es dank dem Zureden seines Freundes, und in den Ferien 1837 führte er ihn bei seiner Mutter ein.

Der junge Mensch sagte Frau Moreau nicht zu. Er hatte einen sehr starken Appetit, er weigerte sich, am Sonntag die Kirche zu besuchen, er hielt gern republikanische Vorträge. Und sie argwöhnte, er schleppe ihren Sohn in verrufene Häuser. Sein Umgang mit ihm wurde überwacht. Sie liebten sich nur desto zärtlicher; und sie sagten sich ein schmerzliches Adieu, als im folgenden Jahr Deslauriers aus dem Gymnasium austrat, um in Paris Rechtswissenschaften zu studieren.

Frédéric dachte, ganz sicher ihm nachzukommen. Zwei Jahre hatten sie sich nun nicht gesehen; und als sie mit Umarmungen fertig waren, begaben sie sich auf die Brücken, um dort, wo niemand sie störte, zu plaudern.

Deslauriers' Vater, der jetzt eine Schankwirtschaft in Villenauxe hatte, war rot vor Wut geworden, als Charles den Pflichtteil von ihm begehrte, und hatte ihm sogar den Lebensunterhalt glatt entzogen. Da er sich aber später um ein Professorat an der *Ecole Normale* bewerben wollte und völlig ohne Geld war, mußte der junge Deslauriers den Posten eines Bürovorstehers bei einem Advokaten in Troyes annehmen. Wenn er sich nichts vergönnte, konnte er viertausend Francs sparen; und auch, wenn er von der Erbschaft der Mutter gar nichts empfing, hatte er genug, um drei Jahre, bis er eine dauernde Anstellung fand, für sich zu arbeiten. Doch das hieß, daß ihr alter Plan, miteinander in Paris freie Männer zu sein, wenigstens vorerst zunichte war.

Frédéric ließ den Kopf hängen. Das war der erste seiner Träume, der zusammenstürzte.

»Tröste dich«, sagte der Sohn des ehemaligen Hauptmanns, »das

Leben ist lang; wir sind jung. Ich komme dir nach. Vergiß das jetzt!«

Er schüttelte ihm die Hände, und um ihn abzulenken, fragte er ihn nach seiner Reise aus.

Frédéric hatte nicht viel zu berichten. Aber bei der Erinnerung an Frau Arnoux entfloh sein Kummer. Er schwieg von ihr aus irgendeiner Scham. Jedoch verweilte er bei Herrn Arnoux, wiederholte seine Worte, schilderte seine Manieren, seine Bedeutsamkeit; und Deslauriers riet ihm sehr, die Verbindung zu pflegen.

Frédéric hatte in der letzten Zeit nichts geschrieben. Seine literarischen Anschauungen hatten sich verändert. Mehr denn alles galt ihm die Leidenschaft. Für Werther, René, Franck, Lara, Lélia und andere Personen, auch zweiten Ranges, hegte er nahezu den gleichen Enthusiasmus. Manchmal schien die Musik allein dem Toben in ihm Stimme verleihen zu können. Dann träumte er Symphonien. Oder das Äußere der Dinge ergriff ihn, und er wollte malen. Ja doch, er hatte ein paar Verse gedichtet. Deslauriers fand sie sehr schön; doch er bat ihn nicht, ihm noch andere vorzutragen.

Er, Charles, hatte sich von der Metaphysik abgewandt. Die soziale Ökonomie und die französische Revolution waren ihm heute am wichtigsten. Er war jetzt ein hochaufgeschlossener Bursche von zweiundzwanzig Jahren, mager, mit breitem Mund und energischem Gesicht. An diesem Abend trug er einen schlechten Paletot aus Lasting; und seine Stiefel waren grau bestäubt, denn er hatte den Weg von Villenauxe zu Fuß gemacht, nur um sich mit Frédéric zu treffen.

Isidore kam angelaufen. Die gnädige Frau ließ den jungen Herrn durch ihn bitten, nach Hause zu kommen; und da sie fürchtete, es werde ihm kalt sein, schickte sie ihn den Mantel.

»Bleibe doch noch!« sagte Deslauriers.

Und sie setzten ihren langsamen Gang über die beiden Brücken fort, die zu der schmalen Insel zwischen Kanal und Fluß führen.

Gingen sie nach Nogent zu, so hatten sie vor sich ein Häuserviertel, das sich ein wenig neigte. Rechts zeigte sich die Kirche, hinter hölzernen Mühlen, deren Schutzbretter vorgelegt waren; links am Ufer schlossen Hecken von Gesträuch kaum sichtbare Gärten ab. Nach Paris zu senkte sich schnurgerade die offene Landstraße, und Wiesen verschwammen in der Ferne im nächtlichen Brodem. Sie war still, die Nacht, und von fahler Helligkeit. Der Duft feuchten Laubs kam bis zu ihnen. Etwa hundert Schritte entfernt murmelte das Wasser des Flußwehrs mit dem leisen Plätschern und Glucksen von Wellen in der Finsternis.

Deslauriers blieb stehen und sagte: »Wie die Leutchen in Ruhe schlafen, sehr drollig ist das! Geduld! Ein neues 1789 naht heran! Die Welt läßt sich nicht mehr auf Konstitutionen und Charten ein, auf Schliche und Lügen! Ach! hätte ich die Macht über eine Zeitung, oder könnte ich von einer Tribüne sprechen, wie würde ich alle satte Zufriedenheit aufscheuchen! Aber jedes Unternehmen erfordert Geld! O welcher Fluch, Sohn eines Gastwirts zu sein und durch den Kampf ums Brot seiner Jugend beraubt zu werden!«

Er beugte den Kopf, zerbiß seine Lippen und schlotterte fröstelnd in seiner dünnen Oberkleidung.

Frédéric legte ihm die Hälfte seines Mantels auf die Schulter. Beide wickelten sie sich in ihn und schritten so Seite an Seite, sich fest umklammernd.

»Wie soll ich ohne dich in Paris leben?« fragte Frédéric. Vom düsteren Hohn seines Freundes war die eigene Schwermut in ihm wieder erwacht. »Ich hätte etwas vorgehabt mit einer Frau, die mich geliebt hätte ... Weshalb lachst du denn? Die Liebe ist das Element und, sagen wir, die Atmosphäre des Genies. Die außergewöhnlichen Seelenzustände zeugen die höchsten Werke. Ich verzichte darauf, die zu suchen, die mich ergänzen würde. Und wenn ich sie jemals finde, so wird sie mich von sich stoßen. Ich bin ein Entrechteter, und mit mir stirbt ein Schatz, ob von Glas oder Diamant, ich weiß es nicht.«

Ein Schatten wuchs auf den Steinen, und sie hörten neben sich die Worte: »Ihr Diener, meine Herren!«
Der Mann, der sie so begrüßte, war klein und trug einen faltigen braunen Rock und eine Mütze, unter deren Schirm die Nase spitz hervorstach.
»Herr Roque?« fragte Frédéric.
»Er selbst!« erwiderte der Passant.
Der Bürger von Nogent gab als Grund seines späten Erscheinens an, er habe nach den Fangeisen in seinem Garten am Ufer gesehen.
»Und Sie sind wieder im Land? Na ja, ich erfuhr es von meinem Töchterchen. Immer gesund, nicht wahr? Sie reisen doch noch nicht wieder ab?«
Er ging, offenbar ärgerlich über Frédéric's Miene.
Frau Moreau wollte allerdings nichts von ihm wissen. Der alte Roque lebte mit seiner Wirtschafterin im Konkubinat, und man hatte vor ihm sehr wenig Achtung, obwohl er der Wahlmacher des Herrn Dambreuse war.
»Ist das der Bankier in der Rue d'Anjou?« erkundigte sich Deslauriers. »Weißt du, was du tun solltest?«
Noch einmal unterbrach Isidore ihr Gespräch. Er hatte den Befehl, Frédéric nun ohne jeden Aufschub ins Haus zurückzubringen. Die gnädige Frau sei in Sorge, weil er noch immer nicht da war.
»Jawohl, er kommt«, sagte Deslauriers. »Er wird schon nicht die Nacht durchbummeln.«
Und als der Diener fort war: »Du solltest den Alten um einen Empfehlungsbrief an Dambreuse bitten. Nichts nutzt so sehr wie der Zutritt zu einem reichen Haus. Du hast einen Frack und weiße Handschuhe; gebrauche sie! Du mußt in diese Kreise gelangen. Später führst du mich dort ein. Stell dir vor, ein Kerl, der Millionen hat! Sieh zu, daß du ihm gefällst und seiner Frau auch! Werde ihr Liebhaber!«
Frédéric protestierte.
»Aber was ich dir da sage, ist klassisch, scheint mir doch! Erin-

nere dich an Rastignac in der ›Menschlichen Komödie‹! Du wirst dich durchsetzen, sicher!«

Frédéric hatte zu Deslauriers ein solches Vertrauen, daß er ein Schwanken in sich fühlte; und ob er nun an Frau Arnoux nicht dachte oder sie in die Voraussage, die der anderen galt, einbezog, er mußte lächeln.

Der Advokatenschreiber hatte noch einen letzten Rat für ihn: »Bestehe deine Examina! Ein Titel ist immer gut. Und mache Schluß mit deinen katholischen und satanischen Poeten, die in der Philosophie so vorgeschritten sind, wie man es im zwölften Jahrhundert war. Deine Verzweiflung ist dumm. Sehr große Individuen haben unter erheblicheren Schwierigkeiten begonnen, ich nenne dir nur Mirabeau. Übrigens sind wir nicht lange getrennt. Ich werde mir meinen Herrn Papa schon vornehmen, den Gauner. Jetzt ist es für mich Zeit zum Rückmarsch. Adieu! Möchtest du mir, damit ich mein Abendessen bezahlen kann, fünf Francs geben?«

Frédéric gab ihm zehn Francs, den Rest der Summe, die er sich heute morgen von Isidore geliehen hatte.

Etwa vierzig Meter von den Brücken entfernt, auf dem linken Ufer, glänzte in der Dachluke eines niederen Hauses ein rotes Licht.

Deslauriers bemerkte es, entblößte seinen Kopf und sagte pathetisch: »Venus, Königin des Firmaments, ich grüße dich! Doch die Not ist die Mutter der Weisheit. Himmel, wie sie uns dieserhalb gelästert haben!«

Die Anspielung auf ein gemeinsames Erlebnis machte ihnen Spaß. Durch die Staßen gehend lachten sie laut.

Deslauriers beglich im Gasthof seine Schuld und geleitete Frédéric bis zum Platz vor dem städtischen Spital. Innig umarmten die Freunde sich und gingen auseinander.

3

Zwei Monate später dachte Frédéric, der eben in der Rue Coq-Héron abgestiegen war, an jene förmliche Visite.
Der Zufall war ihm günstig gewesen. Der alte Roque hatte ihm ein Bündel Papiere gebracht, mit der Bitte, sie Herrn Dambreuse selbst zu überreichen; und bei der Sendung lag ein versiegelter Brief, worin er seinen jungen Landsmann dem Adressaten vorstellte.
Frau Moreau schien durch dieses Verhalten überrascht. Frédéric ließ nicht erkennen, wie ihn das freute.
Herr Dambreuse hieß eigentlich Graf d'Ambreuse, hatte sich jedoch nach 1825, unter Preisgabe seines Adels und Standes, der Industrie zugewandt. Er horchte an den Türen der Kanzleien, hatte in allen Geschäften seine Hand, spähte die lohnenden Gelegenheiten aus, war schlau wie ein Grieche und arbeitete mit der Kraft eines Auvergnaten. So hatte er ein Vermögen angehäuft, das, so wurde erzählt, groß war. Dazu hatte er das Kreuz der Ehrenlegion, saß im Generalrat des Aube-Departements, war Abgeordneter und bald wohl auch Mitglied der Pairskammer. Im übrigen war er dienstbereit und belästigte den Minister durch seine ewigen Eingaben wegen Unterstützungen, Orden und Tabaktrafiken. Da er mit der Regierung schmollte, neigte er dem linken Flügel der Widerstandspartei zu. Seine Gattin, die hübsche Frau Dambreuse, wie die Modezeitschriften sie nannten, war Präsidentin von Wohltätigkeitskomitees. Sie beschwichtigte, indem sie den Herzoginnen schmeichelte, den Groll des Adels im Faubourg und ließ ihn glauben, Dambreuse könne noch bereuen und von Wert sein.
Der junge Mann war, als er in das Haus des Bankiers ging, verstört. Ich hätte einen Frack anziehen sollen, sagte er sich. Ich werde für nächste Woche zum Ball eingeladen werden. Wie wird man mich aufnehmen?
Er hatte wieder Mut, bei dem Gedanken, daß Herr Dambreuse nur ein Bourgeois sei, und flink sprang er von seiner Droschke

auf das Trottoir der Rue d'Anjou. Er öffnete eine der beiden Eingangstüren, überquerte den Hof, stieg die Freitreppe hinan und betrat ein mit buntem Marmor getäfeltes Vestibül.

Eine gerade Doppeltreppe, auf deren rotem Läufer metallene Stäbe lagen, schmiegte sich an den gleißenden Stuck der hohen Mauern. Vor ihr stand ein Bananenbaum, dessen Blätter sich über den roten Plüsch der Rampe breiteten. Zwei Bronzekandelaber trugen porzellanene Kugeln, die an Kettchen herabhingen. Die gähnenden Zuglöcher der gußeisernen Öfen hauchten ihre Heißluft aus. Und nur das Ticktack einer großen Uhr war zu hören, die drüben zwischen Waffen und Harnischen ihren Platz hatte.

Eine Glocke schrillte. Ein Diener kam und führte Frédéric in ein kleines Zimmer, in dem man zwei Stahlschränke sah. Ihre Fächer waren voll von Pappkartons. An einem aufrollbaren Sekretär saß Herr Dambreuse über Akten.

Er durchflog den Brief des alten Roque, zerschnitt mit feinem Federmesser den leinenen Umschlag, in dem die Papiere steckten, und betrachtete sie genau. Von weitem konnte er wegen seiner schlanken Taille noch jung erscheinen. Jedoch seine schütteren grauen Haare, seine unsicheren Beine und sein auffallend blutloses Antlitz verrieten, daß sein Körper schon geschwächt war.

Eine böse Energie schlummerte in seinen grünlichen Augen, die kälter waren als Augen von Glas. Er hatte vorstehende Backenknochen und verdickte Handgelenke.

Jetzt erhob er sich. Er richtete an seinen Besucher ein paar Fragen nach Personen, die sie beide kannten, nach Nogent und seinen Studien. Dann entließ er ihn mit höflicher Kopfbewegung. Frédéric ging durch einen anderen Flur hinaus und fand sich unten im Hof bei den Remisen.

Vor der Freitreppe hielt eine blaue, mit einem Rappen bespannte Kutsche. Der Schlag wurde geöffnet, eine Dame stieg ein, und mit dumpfem Knarren glitt der Wagen über den Sand.

Frédéric war zugleich mit ihm, von der anderen Seite her, unter der Wölbung der Einfahrt. Da sie ziemlich eng war, mußte er warten. Die junge Frau lehnte sich aus dem Klappfenster und sprach leise mit dem Pförtner. Er sah nur ihren Rücken, den ein violetter Überwurf bedeckte. Aber sein Blick tauchte in das Innere der Kutsche.

Es war mit blauem Rips bezogen und hatte seidene Borten und Quasten. Die Kleider der Dame füllten es, und dem gepolsterten Kästchen entwehte der Blumenatem der Iris, ein ungewisser Duft von weiblicher Eleganz. Der Kutscher ließ die Zügel nach, das Pferd schleuderte den Wagen fast gegen den Prellstein, und nun bog er um die Ecke.

Frédéric ging zu Fuß heim, entlang den Boulevards. Er bedauerte, daß er das Gesicht von Frau Dambreuse nicht gesehen hatte. Etwas hinter der Rue Montmartre schaute er sich um, da dort eine Verkehrsstockung war; und jenseits der Straße las er auf einem marmornen Schild: Jacques Arnoux.

Wie kam es, daß er nicht früher an sie gedacht hatte? Deslauriers' Worte waren der Grund. Frédéric näherte sich dem Laden. Doch er trat nicht ein; er wartete, bis sie erschien.

Durch die hohen Spiegelscheiben sah man, in gefälliger Auslage, Statuetten, Zeichnungen, Gravüren, Kataloge, Nummern der ›Werkkunst‹; und die Abonnementspreise wiederholte ein Plakat an der Tür, die mit den Initialen des Herausgebers dekoriert war. An den Wänden waren große Bilder verteilt, im Glanz ihres Firnisüberzugs. Tiefer hinein standen zwei Truhen, bepackt mit Porzellan, Bronzen, reizvollen Kuriositäten. Dazwischen setzte eine kleine Treppe an, die oben ein Gewebe von Wollsamt abschloß. Ein Lüster aus der Meißner Manufaktur, der grüne Teppich der Diele, ein Tisch mit Mosaikplatte gaben dem Interieur mehr den Charakter eines Salons als eines Handelsraumes.

Frédéric tat so, als studiere er die Zeichnungen. Nach endlosem Zaudern überschritt er die Schwelle.

Ein Verkäufer schob den Vorhang beiseite und sagte, der Herr werde erst um fünf Uhr im ›Magazin‹ sein. Aber ob er etwas bestellen solle?

»Nein, ich komme wieder«, entgegnete Frédéric zaghaft.

Die folgenden Tage verwandte er darauf, sich ein Logis zu suchen; und er wählte ein Zimmer in der zweiten Etage eines möblierten Privathotels in der Rue Saint-Hyacinthe.

Ein ganz neues Schreibheft unter dem Arm, ging er zur Eröffnung der Vorlesungen. Dreihundert junge Männer saßen bloßköpfig in einem ansteigenden Halbrund, in dessen Mitte ein Greis in rotem Talar mit monotoner Stimme redete. Federn knirschten über Papier. Frédéric fand hier denselben Staubgeruch wie in den Schulklassen, ein ähnliches Katheder, dieselbe Langeweile. Vierzehn Tage hielt er das aus. Doch man war noch nicht beim Artikel 3, als er dem Zivilrecht untreu wurde; und er verließ die Institute bei der *Summa divisio personarum*.

Die Freuden, die er sich versprochen hatte, gewährten sich ihm nicht. Und als er eine Leihbibliothek geplündert, die Sammlungen des Louvre durchmustert hatte und einige Male im Theater gewesen war, überantwortete er sich einem grenzenlosen Müßiggang. Viele neue Beschwerden vergrößerten sein Unbehagen. Er war gezwungen, seine Wäsche zu zählen und sich vom Portier behelligen zu lassen, einem groben Flegel mit dem Habitus eines Sanitätsunteroffiziers, der ihm morgens das Bett aufklopfte, nach Branntwein stank und Verwünschungen brummte. Seine Stube, deren Zier eine Kaminuhr von Alabaster war, schien ihm abscheulich. Die Wände waren dünn; er hörte die Studenten ihren Punsch brauen, lachen und singen.

Müde der Einsamkeit, suchte er einen seiner Gefährten von ehedem namens Baptiste Martinon. Und er stöberte ihn in einer Familienpension der Rue Saint-Jacques auf, wo er bei einem Feuer von Steinkohle im Prozeßrecht büffelte. Neben ihm kauernd flickte ein Weib im kattunenem Kittel seine Socken. Martinon war das, was man einen schönen Mann nennt; schlank, mit vollen Backen, regelmäßigen Zügen und blauen, hervorquellenden Augen. Sein Vater, ein reicher Landwirt, wollte, er solle Beamter werden; und um schon ein würdiges Äußeres zu haben, trug er einen Bart wie einen Halsreif.

Da Frédéric's Weltschmerz ohne triftige Ursache war und er ihn mit keiner Schicksalsfügung erklären konnte, begriff Martinon seine Klagen über das Leben nicht. Er selbst ging jeden Morgen in die Ecole Normale, spazierte dann im Luxembourg-Park, trank abends im Café seine kleine Tasse und war mit fünfzehnhundert Francs im Jahr und der Liebe der Arbeiterin vollauf glücklich. Wie gut der es hat! sagte sich Frédéric.
Er hatte in der Ecole noch eine Bekanntschaft geschlossen, und zwar mit Herrn von Cisy, der aus großem Haus war und mit seinen zarten Allüren einem jungen Mädchen glich.
Herr von Cisy zeichnete und liebte die Gotik. Öfters gingen sie zusammen, die Sainte-Chapelle und Notre-Dame anzustaunen. Jedoch die Vornehmheit des jungen Adligen war nur die Hülle einer höchst bescheidenen Intelligenz. Alles überraschte ihn; er lachte beim blödesten Witz, und sein Gebaren war so heillos naiv, daß Frédéric zuerst glaubte, er sei ein Spaßvogel, und ihn dann für beschränkt hielt.
So konnte er nirgends sein Herz eröffnen. Und noch immer kam die Einladung der Dambreuses nicht. Zu Neujahr sandte er ihnen seine Glückwünsche. Seine Karte blieb unbeachtet.
Er hatte ein zweites Mal in der ›Werkkunst‹ vorgesprochen.
Er ging ein drittes Mal hin, und nun endlich sah er Arnoux, der sich mit fünf oder sechs Personen herumstritt und von seinem Gruß keine Notiz nahm. Frédéric war gekränkt. Er suchte dennoch einen Weg, um zu *ihr* vorzudringen.
Seine erste Idee war, sich häufig dort einzustellen und um Gemälde zu handeln. Dann wollte er in den Briefkasten der Zeitschrift die Manuskripte mehrerer »geistvoller« Artikel werfen, die ihm die Beziehungen eines Mitarbeiters zum Hause verschaffen sollten. Vielleicht war es besser, direkt aufs Ziel loszugehen, Frau Arnoux seine Liebe zu erklären? Nun schrieb er einen Brief von zwölf Seiten, mit lyrischen Ausbrüchen und Apostrophen. Doch er zerriß ihn, tat nichts, plante nichts, gelähmt durch die Furcht, es werde umsonst sein.
Über dem Laden von Arnoux, im ersten Stock, waren drei all-

abendlich erleuchtete Fenster. Schatten glitten dort hin und her, einer zumal, der ihre; und von weitem starrte er hinüber, um diese Fenster zu sehen, diesen Schatten zu betrachten.

Eine Negerin, die eines Tages in den Tuilerien ihm entgegenkam und ein kleines Mädchen an der Hand hielt, erinnerte ihn an die Negerin von Frau Arnoux. Zweifellos spazierte auch sie in dem Park; und sooft er die Tuilerien durchquerte, schlug ihm das Herz, da er dachte, er müsse sie treffen. Bei sonnigem Himmel dehnte er seine Gänge bis tief in die Champs-Elysées aus.

Damen, die nachlässig in ihren Kaleschen saßen, mit im Winde flatternden Schleiern, defilierten an ihm vorüber, im Takt, in dem ihre Pferde schritten; unmerklich wiegten sie sich auf den gelackten Lederpolstern, die leise krachten. Größer und größer wurde die Zahl der Kutschen. Vom Rond-Point ab verlangsamten sie ihren Lauf, und sie füllten die ganze Allee. Die Mähnen, die Laternen waren dicht gereiht. Die Stahlbügel, die silbernen Ketten, die Messingschnallen blitzten zwischen den weißen Hosen und Handschuhen der Diener auf und zwischen den Pelzschals, die über den heraldischen Malereien der Wagentüren lagen. Frédéric hatte das Gefühl, in einer fernen Welt verloren zu sein. Über die Köpfe der Frauen irrten seine Augen; ungewisse Ähnlichkeiten führten seine Gedanken zu Frau Arnoux zurück. Er stellte sie sich vor mitten unter den anderen, in einer der Equipagen, so wie die von Frau Dambreuse war. Jedoch die Sonne versank, ein kühler Wind jagte Staubwolken auf. Die Kutscher senkten das Kinn in ihre Tuchkrawatten, die Räder kreisten schneller, der Schotter knirschte; alle Wagen kehrten um und bewegten sich in scharfem Trab durch die lange Hauptstraße, streiften sich, überholten sich, entfernten sich, lösten sich voneinander an der Place de la Concorde. Hinter den Tuilerien färbte sich der Horizont schiefergrau. Die Bäume des Parks bildeten zwei ungeheure, nach oben ins Veilchenblaue abklingende Massen. Die Brenner der Gaskandelaber wurden angezündet, und die Seine, die breit und grünlichfahl floß, brach sich an den Brükkenpfeilern in silbrigen Schleiern.

Frédéric ging in ein Restaurant in der Rue de la Harpe dinieren, zu zwei Francs fünfzehn im Abonnement. Verächtlich besah er den abgenutzten Kassentisch von Mahagoni, die fleckigen Servietten, das schmutzige Silberzeug, die an der Wand hängenden Hüte. Die Gäste um ihn herum waren Studenten wie er. Sie schwatzten über ihre Professoren, ihre Verhältnisse. Er fragte viel nach den Professoren! Und hatte er eine Geliebte? Um den Austausch ihrer Freuden zu meiden, kam er ganz spät. Überall waren Speisereste. Die beiden Kellner schliefen müde in der Ecke, und ein Geruch von der Küche, von Lampenruß und Tabak durchzog den öden Saal.

Dann schlenderte Frédéric durch die Straßen. Die Blechspiegel um die Gaslichter schwankten, und langer, gelblicher Widerschein zitterte über dem Kot. Schatten glitten am Trottoirrand dahin, unter Regenschirme geduckt. Das Pflaster war feucht, der Nebel rieselte; und es war ihm, als schleiche die nasse Finsternis, die ihn einhüllte, sich unfaßbar in sein Herz.

Er empfand Reue und begann die Vorlesungen wieder zu besuchen. Doch da er keine Kenntnis der schon aufgehellten Materie hatte, wurde es ihm schwer, einfache Zusammenhänge zu erfassen.

Er unternahm es, einen Roman zu schreiben, dem er den Titel gab: ›Silvio, der Sohn des Fischers‹. Der Ort der Handlung war Venedig. Er selbst war der Held, die Heldin Frau Arnoux. Sie hieß darin Antonia, und um sie zu besitzen, mordete er ein paar Edelleute, zerstörte ein Stadtviertel durch eine Feuersbrunst. Er sang unter ihrem Balkon, an dem die roten Damastgardinen des Boulevard Montmartre sich in der lauen Brise hoben. Die allzu häufigen Reminiszenzen, die er gewahrte, entmutigten ihn. Er brach die Niederschrift ab, und seine Ohnmacht verschlimmerte sich.

Er bat Deslauriers flehentlich, nach Paris zu übersiedeln, seine Stube mit ihm zu teilen. Sie würden sich so einrichten, daß sie von seinen zweitausend Francs Rente leben könnten; alles war besser, als sein gegenwärtiges unerträgliches Dasein. Aber für

Deslauriers war es noch nicht möglich, Troyes zu verlassen. Er forderte ihn auf, sich zu zerstreuen und Sénécal zu besuchen.
Sénécal war ein Mathematikpauker, ein starker Geist mit republikanischen Überzeugungen, ein werdender Saint-Just, wie der Advokatengehilfe behauptete. Dreimal war Frédéric in die fünfte Etage, in der er wohnte, hinaufgestiegen, ohne von ihm einen Gegenbesuch zu empfangen. Ein viertes Mal ging er nicht mehr zu ihm.
Er wollte sich amüsieren und kaufte sich eine Karte für den Opernball. Schon an der Tür erstarrte er in der geräuschvollen Lustigkeit zu Eis. Auch hemmte ihn die Furcht, durch Geldausgaben, die zu groß für ihn waren, schimpflich abzufallen; denn ein Souper mit einem Domino war kostspielig und ein heikles Wagnis.
Und dennoch glaubte er, er habe ein Recht auf Liebe. Mitunter erwachte er, die Brust von Hoffnungen geschwellt, kleidete sich umständlich an, als habe er eine galante Verabredung, und lief ruhelos hin und her durch Paris. Sooft eine Frau vor ihm ging oder auf ihn zukam, sagte er sich: Das ist sie! Und wieder und wieder war es eine Enttäuschung. Der Gedanke an Frau Arnoux reizte seine Begierde. Er wartete darauf, sie von ungefähr sich gegenüberzusehen, und erträumte plötzliche Verwicklungen, die ihm gestatten würden, sie anzusprechen, abenteuerliche Drohungen, vor denen er sie retten würde.
So verstrichen die Tage, im Gleichmaß des Überdrusses, im Zwang des Einerlei. Er blätterte unter den Arkaden des Odéon in Broschüren, las im Café die ›*Revue des Deux Mondes*‹, betrat einen Hörsaal des Collège de France und folgte während einer Stunde einem Kurs des Chinesischen oder der Nationalökonomie. Jede Woche schrieb er einen langen Brief an Deslauriers, aß bisweilen mit Martinon, war, wenn auch selten, mit Herrn von Cisy zusammen.
Er mietete sich ein Piano, auf dem er deutsche Walzer komponierte.
Eines Abends bemerkte er in einer Proszeniumsloge des Palais

Royal Arnoux mit einer Frau. War sie es? Die Draperie von grünem Taft, die vor die Loge gespannt war, verdeckte ihr Gesicht. Dann öffnete sich die Bühne; die Stoffbespannung wurde fortgeklappt. Es war eine lange Person von etwa dreißig Jahren; wenn sie lachte, entblößten ihre vollen Lippen herrliche Zähne. Sie unterhielt sich vertraulich mit Arnoux und klopfte ihm mit dem Fächer auf die Finger. Nachher setzte sich zwischen ihn und sie ein blondes junges Mädchen, dessen Lider ein wenig rot waren, als habe sie geweint. Nun beugte sich Arnoux mit seinem Körper halb über ihre Schulter und richtete viele Worte an sie, die sie stumm über sich ergehen ließ. Frédéric hatte den eifrigen Wunsch, die Situation der beiden Frauen zu ergründen, die in ihrem Äußeren bescheiden wirkten, in dunklen Roben mit flachen Spitzenkragen.

Als das Theater aus war, stürzte er in die von Publikum wimmelnden Wandelgänge. Arnoux stieg vor ihm die Treppe hinab, Stufe für Stufe, und hatte die beiden Frauen am Arm.

Plötzlich wurde er von einer Gasflamme beleuchtet. Seinen Hut umgab ein schwarzer Flor. Womöglich war sie tot? Der Gedanke quälte Frédéric so heftig, daß er tags darauf zur ›Werkkunst‹ lief. Er bezahlte schnell eine der im Fenster ausgelegten Gravüren und fragte den Kommis, wie es Herrn Arnoux gehe.

Der Verkäufer antwortete: »Sehr gut!«

Frédéric fügte erbleichend hinzu: »Und der gnädigen Frau?«

»Ebenfalls gut!«

Frédéric vergaß, seine Gravüre mitzunehmen.

Der Winter schritt dem Ende zu. Im Frühjahr wurde Frédéric's Laune heiterer, er arbeitete für sein Examen, und nachdem er es mit mäßigem Erfolg bestanden hatte, fuhr er nach Nogent.

Er suchte seinen Freund in Troyes nicht auf, um sich nicht Vorwürfe seiner Mutter zuzuziehen. Dann, als er wieder in Paris war, kündigte er sein Zimmer und mietete am Quai Napoléon zwei Räume, die er selbst möblierte. Auf eine Einladung ins Haus Dambreuse hoffte er nicht mehr. Seine große Leidenschaft für Frau Arnoux begann zu erlöschen.

4

An einem Dezembermorgen gewahrte er, als er zu einer Vorlesung über Prozeßrecht wollte, in der Rue Saint-Jacques mehr Leben als sonst. Die Studenten eilten aus den Cafés oder riefen sich von Haus zu Haus durch die offenen Fenster an. Die Geschäftsleute standen mitten auf den Trottoirs und sahen besorgt um sich. Die Läden wurden geschlossen. Und als er in die Rue Soufflot kam, drängte sich eine dichte Masse vor dem Panthéon.

In ungleichen Gruppen von fünf bis zwölf gingen junge Männer hin und her, faßten sich unter und stießen zu größeren Haufen, die sich da und dort gebildet hatten. Im Hintergrund des Platzes, am Gitter, sprachen Agitatoren in Blusen auf die Neugierigen ein, während, den Dreispitz auf dem Kopf und die Hände auf dem Rücken gefaltet, Polizisten die Mauern entlang irrten und das Pflaster unter ihren großen Stiefeln erdröhnen ließen. Alle hatten einen geheimnisvollen und bestürzten Gesichtsausdruck. Irgend etwas schienen sie zu erwarten. Jeder vermied eine Frage, die ihm auf den Lippen schwebte.

Frédéric fand neben sich einen blonden jungen Mann mit angenehmen Zügen, der Schnurrbart und Spitzbart trug wie ein Modeherr aus der Zeit Ludwigs des Dreizehnten. Er fragte ihn nach der Ursache der Unruhe.

»Ich weiß nichts«, antwortete der, »und die da auch nicht. Das ist jetzt so ihr Brauch. Ein Studentenulk.« Und er lachte ein schallendes Gelächter.

Seit einem halben Jahr verursachten die Petitionen für die Wahlreform, die bei der Nationalgarde zirkulierten, und dazu die Steuerlisten des Ministers Humann in Paris unerklärliche Aufläufe. Sie waren jetzt so an der Tagesordnung, daß die Presse davon schwieg.

»Das hat nicht Saft noch Kraft«, fuhr der Schnurrbärtige neben Frédéric fort. »Mich dünkt, Euer Gnaden, wir sind heruntergekommen. In den seligen Zeiten des elften Ludwig und noch von

Benjamin Constant haben die Scholaren mehr wider den Stachel gelöckt. Nun sind sie friedlich wie eine Hammelherde, dumm wie Nachteulen, und passen trefflich zu Gewürzkrämern, Potzblitz! Und so was nennt sich freie Burschen!«
Er reckte die Arme aus, weit wie Frédéric Lemaître in ›Robert Macaire‹.
»Söhne der Alma Mater, ich grüße euch!«
Dann fragte er einen Lumpensammler, der an der Ecke vor einer Weinwirtschaft in Austernschalen stöberte: »Zählst du dich der Alma Mater zu?«
Der Greis hob sein garstiges Gesicht, in dem man, umrahmt von grauem Bart- und Haupthaar, eine rote Nase und stumpfe Säuferaugen bemerkte.
»Nein! du scheinst mir eher von jenem Galgengelichter, das in den Straßen umhergeht, mit vollen Händen Dukaten streuend! O streue, mein Väterchen, streue! Bestich mich mit dem Golde Albions! *Are you English?* Ich weise sie nicht zurück, die Geschenke des Artaxerxes! Reden wir vertraulich über die Zollunion!«
Frédéric spürte, daß jemand ihn an der Schulter berührte; er drehte sich um. Es war Martinon, seltsam bleich.
»Da haben wir's!« sagte er und seufzte tief: »Schon wieder Aufruhr!«
Er hatte Angst, sich zu kompromittieren, und er klagte. Am meisten fürchtete er sich vor Männern in Blusen; er sah in ihnen Mitglieder von Geheimgesellschaften.
»Gibt es denn Geheimgesellschaften?« widersprach der Schnurrbärtige. »Das ist ein alter Schwindel der Regierung, um den Bourgeois zu schrecken.«
Martinon bat ihn, nicht so laut zu sein, die Polizei könnte es hören.
»Glauben Sie noch an die Polizei? Wissen Sie denn, ob nicht auch ich ein Spitzel bin?«
Er starrte ihn so an, daß Martinon in seiner Nervosität zuerst den Spaß nicht verstand. Die Menge schob sie, und alle drei waren sie

gezwungen, auf die kleine Treppe hinaufzugehn, von der man über einen Wandelgang in das neue Auditorium gelangte. Bald schied sich das Gewirr von selbst. Hier und da schwang man den Hut. Man begrüßte den gefeierten Professor Samuel Rondelot, der, in seinen dicken Überrock eingepackt, die Gläser seiner silbernen Brille hochhob und, asthmatisch keuchend, bedachtsam heranschritt, um seine Vorlesung zu halten. Er war eine Zierde der Rechtslehre im neunzehnten Jahrhundert, den Zachariä und Ruhdorff ebenbürtig. Sein jetziger Rang als Pair von Frankreich hatte in seinem Wesen nichts geändert. Man kannte sein Leben in schlichter Armut, und ein hoher Respekt wurde ihm dargebracht.

Indessen schrien von hinten einige über den Platz herüber: »Nieder mit Guizot! Nieder mit Pritchard! Nieder mit den Verkauften! Nieder mit Louis-Philippe!«

Die Menge geriet in Fluß, wälzte sich gegen die versperrte Tür des Hofs und ließ den Professor nicht durch. Er stellte sich auf die Treppe, auf die unterste ihrer drei Stufen, und sprach. Ein betäubendes Murren übertönte seine Stimme. Ihn, den man gestern noch liebte, haßte man heute, weil er die Autorität vertrat. Sooft er zu Wort zu kommen suchte, fing der Spektakel wieder an. Mit einer großen Geste forderte er die Studenten auf, ihn in den Saal zu begleiten. Von überall her schrie man ihn nieder. Er zuckte verächtlich die Achseln und entfernte sich nach dem Wandelgang.

Martinon hatte seinen günstigen Platz benutzt, um im selben Moment zu verschwinden.

»Der Feigling!« sagte Frédéric.

»Er ist schlau«, äußerte sein Nachbar.

Die Demonstranten klatschten jubelnd in die Hände. Der Rückzug des Professors war ihr Sieg. Aus allen Fenstern steckten Zuschauer ihre Köpfe. Einige sangen die Marseillaise; andere schlugen vor, zu Béranger's Haus zu marschieren.

»Zu Laffite!«

»Zu Chateaubriand!«

»Zu Voltaire!« heulte der junge Mann mit dem blonden Schnurrbart.
Die Polizisten waren bemüht, den Durchlaß frei zu halten und sagten so höflich, wie sie nur konnten: »Bitte weitergehen, die Herren, bitte weitergehen!«
Jemand rief: »Pfui den Mördern!«
Das war eine seit den Septembertrubeln übliche Schmähung. Die Menge nahm sie sofort auf. Mit Gebrüll und Pfeifen beschimpfte man die Wächter der öffentlichen Sicherheit. Nach und nach wurden diese blaß vor Zorn. Einer verlor die Herrschaft über sich, und als er einen ganz jungen Bengel sah, der ihm zu nahe kam und ihn auslachte, schleuderte er ihn so unsanft von sich, daß der Kleine fünf Schritte lang stolperte und vor dem Restaurant rücklings aufs Pflaster fiel. Alle stoben zur Seite. Doch schon lag der Schutzmann selbst da, hingeschmettert von einem Herkules, dem das Haar wie ein Wergknäuel unter der Wachstuchmütze hervorquoll.
Er hatte seit ein paar Minuten an der Ecke der Rue Saint-Jacques gestanden und sich schnell einer großen Pappschachtel, die er unter dem Arm trug, entledigt, um sich auf den Polizisten zu stürzen. Er warf ihn zu Boden und trommelte ihm mit der Faust gegen den Schädel. Die anderen Polizisten liefen herbei. Der furchtbare Mensch war so stark, daß wenigstens vier von ihnen nötig waren, um ihn zu bezwingen. Zwei beutelten ihn am Halskragen, zwei zerrten ihn an den Armen, einer versetzte ihm mit dem Knie Püffe ins Kreuz, und alle schimpften ihn Bandit, Totschläger, Aufwiegler. Mit nackter Brust und zerrissenen Kleidern erklärte er, er sei im Recht; er habe die Mißhandlung eines Kindes nicht sehen können.
»Ich heiße Dussardier, bei Brüder Valinçart, Spitzen und neue Damenmoden, Rue de Cléry. Wo ist mein Pappkarton? Ich will meine Schachtel.« Er wiederholte. »Dussardier! Rue de Cléry. Meine Schachtel!«
Dann beruhigte er sich und ließ sich mit stoischer Miene nach der Polizeiwache in der Rue Descartes abführen. Ihm folgte ein dich-

ter Schwarm. Frédéric und der junge Mann mit dem Schnurrbart gingen unmittelbar hinter ihm, voll Bewunderung für den Ladenkommis und entrüstet über die Gewalttat der Schergen. Je mehr man sich der Wache näherte, desto mehr schmolz der Trupp der Aufgeregten zusammen.

Die Polizisten drehten sich ab und zu grimmig um. Die Lärmmacher und die Gaffer überzeugten sich, daß es sich nicht lohnte, und blieben nach und nach zurück. Passanten, denen man begegnete, musterten Dussardier argwöhnisch und lästerten ihn mit ungeniert lauter Stimme. Ein altes Weib auf der Schwelle eines Hauses keifte, er habe Brot vom Bäcker gestohlen. Die Unbill fachte den Grimm der beiden Freunde stärker an. Dann hatte man das Wachtlokal erreicht. Es waren nur noch etwa zwanzig Personen mit. Der Anblick der Uniformierten genügte, um sie zu zerstreuen.

Frédéric und sein Begleiter begehrten dreist die Enthaftung des Arretierten. Der Polizeiwachtmeister drohte ihnen, wenn sie fortführen, sich einzumischen, kämen sie selbst ins Loch. Sie sagten, sie müßten den Leutnant sprechen, und buchstabierten ihre Namen, unter Betonung ihrer akademischen Eigenschaft. Sie gaben an, daß der Gefangene wie sie Student sei.

Man wies sie in einen kahlen Raum, an dessen verrußten Wänden vier Holzbänke aufgestellt waren. Im Hintergrund wurde ein Schalter geöffnet. Nun zeigte sich das grobe Gesicht Dussardier's, das mit seinem struppigen Haar, seinen ehrlichen kleinen Augen und seiner breiten Stülpnase irgendwie an den Kopf eines treuen Hundes erinnerte.

»Weißt du denn nicht, wer wir sind?« fragte Hussonnet, der junge Mann mit dem Schnurrbart.

»Aber . . .«, stammelte Dussardier.

»Spiel doch nicht mehr den Narren«, sagte Hussonnet. »Du bist doch mit uns in der Rechtsfakultät.«

Obwohl sie ihm zuzwinkerten, wollte Dussardier nicht begreifen. Es war schon, als gehe ihm der Sinn auf, da plötzlich rief er: »Hat man meine Schachtel gerettet?«

Frédéric sah hoffnungslos zur Decke. Hussonnet antwortete: »Ach! die Pappschachtel, in der du die Hefte hast? Ja, ja, die ist geborgen.«
Ihre Pantomime wurde noch deutlicher. Nun erst ahnte Dussardier, daß sie hier waren, um ihm zu helfen; und er war still, da er sich dachte, er kompromittiere sie. Im übrigen empfand er eine gewisse Scham, daß man ihn zum sozialen Rang eines Studenten erhöhe, gleich und gleich mit all den jungen Leuten, die so gepflegte Hände hatten.
»Sollen wir jemandem etwas ausrichten?« fragte Frédéric.
»Nein, danke, niemandem.«
»Und deine Familie?«
Er schaute ohne zu reden vor sich hin; der Arme war ein unehelicher Sohn. Die beiden Freunde errieten nicht, weshalb er verstummte.
»Hast du zu rauchen?« fragte Frédéric.
Er betastete sich und grub in seiner Tasche nach den Scherben einer Pfeife, einer schönen Meerschaumpfeife mit einem Rohr aus schwarzem Holz, einem silbernen Verschluß und einem Mundstück von Bernstein. Seit drei Jahren war es sein Wunsch, ihr den Wert einer Rarität zu verleihen. Er hatte sie sorgfältig in einem Futteral von Gamsleder aufbewahrt, sie möglichst langsam geraucht, vor hartem Marmor geschützt und Abend für Abend sich zu Häupten an sein Bett gehängt. Nun preßte er ihre Teile in seiner Hand, deren Nägel bluteten. Das Kinn zur Brust gesenkt, mit stieren Augen und klaffendem Mund betrachtete er, unsägliche Trauer im Blick, die Ruinen seiner Freude.
»Wollen wir ihm Zigarren geben, was?« raunte Hussonnet, mit einer Gebärde, als hole er welche heraus.
Frédéric hatte schon ein volles Zigarrenetui auf den Schalterrand gelegt. »Jawohl, für dich! Und laß dich nicht unterkriegen!«
Dussardier haschte mit Ungestüm nach den beiden ihm hingehaltenen Händen. Er umklammerte sie fest, außer sich, und die Stimme stockte ihm, weil er schluchzte: »Wie denn? für mich? für mich?«

Die Freunde entzogen sich seiner Dankbarkeit und gingen. Sie speisten nachher im Café Tabourey, vor dem Luxembourg-Park.

Indes er sein Beefsteak zerschnitt, sagte Hussonnet seinem Gefährten, daß er in Modejournalen schreibe und für die ›Werkkunst‹ Reklametexte liefere.

»Für Jacques Arnoux«, ergänzte Frédéric.

»Kennen Sie ihn?«

»Ja! Nein! Das heißt, ich habe ihn gesehen, ich bin ihm begegnet.«

Er fragte Hussonnet so zwischendurch, ob er auch Frau Arnoux sehe.

»Manchmal, o ja«, meinte der Bohémien.

Frédéric hatte nicht mehr den Mut, weiter zu fragen. Der Mann war hinfort für sein Leben von ungeheurer Wichtigkeit. Er bezahlte das Déjeuner des anderen, und der ließ es zu. Sie versicherten einander ihre Hochachtung. Sie tauschten ihre Adressen, und Hussonnet bat ihn herzlich, bis zur Rue de Fleurus mitzukommen.

Sie waren tief im Park, als der Mitarbeiter des Herrn Arnoux den Atem verhielt, sein Gesicht zu einer scheußlichen Grimasse dehnte und wie ein Hahn zu krähen begann. Alle Hähne im Umkreis gellten ein endloses Kikeriki.

»Mein Signal«, sagte Hussonnet.

Sie standen jetzt unweit des Théâtre Bobino, an einem Haus, zu dem man durch eine Doppelreihe grüner Bäume gelangte. In einer Mansardenluke erschien, zwischen Kapuzinerkresse und duftenden Erbsen, eine junge Frau, ohne Haube, im Mieder; sie stützte ihre Arme auf das Blech der Dachrinne.

»Guten Tag, mein Engel, guten Tag, mein Häschen«, rief Hussonnet und sandte ihr Küsse zu.

Er stieß mit dem Fuß die Pforte auf und verschwand.

Die ganze Woche wartete Frédéric umsonst auf ihn. Er vermied es, zu ihm zu gehen, es sollte nicht den Anschein haben, als rechne er mit einer Gegeneinladung zum Déjeuner; doch er

suchte ihn überall im Studentenviertel. Eines Abends traf er ihn und nahm ihn in sein Zimmer am Quai Napoléon mit.
Ihr Gespräch war lang; sie erschlossen ihre Herzen. Hussonnets Traum waren Ruhm und Einkünfte eines Theaterautors. Er war Mitverfasser von Vaudevilles, die in den Direktionen abgelehnt wurden, hatte ein »Schock von Plänen«, verfertigte Couplets; ein paar seiner Strophen sang er. Dann bemerkte er auf dem Bücherregal einen Band Hugo und einen von Lamartine und erging sich in Verspottungen der romantischen Schule. Diese Dichter hatten weder gesunden bürgerlichen Geist noch Korrektheit, und sie waren gar keine Franzosen. Er hingegen beherrschte die Metrik und zerpflückte die schönsten Phrasen der Lyriker mit dem boshaften Zorn und der Pedanterie des Geschmacks, die für die Humoristen, sobald sie sich der ernsten Kunst zuwenden, bezeichnend sind.
Frédéric fühlte sich in den Idealen gekränkt, denen seine Liebe galt; er hatte Lust, mit Hussonnet zu brechen. Weshalb wagte er nicht schon heute das Wort, das sein Glück entschied? Er richtete an den Literaten die Frage, ob er ihn im Hause Arnoux einführen könne.
Das war nicht schwer; und sie gaben sich für den nächsten Tag ein Rendezvous.
Hussonnet versäumte es. Er versäumte noch drei andere. Eines Sonnabends gegen vier Uhr war er zur Stelle. Indessen machte er sich die Droschke, die Frédéric mietete, zunutze, hielt vor dem Théâtre Français, um sich ein Freibillet für eine Loge zu beschaffen, stieg im Hause eines Schneiders und dem einer Modistin ab und schrieb in den Pförtnerwohnungen Briefkarten. Dann fuhren sie am Boulevard Montmartre vor. Frédéric schritt quer durch das Geschäft im Parterre die Treppe hinauf. Arnoux erkannte ihn in dem Spiegel vor seinem Pult; und die Feder noch immer in der Rechten, streckte er ihm über seine Schulter weg die Hand hin.
Fünf bis sechs Personen standen in dem von einem einzigen Hoffenster erhellten Gemach beisammen. Im Hintergrund stand in

einem Alkoven ein Sofa von braunem Wolldamast zwischen Portieren aus gleichem Stoff. Den Kaminsims schmückte, zwischen Papierhaufen glänzend, eine bronzene Venus; zwei Kandelaber mit rosa Kerzen flankierten sie. Ein Mann saß an einem Tisch mit Pappschubfächern, hatte den Hut auf und las die Zeitung. Die Wände waren übersät mit Stichen und Gemälden, mit kostbaren Gravüren oder Skizzen lebender Meister, deren Widmungen Zeugnisse der Aufrichtigkeit und wärmsten Sympathie für Jacques Arnoux waren.

»Na, geht's Ihnen gut?« fragte er zu Frédéric hin. Und bevor der entgegnen konnte, flüsterte er mit Hussonnet: »Wie heißt denn Ihr Freund?« Dann sagte er laut: »Eine Zigarre gefällig? In der Kiste dort auf dem Tisch!«

Das Magazin der ›Werkkunst‹ lag im Zentrum von Paris. Es war ein bequemer Treffpunkt, eine neutrale Stätte, an der sich die Rivalitäten in Vertraulichkeit entspannten. Man sah heute Anténor Braive, den Porträtisten der Könige; Jules Burrieu, der jetzt dabei war, dem Krieg in Algier durch seine Studien Volkstümlichkeit zu geben; den Karikaturisten Sombaz, den Bildhauer Vourdat und andere, und keiner entsprach der Phantasievorstellung Frédéric's. Ihre Umgangsformen waren einfach, ihre Art sich auszudrücken frei. Der Mystiker Lovarias erzählte eine schmutzige Geschichte; der Erfinder der orientalischen Landschaft, der große Dittmer, hatte unter seiner Weste ein Trikotchemisett und kletterte, um nach Hause zu fahren, in den Omnibus.

Man beschäftigte sich zuerst mit einer gewissen Apollonie, einem früheren Modell. Burrieu wollte sie in einer Kutsche mit vier Pferden auf dem Boulevard gesehen haben. Hussonnet erklärte die Metamorphose mit den Namen der reichen Liebhaber, die sich bei ihr ablösten.

»Wie der Gauner die Pariser Dirnen kennt!« sagte Arnoux.

»Nach Ihnen, wenn noch ein Rest da ist, Sire!« erwiderte der Bohémien und grüßte militärisch wie der Grenadier, der Napoleon seine Feldflasche anbietet.

Dann sprach man über Bilder, deren Maler den Kopf der Apollonie sich zum Vorwurf gewählt hatten. Man tadelte die abwesenden Kollegen. Man staunte über die von ihnen erzielten Preise; und alle klagten, daß sie selbst zu schlecht verdienten, als ein Mann von mittlerem Wuchs den Salon betrat. Er hatte von seinem Rock nur den obersten Knopf geschlossen; seine Augen sprühten, er schien einigermaßen exzentrisch.

»Was seid ihr für eine Spießergesellschaft!« knurrte er. »Was tut denn das zur Sache, um Himmels willen! Die Alten, die haben ihre Meisterwerke fabriziert und wußten nichts von Millionen. Correggio, Murillo ...«

»Und Pellerin«, höhnte Sombaz.

Doch der beachtete das Epigramm nicht und ließ sich weiter so ungestüm aus, daß Arnoux ihm zweimal sagen mußte: »Meine Frau möchte Sie für Donnerstag haben. Vergessen Sie nicht!«

Diese Worte lenkten die Gedanken Frédéric's zurück zu Frau Arnoux. Durch das Kabinett neben dem Diwan gelangte man sicher zu ihr. Arnoux hatte es geöffnet, um ein Taschentuch zu holen; Frédéric hatte drinnen eine Waschtoilette gesehen. Aus der Kaminecke war ein Gebrumm hörbar. Das war der Zeitungsleser im Fauteuil. Er maß fünf Fuß und neun Zoll, hatte etwas schlaffe Augenlider, graues Haar, majestätische Mienen und hieß Regimbart.

»Was ist denn los, Bürger« fragte Arnoux ihn.

»Eine neue Niedertracht der Regierung!«

Man hatte einen Schullehrer seines Amtes enthoben. Pellerin nahm seine Parallele zwischen Michelangelo und Shakespeare wieder auf. Dittmer ging. Arnoux eilte hinter ihm her, um ihm zwei Banknoten in die Hand zu schieben. Hussonnet glaubte, der Moment sei günstig: »Kann ich nicht einen Vorschuß haben, verehrter Gönner?«

Arnoux jedoch hatte sich wieder gesetzt und kanzelte einen schäbigen Greis mit blauer Brille ab.

»Sie sind mir ein Vogel, Papa Isaak! Jetzt haben Sie mir drei Bil-

der entwertet. Eine Pfuscherei! Alles bläst mich an! Man kennt sie schon. Was soll ich damit? Ich muß sie nach Kalifornien verfrachten! Zum Teufel! Seien Sie ruhig!«
Die Spezialität dieses Biedermannes war, die Namenszüge alter Meister unter Gemälden anzubringen. Arnoux weigerte sich, ihm zu zahlen. und entließ ihn brutal. Dann grüßte er, mit veränderten Manieren, einen geschniegelten Herrn mit Orden, Bakkenbart und weißer Krawatte.
Den Ellbogen auf dem Riegel des Fensters, plauderte er lange mit ihm; honigsüß. Dann wurde er unverschämt: »Ich habe keinen Mangel an Agenten, Herr Graf!«
Der Graf resignierte, Arnoux zahlte ihm fünfundzwanzig Louis, und sobald er draußen war, rief er ihm nach: »Eine langweilige Bande, die Hochgeborenen!«
»Erbärmliches Gesindel!« murmelte Regimbart.
Je weiter die Uhr vorrückte, desto mehr hatte Arnoux zu tun. Er schichtete Manuskripte, entsiegelte Briefe, sah Konten nach. Im Magazin wurde gehämmert. Er ging hinunter, um die Spedition zu überwachen; dann war er wieder bei seiner Arbeit. Und während seine Stahlfeder auf dem Papier dahinflog, wechselte er Scherzworte. Er sollte heute abend bei seinem Anwalt dinieren, und morgen reiste er nach Belgien.
Seine Gäste waren jetzt bei der Chronik des Tages, Cherubinis Porträt, der Halle in der Kunstakademie, der Frühjahrsausstellung. Pellerin tobte gegen das Institut. Klatsch und Diskussionen schwirrten durcheinander. Der niedere Salon war so mit Menschen angefüllt, daß man nicht vom Platz konnte; und das matte Licht der rosa Kerzen glühte im Zigarrenrauch wie Sonnenstrahlen in Nebelschleiern.
Durch die Tür nahe dem Diwan trat eine große, hagere Frau ein, mit so brüsken Bewegungen, daß alle ihre Uhrberlocken klingelnd auf ihrem schwarzen Taftkleid hin und her schaukelten. Das war die Person, die Frédéric an jenem Sommerabend flüchtig im Palais Royal gesehen hatte. Einige riefen sie mit Namen und gaben ihr die Hand. Es war Hussonnet noch gelungen, dem

Chef etwa fünfzig Francs zu entreißen. Vom Kamin her schlug es sieben. Man empfahl sich.
Arnoux bat Pellerin zu bleiben und ging mit Fräulein Vatnaz in das Kabinett.
Frédéric konnte ihre Worte nicht verstehen; sie zischelten leise. Dann jedoch wurde die Frauenstimme scharf: »Seit sechs Monaten haben Sie den Abschluß, und noch immer vertrösten Sie mich.«
Nach einer langen Pause wurde Fräulein Vatnaz wieder sichtbar. Sie hatte eine neue Zusage von Arnoux. »Oh, oh, später, Geduld!«
»Adieu, Sie Glücklicher«, lächelte sie, als sie sich verabschiedete.
Hastig begab sich Arnoux ins Kabinett, zerrieb eine kosmetische Creme auf seinem Schnurrbart, schnallte seine Hosenträger fest, um die Stege anzuziehen, und indes er sich die Hände wusch, sagte er zu Pellerin: »Ich brauche also Türmalereien, zu zweihundertfünfzig jede, im Genre von Boucher, abgemacht?«
»Nun ja«, willigte der Künstler ein, der errötet war.
»Gut! Und vergessen Sie meine Frau nicht!«
Frédéric begleitete Pellerin bis hinauf ins Faubourg Poissonière. Er bat ihn um die Erlaubnis, manchmal bei ihm vorzusprechen, eine Vergünstigung, die ihm mit Freundlichkeit gewährt wurde.
Pellerin las alle Schriften über Ästhetik, um die wahre Theorie des Schönen zu entdecken. Sein Glaube war, sobald er sie finde, die Kraft zu Meisterwerken zu haben. Alle möglichen Hilfen sammelte er um sich, Gipsabgüsse, Blätter, Modelle, Stiche. Er grübelte, er verzehrte sich. Er schuldigte die Zeit an, seine Nerven, sein Atelier; er eilte durch die Straßen, um der Inspiration teilhaftig zu werden, er zitterte im Trug des Besitzes. Dann verließ er sein Werk und erträumte ein anderes, das schöner sein sollte. Gemartert von der Gier nach Ruhm, seine Tage in Debatten vergeudend, in Torheiten befangen, abhängig von Systemen und Kritiken, überzeugt von der Doktrin einer Kunstreform, hatte er mit seinen fünfzig Jahren nur Vorstudien geschaffen. Sein unbeugsamer Stolz verhinderte, daß sein Schicksal ihn ent-

mutigte. Aber er war stets gereizt und in jener gewollten und zugleich natürlichen Exaltation, in der die Schauspieler leben. Kam man zu ihm, so erblickte man zwei große Gemälde. Hier und da waren Untertöne aufgetragen, Flecke von Braun, Rot und Blau inmitten der weißen Leinwand. Darüber zog sich ein Netz von Kreidestrichen wie die zwanzigmal hochgerafften Schlingen einer Filetstickerei; es war ein unentwirrbares Durcheinander. Pellerin erläuterte, was die beiden Bilder darstellten, indem er mit dem Daumen über die fehlenden Teile fuhr. Das eine hatte zum Sujet den Wahnsinn Nebukadnezars, das andere Roms Brand durch Nero. Frédéric bewunderte sie.

Er bewunderte auch akademische Riesenformate mit Weibern, deren Haar aufgelöst herabhing, Landschaften mit einer Unzahl vom Sturm gekrümmter Baumstämme, und ganz besonders phantastische Federzeichnungen, Erinnerungen an Callot, Rembrandt und Goya, deren Vorlagen ihm fremd waren. Pellerin hielt nichts mehr von diesen Arbeiten seiner Jugend; er schwor jetzt auf den großen Stil. Mit dramatischer Beredsamkeit erging er sich über Phidias und Winckelmann. Die Gegenstände um ihn liehen seinen Worten noch feierlichere Resonanz, ein Totenkopf auf einem Betschemel, Krummschwerter, eine Mönchskutte; Frédéric hüllte sich in sie.

Wenn er schon früh in Pellerin's Atelier war, so überraschte er ihn in seinem ärmlichen Gurtbett, das ein Gobelinfetzen verbarg. Denn Pellerin legte sich als eifriger Theaterbesucher spät schlafen. Eine alte Frau in zerlumptem Kittel bediente ihn. Er aß in irgendeinem kleinen Restaurant und hatte keine Mätressen. Durch seine zufälligen, ungeordneten Kenntnisse empfingen seine Paradoxe eine amüsante Note. Sein Haß gegen die Gewöhnlichkeit, gegen den Bourgeois ergoß sich in Sarkasmen von prachtvollem Überschwang. Für die Meister hegte er eine religiöse Andacht, die ihn selbst fast zu ihnen erhob.

Aber warum erwähnte er nie Frau Arnoux? Ihren Gatten nannte er bald einen guten Kerl, bald einen Schwindler. Frédéric hoffte, er werde ihm sein Vertrauen schenken.

Eines Tages sah er Pellerin's Mappen durch, und es schien ihm, als habe das Portrait einer Zigeunerin etwas von Fräulein Vatnaz. Da diese ihn interessierte, erkundigte er sich, in welchen Verhältnissen sie sei. Sie war, so meinte Pellerin, zuerst wohl Lehrerin in der Provinz gewesen. Jetzt gab sie Privatstunden und schrieb ab und zu für obskure Zeitschriften.

Aus ihrem Benehmen Arnoux gegenüber, sagte Frédéric, könne man folgern, daß sie seine Geliebte sei.

»Ach was, der hat andere genug!«

Frédéric wandte sein Gesicht ab, das vor Scham über die Infamie dessen, was er dachte, errötete, und fragte mit dreister Miene:

»Und Madame hält sich schadlos, nicht wahr?«

»Die? Keine Spur! Sie ist eine anständige Frau!«

Frédéric verspürte einen Gewissensbiß, und er zeigte sich häufiger im Verlagsbüro.

Die großen Lettern auf der Marmorplatte über dem Laden, die den Namen Arnoux zusammenfügten, hatten für ihn einen besonderen, tieferen Sinn, als ob sie die Buchstaben einer heiligen Schrift wären. Das breite Trottoir, das sich abwärts senkte, beschleunigte seinen Schritt, die Tür drehte sich fast von allein; der Griff, der sich glatt anrührte, war sanft und verständnisvoll wie eine geliebte Hand. Nach und nach wurde er ein ebenso pünktlicher Gast wie Regimbart.

Jeden Tag ließ sich Regimbart am Kamin in seinem Sessel nieder, beschlagnahmte die neue Nummer des *›National‹*, gab sie nicht mehr frei und äußerte seine Empfindungen bei der Lektüre durch Ausrufe oder durch ein bloßes Schulterzucken. Von Zeit zu Zeit wischte er mit seinem zusammengerollten Taschentuch, das er in der Brusttasche, zwischen zwei Knöpfen seines grünen Gehrocks, stecken hatte, sich die Stirn ab. Er trug gefältete Hosen, Salonschuhe, eine lange Krawatte; und an der aufgestülpten Krempe seines Huts war er im Straßengewühl von weitem erkennbar.

Um acht Uhr morgens stieg er von den Höhen des Montmartre hinab, um in der Rue Notre-Dame-des-Victoires seinen Weißwein zu trinken. Sein Mittagessen, an das sich mehrere Partien Billard schlossen, dehnte er bis drei Uhr aus. Dann wandte er sich nach der Panorama-Passage und verbrachte dort die Absinthstunde. Nach seinem Aufenthalt bei Arnoux ging er in das Estaminet Bordelais, zu einem Glas Vermouth. Hiernach aß er, statt zu seiner Frau heimzukehren, sein Diner in der Regel ohne sie, in einem kleinen Café an der Place Gaillon, wo er sich »Hausmannskost, Gerichte nach der Natur«, servieren ließ. Endlich verfügte er sich in ein zweites Billardrestaurant und saß dort bis Mitternacht, bis ein Uhr früh, bis das Gaslicht erlosch, die Jalousien heruntergerollt waren und der Wirt, matt und erschöpft, ihn flehentlich bat zu gehen.

Nicht Trinkerhang zog den Bürger Regimbart in die Lokale, vielmehr die alte Gewohnheit, politische Gespräche zu führen. Mit den Jahren stockte seine Beredsamkeit und wich einer grämlichen Apathie. Sah man den Ernst in seinem Gesicht, so konnte man vermuten, er wälze in seinem Hirn das All. Nichts drang hervor; und niemand, auch von seinen Freunden, wußte, daß er irgend etwas arbeite, obwohl er glauben machen wollte, er habe Kommissionsvertretungen.

Einmal sagte Arnoux, der ihn außerordentlich zu schätzen schien, zu Frédéric: »Der weiß Bescheid, ja! Das ist ein heller Kopf!«

Ein andermal legte Regimbart auf das Pult des Kunsthändlers Papiere über die Gewinnung von Kaolin, von Porzellanerde, in der Bretagne. Arnoux vertraute hierin der Erfahrung des Freundes.

Frédéric war nun in Aufmerksamkeiten gegen Regimbart beflissener, so sehr, daß er manchmal ihn höflich mit einem Absinth freihielt; und wenn er auch fand, er sei dumm, blieb er oft lange in seiner Gesellschaft, einzig deshalb, weil er mit Jacques Arnoux nahe verkehrte.

Erst hatte Arnoux zeitgenössische Meister in ihren Anfängen eingeführt. Seitdem suchte er als Mann des Fortschritts unter Wahrung seiner scheinbaren Kunstinteressen seinen Geldprofit zu mehren. Er diente der Emanzipation der Künste, das heißt, der billigen Verkitschung des Schönen. Alle Pariser Luxusindustrien standen unter seinem Einfluß, der gut war für die kleinen Dinge und ein Verhängnis für die großen. Erpicht, der Öffentlichkeit zu schmeicheln, entfremdete er die geschickten Künstler ihrer Art, verfälschte er die Starken, schwächte die Schwachen und sorgte für den Ruhm der Mittelmäßigen; er vermochte das durch seine Beziehungen und durch seine Zeitschrift. Den Malschülern war es ein Ziel des Ehrgeizes, ihre Werke in seinem Schaufenster zu sehen, und die Dekorateure wählten Möbelmodelle bei ihm. Für Frédéric war er zugleich Millionär, Dilettant und Mann der Tat. Doch über vieles staunte er; denn Herr Arnoux war in seinem Handel sehr gerissen.

Er erhielt irgendwoher aus Deutschland oder Italien ein Ölgemälde, das um fünfzehnhundert Francs in Paris gekauft war, wies eine Rechnung vor, die die Summe auf viertausend erhöhte, und verkaufte es um dreitausendfünfhundert wieder, aus reiner Gefälligkeit. Einer der Tricks, die er bei den Malern zu gebrauchen pflegte, war, daß er als Zugabe eine Verkleinerung ihrer Bilder forderte, unter dem Vorwand, er wolle danach eine Radierung ätzen lassen; die Verkleinerung setzte er immer ab, eine Radierung wurde nicht hergestellt. Denen, die sich beklagten, daß er sie ausbeute, antwortete er mit einem spaßhaften Hieb gegen den Bauch. Sonst war er die Gutmütigkeit in Person, bot jedem Zigarren an, duzte Unbekannte, enthusiasmierte sich für ein Werk oder einen Menschen; und dann konnte er sehr hartnäckig sein, fragte nicht nach den Kosten, war unermüdlich in Laufereien, Briefen und Reklamen. Seiner Ansicht nach hatte er die besten Geschäftsprinzipien, und er selbst erzählte in naiver Mitteilsamkeit von den unzarten Kniffen, die zu seinem Betrieb gehörten. Um einen Konkurrenten zu ärgern, der die Begründung einer anderen Kunstzeitschrift mit einem großen Bankett feierte, bat er Frédéric, unmittelbar vor der Stunde des Festes, unter seinen Augen Karten zu schreiben, wodurch die Einladungen abgesagt wurden.

»Das ist nicht etwa unerlaubt, Sie verstehen?«
Ihm die Hilfe zu weigern, wagte Frédéric nicht.
Tags darauf sah er, als er mit Hussonnet ins Büro kam, durch die Tür, hinter der die Treppe lag, den Saum eines Kleides verschwinden.
»Bitte sehr um Entschuldigung!« rief Hussonnet. »Hätte ich gewußt, daß holde Weiblichkeit da ist!«
»Ach, diesmal ist es meine Frau!« erwiderte Arnoux. »Sie hat mir im Vorbeigehen einen kleinen Besuch gemacht.«
»Wie?« fragte Frédéric.
»Ja doch! Sie ist jetzt auf dem Weg nach Hause.«
Plötzlich entfloh der Reiz der Umgebung. Was Frédéric's Sehnsucht hier atmen gefühlt hatte, war dahin, oder es war nie gewesen. Er empfand eine grenzenlose Überraschung und etwas wie den Schmerz eines Verrats.
Arnoux wühlte lächelnd in seiner Schublade. Höhnte er ihn? Ein Angestellter häufte nasse Papiere auf dem Tisch.
»Ach! die Plakate!« jammerte der Kunsthändler. »Heute abend soll ich keine Zeit zum Essen finden!«
Regimbart holte sich seinen Hut.
»Wie? Sie verlassen mich?«
»Sieben Uhr!« sagte Regimbart.
Frédéric begleitete ihn.
An der Ecke der Rue Montmartre blickte er sich um. Er betrachtete die Fenster im ersten Stock; und er lachte innerlich vor Mitleid über sich selbst, bei dem Gedanken, wie inbrünstig er so oft hinaufgeblickt hatte. Wo denn lebte sie? Wie würde er nun ihr begegnen können? Noch ungeheurer klaffte um sein Verlangen die Einsamkeit.
»Jetzt ist sie da«, störte Regimbart ihn auf.
»Wer ist da?«
»Die Stunde des Absinths.«
Frédéric gab seiner heftigen Bitte nach und folgte ihm in das Estaminet Bordelais. Indes Regimbart, auf den Ellbogen gestützt, in die Karaffe starrte, irrten die Augen des jungen Mannes

umher. Aber er entdeckte am Trottoirrand das Profil Pellerin's und klopfte laut gegen die Scheibe. Der Künstler saß noch nicht, als Regimbart ihn schon fragte, warum er nicht mehr bei Arnoux zu treffen sei.

»Ich will eher krepieren als noch mal dorthin! So ein Vieh, so ein Bourgeois, so ein elender Betrüger!«

Die Schmähungen waren Frédéric recht. Dennoch verletzten sie ihn; es schien ihm, als ob sie auch Frau Arnoux zu einem Teil angingen.

»Was hat er Ihnen denn getan?« fragte Regimbart.

Pellerin stampfte auf den Boden und schnaufte wortlos.

Er hatte für den Händler heimliche Lieferungen übernommen, Pastellporträts oder Nachahmungen berühmter Meister für unkundige Sammler; und da dieser Erwerb ihn demütigte, zog er es im allgemeinen vor zu schweigen. Indes die »Schmutzerei« Arnoux' empörte ihn zu sehr. Er erleichterte sich.

Nach einem Auftrag, dessen Zeuge Frédéric gewesen war, hatte er zwei Bilder abgegeben. Der Händler hatte sich Kritiken gestattet. Er hatte Komposition, Farbe und Zeichnung bemängelt, vor allem die Zeichnung, kurz, er hatte sie um keinen Preis gewollt. Durch den Verfall eines Wechsels gezwungen, hatte Pellerin sie dem Juden Isaak überlassen; und vierzehn Tage später verkaufte Arnoux sie um zweitausend Francs einem Spanier.

»Keinen Sou weniger! So eine Gemeinheit! Und er hat andre auf dem Gewissen, wahrhaftiger Gott! Der kommt noch vors Schwurgericht!«

»Sie übertreiben!« sagte Frédéric schüchtern.

»Gut! dann übertreibe ich!« schrie der Maler und schlug mit der Faust auf.

Die Gewaltsamkeit gab dem jungen Mann die Sicherheit wieder. Zweifellos, man konnte vornehmer sein; doch wenn Arnoux fand, die Bilder seien . . .

»Schlecht! Sagen Sie es nur frei heraus! Kennen Sie sie? Ist es Ihr Beruf? Oho, junger Herr, für mich sind die überhaupt nicht vorhanden, die ›Kunstliebhaber‹!«

»Ich erhebe ja gar keinen Anspruch«, sagte Frédéric.
»Warum verteidigen Sie ihn denn?« war Pellerin's kalte Entgegnung.
Der junge Mann stotterte: »Ich . . . ich bin sein Freund!«
»Dann umarmen Sie ihn von mir aus! Adieu!«
Der Maler ging wütend und vergaß dabei, seinen Absinth zu bezahlen.
Frédéric hatte, indem er zugunsten von Arnoux redete, sich selbst überzeugt. In der Hitze des Disputs wurde er von Zärtlichkeit für den gescheiten und gutmütigen Menschen erfaßt, den seine Freunde verleumdeten, und der jetzt allein, von ihnen verlassen, noch arbeitete. Er widerstand dem seltsamen Wunsch nicht, ihn sofort wiederzusehen. Zehn Minuten später öffnete er die Tür des Magazins.
Arnoux entwarf mit seinem Kommis riesenhafte Plakate für eine Bilderausstellung.
»Na, wieso sind Sie denn schon wieder da?«
Die einfache Frage verwirrte Frédéric; und da er nichts darauf zu sagen wußte, äußerte er, ob nicht vielleicht sein Taschenbuch gefunden worden sei, ein kleines Taschenbuch, in blaues Leder gebunden.
»Das, in dem Sie Ihre Liebesbriefe haben?« zwinkerte Arnoux.
Frédéric errötete wie eine Jungfrau und wehrte sich gegen die Anspielung.
»Oder Ihre Verse?« spottete jener.
Er griff nach den ausgelegten Vordrucken, sprach über Größe, Farbe und Leiste; und Frédéric hatte immer mehr Unlustempfindungen bei der Gewichtigkeit, mit der Arnoux nachsann. Vor allem jedoch waren es seine Hände, die an den Plakaten entlang spazierten, dicke, etwas schlaffe Hände mit kaum gewölbten Nägeln. Endlich stand er auf, sagte: »So!« und streichelte Frédéric vertraulich unter dem Kinn. Die Zwanglosigkeit mißfiel dem jungen Mann, er fuhr zurück; dann ging er über die Schwelle des Kontors, zum letztenmal in seinem Leben, sagte er sich. Der Zauber von Frau Arnoux selbst war für ihn durch

die Gewöhnlichkeit im Benehmen ihres Gatten verringert. In der gleichen Woche empfing er einen Brief von Deslauriers, der ihm ankündigte, er werde am nächsten Donnerstag in Paris sein. Nun rettete er sich krampfhaft in die zuverlässigere Mannesneigung. Ein solcher Freund wog ihm alle Geliebten auf. Er war nicht mehr auf Regimbart, Pellerin, Hussonnet angewiesen, auf niemanden! Um für Deslauriers eine bequeme Unterkunft zu haben, kaufte er ein Eisenbett, einen zweiten Sessel und verdoppelte seine Kissen und Laken. Donnerstag früh kleidete er sich gerade an, um Deslauriers abzuholen, da läutete es bei ihm. Arnoux trat ein.

»Nur ein Wort! Da hat man mir aus Genf schöne Lachsforellen geschickt. Wir erwarten Sie, heute sieben Uhr ... Rue de Choiseul 24b. Und bitte pünktlich!«

Frédéric mußte sich setzen. Die Knie schlotterten ihm. Er stammelte: »Endlich, endlich!« Dann sandte er seinem Schneider, seinem Hutmacher, seinem Schuster durch drei verschiedene Boten Eilkarten zu. Der Schlüssel wurde im Schloß umgedreht, der Portier erschien, einen Koffer auf der Schulter.

Als Frédéric hinter ihm Deslauriers sah, zitterte er wie eine Ehebrecherin in der rächenden Gegenwart ihres Gatten.

»Was ist denn mit dir?« fragte Deslauriers. »Mein Brief ist doch eingetroffen?«

Frédéric hatte nicht die Kraft zu lügen. Er breitete die Arme aus und warf sich dem Freund an die Brust.

Der Advokatenschreiber berichtete seine Erlebnisse. Sein Vater hatte Rechnung über die Vormundschaftsgelder nicht erstatten wollen; er dachte, er brauche das nur alle zehn Jahre. Aber Deslauriers, der sich jetzt in Prozessen auskannte, hatte zum Schluß das ganze Erbe seiner Mutter an sich gerissen, eine Summe von netto siebentausend Francs, die er in einer alten Brieftasche bei sich trug.

»Das ist eine Reserve für den Notfall. Ich muß das Geld anlegen und mich selbst unterbringen, gleich morgen. Heute habe ich nichts zu tun, ich bin vollkommen frei für dich, mein Bester!«

»Oh! geniere dich nur nicht!« bat ihn Frédéric. »Wenn du heute abend irgend etwas vorhast, das du nicht versäumen möchtest . . .«
»Wieso denn? Das wäre ja traurig . . .«
Die achtlos hingesagten Worte trafen Frédéric mitten ins Herz, als wären sie eine vernichtende Zurechtweisung.
Der Portier hatte den Tisch an das Kaminfeuer gerückt und Koteletts hingesetzt, Fleischgelee, eine Languste, Dessert und zwei Flaschen Bordeaux. Deslauriers war ganz bewegt über eine so gute Aufnahme. »Du servierst mir ja ein Mahl wie einem König, Donnerwetter!«
Sie plauderten von ihrer Vergangenheit, ihrer Zukunft; und dann und wann reichten sie sich über den Tisch weg die Hände und schauten sich gerührt eine Minute lang in die Augen. Jedoch ein Dienstmann kam mit einem neuen Hut. Deslauriers zollte dem Glanz des Seidenplüschs lautes Lob.
Der Schneider gab persönlich Frédéric's Frack ab, den er aufgebügelt hatte.
»Bei dir geht es ja zu, als hättest du Hochzeit«, sagte Deslauriers.
Nach einer Stunde klingelte ein dritter Lieferant und zog aus einem großen schwarzen Sack ein Paar elegante Lackschuhe. Indes Frédéric sie anprobierte, betrachtete der Handwerker geringschätzig die alten Schnürstiefel des Provinzlers.
»Der Herr hat keinen Bedarf?«
»Nein, danke«, erwiderte der Advokatenschreiber und zog seine Füße unter den Stuhl.
Die Blamage seines Freundes war Frédéric sehr peinlich. Noch immer schob er sein Geständnis auf. Dann rief er, als denke er plötzlich daran: »Ach, sapperlot! fast hätte ich vergessen!«
»Was denn?«
»Ich bin ja für heute zum Diner geladen.«
»Bei den Dambreuses? Weshalb hast du sie denn in deinen Briefen nicht erwähnt?«
Er sei nicht bei den Dambreuses zu Gast, sondern bei den Arnoux.

»Warum hast du mich nicht einfach benachrichtigt?« meinte Deslauriers. »Ich wäre dann einen Tag später gekommen.«
»Unmöglich«, sagte Frédéric schroff. »Die Einladung wurde mir erst heute früh, erst vorhin zugestellt.«
Zur Buße für seine Verfehlung, und um Deslauriers von ihr abzulenken, knüpfte er ihm die zusammengeknoteten Kofferriemen auf und ordnete seine Habseligkeiten in den Schrank ein. Er bot ihm sein eigenes Bett an und wollte in der Holzkammer schlafen. Aber schon um vier Uhr begann er mit den Vorbereitungen zu seiner Toilette.
»Du hast doch so viel Zeit«, mahnte ihn Deslauriers.
Dann war er fertig und lief fort.
So ist es, wenn einer Geld hat! sagte sich sein Freund und ging in ein kleines Restaurant in der Rue Saint-Jacques, das er kannte.
Auf der Treppe in Arnoux' Haus machte Frédéric mehrmals halt, weil das Herz ihm unbändig klopfte. Einer seiner Handschuhe, der zu eng war, platzte; und indes er die Manschette über den Riß zu streifen suchte, faßte Arnoux, der hinter ihm die Stufen erstieg, ihn unter und ließ ihn eintreten.
Der Vorflur war in chinesischem Stil ausgestattet, mit einer bunten Laterne an der Decke und Bambusmöbeln an der Wand. Als Frédéric den Salon durchschritt, stolperte er über ein Tigerfell. Die Wachskerzen brannten nicht; doch leuchteten in der Dämmerung des Boudoirs zwei Lampen.
Fräulein Marthe meldete, daß ihre Mama noch beim Anziehen sei. Arnoux hob sie bis zu seinem Mund und küßte sie. Da er selbst in den Keller wollte, um bestimmte Weinmarken auszuwählen, blieb Frédéric mit ihr allein.
Sie war seit der Schiffsreise nach Montereau sehr gewachsen. Das braune Haar floß in langen Locken, die sich kräuselten, bis zu den bloßen Armen hinunter. Das Kleid, das noch mehr abstand als der Tüllrock einer Tänzerin, zeigte die rosigen Waden des Kindes, um dessen niedlichen Körper ein frischer Hauch war wie Blumenduft. Fräulein Marthe hörte den Schmeicheleien des jungen Herrn mit koketter Miene zu und sah ihn mit ihren tiefen

Augen an; dann glitt sie zwischen den Möbeln durch und entschlüpfte wie eine Katze.
Er empfand keine Unruhe mehr. Die mit einer Spitze von Papier umhüllten Glaskugeln der Lampen entsandten einen milchigblassen Schein, der die Malvenfarbe der Satintapete dämpfte. Durch das Gitter des Feuerschirmes, der einem großen Fächer glich, sah man die Kohlen im Kamin; neben der Stutzuhr stand ein Kästchen mit silbernem Schloß. Hier und da lagen Dinge des intimen Haushalts: eine Puppe auf einer Causeuse, ein Busentuch an der Lehne eines Sessels und auf dem Nähtisch eine Wollstrickerei, aus deren Maschen zwei Nadeln von Elfenbein ragten. Es war ein friedlicher Raum, traulich und ehrbar.
Arnoux kam wieder herein; und in der anderen Tür erschien die Dame des Hauses. Da sie noch von Schatten umschwebt war, vermochte Frédéric zuerst nur ihren Kopf zu unterscheiden. Sie trug eine Robe von schwarzem Samt und im Haar ein langes algerisches Netz von dunkelroter Seide, das, in ihren Kamm geschlungen, ihr über die linke Schulter hing.
Arnoux stellte ihr Frédéric vor. »Oh! Ich erinnere mich sehr gut!« äußerte sie.
Nun betraten, fast alle zugleich, die Gäste den Salon: Dittmer, Lovarias, Burrieu, der Komponist Rosenwald, der Dichter Théophile Lorris, zwei Kunstkritiker, Kollegen von Hussonnet, ein Papierfabrikant und dann der große Pierre-Paul Meinsius, der letzte der klassischen Maler, der mit seinem Ruhm fröhlich die Bürde seiner achtzig Jahre und seines dicken Bauches trug.
Als man in das Speisezimmer ging, ließ Frau Arnoux sich von Frédéric führen. Ein Sessel war noch leer, der Pellerin's. Arnoux hatte ihn gern, wenn er ihn auch ausbeutete; übrigens fürchtete er sich vor seiner schonungslosen Bitterkeit. Um ihn zu erweichen, hatte er in der ›Werkkunst‹ sein Porträt mit einer hyperbolischen Verherrlichung seines Namens abgebildet; und Pellerin, dem an Ruhm mehr lag als an Geld, kam gegen acht Uhr, ganz außer Atem. Frédéric glaubte, sie seien schon längst versöhnt.
Die Gesellschaft, die Speisen, alles gefiel ihm. Der Saal war wie

eine mittelalterliche Stube mit gepreßtem Leder ausgeschlagen. Gegenüber einer Etagere, auf der Tschibuks standen, erhob sich ein holländischer Geschirrschrein. Rings um die Tafel, zwischen Blumen und Obst, glühten böhmische Gläser im wechselnden Farbenspiel einer Gartenillumination.
Frédéric hatte die Wahl unter zehn Senfsorten. Er aß Daspachio, Curry, Ingwer, korsische Amseln, breite römische Nudeln; er trank seltene Weine, Liebfrauenmilch und Tokaier. Arnoux' Stolz war es, seine Gäste opulent zu bewirten. Um Nahrungsmittel von auswärts zu erhalten, hofierte er allen Postkondukteuren; und er hatte Verbindungen mit den Küchenchefs aller großen Häuser, die ihm ihre Saucenrezepte mitteilten.
Aber besonders anziehend waren für Frédéric die Tischgespräche. Seinem Wunsch, von fremden Ländern zu erfahren, schmeichelte Dittmer durch Schilderungen des Orients. Seine Neugier nach dem Theater wurde von Rosenwalds Klatsch über die Oper befriedigt. Die Grausamkeit des Bohèmelebens verzerrte sich ihm ins Komische durch die heitere Laune Hussonnet's, der mit Phantasie erzählte, wie er einen Winter lang gehungert habe, ohne irgend etwas anderes als Edamer Käse zu essen. Dann eröffnete ihm eine Diskussion zwischen Lovarias und Burrieu über die florentinische Schule und ihre Meisterwerke, von denen er nichts wußte, neue Horizonte, und kaum konnte er seinen Enthusiasmus hemmen, als Pellerin rief: »Verschonen Sie mich nur mit Ihrer ekelhaften Wirklichkeit! Was soll denn das überhaupt heißen? Die einen sehen schwarz, die andern blau, die Masse ist farbenblind. Nichts ist weniger natürlich als Michelangelo, und nichts ist mächtiger als er. Das Streben nach der äußerlichen Wahrheit ist ein Zeichen, wie wir herunter sind. Geht das so weiter, dann wird die Kunst ein Bettelkram, der an Poesie dürftiger ist als die Religion und in den Interessen der Menschen von der Politik verdrängt wird. Mit kleinen Werken, so raffiniert sie gemacht sein mögen, kommt man nicht zum Ziel der Kunst – jawohl, ihrem Ziel! – zur Erweckung eines unpersönlichen Rausches. Sehen Sie sich nur beiläufig die Bilder von Bassolier an;

das ist hübsch, graziös und wiegt nicht schwer. Man kann es in die Tasche stecken, auf die Reise mitnehmen. Die Notare kaufen das für zwanzigtausend Francs; und einen Ideenwert hat es von drei Sous. Aber ohne die Idee gibt es keine Größe, ohne Größe keine Schönheit! Der Olymp, das ist ein Gebirge. Das kühnste Monument werden immer die Pyramiden sein. Besser der Schwulst als der Geschmack, die Wüste als ein Trottoir, ein Wilder als ein Friseur!«

Frédéric blickte, während er den Reden lauschte, zu Frau Arnoux hin. Sie senkten sich in seinen Geist wie Metall in einen Schmelzofen. Seine Leidenschaft wallte davon auf und wurde Liebe.

Er saß drei Plätze unter ihr, an derselben Seite der Tafel. Ab und zu beugte sie sich ein wenig vor und wandte den Kopf ihrem Töchterchen zu, um mit dem Kind zu flüstern; wenn sie dann lächelte, zeigte sich eine kleine Grube auf ihrer Wange, und ihr Antlitz wurde noch zarter und gütiger.

Als man Likör servierte, entfernte sie sich still. Bald herrschte ein sehr freier Ton, in dem Arnoux die Führung hatte. Frédéric staunte über den Zynismus dieser Männer. Indes schuf ihr Hang, sich immer mit der Frau zu befassen, zwischen ihnen und ihm eine Gleichheit, die seine Achtung vor sich selbst erhöhte.

Nach der Rückkehr in den Salon blätterte er wie spielerisch in einem Album, das auf dem Tisch herumlag. Die großen Künstler der Epoche hatten es mit ihrer Feder geschmückt, hatten Prosa, Verse oder auch nur ihre Unterschriften beigesteuert. Inmitten der glanzvollen Namen waren viele, die nichts darstellten, und ein Schwall von Albernheiten überschwemmte die Gedanken, deren Prägung einen persönlichen Zug aufwies. Alle die Widmungen huldigten, mehr oder weniger direkt, Frau Arnoux. Frédéric hätte nicht gewagt, eine Zeile hinzuzufügen.

Die Dame des Hauses holte aus ihrem Boudoir das Kästchen mit den Silberspangen, das er auf dem Kamin bemerkt hatte. Es war ein Geschenk ihres Gatten, eine Renaissancearbeit. Arnoux' Freunde gratulierten ihm zu dem Fund, seine Frau dankte ihm; er war gerührt und gab ihr vor den Gästen einen Kuß.

Dann zerstreute sich die Gesellschaft in den Zimmern. Der biedere Meinsius saß mit Frau Arnoux auf einer gepolsterten Bank dicht am Feuer. Sie neigte sich zu seinem Ohr, ihre Köpfe stießen zusammen; und Frédéric wollte gern mit Schwerhörigkeit, Gebrechlichkeit und Häßlichkeit Ruhm und weißes Haar erkaufen, wenn er dadurch ein Recht auf eine solche Intimität gewann. Der Zorn über seine Jugend zerfraß ihm das Herz.
Aber sie kam zu der Ecke des Saales, in der er verweilte, hinüber, fragte ihn, wen er von den Anwesenden kenne, ob er die Malerei liebe, wie lange er schon in Paris Student sei. Jedes Wort aus ihrem Munde erschien Frédéric als etwas Neues und einzig von ihr Hervorgebrachtes. Genau betrachtete er die Fäden ihres Kopfnetzes, die ihre nackte Schulter streiften. Er wandte den Blick nicht fort, er versenkte seine Seele in die Weiße dieses Frauenkörpers. Doch er hatte nicht den Mut, die Lider zu heben und sie gerade anzusehen, von Angesicht zu Angesicht.
Rosenwald störte sie, indem er Frau Arnoux etwas zu singen bat. Er begann auf dem Piano zu präludieren, sie wartete. Dann öffneten sich ihre Lippen ein wenig, und ein reiner, langgedehnter, heller Klang durchzitterte die Luft.
Die Bedeutung des italienischen Textes war Frédéric verschlossen. Das Lied setzte in ernstem Rhythmus ein wie ein kirchlicher Gesang. Dann schwoll es im Crescendo, vervielfachte sein sonores Ausströmen, beruhigte sich; und die Melodie erneuerte sich voll Inbrunst, in lässigen Schwingungen. Sie stand neben dem Klavier, die Arme bewegungslos, und schaute träumerisch irgendwohin. Manchmal näherte sie, um die Noten zu lesen, ihre Stirn dem Instrument, wobei ihre Augen schwach blinzelten. Ihr Alt hatte in den tiefen Registern eine düstere Getragenheit, die das Blut frieren machte, und dann neigte sich ihr schöner Kopf mit den großen Brauen zu ihrer Schulter. Ihre Brust hob sich, ihre Arme breiteten sich, ihr Hals, dem die Koloraturen entstiegen, bog sich weich zurück wie unter ätherischen Küssen. Sie trillerte dreimal, ihre Stimme klomm hinab und wiederum höher hinauf und endete nach einer Pause mit einer Fermate.

Rosenwald verließ das Piano nicht. Er spielte für sich selbst weiter. Ab und zu verschwand einer der Gäste. Als um elf Uhr die letzten sich empfahlen, ging Arnoux mit Pellerin hinaus, indem er vorschützte, er werde ihn begleiten. Er gehörte zu jenen Leuten, denen nicht wohl ist, wenn sie nicht nach dem Diner ihre hundert Schritte spazieren können.

Frau Arnoux war in den Vorraum getreten. Dittmer und Hussonnet verabschiedeten sich von ihr, sie reichte ihnen die Hand, dann Frédéric; und es war ihm, als würden alle Atome seiner Hand durchdrungen.

Er trennte sich von seinen Freunden. Er mußte allein sein. Maßlos war seine Erregung. Weshalb bot sie ihm die Hand? Tat sie es unwillkürlich, oder wollte sie ihn ermutigen? Ach Unsinn, sagte er sich, ich bin ja närrisch! Und es war doch einerlei, da er jetzt die Möglichkeit hatte, sie, sooft er wollte, zu besuchen, in ihrer Atmosphäre zu leben.

Die Straßen waren menschenleer. Bisweilen ächzte ein Marktwagen vorbei, der das Pflaster erschütterte. Die Häuser folgten einander mit ihren grauen Fassaden, ihren schwarzen Fenstern; und er dachte verächtlich an alle die Geschöpfe, die hinter den Mauern schlummerten, die existierten, ohne von ihr auch nur zu ahnen. Er hatte kein Bewußtsein mehr, wo er war und wie lange schon seine Wanderung dauerte. Die Sohlen seiner Schuhe hieben gegen die Steine, mit dem Spazierstock fuhr er über die Rolljalousien der Läden, und so marschierte er in der Richtung des Zufalls, benommen, wie unter einem Zwang. Die Feuchtigkeit der Nacht umfing ihn; dann war er plötzlich am Ufer der Quais.

Die Gaslaternen blinkten fernhin in zwei geraden Schnüren, und der Reflex ihrer langen, rotgelben Flämmchen flackerte in der Seine. Das Wasser hatte schieferblaue Färbung, indes der Himmel, der heller war, auf den an beiden Ufern sich erhebenden Schattenmassen wie auf Säulen lagerte.

Bauten, die man nicht sah, ballten die Dunkelheit noch mehr zusammen. Über den Dächern schwamm ein Lichtnebel. Alle Geräusche verschmolzen zu einem einzigen dumpfen Sausen. Ein leichter Wind wehte.

Er stand in der Mitte des Pont-Neuf, ohne Hut, mit aufgerissenem Mantel und holte Atem. Er fühlte, wie in ihm etwas emporwallte, das nicht versiegte, eine Flut von Zärtlichkeit, die ihn so erschöpfte wie das Gleiten da unter ihm. Von einem Kirchturm schlug es eins, hallend, als riefe ihn eine Stimme.

Ein Schauder bemächtigte sich seiner, die Empfindung, in eine höhere Welt entrückt zu sein. Eine Kraft war in ihn gedrungen, die Fähigkeit zu Außerordentlichem, ohne daß ihm klar wurde, wohin sie ihn trieb. Er fragte sich ernsthaft, ob er ein großer Maler sein würde oder ein großer Dichter, und er entschied sich für die Malerei; denn die Ausübung dieser Kunst half ihm, in der Nähe von Frau Arnoux zu weilen. Er hatte also sein wahres Wesen gefunden, er besaß ein Daseinsziel und eine untrügliche Zukunft.

Als er droben in seinem Zimmer war, hörte er in dem Kabinett ein Schnarchen. Das war Deslauriers, den er ganz vergessen hatte.

Im Spiegel dämmerte ihm sein Gesicht entgegen. Es war, so schien es ihm, schön. Und eine Minute verharrte er in seiner Betrachtung.

5

Schon am nächsten Vormittag kaufte er sich einen Farbenkasten, Pinsel und Staffelei. Pellerin willigte ein, ihm Stunden zu geben, und um nachzusehen, ob er nicht noch etwas an Malutensilien brauchte, nahm Frédéric ihn in seine Wohnung mit.

Deslauriers war da. Ein junger Mann hatte den zweiten Sessel inne. Der Advokatenschreiber wies auf ihn und sagte: »Sénécal!«

Der Besucher mißfiel Frédéric. Seine Stirn war durch den Schnitt des steil gebürsteten Haares verlängert. Seine grauen Augen leuchteten hart und kalt; und sein schwarzer Gehrock, seine ganze Kleidung hatten etwas Schulmeisterliches und Pfäffisches.

Zuerst plauderte man von Tagesneuigkeiten, so von dem ›Stabat‹ Rossinis. Sénécal sagte, er gehe nie ins Theater. Pellerin klappte den Farbenkasten auf.

»Ist das alles für dich?« fragte der Advokatenschreiber.

»Aber gewiß!«

»So? Komisch!«

Und er neigte sich über den Tisch, auf dem der Mathematiklehrer in einem Band Louis Blanc las. Er hatte ihn selbst gebracht und zitierte Sätze daraus, indes Pellerin und Frédéric gemeinsam die Palette prüften, das Messer, die Tuben. Dann sprachen sie von dem Diner bei Arnoux.

»Der Bilderhändler?« unterbrach sie Sénécal. »Wirklich ein feiner Herr!«

»Warum denn?« fragte Pellerin.

Sénécal antwortete: »Der Mensch macht Geld mit politischen Gemeinheiten!«

Und er redete von einer überall bekannten Lithographie, auf der die gesamte königliche Familie bei lobenswerten Beschäftigungen abgebildet war; Louis-Philippe hatte einen Code in der Hand, die Königin ein Gebetbuch, die Prinzessinnen stickten, der Herzog von Nemours schnallte sich einen Säbel um, der Herzog von Joinville zeigte seinen jungen Brüdern eine geographische Karte, im Hintergrund sah man ein Bett mit doppeltem Geländer. Dieses Idyll, unter dem ›Familienglück‹ stand, war die Wonne der Bourgeoisie, ein Ärgernis für die Patrioten. Übelgelaunt, als sei er der Verfertiger, erwiderte Pellerin, jede Anschauung habe den gleichen Wert. Sénécal protestierte scharf. Die Kunst dürfe nur einem dienen, der Volksversittlichung. Sie dürfe nur Sujets haben, die zu tugendhaftem Handeln führen; alle sonstigen seien schädlich.

»Aber es kommt doch auf die Gestaltung an!« rief Pellerin. »Wenn ich Meisterwerke schaffe . . .«

»Noch schlimmer! Man hat kein Recht . . .«
»Was? Wie?«
»Nein, Herr, Sie haben kein Recht, mich für Dinge zu interessieren, die ich verwerfen muß. Was sollen die mühsamen Nichtigkeiten, von denen wir keinen Nutzen haben, die Venusakte zum Beispiel, die Landschaften? Wo ist da die Volksaufklärung? Schildern Sie uns das Elend des Volks, oder vielmehr, begeistern Sie uns für seine Opfer! An Sujets fehlt es, weiß Gott, nicht: Der Bauer, der Arbeiter bei seinen Verrichtungen . . .«
Pellerin stotterte vor Wut, dann glaubte er, einen durchschlagenden Einwand zu haben: »Und Molière, billigen Sie den?«
»Meinethalben«, sagte Sénécal. »Ich bewundere ihn als den Vorläufer der Französischen Revolution.«
»Ach, die Revolution! Was ist das für eine Kunst! Nie gab es eine kläglichere Epoche.«
»Nie eine größere, mein Herr!«
Pellerin kreuzte die Arme und sah ihn herausfordernd an: »Sie sind, scheint es, ein vortrefflicher Bürgergardist!«
Sein Widersacher, der an Diskussionen gewöhnt war, entgegnete: »Ich bin kein Mitglied der Bürgerwehr und verabscheue sie genau wie Sie. Aber mit solchen Behauptungen korrumpiert man die Menge. Nur die Regierung hat den Vorteil, und sie wäre ja nicht so stark, wären nicht Kerle wie dieser Hanswurst ihre Bundesgenossen.«
In seiner Empörung über Sénécal wurde jetzt der Maler zum Anwalt des Kunsthändlers. Er versicherte sogar, Jacques Arnoux habe ein goldenes Herz, sei seinen Freunden treu und liebe seine Frau.
»Oh! oh! wenn man dem eine gehörige Summe bietet, verschachert er sie als Modell.«
Frédéric war blaß geworden. »Haben Sie denn Schlechtes durch ihn erfahren?«
»Ich? Nein! Ich habe ihn einmal, als ich mit einem Freund im Café war, gesehn. Das ist alles.«
Sénécal war ehrlich. Doch ihn reizten täglich die Reklamen von

Arnoux' Zeitschrift. Für ihn war er der Vertreter einer Gesellschaft, die er für das Verderben der Demokratie hielt. Ihm, den strengen Republikaner, galt jede Eleganz als Korruption. Im übrigen war er bedürfnislos und von unbeugsamem Gradsinn.

Das Gespräch stockte. Der Maler erinnerte sich bald, daß er jemanden treffen wolle, und der Privatlehrer an seine Schüler; und als sie fort waren, fragte Deslauriers nach langem Schweigen allerlei über Arnoux.

»Du wirst mich später ihm vorstellen, nicht?«

»Freilich«, bejahte Frédéric.

Dann richteten sie sich in der Wohnung ein. Deslauriers hatte unschwer den Platz eines zweiten Kanzlisten bei einem Advokaten bekommen, sich in der Rechtsfakultät inskribiert, die notwendigen Bücher gekauft; und das Leben hub an, das sie so erträumt hatten.

Es war heiter, dank der Schönheit ihrer Jugend. Deslauriers hatte nicht von irgendeiner Geldabmachung gesprochen, und so schwieg Frédéric davon. Er leistete sämtliche Zahlungen, räumte im Schrank auf, sorgte für die häusliche Wirtschaft. Doch wenn eine Geschichte mit dem Portier war, übernahm Deslauriers es, ihn abzukanzeln, indem er die Rolle des Schützers, des älteren Kameraden beibehielt, die er auf dem Gymnasium gespielt hatte.

Den Tag über getrennt, fanden sie sich in den Abendstunden wieder. Jeder hatte seinen Platz am Kamin und arbeitete. Bald ließen sie ihre Studien im Stich. Und es begann die Mitteilsamkeit eines unbegrenzten Vertrauens, eine grundlose Fröhlichkeit, manchmal ein kleiner Zank, weil die Lampe rauchte oder ein Buch verschludert war, ein kurzer Zorn, den Lachen erstickte.

Da die Tür zu der Holzkammer offen blieb, schwatzten sie noch im Bett miteinander.

Morgens gingen sie in Hemdsärmeln auf ihrer Terrasse umher. Die Sonne stieg empor, den Fluß umflatterte Gewölk, vom Blumenmarkt nebenan hörte man ein gellendes Stimmenkonzert. Der Rauch ihrer Pfeifen wirbelte in die reine Luft, die ihre

noch vom Schlaf gequollenen Augen badete. Sie tranken sie in sich, und die Hoffnung der Weite erfüllte sie.
Sonntags, wenn es nicht regnete, gingen sie zusammen aus. Sie schlenderten Arm in Arm durch die Straßen. Fast immer hatten sie beide denselben Gedanken, oder sie plauderten, ohne zu merken, was vor ihnen geschah. Deslauriers wollte Reichtum, um durch ihn zu herrschen. Er wollte viele Menschen in Abhängigkeit von sich, viele laute Bewegung, drei Sekretäre, die für ihn da waren, und einmal wöchentlich ein großes Politikerdiner. Frédéric möblierte sich ein Palais in maurischem Stil und ruhte darinnen auf Diwans von Kaschmir, beim Plätschern eines Springbrunnens, vom Negerpagen umschmeichelt; und die Traumpracht versinnlichte sich nach und nach so sehr, daß er um sie trauerte, als habe er sie verloren.
»Wozu sprechen wir von alledem«, sagte er, »wenn wir es nie haben werden?«
»Wer kann das wissen?« fragte Deslauriers.
Trotz seiner demokratischen Gesinnung drängte er ihn, bei den Dambreuses zu verkehren. Frédéric meinte, er habe sich ja schon bemüht.
»Bah! gehe nochmals hin! Sie werden dich einladen!«
Gegen Mitte März wurde ihnen nebst anderen ziemlich hohen Rechnungen die des Speisewirts übersandt, der ihnen das Mittagessen lieferte. Da Frédéric nicht genug Bargeld hatte, lieh er sich von Deslauriers fünfhundert Francs. Nach vierzehn Tagen hatte er die gleiche Bitte an ihn, und der Advokatengehilfe schalt ihn wegen der Ausgaben, die er sich bei Arnoux leistete.
In der Tat kannte Frédéric darin kein Maß mehr. Eine Ansicht von Venedig, eine von Neapel, eine von Konstantinopel hingen an drei Wänden, da und dort Pferdestudien von Alfred de Dreux, auf dem Kamin stand eine Gruppe von Pradier. Auf dem Piano lagen Nummern der ›Werkkunst‹ verstreut, in den Ecken lehnten Kartons mit Kreideskizzen. Das Zimmer war so voll, daß man kaum noch ein Buch hinlegen und die Ellbogen rühren konnte. Frédéric sagte, das alles sei unerläßlich für seine Malerei.

Er arbeitete bei Pellerin. Oft war Pellerin in der Stadt – er pflegte zu allen Beerdigungen und ähnlichen Ereignissen zu gehen, von denen die Zeitungen schrieben –, und Frédéric saß stundenlang einsam im Atelier des Künstlers. Die Stille der großen Mansarde, in der nur raschelnd die Mäuse trippelten, das Licht aus dem Deckenfenster, das Geknatter im Ofen, alles lullte ihn in ein geistiges Wohlbehagen. Dann sprang sein Blick von der Staffelei ab zur Mauer, deren Kalk bröckelte, zu den Antiquitäten auf dem Wandregal, zu den Gipsrümpfen, auf denen der Staub lag wie Lumpen von grauem Samt. Und gleich einem Wanderer, der sich in Waldestiefen verirrt hat, und den alle Wege an denselben Punkt bringen, kehrte Frédéric immer und immer zu der geheimen Erinnerung an Frau Arnoux zurück.
Er setzte sich Tage für einen Besuch bei ihr fest. Wenn er im zweiten Stock vor ihrer Tür stand, zögerte er zu läuten. Schritte nahten, man öffnete, und wenn es hieß »Die gnädige Frau ist ausgegangen«, so war das für ihn eine Befreiung, entledigte sein Herz einer Last.
Dann jedoch traf er sie zu Hause. Das erstemal waren drei Damen bei ihr; an einem anderen Nachmittag kam der Lehrer der kleinen Marthe hinzu. Übrigens sahen die Herren, die Gäste des Ehepaares waren, von Visiten bei Frau Arnoux ab. Daher unterließ er aus Diskretion sie gleichfalls.
Aber um zu den Donnerstagsdiners gebeten zu werden, versäumte er nicht, regelmäßig am Mittwoch in der ›Werkkunst‹ zu erscheinen. Er war ausdauernder als alle andern, ausdauernder als Regimbart, bis zur letzten Minute, und tat so, als sehe er sich eine Gravüre an, als durchfliege er ein Magazin. Endlich sagte Arnoux zu ihm: »Können Sie morgen abend?« Er nahm an, bevor jener mit der Frage fertig war. Arnoux schien ihm gewogen. Er gab ihm Aufschluß über die Weinsorten, wie man Punsch kocht, über das Rezept für Schnepfenragout. Frédéric lauschte ihm aufmerksam; denn er liebte alles, was mit Frau Arnoux verbunden war, ihre Möbel, ihre Dienerschaft, ihr Haus, ihre Straße.

Bei den Donnerstagessen sprach er nichts; er sah kaum zu ihr hinüber. Sie hatte rechts an der Stirn einen winzigen Schönheitsfleck. An den Schläfen war ihr Haar dunkler, mit stets etwas feuchtem krausem Rand; mit nur zwei Fingern strich sie es bisweilen fort. Er kannte den Schnitt jedes ihrer Nägel, er hatte ein Lustgefühl, wenn er an der Tür das Zischeln ihrer Seidenrobe hörte, er sog den Duft ihres Taschentuches verstohlen ein. Ihr Kamm, ihre Handschuhe, ihre Ringe waren für ihn besondere Gegenstände, geweiht wie Kunstwerke, fast wie lebende Wesen; alle machten, daß ihm das Herz klopfte, und mehrten seine Leidenschaft.

Er hatte nicht die Kraft, sie Deslauriers zu verhehlen. Kam er heim, so weckte er ihn wie absichtslos auf, nur um von ihr noch zu schwärmen.

Deslauriers, der in der Holzkammer schlief, nahe dem Brunnen, stieß ein langes Gähnen aus. Frédéric setzte sich an sein Bett. Erst schilderte er das Diner, dann redete er von vielen unerheblichen Einzelheiten, in denen er Bekundungen der Geringschätzung oder der Zuneigung sah. So hatte sie statt seines Armes den Dittmers genommen, und Frédéric war verzweifelt.

»Ach, Blödsinn!«

Oder sie hatte ihn ihren »Freund« genannt.

»Na, munter los!«

»Ich wage es nicht«, sagte Frédéric.

»So denke nicht mehr an sie! Gute Nacht.«

Deslauriers drehte sich zur Wand um und schlummerte wieder ein. Er begriff diese Liebe nicht, die in seinen Augen eine letzte Jünglingsschwäche war. Da aber die Vertrautheit mit ihm Frédéric wohl nicht mehr genügte, so verfiel er darauf, ihre Bekannten einmal wöchentlich zu versammeln.

Sie erschienen am Sonnabend, gegen neun Uhr. Auf dem Tisch prangte die Tabakkiste, mit Pfeifen vollgestopft, zwischen den Bierflaschen, der Teekanne, einem Rumflakon und Zuckergebäck. Man disputierte über die Unsterblichkeit der Seele, man verglich die Professoren.

Eines Abends hatte Hussonnet einen großen Menschen bei sich, mit einem an den Gelenken ausgewachsenen schwarzen Rock und linkischem Benehmen. Es war der junge Bursche, den sie damals im Winter der Polizei abverlangten. Da er seinem Chef die im Handgemenge verlorene Schachtel mit Spitzen nicht hatte wiedergeben können, hatte jener ihn des Diebstahl beschuldigt, ihm mit dem Gericht gedroht. Jetzt war er bei einer Speditionsfirma. Hussonnet war ihm eines Morgens an einer Straßenecke begegnet und führte ihn nun her, weil Dussardier aus Dankbarkeit »den anderen« sehen wollte.

Er hielt Frédéric die noch volle Zigarrentasche hin, die er ehrfürchtig aufbewahrt hatte, in der Hoffnung, sie zurückzuerstatten. Die beiden luden ihn ein, wiederzukommen. Er tat es gern.

Alle sympathisierten sie miteinander. Besonders in ihrem Haß gegen die Regierung, der für sie ein unantastbares Dogma war. Einzig Martinon suchte die Sache Louis-Philippe's zu retten. Er wurde mit den Schlagworten der Zeitungen niedergeschrien: Paris eine Bastille, die Septembergesetze, Pritchard, Lord Guizot, so daß er schwieg, um ja nicht jemanden zu beleidigen. In sieben Gymnasialjahren war er nie mit einer Strafarbeit belegt worden, und an der Rechtsfakultät erwarb er sich die Zufriedenheit der Professoren. Er trug meist einen dicken, mastixfarbenen Gehrock und Gummiüberschuhe; aber eines Abends erschien er in Bräutigamstracht, einer Plüschweste mit Schal, weißer Krawatte und goldener Kette.

Das Staunen wuchs noch, als man hörte, daß er bei Herrn Dambreuse gewesen war. Der Bankier Dambreuse hatte von dem alten Martinon eine beträchtliche Holzlieferung gekauft und den Biedermann, als er ihm seinen Sohn vorstellte, mit diesem zum Diner geladen.

»Gab es viel Trüffeln«, fragte Deslauriers, »und hast du, *sicut decet*, seine Gesponsin zwischen Tür und Angel um die Taille gefaßt?«

Nun entwickelte sich ein Gespräch über die Frauen. Pellerin

wollte die Schönheit der Frauen nicht gelten lassen, die der Tiger sei echter. Auch sei das menschliche Weibchen ein in der ästhetischen Hierarchie untergeordnetes Geschöpf. »Wodurch es anlockt, eben dadurch wird es ideell erniedrigt, durch die Brüste, die Haare ...«

»Aber langes schwarzes Haar«, bemerkte Frédéric, »und große schwarze Augen ...«

»Oh! kennen wir!« rief Hussonnet. »Genug von der Andalusierin auf dem Rasen! Antiquitäten? Ich habe die Ehre! Ach, Kinder, Spaß beiseite! Eine Lorette ist doch amüsanter als die Venus von Milo! Gallisch wollen wir sein und lustig wie die Régence: ›Champagner, perle, lächelt uns, ihr Nymphen!‹ Von den Brünetten zu den Blonden! Ist das auch Ihr Geschmack, Vater Dussardier?«

Dussardier antwortete nicht. Alle bedrängten ihn, was er denn dazu meine.

»Ich«, und er errötete, »ich würde nur eine lieben, immer nur eine.«

Das gestand er so naiv, daß die jungen Leute einen Moment befangen waren, die einen überrascht von der Reinheit des Gefühls, die andern wohl deshalb, weil darin ihr verborgener Wunschtraum widerklang.

Sénécal hob sein Bierglas auf das Fenstersims und erklärte dogmatisch die Prostitution für eine Sklaverei, die Ehe für unsittlich, weshalb die Enthaltsamkeit das Beste sei. Deslauriers sah in den Frauen ein Genußmittel, sonst nichts. Herr von Cisy hatte eine heftige Angst vor ihnen. Unter den Augen einer frömmelnden Großmutter erzogen, fand er den Umgang mit den jungen Männern reizvoll wie ein übles Haus und instruktiv wie einen Kurs an der Sorbonne. Man versagte ihm auch die Lektionen nicht, und er war ein eifriger Schüler, so eifrig, daß er trotz der Herzschmerzen, die ihn jedesmal quälten, stets rauchen wollte. Frédéric war geflissentlich um ihn besorgt. Die Nuance seiner Krawatten, das Pelzfutter seines Mantels und vor allem seine Stiefeletten, die schmal waren wie Handschuhe und unverschämt schienen in ihrem Glanz und ihrer Feinheit, bewunderte er. Die Kutsche Cisy's wartete auf der Straße, bis er das Haus verließ. Eines Abends, als er fort war, bei Schneegestöber, äußerte Sénécal Mitleid mit seinem Kutscher. Dann höhnte er über die gelben Handschuhe, den Jockey-Club. Für ihn war ein Arbeiter mehr als dieser Stutzer.

»Ich arbeite wenigstens! Ich bin arm!«

»Das sieht man«, warf Frédéric ungeduldig hin. Der Privatlehrer grollte ihm wegen dieses Ausfalls.

Da Regimbart sagte, daß er Sénécal oberflächlich kenne, bat Frédéric ihn, aus Höflichkeit gegen den Freund des Herrn Arnoux, zu den Sonnabendvereinigungen zu kommen; und die beiden Patrioten begrüßten sich. Sie waren jedoch voneinander verschieden. Sénécal, der einen spitzen Schädel hatte, dachte nur in Systemen. Regimbart hingegen sah die Tatsachen als Tatsachen. Sehr beunruhigte ihn die Frage der Rheingrenze. Er spielte die artilleristische Autorität und hatte Anzüge vom Schneider der Kriegsschule.

Als man ihm zum erstenmal Kuchen vorsetzte, zuckte er verächtlich die Achseln; das sei etwas für die Weiber. Und an den folgenden Abenden war er nicht minder unliebenswürdig. Sobald die Ideen eine gewisse Höhe erreichten, murmelte er: »Ach! keine Utopien! keine Verstiegenheiten!« Obwohl er in den Ateliers aus- und einging (mitunter gab er dort Fechtstunden, und zwar gratis), war er in Kunstdingen nicht sehr erleuchtet. Nach ihm war Marrast ein Stilist vom Rang Voltaire's und Fräulein Vatnaz eine zweite Frau von Staël, wegen einer Dichtung auf Polen, in der »Gemüt« sei. So ödete Regimbart die ganze Gesellschaft, und am lästigsten fand ihn Deslauriers; denn der Bürger war Arnoux' Vertrauter. Noch immer trachtete der Advokatenschreiber nach der Aufnahme unter die Dinergäste des Händlers, die ihm vorteilhafte Konnexionen verschaffen sollte. »Wann gehst du mit mir hin?« fragte er Frédéric. Arnoux sei, entgegnete der, überhäuft mit Geschäften oder im Begriff zu reisen; dann, es lohne sich nicht mehr, die Diners würden bald aufhören.

Hätte er für den Freund sein Leben hingeben müssen, Frédéric hätte es getan. Aber da er möglichst günstig wirken wollte, da er seine Sprache, seine Manieren, seine Kleidung sorgsam prüfte und auch zum Büro der ›Werkkunst‹ in tadellosen Handschuhen kam, hatte er Furcht, Deslauriers mit seinem alten Frack, seinem Staatsanwaltsgesicht und seinen hoffärtigen Reden werde Frau Arnoux mißfallen, was ihm schaden und seinen eigenen Kredit bei ihr sinken lassen könne. Mit den übrigen fand er sich ab; doch gerade der störte ihn. Der Advokatengehilfe sah, daß er sein Versprechen nicht erfüllen wollte, und Frédéric's Schweigen schien ihm eine noch härtere Beschimpfung.

Er hatte vorgehabt, ihn in allem zu leiten, seine Entwicklung nach ihrem Jugendideal zu überwachen; und der Müßiggang des Freundes empörte ihn wie Ungehorsam und Verrat. In seiner Besessenheit von dem Gedanken an Frau Arnoux erwähnte Frédéric oft ihren Gatten; und Deslauriers begann ihn mit unerträglicher Bosheit aufzuziehn, indem er den Namen Arnoux hundertmal am Tag wiederholte, hinter jedem dritten Wort, wie ein Idiot, der einen Tick hat. Wenn man klopfte, rief er: »Herein, Arnoux!« Im Restaurant verlangte er einen Käse à la Arnoux; und nachts heuchelte er Alpdrücken und weckte seinen Kameraden, indem er stöhnte: »Ach Arnoux, ach Arnoux!« Eines Tages sagte Frédéric, aufs höchste gereizt, mit jämmerlicher Stimme:

»Laß mich doch in Ruhe mit Arnoux!«

»Nie!« beharrte der Advokatengehilfe. »›Und überall verfolgt ihn, eisig oder brennend, das Bildnis des Arnoux . . .‹«

»Halte den Mund!« schrie Frédéric und hob die Faust. Sanfter fuhr er fort: »Du weißt, daß mir das fatal ist.«

»Oh! bitte um Verzeihung, mein werter Herr«, sagte Deslauriers und machte einen tiefen Bückling. »Die Nerven des gnädigen Fräuleins sollen in Zukunft geschont werden. Bitte nochmals sehr um Verzeihung!«

So hatte der Spaß ein Ende.

Jedoch drei Wochen später teilte er Frédéric eines Abends mit: »Heute habe ich Frau Arnoux gesehn.«

»Wo denn?«
»Im Justizpalast mit Balandard, dem Advokaten; eine brünette Frau, nicht wahr, von mittlerer Figur?«
Frédéric nickte bejahend. Er wartete, bis Deslauriers spräche. Bei dem geringsten Wort der Bewunderung hätte er ihm sein Herz ausgeschüttet, er war bereit, ihn zu lieben. Aber jener schwieg noch immer. Nun konnte er sich nicht mehr halten und fragte ihn, scheinbar gleichgültig, was er von ihr denke.
Deslauriers fand, sie sei nicht übel, indessen keineswegs etwas Besonderes.
»Ach, glaubst du?« sagte Frédéric.
Es kam der August, die Zeit seines zweiten Examens. Nach der allgemeinen Annahme genügten vierzehn Tage zur Beherrschung der Materie. Frédéric, der sich auf seine Fähigkeiten verließ, schlang, ohne eine Pause zu machen, die vier ersten Bücher des Prozeßrechts hinunter, die drei ersten des Strafrechts, mehrere Teile der Kriminalpraxis und einen des Code civil mit dem Kommentar von Poncelet. Am Tage vorher überhörte ihn Deslauriers, und das dauerte bis zum Morgen; um noch die letzte Viertelstunde zu nutzen, fragte er ihn, als sie schon auf der Straße waren, im Gehen nach einzelnen Artikeln.
Da mehrere Prüflinge zur gleichen Zeit bestellt waren, sammelten sich viele Menschen im Hof. Auch Hussonnet und Cisy waren erschienen; man fehlte bei diesen Gelegenheiten nie, wenn es sich um Kameraden handelte. Frédéric zog den traditionellen schwarzen Talar an. Dann trat er mit drei anderen Studenten, von einem Schwarm gefolgt, in einen großen Saal, der durch Fenster ohne Gardinen erhellt war und an dessen Seiten Bänke standen. In der Mitte umgaben Ledersessel einen Tisch, auf dem eine grüne Decke lag. Er trennte die Kandidaten von den mit roten Roben bekleideten Examinatoren, die alle Schulterstreifen von Hermelin trugen und auf den Köpfen goldbetreßte Baretts.
Frédéric war der vorletzte in der Reihe, hatte also einen ungünstigen Platz. Bei der ersten Frage nach dem Unterschied zwi-

schen einer Konvention und einem Kontrakt widerfuhr ihm eine Verwechslung. Der Professor, ein gutartiger Mann, sagte ihm: »Werden Sie nicht nervös, beruhigen Sie sich!« Er stellte noch zwei leichte Fragen, die dunkle Antworten fanden, und ging zum vierten Examinanden über. Durch diesen kläglichen Beginn verlor Frédéric die Haltung. Deslauriers, der vor ihm unter den Zuhörern saß, gab ihm ein Zeichen, daß er noch hoffen dürfe; und bei der zweiten Frage aus dem Gebiet des Strafrechts schnitt er befriedigend ab. Nach der dritten jedoch, die das sogenannte Mystische Testament betraf, ward seine Furcht, indes der Examinator gleichgültig blieb, noch größer; denn Hussonnet legte die Hände aneinander, als wolle er Beifall klatschen, während Deslauriers in einem fort die Schultern zuckte. Endlich nahte der Moment für die Frage aus dem Prozeßrecht. Es handelte sich um den dritten Satz und dessen Gegensatz. Der Professor, den es ärgerte, den seinen widerstreitende Theorien zu hören, fuhr Frédéric schroff an: »Das ist Ihre Übersetzung? So! Was meinen Sie, paßt das Prinzip von Artikel eintausenddreihunderteinundfünfzig des Code civil mit Ihrer merkwürdigen Interpretation zusammen?«
Frédéric wurde, weil er die Nacht ohne Schlummer zugebracht hatte, von heftigem Schmerz an den Schläfen geplagt. Ein Sonnenstrahl, der zwischen den Leisten einer Rolljalousie durchschlüpfte, blendete ihn. Er stand hinter seinem Stuhl, schaukelte mit dem Körper und strich seinen Schnurrbart.
»Ich warte noch immer auf Ihre Antwort!« sagte der Mann mit dem goldbetreßten Barett. Und da ihn die Geste Frédéric's wohl reizte: »In Ihrem Schnurrbart werden Sie sie kaum finden!«
Den sarkastischen Ausfall lohnte ein Gelächter im Saal. Der Professor, dem das schmeichelte, ließ sich fortreißen. Er stellte noch zwei Fragen, über die Vorladung und den Haupttermin, dann nickte er zum Zeichen, daß es genug sei. Der öffentliche Akt war erledigt. Frédéric ging wieder in die Halle.
Indes der Pedell ihm den Talar auszog und ihn gleich einem anderen überwarf, drängten sich die Freunde um Frédéric. Mit

ihren verschiedenen Meinungen, wie das Resultat sein werde, machten sie ihn erst recht kopfscheu. Bald wurde es vom Saaleingang laut verkündet, der Dritte hatte in einem Semester nochmals vor der Prüfungskommission zu erscheinen.

»Futsch!« sagte Hussonnet. »Gehn wir!«

In der Portierloge stießen sie auf Martinon, der rot war, erregt, mit lächelnden Augen und in der Gloriole des Triumphs leuchtender Miene. Er hatte sein letztes Examen ohne jedes Hindernis bestanden. Nur die Disputationsübung war noch zu erledigen. In vierzehn Tagen schon war er Lizentiat. Seine Familie kannte einen Minister, eine »schöne Laufbahn« war ihm beschieden.

»Nun ist er dir doch über!« sagte Deslauriers.

Nichts kränkt so, wie wenn man dumme Mitbewerber erfolgreich sieht, wo man selbst unterlegen ist. Frédéric erwiderte voller Ungeduld, das sei ihm sehr egal. Seine Wünsche gingen höher; und da Hussonnet sich entfernen wollte, nahm er ihn beiseite und raunte ihm zu: »Keine Silbe von alledem bei Ihnen im Haus, nicht wahr?«

Das Geheimnis war nicht gefährdet; denn morgen reiste Arnoux nach Deutschland.

Als Deslauriers des Abends ins Logis zurückkehrte, war sein Freund seltsam verändert. Er drehte sich im Tanzschritt, er pfiff. Und da sich der Advokatenschreiber über die gute Laune wunderte, erklärte ihm Frédéric, er werde nicht zu seiner Mutter fahren, sondern die Ferien zur Arbeit benützen.

Bei der Nachricht, Arnoux verreise, hatte ihn jähe Freude erfaßt. Dann konnte er dort vorsprechen, ganz wie es ihm behagte, ohne daß er Störungen zu gewärtigen hatte. Diese unbedingte Sicherheit flößte ihm Mut ein. Endlich würde er ihr nicht mehr fern, nicht mehr von ihr getrennt sein. Ein Band, das stärker war als Eisenketten, fesselte ihn an Paris; eine innere Stimme rief ihm zu, er müsse hierbleiben.

Schwierigkeiten waren zu überwinden. Er behob sie durch einen Brief an seine Mutter. Zuerst eröffnete er ihr, daß er diesmal kein Glück gehabt habe, und zwar wegen Programmabweichungen;

es sei ein Zufall, eine Ungerechtigkeit. Alle großen Advokaten (er führte ihre Namen auf) seien ja durch das Examen gerasselt. Doch werde er es im November wiederholen. Um nun keine Zeit zu vergeuden, werde er in diesem Sommer die Heimat nicht besuchen. Außer der Rente für ein Quartal erbat er zweihundertfünfzig Francs zum Zweck eines juristischen Nachhilfekurses, der ihm sehr förderlich sein würde. Das verbrämte er mit Worten des Bedauerns, des Schmerzes, mit kleinen Neckereien und Beteuerungen seiner Sohnesliebe.

Frau Moreau, die ihn schon für den nächsten Tag erwartete, wurde doppelt enttäuscht. Sie verhehlte das Mißgeschick Frédéric's und schrieb ihm, er solle »trotzdem« nach Nogent kommen. Er weigerte sich. Das war der Grund eines Zerwürfnisses. Dennoch empfing er nach Ablauf der Woche die Quartalsrente und die Summe für den Examenspauker. Damit beschaffte er sich eine perlgraue Hose, einen weißen Filzhut und einen dünnen Spazierstock mit goldenem Knauf.

Als das alles in seinem Besitz war, dachte er sich: Ist es nicht doch eine richtige Friseuridee gewesen? und ein Zögern aus tiefer Unentschlossenheit übermannte ihn.

Um festzustellen, ob er Frau Arnoux besuchen solle, schleuderte er dreimal Geld in die Luft. Dreimal lag der Kopf der Münze nach oben. Es war also der Wille des Fatums. Ein Fiaker brachte ihn nach der Rue de Choiseul.

Rasch stieg er die Treppe hinauf und zerrte an der Klingelschnur. Es läutete nicht; er wurde fast ohnmächtig.

Wütend riß er an dem dicken Knopf von roter Seide. Eine Glokke schrillte, tönte schwach, verstummte. Frédéric hatte Angst. Er preßte das Ohr gegen die Tür; kein Atemzug. Er hielt das Auge an das Schlüsselloch und sah im Vorraum nur zwei Halmspitzen zwischen den Papierblumen der Tapete. Er wollte bereits die Stufen wieder hinab; da probierte er es ein letztes Mal. Leise klopfte er. Jetzt ging die Tür auf, und nahe der Schwelle stand Arnoux selbst, mit struppigem Haar, blaurot im Gesicht, und mit verdrossener Miene.

»Nun? Was zum Teufel, führt Sie denn her? Treten Sie ein!«
Er ging mit ihm nicht in das Boudoir oder in sein Zimmer, sondern ins Speisezimmer. Auf dem Tisch stand eine Flasche Champagner mit zwei Gläsern.
Unhöflich fragte Arnoux:
»Wollen Sie was von mir, mein Freund?«
»Nichts! nichts! nichts!« stotterte Frédéric, indes er vergebens nach einem Vorwand für seinen Besuch sann. Dann äußerte er, er sei hier, um zu fragen, was man Neues von Arnoux wisse. Denn Hussonnet habe erzählt, er sei in Deutschland.
»Bewahre!« brummte Arnoux. »Dieser Esel! Alles versteht er falsch!«
Um seine Benommenheit nicht sichtbar werden zu lassen, ging Frédéric im Speisesaal hin und her. Er stolperte gegen den Fuß eines Sessels. Ein Sonnenschirm, der darüber gebreitet war, fiel zu Boden, der Elfenbeingriff zerbrach.
»O Gott!« erschrak er, »da habe ich den Schirm der gnädigen Frau zerbrochen.«
Der Händler blickte auf und lächelte eigentümlich. Frédéric, dem sich so die Möglichkeit darbot, von ihr zu reden, setzte zaghaft hinzu: »Könnte ich sie nicht sehen?«
Sie war in ihrer Heimat, bei ihrer kranken Mutter.
Nach der Dauer ihrer Abwesenheit zu fragen, wagte er nicht. Er erkundigte sich nur, wo Frau Arnoux geboren sei.
»In Chartres! Ist das so seltsam?«
»Nein! Wieso? Keine Spur!«
Sie hatten einander durchaus nichts zu sagen. Arnoux, der sich eine Zigarette angezündet hatte, umkreiste keuchend den Tisch. Frédéric lehnte am Ofen und betrachtete die Wände, die Etagere, das Parkett; und Bilder, die ihn entzückten, glitten vor seinem Gedächtnis oder vielmehr seinen Augen vorbei. Sodann empfahl er sich.
Ein zur Kugel zusammengequetschtes Zeitungsblatt lag auf der Diele des Flurs. Arnoux packte es, reckte sich und stopfte es in die Klingel, um, wie er erklärte, seine Siesta fortzusetzen. Er gab

Frédéric die Hand: »Bitte sagen Sie dem Portier, daß ich nicht zu Hause bin!« und schmetterte die Tür zu.
Frédéric stieg langsam die Treppe hinab. Der Fehlschlag des ersten Versuchs nahm ihm die Lust, weitere folgen zu lassen. Es begannen drei leere Monate. Da er nichts tat, wurde seine Trauer durch seinen Müßiggang noch vermehrt.
Stunde um Stunde beobachtete er von der Höhe seines Balkons den Strom, der zwischen den Quais dahinfloß. Die Quais waren grauweiß, hier und da vom Schmutz der Kloaken geschwärzt. Am Ufer war ein schwimmendes Wäschereiboot verankert, auf dem manchmal Gassenjungen zum Zeitvertreib einen Pudel badeten. Frédéric's Augen ließen links die steinerne Brücke von Notre-Dame und drei Schwebebrücken, dann wandten sie sich immer dem Quai des Ormes zu und hingen an einer Ecke mit alten Bäumen, die den Linden am Hafen von Montereau glichen. Der Turm von Saint-Jacques, das Stadthaus, Saint-Gervais, Saint-Louis, Saint-Paul ragten über das Gewimmel der Dächer, und der Genius der Julisäule gleißte im Osten wie ein breiter goldener Stern, indes im Westen der Tuileriendom seine blaue, schwere Masse gegen den Himmel rundete. Dort, in der Richtung mußte Frau Arnoux wohnen. Er trat in sein Zimmer zurück; legte sich auf den Diwan und überließ sich einer regellosen Träumerei: Plänen, was er arbeiten werde, Projekten, wie er sich erhalten könne, Sprüngen der Phantasie in die Zukunft. Dann ging er, um sich von sich selbst zu befreien, auf die Straße.
Er durchschweifte das Quartier Latin, das, sonst so lärmend, in diesen Wochen verödet lag, da die Studenten jetzt bei ihren Familien waren. Die langen, durch die Stille noch verlängerten Mauern der Kollegien wirkten noch einförmiger. Allerhand friedliche Geräusche waren vernehmbar, das Reiben von Vogelflügeln an den Gittern der Käfige, das Schnarchen einer Drechselbank, der Hammer eines Schuhflickers; und die Kleidertrödler auf dem Straßendamm blinzelten, ohne daß man sich um sie kümmerte, in jedes Fenster. In den einsamen Cafés gähnte die Büfettdame zwischen ihren vollen Flaschen. Die Zeitungen der

Lesekabinetts waren ordentlich geschichtet. Im Atelier der Büglerinnen zitterte die Wäsche unter den lauen Windstößen. Bisweilen blieb Frédéric an dem Kasten eines Buchkrämers stehen. Ein Omnibus, der hart am Trottoir vorüberwankte, ließ ihn sich umschauen. Er war vor dem Luxembourg-Park, seinem Ziel.
Mitunter zog ihn die Aussicht, Zerstreuung zu finden, nach den Boulevards. Von der feuchten Kühle dunkler Gassen kam er auf große, unbegangene, lichtüberflutete Plätze mit Monumenten, die auf das Pflaster ein Spitzenwerk von schwarzen Schatten zeichneten. Aber schon begannen wieder die Wagen, die Läden. Und betäubt schritt er, zumal am Sonntag, von der Bastille bis zur Madeleine, wenn sich das ungeheure Menschenheer über den Asphalt dahinwälzte, durch Wolken von Staub, in dumpfem Getöse. Ihn ekelte vor der Gemeinheit der Gesichter, der Albernheit der Reden, der einfältigen Zufriedenheit, die von den Stirnen ausgeschwitzt wurde. Doch daß er sich bewußt war, höheren Wert als die Masse zu haben, verringerte den Überdruß, den er bei ihrem Anblick empfand.
Täglich sprach er in den Büros der ›Werkkunst‹ vor; und um zu wissen, wann Frau Arnoux zurückkehrte, zog er ausführliche Erkundigungen nach ihrer Mutter ein. Arnoux gab stets denselben Bescheid: der Zustand hatte sich gebessert, in der nächsten Woche kam seine Frau mit Marthe. Je mehr es sich verzögerte, desto unruhiger benahm sich Frédéric, so daß Arnoux, von so viel Freundschaft gerührt, mit ihm einige Male ins Restaurant dinieren ging.
An den Abenden, wo er lange mit ihm allein blieb, durchschaute Frédéric, daß der Bilderhändler nicht viel Geist hatte. Arnoux spürte die Ernüchterung. Auch bot sich jetzt die Gelegenheit, sich ein wenig für die winterlichen Soireen zu revanchieren. Um freigebig auftreten zu können, verkaufte Frédéric einem Trödler gegen die Zahlung von achtzig Francs seine gesamte neue Garderobe, und nachdem er hundert dazugesteckt hatte, die er noch besaß, holte er Arnoux zum Diner ab. Regimbart war dort. Sie speisten dann bei den Trois-Frères-Provençaux.

Der Bürger schälte sich alsbald aus seinem Überrock und entwarf, der ehrfurchtsvollen Unterordnung der anderen sicher, das Menü. Aber umsonst begab er sich in die Küche zu persönlichen Verhandlungen mit dem Oberkoch und in den Keller, den er bis in jeden Winkel kannte, umsonst forderte er, daß der Eigentümer vor ihm erscheine, den er »herunterputzte«. Das Essen, die Weine, die Aufwartung, alles tadelte er. Bei jedem neuen Gericht, jeder Weinsorte, beim ersten Bissen, beim ersten Schluck ließ er die Gabel fallen oder schob das Glas von sich. Er stemmte die Ellbogen breit auf das Tischtuch und erklärte laut, man könne in Paris nicht mehr dinieren. Schließlich, da er keinen Reiz für seinen Appetit fand, wählte Regimbart grüne Bohnen in Öl, »ganz einfach«, die zwar nicht völlig nach Arnoux' Geschmack waren, doch seinen Groll etwas beschwichtigten. Dann hatte er mit dem Kellner einen Dialog über dessen Vorgänger bei den Provençaux. Was war aus Antoine geworden? Und dem, wie hieß er doch, Eugène? Und Théodore, dem Kleinen, der immer unten servierte? Damals speiste man anders, oh, köstlich sogar, und einen Burgunderabzug gab es, wie man ihn niemals mehr schlürfen wird!

Dann befaßte man sich mit den Preisen von Grundstücken vor der Stadtgrenze, einer unfehlbaren Spekulation Arnoux'. Wenn er wartete, verlor er seine Zinsen. Da er nichts losschlagen wollte, sollte Regimbart ihm jemanden suchen; und mit dem Bleistift kritzelten sie Zahlen bis nach dem Dessert.

Sie gingen den Kaffee in der Passage du Saumon trinken, in einem Lokal, das im Zwischenstock lag. Ununterbrochen stehend, wurde Frédéric Zeuge endloser, mit unzähligen Schoppen begossener Billardpartien. Und er hielt bis Mitternacht aus, ohne zu wissen wozu, der Feigheit oder der Dummheit gehorchend, in der undeutlichen Hoffnung auf irgendein Geschehnis, das seiner Liebe günstig wäre.

Verzweifelnd fragte Frédéric sich, wann er sie wiedersehen werde. Doch eines Abends, gegen Ende November, überraschte ihn Arnoux: »Gestern ist meine Frau zurückgekommen.«

Am folgenden Nachmittag, um fünf Uhr, betrat er ihren Salon. Er gratulierte ihr zunächst, daß ihre Mutter von schwerer Krankheit genesen sei.
»Aber wie denn? Wer hat Ihnen das gesagt?«
»Ihr Gatte.«
Sie rief leise: »Ach!« Dann fügte sie hinzu, sie habe zwar anfangs ernste Besorgnisse gehabt; jetzt seien sie geschwunden.
Sie saß am Kamin, auf dem gepolsterten Lehnsessel, er auf dem Sofa, seinen Zylinder an die Knie gedrückt. Die Konversation war erschwert, da sie sie in jeder Minute fallen ließ. Er hatte keine Möglichkeit, die Beteuerung seiner Gefühle einzuschalten. Als er über den Zwang zum Studium der Juristerei seufzte, erwiderte sie: »Ja, ich kann es mir vorstellen ... die Rechtsgeschichten«, und sie sah zu Boden, plötzlich mit ihren Gedanken anderswo. Er war begierig, ihre Gedanken zu ergründen, und wollte nichts als dies. Um sie wuchs die Dämmerung mit ihren Schatten.
Sie erhob sich, da sie ausgehen müsse, und erschien wieder mit einem Kapotthut von Velours und einem schwarzen Umhang, der einen Saum von grauem Eichhörnchenpelz hatte. Er wagte es, ihr seine Begleitung anzutragen.
Man sah draußen nichts mehr; das Wetter war kalt, und ein dicker Nebel, der die Häuserfassaden näßte, hing in der rußgeschwängerten Luft. Mit Wonne sog Frédéric sie ein; denn durch die Watte des Mantelfutters spürte er die Form des Armes neben seinem Arm, und ihre Hand in dem zweimal zugeknöpften Handschuh von Sämischleder, ihre kleine Hand, die er mit Küssen hätte bedecken wollen, stützte sich auf ihn. Da das Pflaster glatt war, strauchelten sie ein wenig; und es war ihm, als schritten sie beide, vom Wind gewiegt, durch Gewölk dahin.
Der Glanz der Lichter auf dem Boulevard entriß ihn seinem Traum. Das war die Stunde; er mußte sich beeilen. Bis zur Rue de Richelieu wollte er warten und dann ihr seine Liebe erklären. Aber schon stand sie vor einem Porzellanladen still. Sie sagte zu ihm: »So, und ich danke Ihnen! Donnerstag, nicht wahr, wie gewöhnlich?«

Von neuem wurde er zu den Diners geladen; und je öfter er bei ihr zu Gast war, desto tiefer sehnte er sich nach ihr. Diese Frau zu betrachten, griff seine Nerven so an wie der Gebrauch eines starken Parfüms. Es durchdrang sein Innerstes und wurde ihm fast eine neue Art zu empfinden, zu leben.

Die Prostituierten, die er im Licht der Laternen traf, die Sängerinnen, die ihre Koloraturen rollen ließen, die Kunstreiterinnen auf ihren galoppierenden Pferden, die Bürgerfrauen, die zu Fuß gingen, die Grisetten an ihren Fenstern, alle Frauen riefen ihm, durch Ähnlichkeiten oder heftige Kontraste, die eine zurück. Er sah in den Auslagen die Kaschmirschals, die Spitzen, die Ohrgehänge von glitzernden Steinen und dachte sie sich an ihre Hüften geschmiegt, an ihr Kleid genäht, in ihrem schwarzen Haar brennend. In den offenen Blumengeschäften entfalteten sich die Blumen, damit sie vorbeikam, sich schmücke; die kleinen Pantoffeln von Satin mit dem Schwanenflaum hinter den Scheiben der Schuhläden schienen ihres Fußes zu harren; alle Straßen führten nach ihrem Haus; die Wagen standen auf den Plätzen nur, um ihn rascher zu ihr zu führen; nur um sie kreiste Paris, die große Stadt mit allen ihren Stimmen erbrauste wie ein riesiges Orchester nur um sie.

Wenn er in den Jardin des Plantes ging und eine Palme sah, schweifte seine Phantasie in exotische Länder. Sie reisten zusammen auf dem Rücken der Dromedare, unter dem Zeltturm der Elefanten, in der Kabine einer Jacht über blaue Inselmeere oder Seite an Seite auf zwei glöckchenbehangenen Maultieren, die im Gras gegen zertrümmerte Säulen stolpern. Manchmal verweilte er im Louvre vor alten Bildern; und seine Liebe, die sie bis in die Jahrhunderte der Vergangenheit umfing, ersetzte die Personen der Gemälde durch sie. Eine altertümliche Kogel auf dem Haar, kniete sie betend hinter einem bleigerahmten Spitzfenster. Herrin Kastiliens oder Flanderns, saß sie da, mit wuchtender Halskrause und einem gebauschten Fischbeinrock. Sie stieg eine große Porphyrtreppe hinab, inmitten von Senatoren, unter einem Baldachin von Straußenfedern, in brokatenem Ge-

wand. Oder er erträumte sie in Hosen von gelber Seide, auf den Polstern eines Harems. Und alles, was schön war, das Funkeln der Sterne, einzelne Melodien, der Bau eines Satzes, eine Kontur mahnte ihn an sie, plötzlich und ohne daß er es wußte.
Es kam ihm nicht in den Sinn, daß sie seine Geliebte werden könne; des Mißerfolges bei ihr war er sicher.
Eines Abends küßte Dittmer, als er erschien, sie auf die Stirn. Lovarias tat das gleiche und sagte: »Nicht wahr, ich darf? Es ist ja das Privileg der Freunde.«
Frédéric stotterte: »Freunde sind wir doch alle?«
»Aber nicht alle sind ältere Herren«, wandte sie ein. Das war eine indirekte Zurückweisung für ihn.
Was konnte er versuchen? Ihr bekennen, daß er sie liebte? Dann fertigte sie ihn ganz gewiß demütigend ab. Oder sie war empört und jagte ihn fort. Jedes Maß von Schmerz wollte er eher dulden, als ihrer Gesellschaft beraubt zu sein.
Er war auf das Talent der Pianisten neidisch und auf die Hiebnarben der Soldaten. Er wünschte sich eine gefährliche Krankheit, in der Hoffnung, sie dadurch für sich zu interessieren.
Eines wunderte ihn bei allem, daß er auf Arnoux niemals eifersüchtig war. Und er sah sie niemals anders vor sich als bekleidet; so natürlich schien ihre frauenhafte Scham, die ihr Geschlecht in geheimnisvolles Dunkel verbannte.
Er dachte an das Glück, mit ihr zu leben, ihr du zu sagen, mit langer Liebkosung über ihr Haar zu streichen oder vor ihr zu liegen, auf den Knien, die Arme um ihren Leib, und in ihren Augen ihre Seele zu lesen. Um des Glücks teilhaftig zu werden, mußte er sein und ihr Schicksal wandeln. Doch unfähig hierzu, Gott fluchend, sich der Feigheit anklagend, lief er in der Haft seiner Begierde auf und ab wie der Gefangene in seinem Kerker. Eine ständige Angst erstickte ihn. Während ganzer Stunden saß er unbeweglich, oder er brach in Tränen aus. Eines Tages, als er nicht die Kraft hatte, sich zu beherrschen, fragte Deslauriers ihn: »Zum Teufel, was ist denn mit dir los?«
Frédéric war nervenkrank. Deslauriers wollte es ihm nicht glau-

ben. Vor seinem Gram fühlte er seine Zärtlichkeit wieder erwachen, und er tröstete ihn. Ein Mann wie er sollte sich so niederwerfen lassen, was für eine Torheit! In den Jugendjahren kam das vielleicht vor, aber später war es Zeitvergeudung.

»Du verpfuscht mir ja meinen Frédéric von früher! Ich will, daß er wieder der alte wird. Wieder der gleiche Bursche! Der war mein Fall. Da, rauche eine Pfeife, du Tropf! Reiß dich zusammen, es ist ja gräßlich!«

»Ja«, sagte Frédéric, »ich bin verrückt!«

Der Advokatengehilfe fuhr fort: »Du schmachtender Troubadour, ich weiß schon, weshalb du traurig bist! Das Herzchen, was? Gestehe! Bah! für jede, die du nicht kriegst, ist vierfacher Ersatz. Tugendhafte Frauen können einem gestohlen werden, wozu gibt es die andren? Soll ich dir Weiber zeigen? Du brauchst nur in die Alhambra zu gehen. (Das war ein kürzlich draußen vor den Champs-Elysées eröffnetes Ballokal, das schon in zweiten Winter verkrachte, weil es mit einem bei dieser Gattung von Etablissements noch ungewohnten Luxus betrieben wurde.) Dort amüsiert man sich, heißt es. Gehn wir in die Alhambra! Wenn du magst, nimm deine Freunde mit; ich habe sogar nichts gegen Regimbart.«

Frédéric sah von dem Bürger ab. Deslauriers verzichtete auf Sénécal. Sie begnügten sich mit Hussonnet, Cisy und Dussardier; und zu fünft entstiegen sie demselben Fiaker am Portal der Alhambra.

Rechts und links waren parallel zwei maurische Galerien gezogen. Die Hinterwand, dem Eingang gegenüber, war eine hohe Hausmauer; die vierte Seite, auf der das Restaurant lag, stellte ein gotisches Kloster mit Glasmalereien dar. Ein chinesisches Dach verdeckte die Estrade, auf der die Musikkapelle spielte. Der Boden ringsum war asphaltiert, und venetianische Lampions, die an Pfosten schwebten, krönten von fern die Quadrillen mit einem buntglühenden Kranz. Hier und da trug ein Säulenfuß ein steinernes Becken, von dem ein dünner Wasserstrahl aufwärts sprang. Durch das Laub schimmerten Statuen von Gips, Heben oder Cupidos, die von Ölfarbe glänzten. Und die zahlreichen Gänge mit ihrem gelben, sorgfältig geharkten Sand täuschten eine größere Ausdehnung vor, als der Garten in Wirklichkeit hatte.

Studenten spazierten mit ihren Mätressen. Kommis von Modehäusern spreizten sich, ihren Stock in den Fingern. Gymnasiasten rauchten Regalias. Alte Junggesellen strichen sich eitel mit dem Kämmchen durch ihren schwarzlackierten Bart. Engländer waren da, Russen, Südamerikaner und drei Orientalen im Tarbusch. Loretten, Grisetten und Dirnen waren gekommen, um von einem Liebhaber, einem Beschützer zwanzig Francs zu ergattern oder auch nur sich am Tanz zu belustigen; und ihre Roben mit wassergrüner, kirschblauer oder violetter Tunika glitten und schwankten zwischen Ebenholzbäumen und Flieder. Nahezu alle Männer trugen karierte Stoffe, mehrere von ihnen, ungeachtet der Abendkühle, weiße Hosen. Die Gaskandelaber wurden gerade angezündet.

Durch seine Beziehungen zu den Modeblättern und den kleinen Theatern kannte Hussonnet viele Weiber mit Namen. Er sandte ihnen mit den Fingerspitzen Küsse zu; und hin und wieder verließ er seine Freunde, um mit den Damen zu plaudern.

Deslauriers war auf sein Gebaren neidisch. Zynisch redete er eine große, in gelben Nanking gekleidete Blondine an. Sie musterte ihn schnippisch, dann sagte sie: »Nein! ich traue dir nicht, Verehrter!« und drehte sich um.

Er probierte es ein zweites Mal bei einer dicken Brünetten, die wohl hysterisch war; denn sobald er ein Wort gesagt hatte, war sie nicht zu bändigen. Sie drohte ihm, wenn er nicht gleich ruhig sei, die Polizei zu holen. Deslauriers lachte krampfhaft. Dann wurde er einer kleinen Person ansichtig, die abseits unter einer Laterne saß, und bat sie um einen Contretanz.

Die Musiker, die wie Affen auf der Estrade hockten, kratzten und bliesen mit Ungestüm. Der Kapellmeister schlug im Stehen mechanisch den Takt. Man war in Klumpen zusammengedrängt und freute sich dessen. Die gelösten Hutbänder flogen gegen die

Krawatten, die Stiefel schoben sich zwischen die Unterröcke. Alles hüpfte im gleichen Rhythmus. Deslauriers preßte die Kleine an sich und tobte, von der Raserei des Cancan überwältigt, inmitten der Quadrillen wie ein großer Hanswurst. Cisy und Dussardier gingen noch durch den Saal. Der junge Aristokrat richtete sein Lorgnon auf die Dirnen; aber es half nichts, daß der Kommis ihn ermutigte, er wagte nicht mit ihnen zu sprechen, denn er glaubte, bei der Art Weiber stecke »immer ein Mann mit einer Pistole im Schrank, und dann tritt er heraus und nötigt einen, Wechsel zu unterschreiben«.

Sie trafen wieder auf Frédéric. Deslauriers tanzte nicht mehr; und alle fragten sich, wie sie den Abend beenden sollten. Da rief Hussonnet: »Die Marchesa Amaëgui!«

Es war eine bleiche Frau mit aufgestülpter Nase, Handschuhen bis zu den Oberarmen und großen schwarzen Locken, die wie Hundeohren neben ihren Wangen baumelten. »Wollen wir nicht eine kleine Festivität bei dir veranstalten, ein orientalisches Gelage?« sagte Hussonnet zu ihr. »Hast du irgendwo ein paar von deinen Freundinnen für die französischen Ritter hier? Na, paßt es dir etwa nicht? Ist es der Tag deines Hidalgo?«

Die Andalusierin senkte den Blick; da sie die wenig luxuriösen Neigungen ihres Freundes kannte, hatte sie Furcht, die Getränke zahlen zu müssen. Endlich brachte sie das Wort »Geld« heraus. Cisy war bereit, fünf Napoleons zu geben, den ganzen Inhalt seiner Börse. Das Fest galt als beschlossen. Aber jetzt war Frédéric nicht mehr da.

Er hatte eine Stimme gehört, die wie die von Arnoux klang, hatte einen Damenhut gesehen und war schnell in die Laube nebenan gegangen. Fräulein Vatnaz und Arnoux saßen dort allein.

»Entschuldigen Sie! störe ich?«

»Nicht im geringsten«, behauptete der Bilderhändler.

Soweit Frédéric von dem Gespräch noch etwas auffing, wurde ihm deutlich, daß Arnoux in die Alhambra nur wegen einer eiligen Konferenz mit Fräulein Vatnaz gefahren war. Und offenbar

war die Angelegenheit noch nicht völlig geklärt, denn er fragte mit zweifelnder Miene: »Ist das auch so?«
»Es ist so! Sie werden geliebt. Ach, was für ein Mann Sie sind!«
Sie verzog schmollend den Mund und drückte die breiten Lippen heraus, die in ihrer Röte zu bluten schienen. Aber sie hatte prachtvolle Augen, gelbbraun mit goldenen Pünktchen, in denen Geist glomm und Sinnlichkeit. Wie Lampen beleuchteten sie den fahlen Teint ihres mageren Antlitzes. Ihr launisches Sträuben ergötzte Arnoux, er bog sich zu ihr hin und sagte: »Sie sind reizend, geben Sie mir einen Kuß!« Sie faßte ihn an den Ohren und küßte ihn auf die Stirn.
Im gleichen Moment verstummte die Tanzmusik; und am Pult des Kapellmeisters stand ein schöner junger Mensch, der zu fett war und weiß wie Wachs. Er hatte lange schwarze Haare mit Christusscheitel, eine himmelblaue Veloursweste mit goldenen Palmen, schien hochmütig wie ein Pfau und dumm wie ein Truthahn. Nachdem er sich dem Publikum vorgestellt hatte, sang er ein Chanson. Darin erzählte ein Bauer von seiner Reise in die große Stadt. Der Artist redete den Dialekt der unteren Normandie und markierte den Betrunkenen. Der Refrain:

»Ach! in Paris gibt's komische Sachen!
Da mußt du lachen! da mußt du lachen!«

weckte stampfendes Beifallsgedröhn. Delmas, der ›Charaktersänger‹, war zu schlau, um den Enthusiasmus abebben zu lassen. Man reichte ihm rasch eine Gitarre, und er säuselte eine Romanze ›Der Bruder der Albanierin‹.
Der Text erinnerte Frédéric an das Lied, das der zerlumpte Bettler zwischen den Radkästen des Dampfers gesungen hatte. Unwillkürlich heftete sich sein Blick auf den Saum des Kleides, das vor ihm auf der Diele schleppte. Nach jeder Strophe war eine lange Pause; und das Flüstern des Windes in den Bäumen glich dem Wellengeplätscher des Stroms.
Fräulein Vatnaz schob mit einer Hand die Blätter eines Ligusterstrauchs zur Seite, der ihr die Aussicht nach der Estrade versperr-

te, und betrachtete den Sänger, starr, mit geweiteten Nasenflügeln und gerunzelten Brauen, wie in ernster Wollust.
»Gut so!« sagte Arnoux. »Nun begreife ich, warum Sie heute in der Alhambra sind. Sie haben eine Schwäche für Delmas, meine Liebe.«
Sie wollte es nicht zugeben.
»Nein! wie zaghaft!« Und er wies auf Frédéric: »Etwa seinetwegen? Das wäre überflüssig. Der junge Mann ist die Diskretion selbst.«
Die anderen, die ihren Freund suchten, traten in den Salon mit dem grünen Rasenteppich ein. Hussonnet nannte ihre Namen dem Bilderhändler, der Zigarren verteilte und alle mit Sorbet bewirtete.
Fräulein Vatnaz war errötet, als sie Dussardier sah. Sie erhob sich und hielt ihm die Hand hin: »Erkennen Sie mich nicht, Herr Auguste?«
»Wieso weiß sie, wer Sie sind?« fragte ihn Frédéric.
Cisy zupfte ihn am Ärmel, sie gingen. Kaum war er fort, als Fräulein Vatnaz ihn höchlichst lobte. Sie sagte sogar, er habe das Genie des Herzens.
Dann sprach man über Delmas und die Erfolge, die er im Theater als Schauspieler haben könne. Es entspann sich eine Diskussion, in der man Shakespeare, die Zensur, den Stil, das Volk, die Abendkasse der Porte-Saint-Martin, Alexandre Dumas, Victor Hugo und Dumersan mischte. Arnoux hatte bei mehreren berühmten Schauspielerinnen verkehrt; die jungen Leute neigten sich näher, um sich nichts entgehen zu lassen. Aber seine Worte wurden vom Lärm der Musik übertönt, und sobald eine Quadrille, eine Polka zu Ende waren, stürzten alle sich auf die Tische, schrien nach den Kellnern, lachten. Die Flaschen voll Bier oder brausender Limonade wurden in die Büsche entkorkt, Weiber gackerten wie Hennen. Ab und zu wollten zwei Herren sich prügeln. Man nahm einen Dieb fest.
Im Galopp stürmten die Tänzer durch die Alleen. Keuchend, lächelnd, mit knallroten Gesichtern defilierten sie in einem Wir-

bel, daß die Frauenkleider und die Frackschöße schlenkerten. Die Posaunen brüllten noch gellender, noch mehr jagte der Rhythmus. Hinter dem mittelalterlichen Kloster zischten und platzten Böller; Sonnen schwangen sich; die smaragdene und rote Glut bengalischen Feuers übergoß für eine Minute den Vergnügungspark; und als die letzten Raketen zerstoben, hauchte die ganze Menge ein bewunderndes »Ah!«

Langsam rann sie auseinander. Eine Pulverwolke wälzte sich noch in der Luft. Frédéric und Deslauriers durchquerten Schritt für Schritt die Reihen, als ein sonderbarer Vorgang sie hemmte. An der Schirmablage ließ Martinon sich Kleingeld zurückzahlen. Er begleitete eine etwa fünfzigjährige Frau, häßlich, aufgedonnert und von fragwürdigem sozialen Rang.

»Der Bursche«, sagte Deslauriers, »ist doch komplizierter, als man meinen sollte. Wo ist denn aber Cisy?«

Dussardier zeigte ihm die Likörschenke, worin der Erbe ritterlicher Urahnen mit einer Dame in einem rosa Hut vor einer Punschterrine saß.

Hussonnet, der sich vor fünf Minuten entfernt hatte, kam soeben zurück. Ein junges Mädchen schmiegte sich in seinen Arm und gab ihm laut die Bezeichnung »mein Schnurrkater«.

»Nicht doch!« lehnte er ab. »Nicht so vor allen den Herrschaften! Sage lieber zu mir Vicomte! Das hört sich aristokratisch an, Epoche Ludwigs des Dreizehnten, seidene Schuhe mit Spangen, das gefällt mir. Ja, meine Teuren, eine Gewesene von mir! Ist sie nicht niedlich?« Er faßte ihr unter das Kinn. »Grüße die Kavaliere! Sie alle sind Söhne des Hochadels von Frankreich. Ich gehe mit ihnen um, damit sie mich zum Botschafter machen!«

»Sie sind eine Nummer«, ächzte Fräulein Vatnaz. Sie bat Dussardier, sie bis zu ihrem Haus zu bringen.

Arnoux sah ihnen nach, dann wandte er sich an Frédéric: »Wäre das etwas für Sie, die Vatnaz? Na, Sie sind ja nicht für Offenheit. Ich glaube, Sie sind ein Liebeshehler.«

Frédéric, der erblaßt war, leistete einen Schwur, er verhehle nichts.

»Weil niemand eine Mätresse von Ihnen kennt«, sagte Arnoux.

Frédéric hätte gern irgendeine Frau, die ihm gerade einfiel, genannt. Doch man konnte *ihr* davon erzählen. Er antwortete, daß er freilich keine Mätresse habe.

Der Bilderhändler fand das sonderbar. »Heute abend war gute Gelegenheit! Warum haben Sie es nicht wie die anderen gehalten, die sich alle mit einem Weib von dieser Stätte entfernen?«

»Nun, und Sie?« sagte Frédéric, voll Ungeduld, daß er ihn so beharrlich ausfragte.

»Ich, mein Kleiner? I, das ist ein Unterschied. Ich fahre jetzt zur eigenen Frau heim.«

Er winkte einem Kabriolett und verschwand.

Die beiden Freunde gingen zu Fuß. Ein Ostwind wehte. Sie schwiegen. Deslauriers bedauerte, vor dem Direktor einer Tageszeitung nicht »geglänzt« zu haben, und Frédéric versank in seine Trauer. Dann sagte er, der »Bums« habe ihn angewidert.

»Und woran lag das? Hättest du uns nicht wegen deines Arnoux im Stich gelassen!«

»Bah! jeder Versuch, mich in der Stupidität aufzuheitern, wäre ja doch mißlungen!«

Indessen, der Advokatengehilfe hatte seine theoretischen Anschauungen. Um etwas zu erlangen, mußte man es nur stark begehren.

»Du selbst hast doch vorhin . . .«

»Das war ja bloß Unfug!« sagte Deslauriers und schnitt die Anspielungen auf seine Galanterien ab. »Glaubst du, ich werde mir Weiber auf den Hals laden?« Und er deklamierte gegen ihre Ziererei, ihre Dummheit; kurz, er mochte sie nicht.

»Was posierst du so?« sagte Frédéric.

Deslauriers schwieg. Dann bemerkte er plötzlich: »Willst du um hundert Francs mit mir wetten, daß ich die erste, die vorbeikommt, herumkriege?«

»Ja, wetten wir.«

Die erste, die vorbeikam, war eine scheußliche Alte in Bettlerin-

nenflicken. Und schon verzweifelten sie an der Fügung des Zufalls, als sie mitten in der Rue de Rivoli ein großes Mädchen sahen, das einen kleinen Karton umklammerte.
Deslauriers sprach sie unter den Arkaden an. Sie wich brüsk nach der Seite der Tuilerien aus, und bald ging sie über die Place du Carrousel. Dabei guckte sie rechts und links zurück. Sie lief einem Fiaker nach; Deslauriers holte sie ein. Er schritt neben ihr und redete zu ihr mit ausdrucksvollen Gesten. Dann willigte sie ein, ihn unterzufassen, und sie setzten gemeinsam ihren Weg die Quais entlang fort. Nahe dem Châtelet bummelten sie wohl mehr als zwanzig Minuten auf dem Trottoir hin und her, wie Matrosen auf Deckwache. Mit einemmal eilten sie über den Pont au Change, den Blumenmarkt, den Quai Napoléon. Frédéric betrat hinter ihnen die Schwelle. Deslauriers bedeutete ihm, er geniere sie und solle nur dasselbe wie er tun.
»Wieviel hast du noch?«
»Zehn Francs!«
»Damit reichst du. Gute Nacht!«
Frédéric wurde von jenem Staunen ergriffen, mit dem man die Ausführung eines Scherztricks beobachtet. Er höhnt mich, dachte er. Soll ich nicht doch hinaufgehn? Vielleicht würde Deslauriers vermuten, daß ich ihm seine Liebschaften nicht gönne! Als hätte ich nicht eine Liebe, die hundertmal seltener ist, edler und tiefer! Etwas wie Zorn stieß ihn vorwärts. So kam er bis zum Haus von Frau Arnoux.
Keines der Fassadenfenster gehörte zu den von ihr bewohnten Räumen. Dennoch hingen seine Blicke an der Front, als wähne er, dadurch, daß er so emporsah, die Mauern spalten zu können. Sicher schlummerte sie jetzt, sanft wie eine Blume, mit ihrem schönen schwarzen Haar in ihren Spitzenkissen, mit halb geöffneten Lippen, den Kopf auf einem Arm.
Der Kopf ihres Gatten erschien ihm. Er ging, um der Vision zu fliehen.
Er entsann sich des Rats, den ihm Deslauriers gegeben hatte. Ihn graute. Er irrte durch die Straßen.

Nahte ein Passant, so spähte er ihm ins Gesicht. Öfters kroch ihm ein Lichtstrahl zwischen den Beinen hindurch, beschrieb auf dem Pflaster das ungeheure Viertel eines Kreises, und im Schatten tauchte ein Mann auf mit Kiepe und Laterne. Hier und da klapperte im Wind das Blech eines Kaminrohrs. Ferne Töne vereinigten sich mit dem dumpfen Sausen in seinen Schläfen, und es war ihm, als schwebe durch die Luft das leise Ritornell des Contertanzes. Das Marschtempo, in dem er schritt, förderte die rauschartige Benommenheit. Nun war er auf dem Pont de la Concorde.

Er erinnerte sich des Abends im letzten Winter, wo er zum erstenmal von ihr kam, und wo er hier hatte stillstehen müssen; so schnell schlug ihm das Herz unter der Gewalt der Hoffnungen. Jetzt waren sie dahin.

Finstre Wolken verhüllten das Antlitz des Mondes. Er betrachtete ihn, in Träumen von der Größe des Weltalls, dem Jammer und dem Nichts des Lebens. Der Tag dämmerte herauf. Fieber schüttelte ihm die Zähne. Und im Halbschlaf, vom Nebel durchnäßt, bitterlich weinend, fragte er sich, weshalb er nicht ein Ende mache. Ein Ruck nur, und es war geschehen. Die Last seiner Stirn zog ihn nieder, er sah seinen Leichnam in den Fluten schwimmen. Frédéric beugte sich vor. Die Rampe war ziemlich breit; und nur wegen seiner Mattigkeit überkletterte Frédéric sie nicht.

Entsetzen packte ihn. Er ging wieder nach den Boulevards und taumelte auf eine Bank. Polizisten weckten ihn, in der Annahme, daß er die Nacht »durchgesumpft« habe.

Er marschierte weiter. Doch da er heftigen Hunger spürte und alle Restaurants geschlossen waren, ging er in eine Wirtschaft bei den Markthallen essen. Dann trieb er sich, weil es ihm noch zu morgendlich schien, bis nach acht Uhr in der Gegend des Stadthauses herum.

Deslauriers hatte seine Dulcinea schon lange verabschiedet und arbeitete jetzt am Tisch inmitten der Stube. Etwa um vier Uhr trat Herr von Cisy ein. Dank der Hilfe Dussardiers hatte er sich gestern mit einer Dame eingelassen und sie und ihren Ehemann in einer Kutsche bis vor ihr Haus gebracht, in dem er sie besuchen sollte. Vorhin war er dort gewesen. Niemand kannte ihren Namen.

»Und was wünschen Sie da von mir?« äußerte Frédéric.

Der artige junge Herr begann, verworrenes Zeug zu faseln. Er sprach von Fräulein Vatnaz, von der Andalusierin, von allen übrigen. Dann setzte er, nach vielen Umschreibungen, den Zweck seines Besuchs auseinander. Im Vertrauen auf die Diskretion seines Freundes erbat er seinen Beistand in einer Sache, die er hinter sich haben wolle, um sich definitiv als Mann zu fühlen. Frédéric wies ihn nicht ab. Er erzählte die Geschichte von Deslauriers, ohne ihm über sich selbst die Wahrheit zu sagen.

Der Advokatengehilfe fand, er bessere sich schon. Daß sein Rat so maßgeblich war, erhöhte seine Heiterkeit. Durch sie hatte er im ersten Anlauf Fräulein Clémence Daviou gewonnen, Goldstickerin für Militäreffekten, ein entzückendes, zartes Ding, schlank wie eine Binse, mit großen, immer überraschten Augen. Deslauriers mißbrauchte ihre Naivität und log ihr sogar vor, daß er die Ehrenlegion habe. Er schmückte bei ihren Rendezvous seinen Gehrock mit einem roten Band; außerhalb des Zimmers jedoch legte er es nicht an, um, wie er sagte, seinen Chef nicht zu demütigen. Er hielt die Kleine in Distanz, ließ sich von ihr wie ein Pascha verwöhnen und nannte sie, um witzig zu sein, »das Mädchen aus dem Volk«. Sie schenkte ihm jedesmal ein Veilchensträußchen. Eine solche Liebe war gegen Frédéric's Instinkt.

Dennoch wandelte ihn, wenn die beiden Arm in Arm ausgingen, zu Pinson oder Barillot, um in einem Kabinett zu speisen, eine seltsame Traurigkeit an. Er wußte nicht, wie sehr seit einem Jahr, jeden Donnerstag, Deslauriers durch ihn gelitten hatte, wenn er sich die Nägel bürstete, ehe er sich zum Diner in der Rue de Choiseul begab.

Als er eines Abends vom Balkon ihnen nachschaute, sah er fern auf dem Pont d'Arcole Hussonnet. Der Bohémien rief ihn mit

Signalen, und als Frédéric die fünf Treppen hinuntergestiegen war, sagte er ihm: »Also, nächsten Sonnabend, den vierundzwanzigsten. Es ist der Namenstag von Frau Arnoux.«

»Wie denn, sie heißt doch Marie?«

»Sie heißt auch Angèle, das ist ja unwichtig. In ihrem Landhaus in Saint-Cloud wird ein Fest sein. Ich bin beauftragt, Sie zu verständigen. Um drei Uhr finden Sie vor dem Gebäude, in dem die Büros der Zeitschrift sind, einen Wagen. Gut, Sie werden nicht fehlen. Verzeihen Sie die Störung. Ich habe noch so viel zu besorgen.«

Frédéric war kaum von der Tür zurück, als ihm der Portier einen Brief einhändigte: »Herr und Frau Dambreuse bitten Herrn F. Moreau, ihnen die Ehre zu geben und Sonnabend, den 24. des Monats, bei ihnen zu dinieren. U. A. w. g. . . .«

Zu spät, dachte er.

Er zeigte jedoch die Einladung Deslauriers, der rief: »Endlich! Aber du siehst nicht sehr beglückt aus. Was hast du?«

Frédéric zögerte ein wenig; er sei für denselben Tag anderswohin geladen.

»Sei so gut und lasse die Rue de Choiseul schießen! Keine Torheiten! Ich schreibe für dich, wenn dir das unangenehm ist.« Und er sagte für Frédéric zu, in der dritten Person.

Da Deslauriers die Gesellschaft immer nur durch die Erregung seiner Begierde gesehen und niemals Zugang zu ihr gehabt hatte, stellte er sie sich als ein künstliches Gebilde vor, das nach mathematischen Gesetzen funktionierte. Ein Diner in einem reichen Haus, die Begegnung mit einem Manne von Einfluß, das Lächeln einer hübschen Frau konnten, durch eine Kette von Ereignissen, die Ursache und Folge waren, mit gigantischen Resultaten abschließen. Gewisse Salons in Paris waren wie jene Maschinen, die den Rohstoff in sich einziehen und ihn mit hundertfältigem Wert aus ihren Hebeln lassen. Er glaubte an Kurtisanen, die Diplomaten berieten, an Ehen mit großen Vermögen, deren man durch Intrigen habhaft wurde, an das Genie der Galeerensträflinge, an die Gelehrigkeit des Zufalls unter der Faust des

Willens. Mithin schätzte er den Nutzen aus dem Verkehr bei den Dambreuses so hoch ein und sprach so beredt dafür, daß Frédéric keinen Einwand mehr wußte.

Er war jedoch, da es der Namenstag von Frau Arnoux war, zu einem Präsent verpflichtet. Natürlich dachte er an einen Sonnenschirm, um sie für jene von ihm begangene Ungeschicklichkeit zu entschädigen. Er stöberte einen Knicker von taubengrauer Seide auf, mit einem kleinen Griff von ziseliertem Elfenbein, der chinesischer Herkunft war. Aber das kostete hundertfünfundsiebzig Francs, und er hatte keinen Sou mehr, lebte sogar auf Kredit für die Gelder des nächsten Quartals. Jedoch er wollte den Schirm kaufen, er ließ nicht ab davon, und so sehr es ihm widerstrebte, wandte er sich an Deslauriers.

Der antwortete ihm, daß er nichts habe.

»Ich brauche Geld«, sagte Frédéric, »ich brauche es dringend.« Und da sein Freund dieselbe Ausflucht wiederholte, wurde er böse. »Du solltest doch mitunter ...«

»Was denn?«

»Nichts!«

Der Advokatengehilfe hatte verstanden. Er hob die Summe von seinem Reservekapital ab, und als er sie Münze um Münze hingezahlt hatte, sagte er: »Eine Quittung will ich von dir nicht, ich schmarotze ja von dir!«

Frédéric umarmte ihn unter tausend zärtlichen Protesten. Deslauriers blieb kalt. Am nächsten Tag sah er den Sonnenschirm auf dem Piano. »Ach, dafür!«

»Ich werde ihn ihr wohl zusenden«, sagte Frédéric feig.

Der Zufall war ihm dienlich. Denn abends empfing er ein Billet mit schwarzem Rand, durch das Frau Dambreuse ihn von dem Tod eines Onkels benachrichtigte und um Entschuldigung bat, daß sie das Vergnügen seiner Bekanntschaft erst später werde haben können.

Um zwei Uhr war er vor den Büros der Zeitschrift. Statt auf ihn zu warten und mit ihm hinauszufahren, hatte Arnoux sich schon am Vorabend nach Saint-Cloud begeben, um schneller in der frischen Luft zu sein. Jedes Jahr pflegte er, wenn die ersten grünen Blätter sproßen, mehrere Tage nacheinander in der Frühe fortzugehn. Er lief lange durch die Felder, trank in den Meiereien Milch, schäkerte mit den Bäuerinnen, erkundigte sich nach der Aussaat und brachte in seinem Taschentuch Salatköpfe heim. Dann hatte er, einen alten Traum verwirklichend, ein Landhaus erworben.

Indes Frédéric mit dem Kommis sprach, erschien Fräulein Vatnaz. Sie war enttäuscht, Arnoux nicht zu treffen. Er war vielleicht noch zwei Tage draußen. Der Kommis schlug ihr vor, »nachzufahren« – das konnte sie nicht –, einen Brief zu schreiben – sie fürchtete, der Brief werde verlorengehen. Frédéric erbot sich, ihn selbst hinzutragen. Sie schrieb rasch ein paar Zeilen und beschwor ihn, sie ohne Zeugen Arnoux zuzustecken.

Nach vierzig Minuten stieg er in Saint-Cloud vom Seine-Dampfer.

Das Haus lag hundert Schritte über die Brücke hinaus, auf halber Höhe des Hügels. Die Mauern des Gartens waren von zwei Reihen Linden verborgen, und eine weite Rasenfläche erstreckte sich bis zum Ufer. Das Gittertor war offen. Frédéric trat ein.

Arnoux hatte sich auf das Gras geworfen und spielte mit jungen Katzen. Er schien sich völlig der Zerstreuung zu widmen. Der Brief von Fräulein Vatnaz entriß ihn seiner Stumpfheit. »Verdammt! Das ist ärgerlich. Sie hat recht. Ich muß zurück.« Er schob das Papier in seine Tasche und machte sich eine Freude daraus, sein Besitztum zu zeigen. Er zeigte alles, den Pferdestall, die Wagenremise, die Küche. Der Salon lag rechts, nach Paris zu, mit einer Veranda, an deren Spalier wilder Wein wuchs. Aber über ihren Köpfen erhob sich eine Stimme in leuchtender Koloratur; Frau Arnoux, die sich allein glaubte, sang für sich. Sie sang Skalen, Triller, ein Arpeggio. Lange Noten hörte man, die gewichtlos zu schweben schienen; andere stürzten hervor wie die Tropfen einer Kaskade. Durch die Jalousie dringend, brach die Stimme das große Schweigen und vermählte sich mit dem unendlichen Blau.

Sie erstarb plötzlich, als zwei Nachbarn, Herr und Frau Oudry, in den Garten kamen.

Dann wurde sie selbst oben auf der Freitreppe sichtbar; und als sie die Stufen hinabging, gewahrte Frédéric ihren Fuß. Sie hatte kleine, nicht geschlossene Schuhe aus Goldkäferleder, mit drei Querklappen, die wie goldene Stäbe sich von ihren Strümpfen abzeichneten.

Die Gäste nahten. Bis auf den Advokaten Lefaucheur war es die Donnerstagrunde. Jeder hatte irgendein Präsent bei sich: Dittmer eine syrische Schärpe, Rosenwald ein Liederalbum, Burrieu ein Aquarell, Sombaz seine eigene Karikatur und Pellerin eine Kohleskizze, eine Art Totentanz darstellend, eine abscheuliche, mittelmäßige Phantasiestudie. Hussonnet hatte ein Geschenk für überflüssig gehalten.

Frédéric ließ den anderen den Vortritt, um das seine zu überreichen. Sie dankte ihm herzlich. Er sagte: »Ja . . . fast ist es nur ein Schadenersatz. Ich war so betrübt . . .«

»Wieso?« fragte sie. »Ich verstehe Sie nicht.«

»Zu Tisch!« rief Arnoux und zog ihn am Arm. Dann flüsterte er ihm zu: »Sehr klug sind Sie nicht!«

Der Speisesaal war hell und freundlich, mit wassergrüner Farbe bemalt. In einer Ecke netzte eine steinerne Nymphe ihre Zehe in einem Bassin, das Muschelform hatte. Durch die offenen Fenster sah man den Garten mit dem großen Rasenstück, das eine alte, zu drei Vierteln kahle schottische Fichte flankierte. Blumenbeete in regelloser Verteilung wölbten sich in dem Rasen. Jenseits des Flusses staffelten sich in weitem Bogen das Bois de Boulogne, Neuilly, Sèvres und Meudon. Vor dem Gitter, geradeaus, schwamm lavierend eine Segeljolle.

Man plauderte über den Ausblick, den man genoß, dann über die Natur im allgemeinen; und eine Diskussion war im Gang, als Arnoux dem Lakai befahl, gegen halb zehn Uhr den Zweisitzer anspannen zu lassen. Ein Brief seines Kassierers rief ihn nach Paris zurück.

»Soll ich mit dir fahren?« sagte Frau Arnoux.

»Aber unbedingt!« Und er machte ihr eine zeremonielle Verbeugung: »Sie wissen, meine Gnädigste, daß man ohne Sie nicht leben kann!«
Alle gratulierten ihr zu einem so guten Gatten.
»Nun, einsam bin ich ja nicht!« entgegnete sie sanft und wies auf ihr Töchterchen.
Man beschäftigte sich von neuem mit der Malerei und sprach von einem Ruysdael, für den Arnoux einen hohen Verkaufspreis erhoffte. Pellerin fragte ihn, ob es wahr sei, daß der berühmte Saul Mathias aus London ihm im letzten Monat dreiundzwanzigtausend Francs dafür geboten habe.
»Wahr und wahrhaftig!« rief Arnoux, und zu Frédéric sagte er: »Das ist der Herr, mit dem ich unlängst in der Alhambra gewesen bin, sehr ohne meinen Willen, ich versichere es Ihnen, denn die Engländer lassen nicht mit sich spaßen.«
Frédéric, der den Argwohn hegte, in dem Brief von Fräulein Vatnaz handle es sich um eine Weibergeschichte, hatte die Leichtigkeit bewundert, mit der Arnoux einen ehrbaren Grund fand, um zu verschwinden. Jedoch über die letzte Lüge, die der Hausherr gar nicht nötig hatte, war er sprachlos.
Bieder fügte Arnoux hinzu: »Wie ist doch der Name des großen jungen Mannes, Ihres Freundes?«
»Deslauriers«, erklärte Frédéric lebhaft. Und um das Unrecht gegen ihn, dessen er sich bewußt war, auszugleichen, pries er seine überragende Intelligenz.
»So? Na, er scheint nicht so gutmütig wie der andere, der Kommis in dem Speditionsgeschäft.«
Frédéric verfluchte Dussardier. *Sie* würde schließlich noch glauben, daß er mit gewöhnlichen Menschen zu schaffen habe.
Dann unterhielt man sich über die Verschönerung der Hauptstadt, die modernen Viertel, und der rechtschaffene Herr Oudry nannte unter den ersten Spekulanten Herrn Dambreuse. Frédéric benutzte die Gelegenheit, sich zu Ansehen zu bringen, und sagte, er kenne ihn. Aber Pellerin schwang eine katilinarische Rede gegen die Krämer; mochten sie mit Altarkerzen wuchern oder mit

Geld, für ihn war das einerlei. Dann sprachen Rosenwald und Burrieu über Porzellane. Arnoux plauderte mit Frau Oudry über die Gartenkunst. Sombaz, ein Witzling der alten Schule, hechelte ihren Gatten durch. Er gab ihm den Namen Odry, den des Schauspielers, und sagte, er müsse von Oudry abstammen, dem Hundemaler, denn er habe den tierischen Höcker auf seiner Stirn. Er wollte ihm sogar den Schädel betasten, aber Oudry verteidigte sich dagegen, seiner Perücke halber. So endete das Dessert unter schallendem Gelächter.

Als man unter den Linden geraucht und den Kaffee getrunken hatte und mehrmals durch den Garten gegangen war, spazierte man am Ufer. Man blieb bei einem Fischer stehen, der aus einem Fischkasten Aale nahm. Fräulein Marthe wollte sie sehen. Er leerte seinen Behälter auf das Gras, und die Kleine rutschte umher, die glatten Leiber wieder einzufangen, lachte vor Vergnügen, schrie vor Schreck. Alle Fische waren dahin. Arnoux bezahlte sie.

Er hatte dann den Einfall, eine Kahnfahrt zu unternehmen.

Auf der einen Seite begann nun der Horizont zu verblassen, während auf der anderen in weiter Ausdehnung ein Orangeton sich über den Himmel ausbreitete und sich über den völlig schwarz gewordenen Hügelrücken ins Purpur vertiefte. Frau Arnoux saß auf einem großen Felsblock, hinter sich die Feuerlohe. Die anderen schlenderten hier und da. Hussonnet warf vom Uferdamm Steinchen, die über die Wellen spritzten.

Arnoux kam mit einer alten Schaluppe, in die er trotz aller vernünftigen Warnungen seine Gäste stopfte. Sie begann zu sinken; man mußte hinaus.

Schon brannten Kerzen in dem mit persischen Tapeten bespannten Salon, an dessen Wänden kristallene Girandolen hingen. Mama Oudry schlief in einem Sessel ein. Die übrigen Gäste horchten Herrn Lefaucheur und seinen Urteilen über die Zierden der Advokatenkammer zu. Frau Arnoux stand allein am Fenster. Frédéric näherte sich ihr.

Sie plauderten über das, was drinnen gesprochen wurde. Sie bewunderte die großen Redner; für ihn war wertvoller der Schriftstellerruhm. Aber es gebe doch wohl eine intensivere Befriedigung sagte sie, die Masse unmittelbar zu erschüttern, weil man so alle Empfindungen in ihre Seele verpflanzte. Solche Triumphe lockten Frédéric nicht, der ohne Ehrgeiz war.

»Ach! warum?« fragte sie. »Ein wenig Ehrgeiz soll man haben.«

Sie standen in der geöffneten Balkontür. Vor ihnen dehnte sich die Nacht wie ein ungeheurer, dunkler Schleier mit silbernen Tupfen. Zum erstenmal sprachen sie nicht von Belanglosigkeiten. Sie weihte ihn sogar in ihre Antipathien ein und in ihre Geschmackswahl. Von einzelnen Parfüms bekam sie Kopfweh, historische Werke interessierten sie, sie war traumgläubig.

Er fing an, von den Abenteuern des Gefühls zu sprechen. Sie beklagte die Verheerungen unglücklicher Leidenschaft; aber schimpfliche Heuchelei empörte sie. Die Lauterkeit ihres Geistes war so sehr der reinen Schönheit ihres Gesichts verwandt, daß sie sich von innen heraus zu ergänzen schienen.

Zuweilen ruhten ihre Augen, eine Minute lang, auf ihm und lächelten. Dann drangen ihre Blicke in seine Seele wie die großen Strahlen der Sonne in der Fluten Schoß. Er liebte sie ohne Rückhalt, ohne Hoffnung auf Gegenliebe, mit Schicksalsmacht. Und in seinen stummen Verzückungen, die wie ein Jauchzen der Dankbarkeit waren, hätte er ihre Stirn mit einem Regen von Küssen bedecken wollen. Indessen hob eine innere Schwingung ihn gleichsam über die Grenzen seines Ich hinaus, ein Verlangen sich zu opfern, ein Bedürfnis sofortiger Hingabe an sie, das um so gebieterischer war, als er es nicht stillen konnte.

Er und Hussonnet brachen nicht mit den anderen auf. Sie sollten in den Wagen einsteigen; und der Zweisitzer wartete schon vor der Freitreppe, als Arnoux in den Garten ging, um Rosen abzupflücken. Er band das Bukett, in dem die Stengel nicht gleich lang waren, mit einer Schnur zu, suchte in seiner Tasche, entnahm ihrem Vorrat von Papieren eins, das er gerade faßte, wikkelte die Rosen darein, befestigte die Hülle mit einer großen Na-

del und reichte, ein wenig sentimental, den Strauß seiner Gattin.
»Da, Liebste, entschuldige meine Vergeßlichkeit.«
Aber sie stieß einen leisen Schrei aus. Die ungeschickt angebrachte Nadel hatte sie verletzt. Sie ging nochmals auf ihr Zimmer. Sie ließ die Herren ungefähr eine Viertelstunde warten. Endlich erschien sie wieder, holte Marthe und sprang hastig in die Kutsche.
»Und dein Bukett?« fragte Arnoux.
»Nein! nein! laß nur!«
Frédéric eilte, um es herunterzutragen. Sie rief ihm nach: »Ich will nicht!«
Doch bald brachte er es, und er sagte ihr, er habe es wieder in das Papier gehüllt; denn er hatte die Blumen am Boden gefunden. Sie zwängte es unter das Leder, gegen den Kutschbock, und man fuhr ab.
Frédéric, der neben ihr auf der Wagenbank saß, bemerkte, daß sie entsetzlich zitterte. Als Arnoux hinter der Brücke nach links lenkte, mahnte sie ihn gereizt: »Nicht doch! Du irrst dich! Nach rechts!«
In ihrer Nervosität schien ihr alles lästig zu sein. Dann schloß Marthe die Augen. Frau Arnoux zog das Bukett hervor und schleuderte es zum Wagen hinaus. Sie berührte Frédéric's Arm und bat ihn mit der anderen Hand pantomimisch, er solle nie davon sprechen. Dann hielt sie ihr Taschentuch gegen die Lippen und regte sich nicht mehr.
Die beiden auf dem Kutschbock schwatzten über Druckerei und Abonnenten. Da Arnoux unachtsam führte, kam er mitten im Bois de Boulogne von der Straße ab. Man geriet auf kleine Seitenwege. Das Pferd ging im Schritt, die Zweige der Bäume streiften das Wagenverdeck. Frédéric sah von Frau Arnoux in der Finsternis nur die Augen. Marthe hatte sich an sie gelehnt, er stützte mit seinen Händen den Kopf der Kleinen.
»Sie macht Sie müde!« sagte ihre Mutter.
Er antwortete: »Nein, gar nicht!«
Langsam wirbelte Staub auf. Man fuhr durch Auteuil. Alle Häuser waren geschlossen. Mitunter erhellte eine Gaslaterne einen

Mauerwinkel, dann war wieder überall Finsternis. Einmal sah er, daß sie weinte.

Weinte sie aus Kummer? Oder sehnte sie sich nach etwas? Der Gram, von dem er nichts wußte, beschäftigte ihn, als zehre er an ihm persönlich. Jetzt war zwischen ihnen eine neue Gemeinschaft, eine heimliche Mitwisserschaft; und er fragte sie, so behutsam er konnte: »Sie haben einen Schmerz?«

»Ja, mir ist nicht wohl«, erwiderte sie.

Der Wagen rollte dahin, und Geisblatt und Jasmin, über die Gartenzäune quellend, sandten Ströme weichen Duftes in die Nacht. Er hatte die vielen Fältchen ihres Kleides auf den Füßen. Es schien ihm, als seien sie eins durch das zwischen ihnen ausgestreckte Kind. Er neigte sich zu Marthe herab, strich ihr hübsches braunes Haar fort und küßte sie zärtlich auf die Stirn.

»Sie sind gut!« sagte Frau Arnoux.

»Warum?«

»Weil Sie Kinder lieben!«

»Nicht alle!«

Er äußerte sonst nichts, aber er ließ die linke Hand auf seiner Seite offen herabhängen, in dem Gedanken, sie könne wie er tun und seiner Hand begegnen. Dann schämte er sich und zog sie zurück.

Nun war man in den gepflasterten Straßen. Der Wagen fuhr schneller, die Gaslaternen standen dichter, Paris. Vor der Königlichen Intendantur sprang Hussonnet vom Bock. Frédéric wartete, bis man im Hof des Hauses war. Dann drückte er sich in einen Winkel der Rue de Choiseul und beobachtete, wie Arnoux zögernd nach den Boulevards ging.

Schon vom nächsten Tag ab widmete Frédéric sich mit ganzer Kraft dem Studium. Er sah sich vor dem Schwurgericht, an einem Winterabend, wenn die Geschworenen blaß sind und die keuchende Menge die Holzschranken des Prätoriums fast einreißt, wie er seit vier Stunden redete, alle seine Beweise zusammenzog, neue gruppierte, und wie bei jeder Phrase, jedem Wort, jeder Geste das Beil der Guillotine hinter ihm sich von dem Angeklagten fortbewegte. Er sah sich auf der Tribüne als den Kammerredner, in dessen Mund das Heil eines ganzen Volkes ist, wie er unter pomphaften Symbolen seine Widersacher begrub, sie mit einem Hieb zermalmte, mit zuckenden Blitzen und musikalischen Kadenzen in der Stimme, die ironisch war, pathetisch, zürnend, erhaben. Und sie saß irgendwo mitten unter der Versammlung und barg mit ihrem Schleier die Tränen ihrer Begeisterung. Dann kam sie zu ihm. Und Mutlosigkeit, Verleumdung, Schmähung reichten nicht an ihn heran, wenn sie sagte: »Ah, wie schön ist das!« und mit ihren weichen Händen ihm die Stirn koste.

Diese Bilder gleißten wie Fanale von Leuchttürmen am Horizont seines Lebens. Sein Geist wurde davon wacher und stärker. Bis zum August sperrte er sich ein; und so bestand er sein letztes Examen. Deslauriers, der sich so geplagt hatte, ihm die Materie für das zweite Ende Dezember und für das dritte im Februar einzupauken, war verblüfft von seinem Eifer. Nun kehrten die alten Hoffnungen wieder. In zehn Jahren mußte Frédéric Deputierter sein, in fünfzehn Minister, warum nicht? Mit seiner Erbschaft, die ihm bald zufiel, konnte er eine Zeitung begründen; dies als erstes, das Weitere ergab sich dann. Deslauriers' Ziel war noch immer ein Lehrstuhl in der Rechtsfakultät; und er verfocht seine Doktoratsthese mit so überzeugender Schärfe, daß er von den Professoren Komplimente empfing.

Frédéric trat für die seine drei Tage später ein. Vor der Ferienreise gab er in seiner Wohnung ein Essen, zum Abschluß der Sonnabendgesellschaften.

Er war dort sehr fröhlich. Frau Arnoux hielt sich bei ihrer Mutter auf, in Chartres. Doch bald würde er sie wiedersehen, und schließlich würde er ihr Geliebter sein. Deslauriers, der am selben Tag in den Disputierklub von Orsay aufgenommen worden war, erntete für eine Rede donnernden Beifall. Sonst nüchtern, betrank er sich diesmal; und beim Nachtisch sagte er zu Dussardier: »Du bist eine brave Haut! Wenn ich Geld haben werde, wirst du mein Verwalter.«

Alle waren beglückt. Cisy wollte das Rechtsstudium aufgeben. Martinon setzte seine kommissarische Dienstzeit in der Provinz fort, wo seiner die Ernennung zum Staatsanwaltsgehilfen harrte. Pellerin bereitete ein großes Gemälde ›Der Genius der Revolution‹ vor. Hussonnet las in der nächsten Woche bei dem Direktor der Délassements-Comiques den Plan eines Stücks, an dessen Erfolg er nicht zweifelte: »Daß ich das Gerüst eines Dramas zimmern kann, muß jeder zugestehn. Die Leidenschaften, die beherrsche ich, ich habe mich lange genug drin herumgewälzt. Und die Pointen zu feilen, ist mein Handwerk.« Er schlug einen Purzelbaum und gaukelte, die Beine nach oben, um den Tisch.

Diese Gassenjungenmanieren waren nichts für Sénécal. Man hatte ihn aus seiner Pension fortgejagt wegen der Züchtigung eines Aristokratensohns. Da seine Not peinigender wurde, griff er die soziale Ordnung an, fluchte er den Reichen; und er sprach sich an Regimbart's Brust aus, der immer mehr enttäuscht war, verbittert, überdrüssig. Jetzt befaßte er sich mit den Budgetfragen, und er warf der Camarilla vor, daß sie in Algerien Millionen verschwende.

Da er nicht schlafen konnte, ohne in der Weinwirtschaft von Alexandre gewesen zu sein, ging er schon um elf Uhr. Die anderen entfernten sich später. Und als Frédéric sich von Hussonnet verabschiedete, hörte er, daß Frau Arnoux wohl gestern zurückgekommen war.

Er tauschte auf der Poststation sein Billet für nächsten Tag um, und gegen sechs Uhr ließ er sich bei ihr melden. Ihre Rückkehr war, wie der Portier ihm sagte, um eine Woche verschoben. Frédéric speiste allein, dann schritt er langsam die Boulevards hinab.

Rosige Wolken, wie Seidenschals, zogen über die Dächer. Man begann die Marquisen der Auslagen hochzuziehen. Sprengfässer gossen Sprühregen über den Staub, und unerwartete Kühle mischte sich in den Dunst aus den Cafés, durch deren offene Eingänge, zwischen Silbergeschirr und Vergoldungen, man in den hohen Spiegeln Garben von Blumen sah. Die Masse schob sich vorwärts. Mitten auf dem Trottoir plauderten Männer, und Frauen gingen vorbei, mit sinnlicher Erschlaffung in den Augen und dem Teint jener Kamelienfarbe, den die Ermüdung durch große Hitze der weiblichen Haut verleiht. Eine enorme Glut wallte und umfing die Häuser. Nie vorher erschien Paris Frédéric so schön. Die Zukunft erschien ihm als eine endlose Reihe von Jahren voller Liebe.

Er stand vor dem Theater der Porte-Saint-Martin und las die Affiche, und weil er nicht wußte, wohin, kaufte er sich ein Billett.

Man spielte eine alte Zauberposse. Zuschauer gab es wenig; und durch die Luken der Galerie stahl sich in kleinen Vierecken das Tageslicht, während die Lampen des Proszeniums eine einzige Linie von gelben Flammen bildeten. Auf der Bühne sah man einen Sklavenmarkt in Peking, mit Glöckchen, Tamtams, Sultaninnen, hohen Mützen und Calembours. Als der Vorhang fiel, irrte Frédéric durch das verödete Foyer, und an der Straßentreppe bewunderte er einen großen grünen Landauer mit zwei Schimmeln und einem Kutscher in Kniehosen.

Er ging wieder auf seinen Platz, als auf dem Balkon, in der ersten Proszeniumsloge, eine Dame und ein Herr erschienen. Der Herr hatte ein bleiches Gesicht mit dünnem grauen Bart, die Offiziersrosette und die eiskalten Mienen, die, wie man sagt, das Merkmal der Diplomaten sind. Seine Frau, die mindestens zwanzig Jahre jünger war, nicht groß und nicht klein, nicht hübsch und nicht häßlich, trug ihr blondes Haar in englischen Schraubenlokken, eine Robe mit flachem Mieder und einen breiten schwarzen Spitzenfächer. Leute ihrer Gesellschaftsklasse konnten in dieser Jahreszeit nur von ungefähr im Theater sein oder aus Langeweile, um den Abend nicht unter sich zu Hause verbringen zu müssen. Die Dame knabberte an ihrem Fächer, der Herr gähnte. Frédéric konnte sich nicht erinnern, wo er diese Gestalt schon gesehen hatte.

Als er in der nächsten Pause durch einen Korridor ging, begegnete er den beiden. Auf seinen unbestimmten Gruß hin erkannte ihn Herr Dambreuse, sprach ihn an und entschuldigte sich gleich für seine nicht zu verzeihende Nachlässigkeit. Das war eine Anspielung auf die vielen Besuchskarten, die Frédéric nach dem Rat von Deslauriers gesandt hatte. Jedoch verwechselte Herr Dambreuse die Zeiten, da er glaubte, Frédéric studierte im zweiten Jahr die Rechtswissenschaft. Er beneidete ihn, daß er jetzt aufs Land gehe. Er selbst brauche Erholung, doch die Geschäfte hinderten ihn, Paris zu verlassen.

Frau Dambreuse lehnte sich auf seinen Arm und neigte unmerklich den Kopf. Und die geistvolle Anmut ihrer Züge kontrastierte mit der üblen Laune, die sie eben noch verraten hatte.

»Paris bietet aber auch im Sommer allerhand Zerstreuungen!« sagte sie zu den letzten Worten ihres Gatten. »Wie dumm dieses Stück ist, nicht wahr, mein Herr?« Und im Stehen plauderten sie über die Theater und ihre Neuheiten. Frédéric, der die Grimassen der Provinzbourgeoisien gewöhnt war, hatte bei keiner Frau eine solche Leichtigkeit des Benehmens gesehen, diese Schlichtheit, die ein Raffinement ist, und die den Unerfahrenen als das Zeichen einer sofortigen Sympathie gilt. Man rechnete auf ihn, wenn er zurückkam; Herr Dambreuse gab ihm Empfehlungen an den Papa Roque mit.

Als Frédéric die Wohnung betrat, teilte er Deslauriers mit, wie nett man zu ihm gewesen sei.

»Famos!« äußerte der Advokatenschreiber. »Und laß dich nicht von deiner Mama einwickeln! Komme unverzüglich wieder!«

Am Tag nach seiner Ankunft, als sie zu Mittag gegessen hatten, führte Frau Moreau ihren Sohn in den Garten. Sie sagte, sie freue sich, daß er einen Beruf habe, denn sie seien nicht so reich, wie man glaube. Die Erde trage wenig; die Pächter zahlten schlecht. Sie hatte sogar ihren Wagen verkaufen müssen. Und sie schilderte ihm ihre und seine Situation.

In den ersten Jahren ihrer Witwenschaft hatte ein verschlagener Mensch, Herr Roque, ihr Geld geliehen und diese Darlehen, ob sie es mochte oder nicht, erneuert, prolongiert. Dann hatte er ihre Schuld plötzlich eingefordert; und sie hatte seine Bedingungen angenommen und ihm zu einem lächerlichen Preis das Gut Presles überlassen. Zehn Jahre später büßte sie ihr Kapital im Konkurs eines Bankiers in Melun ein. Aus Abscheu gegen Hypotheken und um einen der Laufbahn ihres Sohnes nützlichen Schein zu wahren, hatte sie, als der Vater Roque noch einmal bei ihr vorsprach, wieder auf ihn gehört. Aber jetzt war sie quitt. Kurz, es blieben ihnen etwa zehntausend Francs Rente und davon zweitausenddreihundert für ihn, sein ganzes Erbe.

»Das ist nicht möglich!« rief Frédéric.

Sie bedeutete ihm mit einer Kopfbewegung, daß das sehr möglich sei.

Aber der Onkel werde ihm doch etwas vermachen?

Das war durchaus unsicher.

Sie spazierten schweigend im Garten. Endlich zog sie ihn an ihr Herz und schluchzte: »Ach, mein armer Junge! Ich mußte auf viele Träume verzichten!«

Er setzte sich auf die Bank, in den Schatten einer großen Akazie.

Sie sagte, er solle Gehilfe bei dem Advokaten Prouharam werden, dessen Kanzlei er wohl kaufen könne; sei er tüchtig, so könne er sie wieder verkaufen und eine gute Partie machen.

Frédéric hörte nicht mehr auf sie. Er blickte gedankenlos über die Hecke in den Garten gegenüber. Ein rothaariges Mädchen von etwa zwölf Jahren ging allein darin. Sie hatte Ohrringe aus Ebereschenbeeren umgehängt. Ihr Mieder von grauer Leinwand ließ ihre Schultern entblößt, die von der Sonne einen goldbraunen Schimmer hatten. Flecke von gekochtem Obst besudelten ihren weißen Rock; und in ihrer ganzen, zugleich kräftigen und schwachen Person war die Grazie eines jungen wilden Tieres. Über die Gegenwart eines Unbekannten wunderte sie sich offenbar, denn sie stand plötzlich still, ihre Gießkanne in der Hand, und schleuderte auf ihn den Brand ihrer hellen, graugrünen Augen.

»Es ist die Tochter des Herrn Roque«, sagte Frau Moreau. »Er hat jetzt seine Wirtschafterin geheiratet und ihr Kind legitimiert.«

6

Ruiniert, beraubt, verloren!

Er saß auf der Bank, in dumpfer Erschütterung, und fluchte dem Schicksal. Am liebsten hätte er jemanden geschlagen. Und noch heftiger war er verzweifelt, weil er Schmach auf sich lasten fühlte und Ehrlosigkeit. Denn er hatte sich eingebildet, die Hinterlassenschaft seines Vaters werde später eine Rente von fünfzehntausend Francs abwerfen, und hatte das indirekt bei den Arnoux mitgeteilt. Nun stand er als Hochstapler da, als Betrüger, als Lump, der sich in ihr Haus eingedrängt hatte, weil er irgendeinen Profit erhoffte. Und sie, Frau Arnoux, wie durfte er sie hinfort wiedersehn?

Es war im übrigen ganz unmöglich, wenn er nur dreitausend Francs Rente hatte. Er konnte nicht in der vierten Etage wohnen, sich vom Pförtner bedienen lassen und bei ihr mit armseligen, schwarzen, an den Rändern bläulichen Handschuhen, einem fettigen Zylinder und während eines ganzen Jahres in demselben Gehrock erscheinen. Nein, nein, nie! Und dennoch war die Existenz ohne sie unerträglich. Viele lebten gut, die kein Vermögen hatten, Deslauriers ja auch; und er hielt sich selbst für feige, daß er unwichtigen Dingen einen solchen Wert beimaß. Vielleicht gab die Not seinen Fähigkeiten hundertfache Kraft. Er begeisterte sich in Gedanken an die großen Männer, die in Dachstuben arbeiten. Eine Seele wie die von Frau Arnoux würde von diesem Schauspiel zu zärtlichem Mitleid bewogen werden. So war seine Katastrophe eigentlich ein Glück. Wie jene Erdstöße, die Schätze an den Tag heben, hatte sie ihm den verborgenen Reichtum seines Wesens offenbart. Nur an einem einzigen Ort konnte er ihn bewähren: in Paris. Denn in seinen Ideengängen waren Kunst, Wissenschaft und Liebe (diese drei Gesichter Gottes, wie Pellerin wohl gesagt hätte) ausschließlich mit der Hauptstadt verbunden.

Abends erklärte er seiner Mutter, er werde dorthin zurückkehren. Frau Moreau war bestürzt und empört. Das war ein Wahnsinn, eine Lächerlichkeit. Er folgte besser ihrem Rat, nämlich bei ihr zu bleiben und sich in eine Advokatenkanzlei zu setzen. Frédéric zuckte die Achseln: »Na, weißt du!« Denn dieser Vorschlag verletzte ihn.

Nun wandte die gute Frau eine neue Methode an. Mit sanfter Stimme und leisem Schluchzen sprach sie zu ihm von ihrer Einsamkeit, ihrem Alter, den Opfern, die sie ihm gebracht habe. Jetzt, wo sie noch unglücklicher war, sagte er sich von ihr los. Sie spielte auf ihren nahen Tod an: »Etwas Geduld, o Gott! Du wirst bald frei sein!«

Diese Wehklagen wiederholten sich täglich zwanzigmal, ein Vierteljahr lang. Und dabei verwöhnte ihn die Behaglichkeit des häuslichen Herdes. Er hatte ein weicheres Bett, Servietten, die nicht zerrissen waren. So ließ er sich matt, mit erschöpften Nerven, durch die furchtbare Gewalt der Güte besiegt, dem Notar Prouharam vorstellen.

Er zeigte in seinem Büro weder Kenntnisse noch Tüchtigkeit. Man hatte ihn bis dahin als einen jungen Mann von großer Begabung angesehen, der sicher einmal der Ruhm des Departements sein würde. Es war eine öffentliche Enttäuschung.

Zuerst hatte er gedacht: Ich muß Frau Arnoux benachrichtigen; und eine Woche hindurch hatte er dithyrambische Briefe ersonnen und kurze Billets, in lapidarem und feierlichem Stil. Die Scheu, ihr seine Situation zu gestehen, hielt ihn zurück. Dann glaubte er, es sei besser, dem Gatten zu schreiben. Arnoux kannte das Leben und begriff ihn vermutlich. Endlich, nach zweiwöchigem Zaudern, gab er es auf: Bah! ich soll sie nicht wiedersehen. Mögen sie mich vergessen! Wenigstens bin ich dann in ihrer Erinnerung nicht gesunken. Sie wird meinen, ich sei tot und mich vielleicht auch vermissen.

Da er in seinen Entschlüssen stets die Extreme suchte, hatte er sich geschworen, nie mehr nach Paris zu fahren und sich nach Frau Arnoux nie zu erkundigen. Aber er hatte Heimweh sogar nach dem Geruch des Gases und dem Poltern der Omnibusse. Er träumte allen Worten nach, die sie zu ihm gesprochen hatte, dem

Klang ihrer Stimme, dem Licht ihrer Augen; und da er sich für tot betrachtete, tat er nichts mehr.
Er schlief lange; dann schaute er von seinem Fenster den Karren zu, die mit ihren Frachten vorbeirollten. Die ersten sechs Monate zumal waren grauenhaft.
Manchmal jedoch faßte ihn ein Zorn gegen sich selbst. Dann ging er aus, durch die Wiesen, die im Winter das Hochwasser der Seine halb überschwemmte. Pappeln, eine neben der anderen, begrenzten ihre viereckigen Flächen. Hier und da war eine kleine Brücke. Er vagabundierte bis zum Abend, zerstampfte die dürren gelben Blätter, atmete den Nebel ein, sprang über Gräben. Je ungestümer es in seinen Adern pochte, desto rasender begehrte er zu handeln. Er wollte Trapper in Amerika werden, Vasall eines Paschas im Orient, sich als Matrose einschiffen; und er hauchte seine Schwermut in langen Briefen an Deslauriers aus.
Dieser rackerte sich ab, um sich durchzusetzen. Das unmännliche Gebaren und die ewigen Jeremiaden seines Freundes fand er stupid. Bald stockte ihre Korrespondenz völlig. Frédéric hatte seine ganze Einrichtung Deslauriers geschenkt, der die Wohnung gemietet hatte. Seine Mutter fragte ihn hin und wieder danach. Eines Tages erklärte er ihr, er habe sich der Möbel entäußert, und sie zankte deswegen mit ihm; da kam ein Brief.
»Was hast du denn?« sagte sie, »du zitterst ja!«
»O nichts«, erwiderte Frédéric.
Deslauriers verständigte ihn, er habe Sénécal bei sich aufgenommen; seit zwei Wochen lebten sie miteinander. Jetzt spreizte sich also Sénécal inmitten der Dinge, die er bei Arnoux für sich erworben hatte. Er konnte sie verkaufen, bespötteln, kritisieren. Frédéric war tief getroffen. Er ging in sein Zimmer. Er wünschte sich den Tod.
Seine Mutter rief ihn. Sie wollte seine Ansicht über eine Baumpflanzung im Garten hören.
Dieser Garten, im Stil eines englischen Parks, wurde von einem Knüttelzaun in zwei Teile geschnitten. Der eine war im Besitz des Vaters Roque, der noch einen Gemüsegarten jenseits des

Flusses besaß. Da die Nachbarn verfeindet waren, mieden sie es, zu den gleichen Stunden hinzugehn. Aber seit Frédéric zurück war, zeigte der Biedermann sich dort häufiger, und er erwies dem Sohn der Frau Moreau alle Höflichkeiten. Er bedauerte ihn, daß er in der Kleinstadt leben müsse. Eines Tages erzählte er, Herr Dambreuse habe sich interessiert, wie es ihm gehe. Ein anderes Mal verbreitete er sich über die alten Sitten in der Champagne, wo der dicke Bauch ein Edelmannsprädikat ist: »Damals wären Sie ein großer Herr gewesen, denn Ihre Mutter hieß de Fouvens. Und da kann man sagen, was man will, ein Name ist ein Name. Je nun«, fügte er, schlau blinzelnd, hinzu, »da spricht ja der Justizminister ein Wörtlein mit.« Die Erwartung, nobilitiert zu werden, stand in seltsamen Widerstreit zu seinem sonstigen Auftreten. Da er klein war, übertrieb sein großer kastanienbrauner Gehrock die Länge seines Oberkörpers. Wenn er seine Mütze zog, sah man ein fast weibisches Gesicht mit sehr spitzer Nase. Sein gelbes Haar sah aus wie eine Perücke. Er grüßte sehr devot, indem er die Mauern streifte.

Bis zu seinem fünfzigsten Jahr hatten ihm die Dienste von Catherine genügt, einer Lothringerin, die ebenso alt war wie er und tiefe Pockennarben hatte. Jedoch etwa 1834 brachte er aus Paris eine schöne Blondine mit nach Nogent, mit einer Schafsphysiognomie und dem »Gang einer Königin«. Bald schritt sie stolz umher, mit großen Ohrgehängen, und alles wurde klar durch die Geburt einer Tochter, die im Register den Namen Elisabeth-Olympe-Louise Roque empfing.

Catherine hätte in ihrer Eifersucht das Kind verdammen können. Aber im Gegenteil, sie liebte es. Sie umgab es mit jeglicher Fürsorge, Wärme und Pflege, um seine Mutter ihm fremd und verhaßt zu machen. Das war nicht schwierig; denn Frau Eléonore achtete niemals auf die Kleine, sie klatschte lieber mit den Lieferanten. Schon am Tage nach ihrer Hochzeit stattete sie dem Unterpräfekten eine Visite ab, sie siezte die Mägde und glaubte, Strenge gegen ihr Kind dem guten Ton schuldig zu sein. Sie war bei den Lektionen zugegen; der Lehrer, ein alter Bürokrat vom

Rathaus, hatte keine Ahnung, wie er vorgehen sollte. Die Schülerin wurde rebellisch, bekam Ohrfeigen und weinte dann auf den Knien von Catherine, die unfehlbar ihre Partei nahm. Die beiden Frauen gerieten sich in die Haare; Herr Roque gebot ihnen Ruhe. Er hatte aus Zärtlichkeit für sein Kind geheiratet und wollte nicht, daß man es peinigte.

Oft trug das Mädchen ein zerfetztes weißes Kleid und dazu Hosen mit Spitzenbesatz. An den hohen Feiertagen ging sie aus, wie eine Prinzessin geputzt, um die Bürger der Stadt zu ärgern, die ihren Rangen den Verkehr mit ihr nicht erlaubten, weil sie unehelich geboren war.

Sie lebte allein in ihrem Garten, schaukelte sich auf der Strickschaukel, lief Schmetterlingen nach und blieb plötzlich stehen, um die metallglänzenden Käfer anzustarren, die sich auf die Rosensträucher niederließen. Von diesen Gewohnheiten hatte ihr Antlitz wohl den dreisten und dennoch verträumten Ausdruck. Sie hatte übrigens die Figur von Marthe, so daß Frédéric schon nach seiner zweiten Zusammenkunft mit ihr sie fragte: »Darf ich Sie küssen, mein Fräulein?«

Die Kleine sah auf und antwortete: »Gern.«

Aber der Knüttelzaun trennte sie voneinander. »Du mußt hinaufklettern«, sagte Frédéric.

»Nein, hebe du mich hoch!«

Er beugte sich über den Zaun, faßte sie bei den Armgelenken und küßte sie auf die Wangen. Dann setzte er sie wieder in ihrem Garten ab; und das wiederholte sich die nächsten Tage öfters. Ohne zurückhaltender zu sein als ein vierjähriges Kind, rannte sie, sobald sie ihren Freund hörte, ihm entgegen; oder versteckte sich hinter einem Baum und stieß, um ihn zu erschrecken, ein Hundegekläff aus.

Eines Tags, als Frau Moreau nicht zu Hause war, führte er sie in sein Zimmer. Sie öffnete alle Parfümflaschen und schmierte sich das Haar reichlich mit Pomade ein. Dann legte sie sich, ohne sich irgendwie zu genieren, auf sein Bett und streckte sich lachend in die Kissen. »Ich denke, ich wäre deine Frau«, sagte sie.

Am Tag nachher fand er sie in Tränen. Sie gestand ihm, daß sie über ihre Sünden weine; und als er sie wissen wollte, erwiderte sie mit gesenkten Augen: »Frage mich nicht mehr!«

Sie sollte zur ersten Kommunion gehen; an diesem Morgen hatte sie gebeichtet.

Das Sakrament änderte keine ihrer Unarten. Mitunter war sie ernsthaft jähzornig. Frédéric mußte helfen, sie zu beschwichtigen.

Oft spazierte er nun mit ihr im Freien umher. Indes er träumend ging, pflückte sie am Rande der Getreidefelder rote Mohnblumen; und wenn sie sah, daß er besonders traurig war, suchte sie ihm mit lieben Worten Trost zu spenden. Sein entbehrendes Herz rettete sich in die Freundschaft dieses Kindes. Er zeichnete ihr Männchen, ergötzte sie mit Geschichten und las ihr vor. Er begann mit den ›Romantischen Annalen‹, einer damals berühmten Auswahl von Versen und Prosa. Dann las er, ohne ihrer unfertigen Jugend zu denken, so reizvoll war ihre Intelligenz für ihn, nacheinander ›Atala‹, ›Cinq-Mars‹ und die ›Feuilles d'Automne‹. Jedoch eines Nachts (am Abend hatte sie ›Macbeth‹ gehört, in der kunstlosen Übersetzung von Letourneur) fuhr sie aus dem Schlaf auf und schrie: »Der Fleck! Der Fleck!« Ihre Zähne schlugen aneinander, sie erschauerte, blickte angstvoll auf ihre rechte Hand, rieb sie und lallte: »Da ist noch immer ein Fleck!« Endlich kam der Arzt, der konstatierte, man müsse sie vor Aufregungen bewahren.

Die Bürger sahen darin nur ein Zeichen ihrer bedenklichen moralischen Anlagen. Sie erzählten, der junge Moreau wolle eine Schauspielerin aus ihr machen.

Bald darauf sprach man von einem anderen Ereignis. Man erwartete den Onkel Barthélemy. Frau Moreau räumte ihm ihr Schlafzimmer ein und war so beflissen gegen ihn, daß sie an den Fasttagen Fleischspeisen auftischte.

Der alte Herr war nicht sehr liebenswürdig. Immerzu verglich er Le Havre mit Nogent. Er fand die Luft hier muffig, das Brot elend, die Straßen schlecht gepflastert, die Kost fad und die Einwohner faul. »Ein Jammer, das hiesige Geschäftsleben!« Er tadelte die Extravaganzen seines verstorbenen Bruders, indes er selbst es bis zu siebenundzwanzigtausend Francs Rente gebracht hatte. Als die Woche vorüber war, reiste er ab und ließ, schon auf dem Tritt des Postwagens, die wenig ermutigende Äußerung fallen: »Es freut mich, daß es euch gut geht.«

»Du wirst nichts erben«, sagte Frau Moreau, als man das Eßzimmer wieder betrat.

Der Onkel war nur auf ihre andauernden Bitten hin gekommen; und acht Tage lang hatte sie, vielleicht zu offenkundig, ihm die Erbschaftserledigung abzunötigen gesucht. Es reute sie jetzt, daß sie das unternommen hatte. Sie saß in ihrem Sessel, den Kopf auf der Brust, mit zusammengepreßten Lippen. Frédéric saß ihr gegenüber und betrachtete sie; und sie schwiegen beide wie damals, vor fünf Jahren, als er von Monterau gekommen war. Diese seltsame Gleichheit der Umstände erinnerte ihn an Frau Arnoux.

Da wurde vor dem Fenster mit der Peitsche geknallt, und eine Stimme rief seinen Namen. Es war der Vater Roque, allein in seinem Kremser. Er wollte den ganzen Tag sich in La Fortelle aufhalten, bei Herrn Dambreuse, und schlug Frédéric jovial vor, er solle zu ihm steigen. »Wenn Sie mit mir fahren, brauchen Sie keine Einladung; also unbekümmert!«

Frédéric hätte gern ja gesagt. Aber wie sollte er erklären, daß er für immer in Nogent blieb? Er hatte keinen guten Sommeranzug. Und wie würde seine Mutter sich dazu stellen? Er dankte Herrn Roque.

Seitdem war der Nachbar weniger freundschaftlich zu ihm. Louise wuchs heran. Frau Eléonore erkrankte schwer. Und die Liaison lockerte sich zur großen Freude von Frau Moreau, die befürchtete, ein solcher Umgang könne ihrem Sohn bei seiner Niederlassung schaden. Sie dachte daran, ihm die Kanzlei des Bezirksgerichts zu kaufen; Frédéric sträubte sich nicht allzusehr gegen ihren Plan. Jetzt wohnte er mit ihr der Messe bei, spielte abends mit ihr seine Partie Imperial, er lebte das Leben der Provinz, er ging darin unter; und sogar sein Liebessehnen war unirdisch süß geworden, war eingelullt. Dadurch, daß er seinen Schmerz in seine Briefe ausbluten ließ, daß er ihn in seine Lektüre getragen hatte, in die Natur, ihn überallhin schleppte, hatte er ihn fast erstickt; und Frau Arnoux war für ihn eine Tote, deren Grab er zu seiner Verwunderung nicht kannte, so beruhigt und resigniert war jetzt diese Leidenschaft.

Eines Tags, am 12. Dezember 1845, gegen neun Uhr morgens, gab die Köchin ihm an seiner Tür einen Brief. Die Adresse war in großen Buchstaben von ihm unbekannter Hand geschrieben. Noch schläfrig, ließ Frédéric sich Zeit, das Siegel herunterzureißen. Dann las er:

»Le Havre, der Friedensrichter des 3. Arrondissements.

Da Ihr Onkel, Herr Moreau, gestorben ist *ab intestat* . . .«

Er erbte!

Wie wenn hinter der Wand plötzlich eine Feuersbrunst ausgebrochen wäre, sprang er aus dem Bett, im Hemd und barfuß. Er strich mit der Hand über sein Gesicht, mißtraute seinen Augen, zweifelte, ob er nicht noch träume, und öffnete, um der Wirklichkeit bewußter zu werden, sperrangelweit das Fenster. Es hatte geschneit. Schnee lag auf den Dächern, und er sah sogar unten im Hof einen Waschtrog, über den er gestern abend gestolpert war.

Er las den Brief noch dreimal. Es war durchaus kein Trug: das ganze Vermögen des Onkels! Siebenundzwanzigtausend Francs Rente! – Ein frenetischer Jubel überwältigte ihn bei dem Gedanken, er werde Frau Arnoux wiedersehn. Mit der Deutlichkeit einer Halluzination sah er sich bei ihr, in ihrem Hause, irgendein von Seidenpapier umhülltes Geschenk in der Hand, indes am Tor sein Tilbury wartete, nein, eine Equipage! Eine schwarze Equipage mit einem Bedienten in brauner Livree. Er hörte, wie sein Pferd mit den Hufen stampfte und das Klirren der Kinnkette mit dem leisen Geräusch ihrer Küsse zusammenklang. Das erneuerte sich ohne Ende alle Tage. Er empfing die Arnoux in seinem eigenen Hause. Der Speisesaal war in rotem Leder gehalten, das Boudoir in gelber Seide, und überall Diwane! Und wie viele Wandschränkchen und Chinavasen und Teppiche! Die Bilder bedrängten ihn in solcher Fülle, daß ihm der Kopf schmerzte. Nun entsann er sich seiner Mutter; und, noch immer den Brief haltend, ging er zu ihr.

Frau Moreau suchte den Aufruhr ihres Gemüts einzudämmen und fiel in Ohnmacht. Frédéric nahm sie in seine Arme und küßte ihre Stirn. »Liebe Mama, jetzt kannst du dir deinen Wagen wieder kaufen. Lache doch, weine nicht mehr, sei froh!«

Zehn Minuten später verbreitete sich die Nachricht bis in die Vororte. Frau Benoist, Herr Gamblin, Herr Chambion, alle ihre Freunde eilten herzu. Frédéric entrann ihnen nur auf eine Minute, um an Deslauriers zu schreiben. Andere Besucher kamen. Die Gratulationen füllten den Nachmittag. Man vergaß dabei Frau Roque, mit der es ›schlimm stand‹.

Abends, als sie allein waren, sagte Frau Moreau ihrem Sohn, sie rate ihm jetzt, sich in Troyes als Advokat niederzulassen. Da er in seiner Heimat bekannter sei als anderswo, könne er hier leichter eine vorteilhafte Partie machen.

»Nein, das geht aber nicht!« rief Frédéric. Kaum hatte er sein Glück in den Händen, schon wollte man es ihm entreißen. Er bezeichnete es als seinen unverrückbaren Entschluß, in Paris zu wohnen.

»Und was wirst du dort tun?«

»Nichts.«

Verblüfft über sein Auftreten fragte Frau Moreau ihn, was er denn werden wolle.

»Minister!« erwiderte Frédéric. Und er beteuerte, daß er durchaus nicht scherze, daß er sich der Diplomatie zuwenden wolle, daß seine Studien und seine Neigungen ihn dahin wiesen. Zuerst müsse er durch die Protektion von Herrn Dambreuse in den Staatsrat kommen.

»Kennst du ihn denn?«

»Ja doch! Durch Herrn Roque!«

»Merkwürdig«, sagte Frau Moreau. Er hatte die alten Träume ihres Ehrgeizes wieder wachgerufen. Sie überließ sich ihnen und sprach über die anderen nicht mehr.

Hätte er seinem Fieber nachgegeben, so wäre Frédéric im selben Moment aufgebrochen. Am nächsten Tag waren alle Plätze in den Postkutschen bestellt. Er verzehrte sich in Ungeduld bis zum übernächsten Tag, um sieben Uhr abends.

Sie setzten sich gerade zum Diner, als von der Kirche drei lange Glockenschläge ertönten; und die Magd trat ein und berichtete, Frau Eléonore sei gerade gestorben.

Ihr Tod war im Grunde für niemanden ein Unglück, auch für ihr Kind nicht. Das junge Mädchen hatte es so später nur besser.

Da die beiden Häuser aneinanderstießen, war ein hastiges Hin und Her, ein Gewirr von Worten vernehmbar; und die Idee, daß neben ihnen eine Leiche aufgebahrt lag, umdüsterte ihren Abschied. Zwei- oder dreimal trocknete sich Frau Moreau die Augen. Frédéric war es beklommen ums Herz.

Nach der Mahlzeit hielt Catherine ihn zwischen den Türen fest. Das Fräulein wollte ihn unbedingt sehn. Sie harrte draußen im Garten. Er ging hinunter, sprang über die Hecke, stieß ein wenig gegen die Bäume und strebte dem Haus des Herrn Roque zu. Lichter glänzten an einem Fenster des zweiten Stocks. Der Umriß einer Gestalt erschien in der Dunkelheit, und eine Stimme flüsterte: »Ich bin es.«

Sie war, so glaubte er beinahe, größer als sonst, wohl wegen ihres schwarzen Kleides. Da er unsicher war, wie er sie anreden sollte, ergriff er nur ihre Hände und seufzte: »Ach, meine arme Louise!«

Sie entgegnete nichts. Sie schaute ihn tief, lange an. Frédéric fürchtete den Postwagen zu versäumen; es war ihm, als ratterte es in der Ferne, und um zu enden, sprach er: »Catherine sagte mir, du hättest etwas . . .«

»Ja, ich wollte Ihnen sagen . . .« Das ›Sie‹ machte ihn stutzig.

Da sie schwieg, fragte er sie: »Nun, was denn?«
»Ich weiß nicht mehr. Ich habe es vergessen. Reisen Sie wirklich ab?«
»Ja, sofort.«
Sie wiederholte: »Ach, sofort? Auf immer? Und wir sehen uns nicht mehr?« Sie schluchzte haltlos.
»Adieu! adieu! küsse mich!«
Und sie umarmte und küßte ihn wild.

Zweiter Teil

1

Als Frédéric fest angelehnt im Wagen saß und die Postkutsche sich in Bewegung setzte, gezogen von den fünf zugleich antrabenden Gäulen, fühlte er, wie ein Rausch über ihn kam. Wie ein Architekt ein Palais entwirft, so arbeitete seine Vorstellung an dem Bau seines kommenden Lebens. Er schmückte ihn mit Reichtum und Glanz, ließ ihn zum Himmel emporragen. In seltener Pracht erhob er sich vor Frédéric's Phantasie. Und so sehr vertiefte sich in ihm das Schauen, daß die äußeren Dinge ganz entschwunden waren.
Unter dem Hügel von Sourdun entdeckte er, einen wie kurzen Weg man erst hinter sich hatte. Fünf Kilometer höchstens! Er war ärgerlich. Er klappte das Guckloch auf, um die Landstraße zu überblicken. Mehrmals fragte er den Postschaffner, in welcher Zeit genau man in Paris sein werde. Aber er wurde dann gelassener und setzte sich in seinen Winkel, mit offenen Augen.
Die Laternen, die am Bock des Postillons hingen, beleuchteten die Kruppen der Stangenpferde. Darüber sah er nur die Mähnen der beiden vorderen Tiere, die wie weiße Wogen flatterten. Ihr Atem verdichtete sich neben dem Gespann rechts und links zu dampfendem Dunst. Die Eisenteile der Geschirre klimperten, die Scheiben schmetterten in ihren Rahmen; und das schwere Gefährt rollte in stets gleichem Tempo über das Pflaster. Ab und zu unterschied man die Mauer einer Scheune oder eine Herberge, in deren Nähe kein Haus sonst war. Manchmal, innerhalb von Dörfern, entsandte der Ofen eines Bäckers Feuersglut, und die riesige Silhouette der Pferde lief über eine Kalkwand gegenüber. Wenn man an einer Poststation ausgespannt hatte, war eine Minute lang eine große Stille. Jemand tappte oben unter dem Verdeck, indes auf einer Türschwelle eine Frau die Hand vor ihre

Kerze hielt. Dann sprang der Schaffner auf den Wagentritt, und die Postkutsche rollte weiter.

In Mormans hörte man es viertel nach eins schlagen. ›Heute wird es sein‹, dachte er, ›in wenigen Stunden.‹

Doch allmählich rannen seine Hoffnungen und Erinnerungen in der Nacht des Schlafes zusammen: Nogent, die Rue de Choiseul, Frau Arnoux und seine Mutter.

Das Hallen von Bohlen weckte ihn. Man war auf der Brücke von Charenton, man war in Paris. Seine beiden Reisegenossen entblößten ihren Kopf, der eine von einer Mütze, der andre von dem Tuch, das er um ihn geschlungen hatte, setzten ihren Hut auf und plauderten. Der erste, ein Dicker mit roten Backen und einem Überrock von Velours, war ein Geschäftsmann. Der zweite besuchte die Hauptstadt, um einen Arzt zu konsultieren; und Frédéric, der sich fragte, ob er ihn etwa in der Nacht belästigt habe, entschuldigte sich spontan bei ihm, so mitempfindend wurde er durch das Glück. Da der Quai de la gare wohl unter Hochwasser war, fuhr man geradeaus und wieder über Land. Irgendwo qualmten hohe Fabrikschornsteine. Dann ging es mit einer Wendung hinein nach Ivry. Man fuhr eine Straße aufwärts; und plötzlich sah er die Kuppel des Panthéon.

Die zerwühlte Ebene glich einem Ruinenhaufen. Der Festungsgürtel bildete dort eine weite Ausbuchtung. Auf den Erdtrottoirs neben der Straße schrumpften Bäumchen ohne Zweige hinter vernagelten Latten, die sie schützen sollten. Werkstätten für chemische Produkte lagen neben Holzplätzen. Durch die halboffenen Schranken hoher Tore, wie Bauerngüter sie haben, sah man in widerliche Höfe voller Unrat, mit Pfützen schmutzigen Wassers. Wirtshäuser mit langer, rot wie Ochsenblut getünchter Front hatten zwischen den Fenstern ihres ersten Stocks ihr Emblem, zwei gekreuzte Billardqueues in einem Kranz gemalter Blumen. Hier und da lag eine halbfertige Gipsbaracke verlassen da. Dann wurde die doppelte Linie der Häuser lückenlos; und von der Nacktheit ihrer Fassaden hob sich ab und zu eine gigantische Blechzigarre ab, das Wahrzeichen einer Rauchwarenfabrik.

Das Schild einer Hebamme stellte eine Matrone mit einer Haube dar, die einen Säugling in einem Steckkissen wiegte. Plakate waren an Mauern geklebt und zitterten, zu drei Vierteln zerfetzt, im Wind gleich Lappen. Arbeiter in Blusen zogen vorüber und Brauereiwagen, Karren von Wäscherinnen und von Fleischern. Ein dünner Regen fiel, es war kalt, der Himmel war fahl; doch zwei Augen, die für ihn wie die Sonne leuchteten, drangen durch den Nebel. Lange hielt man an der Zollschranke; denn Eierhändler, Fuhrknechte und eine Hammelherde behinderten die Durchfahrt. Der Wachtposten ging mit zurückgeschlagener Kapuze vor seinem Häuschen auf und ab, um sich zu wärmen. Der Zollbeamte turnte auf das Dach des Postwagens, und eine Hornfanfare gellte. Man fuhr im Trab die Boulevards hinunter, die Bremsklötze abgedreht, mit verhängten Zügeln. Die Schmitze der langen Peitsche pfiff durch die feuchte Luft. Der Schaffner schrie seinen sonoren Ruf: »Ohe! ohe!«, und die Straßenfeger traten zur Seite, die Fußgänger sprangen zurück, der Kot spritzte gegen die Guckfenster, man überholte zweirädrige Bretterwagen, Kabrioletts und Omnibusse. Und dann entfaltete sich das Gitter des Jardin des Plantes.

Die Seine war graugelb und bis unter die Zugbrücke angeschwollen. Sie strömte Frische aus. Frédéric trank diese Luft, so tief er konnte, die labende Luft von Paris, die Emanationen der Liebe und des Intellekts zu enthalten scheint. Es kamen ihm beinahe Tränen, als er den ersten Fiaker sah. Und alles war ihm teuer, die Strohwische an den Türen der Weinwirte, die Stiefelputzer mit ihren kleinen Kisten, die Burschen in den Spezereigeschäften, die ihre Kaffeetrommel schüttelten. Frauen tippelten unter Regenschirmen. Er beugte sich vor, um ihre Gesichter zu erkennen. Vielleicht war Frau Arnoux ausgegangen?

Die Läden zogen vorbei, die Menge wurde zahlreicher, der Straßenlärm noch lauter. Man fuhr über den Quai Saint-Bernard, den Quai de la Tournelle, den Quai Montebello und nun den Quai Napoléon. Er wollte ihre Fenster sehen; sie waren zu weit entfernt. Dann ging es wieder über die Seine, den Pont-Neuf,

und hinab bis zum Louvre. Und durch die Rue Saint-Honoré, die Rue Croix-des-Petits-Champs und die Rue du Bouloi erreichte man die Rue Coq-Héron und den Hof des Hotels.
Um seine Freude recht zu genießen, kleidete Frédéric sich so langsam wie möglich an und begab sich sogar zu Fuß nach dem Boulevard Montmartre. Er lächelte bei dem Gedanken, daß er jetzt, jetzt gleich, auf der Marmortafel den geliebten Namen wieder lesen werde. Er sah in die Höhe. Keine Schaukästen mehr, keine Bilder, nichts!
Er lief nach der Rue de Choiseul. Herr und Frau Arnoux wohnten nicht mehr da, und eine Nachbarin vertrat in der Loge den Pförtner. Dann erschien dieser; es war nicht mehr derselbe. Er wußte ihre Adresse nicht.
Frédéric trat in ein Café, und während er frühstückte, blätterte er im Adreßbuch. Dreihundert Arnoux standen darin, doch kein Jacques Arnoux! Wohin waren sie übersiedelt? Pellerin erteilte ihm sicher Auskunft.
Er wanderte das Faubourg Poissonnière hinauf, nach seinem Atelier. Da die Tür weder Klingel noch Klopfer hatte, hämmerte er mit der Faust dagegen. Er rief, er schrie. Nur die Leere antwortete ihm.
Dann dachte er an Hussonnet. Aber wie konnte er eines solchen Menschen habhaft werden? Einmal hatte er ihn bis zum Haus seiner Mätresse in der Rue de Fleurus begleitet. Es fiel ihm ein, daß der Name des Fräuleins ihm unbekannt war.
Vielleicht half ihm die Polizeipräfektur. Er irrte von Treppe zu Treppe, von Büro zu Büro. Das Meldeamt wurde gerade geschlossen. Man sagte ihm, er solle morgen wiederkommen.
Er ging in alle Kunsthandlungen, die er ausfindig machen konnte, um nach Arnoux zu fragen. Herr Arnoux hatte sein Bildergeschäft nicht mehr.
Endlich ging er, abgestumpft, müde, krank, wieder in sein Hotel und legte sich schlafen. Im Moment, als er sich zwischen den Leintüchern streckte, ließ eine glückliche Idee ihn aufzucken: Regimbart! Wie blöd, daß ich an ihn nicht gedacht habe!

Am folgenden Tag war er schon um sieben Uhr in der Rue Notre-Dame-des-Victoires vor einem Spirituosenausschank, in dem Regimbart seinen Weißwein zu trinken pflegte. Der Ausschank war noch nicht offen. Frédéric spazierte noch ein bißchen in der Gegend umher und war nach einer halben Stunde von neuem zur Stelle. Regimbart war gerade fort. Frédéric stürzte auf die Straße. Es war ihm, als sähe er schon in der Ferne Regimbart's Hut. Ein Leichenwagen und Trauerkutschen ließen ihn nicht zu ihm gelangen. Als die Stockung vorbei war, war die Erscheinung verschwunden.
Doch er erinnerte sich, daß der Bürger täglich Punkt elf in einem bescheidenen Restaurant an der Place Gaillon sein Frühstück einnahm. Er mußte Geduld haben; und nachdem er immerzu von der Börse zu Madeleine, von der Madeleine zum Gymnase geschlendert war, betrat Frédéric Punkt elf das Restaurant an der Place Gaillon, voll Vertrauen, Regimbart dort zu treffen.
»Kenne ich nicht!« sagte der Speisewirt unwirsch.
Frédéric beharrte. Der Wirt brummte nochmals: »Den Namen kenne ich nicht!« mit einem majestätischen Hochziehen der Brauen und einem Kopfwackeln, die verrieten, daß da ein Geheimnis war.
Bei ihrer letzten Begegnung hatte der Bürger das Gasthaus Alexandre erwähnt. Frédéric aß schnell ein Buttergebäck, sprang in eine Droschke und fragte den Kutscher, ob nicht irgendwo bei Sainte-Geneviève ein gewisses Café Alexandre liege. Der Kutscher führte ihn nach der Rue des Francs-Bourgeois-Saint-Michel zu einem Café, das so hieß, und als er sagte, er suche Herrn Regimbart, antwortete der Wirt mit dem verbindlichsten Lächeln: »Er war heute noch nicht da, mein Herr«, indes er seiner an der Kasse sitzenden Gattin einen Blick des Einverständnisses zusandte. Dann drehte er sich nach der Uhr um: »Aber ich hoffe, er wird in zehn Minuten hier sein, allerhöchstens in einer Viertelstunde. Célestin, rasch Zeitungen! Was befiehlt der Herr?«
Obgleich er keine Lust hatte, etwas zu nehmen, goß Frédéric ein Glas Rum hinunter, dann einen Kirsch, dann einen Curaçao,

dann mehrere Grogs, kalte und heiße. Er las den ganzen ›Siécle‹ vom Tage und las ihn ein zweites Mal. Er studierte, bis zum Korn des Papiers, die Karikaturen des ›Charivari‹; zuletzt wußte er die Anzeigen auswendig. Mitunter schallten Stiefeltritte über das Trottoir, das war er! und an der Scheibe sah man das Profil eines Passanten; doch es war immer wieder nichts.
Um seine Langeweile zu töten, wechselte Frédéric seinen Platz. Er setzte sich nach hinten, nach rechts, nach links; und er saß mitten auf der Bank, die Arme auf der Lehne. Doch eine Katze, die behutsam über den Velours der Rückwand schlich, ängstigte ihn durch einen plötzlichen Satz auf die Tischplatte, von der sie die Likörtropfen leckte; und das Kind des Hauses, ein unausstehliches Balg von vier Jahren, spielte auf der Stufe der Kasse mit einem Knarrinstrument. Seine Mama, eine kleine, blasse Frau mit verdorbenen Zähnen, lächelte stumpf. Was war nur mit Regimbart? Frédéric erwartete ihn in schlimmster Herzenspein.
Der Regen raschelte wie Hagelkörner auf das Lederdach der Droschke. Durch den Spalt des Musselinvorhangs sah man in der Gasse das arme Pferd stehen, unbeweglicher als ein Holzpferd. Das Wasser der Gosse, die übervoll war, rann zwischen den Speichen der Räder. Der Kutscher schlummerte, in die Decke gehüllt. Jedoch in Furcht, sein Passagier könne ihm ausreißen, öffnete er ab und zu, wie ein Fluß triefend, die Tür des Cafés; und wenn Blicke die Kraft hätten, die Dinge abzunutzen, so hätte Frédéric die Wanduhr in nichts aufgelöst, weil er mit solchem Fanatismus darauf stierte. Herr Alexandre ging hin und her durchs Lokal und sagte des öfteren: »Kommen wird er schon! Kommen wird er!« Und um seinen Gast zu zerstreuen, hielt er ihm politische Vorträge. Er war sogar so aufmerksam, ihm eine Partie Domino vorzuschlagen.
Endlich um halb fünf sprang Frédéric, der seit zwölf da war, hoch und erklärte, er könne nicht mehr warten.
»Ich weiß selber nicht, was das ist«, versicherte der Cafétier mit unschuldiger Miene, »Herr Ledoux bleibt sonst niemals aus.«
»Was, Herr Ledoux?«

»Ja doch, Herr!«
»Ich habe Regimbart gesagt«, schrie Frédéric.
»Ach! bitte tausendmal um Verzeihung! Sie irren sich! Nicht wahr, Frau, der Herr hat Ledoux gesagt?« Und er fragte den Aufwärter: »Sie haben es doch genauso gehört?«
Dieser begnügte sich, wohl um seinem Chef etwas heimzuzahlen, mit einem Lächeln.
Frédéric ließ sich wieder nach den Boulevards fahren, zornig über den Zeitverlust, ergrimmt gegen den Bürger. Er erflehte seine Gegenwart wie die eines Gottes und war bereit, ihn aus dem tiefsten Keller heraufzubeschwören. In der Kutsche hielt er es nicht mehr aus, er schickte sie weg. Seine Gedanken wurden verworren; dann stiegen plötzlich die Namen aller Cafés, die dieser einfältige Kerl je genannt hatte, aus seinem Gedächtnis herauf, alle zugleich, wie die tausend sprühenden Funken eines Feuerwerks: Café Gascard, Café Grimbert, Café Halbout, Estaminet Bordelais, Havanais, Havrais, der Bœuf-à-la-Mode, die deutsche Brasserie, Mutter Morel: und alle nacheinander suchte er ab. Doch das eine hatte Regimbart soeben verlassen; in das andre kam er vielleicht noch; in einem dritten hatte man ihn seit sechs Monaten nicht gesehen; wieder woanders hatte er gestern für den Sonnabend eine Hammelkeule bestellt. Endlich prallte Frédéric bei dem Cafétier Vautier, als er die Tür öffnete, mit dessen Aufwärter zusammen.
»Kennen Sie Herrn Regimbart?«
»Und ob ich ihn kenne, mein Herr! Ich habe die Ehre, ihn zu bedienen. Er ist oben; er hat bald fertig gespeist!«
Die Serviette unter dem Arm kam der Eigentümer selbst zu Frédéric: »Sie wünschen Herrn Regimbart? Bis zu dieser Minute war er hier.«
Frédéric stieß einen Fluch aus, doch der Cafétier sagte, unfehlbar werde er ihn bei Bouttevilain finden. »Mein Ehrenwort! Er ist heute früher gegangen als gewöhnlich, denn er hat mit ein paar Herren eine geschäftliche Verabredung. Aber Sie finden ihn, ich wiederhole es Ihnen, bei Bouttevilain, Rue Saint-Martin 92,

zweiter Flur links, hinten im Hof, Zwischengeschoß, Eingang rechts!«

Dort endlich sah er Regimbart durch die Rauchwolken der Pfeife, allein im Nebenzimmer, hinter dem Billard, ein Bier vor sich, das Kinn herabgesenkt, in philosophischer Haltung.

»Ach! wie lange suche ich Sie schon!«

Sehr gleichgültig gab Regimbart ihm nur zwei Finger, und als hätte er ihn noch gestern abend gesehen, sprach er einiges Belanglose über den Wiederbeginn der Kammer.

Frédéric unterbrach ihn und fragte ihn im natürlichsten Ton, dessen er fähig war: »Wie geht es Arnoux?«

Die Erwiderung verzögerte sich, Regimbart gurgelte mit seinem Bier. »Nicht schlecht, ja!«

»Wo wohnt er denn jetzt?«

»Aber ... Rue Paradis-Poissonniére«, sagte der Bürger erstaunt.

»Welche Nummer?«

»Siebenunddreißig, meiner Seele, Sie sind komisch!«

Frédéric stand auf.

»Wie, Sie müssen schon fort?«

»Ja, ja, ich habe etwas vor, eine Besorgung, die ich vergessen hatte. Adieu!«

Frédéric eilte von dem Restaurant zu Arnoux, als trüge ihn ein warmer Wind, und mit jener außerordentlichen Beschleunigung, mit der man im Traum vorwärtskommt.

Er stand bald in einer zweiten Etage, vor einer Tür, deren Klingel schrillte; eine Zofe öffnete, eine zweite Tür tat sich auf; Frau Arnoux saß am Fenster. Arnoux umarmte ihn verblüfft. Auf ihren Knien hockte ein kleiner Junge von etwa drei Jahren; ihre Tochter, die jetzt so groß war wie sie, stand an der anderen Seite des Kamins.

»Erlauben Sie mir, Ihnen diesen Herrn vorzustellen«, sagte Arnoux und nahm sein Söhnchen unter den Achseln hoch. Und einige Minuten amüsierte er sich, es in die Luft zu werfen und wieder aufzufangen.

»Du bringst ihn noch um, mein Gott! So laß ihn doch!« rief Frau Arnoux.
Doch er bedeutete, es sei keine Gefahr, spielte weiter mit ihm und lispelte zärtliche Worte in seinem heimatlichen Marseiller Dialekt. »Mein Puttchen, mein Zuckerschnäbelchen!« Dann fragte er Frédéric, warum er ihm so lange nicht geschrieben habe, was er da unten gemacht habe, was ihn wieder herführe.
»Ich, lieber Freund, ich handle jetzt mit Fayencen. Aber sprechen wir von Ihnen!«
Frédéric behauptete, ein endloser Prozeß sei die Ursache gewesen, dann Kränklichkeit seiner Mutter; er sagte darüber viel, um sich interessant zu machen. Kurz, von nun ab wohnte er definitiv in Paris. Er schwieg von der Erbschaft, aus Furcht, er schade seiner Vergangenheit.
Die Vorhänge waren, wie die Bezüge der Möbel, aus kastanienbraunem Wolldamast; zwei Ohrenkissen zierten, dicht beisammen, die Querwand des Sofas. In der Kaminglut erhitzte sich eine Wärmflasche; und der Schirm der Lampe am Rand der Kommode verdunkelte den Raum. Frau Arnoux trug ein Morgenkleid von blauem Merinotuch. Nach der Asche blickend, eine Hand auf der Schulter des Knaben, nestelte sie mit der zweiten das Schnürband seines Jäckchens auf. Der Hemdenmatz brüllte und kratzte sich dabei, ganz wie der junge Herr Alexandre, den Kopf.
Frédéric hatte geglaubt, seine Freude werde ein Aufschrei sein. Doch unter anderem Himmel welken die Leidenschaften; und da er Frau Arnoux nicht in dem Milieu wiederfand, in dem er sie gekannt hatte, war ihm, als habe sie etwas verloren, als sei sie mit irgendeinem Makel der Erniedrigung behaftet, nicht dieselbe wie einst. Er war erschrocken über die Ruhe seines Herzens. Er fragte nach den Freunden von damals, so nach Pellerin.
»Ich sehe ihn nicht oft!« sagte Arnoux.
Sie fügte hinzu: »Wir geben unsere Gesellschaften nicht mehr!«
War das ein Wink, man werde auch ihn nicht einladen? Doch

Arnoux, noch immer sehr gemütlich, schalt ihn, daß er nicht ohne weiteres zum Essen gekommen sei; und er erklärte, warum er die Branche gewechselt habe. »Was soll man in einer Zeit des Niedergangs, wie unsre es ist? Die große Malerei ist außer Mode. Im übrigen kann man die Kunst für alles verwerten. Sie wissen, daß ich das Schöne liebe! An einem der nächsten Tage zeige ich Ihnen meine Fabrik.« Und er bestand darauf, ihn sofort einige seiner Waren in dem Magazin, das im Zwischenstock lag, sehen zu lassen.

Schüsseln, Suppenterrinen, Teller und Schalen waren auf der Diele aufgeschichtet. An den Wänden standen breite Steingutkacheln für Badezimmer und Toiletteräume, mit Sujets der Göttersage im Stil der Renaissance. In der Mitte war ein bis zur Decke reichender doppelter Schrank, angefüllt mit Töpfen für Gelee, mit Blumenvasen, Kandelabern, Jardinièren und großen, buntbemalten Statuetten, die einen Mohren darstellten oder eine Schäferin im Kostüm der Pompadour. Die Erläuterungen, die Arnoux gab, verdrossen Frédéric, der Hunger hatte und fror.

Er lief zum Café Anglais und speiste dort glänzend. Indes er so saß, dachte er: Und ich da unten mit meinem Seelenschmerz! Kaum hat sie mich wiedererkannt! Diese Bourgeoisie!

In einem jähen Kraftbewußtsein faßte er egoistische Entschließungen. Sein Herz war so hart wie der Tisch, auf den er seine Ellbogen stemmte. Jetzt also durfte er ohne Scheu sich mitten hinein in das gesellschaftliche Leben wagen. Er erinnerte sich an die Dambreuses, die seinen Zwecken förderlich sein mußten, und dann an Deslauriers. »Ach, ich kann ihm nicht helfen.« Jedoch schickte er ihm durch einen Dienstmann ein Billet zu und bat ihn, morgen im Palais Royal zu sein und mit ihm zu dinieren.

Das Glück war Deslauriers nicht gewogen. Er hatte sich um die außerordentliche Professur mit einer These über das Recht auf das Erlassen eines Testaments beworben, worin er darlegte, es sei so sehr zu beschränken wie irgend möglich; und da sein Gegner ihn zu Paradoxen reizte, hatte er viel geäußert, ohne daß die

Prüfungskommission eingriff. Dann hatte das Los es gewollt, daß er als Vorlesungsthema die Verjährung erhielt. Nun war er in sehr bedauerliche Theorien abgeirrt. Die alten Rechtsansprüche sollten dieselbe Wirkung haben wie die neuen. Warum soll jemand nicht zu seinem Eigentum kommen, wenn er die Beweise seines Anspruchs erst nach einunddreißig Jahren beibringen kann? Das hieß, die Sicherheit des Ehrenmannes dem Erben des Diebes ausliefern, der sich bereichert hat. Jegliche Unbill wurde durch eine Ausdehnung des Rechtes gutgeheißen, das Tyrannei war, Mißbrauch der Gewalt. Er hatte sogar gerufen: »Heben wir es auf; und die Franken werden die Gallier nicht mehr bedrücken, die Engländer die Iren, die Yankees die Rothäute, die Türken die Araber, die Weißen die Neger, die Polen . . «

Der Vorsitzende hatte ihn unterbrochen: »Gut! gut! mein Herr, Ihre politischen Anschauungen lassen Sie bitte fort, und erscheinen Sie später wieder!«

Deslauriers hatte sich ein zweites Mal bei der Prüfungskommission gemeldet. Jedoch der unselige Titel zwanzig im dritten Buch des *Code civil* war für ihn ein Berg des Anstoßes geworden. Er arbeitete über einem großen Werk ›Die Verjährung, betrachtet als Grundlage des bürgerlichen Rechts und des Naturrechts der Völker‹; und er grub sich in die Lektüre von Dunod, Rogerius, Balbus, Merlin, Vazeille, Savigny, Troplong und anderen schwierigen Autoren ein. Um alle Zeit darauf zu verwenden, war er von seinem Posten eines obersten Advokatengehilfen zurückgetreten. Er lebte von Privatstunden und von der Lieferung von Thesen; und im juristischen Klub bedrohte sein Ungestüm die Konservativen, so daß er in engeren Kreisen einen gewissen Ruhm genoß, nicht frei von Argwohn gegen seine Persönlichkeit.

Er kam in das Palais Royal in einem dicken Überrock mit rotem Flanellfutter, den er von Sénécal hatte.

Der Anstand, die Achtung vor dem spazierenden Publikum, verbot ihnen, sich heftig in die Arme zu fallen. Sie gingen Arm in

Arm zu Véfour und spotteten, weil sie sich freuten, in den Augen eine geheime Träne. Sobald sie allein waren, rief Deslauriers: »Sapperlot! Jetzt werden wir ein herrliches Leben haben!«
Frédéric hörte es nicht gern, daß Deslauriers sich so mir nichts, dir nichts, mit seinem Reichtum verbrüderte. Sein Freund war zu froh für sie beide und nicht genug um seinetwillen.
Dann erzählte Deslauriers von seinem Mißgeschick und nach und nach von seinen Arbeiten, seiner Existenz; und er sprach stoisch über sich, hämisch über die andern. Mit nichts war er zufrieden. Kein Mensch an sichtbarem Platz, der nicht ein Kretin war oder ein Hundsfott. Wegen eines schlecht gereinigten Glases zankte er mit dem Kellner, und auf Frédéric's harmlosen Tadel schimpfte er: »Was brauche ich mir Zwang anzutun wegen solcher Esel, die sechs- bis achttausend Francs im Jahr verdienen, die das Wahlrecht haben, vielleicht auch das passive! Nein, ich danke!« Und mit heiterer Miene: »Aber ich vergesse, daß ich mit einem Kapitalisten rede, einem Mondor! Denn ein Mondor bist du jetzt!« Und indem er wieder Frédéric's Erbschaft berührte, setzte er folgende Idee auseinander: die Erbnachfolge in der Seitenlinie (die als solche ungerecht sei, obwohl er die Nutznießung davon habe) werde eines Tags, bei der nächsten Revolution, aufgehoben werden.
»Meinst du?« sagte Frédéric.
»Du kannst dich darauf verlassen«, antwortete er. »So geht das nicht mehr! Die Misere ist zu groß. Wenn ich die Not von Männern sehe wie Sénécal . . .«
Immer dieser Sénécal! dachte Frédéric.
»Was gibt es sonst Neues? Liebst du noch Frau Arnoux? Das ist vorbei, was?«
Frédéric, der nichts zu erwidern wußte, senkte den Kopf und schloß die Augen.
Da Deslauriers auf Arnoux gekommen war, sagte er ihm, die Zeitschrift werde jetzt von Hussonnet verlegt, der sie umgestaltet habe. Sie hieß jetzt ›Die Kunst, Institut für Literatur, Aktiengesellschaft zu hundert Francs die Aktie; Gesellschaftskapital

40 000 Francs‹, mit der Möglichkeit für jeden Aktionär, daß seine Manuskripte darin gedruckt wurden; denn das Ziel des Blattes war, »die Werke der Debütanten zu veröffentlichen, dem Talent, vielleicht dem Genie, die schmerzlichen Krisen zu ersparen, die, et cetera .. du siehst den Humbug!« Aber etwas ließ sich machen: das Niveau ließ sich steigern, und dann konnte man plötzlich, mit denselben Redakteuren und dem Versprechen, das Feuilleton werde beibehalten, den Abonnenten ein politisches Blatt zustellen; die Kosten wären nicht sehr groß. »Was denkst du? Würdest du das unternehmen?«

Frédéric wies die Sache nicht von der Hand. Doch zuerst mußte er über sich selbst Klarheit haben. »Übrigens, wenn du etwas brauchst . . .?«

»Danke, mein Lieber«, sagte Deslauriers.

Sie rauchten dann Puros, auf das mit Velours gepolsterte Fensterbrett gestützt. Die Sonne leuchtete, die Luft war sanft, Schwärme von Vögeln fielen flatternd in den Garten ein. Die Statuen von Bronze und Marmor, die der Regen bespült hatte, blinkten glatt. Kindermädchen mit Schürzen saßen auf den Sesseln und plauderten. Und das Lachen der Kleinen überklang das Gemurmel der Fontäne.

Frédéric's Laune war durch die Bitterkeit Deslauriers' getrübt. Doch bald, von dem Wein, der durch seine Adern glitt, schläfrig und betäubt, spürte er nur noch ein ungeheures, wollüstig-stupides Behagen, wie eine Pflanze, die satt ist von Wärme und Feuchtigkeit. Deslauriers sah, die Augenlider halb geschlossen, irgendwohin in die Ferne. Seine Brust dehnte sich, und er sagte: »Ach! Das war schöner, als Camille Desmoulins dort auf dem Tisch stand und das Volk gegen die Bastille hinriß. Zu jener Zeit, da lebte man, konnte man sich durchkämpfen, seine Kraft beweisen! Einfache Advokaten kommandierten Generäle, barfüßige arme Teufel schlugen Könige, indessen heute . . .«

Er schwieg, dann rief er jäh: »Bah! Die Zukunft ist von Geschehnissen schwanger!« Und er trommelte auf die Scheiben den Sturmmarsch und deklamierte die Verse Barthélemy's:

»Ihr seht ihn wieder nahen, den furchtbaren Konvent,
Den noch nach vier Jahrzehnten im Schlaf der Angst ihr kennt,
Den Riesen, der da schreitet mit gnadenlosem Schritt . . .

Das übrige weiß ich nicht mehr. Aber es ist spät, wollen wir?«
Und auf der Straße fuhr er fort, seine Theorie zu entwickeln.
Frédéric horchte nicht hin und betrachtete in den Schaufenstern der Kaufleute die Stoffe und die Möbel, die für seine Einrichtung paßten; und vielleicht in Gedanken an Frau Arnoux stand er vor dem Laden eines Antiquitätenhändlers, vor drei Fayencetellern, still. Sie waren mit gelben, metallisch schillernden Arabesken dekoriert und hatten einen Preis von je fünfhundert Francs. Er ließ sie für sich zurücklegen.
»Ich an deiner Stelle würde lieber Silber kaufen«, sagte Deslauriers, der durch diesen Hang zum Protzigen seine Herkunft von unten bestätigte.
Sobald er sich von ihm getrennt hatte, ging Frédéric zu dem berühmten Pomadère, bei dem er drei Hosen, zwei Fracks, einen Pelzmantel und fünf Westen in Auftrag gab; dann zu einem Schuhmacher, zu einem Hemdenfabrikanten und einem Hutmacher. Überall wünschte er möglichst rasch bedient zu werden.
Drei Tage darauf, als er abends von Le Havre zurückkehrte, fand er seine komplette Garderobe in seinem Zimmer; und in seiner Ungeduld, sie anzuziehen, entschloß er sich zu einem sofortigen Besuch bei den Dambreuses. Jedoch es war zu früh, kaum acht Uhr. ›Soll ich zu den anderen gehen?‹ fragte er sich.
Arnoux saß allein vor seinem Spiegel und rasierte sich gerade. Er wollte ihn zu jemandem führen, wo es amüsant war, und bei dem Namen von Herrn Dambreuse rief er aus: »Ach, vortrefflich! Sie werden dort Freunde von ihm sehn. Kommen Sie! Das wird ein Spaß sein!«
Frédéric entschuldigte sich. Frau Arnoux erkannte seine Stimme und begrüßte ihn durch die Zwischenwand hindurch, denn ihre Tochter war nicht wohl, sie selbst unpäßlich. Das Klirren eines

Löffels gegen ein Glas war zu hören und all das leise Geräusch zart bewegter Dinge, das aus einer Krankenstube kommt. Arnoux verschwand, um seiner Frau Adieu zu sagen. Er tat es mit einem Schwall von Gründen: »Du weißt, es ist ernst. Ich muß hin, ich kann heute nicht anders, man erwartet mich.«

»Geh, geh, mein Lieber, und amüsiere dich!«

Arnoux winkte einem Fiaker: »Palais-Royal, Galerie Montpensier 7.«

Er warf sich auf das Kissen der Droschke: »Ach, bin ich müde, Verehrter! Ich krepiere noch. Na, Ihnen kann ich es ja sagen.« Geheimnisvoll neigte er sich zu seinem Ohr: »Ich hoffe das Kupferrot der Chinesen wiederzufinden.« Und er erklärte, was die Glasur und das langsame Feuer seien.

Bei Chevet übergab man ihm einen großen Korb, den er auf das Dach des Fiakers heben ließ. Für seine ›arme Frau‹ wählte er dann Trauben, Ananas, verschiedene Delikatessen, die morgen zeitig nach seiner Wohnung gebracht werden müßten.

Sie gingen dann zu einem Kostümverleiher; denn er wollte zu einem Ball. Er nahm eine Kniehose von blauem Samt, eine ebensolche Weste, eine rote Perücke, Frédéric einen Domino. Und sie schritten die Rue de Laval hinab, bis zu einem Haus, dessen zweites Stockwerk mit bunten Laternen illuminiert war.

Schon unten an der Treppe hörte man Geigentöne. »Wohin führen Sie mich?« fragte Frédéric.

»Zu einem guten Mädchen! Seien Sie unbesorgt!«

Ein Groom öffnete ihnen die Tür, und sie traten in den Vorraum, in dem Paletots, Damenmäntel und Schals auf Stühlen aufgehäuft waren. Ein junges Weib im Kostüm eines Dragoners aus der Zeit Ludwigs XV. eilte in diesem Moment hindurch. Es war Fräulein Rose-Anette Bron, die Herrin des Orts.

»Nun?« fragte Arnoux.

»Gemacht«, erwiderte sie.

»Ach! danke, mein Engel!« Und er wollte sie küssen.

»Sei doch vorsichtig, du Trottel! Du ruinierst mir ja meine Schminke!«

Arnoux stellte Frédéric vor.
»Patschhand, willkommen, mein Herr!« Sie schob eine Portiere hinter sich und schrie feierlich: »Herr Arnoux, wohlgeboren, Küchenjunge, und ein Prinz, der mit ihm befreundet ist!«
Frédéric war zuerst von Lichtflut geblendet. Er sah nur Seide, Samt, nackte Schultern, eine Farbenmasse, die sich nach den Melodien eines im Grünen verborgenen Orchesters wiegte, zwischen Wänden, die mit gelber Seide bespannt waren; hier und da hingen Pastellporträts und Kristalleuchter im Stil Ludwigs XVI. Hohe Lampen, deren matte Glocken Schneebällen glichen, ragten über Blumenkörben, die in den Ecken auf Konsolen standen. Hinter einem zweiten, kleineren Raum gewahrte man im Halbdunkel eines dritten ein Bett mit gewundenen Säulen, über dessen Kopfpfühl ein venezianischer Spiegel gleißte.
Der Tanz pausierte, und man klatschte Beifall, man jauchzte Arnoux zu. Er ging jetzt vorwärts, seinen Korb über sich, der von den Nahrungsmitteln hökrig aufgebauscht wurde. »Obacht, der Lüster!« Frédéric blickte empor, es war der Lüster von Meißner Porzellan, der Schmuck der ›Werkkunst‹. In seinem Gedächtnis wurden die Tage von einst lebendig. Doch ein Infanterist in Dienstuniform, mit dem Tölpelgesicht, das man gemeinhin dem Rekruten gibt, pflanzte sich vor ihm auf, die Arme gespreizt, um durch diese Geste zu sagen, wie sprachlos er sei; und Frédéric erkannte, trotz dem schrecklichen schwarzen, überspitzten Schnurrbart, der ihn veränderte, seinen ehemaligen Freund Hussonnet. In dem Kauderwelsch halb eines Elsässers, halb eines Negers sprudelte der Bohémien Glückwünsche, nannte ihn seinen Oberst. Frédéric, befangen von dem Menschenwirrwarr, fand keine Antwort. Ein Geigenbogen klopfte auf ein Pult, Tänzer und Tänzerinnen traten an.
Sie waren ungefähr sechzig, die Frauen meist als Bäuerinnen oder Marquisen, die Männer, fast durchweg in reifem Alter, als Fuhrknechte, Hafenarbeiter oder Matrosen kostümiert.
Ein bejahrter Stutzer, der wie ein Doge von Venedig einen langen Talar von roter Seide anhatte, tanzte mit Rosanette, die einen

grünen Frack trug, eine kurze, gestrickte Hose und weiße Stiefel mit goldenen Sporen. Das Paar gegenüber waren ein Arnaute, mit Krummschwertern beladen, und eine blauäugige Schweizerin, weiß wie Milch, mollig wie eine Wachtel, in Ärmelhemd und rotem Mieder. Um ihr Haar sehen zu lassen, das ihr bis zu den Kniekehlen herunterfloß, war eine große Blondine, Statistin in der Oper, als Wilde gekommen; über ihrem braunen Trikot trug sie nur einen Lendenschurz, Armbänder aus Glasperlen und ein Diadem von Flittergold, dem ein hoher Busch von Pfauenfedern entstieg. Vor ihr schlug ein Pritchard, in einen grotesk weiten Frack vermummt, mit dem Ellbogen auf seiner Tabaksdose den Takt. Ein kleiner Watteau-Schäfer, azurblau und silbern wie das Mondlicht, klopfte mit seinem Stab an den Thyrsos einer Bacchantin, die mit Wein bekränzt war, ein Leopardenfell um die linke Hüfte und die Kothurne mit Goldband gestreift. Auf der Gegenseite schwenkte eine Polin in einem Wams von hellrotem Samt ihren Gazeunterrock über Strümpfen von perlgrauer Seide, die in rosa Schuhen mit weißer Pelzverbrämung staken. Sie lächelte einem beleibten Vierziger zu, der als Chorknabe verkleidet war und in die Luft sprang, mit der einen Hand sein Chorhemd hob und mit der andren sein Käppchen festhielt. Aber die Königin, der Stern, war Fräulein Loulou, eine berühmte Tänzerin der öffentlichen Ballokale. Da sie jetzt reich war, zeigte sie eine breite Spitzenkrause zu ihrer Weste von glattem schwarzem Samt; ihre Pluderhose von hochroter Seide, die über dem Gesäß sich spannte und an der Hüfte von einer Kaschmirschärpe umschlungen wurde, war an den Nähten mit echten kleinen weißen Kamelien garniert. Ihr blasses, etwas gedunsenes Antlitz mit der Stupsnase schien noch frecher durch ihre struppige Perücke, auf der ein Herrenhut von grauem Filz saß, auf das rechte Ohr hingehauen; und bei ihren Sprüngen hieben die Diamantenschnallen ihrer Escarpins fast gegen die Nase des Tänzers neben ihr, eines großen mittelalterlichen, in seiner Eisenrüstung tappenden Barons. Auch ein Engel mit goldenem Schwert und zwei Schwanenfittichen war da, der hin und her lief und ewig

seinen Kavalier verlor – einen Ludwig XIV. –, nichts von den Tanzfiguren begriff und den Contre störte.
Frédéric überkam beim Anblick dieser Leute ein Gefühl der Verlassenheit, des Unbehagens. Er dachte noch an Frau Arnoux, und es war ihm, als beteiligte er sich an einer Verschwörung gegen sie.
Als die Quadrille zu Ende war, näherte Rosanette sich ihm. Sie keuchte etwas, und sacht hob sich unter ihrem Kinn ihr funkelndes Offiziershalsschild. »Und Sie«, fragte sie, »Sie tanzen nicht?«
Frédéric entschuldigte sich, er könne nicht tanzen.
»Wirklich? Aber doch sicher mit mir?« Und in der einen Hüfte balancierend, zog sie das andere Knie ein wenig zurück, fuhr mit ihrer linken Hand wie zärtlich über den Perlmutterknauf ihres Degens und schaute ihn eine Minute an, halb bittend, halb voll Spott. Dann sagte sie zu ihm: »Guten Abend!«, drehte sich in einer Pirouette und verschwand.
Mißvergnügt über sich selbst, herumlungernd, irrte Frédéric durch das Getriebe.
Er trat in das Boudoir ein. Es hatte Tapeten von blaß-blauer Seide mit Buketts von Wiesenblumen, indes am Plafond, in einem Reif von vergoldetem Holz, Liebesgötter, die dem Azur des Himmels enttauchten, auf Wolken, weiß wie Daunenkissen, schäkerten. Diese Eleganz, die heute bei den Genossinnen der Rosanette dürftig erscheinen mag, blendete ihn; und alles bewunderte er: die kunstvollen Schnörkel an den Konturen des Spiegels, die Vorhänge am Kamin, den türkischen Diwan und in einer Wandvertiefung eine Art von Zelt aus rosa Seide mit weißem Musselin darüber. Schwarze Möbel mit Kupferintarsien schmückten das Schlafzimmer, in dem auf einer Estrade mit Schwanenpelz das große Bett mit dem Baldachin und den Straußenfedern ragte. Nadeln mit Juwelenkugeln in Kissen, Ringe, die auf Platten herumlagen, Medaillons in Goldkapseln und silberne Köfferchen schimmerten im Schatten und im Licht einer Ampel von böhmischem Glas, die an drei Kettchen schwebte.

Durch eine niedere, halboffene Tür sah man einen Wintergarten längs einer großen Terrasse und daran ein Vogelhaus.
Es war eine Umgebung, die Frédéric's Sinnen gefallen mußte. In einem Aufbegehren seiner Jugend schwor er sich zu, sie zu genießen, und er wurde kühner. Er trat an den Eingang des Salons, in dem jetzt mehr Ballgäste waren (alles bewegte sich wie durch flimmernden Staub), und er stand, sah den Quadrillen zu, blinzelte, um schärfer zu sehen, und atmete den Geruch der Frauenleiber, der lau durch den Raum schwang wie ein unermeßliches Bad von Küssen.
Doch da war, auf der anderen Seite der Tür, Pellerin; Pellerin in großer Gala, den linken Arm im Frackausschnitt, in der Rechten seinen Zylinder und einen zerrissenen weißen Handschuh.
»Ei! Da ist ja ein Verschollener! Wo waren Sie denn? Auf Reisen? In Italien? Kitsch, was, Italien, nicht so berauschend, wie man sagt? Na, und wenn es auch kitschig ist, bringen Sie mir einen dieser Tage Ihre Skizzenblätter?«
Und ohne auf Frédéric's Antwort zu warten, sprach der Künstler von sich selbst. Er war sehr fortgeschritten, da er ein für allemal die Dummheit der Linie erkannt hatte. Man sollte weniger Schönheit und die Einheit eines Kunstwerks suchen als Charakter und Vielfältigkeit. »Denn alles existiert in der Natur, mithin ist alles legitim, alles plastisch. Es gilt nur, die Note aufzuspüren. Ich habe das Geheimnis erforscht.« Und indem er ihn mit dem Ellbogen stieß, wiederholte er mehrmals: »Ich habe das Geheimnis erforscht, verstehen Sie! Betrachten Sie doch die Kleine mit der Sphinxfrisur, die mit einem russischen Postillon tanzt; das ist klar, trocken, fest, in Halbflächen und grellen Tönen. Indigo unter die Augen, ein Klecks Zinnober auf die Backe, Rußschwarz auf die Schläfen; piff, paff!« Und mit dem Daumen pinselte er in der Luft. »Die Dicke dort«, und er wies nach einem Fischweib hin in kirschrotem Kleid, mit goldenem Kreuz um den Hals und einem linnenen Busentuch, das hinten geknüpft war, »hat nichts als Rundungen. Die Nasenflügel sind so breit wie die Flügel ihrer Haube, ihre Mundwinkel sind aufgeworfen,

ihr Kinn geht nach unten, alles ist fett an ihr, zerlassen, üppig, friedlich und sonnig, ein wahrer Rubens! Und dennoch haben sie ihre Vollkommenheit. Wo ist also der Typus?« Er ereiferte sich. »Was ist ein schönes Weib? Was ist das Schöne? Sie werden mir sagen ...« Frédéric unterbrach ihn, um zu erfahren, wer der Pierrot mit dem Bocksgesicht sei; der mitten in einer Pastourelle alle Tänzer segnete.

»Der? Gar nichts! Ein Witwer, Vater von drei Jungen. Er kauft ihnen keine Hosen, verbringt sein Leben im Klub und schläft mit der Magd.«

»Und der dort im Kostüm eines Amtmanns, der in der Fensternische mit einer Marquise Pompadour redet?«

»Die Marquise ist Frau Vandael, die frühere Schauspielerin vom Gymnase, die Mätresse des Dogen, des Grafen Palazot. Seit zwanzig Jahren sind sie zusammen; man weiß nicht warum. Hatte sie einmal schöne Augen, die Dame? Den Bürger da bei ihr nennt man den Hauptmann d'Herbigny. Das ist ein Alter von der alten Garde, der nichts hat als sein Ordenskreuz und seine Pension, den Grisetten bei Festlichkeiten als Onkel dient, Duelle arrangiert und immer eingeladen ist.«

»Eine Kanaille?« sagte Frédéric.

»Nein! Ein Ehrenmann.«

»Ah!«

Der Künstler nannte ihm noch andere Namen; da bemerkte er einen Herrn, der, wie die Ärzte bei Molière, eine lange Robe von schwarzem Serge trug, doch von oben bis unten geschlitzt, damit man alle seine Berlocken sehen könne. »Der ist der Doktor Des Rogis, der eine Wut hat, daß er nicht berühmt ist. Er hat ein Buch ärztlicher Pornographie geschrieben, wichst gern der großen Gesellschaft die Schuhe, ist diskret; die Damen beten ihn an. Er und seine Gemahlin, die magere Schloßherrin in dem grauen Kleid, flanieren an allen öffentlichen und nichtöffentlichen Orten umher. Trotzdem es bei dem Ehepaar karg zugeht, hat man einen Jour, literarische Tees, bei denen Verse deklamiert werden. Aufgepaßt!«

In der Tat sprach der Doktor sie an; und bald bildeten sie zu dreien in der Salontür eine Plaudergruppe, zu der noch Hussonnet kam, dann der Liebhaber des wilden Weibes, ein junger Dichter, der unter einem kurzen Mäntelchen à la Franz I. die erbärmlichste Anatomie zur Schau stellte, und zuletzt ein witziger junger Mann, der als Türke vom Schlagbaum draußen vor der Stadt maskiert war. Aber seine Weste mit den gelben Litzen war so viel auf dem Rücken der Jahrmarktsdentisten gereist, seine sich plusternde Faltenhose hatte ein so entfärbtes Rot, sein Turban, der sich wie ein Aal à la tartare rollte, war so fadenscheinig, sein ganzes Kostüm so jammervoll, daß die Frauen ihren Abscheu nicht verhehlten. Der Doktor tröstete ihn, indem er die Hafenarbeiterin, die seine Mätresse war, begeistert lobte. Dieser Türke war der Sohn eines Bankiers.

Zwischen zwei Quadrillen ging Rosanette zum Kamin, an dem in einem Sessel ein kleiner, korpulenter Greis saß, in kastanienbraunem Frack mit goldnen Knöpfen. Obwohl seine Wangen schlaff auf seine hohe weiße Krawatte herabhingen, gaben seine noch blonden Haare, die sich natürlich kräuselten wie das Fell eines Pudels, ihm ein fideles Aussehen.

Sie hörte ihm zu, neigte sich zu ihm hinab. Dann kredenzte sie ihm ein Glas Limonade. Und nichts war so zierlich wie ihre Hände unter den Spitzenärmeln, die über den Besatz ihres grünen Fracks fielen. Als der Biedermann getrunken hatte, küßte er diese Hände.

»Das ist doch Herr Oudry, der Nachbar von Arnoux!«

»Die Nachbarschaft war einmal!« lachte Pellerin.

»Wieso?«

Ein Postillon von Longjumeau umfaßte Rosanette; der Tanz begann wieder. Nun erhoben sich alle Frauen, die um den Salon herum auf kleinen Bänken Platz genommen hatten, der Reihe nach sehr geschwind; und ihre Röcke, ihre Schärpen, ihre Frisuren kreisten. Sie kreisten so nahe vor ihm, daß Frédéric die Schweißperlen auf ihren Stirnen unterschied. Und diese Bewegung, die immer lebhafter wurde und regelmäßiger, weckte eine

Trunkenheit in seinen Gedanken, rief andere Vorstellungen hervor, indes alle diese Frauen in demselben Glanz ihn lockten, jede nach der Gattung ihrer Schönheit mit ihrem besonderen Reiz. Die Polin, die sich schmachtend hingab, flößte ihm die Gier ein, sie an seiner Brust zu halten, indes sie beide in einem Schlitten über ein Schneefeld dahinsausten. Horizonte von ruhiger Wollust, am Rand eines Sees, in einer Hirtenhütte, entfalteten sich unter den Schritten der Schweizerin, die mit straffem Körper und gesenkten Augenlidern walzte. Dann plötzlich, wenn die Bacchantin ihren braunen Kopf zurückwarf, träumte er von verzehrenden Liebkosungen in Hainen von Oleander, bei einem Gewitter, beim dumpfen Schall von Tamburins. Das Fischweib prustete, weil das Tempo ihr zu schnell war, und lachte kreischend; und er hätte mit ihr in den Porcherons saufen und wie in der guten alten Zeit mit vollen Händen ihr Busentuch zerknittern wollen. Aber die Hafenarbeiterin, deren leichte Zehen das Parkett kaum berührten, schien in der Biegsamkeit ihrer Glieder und mit dem Ernst ihres Antlitzes alle Raffinements der modernen Liebe in sich zu bergen, die die Gesetze einer Wissenschaft hat und die geschmeidige Unrast eines Vogels. Rosanette drehte sich, die geschlossene Hand über der Hüfte; ihre Zopfperücke wippte auf ihrem Kragen und streute Irispuder um sie; und bei jeder Runde zückte sie ihre goldenen Sporen nach Frédéric, ohne ihn zu treffen.

Beim letzten Walzerakkord erschien Fräulein Vatnaz. Sie hatte ein algerisches Schnupftuch auf dem Kopf, viele Piaster an der Stirn, Antimon auf den Augenrändern, einen Überwurf von schwarzem Kaschmir über einem mit Silber durchwirkten Unterrock, und sie hielt eine Schellentrommel in der Hand. Hinter ihr kam ein großer Bursche im klassischen Kostüm des Dante. Er war (sie machte kein Hehl daraus) der ehemalige Coupletsänger der Alhambra, der Auguste Delamare hieß und sich zuerst Anténor Dellamarre genannt hatte, dann Delmas, dann Belmar und zuletzt Delmar. So änderte und verfeinerte er seinen Namen mit seinem wachsenden Ruhm; denn er war vom Brettl zum

Theater übergegangen und hatte jetzt geräuschvoll im Ambigu debütiert, in ›Gaspardo, der Fischer‹.
Hussonnet verzerrte die Miene, als er ihn gewahrte. Seit man sein Stück abgelehnt hatte, haßte er die Schauspieler. Man machte sich keinen Begriff von der Eitelkeit der Herren und dieses vor allem. »So ein Poseur, sehen Sie doch nur!«
Nach einer flüchtigen Verbeugung gegen Rosanette hatte Delmar sich an den Kamin gelehnt; und er stand, ohne sich zu regen, die eine Hand auf dem Herzen, den linken Fuß vorgesetzt, mit himmelnden Augen, über der Kapuze seinen goldenen Lorbeerkranz, bemüht, seinem Blick viel Poesie zu geben und die Damen durch ihn zu faszinieren. Um ihn herum war, in weitem Bogen, bald ein großer Cercle.
Aber die Vatnaz bat, nachdem sie Rosanette lange umarmt hatte, Hussonnet um die stilistische Durchsicht eines Werkes für die Jugend, das sie veröffentlichen wollte, der ›Girlande für unsere jungen Mädchen‹, einer Sammlung von Poesie und Moral. Der Schriftsteller sagte ihr seinen Beistand zu. Dann fragte sie ihn, ob er nicht in einem der Blätter, zu denen er Beziehungen habe, ihren Freund etwas herausstreichen oder ihm später eine Rolle anvertrauen lassen könne. Hussonnet vergaß darüber ein Glas Punsch zu trinken. Arnoux hatte ihn zubereitet; und gefolgt von dem Groom des Grafen, der eine leere Platte trug, bot er ihn mit Genugtuung den Gästen an.
Als er zu Herrn Oudry kam, mußte er bei Rosanette stehenbleiben. »Nun«, fragte sie ihn, »was ist mit unserem Geschäft?«
Er errötete ein wenig; dann sagte er zu dem Biedermann: »Ich höre von unserer Freundin, daß Sie die Güte haben wollen ...«
»Aber ja, mein lieber Nachbar, ganz der Ihre.«
Und Herr Dambreuse wurde genannt. Da sie mit gedämpfter Stimme sprachen, drang nur ein Murmeln an Frédéric's Ohr. Er ging nach der anderen Seite des Kamins, wo Rosanette und Delmar plauderten.
Der Komödiant hatte gewöhnliche Züge, die wie Theaterdeko-

rationen sich nur dazu eigneten, aus der Ferne betrachtet zu werden, klotzige Hände, große Füße und schwere Kinnbacken. Er riß seine gefeiertsten Kollegen herunter, war voll Hochmut gegen die Dichter, sagte »mein Organ, mein Äußeres, meine Mittel« und schmückte seine Reden mit dem Email von Worten, deren Sinn er selbst kaum ahnte, die er jedoch sehr schön fand, wie »Morbidezza, Analogie, Homogeneïtät«.

Rosanette lauschte ihm und nickte ihm bewundernd zu. Man sah unter der Schminke ihre Wangen brennen, und ein nasser Schleier umflorte ihre hellen Augen, deren Farbe unergründlich war. Wie konnte ein solcher Mensch sie bezaubern? Frédéric zwang sich innerlich, ihn noch mehr zu verachten, um den Neid, den er in sich fühlte, wenn möglich, zu überwinden.

Fräulein Vatnaz stand jetzt bei Arnoux; und indes sie von Zeit zu Zeit loslachte, warf sie ihrer Freundin einen Blick zu, die Herr Oudry nicht aus den Augen ließ.

Dann verschwanden Arnoux und die Vatnaz; der Biedermann flüsterte mit Rosanette.

»Gut, ich will schon! Lassen Sie mich in Ruhe!« Und sie bat Frédéric, in der Küche nachzusehen, ob Arnoux noch dort sei.

Ein Bataillon halbvoller Gläser bedeckte die Fliesen; die Kasserollen, die Kochtöpfe, die Bratpfannen, die Fischpfannen tanzten. Arnoux kommandierte das Dienstpersonal, das er duzte, schlug die Remouladensauce, schmeckte die Fleischsaucen ab, spaßte mit der Köchin. »Also«, erklärte er, »sagen Sie ihr, ich lasse auftragen.«

Man tanzte nicht mehr, die Frauen hatten sich gesetzt, die Herren promenierten. An einem der Salonfenster wallte eine Gardine im Winde hoch; und die Sphinx hielt, obwohl alle ihr zuriefen, sie werde sich erkälten, ihre schweißüberronnenen Arme in den Luftzug. Wo war Rosanette? Frédéric suchte sie und ging weiter bis in das Boudoir und das Schlafgemach. Einige Gäste waren, um allein oder zu zweit zu sein, hierhergeflohen. Es war im Schatten ein Tuscheln von Stimmen, unter Taschentüchern

leises Lachen, und Fächer erzitterten an Décolletés, langsam und sanft wie Flügel verwundeter Vögel.
Als er in den Wintergarten trat, sah er unter den großen Blättern eines Kalladiums, bei dem Springbrunnen, Delmar bäuchlings auf dem bunten Leinensofa liegen. Rosanette, die bei ihm saß, hatte die Hand in seinem Haar, und sie blickten sich an. In diesem Moment kam Arnoux von der andren Seite her, der des Vogelhauses. Delmar fuhr mit einem Ruck in die Höhe, dann ging er gelassen hinaus, ohne sich umzuwenden; und er blieb sogar an der Tür stehen, um eine Hibiskusblume zu pflücken, mit der er sein Knopfloch zierte. Rosanette beugte ihr Antlitz hinab; Frédéric, der sie im Profil beobachtete, wurde gewahr, daß sie weinte.
»Was hast du denn?« fragte Arnoux.
Sie zuckte stumm die Schultern.
»Ist es seinetwegen?« fragte er wieder.
Sie schlang die Arme um seinen Hals, küßte ihn auf die Stirn und sagte schleppend: »Du weißt, daß ich dich immer lieben werde, mein Dicker! Denken wir nicht mehr daran! Gehn wir zum Souper!«
Ein Messinglüster mit vierzig Kerzen beleuchtete den Saal, dessen Wände über und über voll alter Fayencen hingen; und dieses starke, grell herabfallende Licht hob noch die Weiße eines riesigen Steinbutts, der zwischen Vorspeisen und Obst mitten auf dem Tischtuch stand, umrahmt von Tellern mit Suppe von Krebs und Geflügel. Unter dem Rauschen der Stoffe ließen die Damen, ihre Röcke, Ärmel und Schals zusammenziehend, sich nebeneinander nieder, die Männer stellten sich in den Ecken auf. Pellerin und Herr Oudry durften bei Rosanette sitzen; Arnoux hatte gegenüber seinen Platz. Der Graf Palazot und seine Freundin waren fortgegangen.
»Gute Reise«, sagte sie. »An die Gewehre!«
Und der Chorknabe, ein Mann der Zoten und Lästerungen, schlug das Zeichen des Kreuzes und brabbelte das *Benedicite*. Die Damen waren empört, am heftigsten das Fischweib, die Mutter einer Tochter, die sie zur Ehrbarkeit erziehen wollte. Doch auch

Arnoux »liebte so etwas nicht«; denn er wünschte Achtung vor der Religion.
Eine Schwarzwälderuhr mit einem Hahn verkündete, daß es zwei war. Dies rief manchen Scherz über den Kuckuck hervor. Allerlei wurde geredet, Wortwitze, Anekdoten, Flunkereien, Wetten, Lügen, die für Wahrheit galten, unglaubhafte Versicherungen; es war ein Chaos, das sich bald in eine Vielzahl von Unterhaltungen zerteilte. Die Weinflaschen umwanderten den Tisch, Schüssel folgte auf Schüssel, der Doktor schnitt vor. Man warf sich eine Orange zu, einen Pfropfen; man lief weg, um mit jemandem zu plaudern. Oft sprach Rosanette auf Delmar ein, der unbeweglich hinter ihr stand; Pellerin schwatzte, Herr Oudry lächelte. Fräulein Vatnaz aß fast das ganze Krebsgericht, unter ihren langen Zähnen krachten die Panzer. Der Engel hockte auf dem Taburett des Pianos, dem einzigen Sitz, den seine Flügel ihm erlaubten, und kaute stillvergnügt, unablässig. »Die stopft aber«, sagte der Chorknabe verdutzt immer wieder, »Donnerwetter, die stopft!«
Die Sphinx trank Schnaps, brüllte wie besessen, tobte wie ein Dämon. Plötzlich blies sie die Backen auf, sie konnte den Blutstrom, der sie erstickte, nicht zurückhalten, preßte ihre Serviette an die Lippen und warf sie unter den Tisch.
Frédéric hatte es gesehen. »Ach! wozu? Es ist eins wie's andere! Das Leben ist kein Spaß!« Ihn schauderte, es fror ihn, als habe er Welten von Not und Verzweiflung erblickt, ein Becken mit glühenden Kohlen neben einem Gurtbett und die Kadaver der Morgue in ihren Lederschürzen mit dem kalten Wasser, das aus der Leitung über ihr Haar trieft.
Indessen schrie Hussonnet zu den Füßen des wilden Weibes, mit rostiger Stimme, die den Schauspieler Grassot nachahmte: »Sei nicht grausam, o Celuta! Dieses kleine Familienfest ist entzückend! Berauscht euch mit Wollust, ihr meine Geliebten! Eine Hetz! Eine Hetz!« Und er küßte die Frauen auf die Schulter. Sie zitterten, von seinem Schnurrbart gestochen. Dann fiel ihm ein, einen Teller an seinem Kopf zu zerschlagen, wobei er mit einem

Hieb nachhalf. Andre folgten seinem Beispiel; die Fayencescherben flogen wie Dachschindeln bei Sturm, und das Hafenmädchen krähte: »Nicht genieren! Kostet nichts! Die schenkt uns der Fabrikant!«

Alle Augen wandten sich zu Arnoux hin. »Schenkt? Gegen Zahlung, erlauben Sie!« meinte er.

Doch zwei zornige Stimmen wurden laut.

»Kamel!«

»Lump!«

»Stehe Ihnen zur Verfügung!«

»Und ich Ihnen.«

Der Ritter aus dem Mittelalter und der russische Postillon waren in Streit geraten. Dieser hatte gesagt, in einem Harnisch brauche man nicht tapfer zu sein, jener das als einen Schimpf empfunden. Er wollte tätlich werden, alle hinderten ihn daran, und inmitten des Skandals suchte der Hauptmann sich Gehör zu verschaffen.

»Meine Herren, ein Wort! Ich habe Erfahrung, meine Herren!«

Rosanette klopfte mit dem Messer gegen ihr Glas und erlangte schließlich Ruhe. Sie nahm sich den Ritter vor, der seinen Helm noch aufhatte, und den Postillon, von dessen Mütze ein zottiges Tierfell wehte: »Ziehen Sie erst Ihre Kasserolle ab, da wird einem ja heiß, und Sie dort Ihren Wolfskopf! Gehorcht man mir oder nicht, Potzbombenelement? Sehen Sie sich meine Epauletten an! Ich bin Ihre Marschallin!«

Sie bequemten sich zur Friedfertigkeit, und alle jubelten: »Hoch die Marschallin!«

Sie holte vom Kamin eine Flasche Champagner und schüttete ihn von oben herab in die Gläser, die man ihr reichte. Da der Tisch zu groß war, drängten sich die Gäste, besonders die Frauen, zu ihr hin. Sie reckten sich auf den Fußspitzen, kletterten auf die Querleisten der Stühle, so daß für eine Minute dort eine Pyramide von Frisuren stand, von nackten Schultern, ausgespannten Armen, hingebogenen Leibern; und über all das zischten lange Strahlen von Wein, denn der Pierrot und Arnoux hatten in den beiden Saalecken jeder eine Flasche entkorkt und bespritzten die Gesichter. Die kleinen Insassen des Vogelhauses, dessen Tür offen geblieben war, verirrten sich scheu in den Saal, umflatterten den Lüster, schwirrten gegen die Fensterscheiben, gegen die Möbel; und einige ließen sich auf Köpfe nieder und kauerten in den Haarwülsten wie breite Blumen.

Die Musiker waren fort. Man schob das Klavier aus dem Vorraum in den Salon. Die Vatnaz setzte sich daran und wuchtete, begleitet von dem Chorknaben, der das Tamburin schmetterte, im Furioso einen Contre herunter. Sie trat die Tasten wie ein Pferd, das mit den Hufen schlägt, und wiegte den Oberkörper, um den Rhythmus noch stärker zu betonen. Die Marschallin griff nach Frédéric, Hussonnet bückte sich zum Purzelbaum, das Hafenmädchen verrenkte sich wie ein Clown, der Pierrot fletschte wie ein Orang-Utan, die Wilde spreizte die Arme und schwankte wie eine Schaluppe. Endlich konnten sie alle nicht mehr und hielten ein; und man riß ein Fenster auf.

Der helle Tag kam in den Saal mit der Kühle des Morgens. Es gab einen Schrei des Staunens; dann wurde es still. Die gelben Flammen flackerten, und hin und wieder platzten die Manschetten der Lichter. Mit Bändern, Blumen und Perlen war das Parkett besät. Flecke von Punsch und Likör beschmierten die Konsolen. Die Tapetenstoffe waren schmutzig, die Kostüme staubig und zerzaust. Zopfflechten hingen auf die Schultern herab; und die Schminkpaste, die mit dem Schweiß zerrann, entblößte fahle Gesichter, deren rote Lider zwinkerten.

Die Marschallin, frisch, als entstiege sie dem Bade, hatte rosige Wangen und glänzende Augen. Sie schleuderte ihre Perücke weg; und ihr Haar umgab sie wie ein dunkles Vlies und hüllte ihre ganze Kleidung ein bis auf die Hose, was zugleich drollig und anmutig war.

Die Sphinx, deren Zähne im Fieber klapperten, brauchte einen Schal. Rosanette lief in ihr Schlafzimmer, ihn zu suchen; und als die andre hinter ihr hereilte, sperrte sie ihr vor der Nase die Tür zu.

Der Türke sagte laut, man habe Herrn Oudry nicht fortgehen sehen. Niemand beachtete seine Bosheit, so müde war man. Dann wickelte man sich, der Abfahrt harrend, in Kapuzen und Mäntel. Es schlug sieben Uhr. Der Engel saß noch immer im Saal vor einem Brei von Butter und Sardinen, neben ihm, Zigaretten rauchend, das Fischweib, das ihn über die Fragen der Existenz aufklärte.

Endlich waren die Droschken da, und die Gäste verabschiedeten sich. Hussonnet, der Korrespondent von Provinzzeitungen war, mußte vor seinem Frühstück noch dreiundfünfzig Blätter lesen. Die Wilde hatte eine Theaterprobe. Pellerin ein Modell, der Chorknabe drei Rendezvous. Aber der Engel konnte, von den Vorzeichen einer Verdauungsstörung befallen, nicht hoch. Der Baron aus dem Mittelalter trug ihn zum Fiaker: »Paß auf seine Flügel auf!« schrie die Hafenarbeiterin durch das Fenster hinab.

An den Stufen der Treppe sagte Fräulein Vatnaz zu Rosanette: »Adieu, meine Liebe. Deine Gesellschaft war famos.« Sie neigte sich zu ihrem Ohr: »Behalte ihn!«

»Bis etwas Besseres kommt«, versetzte die Marschallin langsam und drehte ihr den Rücken.

Arnoux und Frédéric blieben zusammen, wie bei der Hinfahrt. Der Fayencehändler sah so finster aus, als wäre ihm nicht wohl.

»Ich?« erwiderte er auf Frédéric's Frage. »Keine Spur!«

Er biß sich in den Schnurrbart und runzelte die Brauen. Frédéric wollte wissen, ob seine Geschäfte ihm Kopfschmerzen verursachten.

»Nicht im geringsten!« Dann plötzlich: »Sie haben ihn doch gekannt, nicht wahr, den Papa Oudry?« Und mit einem Ausdruck von Feindseligkeit: »Er ist reich, der alte Schuft!«

Dann sprach Arnoux von einer wichtigen Brandtechnik, die heute in seiner Fabrik durchgeprobt werden sollte. Er wollte zusehen. Der Zug ging in einer Stunde. »Vorher aber muß ich meine Frau umarmen.«

Ach, seine Frau! dachte Frédéric.
Dann legte er sich zu Bett, mit einem unerträglichen Schmerz im Hinterhaupt; und er trank eine Karaffe Wasser aus, so dürstete ihn.
Ein anderer Durst hatte sich seiner bemächtigt, der nach Weibern, Luxus und allen Dingen des Lebens in Paris. Er fühlte sich taumeln, wie ein Mann taumelt, der lange an Bord gewesen ist; und in der Halluzination des ersten Schlafes sah er immerzu vor sich die Schultern des Fischweibs, die Lenden des Hafenmädchens, die Waden der Polin, das Haar der Wilden, hin und her. Dann erschienen zwei große schwarze Augen, denen er nicht auf dem Ball begegnet war; leicht wie Schmetterlinge, mit der Glut von Fackeln schwebten sie, verschwanden sie, zitterten sie, stiegen sie auf zum Kranzgesims der Decke und hinab zu seinem Mund.
Frédéric's leidenschaftlicher Wunsch war, diese Augen wiederzuerkennen; er vermochte es nicht. Aber schon sank er in den Traum. Es war ihm, als ziehe er mit Arnoux die Deichsel eines Fiakers, und als reite die Marschallin auf ihm und schlitze ihm mit ihren goldenen Sporen den Bauch auf.

2

Frédéric fand an der Ecke der Rue Rumfort eine kleine Stadtvilla und kaufte sich zugleich die Equipage, das Pferd, die Möbel und zwei Blumentische aus Arnoux' Magazin, die er links und rechts von der Tür in seinem Salon aufzustellen gedachte. Hinter diesem waren ein Zimmer und ein Kabinett. Er hatte die Idee, diese Wohnung Deslauriers einzuräumen. Aber wie sollte er sie dann hier empfangen, seine künftige Geliebte? Die Anwesenheit eines Freundes war lästig. Er ließ die Zwischenwand niederlegen, um den Salon zu vergrößern, und machte aus dem Kabinett ein Rauchzimmer.
Er kaufte die Dichter, die er liebte, Reisebücher, Atlanten und

Diktionäre, denn er hatte zahllose Arbeitspläne. Er trieb die Handwerker an, lief in den Kaufhäusern herum, und in seiner Ungeduld zu genießen, nahm er, ohne zu feilschen, alles sofort mit. Aus den Rechnungen der Lieferanten sah Frédéric, daß er demnächst etwa vierzigtausend Francs zu zahlen haben werde, nicht einbegriffen die Erbschaftssteuer, die mehr als siebenunddreißigtausend betrug. Da sein Vermögen in Grundbesitz bestand, schrieb er dem Notar in Le Havre, er solle für ihn einen Teil verkaufen, da sein Wunsch sei, sich so von seinen Schulden zu befreien und Bargeld zu haben. Dann wollte er endlich das unfaßbare, schillernde Etwas, das man als Gesellschaft bezeichnet, kennenlernen, und er fragte durch ein paar Zeilen bei den Dambreuses an, ob seine Visite willkommen sei. Frau Dambreuse antwortete, sie hoffe ihn am nächsten Tag zu sehen.

Es war ihr Empfangstag. Im Hof harrten Kutschen. Zwei Diener sprangen unter dem Sonnendach ihm entgegen, und ein dritter schritt oben auf der Treppe ihm voran.

Er ging durch einen Vorraum, einen zweiten Raum, dann durch einen großen Salon mit hohen Fenstern. Auf dem monumentalen Kamin tickte eine kugelförmige Stutzuhr zwischen zwei ungeheuren Porzellanvasen, in denen wie goldene Büsche zwei Säulen von Leuchtermanschetten starrten. Bilder aus der Schule des Espagnolet hingen an den Wänden; die schweren Gobelinportieren fielen majestätisch herab. Und die Sessel, die Konsolen, die Tische, das ganze Mobiliar im Stil des Empire, hatten etwas Hoheitsvolles und Diplomatisches. Ohne es zu wollen, lächelte Frédéric vor Vergnügen.

Endlich kam er in ein ovales Gemach, das mit Rosenholz getäfelt und mit zierlichen Möbeln überladen war und von einem einzigen Fenster der Gartenseite erhellt wurde. Frau Dambreuse saß am Kamin, etwa ein Dutzend Besucher im Kreis um sie. Mit einem liebenswürdigen Wort forderte sie ihn auf, sich niederzulassen, doch gab sie keine Überraschung kund, daß sie ihn so lange nicht gesehen hatte.

Man pries, als er eintrat, die Beredsamkeit des Abbé Cœur. Dann beklagte man die Unsittlichkeit des Hauspersonals, anläßlich eines von einem Kammerdiener begangenen Diebstahls; und man widmete sich dem Klatsch. Die alte Frau von Sommery war erkältet, Fräulein von Turvisot heiratete, die Montcharrons kamen nicht vor den letzten Tagen des Januar zurück, die Bretancourts auch nicht, man blieb jetzt bis spät auf dem Lande. Die Erbärmlichkeit dessen, was da geredet wurde, war noch krasser durch den Luxus der Dinge ringsum; doch was man sprach, war nicht einmal so beschränkt wie diese Art, ohne Zweck zu plaudern, ohne Zusammenhang, ohne innere Beteiligung. Und doch gehörten zu der Gesellschaft da lebensgewandte Männer, ein ehemaliger Minister, der Pfarrer eines großen Sprengels, zwei oder drei hohe Regierungsbeamte; auch sie bewegten sich in den abgetretenen Gemeinplätzen. Einige von ihnen glichen müden Witwen aus königlichem Haus, andere Roßtäuschern; und Greise waren mit ihren Frauen erschienen, deren Großväter sie sein konnten.

Frau Dambreuse empfing sie alle huldvoll. Wenn man einen Krankheitsfall erwähnte, kniff sie schmerzlich die Brauen zusammen, und sie sah heiter aus, wenn man sich von Bällen oder Soireen unterhielt. Sie mußte all die Freuden ja bald entbehren, denn eine Nichte ihres Gatten, eine Waise, kam aus der Pension zu ihr. Man war von ihrem Opfersinn begeistert; das hieß wahrhaft mütterlich gehandelt.

Frédéric beobachtete sie. Ihre matte Gesichtshaut war straff gespannt und glanzlos wie die Haut einer Konservenfrucht. Aber ihr in englischen Schraubenlocken gewelltes Haar war feiner als Seide, ihre Augen hatten ein glänzendes Blau, alle ihre Gesten Zartheit. Indes sie im Hintergrund des Raumes auf einer Causeuse saß, streichelte sie die roten Quasten eines japanischen Kaminschirms, wohl um ihre Hände zu zeigen, schmale, ein wenig magere Hände, deren Finger an den Spitzen etwas aufwärtsgebogen waren. Sie trug ein Kleid von grauem Mohär, mit geschlossener Corsage, und glich darin einer Puritanerin.

Frédéric fragte sie, ob sie in diesem Jahr nicht nach La Fortelle reisen werde. Frau Dambreuse wußte das nicht. Er verstand sie auch: Nogent langweilte sie. Die Zahl der Besucher wurde immer größer. Es war ein andauerndes Knistern von Roben über die Teppiche; die Damen setzten sich auf den Rand der Stühle, meckerten ein kleines Gelächter, sprachen zwei bis drei Worte und zogen nach fünf Minuten mit ihren Töchtern wieder ab. Bald wurde es unmöglich, der Konversation zu folgen, und Frédéric war im Begriff zu gehen, als Frau Dambreuse zu ihm sagte: »Jeden Mittwoch, bitte, Herr Moreau!« Durch diese einzige Wendung entschädigte sie ihn für ihre bisherige Gleichgültigkeit. Er war zufrieden. Dennoch atmete er auf der Straße tief die freie Luft ein. Und im Verlangen nach einem weniger gekünstelten Milieu erinnerte er sich, daß er der Frau Marschallin eine Visite abzustatten habe.

Die Tür des Vorflurs war offen. Zwei Bologneser Hündchen liefen auf Frédéric zu. Eine Stimme rief: »Delphine, Delphine! Sind Sie es, Felix?«

Er trat nicht weiter vor; die Hündchen umkläfften ihn. Dann erschien Rosanette, in einem Morgengewand von weißem Musselin mit Spitzen, die nackten Füße in winterlichen Pantoffeln. »Ach, verzeihen Sie, mein Herr! Ich glaubte, Sie seien der Friseur! In einer Minute komme ich wieder!«

Und er stand allein im Speisesaal. Die Jalousien waren noch heruntergelassen. Frédéric's Augen glitten hin und her, und er dachte an den wüsten Lärm jener Nacht, als er mitten auf dem Tisch einen Männerhut bemerkte, einen alten, buckligen, fetten, unsauberen Filz. Wessen Hut war das? Indem er schamlos sein aufgetrenntes Futter wies, sagte er gleichsam: Mir kann niemand! Ich bin der Herr!

Die Marschallin kam jetzt. Sie packte den Hut, öffnete den Wintergarten, warf ihn hinein, machte die Tür wieder zu (dabei wurden noch mehrere andere Türen geöffnet und geschlossen) und ließ Frédéric durch die Küche hindurch in ihr Ankleidezimmer.

Man sah sofort, daß dies der besuchteste Raum des Hauses war und gewissermaßen sein Zentrum. Die Wände, die Sessel und ein riesiger, elastischer Diwan waren mit einem großblättrigen persischen Stoff tapeziert. Auf einem weißen Marmortisch waren zwei breite Waschschüsseln von blauer Fayence aufgestellt. Kristallplatten, die darüber lagen, verschwanden unter Flaschen, Bürsten, Kämmen, Schminkstangen, Puderbüchsen. Das Feuer spiegelte sich in einer hohen Psyche. Ein Badetuch hing aus einer Wanne, und es duftete nach Mandelmilch und Benzoëcreme.

»Entschuldigen Sie die Unordnung! Ich bin heute zum Diner eingeladen!«

Sie drehte sich herum und zerquetschte dabei fast eines der Hündchen. Frédéric sagte, sie seien allerliebst. Sie hob sie hoch, daß sie mit ihren schwarzen Schnäuzchen bis zu ihm reichten: »Na, so lacht doch, gebt dem Herrn einen Kuß!«

Ein Mann in schmutzigem Gehrock mit einem Pelzkragen trat hastig ein. »Felix, mein Guter«, sagte sie, »Sie kriegen Ihr Geld am Sonntag bestimmt.«

Der Mann frisierte sie. Er hatte Nachrichten über ihre Freundinnen: Frau von Rochegune, Frau von Saint-Florentin, Frau Lombard, alle von Adel wie bei den Dambreuses. Sodann plauderte man über das Theater. Heute fand im Ambigu eine große Première statt. »Gehen Sie hin?«

»Ich? Bewahre, ich bleibe zu Hause.«

Delphine erschien. Sie zankte mit ihr, weil sie, ohne sie zu fragen, ausgegangen sei. Die Jungfer schwor, sie sei bis jetzt auf dem Markt gewesen.

»Also bringen Sie mir Ihr Buch! Sie erlauben doch?« Und Roseanette las halblaut das Heft durch und machte zu jeder Ziffer Bemerkungen. Die Addition war falsch. »Geben Sie mir vier Sous zurück!«

Delphine tat es, und als sie sie hinausgeschickt hatte, stöhnte sie: »Ach! Maria und Josef, ist das ein Elend mit den Leuten!«

Frédéric war über diese Beschwerde verdrossen. Sie mahnte ihn zu sehr an jene anderen und schuf zwischen beiden Häusern eine ärgerliche Gleichheit.

Delphine kam wieder und flüsterte der Marschallin etwas ins Ohr.

»Nein, ich will nicht!«
Delphine kam nochmals. »Gnädige Frau, sie muß Sie sprechen!«
»Ach, das ist ja ekelhaft! Schmeiß sie hinaus!«
Im selben Augenblick öffnete eine alte Dame in Schwarz die Tür. Frédéric hörte nichts, sah nichts; Rosanette war ihr ins Schlafzimmer entgegengeeilt.
Als sie zurückkehrte, hatte sie rote Backen; stumm setzte sie sich in einen der Fauteuils. Eine Träne sickerte ihr über die Wange. Dann fragte sie ihren Besucher sanft: »Wie heißen Sie mit Vornamen?«
»Frédéric.«
»Ach, Federigo! Sie haben doch nichts dagegen, daß ich Sie so nenne?« Und sie schaute ihn zärtlich an, fast verliebt. Plötzlich stieß sie einen Freudenschrei aus, da Fräulein Vatnaz eintrat.
Die Literatin hatte keine Zeit zu verlieren, denn Punkt sechs war bei ihr Table d' hôte; und sie keuchte, rang nach Atem. Sie zog aus ihrer Handtasche zuerst eine goldene Uhr mit einem Zettel, dann verschiedene andere Erwerbungen. »Also in der Rue Joubert sind prachtvolle schwedische Handschuhe, zu einem Franc achtzig. Deine Färberei braucht noch acht Tage. Wegen der Goldstickerei, habe ich gesagt, gibst du noch Bescheid. Bugneaux habe ich à conto gezahlt. Das ist alles, denke ich! Dann habe ich bei dir fünfundachtzig Francs gut!«
Rosanette holte aus einer Schublade zehn Napoleons. Keine der Damen konnte wechseln. Frédéric erbot sich dazu.
»Ich zahle sie Ihnen nächstens«, sagte die Vatnaz und steckte die fünfzehn Francs in ihre Tasche. »Aber Sie sind ein schlechter Mensch. Ich liebe Sie nicht mehr, Sie haben neulich überhaupt nicht mir mir getanzt. Ach, meine Liebe, da habe ich bei einem Trödler am Quai Voltaire einen Kasten mit ausgestopften Kolibris entdeckt, einfach süß! Ich an deiner Stelle würde sie mir kaufen. Sieh mal! Wie findest du das?« Und sie hielt ihr einen Rest von rosa Seide hin, den sie im Temple erstanden hatte, für ein mittelalterliches Wams, als Geschenk für Delmar.

»Er ist heute nicht gekommen, wie?«
»Nein!«
»Sonderbar!« Und nach einer Minute: »Wohin gehst du heute abend?«
»Zu Alphonsine«, sagte Rosanette; das war die dritte Lesart, was sie am Abend tun werde.
Fräulein Vatnaz fuhr fort: »Und der Alte vom Berge?«
Die Marschallin blinzelte ihr jäh zu, sie solle schweigen; und sie ging mit Frédéric bis in den Vorflur hinaus und fragte ihn, ob er Arnoux bald sehe. »Bitten Sie ihn, daß er zu mir kommt; aber nicht, wenn seine Frau dabei ist, hören Sie!«
An den Treppenstufen war ein Schirm gegen die Wand gelehnt, mit einem Paar Galoschen. »Die Gummischuhe der Vatnaz«, sagte Rosanette. »Die hat einen Fuß, was! Ja, eine große Nummer, meine kleine Freundin!« Und in melodramatischem Ton, mit rollendem R fügte sie hinzu: »Jedoch, darauf ist kein Verlaß!«
Durch diese Vertraulichkeit ermutigt, wollte Frédéric ihr den Hals küssen. »Immer los«, meinte sie kalt, »das kostet nichts.«
Er fühlte sich leicht, als er auf die Straße trat; denn er war sicher, die Marschallin würde bald seine Mätresse. Durch dieses Begehren erwachte ein anderes in ihm; obgleich er noch etwas wie Groll in sich hegte, wollte er wieder zu Frau Arnoux.
Übrigens mußte er hin, um sich des Auftrags von Rosanette zu entledigen. Aber jetzt, dachte er (es schlug sechs), ist Arnoux wohl zu Hause. Er verschob seinen Besuch um einen Tag.
Sie hatte dieselbe Haltung wie das erstemal und nähte ein Kinderhemd. Der Knabe spielte zu ihren Füßen mit einer Holzmenagerie; ein wenig von ihr entfernt schrieb Marthe.
Er begann, indem er ihre Kinder lobte. Sie antwortete ganz ohne die Übertreibungen mütterlicher Dummheit.
In dem Zimmer herrschte Ruhe. Sonnenschein drang durch die Scheiben, die Möbelecken leuchteten, und da Frau Arnoux beim Fenster saß, umwob ein Strahl, der die Löckchen in ihrem Nacken traf, ihre ambradunkle Haut mit flüssigem Gold.

Er scherzte: »Die junge Dame ist seit drei Jahren gewachsen! Wissen Sie noch, mein Fräulein, wie Sie in dem Wagen auf meinen Knien eingeschlafen sind?« Marthe wußte es nicht mehr. »Eines Abends, bei der Rückfahrt von Saint-Cloud?«

Frau Arnoux blickte seltsam traurig. Wollte sie ihm jede Anspielung auf ihre gemeinsame Erinnerung untersagen?

Ihre schönen, schwarzen, glänzenden Augen bewegten sich sanft unter ihren etwas schweren Lidern, und in der Tiefe ihrer Augäpfel war eine unendliche Güte. Liebe ergriff ihn, heftiger als jemals, grenzenlos. Er sank in nachdenkliches Schauen; er schüttelte es ab. Wie konnte er hier nur Geltung gewinnen? Was half ihm dazu? Und wie sehr er auch suchte, Frédéric fand nichts Besseres als das Geld. Er sprach vom Wetter, das weniger kalt sei als in Le Havre.

»Waren Sie dort?«

»Ja, wegen einer ... Familienangelegenheit, ... einer Erbschaft.«

»Ach, das freut mich für Sie«, sagte sie mit so wahrer Wärme, daß es ihn rührte, als habe sie ihm einen großen Dienst geleistet.

Dann erkundigte sie sich, was er machen werde; denn ein Mann bedürfe der Tätigkeit. Er entsann sich seiner Lüge und sagte, er hoffe, Herr Dambreuse, der Deputierte, werde ihm den Zugang zum Staatsrat ermöglichen. »Kennen Sie ihn?«

»Nur dem Namen nach.« Dann, mit leiser Stimme: »*Er* hat Sie neulich zum Ball mitgenommen, nicht?«

Frédéric schwieg.

»Das wollte ich wissen, ich danke Ihnen.«

Hierauf richtete sie an ihn einige diskrete Fragen nach seiner Familie und seiner Heimatstadt. Es war sehr liebenswürdig, daß er solange da unten sie nicht vergessen hatte.

»Aber ... konnte ich?« erwiderte er. »Zweifelten Sie daran?«

Frau Arnoux erhob sich. »Ich glaube an Ihre gute, aufrichtige Anhänglichkeit an uns. Adieu, auf Wiedersehen!«

Offen und mit männlichem Druck gab sie ihm die Hand. War

das nicht ein Gelöbnis, eine Verheißung? Frédéric fühlte sich voller Freude zu leben; er hielt an sich, um nicht zu singen, er mußte sein Herz ergießen, mußte großmütig sein, Almosen spenden. Er blickte um sich, ob er niemanden unterstützen könne. Kein Armer begegnete ihm; und seine Laune verrann, denn es war nicht seine Art, die Gelegenheiten herbeizuzwingen.

Dann gedachte er seiner Freunde. Zuerst Hussonnet's, dann Pellerin's. Die niedere Stellung Dussardier's verlangte natürlich Rücksichten. Daß er Cisy dartun könne, wie wohlhabend er war, gefiel ihm. Er schrieb also an alle vier, sie möchten am Sonntag Punkt elf zur Weihe des Hauses bei ihm sein, und er bat Deslauriers, Sénécal mitzubringen.

Der Unterlehrer war aus einer dritten Anstalt entlassen worden, weil er sich der Verteilung von Prämien widersetzte, einem Brauch, den er als unheilvoll für die pädagogische Gleichheit betrachtete. Er war jetzt bei einem Maschinenbauer beschäftigt und wohnte seit einem halben Jahr nicht mehr mit Deslauriers zusammen. Sie waren ohne Kummer auseinander gegangen. Sénécal wurde in letzter Zeit von Blusenmännern besucht. Das waren alles Patrioten, alles wackere Arbeiter; doch dem Advokaten schienen die Zusammenkünfte mit ihnen stumpfsinnig. Auch behagten ihm gewisse Ideen seines Freundes nicht, so nützlich sie als Kampfinstrumente waren. Er schwieg aus Ehrgeiz, wollte ihn schonen und dadurch leiten; denn er erwartete fiebernd eine große Umwälzung, durch die er vorankommen würde, endlich voran.

Die Überzeugungen des Lehrers waren selbstloser. Jeden Abend ging Sénécal von der Maschinenfabrik hinauf in seine Dachstube und forschte in den Büchern nach Rechtfertigungen seiner Träume. Er hatte Ergänzungen zum ›*Contrat social*‹ verfaßt. Er fraß die ›*Revue Indépendante*‹ in sich hinein. Er hatte Mably, Morelly, Fourier, Saint-Simon, Comte, Cabet, Louis Blanc gelesen, die schwere Fracht der sozialistischen Utopisten, die für die Menschheit die Kasernierung erstreben, die sie in ein Lupanar verwandeln oder sie über die Schreibtische der Kontore beugen wollen. Und aus all dem Wirrwarr hatte er sich das Ideal einer tugendhaften Demokratie errichtet, halb landwirtschaftliches Gut, halb Spinnerei, ein amerikanisches Lakedämon, in dem das Individuum nur als Diener der Gesellschaft sein Leben hatte, die allmächtiger war, resoluter, unfehlbarer und göttlicher als die des Großlama oder Nebukadnezars. Die nahe Verwirklichung seines Systems war ihm gewiß; und er wütete gegen alles, was ihr nach seiner Ansicht feindlich war, mit den Beweisen eines Geometers und der Ehrlichkeit eines Inquisitors. Die Adelstitel, die Orden, die Galauniformen, die Livreen besonders, und sogar ein zu tönender Ruhm waren ihm Ärgernisse; denn durch seine Studien wie seine Leiden wurde sein eingeborener Haß gegen jede Auszeichnung, jeden Vorzug tagtäglich mehr entfacht.

»Was verpflichtet mich zur Höflichkeit gegen diesen Herrn? Wenn er mich mag, weshalb kommt er nicht zu mir?«

Deslauriers zog ihn mit sich.

Sie trafen ihren Freund in seinem Schlafzimmer. Stores, doppelte Vorhänge, ein venezianischer Spiegel, alles war da. Frédéric, in seiner Samtweste, hatte sich auf eine Bergère gelegt und rauchte türkische Zigaretten.

Sénécal verfinsterte sich, wie ein Mucker, der ein Tanzlokal betritt. Deslauriers übersah mit einem einzigen Blick das Ganze; dann grüßte er sehr tief: »Gnädiger Herr, meine Hochachtung!«

Dussardier umarmte Frédéric. »Dann sind Sie also jetzt reich? Ach, desto besser, potztausend, desto besser!«

Cisy erschien, einen Trauerflor um seinen Zylinder. Seit dem Tod seiner Großmama besaß er ein recht bedeutendes Vermögen; und er wollte weniger sich amüsieren, als sich von den anderen unterscheiden, nicht wie »alle Welt« sein; er wollte »patent« sein – das war sein Lieblingswort.

Es war schon Mittag, und alle gähnten. Frédéric erwartete noch jemanden. Bei dem Namen von Arnoux schnitt Pellerin eine Grimasse. Er war für ihn, seitdem er die Kunst aufgegeben hatte, ein Renegat. »Geht es nicht ohne ihn? Was meint ihr?«

Alle stimmten zu.
Ein Diener in langen Gamaschen öffnete die Tür, und man sah in den Eßsaal mit seinem hohen Büfett aus Eiche, das goldene Zieraten hatte, und den beiden mit Geschirr beladenen Kredenzen. Auf dem Ofen wurden Weinflaschen gewärmt. Die Klingen der neuen Messer blinkten neben den Austern. Der milchige Ton der hauchfeinen Gläser war verführerisch zart, und der Tisch bog sich unter Wild, Obst und Leckereien. Das war bei Sénécal verlorene Mühe.
Er forderte zuerst Schwarzbrot (es solle möglichst grob sein) und sprach dann über die Morde von Buzançais und die Lebensmittelkrise. All das wäre vermieden worden, wenn man den Ackerbau stärker schützte, wenn nicht alles der Konkurrenz ausgeliefert wäre, der Anarchie, dem sehr bedauerlichen Grundsatz des *›laisser faire, laisser passer‹!* So bildete sich der Feudalismus des Geldes, der noch übler war als der andere. Doch man hüte sich! Das Volk wird es eines Tages überhaben, und es wird für seine Not die Kapitalisten büßen lassen, entweder durch blutige Proskriptionen oder durch die Plünderung ihrer Häuser.
In der Helligkeit eines visionären Blitzes sah Frédéric eine Schar von Männern mit nackten Armen den großen Salon von Frau Dambreuse überfluten und mit Piken die Spiegelscheiben zerschlagen.
Sénécal redete fort. Der Arbeiter war wegen der Kläglichkeit der Löhne unglücklicher als der Helot, der Neger und der Paria, zumal wenn er Kinder hatte. »Soll er sich ihrer durch Kohlengas entledigen, nach dem Rat irgendeines englischen Arztes, eines Schülers von Malthus?« und er wandte sich an Cisy: »Sollen wir dem Rat des infamen Malthus folgen müssen?«
Cisy, dem die Infamie und sogar die Existenz von Malthus unbekannt war, antwortete, es werde doch viel Not gelindert, und die höheren Klassen . . .
»Ach, die höheren Klassen!« sagte grinsend der Sozialist. »Erstens gibt es keine höheren Klassen; es gibt nur den höheren Rang des Herzens! Wir wollen keine Almosen, verstehen Sie,

sondern die Gleichheit, die gerechte Verteilung der Produkte. Der Arbeiter muß Kapitalist werden können wie der Soldat Oberst. Die Zünfte hindern wenigstens, indem sie die Zahl der Lehrlinge einschränken, die Anhäufung der Arbeiter, und die Empfindung der Brüderlichkeit wird durch die Feste, die Zunftbanner belebt.«

Hussonnet, als Dichter, war für die Banner, die er vermißte; auch Pellerin war für sie, ein Hang, den er vom Café Dagneaux her hatte, wo an den Nachbartischen die Anhänger Fourier's plauderten. Er fand, daß Fourier ein großer Mann sei.

»Woher denn?« sagte Deslauriers. »Ein alter Dummkopf, der im Umsturz großer Staaten die Wirkungen der göttlichen Rache sieht. Der ist wie dieser Herr Saint-Simon und seine Kirche, mit ihrem Haß gegen die Französische Revolution: eine Rotte von Narren, die uns den Katholizismus wieder bescheren wollen.«

Um sich aufzuklären oder um sich in gutes Licht zu setzen, begann Herr von Cisy sanft: »Die beiden Gelehrten sind also nicht der Meinung Voltaire's?«

»Auf den verzichte ich!« rief Sénécal.

»Wie denn, ich glaubte . . .«

»O nein, er hat das Volk nicht geliebt!«

Dann beschäftigte man sich mit den Ereignissen des Tages: den spanischen Heiraten, der Verschwendung Rochefort's, dem neuen Kapitel von Saint-Denis, für das die doppelten Steuern gezahlt werden müßten. Und nach Sénécal zahlte man schon genug. »Wofür aber, mein Gott? Um für die Affen der Naturaliensammlung Paläste zu bauen, auf unseren Plätzen großartige Generalstäbe paradieren und eine gotische Etikette unter den Schloßbediensteten walten zu lassen!«

»In der ›Mode‹«, sagte Cisy, »habe ich gelesen, daß am Ferdinandstag, beim Ball in den Tuilerien, alles als Harlekin kostümiert war.«

»Ist das nicht erbärmlich!« sagte der Sozialist und zuckte vor Widerwillen die Achseln.

»Und das Museum in Versailles!« rief Pellerin. »Wollen wir

einmal davon sprechen! Diese Schwachsinnigen haben einen Delacroix verkürzt und einen Gros verlängert! Im Louvre haben sie alle Bilder so gut restauriert, abgekratzt und vermanscht, daß in zehn Jahren vielleicht keines mehr da ist. Über die Irrtümer im Katalog hat ein Deutscher ein Buch geschrieben. Die Ausländer, meiner Seele, spotten über uns!«
»Ja, Europa verlacht uns«, sagte Sénécal.
»Weil die Kunst der Krone hörig ist.«
»Solange man nicht das allgemeine Stimmrecht hat . . .«
»Erlauben Sie!« Denn der Maler, der seit zwanzig Jahren von allen Salons abgelehnt wurde, hatte eine Wut gegen die Machthaber. »Eh! Man lasse uns damit in Ruhe! Ich will nur, daß die Kammer durch ein Statut die Kunstinteressen regelt. Es muß ein Lehrstuhl der Ästhetik geschaffen werden, und der Professor, der ernannt wird, zugleich ein Mann der Praxis und ein Philosoph, würde, so hoffe ich, Ordnung in das Durcheinander bringen. Sie könnten doch, Hussonnet, ein Wort darüber in Ihrer Zeitschrift veröffentlichen.«
»Sind die Zeitungen denn frei? Sind wir es?« fragte Deslauriers zornig. »Wenn man bedenkt, daß für den Betrieb einer Flußfähre bis zu achtundzwanzig Formalitäten nötig sind, dann würde ich am liebsten bei den Menschenfressern wohnen! Die Regierung verzehrt uns! Alles ist ihr untertan, die Philosophie, das Recht, die Himmelsluft; und Frankreich ächzt erschöpft unter dem Stiefel des Gendarmen und der Soutane der Pfaffen!«
So entledigte der kommende Mirabeau sich reichlich seiner Galle. Er nahm sein Glas, erhob sich und rief, die Faust an der Hüfte, die Augen entflammt: »Ich trinke auf die völlige Zerstörung des heutigen Staats, alles dessen, was man Privileg, Monopol, Direktion, Hierarchie und Autorität nennt!« Und er schrie noch lauter: »Die ich so zerschmettern möchte!« und schleuderte auf den Tisch das schöne Glas, das in tausend Stückchen zersplitterte. Alle applaudierten und am stärksten Dussardier. Der Anblick der Ungebühr machte ihm das Herz erbeben. Er war um Barbès besorgt. Er konnte sich unter die Räder stürzen, um gefallenen

Pferden beizuspringen. Er hatte nur zwei Werke gelesen, die ›Verbrechen der Könige‹ und die ›Geheimnisse des Vatikans‹. Dem Advokaten hatte er voll Wonne mit weitaufgerissenem Munde zugehört. Endlich konnte er nicht mehr schweigen: »Ich werfe Louis-Philippe vor, daß er die Polen im Stich läßt!«

»Einen Moment«, sagte Hussonnet. »Zunächst existiert Polen nicht; es ist eine Erfindung von Lafayette. Die Polen stammen gemeinhin alle aus dem Faubourg Saint-Marceau, denn die echten sind mit Poniatowski ertrunken!« Kurz, er glaubte nicht mehr daran, er hatte das hinter sich. Das war wie die Seeschlange, die Aufhebung des Edikts von Nantes und der alte Schwindel mit der Bartholomäusnacht.

Sénécal griff, ohne die Polen zu verteidigen, die letzten Worte des Schriftstellers auf. Man hatte die Päpste verleumdet, die doch die Schützer der Völker waren; und er nannte die Liga »die Morgenröte der Demokratie, eine große Gleichheitsbewegung gegen den Individualismus der Prostestanten«.

Frédéric war von diesen Ideen etwas überrascht. Cisy langweilten sie wahrscheinlich, denn er fing an, von den lebenden Bildern im Gymnase zu sprechen, die viel Publikum anzogen.

Sénécal war darüber ungehalten. Solche Schauspiele verdarben die Töchter des Proletariats. Auch machte sich ein unverschämter Luxus breit. Deshalb billigte er, daß die bayrischen Studenten Lola Montez beschimpft hatten. So wie für Rousseau war für ihn das Weib eines Kohlenbrenners ebensoviel wert wie die Mätresse eines Königs.

»Das ist ein Hohn auf die Trüffeln, mein Herr!« sagte Hussonnet majestätisch. Und er nahm Partei für diese Damen, zugunsten von Rosanette.

Als er über ihren Ball und das Kostüm von Arnoux redete, fragte Pellerin: »Der soll doch wackeln?«

Der Händler hatte einen Prozeß um seine Besitzungen in Belleville gehabt und jetzt mit anderen Gaunern seines Kalibers in der unteren Bretagne eine Gesellschaft zur Ausbeutung von Porzellanerde gegründet.

Dussardier wußte mehr, denn sein Chef, Herr Moussinot, hatte sich über Arnoux erkundigt bei dem Bankier Oskar Lefebvre, und dieser hatte ihm gesagt, Arnoux sei wenig solid, er kenne einige seiner Spekulationen.

Man hatte das Dessert verspeist, und man ging in den Salon hinüber, der wie der der Marschallin mit gelbem Damast bespannt war und Möbel im Stil Louis XVI. hatte.

Pellerin tadelte Frédéric, daß er nicht den neo-griechischen Stil gewählt habe. Sénécal rieb Zündhölzer an den Tapeten. Deslauriers äußerte nichts. Er tat es jedoch in der Bibliothek, die er eine Jungmädchenbibliothek nannte. Die Mehrzahl der zeitgenössischen Autoren war darin vertreten. Es war unmöglich, sich über ihre Werke zu unterhalten; denn sofort erzählte Hussonnet Anekdoten über ihre Personen, kritisierte ihre Gesichter, ihr Privatleben, ihre Kleidung, pries Geister fünfzehnten Ranges, schwärzte die hervorragenden an und beklagte die moderne Entartung. Manches ländliche Chanson hatte nach ihm mehr Poesie in sich als die ganze Lyrik des neunzehnten Jahrhunderts. Balzac war überschätzt, Byron abgetakelt, Hugo verstand nichts vom Theater, et cetera.

»Warum haben Sie denn«, fragte Sénécal, »die Bücher unserer Arbeiter-Dichter nicht?«

Und Herr von Cisy, der sich mit Literatur befaßte, war erstaunt, auf Frédéric's Tisch nicht »einige der neuen Physiologien zu sehen: Physiologie des Rauchers, des Anglers, des Zollbeamten«.

Sie erbitterten ihn allmählich so, daß er Lust hatte, sie hinauszusetzen. ›Aber ich wäre dumm‹, sagte er sich. Er trat mit Dussardier zur Seite und fragte ihn, ob er ihm mit etwas dienen könne.

Der Gute war gerührt. Da er seinen Kassiererposten hatte, brauchte er nichts.

Dann ging Frédéric mit Deslauriers in sein Zimmer und holte aus seinem Sekretär zweitausend Francs. »Steck sie ein, mein Lieber! Das ist der Saldo meiner Schulden von früher!«

»Aber . . . die Zeitung?« sagte der Advokat. »Ich habe mit Hussonnet darüber gesprochen, weißt du.«

Als Frédéric antwortete, er sei »gegenwärtig mit Bargeld knapp«, lächelte Deslauriers boshaft.

Nach den Likören trank man Bier; nach dem Bier Grog; man rauchte wieder Pfeife. Endlich, um fünf Uhr abends, gingen sie alle. Sie schritten stumm hintereinander, bis Deslauriers sagte, Frédéric habe sie vortrefflich aufgenommen. Alle gaben das zu.

Hussonnet erklärte, das Dejeuner sei ein bißchen zu schwer gewesen. Sénécal kritisierte die oberflächliche Eleganz der Ausstattung. Cisy urteilte ebenso. Sie war durchaus nicht »patent«.

«Ich finde«, sagte Pellerin, »er hätte ein Bild bei mir bestellen können.«

Deslauriers schwieg; er hatte seine Banknoten in der Hosentasche.

Frédéric war allein geblieben. Er dachte an seine Freunde und fühlte zwischen ihnen und sich eine große, dunkle Kluft. Er hatte ihnen die Hand geboten, und sie hatten die Offenheit seines Herzens nicht erwidert.

Er entsann sich der Worte von Pellerin und Dussardier über Arnoux. Das war sicher eine Erfindung, eine Verleumdung. Aber warum? Und er sah Frau Arnoux ruiniert, in Tränen, ihre Möbel verkaufend. Das quälte ihn die ganze Nacht; am Tag darauf ließ er sich bei ihr melden.

Da er nicht wußte, wie er ihr mitteilen sollte, was er wußte, fragte er sie beiläufig, ob Arnoux seine Besitzungen in Belleville noch habe.

»Ja.«

»Er ist jetzt Aktionär einer Gesellschaft für Porzellanerde in der Bretagne, nicht wahr?«

»Ja . . . ich vermute.« Und er zauderte: »Was haben Sie denn? Sie machen mir angst!«

Er erzählte ihr die Geschichte mit den Spekulationen. Sie blickte zu Boden und sagte: »Ich fühlte schon so etwas.«

In der Tat hatte Arnoux zu Spekulationszwecken sich geweigert, seine Besitzungen zu verkaufen, hatte hohe Summen darauf geliehen und, da er keine Käufer mehr fand, das Defizit durch eine Fabrik zu decken gesucht. Die Baukosten hatten die Anschläge überschritten. Die Einzelheiten kannte sie nicht; er wich jeder Frage aus und versicherte immer, alles stehe gut.

Frédéric wollte sie beruhigen. Das waren vielleicht nur momentane Schwierigkeiten. Wenn er übrigens etwas höre, werde er sie verständigen.

»Ja, nicht wahr, bitte«, sagte sie und faltete ihre Hände mit einer flehenden Geste, die voll Reiz war.

So konnte er ihr von Nutzen sein. Er hatte hinfort einen Platz in ihrem Leben, ihrem Herzen.

Arnoux erschien. »Ach, das ist ja nett von Ihnen, daß Sie mich zum Diner abholen.«

Frédéric war über diese Begrüßung verdutzt.

Arnoux erwähnte nun ein paar unwichtige Dinge, dann sagte er seiner Frau, er werde heute sehr spät zu Hause sein, er habe ein Rendezvous mit Herrn Oudry.

»In seiner Wohnung?«

»Na ja doch, bei ihm.«

Als sie die Treppe hinabstiegen, gestand er Frédéric, da die Marschallin frei sei, wollten sie zusammen auf einen Bummel ins Moulin-Rouge; und da er immer jemanden brauchte, mit dem er sich aussprechen konnte, ließ er sich von Frédéric bis vor ihre Tür begleiten.

Statt einzutreten, ging er auf dem Trottoir hin und her und spähte nach den Fenstern der zweiten Etage. Plötzlich wurden die Vorhänge weggezogen.

»Ah! brav! Papa Oudry ist nicht mehr da. Guten Abend!«

Hielt also Papa Oudry sie aus? Frédéric wußte nicht, was er davon denken sollte.

Von dem Tage an war Arnoux noch herzlicher zu ihm als bisher; er lud ihn an den Tisch seiner Mätresse zum Diner ein, und bald verkehrte Frédéric in beiden Häusern zugleich.

Das von Rosanette amüsierte ihn. Man kam abends hin, nach dem Klub oder dem Theater. Man trank eine Tasse Tee, man spielte eine Partie Lotto. Am Sonntag führte man Charaden auf. Rosanette, die noch geräuschvoller war als die anderen, hatte die drolligsten Einfälle, lief etwa auf allen vieren oder zog sich eine Zipfelhaube über den Kopf. Wenn sie vom Fenster aus die Passanten betrachtete, trug sie einen Hut von gummierten Leder; sie rauchte Tschibuks und sang Tiroler Lieder mit Jodler. Nachmittags schnitt sie zu müßigem Zeitvertreib Blumen aus einem Fetzen persischen Gobelins heraus, klebte sie selbst auf die Fenster, beschmierte ihre beiden Händchen mit Schminke, verbrannte Räucherkerzen oder wahrsagte sich aus den Karten. Unfähig, einem Gelüst zu widerstehen, war sie auf irgendeine antiquarische Kunstsache erpicht, konnte dann nicht mehr schlafen, lief hin und erwarb sie, tauschte sie um, verpfuschte Stoffe, verlor Juwelen, verschleuderte Geld und hätte ihr Hemd für eine Proszeniumsloge verkauft. Oft erkundigte sie sich bei Frédéric nach dem Sinn eines Wortes, das sie gelesen hatte, doch sie wartete seinen Bescheid nicht ab, sprang schnell zu einer anderen Idee über und vervielfältigte ihre Fragerei. Nach Krämpfen der Heiterkeit konnte sie sich kindischem Jähzorn überlassen; oder sie träumte, auf dem Boden sitzend, vor dem Kaminfeuer, das Kinn gesenkt und das Knie zwischen den Händen, fauler als eine Natter in ihrem brütenden Halbschlaf. Ohne Scham kleidete sie sich vor Frédéric an, zog langsam die Seidenstrümpfe an ihren Beinen hoch, dann wusch sie sich mit Wasserbächen das Gesicht und verbog dabei ihren Körper wie eine erschauernde Najade; und das Lachen ihrer weißen Zähne, die Funken ihrer Augen, ihre Schönheit, ihr Übermut bezauberten Frédéric und peitschten ihm die Nerven.

Gewöhnlich traf er Frau Arnoux dabei, daß sie ihren kleinen Knaben lesen lehrte, oder sie saß hinter dem Stuhl von Marthe, die auf dem Piano Tonleitern übte. Befaßte sie sich mit einer Näherei, so war es ihm ein großes Glück, hin und wieder ihre Schere aufzuheben. Alle ihre Bewegungen waren voll ruhiger Hoheit;

ihre kleinen Hände schienen dazu geschaffen, mit Almosen zu begnaden, seine Tränen zu trocknen; und ihre von Natur ein wenig klangmatte Stimme hatte zärtliche Betonungen und konnte fast sein wie des Windes Säuseln.
Der literarische Enthusiasmus war ihr fremd, aber ihr Geist entzückte durch schlichte und tiefe Worte. Sie liebte es, zu reisen, dem Zittern der Luft im Wald zu lauschen, mit bloßem Kopf im Regen spazieren zu gehn. Für Frédéric waren das köstliche Geständnisse; denn er glaubte, sie seien Zeichen ihrer beginnenden Hingabe an ihn.
Der Verkehr mit den beiden Frauen brachte zwei Arten von Musik in sein Leben; die eine voll sinnlicher Lustigkeit, ungestüm, ergötzlich, die andere ernst und fast religiös. Und indem sie beide in ihm nachhallten, wurden sie immer stärker, und nach und nach flossen sie zusammen. Denn sobald Frau Arnoux ihn nur mit dem Finger gestreift hatte, bot sich das Bild der anderen seinem Begehren, weil hier die Erfüllung nicht fern war wie dort; und war er bei Rosanette und fühlte er sein Herz erregt, so erinnerte er sich seiner großen Liebe.
Diese Verwirrung wurde durch Ähnlichkeiten zwischen beiden Wohnungen gemehrt. Eine der Truhen, die ehemals am Boulevard Montmartre gestanden hatte, schmückte jetzt den Speisesaal von Rosanette, die andre den Salon von Frau Arnoux. In beiden Häusern war das Tafelservice das gleiche, und man fand sogar die nämlichen Samtdeckchen auf den Bergèren herumliegen. Eine Masse kleiner Geschenke, Ofenschirme, Schachteln, Fächer gingen und kamen von der Mätresse zur Ehegattin und umgekehrt, denn ohne sich im geringsten zu genieren, nahm Arnoux oft der einen, was er ihr gegeben hatte, wieder ab, um es der anderen darzubringen.
Die Marschallin lachte mit Frédéric über Arnoux' Benehmen. Eines Sonntags, nach dem Diner, zeigte sie ihm in seinem Paletot, der hinter der Tür hing, ein Paketchen mit Kuchen, die er von der Tafel gestohlen hatte, wohl um seine kleine Familie zu erfreuen. Herr Arnoux hatte den Hang zu Scherzen, die schon

ziemlich gemein waren. Die Steuerbehörde zu betrügen, galt ihm als Pflicht. Im Theater drängte er sich mit einem Billett für den zweiten Rang in den ersten und betrachtete es als einen Hauptspaß, daß er im Bad in die Trinkgeldbüchse des Dieners einen Hosenknopf statt fünfzig Centimes steckte; trotzdem liebte ihn die Marschallin.

Einmal jedoch sagte sie über ihn: »Er ödet mich allmählich an! Ich habe genug von ihm! Ach, ich werde schon einen finden!«

Frédéric glaubte, den anderen habe sie schon gefunden, und sein Name sei Oudry.

»Nun«, sagte Rosanette, »was ist dabei?« Und mit Tränen in der Stimme: »Ich verlange doch wenig von ihm, und er will nicht, das Schwein! Er will nicht! Ja, im Versprechen, da ist er groß!«

Er hatte ihr sogar ein Viertel seiner Gewinne aus den berühmten Porzellanerdegruben versprochen. Kein Gewinn fand sich ein und auch der Kaschmirschal nicht, mit dem er sie seit einem halben Jahr köderte.

Frédéric dachte sofort daran, ihr einen solchen zum Präsent zu machen. Arnoux mochte darin eine Lektion sehen und sich erbosen.

Und doch war er gut, seine Frau selbst sagte es. Aber ein verrückter Kerl: statt alle Tage Dinergäste bei sich zu haben, bewirtete er jetzt seine Freunde beim Restaurateur. Er kaufte völlig nutzlose Dinge wie goldene Ketten, Stutzuhren, Haushaltsartikel. Frau Arnoux zeigte Frédéric sogar im Gang zwischen den Zimmern einen ungeheuren Vorrat von Kochkesseln, Wärmflaschen und Samowars. Endlich offenbarte sie ihm eines Tages ihre Besorgnisse: Arnoux hatte sie einen Wechsel auf Ordre des Herrn Dambreuse unterschreiben lassen.

Indessen gab Frédéric seine literarischen Pläne nicht preis, aus einem gewissen Ehrgefühl vor sich selbst. Er wollte eine Geschichte der Ästhetik verfassen, das Ergebnis seiner Gespräche mit Pellerin, dann Dramen über verschiedene Abschnitte der Französischen Revolution, dann eine große Komödie, unter dem mittelbaren Einfluß von Deslauriers und Hussonnet. Während seiner Arbeit schwebte oft das Gesicht der einen oder der andren Frau vor ihm. Er kämpfte gegen die Begierde, sie zu sehen, erlag ihr; und wenn er Frau Arnoux verließ, war er noch trauriger.

Als er eines Morgens vor seinem Kamin in Melancholie hindämmerte, trat Deslauriers ein. Die aufrührerischen Reden Sénécal's hatten dessen Chef Furcht eingejagt, und wieder war er ohne Stellung.

»Was soll ich da tun?« fragte Frédéric.

»Nichts, du hast kein Geld, ich weiß. Das wird dich aber wohl nicht hindern, ihm eine Stelle zu verschaffen, durch Herrn Dambreuse oder auch durch Arnoux?«

Dieser mußte in seiner Fabrik Bedarf an Ingenieuren haben. Frédéric hatte eine Eingebung: Sénécal könnte ihn von den Abwesenheiten des Gatten benachrichtigen, Briefe befördern, ihm bei tausend Gelegenheiten, die sich darbieten würden, helfen. Übrigens wollte er ihn schon verwenden, ohne daß er etwas davon merkte. Der Zufall gab ihm einen Handlanger, das war von guter Vorbedeutung, er wollte ihn sich nicht entgehen lassen; und mit gespielter Gleichgültigkeit antwortete er, es sei ihm vielleicht möglich, und er werde sich damit beschäftigen.

Er beschäftigte sich sofort damit. Arnoux plagte sich in seiner Fabrik sehr. Er suchte das Kupferrot der Chinesen; aber seine Farben verflüchtigten sich durch den Brand. Um die Sprünge in seinen Fayencen zu vermeiden, mischte er Kalk in seinen Ton; aber die Stücke zerbrachen meist, das Email seiner Malereien, die er vor dem Glasurbrand auftragen ließ, wurde blasig, die großen Flächen warfen sich; und da er alle Mißerfolge den schlechten Apparaten seiner Fabrik zuschrieb, wollte er mit anderen Stampfmühlen, anderen Ventilatoren arbeiten. Frédéric hatte einiges davon sich gemerkt; und er sagte Arnoux, er habe einen sehr tüchtigen Menschen entdeckt, der das berühmte Rot zu liefern imstande sei. Arnoux war betroffen, dann hörte er weiter zu und äußerte, er brauche niemanden.

Frédéric lobte die fabelhafte Gelehrsamkeit Sénécal's, der zugleich Ingenieur sei, Chemiker und Rechner, eine überragende mathematische Kraft.

Der Fayencenfabrikant willigte ein, ihn sich anzusehen.

Sie stritten sich wegen der Bezahlung herum. Frédéric vermittelte und konnte am Ende der Woche ein Übereinkommen zwischen ihnen zustande bringen.

Da jedoch die Fabrik in Creil lag, war Sénécal kein Helfer für ihn. Diese sehr einfache Erkenntnis zerschlug seine Hoffnungen wie der schlechte Ausgang eines Abenteuers.

Er dachte sich, je weniger Arnoux noch an seiner Frau festhalte, desto größere Chancen werde er selbst bei ihr haben. So begann er, ständig Rosanette bei ihm herauszustreichen. Er mahnte ihn, wie schnöde er sich gegen sie benehme, erzählte ihm von ihrer unbestimmten Drohung, sprach sogar von dem Kaschmir und verschwieg nicht, daß sie ihn einen Geizkragen nenne.

Pikiert über das Wort (und tatsächlich auch beunruhigt), schenkte Arnoux Rosanette den Schal. Aber er brummte, weil sie sich Frédéric gegenüber beklagt hatte. Da sie antwortete, sie habe ihn hundertmal an seine Zusage erinnert, schützte er vor, er habe sie im Trubel vergessen.

Am nächsten Tag ging Frédéric zu der Marschallin. Obwohl es zwei Uhr war, rekelte sie sich noch im Bett, und an ihrem Kopfkissen saß vor einem Nipptisch Delmar, der gerade eine Gansleber vertilgte. Von fern schrie sie ihm zu: »Ich habe ihn, ich habe ihn«; dann packte sie ihn bei den Ohren, küßte ihn auf die Stirn, dankte ihm überschwenglich, wollte sogar, daß er sich auf ihr Bett setzte. Ihre hübschen, warmen Augen glitzerten, ihr feuchter Mund lächelte, ihre runden Arme protzten aus ihrem ärmellosen Hemd; und durch den Battist fühlte er die festen Formen ihres Körpers. Inzwischen rollte Delmar die Augäpfel: »Nein, wirklich, meine Freundin, meine liebe Freundin ...«

Das wiederholte sich bei den folgenden Besuchen. Sobald Frédéric eintrat, kletterte sie auf ihre Kissen, damit er sie besser umarmen könne, nannte ihn einen süßen Bengel, einen Schatz, heftete eine Blume in sein Knopfloch, band seine Krawatte; all ihre Nettigkeiten verdoppelten sich, wenn Delmar da war. Waren das Ermunterungen? Frédéric glaubte es. Arnoux würde an seiner Statt sich nicht genieren, einen Freund zu betrügen; und er konnte sich wohl erlauben, zu der Mätresse dieses Mannes nicht tugendhaft zu sein, da er es seiner Frau gegenüber immer gewesen war. Denn er bildete sich das ein oder hätte es sich gern eingebildet, um seine große Feigheit vor sich zu rechtfertigen. Er kam sich jedoch dumm vor und beschloß, bei der Marschallin aufs Ganze zu gehn.

Als sie eines Nachmittags sich vor ihrer Kommode bückte, näherte er sich ihr mit einer Geste von so eindeutiger Beredsamkeit, daß sie purpurrot in die Höhe schoß. Er wagte es sogleich wieder; da heulte sie, sagte, sie sei sehr unglücklich, und das sei kein Grund, sie zu mißachten.

Er setzte seine Versuche fort. Sie verfiel auf eine andere Abwehr, nämlich immer zu lachen. Es schien ihm klug, im gleichen Ton zu erwidern und ihn noch zu übertreiben. Doch er gebärdete sich zu vergnügt, als daß sie geglaubt hätte, er sei aufrichtig: und ihre Kameraderie war ein Hindernis für jede ernste Leidenschaftsbezeugung. Endlich sagte sie ihm eines Tages, sie sei nicht mit den Resten zufrieden, die eine andere ihr lasse.

»Welche andre?«

»Nun ja, geh doch zurück zu deiner Frau Arnoux!«

Denn Frédéric sprach oft von ihr. Arnoux hatte seinerseits die gleiche Manie. Sie wurde nach und nach ärgerlich, ständig Lobreden über diese Frau zu hören; und ihre Anschuldigung war eine Art Rache.

Frédéric war deshalb erbittert auf sie.

Sie begann im übrigen ihn sehr zu reizen. Manchmal tat sie, als habe sie schwere Enttäuschungen erlebt, und verhöhnte die Liebe mit einem skeptischen Lächeln, daß es ihn juckte, ihr ins Gesicht zu schlagen. Eine Viertelstunde später war die Liebe das einzige in der Welt, und sie preßte die Arme auf die Brust, als wollte sie jemanden an sich ziehen, und seufzte: »Ach, ja, das ist schön, das ist schön!« mit halbgeschlossenen Augen und wie ohnmächtig vor Trunkenheit. Man konnte sie nicht durchschauen; es ließ sich zum Beispiel nicht sagen, ob sie Arnoux liebte, denn sie spottete über ihn und schien doch Eifersucht seinetwegen zu empfinden. Ebenso bei der Vatnaz, die sie eine niederträchtige Person nannte und dann wieder ihre beste Freundin. Kurz, sie hatte in ihrem ganzen Gebaren, selbst in der Art, wie sie ihren Haarknoten ordnete, etwas Unsagbares, das einer frechen Herausforderung glich; und er begehrte sie, zumal um der Lust willen, sie zu besiegen und zu beherrschen.

Aber wie sollte er das erreichen? Denn oft schickte sie ihn ohne Erklärung fort, zeigte sich nur eine Minute an der Schwelle und flüsterte ihm zu: »Heute abend bin ich vergeben«; oder er fand sie mitten unter zwölf Gästen. Und wenn sie allein waren, konnte man wetten, daß immer etwas dazwischen kam. Er lud sie zum Diner ein, sie lehnte stets ab; einmal nahm sie an, doch sie blieb dann aus.

Eine machiavellistische Idee entsprang seinem Hirn.

Da er von Dussardier wußte, was Pellerin ihm zum Vorwurf machte, verfiel er darauf, bei ihm ein Porträt der Marschallin zu bestellen, ein Porträt in Lebensgröße, zu dem viele Sitzungen notwendig waren. Er wollte keine versäumen; die gewohnte Unpünktlichkeit des Malers würde die Liebesstunden erleichtern. Er bat also Rosanette, sich malen zu lassen, um ihre Züge ihrem teuren Arnoux zu schenken. Sie war einverstanden, denn sie sah sich inmitten des *Grand Salon* auf dem Ehrenplatz, vor sich eine Menge Publikum, die Zeitungen würden darüber schreiben, und sie wäre plötzlich »lanciert«.

Pellerin griff den Antrag begierig auf. Durch das Porträt mußte er ein großer Mann werden, es mußte ein Meisterwerk sein.

Er überblickte in seinem Gedächtnis alle Meisterporträts, die er kannte, und entschied sich zuletzt für einen Tizian, der noch gehoben werden sollte durch Effekte in der Art des Veronese. Er wollte also ohne künstliche Schatten arbeiten, in freier Helligkeit, die der Haut einen einzigen Ton gab und den Requisiten funkelnden Glanz.

Ob ich ihr, dachte er, ein Gewand von rosa Seide umlege, mit einem arabischen Burnus? Nein, der Burnus ist ordinär! Oder ein Kleid von blauem Samt, auf grauem Grund, sehr farbig? Man könnte ihr auch einen Halskragen von weißer Spitzenstickerei geben mit einem schwarzen Fächer und einer scharlachroten Draperie dahinter?

Und so erweiterte er suchend jeden Tag seine Konzeption und wunderte sich darüber.

Das Herz pochte ihm, als Rosanette, von Frédéric gefolgt, zur ersten Sitzung kam. Er stellte sie auf eine Estrade, mitten in den Raum; und indem er sich über das Tageslicht beschwerte und sein voriges Atelier sich wiederwünschte, ließ er sie sich zuerst an ein Piedestal anlehnen, dann in einen Sessel setzen, und indem er sich abwechselnd von ihr entfernte und sich ihr näherte, um mit einem Schnippen der Finger die Falten ihres Kleides zu korrigieren, betrachtete er sie, die Augen zukneifend, und fragte mit einem Wort Frédéric um seinen Rat.

»Nein doch!« rief er. »Ich bleibe bei meiner Idee! Ich male Sie als Venezianerin!«

Sie sollte ein Kleid von hochrotem Samt haben mit einem Gürtel von getriebenem Gold, und aus ihrem weiten, mit Hermelin gefütterten Ärmel sollte ihr nackter Arm schimmern, der an der Balustrade einer Treppe hinter ihr ruhen würde. Zu ihrer Linken sollte eine große Säule bis an den oberen Rand des Gemäldes reichen und sich dort mit einer Architektur verbinden. Darunter würde man in vagem Umriß ein Gebüsch von fast schwarzen Orangenbäumen und darüber einen blauen Himmel mit weißen Wölkchen sehen. Das von einem Teppich bedeckte Geländer sollte eine Silberschüssel tragen mit einem Blumenbukett, einem Rosenkranz von Ambra, einem Dolch und einem Kästchen von altem Elfenbein, aus dem Zechinen quollen; einige sollten hier und da zu Boden gefallen sein und ihn mit einer Reihe von Goldspritzern bedecken, bis zu ihrem Fuß, der so das Auge festhielt; denn sie sollte auf die vorletzte Stufe treten, in natürlicher Bewegung und voll beleuchtet.

Er ging eine Holzkiste für Bilder suchen und schleppte sie zu der Estrade; sie war als Stufe gedacht. Dann ordnete er auf einem Schemel, der die Balustrade ersetzen sollte, seine Tuchjacke, einen Schild, eine Sardinenbüchse, ein Pack Federn, ein Messer, warf vor Rosanette ein Dutzend Kupfersous hin und ließ sie ihre Pose einnehmen. »Stellen Sie sich vor, daß das Schätze, fürstliche Präsente sind! Den Kopf ein bißchen nach rechts! Gut so! Und nicht mehr rühren! Diese majestätische Gebärde paßt zu Ihrem Schönheitstyp!«

Sie hatte ein schottisches Kleid mit einem großen Muff und zwang sich, nicht zu lachen.

»In die Frisur werden wir eine Perlenschnur heften; das macht immer Effekt in rotem Haar.«

Die Marschallin war empört, ihr Haar sei doch nicht rot.

»Lassen Sie nur! Das Rot der Maler ist ein anderes als das Rot der Bourgeois.«

Er skizzierte nun den Aufbau des Gemäldes; und er war im Geist so sehr bei den großen Fürsten der Renaissance, daß er von ihnen sprach. Eine Stunde lang träumte er laut von diesen strahlenden Existenzen, ihrer Geniekraft, ihrem Ruhm, ihrer Prachtliebe, mit triumphalem Einzug in die Städte und Prunkbanketts im Fackelschein, zwischen halbnackten Frauen, die schön waren wie Göttinnen. »Sie wären geschaffen gewesen, in jener Zeit zu leben. Ein Geschöpf Ihres Schlages hätte einen Erzbischof verdient!«

Rosanette fand die Huldigungen sehr artig. Der Tag der nächsten Sitzung wurde vereinbart. Frédéric erbot sich, die Requisiten mitzubringen.

Da sie von der Ofenglut etwas betäubt war, gingen sie zu Fuß durch die Rue du Bac zurück und kamen an den Pont Royal.

Es war gutes Wetter, rauh und klar. Die Sonne senkte sich schon; die Fenster einiger Häuser in der Cité glänzten von weitem wie Goldplatten, während rechts in der Ferne die Türme von Notre Dame sich schwarz vom blauen Himmel abzeichneten, der am Horizont in grauen Dunst weich gebadet lag. Der Wind wehte;

und da Rosanette sagte, sie habe Hunger, traten sie in die Englische Konditorei.
Junge Frauen mit ihren Kindern aßen, vor dem Marmorbüfett stehend, auf dem sich unter Glasglocken die Teller mit den kleinen Kuchen häuften. Rosanette verzehrte zwei Cremetörtchen. Der Staubzucker klebte sich als Schnurrbart in ihre Mundwinkel. Dann und wann holte sie, um ihn abzuwischen, ihr Taschentuch aus ihrem Muff; und ihr Gesicht unter ihrer grünen Seidenkapuze glich einer zwischen ihren Blättern erblühten Rose.
Sie gingen wieder. In der Rue de la Paix verweilte sie vor dem Laden eines Goldschmieds, um ein Armband zu betrachten. Frédéric wollte es ihr schenken.
»Nein«, sagte sie, »spar dir dein Geld.«
Diese Worte kränkten ihn.
»Was hat denn das Kind? Ist es traurig?«
Und da sie so das Gespräch wieder anknüpfte, brachte er die gewohnten Liebesbeteuerungen vor.
»Du weißt, daß das unmöglich ist!«
»Warum?«
»Ach, weil . . .«
Sie gingen dicht nebeneinander, sie auf seinen Arm gestützt, und der Besatz ihres Kleidsaumes schlug ihm gegen die Beine. Da entsann er sich einer winterlichen Dämmerung, in der auf demselben Trottoir Frau Arnoux ihm zur Seite schritt; und er verlor sich in dieser Erinnerung so sehr, daß er auf Rosanette nicht mehr achtete und sie vergaß.
Sie schaute vor sich hin und ließ sich ein wenig ziehen wie ein träges Kind. Es war die Stunde, in der man vom Bois heimkehrte, und Equipagen fuhren im Trab über das trockene Pflaster. Sie seufzte, da ihr wohl die Schmeicheleien Pellerin's wieder ins Gedächtnis kamen. »Ach, es gibt schon glückliche Weiber. Ich bin entschieden für einen reichen Mann geschaffen.«
Er versetzte: »Sie haben doch einen!« Denn Herr Oudry galt als dreifacher Millionär.
Sie hatte den dringenden Wunsch, sich seiner zu entledigen.

»Was hindert Sie daran?« Und er ließ seinen Zorn in bitteren Späßen über den alten Bourgeois mit seiner Perücke aus und zeigte ihr, eine solche Liaison sei unwürdig, sie solle sie beenden.

»Ja«, antwortete die Marschallin, als rede sie für sich, »das werde ich auch noch tun.«

Frédéric war von dieser Lossagung entzückt. Sie ging langsamer, er glaubte, sie sei müde. Sie beharrte dabei, daß sie keinen Wagen wolle, und verabschiedete ihn vor ihrer Tür, indem sie ihm mit den Fingerspitzen einen Kuß sandte.

»Wie schade!« murmelte Frédéric. »Und es gibt Dummköpfe, die mich für reich halten.«

Er hatte eine finstre Miene, als er seine Wohnung betrat. Hier erwarteten ihn Hussonnet und Deslauriers.

Der Bohémien saß, Figuren kritzelnd, an Frédéric's Schreibtisch, der Advokat im Halbschlummer, mit kotigen Stiefeln auf dem Diwan. »Ach! Endlich!« rief er. »Aber wie ungemütlich siehst du aus? Kannst du mich anhören?«

Der Zulauf, den er als Examenslehrer hatte, verringerte sich; denn er stopfte seine Schüler voll mit Theorien, die ihnen bei den Prüfungen von Nachteil waren. Er hatte zwei- oder dreimal plädiert und war unterlegen; und die neue Enttäuschung warf ihn noch mehr in seinen alten Traum zurück: den von einer Zeitung, wo er sich ausbreiten, sich rächen, seinen Groll und seine Ideen loswerden konnte. Glück und Ansehen waren ihm dann schon gewiß. In dieser Hoffnung hatte er sich an den Bohémien herangemacht; denn Hussonnet war ja Eigentümer eines Blattes. Jetzt wurde seine Zeitschrift auf rosa Papier gedruckt; er erdichtete Lügenmeldungen, setzte Rebusse auf, suchte Polemiken zu entfachen und wollte sogar Konzerte einrichten. Das Jahresabonnement »berechtigt zu einem Orchesterplatz in einem der ersten Theater von Paris; dazu ist die Administration erbötig, den Herren Fremden alle Auskünfte, ihrem Wunsch entsprechend, über Kunst und andere Dinge zu liefern«. Aber der Drucker drohte; man schuldete dem Hausherrn drei Monatsmieten, allerhand

Ungelegenheiten tauchten auf; und ohne die Mahnungen des Advokaten, der täglich hinter ihm her war, hätte Hussonnet die Zeitschrift eingehen lassen. Er hatte ihn gebeten mitzukommen, um seinem Beginnen mehr Gewicht zu verleihen.

»Wir möchten dich wegen der Zeitung sprechen!« sagte er.

»So? Du denkst noch daran?« antwortete Frédéric zerstreut.

»Freilich denke ich daran.« Und von neuem entwickelte er seinen Plan. Durch Börsenberichte müßten sie sich in Verbindung mit den Finanzleuten setzen und so die als Garantiesumme unentbehrlichen hunderttausend Francs erlangen. Aber wenn man das Blatt in eine politische Zeitung umwandeln wollte, brauchte man zunächst einen großen Abonnentenkreis, und dafür mußte man sich zu einigen Ausgaben entschließen für Papier, Druck und Redakteure, kurz, von insgesamt fünfzehntausend Francs.

»Ich habe kein Geld«, sagte Frédéric.

»Na, und wir erst!« sagte Deslauriers und kreuzte die Arme.

Durch seine Geste beleidigt, erwiderte Frédéric: »Bin daran etwa ich schuld?«

»Sehr gut, aha! Sie haben Holz in Ihrem Kamin, Trüffeln auf Ihrer Tafel, ein gutes Bett, eine Bibliothek, einen Wagen, alle Annehmlichkeiten des Lebens! Daß ein anderer unter Schindeln schläft, für einen Franc diniert, wie ein Sträfling arbeitet und im Elend herumpatscht, sind Sie etwa daran schuld?«

Und er wiederholte: »Sind Sie etwa daran schuld?« mit einer ciceronischen Ironie, die nach Justizpalast schmeckte.

Frédéric wollte erwidern.

»Nun, ich verstehe ja auch, man hat Bedürfnisse . . . aristokratische Bedürfnisse. Denn zweifellos . . . irgendeine Frau . . .«

»Und wenn dem so wäre? Bin ich nicht frei, wie?«

»O ja, sehr frei!« Und nach einer Pause von einer Minute: »Versprechungen sind ja so bequem!«

»Mein Gott! ich leugne sie nicht!« sagte Frédéric.

Der Advokat fuhr fort: »Auf dem Gymnasium leistet man sich Gelöbnisse, man wird sich zu einer Phalanx zusammenscharen, die Dreizehn von Balzac nachahmen! Und wenn man sich später wieder begegnet, dann heißt es: Guten Abend, mein Lieber, prost Mahlzeit! Denn derjenige, der dem anderen beistehen könnte, hält kleinlich alles für sich und nur für sich zurück.«

»Wie denn?«

»Ja, du hast uns nicht einmal bei den Dambreuses vorgestellt.«

Frédéric betrachtete ihn; mit seinem dürftigen Gehrock, seiner ungeputzten Brille und seinem blassen Antlitz schien ihm der Advokat ein solcher Schulmeister, daß er einem verächtlichen Lächeln um seine Lippen nicht wehren konnte. Deslauriers beobachtete es und errötete.

Er hatte schon seinen Hut auf, um zu gehen. Hussonnet, der voller Unruhe war, suchte ihn durch flehende Blicke zu besänftigen, und als Frédéric ihm den Rücken wandte, sagte er: »Na, lassen Sie doch sehen, Kleiner! Seien Sie ein Mäzen! Seien Sie ein Gönner der Kunst!«

Mit einem jähen Auffahren der Resignation nahm Frédéric ein Blatt Papier, schrieb hastig ein paar Zeilen darauf und schob es ihm hin. Das Gesicht des Bohémien erstrahlte. Dann gab er Deslauriers den Brief: »Erwirken Sie sich Verzeihung, mein Herr!«

Ihr Freund beschwor seinen Notar, ihm schnellstens fünfzehntausend Francs zu schicken.

»Ah! Daran erkenne ich dich!« sagte Deslauriers.

»Auf Edelsmannswort!« setzte der Bohémien hinzu, »Sie sind wacker, Sie werden Ihren Platz in der Galerie der verdienten Männer haben!«

Der Advokat meinte: »Einbüßen wirst du nichts dabei, es ist eine ausgezeichnete Spekulation.«

»Wahrhaftig«, rief Hussonnet, »dafür möchte ich meinen Kopf aufs Schafott legen.«

Und er schwatzte so viele Narrheiten und verhieß so viele Wunder (an die er glauben mochte), daß Frédéric nicht wußte, ob er sich über die anderen lustig machte oder über sich selbst.

Am selben Abend empfing er einen Brief seiner Mutter.

Sie drückte ihr Staunen aus, daß er noch nicht Minister sei, und neckte ihn ein wenig damit. Sodann sprach sie von ihrer Gesundheit und erzählte ihm, daß jetzt Herr Roque zu ihr komme. »Seitdem er Witwer ist, habe ich in seinen Besuchen nichts Unziemliches gesehen. Louise hat sich sehr zu ihrem Vorteil verändert.« Und als Postskriptum: »Du sagst mir nichts über Deine feine Bekanntschaft, Herrn Dambreuse; ich an Deiner Statt würde Nutzen daraus ziehen.«

Warum nicht? Sein intellektueller Ehrgeiz hatte ihn verlassen, und seine Gelder (das merkte er) waren unzulänglich; denn wenn er seine Schulden bezahlt und die ausgemachte Summe den anderen zugewiesen hatte, war seine Rente um mindestens viertausend Francs geringer! Übrigens hatte er den Drang, diese Existenz aufzugeben, sich an irgendeinen Lebenszweck zu klammern. Daher sagte er Frau Arnoux, als er am nächsten Tag dort dinierte, seine Mutter quäle ihn, er müsse einen Beruf haben.

»Aber ich dachte«, entgegnete sie, »Herr Dambreuse sollte Ihnen zum Eintritt in den Staatsrat verhelfen? Das wäre doch das Richtige für Sie.«

Sie wollte es. Er gehorchte.

Der Bankier saß wie das erstemal an seinem Sekretär und bedeutete ihm durch einen Wink, er solle ein paar Minuten warten; denn ein Herr, dessen Gesicht von der Tür abgekehrt war, erörterte mit ihm ernste Fragen. Es handelte sich um Steinkohle und eine Fusion verschiedener Gesellschaften.

Die Porträts des Generals Foy und Louis-Philippes waren zu den beiden Seiten des Spiegels aufgehängt. Pappschubkästen, bis zur Zimmerdecke an der Wand gestapelt, und sechs Rohrstühle bildeten das ganze Inventar, da Herr Dambreuse für seine Geschäfte keinen schönen Raum benötigte; wie denn in finsteren Küchen oft die großen Festessen zubereitet werden. Frédéric sah vor allem nach zwei ungeheuren Geldschränken in den Mauerecken. Er fragte sich, wie viele Millionen darin sein könnten. Der Bankier schloß einen davon auf, und die Eisenplatte drehte sich; drinnen waren nur Hefte, blau eingeschlagen.

Nun ging das Individuum an Frédéric vorbei. Es war Papa Oudry. Sie wechselten errötend einen Gruß, worüber Herr Dambreuse zu staunen schien. Er zeigte sich dann sehr gefällig. Nichts war leichter, als seinen jungen Freund dem Justizminister zu empfehlen. Man würde sich glücklich schätzen, ihn zu haben; und Herr Dambreuse beendete seine Höflichkeiten, indem er ihn für einen der nächsten Tage zu einer Soiree lud.

Frédéric stieg in die Kutsche, um sich hinzubegeben, als ein Billet der Marschallin eintraf. Beim Laternenlicht las er: »Mein Lieber, ich habe Ihren Rat befolgt. Ich habe meinen Indianer vor die Tür gesetzt. Von morgen abend an Freiheit! Nun sagen Sie noch, daß ich nicht brav bin!« Sonst nichts. Das hieß, ihm den leeren Platz anbieten. Mit einem leisen Ausruf zwängte er das Billet in seine Tasche und fuhr zu den Dambreuses.

Zwei berittene Munizipalgardisten überwachten die Straße. Eine Reihe von Lampions brannte an den Portalen der beiden Torwege; und im Hof schrien die Lakaien, damit die Wagen bis an den Fuß der Freitreppe unter die Marquise vorrückten. Dann hörte im Vestibül der Lärm plötzlich auf.

Große Bäume füllten das enge Treppenhaus; die Porzellankugeln ergossen ein Licht, das wie der Schimmer von weißem Satin über die Wände wogte. Frédéric ging rasch die Stufen hinauf. Ein Diener verkündete laut seinen Namen. Herr Dambreuse reichte ihm die Hand; und fast sofort erschien Frau Dambreuse.

Sie trug eine malvenfarbene, mit Spitzen garnierte Robe, die Locken ihrer Frisur waren üppiger als gewöhnlich, und sie trug kein einziges Schmuckstück. Sie beklagte sich, daß er sie so selten besuche, sagte irgend etwas Belangloses. Die Gäste kamen; zur Begrüßung verrenkten sie seitlich den Rumpf oder verbeugten sich tief, oder neigten nur ihr Antlitz. Dann nahte ein Ehepaar, dann eine Familie, und alle zerstreuten sich in dem schon vollen Salon.

Unter dem Lüster in der Mitte stand auf der Platte eines riesigen Rundsofas ein Blumenarrangement, von dem Blütenzweige wie Federbüsche auf die Köpfe der rings herum sitzenden Frauen hinabschwankten. Andre saßen auf Bergèren, die in zwei gera-

den Linien angeordnet waren und symmetrisch durch die großen Fenstervorhänge in hellrotem Nacaratsamt und die hohen Öffnungen der oben vergoldeten Türen unterbrochen wurden.
Die Männer, die, den Zylinder in der Hand, auf dem Parkett standen, waren von fern eine einzige schwarze Masse, in die hier und da die Ordensbänder in den Knopflöchern rote Punkte sprenkelten, und die noch düstrer wurde durch das monotone Weiß der Krawatten. Bis auf einige Herren mit Jünglingsbärtchen schienen alle sich zu langweilen; mehrere Dandys wippten verdrossen auf ihren Absätzen. Es gab viele Grauköpfe und Perücken; kahle Schädel blinkten; und die Gesichter, purpurdunkel oder sehr blaß, zeigten in ihrer Welkheit die Spuren maßloser Ermüdung, denn die hier Versammelten gehörten den politischen Kreisen oder der Geschäftswelt an. Herr Dambreuse hatte auch etliche Gelehrte eingeladen, Regierungsbeamte, zwei oder drei berühmte Ärzte, und mit der Haltung der Demut lehnte er das Lob ab, das man für seine Soiree ihm spendete, und die Anspielungen auf seinen Reichtum.
Überall lief eine Dienerschaft mit breiten Goldtressen. Die großen Fackelleuchter überfluteten mit ihrem Glanz wie feurige Buketts die Tapeten, sie wiederholten sich in den Spiegelscheiben, und im Hintergrund des Speisesaals, der mit einem Gitter von Jasmin dekoriert war, glich das Büfett dem Hochaltar einer Kathedrale oder einer Ausstellung von Goldschmiedeerzeugnissen; so viele Platten, Glocken, Bestecke und Löffel in Silber oder Silbervergoldung waren da, inmitten der Kristalle, deren Facetten über die Fleischgerichte hinweg ihr Irisflimmern warfen. Die drei anderen Salons waren überfüllt mit Kunstgegenständen: Landschaften großer Meister an den Wänden, Elfenbein und Porzellan am Rand der Tische und Chinasachen auf den Konsolen. Wandschirme von Lack waren vor den Fenstern aufgestellt, Büschel von Kamelien an den Kaminen. Und in der Ferne erklang wie Summen von Bienen eine leichte Musik.
Es wurden nicht viele Quadrillen getanzt; und nach der Lässig-

keit zu urteilen, mit der sie ihre Ballschuhe schleiften, schienen die Tänzer nur einer Pflicht zu gehorchen. Frédéric fing Unterredungen wie diese auf: »Waren Sie bei dem letzten Wohltätigkeitsfest im Hôtel Lambert, mein Fräulein?« »Nein, mein Herr.« »Es wird jetzt gleich sehr warm werden.« »Ja, die Hitze ist erstickend.« »Von wem ist denn diese Polka?« »Mein Gott, ich weiß nicht, gnädige Frau!« In einer Nische hinter ihm tuschelten ein paar alte Lebemänner sich obszöne Witze zu. Dort besprachen sie Eisenbahn und Freihandel. Ein Sportsmann erzählte eine Jagdgeschichte; ein Legitimist und ein Orléanist zankten sich.
Frédéric kam, von Gruppe zu Gruppe irrend, in den Spielsalon, wo er unter ernsten Leuten Martinon erkannte, der jetzt »der Staatsanwaltschaft des hauptstädtischen Gerichtshofs attachiert« war. Sein dickes, wachsgelbes Antlitz füllte gut die Umrahmung eines Bartes, der sehenswert war, so gleichmäßig trug er dessen schwarze Haare gestutzt; und indem er die Mitte hielt zwischen der seinem Alter entsprechenden Eleganz und der Würde seines Berufes, klemmte er den Daumen in die Achsel, nach weltmännischer Manier, und fuhr dann mit dem Arm in die Weste, wie es die Doktrinäre tun. Seine Schuhe waren extra nobel gelackt, er hatte ausrasierte Schläfen, die ihm eine Denkerstirn verleihen sollten.

Er äußerte in kaltem Ton einige Worte und ging zu seinem Winkelkonzil zurück. Ein Besitzer von Häusern sagte: »Das ist eine Klasse von Menschen, die nach dem Umsturz der Gesellschaft trachten!«

»Sie fordern die Organisation der Arbeit!« bemerkte ein anderer. »Hat das einen Sinn?«

»Was wollen Sie«, fragte ein Dritter, »wenn Herr von Genoude sich mit dem ›Siècle‹ verbrüdert?«

»Und wenn sogar Konservative sich Progressisten nennen! Um uns *was* zu bringen? Die Republik! Als ob sie in Frankreich möglich wäre!«

Alle sagten, daß die Republik in Frankreich unmöglich sei.

»Was soll das?«, sagte laut ein Herr, »man befaßt sich zuviel mit der Revolution; es wird ein Haufen von Artikeln darüber gedruckt und von Büchern! . . .«

»Abgesehen davon«, sagte Martinon, »daß es vielleicht gediegenere Studienobjekte gibt!«

Ein Ministerialbeamter erwähnte die Theaterskandale: »So übersteigt auch das neue Drama ›Königin Margot‹ wahrhaftig alle Begriffe! War es notwendig, daß man uns die Valois wieder vorführte? All das ist nur schädlich für das Königtum! Das ist genauso wie mit ihrer Presse! Die Septembergesetze sind, da kann man sagen, was man will, bei weitem zu schonend. Ich bin für Standgerichte, um den Journalisten den Mund zu stopfen! Bei der geringsten Unverschämtheit vor ein Kriegsgericht! Aber schleunigst!«

»Oh, seien Sie vorsichtig, mein Herr, seien Sie vorsichtig«, sagte ein Professor, »tasten Sie nicht unsre kostbaren Errungenschaften von 1830 an! Wir wollen unsere Freiheiten achten!« Man müsse vielmehr dezentralisieren, den Überschuß der Städte auf das flache Land verteilen.

»Die Städte sind vom Krebsgift verseucht!« rief ein Katholik.

»Man stärke die Religion!«

Martinon beeilte sich zu sagen: »Jawohl, sie zügelt die Menge!«

Der ganze Verderb war die moderne Sucht, sich über seine Klasse zu erheben, der Luxus.

»Indessen«, wandte ein Industrieller ein, »fördert der Luxus den Handel. Darum stimme ich dem Herzog von Nemours zu, wenn er für seine Soireen die Kniehose vorschreibt.«

»Herr Thiers ist in langen Hosen hingegangen. Wissen Sie, was er gesagt hat?«

»Ja, sehr geistvoll! Aber er wird nach und nach demagogisch, und seine Rede zur Frage der Unvereinbarkeit bei der Ämterzusammenlegung war nicht ohne Einfluß auf das Attentat vom 12. Mai.«

»Ach was!«

»Oho!«

Der Cercle mußte sich ein wenig öffnen, um einen Diener durchzulassen, der eine Platte trug und in den Speisesaal gelangen wollte.
Unter den grünen Schirmen der Kerzen bedeckten Reihen von Karten und Goldstücken die Tische. Frédéric blieb bei einem von ihnen stehen, verlor die fünfzehn Napoleons, die er in der Tasche hatte, drehte sich tänzelnd herum und war an der Schwelle des Boudoirs, in dem Frau Dambreuse empfing.
Frauen saßen darin, dicht nebeneinander, auf Sesseln ohne Rükkenlehne. Ihre langen Röcke bauschten sich um sie und schienen Wellen, aus denen ihre Taille emportauchte; der Ausschnitt der Mieder entblößte ihre Brüste. Fast alle hatten ein Veilchenbukett in der Hand. Der matte Ton ihrer Handschuhe ließ die weiße Haut ihrer Arme noch weißer hervortreten; die Fransen ihrer Tücher hingen wie Gräser um ihre Schultern, und manchmal, wenn sie erschauerten, hatte man den Eindruck, ihr Kleid falle von ihnen ab. Jedoch die Dezenz ihrer Gesichter milderte die Herausforderung der Kleidung; einige zeigten eine fast animalische Sanftmut. Diese Schar halbnackter Weiber konnte an ein Haremsgemach erinnern; Frédéric geriet sogar auf einen noch gröberen Vergleich. Und es waren auch alle Sorten von Schönheiten da: Engländerinnen mit den Profilen von Stahlstichen eines Damenalbums, eine Italienerin, deren schwarze Augen brannten wie der Vesuv, drei blaugekleidete Schwestern, drei Normanninnen, frisch wie Apfelbäume im April, eine große Rothaarige mit einem Amethystschmuck; und das weiße Funkeln der Diamanten, die an Agraffen in den Haaren zitterten, die Lichtflecke der auf den Büsten ausgelegten Kleinodien, der milchige Glanz der Perlen, der die Gesichter umgab, mischten sich mit dem Geglitzer der goldenen Ringe, den Spitzen, dem Puder, den Federn, dem Zinnober der kleinen Münder, dem Schmelz der Zähne. Der zur Kuppel gerundete Plafond gab dem Boudoir die Form eines Korbes; und ein Hauch parfümierter Luft kreiste unter dem Schlagen der Fächer.
Frédéric, der, sein Lorgnon am Auge, sich hinter die Damen

stellte, fand nicht alle Schultern untadelig; er dachte an die Marschallin, und das drängte die Versuchung zurück oder tröstete ihn.
Er sah jedoch zu Frau Dambreuse hinüber, und sie schien ihm reizvoll, trotz ihres ein wenig breiten Mundes und ihrer Nase, die zu weite Löcher hatte. Aber ihre Anmut war von besonderer Art. Ihre Locken hatten etwas leidenschaftlich Schmachtendes, und ihre achatfarbene Stirn ließ Willenskraft erkennen.
Sie hatte neben sich die Nichte ihres Gatten gesetzt, eine unschöne junge Person. Hin und wieder stand sie zur Begrüßung noch eintretender Frauen auf; und das Gemurmel der weiblichen Stimmen wurde lebhafter wie Vogelgeschnatter.
Man plauderte über die Mitglieder der tunesischen Gesandtschaft und ihre Kostüme. Eine Dame hatte der letzten Aufnahmefeier in der Akademie beigewohnt; eine andere sprach von Molière's ›Don Juan‹, der vor kurzem in der Comédie Française gegeben worden war. Aber Frau Dambreuse wies mit einem Augenzwinkern nach ihrer Nichte, einen Finger auf dem Mund, und ein Lächeln, das ihr entschlüpfte, verleugnete diese Strenge wieder.
Plötzlich erschien Martinon, gerade gegenüber, in der anderen Tür. Sie erhob sich. Er bot ihr seinen Arm. Um zu sehen, wie er seine Galanterie fortsetze, ging Frédéric zwischen den Spieltischen hindurch. Im großen Salon holte er sie ein. Alsbald ließ Frau Dambreuse ihren Kavalier stehen und unterhielt sich vertraulich mit Frédéric.
Sie hatte Verständnis dafür, daß er nicht spielte, nicht tanzte. »In der Jugend ist man traurig!« Dann überflog sie den Ball mit einem einzigen Blick. »Im übrigen ist all das nicht heiter; wenigstens für gewisse Naturen!«
Sie hielt sich bei der Sesselreihe auf und sagte hier und da ein paar liebenswürdige Worte, indes alte Herren mit doppelstieligem Binokel kamen, ihr die Kur zu machen. Sie stellte Frédéric einigen von ihnen vor. Herr Dambreuse berührte ihn leicht am Ellbogen und ging mit ihm auf die Terrasse hinaus.

Er hatte mit dem Minister gesprochen. Es war nicht so einfach. Um als Beisitzer im Staatsrat zugelassen zu werden, mußte man sich einem Examen unterziehen. In kaum begreiflicher Selbstsicherheit antwortete Frédéric, er beherrsche den Prüfungsstoff.
Der Finanzmann war nicht überrascht, nach all dem Lob, mit dem Herr Roque ihn bedachte.
Bei diesem Namen sah Frédéric die kleine Louise wieder, sein Haus, seine Stube; und er entsann sich ähnlicher Nächte, wo er, an seinem Fenster sitzend, die Rollwagen vorbeiknarren hörte. Er ging schweigend auf der Terrasse hin und her. Die Fenster ragten mit langen, roten Vierecken in die Dunkelheit. Das Ballgeräusch wurde schwächer. Die Kutschen begannen sich zu entfernen.
»Warum«, fragte Herr Dambreuse wieder, »ist Ihnen denn soviel am Staatsrat gelegen?« Und im Ton eines Liberalen versicherte er, in den öffentlichen Ämtern bringe man es zu nichts, darüber wisse er Bescheid; die geschäftliche Karriere sei vorzuziehen. Frédéric äußerte dagegen, die Geschäftspraxis zu erlernen sei mühsam.
»Ach was, bei mir wären Sie bald damit fertig.«
Wollte er ihn an seinen Unternehmungen beteiligen? Frédéric sah wie im Schein eines Blitzes ein ungeheures Vermögen in greifbare Nähe rücken.
»Gehen wir wieder hinein«, sagte der Bankier. »Sie essen doch mit uns?«
Es war drei Uhr, man brach auf. Im Speisesaal harrte eine gedeckte Tafel der Intimen. Herr Dambreuse bemerkte Martinon, trat zu seiner Frau und sagte leise zu ihr: »Haben Sie ihn eingeladen?«
Sie erwiderte trocken: »Ja gewiß.«
Die Nichte war verschwunden. Man trank sehr gute Weine, man lachte sehr laut; und gewagte Scherze erregten keinen Anstoß, denn jeder fühlte die Entspannung nach zu lange währendem Zwang. Nur Martinon benahm sich ernst. Aus guter Lebensart

weigerte er sich, Champagner zu trinken. Doch war er gewandt und sehr höflich; denn als Herr Dambreuse, der eine enge Brust hatte, über Asthma klagte, erkundigte er sich mehrmals nach seinem Befinden. Dann starrten seine bläulichen Augen zu Frau Dambreuse hin.

Sie wandte sich an Frédéric und wollte wissen, welche jungen Damen ihm gefallen hätten. Er hatte keine bemerkt; und im übrigen war er mehr für die Frauen von dreißig Jahren.

»Das ist vielleicht nicht so dumm!« entgegnete sie.

Nachher, als man in die Pelze und Paletots schlüpfte, sagte Herr Dambreuse zu ihm: »Besuchen Sie mich bald einmal vormittags, wir werden plaudern!«

Unten an der Treppe steckte Martinon sich eine Zigarre an; und indem er daran sog, zeigte er ein so plumpes Profil, daß seinem Begleiter die Worte entfuhren: »Du hast einen Kopf, Gott behüte!«

»Der Kopf hat schon mancher Frau den ihren verdreht«, erwiderte der junge Beamte, zugleich selbstbewußt und ärgerlich.

Als Frédéric zu Bett ging, faßte er die Soiree für sich zusammen. Zunächst einmal war seine Toilette (er hatte sich öfters im Spiegel gemustert) vom Schnitt des Fracks bis zur Schleife der Lackschuhe in nichts zu beanstanden. Er hatte sich mit hervorragenden Männern unterhalten, reiche Damen aus der Nähe gesehen. Herr Dambreuse war äußerst nett und Frau Dambreuse fast entgegenkommend gewesen. Es müßte großartig sein, eine solche Mätresse zu haben! Und weshalb nicht? Er war doch soviel wie ein anderer. War sie am Ende gar nicht wählerisch? Dann erinnerte er sich an Martinon; und indes er einschlief, lächelte er voll Mitleid über den armen Burschen.

Der Gedanke an die Marschallin weckte ihn; die Worte ihres Billets »von morgen abend an« waren ein Rendezvous für heute. Er wartete bis neun Uhr und lief zu ihr.

Jemand, der vor ihm die Treppe hinaufstieg, schloß ihre Tür. Er schellte; Delphine öffnete ihm und beteuerte, die Gnädige sei nicht da.

Frédéric wurde dringlich, bat. Er habe ihr etwas sehr Wichtiges mitzuteilen, nur ein Wort. Dann gewann er die Zofe mit dem Argument der fünf Francs, und sie ließ ihn im Vorflur allein.
Rosanette erschien. Sie war im Hemd, mit gelöstem Haar; und indem sie den Kopf schüttelte, machte sie mit beiden Armen eine große Geste, die besagte, sie sei verhindert.
Langsam ging Frédéric die Treppe wieder hinab. Diese Laune war noch toller als alle andren. Es war ihm ein Rätsel.
Vor der Loge des Portiers hielt Fräulein Vatnaz ihn an. »Hat sie sich sprechen lassen?«
»Nein.«
»Man hat Ihnen die Tür gewiesen?«
»Wieso glauben Sie?«
»Das sieht man doch! Aber schnell hinaus, ich ersticke!«
Sie führte ihn auf die Straße. Sie keuchte, ihr magerer Arm zuckte an dem seinen. Plötzlich schrie sie los: »Ach, der Hund!«
»Wer denn?«
»Na er! Er! Delmar!«
Die Enthüllung war für Frédéric niederschmetternd. Er fragte: »Sind Sie dessen sicher?«
»Wenn ich Ihnen sage, daß ich ihm gefolgt bin«, schrie die Vatnaz. »Ich sah ihn ins Haus gehn! Verstehen Sie nun? Ich mußte ja auch darauf gefaßt sein. Ich in meiner Dummheit habe ihn zu ihr gebracht. Und wenn Sie wüßten, mein Gott! Ich habe ihn bei mir aufgenommen, habe ihn genährt, ihn gekleidet; und was ich alles in den Zeitungen für ihn getan habe! Ich habe ihn geliebt wie eine Mutter!« Dann mit einem Grinsen des Hohnes: »Ja, jetzt braucht der Herr Samtkostüme, denn es ist ja nur Berechnung von ihm! Und sie! Wo ich sie gekannt habe, als sie noch bei der Wäschekonfektion war! Ohne mich wäre sie mehr als zwanzigmal im Dreck versunken. Aber ich will sie hineintauchen, o ja! Sie soll im Spital krepieren! Alles soll man wissen!«
Und wie ein Sturzbach von Spülwasser, der Schmutz und Schlamm mit sich wälzt, goß ihre tobende Wut vor Frédéric die Schande ihrer Rivalin aus.

»Sie hat mit Jumillac geschlafen, mit Flacourt, mit dem kleinen Allard, mit Bertinaux, mit dem pockennarbigen Saint-Valéry. Nein, mit dem anderen! Sie sind Brüder, das ist schon einerlei. Und wenn sie in der Klemme war, habe ich alles für sie geordnet. Was habe ich daran schon verdient? Sie ist so geizig! Und es war doch gefällig genug von mir, das müssen Sie sagen, daß ich mich mit ihr einließ, denn ich bin ja gesellschaftlich etwas andres als sie! Oder bin ich eine Dirne? Verkaufe ich mich? Abgesehen davon, daß sie dumm ist wie eine Kohlrübe. Sie schreibt Kategorie mit th. Eigentlich passen sie ja zusammen; ein Pärchen! Obwohl er sich Künstler schimpft und denkt, daß er Genie hat. Mein Gott, hätte er nur Intelligenz, so hätte er eine solche Niedertracht nicht begangen. Man gibt nicht einer gebildeten Frau wegen einer Schlampe den Laufpaß. Ich pfeife auf ihn. Er wird ekelhaft. Ich verfluche ihn. Wenn ich ihm begegnete, da, ins Gesicht würde ich ihm spucken.« Sie spuckte. »Ja, soviel mache ich mir jetzt aus ihm. Und Arnoux, was? Ist das nicht abscheulich? So oft hat er ihr verziehen! Nicht zu glauben, was er geopfert hat. Sie müßte ihm den Fuß küssen. Er ist so großherzig, so gut!«
Es war für Frédéric ein Genuß, die Schmähungen gegen Delmar zu hören. Er hatte Arnoux hingenommen. Doch diese Treulosigkeit Rosanette's schien ihm widernatürlich, ungeheuerlich. Der Zorn des alten Mädchens ergriff auch ihn, und nach und nach hatte er mit Arnoux etwas wie Erbarmen. Plötzlich war er vor seinem Hause; Fräulein Vatnaz hatte ihn, ohne daß er darauf achtete, den Faubourg Poissonnière hinuntergeführt.
»Wir sind da«, äußerte sie. »Ich kann nicht hinaufgehen. Aber Sie ohne weiteres!«
»Wozu?«
»Um ihm alles zu sagen, natürlich!«
Frédéric erkannte, wie in jähem Erwachen, die Gemeinheit, zu der man ihn drängte.
»Nun?« fragte sie.
Er sah zur zweiten Etage empor. Die Lampe von Frau Arnoux brannte. Er konnte ohne weiteres hinaufgehn.

»Ich erwarte Sie hier. Gehn Sie!«

Der Befehl kühlte ihn vollends ab, und er sagte: »Ich werde mich lange droben aufhalten. Sie täten besser umzukehren. Ich bin dann morgen bei Ihnen.«

»Nein! nein!« entgegnete die Vatnaz und stampfte mit dem Fuß auf. »Holen Sie ihn! Bringen Sie ihn hin, damit er die beiden überrascht!«

»Aber Delmar wird gar nicht mehr da sein.«

Sie blickte zu Boden. »Ja, vielleicht haben Sie recht?« Und sie stand, ohne zu sprechen, mitten auf der Straße, zwischen den Wagen. Dann heftete sie ihre Wildkatzenaugen auf ihn: »Ich kann auf Sie zählen, nicht wahr? Wir sind jetzt in einer heiligen Sache Bundesgenossen. Also gehn Sie! Auf morgen!«

Als Frédéric über den Korridor schritt, hörte er zwei Stimmen miteinander streiten. Die von Frau Arnoux sagte: »Lüge nicht! Lüge doch nicht!«

Er trat ein. Man schwieg.

Arnoux ging hin und her, und die Frau des Hauses saß auf dem kleinen Stuhl am Feuer, ungewöhnlich bleich, mit starrem Blick. Frédéric wollte sich mit einer Bewegung zurückziehen. Arnoux faßte ihn, froh der Hilfe, die ihm da kam, an der Hand.

»Aber ich fürchte . . .«, sagte Frédéric.

»Bleiben Sie!« zischelte Arnoux ihm ins Ohr.

Die Frau des Hauses meinte: »Sie müssen Nachsicht haben, Herr Moreau! Das sind so Dinge, die manchmal in einer Ehe passieren.«

»Wenn man will, daß sie passieren«, sagte Arnoux aufgeräumt. »Die Frauen haben schon Marotten! Die hier zum Beispiel ist nicht böse. Nein, ganz und gar nicht. Doch seit einer halben Stunde schon belustigt sie sich, mir mit allerhand Märchen zuzusetzen.«

»Die Märchen sind wahr!« erwiderte Frau Arnoux ungeduldig. »Denn du hast ihn ja gekauft.«

»Ich?«

»Ja, du selbst! Im Persischen Basar!«

Der Kaschmir! dachte Frédéric. Er fühlte sich schuldig und erschrak.
Sie sagte noch: »Es war im vorigen Monat, Sonnabend, den vierzehnten . . .«
»Ach! Und gerade an dem Tag war ich in Creil! Da siehst du!«
»Durchaus nicht. Denn am vierzehnten haben wir bei den Bertins diniert.«
»Am vierzehnten?« fragte Arnoux und sah hoch, als ob er ein Datum suche.
»Und ein blonder Kommis hat ihn dir verkauft!«
»Kann ich mich erinnern, wie der Kommis aussah?«
»Nach deinen Angaben hat er die Adresse geschrieben: Rue de Laval 18.«
»Woher weißt du das?« sagte Arnoux verblüfft.
Sie hob die Schultern. »Oh, sehr einfach: ich war dort, um meinen Kaschmir reparieren zu lassen, und ein Rayonchef hat mir mitgeteilt, daß man einen anderen, ganz ähnlichen zu Frau Arnoux geschickt habe.«
»Bin ich dafür haftbar, wenn es in derselben Straße noch eine Frau Arnoux gibt?«
»Ja, aber nicht Jacques Arnoux«, erwiderte sie.
Er begann zu faseln, zu versichern, daß er unschuldig sei. Es war ein Irrtum, ein Zufall, eine der Seltsamkeiten, wie sie eben möglich sind. Man soll nicht auf einen bloßen Argwohn hin verdammen, auf schwankende Indizien; und er nannte den Namen des unglücklichen Lesurques.
»Kurz, ich versichere dir, du täuschst dich! Willst du mein Ehrenwort?«
»Das hat ja keinen Zweck!«
»Warum?«
Sie sah ihm stumm ins Gesicht; dann streckte sie ihre Hand aus, nahm das silberne Kästchen vom Kamin und reichte ihm eine Rechnung offen hin.
Arnoux errötete bis zu den Ohren, und sein verzerrtes Gesicht schwoll an.

»Nun?«
»So«, entgegnete er langsam, »was beweist das?«
»Ach!« rief sie mit einem sonderbaren Ton in der Stimme, in dem Schmerz und Ironie war. »Ach!«
Arnoux hielt die Nota in den Händen, drehte sie um und um und wandte die Augen nicht ab, als suche er darauf die Lösung eines großen Problems.
»O ja, ich erinnere mich jetzt«, sagte er dann. »Eine Kommission. Sie müssen ja davon wissen, Frédéric?« Frédéric schwieg.
»Eine Kommission, ein Auftrag von ... von ... von Papa Oudry.«
»Und für wen?«
»Für seine Mätresse.«
»Für die Ihre«, rief Arnoux und sprang auf.
»Ich schwöre dir ...«
»Fangen Sie nicht wieder an! Ich weiß alles!«
»Ah! Sehr gut! Man spioniert mir nach!«
Sie versetzte kalt: »Beleidigt das etwa Ihr zartes Empfinden?«
»Wenn du aufgeregt bist«, sagte Arnoux und griff nach seinem Hut, »kann man mit Vernunft nichts machen.« Und mit einem Seufzer zu Frédéric:
»Heiraten Sie nicht, mein Freund, nein, glauben Sie mir!«
Und er zog ab, da er Bedürfnis nach frischer Luft verspürte.
Eine große Stille legte sich über den Raum, in dem alles unbeweglich schien. Das Licht warf auf den Plafond einen weißen Kreis, während in den Winkeln der Schatten sich ausbreitete wie übereinandergelegte schwarze Gaze; man hörte das Ticktack der Stutzuhr und das Knistern des Feuers.
Frau Arnoux hatte sich wieder gesetzt, in einen Sessel an der anderen Ecke des Kamins; sie biß sich fröstelnd in die Lippen. Sie hob ihre beiden Hände, sie schluchzte auf, sie weinte.
Er ließ sich auf dem kleinen Stuhl nieder; und mit schmeichelnder Stimme, wie man zu einer Kranken spricht, sagte er: »Sie zweifeln doch nicht, daß ich Ihren Kummer ...«
Sie antwortete nicht. Aber laut fuhr sie in ihrem Nachsinnen

fort: »Ich lasse ihm doch alle Freiheit! Er braucht nicht zu lügen!«

»Gewiß«, sagte Frédéric. Es erklärte sich wohl aus seinen Gewohnheiten, er hatte nicht daran gedacht, und vielleicht würde er in ernsteren Dingen ...

»Was kann denn ernster sein?«

»Oh, nichts!«

Frédéric verbeugte sich mit gehorsamen Lächeln. Dennoch besaß Arnoux einige Vorzüge; er hatte seine Kinder gern.

»Ach! Er tut alles, um sie zu ruinieren.«

Das war eine Folge seines Leichtsinns; denn im Grunde war er ein guter Kerl.

Sie rief: »Was ist das schon, ein guter Kerl?«

So verteidigte er ihn, so unsicher, wie er konnte, und indem er sie beklagte, freute er sich, ergötzte er sich im Tiefsten seiner Seele. Aus Rache oder aus Verlangen nach Zuneigung würde sie zu ihm fliehen. Seine Hoffnung, die ins Maßlose wuchs, erhöhte seine Liebe.

Nie war sie ihm so lockend erschienen, so unsagbar schön. Von Zeit zu Zeit hob sich ihre Brust. Ihre starren Augen schienen von einer Vision geweitet, ihr Mund blieb halb geöffnet, als hauche sie ihre Seele aus. Manchmal preßte sie ihr Taschentuch darauf; er hätte dieses kleine, von ihren Tränen durchfeuchtete Stück Batist sein wollen. Mit Widerstreben sah er auf ihr Lager im Hintergrund des Alkovens, dachte er sich ihren Kopf auf dem Kissen; und so deutlich war das für ihn, daß er sich zurückhielt, um sie nicht mit seinen Armen zu ergreifen. Sie schloß die Lider, beruhigt, wie leblos. Da näherte er sich ihr noch mehr und betrachtete, sich niederbeugend, gierig ihr Antlitz. Ein Knirschen von Stiefeln hallte auf dem Korridor; es war der andere. Sie hörte, wie er die Tür seines Zimmers zuklappte. Frédéric fragte Frau Arnoux mit einem Zeichen, ob er zu ihm gehen solle.

Sie bejahte, ebenso mit einem Zeichen; und dieser stumme Gedankenaustausch war wie eine Verabredung, die Einleitung eines Ehebruchs.

Arnoux, der sich zu Bett legen wollte, knöpfte seinen Rock auf.
»Nun, was ist mit ihr?«
»Oh, besser«, sagte Frédéric. »Es wird schon vorübergehen!«
Doch Arnoux war bedrückt. »Sie kennen sie nicht! Sie hat jetzt Nerven . . .! So ein idiotischer Verkäufer! Das hat man davon, wenn man zu gut ist! Hätte ich nur den elenden Schal Rosanette nicht geschenkt!«
»Bedauern Sie nichts! Sie ist Ihnen ja unendlich dankbar!«
»Sie glauben?«
Frédéric zweifelte nicht. Sie hatte doch soeben den Papa Oudry hinausgesetzt.
»Ach! Arme Maus!« Und in der Wallung seines Gemüts wäre Arnoux gern zu ihr gelaufen.
»Es nutzt nichts. Ich komme von ihr, sie ist krank.«
»Ein Grund mehr!«
Er zog hastig seinen Gehrock wieder an und nahm seinen Handleuchter. Frédéric fluchte sich wegen seiner Dummheit, und er stellte ihm vor, daß er aus Anstand heute abend bei seiner Frau bleiben solle. Er könne sie nicht verlassen, das würde sehr häßlich von ihm sein. »Aufrichtig! Es wäre ein Fehler. Dort eilt ja nichts. Sie gehen morgen hin. Hören Sie! Tun Sie es um meinetwillen.«
Arnoux ließ seinen Handleuchter los, umarmte ihn und sagte: »Sie sind ein guter Freund!«

3

So hob für Frédéric ein klägliches Leben an. Er wurde der Parasit des Hauses. Wenn jemand nicht wohl war, so kam er dreimal am Tag, um sich zu erkundigen, er ging zum Klavierzimmer, er war erfinderisch in Zuvorkommenheiten; und gelassen duldete er das Schmollen von Fräulein Marthe und die Zärtlichkeiten des kleinen Eugène, der ihm mit seinen schmutzigen Händen ins Gesicht fuhr. Er nahm an den Diners teil, bei denen die Gatten, einander gegenüber sitzend, kein Wort wechselten; oder Arnoux reizte seine Frau durch geschmacklose Äußerungen. Wenn die Mahlzeit beendet war, spielte er im Zimmer mit seinem Sohn, versteckte sich hinter den Möbeln oder trug ihn auf seinem Rükken, auf allen vieren kriechend wie Heinrich IV. Dann ging er; und sofort beschäftigte sie sich mit dem ewigen Grund ihrer Klagen, mit Arnoux.

Nicht sein schlechtes Verhalten an sich empörte sie. Sie litt offenbar in ihrem Stolz, und sie hatte einen Widerwillen gegen diesen Mann ohne Feingefühl, ohne Selbstachtung, ohne Ehre.

»Oder er ist ein Narr!« sagte sie.

Frédéric erwarb sich mit Geschick ihr Vertrauen. Und bald wußte er alles von ihrem Leben.

Ihre Eltern waren kleine Bürgersleute aus Chartres. Eines Tags hatte Arnoux zeichnend (er hielt sich zu jener Zeit für einen Maler) am Fluß gesessen, sie bemerkt, als sie aus der Kirche kam, und um ihre Hand gebeten; da er für reich galt, hatte man nicht gezögert. Zudem liebte er sie abgöttisch. Sie setzte hinzu: »Mein Gott, er liebt mich noch heute! Auf seine Weise!«

In den ersten Monaten waren sie durch Italien gereist. Trotz seines Enthusiasmus vor der Landschaft und vor den Meisterwerken hatte Arnoux immer nur über den Wein gestöhnt; und er veranstaltete Picknicks mit den Engländern, um sich zu zerstreuen. Der gute Wiederverkauf einiger Bilder hatte ihn zum Kunsthandel geführt. Dann hatte er sich der Fayencemanufaktur zugewandt. Jetzt lockten ihn andere Spekulationen; er wurde immer gewöhnlicher und in seinen Gewohnheiten grob und verschwenderisch. Sie hatte ihm nicht so sehr seine Laster als sein ganzes Gebaren vorzuwerfen. Nichts konnte sich mehr ändern, und ihr Frauenglück war unwiderruflich dahin.

Frédéric behauptete, auch seine Existenz sei verfehlt.

Aber er war doch jung. Warum sollte er verzweifeln? Und sie gab ihm gute Ratschläge: »Arbeiten Sie! Heiraten Sie!« Er erwiderte mit herbem Lächeln. Denn statt die wahre Ursache seines Schmerzes zu gestehen, täuschte er eine andre, eine erhabene vor, gefiel er sich ein wenig in der Rolle des unseligen Antony – eine Sprache, die im übrigen seine Gedanken nicht durchaus fälschte.

Die Betätigung einer Leidenschaft ist für gewisse Naturen desto unmöglicher, je heftiger ihr Verlangen ist. Das Mißtrauen gegen sich selbst hindert sie, die Furcht, nicht zu gefallen, ängstigt sie. Die tiefen Neigungen sind im übrigen wie die anständigen Frauen; sie zagen davor, entdeckt zu werden, und gehen mit gesenkten Augen durchs Leben.

Obwohl er nun Frau Arnoux besser kannte (oder auch weil er sie kannte), war er noch feiger als bisher. An jedem Morgen schwor er sich, kühn zu sein. Eine unbesiegbare Scham hemmte ihn; und er konnte sich nicht nach irgendeinem Beispiel richten, da diese Frau verschieden war von allen anderen. Durch die Kraft seiner Träume hatte er sie hoch über Menschliches entrückt. Saß er an ihrer Seite, so schien er sich unbedeutender als die Seidenfädchen, die von ihrer Schere herabglitten.

Dann dachte er an sensationelle, sinnlose Dinge, an nächtlichen Raub mit Schlafpulvern und Nachschlüsseln; denn allem wollte er eher trotzen als ihrer Verachtung.

Jedoch die Kinder, die beiden Hausmädchen, die Anordnung der Zimmer waren Hindernisse, die nicht zu überwinden waren. Er entschloß sich, sie für sich allein zu besitzen und irgendwo in der Ferne, in tiefster Einsamkeit zusammen mit ihr zu leben; er suchte sogar, an welchem blauen See, an welchem Gestade es mild genug wäre, ob in Spanien, in der Schweiz oder im Orient. Und indem er eigens die Tage wählte, an denen sie aufs äußerste erbittert war, sagte er ihr, sie müsse fort, nach einem Ausweg sinnen, und er sehe keinen andren als die Trennung. Aber um ihrer Mutterliebe willen wagte sie nie einen solchen Verzweiflungsschritt. So viel Tugend bestärkte ihn noch in seinem Respekt vor ihr.

Seine Nachmittage verbrachte er mit Erinnerungen an den Besuch am Vorabend und in Erwartung des Besuchs am kommenden Abend. Wenn er nicht bei ihnen dinierte, stellte er sich gegen neun Uhr an die Straßenecke. Und sobald Arnoux das Portal hinter sich zuzog, stieg Frédéric rasch die zwei Etagen hinauf und fragte mit naiver Miene: »Ist der Herr zu Hause?« Dann tat er so, als sei er überrascht, ihn nicht anzutreffen.

Arnoux kehrte oft unvermutet heim. Dann mußte Frédéric mit ihm in ein kleines Café in der Rue Sainte-Anne gehen, in dem jetzt Regimbart Stammgast war.

Zuerst formulierte der Bürger irgendeine neue Klage gegen die Krone. Dann plauderten sie, indem sie sich freundschaftlich beschimpften; denn der Fabrikant hielt Regimbart für einen großen Denker, und betrübt, daß so viele Fähigkeiten verloren seien, foppte er ihn wegen seiner Faulheit. Nach der Ansicht des Bürgers besaß Arnoux Herz und Phantasie, war aber zu unmoralisch; daher hatte er nicht die geringste Schonung für ihn und weigerte sich sogar, bei ihm zu dinieren, die »Zeremonie« öde ihn an.

Manchmal, wenn man schon aufbrechen wollte, bekam Arnoux Heißhunger. Er »mußte« ein Omelett und geröstete Kartoffeln essen; und da in dem Café niemals Speisen vorrätig waren, ließ er sie sich holen. Man wartete. Regimbart ging nicht und nahm brummend zuletzt die Einladung mitzuessen an. Er war jedoch stets finster; denn stundenlang saß er vor demselben halbvollen Glas. Da die Vorsehung die Welt nicht nach seinen Ideen lenkte, wurde er hypochondrisch, wollte sogar die Zeitungen nicht mehr lesen und brüllte, wenn nur der Name Englands fiel. Einmal schrie er, als er von einem Kellner schlecht bedient wurde: »Ist es denn noch nicht genug an der ausländischen Schmach?« Wenn eine solche Krise vorbei war, sank er in Schweigen und grübelte über »einen Kladderadatsch, von dem die ganze Bude auffliegt«.

Indessen er seinen Gedanken nachhing, erzählte Arnoux mit monotoner Stimme und etwas trunkenem Blick fabelhafte Anekdoten, in denen er dank seinem Witz immer glänzte; und Frédéric spürte (das war zweifellos durch unbewußte Ähnlichkeiten bedingt) eine Art von Sympathie mit ihm. Er rügte an sich

selbst diese Schwäche, da er wohl vielmehr zum Haß gegen ihn verpflichtet war.
Arnoux beschuldigte vor ihm seine Frau der Launen, der Härte, der ungerechten Voreingenommenheit. Sie war nicht mehr wie früher.
»Ich an Ihrer Statt«, sagte Frédéric, »würde ihr eine Monatsrente aussetzen und allein leben.«
Arnoux erwiderte nichts; und im nächsten Moment lobte er sie. Sie war gut, hingebend, intelligent, tugendhaft; und indem er auf ihre körperlichen Eigenschaften überging, enthüllte er sie mit der frechen Fahrlässigkeit von Leuten, die in Herbergen ihre Schätze zur Schau stellen.
Eine Katastrophe störte sein Gleichgewicht.
Er war Aufsichtsratsmitglied in einer Kaolin-Gesellschaft geworden. Aber indem er sich auf das, was man ihm sagte, verließ, hatte er Berichte, deren Ziffern nicht genau waren, unterzeichnet und ohne Nachprüfung die von dem geschäftsführenden Direktor erstattete Jahresbilanz gebilligt. Nun war die Gesellschaft zusammengekracht, und Arnoux, der vor Gericht verantwortlich war, wurde mit den anderen zum Schadenersatz verurteilt, was für ihn eine Einbuße von etwa dreißigtausend Francs ausmachte, die noch verschärft wurde durch die Urteilsgründe.
Frédéric las davon in einem Blatt und eilte nach der Rue de Paradis.
Man empfing ihn im Zimmer der gnädigen Frau. Es war die Stunde des ersten Frühstücks. Tassen mit Milchkaffee standen auf einem Tisch nahe dem Kamin. Pantoffeln lagen auf dem Teppich herum, Kleider auf den Sesseln. Arnoux, in Unterhosen und Trikotweste, hatte rote Augen und struppiges Haar. Der kleine Eugène weinte wegen seines Ziegenpeters und knabberte dabei an seinem Butterbrot. Seine Schwester aß ruhig. Frau Arnoux, etwas blasser als sonst, bediente alle drei.
»Na«, sagte Arnoux mit einem schweren Seufzer, »Sie wissen schon!« Und als Frédéric eine Geste der Teilnahme machte: »Ich wurde ein Opfer meiner Leichtgläubigkeit!«

Dann schwieg er; und er war so niedergeschlagen, daß er das Frühstück von sich stieß. Frau Arnoux sah, die Achseln zuckend, auf. Er strich sich mit den Händen über die Stirn. »Ich bin ja doch gar nicht schuldig. Ich habe nichts Sträfliches begangen. Es ist ein Unglück. Man muß darüber hinwegkommen. Ach ja, was kann das helfen?« Und er biß in ein Buttergebäck, womit er übrigens dem dringenden Wunsch seiner Frau gehorchte.

Am Abend wollte er mit ihr allein speisen, in einem *cabinet particulier* der Maison d'Or. Frau Arnoux verstand diese Herzensregung nicht und war sogar gekränkt, daß er sie wie eine Lorette behandeln wollte; indes es von Arnoux im Gegenteil ein Liebesbeweis war. Dann, da er sich langweilte, ging er, sich zu zerstreuen, zu der Marschallin.

Bis jetzt hatte man, weil er jovial war, über vieles bei ihm hinweggesehen. Durch seinen Prozeß war er bemakelt. Eine Leere entstand um sein Haus.

Frédéric hielt es für eine Ehrensache, sie noch häufiger als zuvor zu besuchen. Er mietete eine Loge im Théâtre Italien und lud sie jede Woche dahin ein. Aber sie waren in der Periode, wo in zerfallenden Ehen eine unbesiegbare Müdigkeit aus den Zugeständnissen hervorgeht, die man sich gemacht hat, und das Dasein nicht zu ertragen ist. Frau Arnoux zwang sich, um nicht die Herrschaft über sich zu verlieren, Arnoux umdüsterte sich; und beim Anblick der beiden Menschen und ihres Unglücks geriet Frédéric in Schwermut.

Sie hatte ihn, da er ihr Vertrauen besaß, gebeten, sich um die Geschäfte ihres Gatten zu kümmern. Aber er schämte sich, es war für ihn eine Qual, seine Diners zu essen und dabei seine Frau zu begehren. Dennoch ging er nach wie vor hin, und er redete sich vor sich selbst dahin aus, er müsse sie verteidigen, und ein Anlaß werde sich finden, von Wert für sie zu sein.

Acht Tage nach dem Ball hatte er sich bei Herrn Dambreuse gemeldet. Der Finanzmann hatte ihm etwa zwanzig Aktien seiner Kohlengruben angeboten; Frédéric war kein zweites Mal hinge-

gangen. Deslauriers schrieb ihm Briefe; er beantwortete sie nicht. Pellerin hatte ihn gemahnt, das Porträt zu besichtigen; er wies ihn stets ab. Er gab jedoch Cisy nach, der ihn drängte, um durch ihn mit Rosanette bekannt zu werden.
Sie empfing Frédéric sehr freundlich, aber ohne ihm wie früher an den Hals zu springen. Cisy war glücklich, bei einer »Buhlerin« zugelassen zu werden und besonders, mit einem Schauspieler sprechen zu können; Delmar war da.
Ein Drama, in dem er einen Bauern spielte, der Ludwig XIV. die Wahrheit sagt und 1789 prophezeit, hatte ihm solchen Ruhm verschafft, daß man nun unaufhörlich dieselbe Rolle für ihn anfertigte; und seine Funktion war, die Monarchen aller Länder in den Staub zu ducken. Als englischer Bauer schmähte er Karl I., als Student von Salamanca fluchte er Philipp II.; oder er entrüstete sich als empfindsamer Vater gegen die Pompadour, das war am schönsten! Die Gassenjungen warteten, um ihn zu sehn, am Kulisseneingang; und eine Biographie, die man in den Pausen verkaufte, schilderte, wie er seine alte Mutter pflegte, das Evangelium las, die Armen tröstete, kurz in den Farben eines heiligen Vincent de Paul, gemischt mit denen eines Brutus und eines Mirabeau. Man sagte: »Unser Delmar«. Er hatte eine Mission, er wurde ein Christus.
All das hatte Rosanette berauscht; und sie hatte sich des Papa Oudry entledigt, unbesorgt, da sie nicht habsüchtig war.
Arnoux, der sie kannte, hatte das lange benutzt, um sie wohlfeil auszuhalten. Der Biedermann war gekommen; und sie hatten alle drei eine Klärung gern vermieden. Dann hatte Arnoux, weil er dachte, sie schicke für ihn allein den andern fort, ihre Rente erhöht. Aber ihre Forderungen wiederholten sich in einer Häufigkeit, die unerklärlich war, denn sie lebte mit weniger Aufwand; sie hatte sogar den Kaschmir verkauft, sie wollte, sagte sie, ihre alten Schulden los werden; und er gab immer, sie verhexte ihn, sie mißbrauchte ihn erbarmungslos. Ein Schwall von Rechnungen, von gestempelten Papieren flatterte in ihr Haus. Frédéric fühlte eine Krise nahen.

Eines Tages wollte er zu Frau Arnoux. Sie war ausgegangen. Der Herr arbeitete unten im Magazin.

Es war so. Inmitten seiner Porzellane und Tontöpfe war Arnoux bemüht, ein junges Ehepaar aus der Provinz »hereinzulegen«. Er redete von Drehen und Drehscheibe, von roten Tupfen und von Glasur; und die Leutchen, die nicht zeigen wollten, daß sie nichts davon verstanden, nickten bejahend und kauften.

Als die Kundschaft draußen war, erzählte er, er habe heute morgen mit seiner Frau ein kleines Zerwürfnis gehabt. Um Vorhaltungen wegen der Geldausgaben zu begegnen, habe er versichert, daß die Marschallin nicht mehr seine Mätresse sei. »Ich habe ihr sogar gesagt, sie sei die Ihre.«

Frédéric war empört. Aber wenn er heftig wurde, konnte er sich verraten, und so stammelte er nur: »Ach! Das war übel von Ihnen, sehr übel!«

»Was ist dabei?« sagte Arnoux. »Wieso ist es eine Schande, für ihren Liebhaber zu gelten? Ich bin es doch! Würde es Ihnen nicht schmeicheln, es zu sein?«

Hatte sie gesprochen? War es eine Anspielung? Frédéric erwiderte schnell: »Nein, durchaus nicht! Im Gegenteil!«

»Nun also?«

»Ja, es ist wahr, es macht nichts.«

Arnoux fragte: »Weshalb gehn Sie nicht mehr dorthin?«

Frédéric war bereit, wieder hinzugehen.

»Ach! ich vergaß! Sie sollten . . . wenn Sie von Rosanette plaudern . . . meiner Frau irgend so etwas beibringen . . . ich weiß nicht, was, Sie werden schon darauf kommen . . . irgend etwas, das sie überzeugt, daß Sie ihr Liebhaber sind. Ich erbitte das von Ihnen als Gefälligkeit.«

Statt zu antworten, schnitt Frédéric eine zweideutige Grimasse. Diese Verleumdung war ein Fiasko für ihn. Er ging noch am selben Tage zu ihr und schwor ihr, daß Arnoux' Angabe falsch sei.

»Wirklich?«

Er schien ehrlich zu sein; und tief aufatmend, mit einem schönen Lächeln sagte sie: »Ich glaube Ihnen.« Dann senkte sie den Kopf,

und ohne ihn anzuschauen: »Im übrigen hat niemand ein Recht auf Sie.«
Sie ahnte also nichts, und sie verachtete ihn, weil sie nicht glaubte, er könne sie genug lieben, um ihr treu zu sein. Frédéric vergaß in diesem Moment seine Versuche bei der anderen und fand die Erlaubnis demütigend.
Sie bat ihn, manchmal zu »diesem Weib« zu gehn, um zu sehen, was daran sei.
Arnoux kam, und fünf Minuten später wollte er ihn zu Rosanette mitnehmen.
Die Lage wurde unerträglich.
Er wurde abgelenkt durch einen Brief des Notars, der ihm am nächsten Tag fünfzehntausend Francs schicken wollte; und um sein Versäumnis gegen Deslauriers wieder gutzumachen, ging er sogleich, ihm diese günstige Nachricht mitzuteilen.
Der Advokat wohnte in der Rue des Trois-Maries, in der fünften Etage, auf einen Hof hinaus. Sein Kabinett, ein kleiner, mit Fliesen gepflasterter, kalter und grau tapezierter Raum, hatte als Hauptschmuck eine goldene Medaille, seine Doktorratsprämie, die in einem Ebenholzrahmen am Spiegel befestigt war. Ein Bücherschrank von Mahagoniholz schloß hinter Glasscheiben etwa hundert Bände ein. Der mit braunem Schafleder bedeckte Schreibtisch stand in der Mitte des Zimmers. Vier alte Sessel mit grünem Samt waren in die Ecke geschoben; und Hobelspäne flammten im Kamin, in dem immer ein Scheit stak, das man anzünden konnte, wenn es läutete. Es war die Sprechstunde; der Advokat trug eine weiße Krawatte.
Die Ankündigung der fünfzehntausend Francs (er rechnete wohl nicht mehr darauf) rief ein heiteres Grinsen bei ihm hervor. »Gut so, mein braver Junge, gut so, sehr gut!«
Er warf Holz ins Feuer, setzte sich und sprach sofort von der Zeitung. Das erste war, sich Hussonnet's zu entledigen. »Ich bin dieses Kretins müde! Wer Meinungen vortragen will, ist am sachlichsten und stärksten, wenn er selbst keine hat!«
Frédéric schien erstaunt.

»Aber sicherlich! Es ist an der Zeit, Politik als Wissenschaft zu treiben. Die Alten im achtzehnten Jahrhundert hatten damit begonnen. Dann führten Rousseau, die Literaten, die Philantropie ein, die Poesie und anderen Unfug, zur größten Freude der Katholiken; eine natürliche Bundesgenossenschaft, denn die anderen Reformatoren (ich kann es belegen) glauben alle an die Offenbarung. Aber wenn man Messen für Polen singt, wenn man den Gott der Dominikaner, der ein Henker war, durch den Gott der Romantiker ersetzt, der ein Tapezierer ist, mit einem Wort, wenn man vom Absoluten keinen weiteren Begriff hat als die Vorfahren, dann wird die Monarchie die republikanischen Formen sprengen und die rote Mütze nur eine Pfaffenkappe sein. Es wird nur das Zellengefängnis geben statt der Tortur, das Vergehen gegen die Religion statt des Kirchenfrevels, das europäische Konzert statt der Heiligen Allianz; und in dieser schönen, bewunderten Ordnung aus Trümmern von Ludwig XIV. her und aus voltaireschen Ruinen, mit Tünche vom Kaiserreich darauf und Fragmenten der englischen Verfassung, wird man sehn, wie die Munizipalräte den Bürgermeister zu schurigeln suchen, die Generalräte ihren Präfekten, die Kammern den König, die Presse die Staatsmacht, die Verwaltung jeden Untertan! Aber die einfältigen Seelen sind begeistert vom Code civil, der, was man auch reden mag, in kleinlicher, tyrannischer Gesinnung fabriziert ist; denn statt zu tun, was seines Amtes ist, nämlich den Brauch in Regeln fassen, hat der Gesetzgeber die Gesellschaft wie ein Lykurg modeln wollen! Warum zieht das Gesetz dem Familienvater in Testamentsfragen Schranken? Warum untersagt es den notgedrungenen Verkauf von Grundstücken? Warum straft es als Verbrechen die Vagabondage, die nicht einmal eine Übertretung sein dürfte! Und dieser Fälle noch viele! Ich kenne sie! Und ich werde einen kleinen Roman ›Geschichte der Gerechtigkeitsidee‹ schreiben, der spaßhaft sein wird. Aber ich habe einen schrecklichen Durst! Und du?«

Er neigte sich zum Fenster hinaus und schrie dem Portier zu, er solle in der Wirtschaft Grog für ihn holen.

»Alles in allem, ich sehe drei Parteien . . . nein, drei Gruppen, von denen keine mich interessiert: die, die haben, die, die nicht mehr haben, und die, die haben wollen. Und sämtlich stimmen sie überein in der schwachköpfigen Anbetung der Autorität. Beispiele: Mably empfiehlt, daß man die Philosophen hindert, ihre Lehren erscheinen zu lassen. Der Geometer Wronski nennt in seiner Spache die Zensur die kritische Repression der spekulativen Spontaneität. Der Père Enfantin segnet die Habsburger, daß sie »über die Alpen eine schwere Hand gereckt haben, um Italien im Zaume zu halten«. Pierre Leroux will uns zwingen, einem Redner zuzuhören, und Louis Blanc tritt für Staatsreligion ein. So sehr hängt dieses Vasallenvolk am Wahn der Regierung. Und doch ist keine von ihnen legitim, trotz ihrer ewigen Prinzipien. Aber da Prinzip Ursprung bedeutet, muß es sich immer von einer Revolution herleiten, einem Gewaltakt, einem vorübergehenden Ereignis. So ist unser Regierungsprinzip die nationale Souveränität, die in der parlamentarischen Form enthalten ist, obwohl das Parlament das nicht eingestehen will! Aber inwiefern soll die Volkssouveränität geheiligter sein als das göttliche Recht? Beide sind Fiktionen! Genug Metaphysik, keine Phantome mehr! Man braucht keine Dogmen, um die Straßen zu fegen! Vielleicht sagt man, daß ich die Gesellschaft umstürze! Nun, und wenn dem so ist, wäre das ein Malheur? Sie ist schon sauber, deine Gesellschaft!«

Frédéric hätte viele Antworten darauf gehabt. Doch da er ihn von den Theorien Sénécal's stark abweichen sah, war er voll Nachsicht. Er begnügte sich mit dem Einwand, ein solches System müsse den allgemeinen Haß auf sich ziehen.

»Im Gegenteil, da wir jeder Partei ein Pfand des Hasses gegen ihren Nachbarn geben, werden alle auf uns zählen. Du wirst dich beteiligen, und wir werden transzendente Kritik machen.«

Gegen die ererbten Ideen mußte man kämpfen, gegen die Akademie, die Ecole Normale, das Konservatorium, die Comédie Française, alles, was einer Institution glich. So würden sie für ihre Zeitschrift ein ganzes System von Doktrinen haben. Dann,

wenn sie sie gut eingeführt hätten, würden sie sie in eine Tageszeitung umwandeln; und dann kämpfte man gegen Personen. »Und wir werden respektiert werden, paß auf!«
Deslauriers rührte an seinen alten Traum von einer Chefredaktion, daß heißt von dem unsäglichen Glück, die anderen zu dirigieren, ihre Artikel entzweizuschneiden, zu bestellen und abzulehnen. Seine Augen sprühten unter der Brille, er erregte sich und trank Gläschen voll Kognak, Schluck auf Schluck, mechanisch.
»Du mußt einmal in der Woche ein Diner geben. Das ist unabweislich nötig, und wenn deine halbe Rente draufgeht! Man wird dabei sein wollen, es wird ein Zentrum für die anderen werden, ein Hebel für dich; und indem wir auf die Öffentlichkeit von beiden Seiten, von Literatur und Politik her wirken, sind wir die Gebieter von Paris.«
Frédéric hörte ihm mit einer Empfindung zu, als sei er verjüngt, wie ein Mensch, der lange im Zimmer war und an die freie Luft kommt. Dieser Enthusiasmus steckte ihn an. »Ja, ich bin ein Müßiggänger gewesen, ein Tor, du hast recht!«
»Bravo«, rief Deslauriers, »ich erkenne meinen Frédéric wieder!« Und er hielt ihm die Faust unter das Kinn: »Ah, ich habe durch dich leiden müssen; und ich liebe dich dennoch!«
Sie standen, blickten sich an, mit bewegtem Gefühl, und hätten sich beinahe umarmt.
Eine Frauenmütze zeigte sich an der Schwelle des Vorzimmers.
»Was ist los?« fragte Deslauriers. Es war Fräulein Clémence, seine Mätresse.
Sie erwiderte, als sie gerade an seinem Haus vorbeigekommen sei, habe sie den Wunsch, ihn zu sehen, nicht bezwingen können; und um eine kleine Jause mit ihm zu nehmen, brachte sie ihm Kuchen, den sie auf den Tisch legte.
»Gib acht, meine Papiere!« sagte unwirsch der Advokat. »Ich verbiete dir übrigens zum drittenmal, mich während meiner Sprechstunde zu besuchen!«

Sie wollte ihn küssen.
»Schon gut! Geh nur! Fahr ab!« Er stieß sie zurück, sie schluchzte. »Ach, du langweilst mich allmählich!«
»Ich liebe dich!«
»Man soll mich nicht lieben, sondern mein Wohlgefallen erwerben!«
Dieser grausame Tadel ließ die Tränen von Clémence stocken. Sie ging zum Fenster und verharrte dort, die Stirn an der Scheibe.
Ihre Hartnäckigkeit und ihre Stumpfheit erbitterten Deslauriers.
»Wenn du fertig bist, wirst du deinen Wagen nehmen, ja?«
Aufzuckend drehte sie sich um. »Du schickst mich weg?«
»Allerdings!«
Sie heftete auf ihn ihre großen blauen Augen, wohl zu einer letzten flehenden Bitte, dann schlug sie die beiden Enden ihres Plaids übereinander, wartete noch eine Minute und verschwand.
»Du solltest sie zurückrufen«, sagte Frédéric.
»Wozu denn?«
Und da er einen Ausgang vorhatte, begab er sich in seine Küche, die ihm zugleich als Ankleideraum diente. Auf den Steinplatten standen, neben einem Paar Stiefeln, die Reste eines ärmlichen Mittagessens, und eine Matratze mit einer Decke war am Boden in einen Winkel gerollt.
»Hier siehst du«, sagte er, »daß ich selten Marquisen empfange! Ach was, man kann auf sie verzichten, und ebenso auf alle Weiber! Die nichts kosten, stehlen dir die Zeit, die Geld in einer andren Form ist; und reich bin ich nicht! Und dann sind sie so dumm! So dumm! Kannst etwa du mit einer Frau reden?«
Sie trennten sich an der Ecke des Pont-Neuf.
»Also abgemacht! Morgen, sobald du die Sache hast, kriege ich sie von dir!«
»Abgemacht!« wiederholte Frédéric.
Mit der Morgenpost des folgenden Tages kam, als er erwachte, ein Bankscheck über fünfzehntausend Francs. Der Papierfetzen war für ihn soviel wie fünfzehn Beutel voll Geld; und er sagte

sich, er könne mit dieser Summe: erstens drei Jahre hindurch seinen Wagen beibehalten, statt ihn zu verkaufen, wozu er nächstens sich wohl entschließen mußte, oder sich zwei schöne damaszierte Rüstungen kaufen, die er am Quai Voltaire gesehn hatte; dann noch eine ganze Menge von Dingen, Malereien, Bücher und Blumenbuketts, Geschenke für Frau Arnoux. Kurz, alles hätte sich mehr gelohnt als soviel Geld bei einer Zeitung aufs Spiel zu setzen, zu opfern. Deslauriers schien ihm anmaßend, seine Gemütlosigkeit gestern abend hatte ihn ernüchtert, und Frédéric hing diesem Bedauern nach, als er zu seiner Überraschung Arnoux eintreten sah, der sich auf den Rand seines Bettes setzte, wie ein gebrochener, müder Mensch.

»Was ist denn?«

»Ich bin verloren!«

Er sollte noch heute in der Kanzlei des Notars Beauminet, in der Rue Saint-Anne, achtzehntausend Francs zahlen, die ihm ein gewisser Vanneroy geliehen hatte.

»Es ist ein unfaßbares Verhängnis! Ich habe ihm eine Hypothek gegeben, die ihn beruhigen sollte. Aber er droht mir mit einem Zahlungsbefehl, wenn er nicht heute nachmittag sein Geld hat!«

»Und dann?«

»Dann? Sehr einfach. Er wird mein Grundstück enteignen lassen. Die erste Bekanntgabe ruiniert mich! Ach! Hätte ich jemanden, der mir die verdammte Summe vorschießt, dann würde er statt Vanneroy mein Gläubiger sein, und ich wäre gerettet! Wissen Sie denn niemanden?«

Die Vollmacht war auf dem Nachttisch liegengeblieben, neben einem Buch. Frédéric hob den Band, legte ihn darüber und antwortete: »Bei Gott, niemanden!« Aber es wurde ihm schwer, Arnoux abzuweisen. »Wie? Sie finden nirgends einen, der . . .?«

»Nirgends! Und dabei erwarte ich heute über acht Tage Eingänge! Ich bekomme vielleicht . . . fünfzigtausend Francs zu Ende des Monats!«

»Könnten Sie nicht Ihren Schuldner bitte, Ihnen schon jetzt zu zahlen?«

»Ach, wie denn?«

»Sie haben doch irgendwelche Werte oder Wechsel?«

»Nichts!«

»Was ist da zu tun?« fragte Frédéric.

»Das frage ich mich selbst«, erwiderte Arnoux.

Er schwieg und schritt im Zimmer auf und ab.

»Es ist ja nicht für mich, mein Gott! sondern für meine Kinder, meine arme Frau!« Dann mit einer Pause nach jedem Wort: »Ich werde stark sein . . . ich werde alles einpacken . . . und mein Glück neu versuchen . . . irgendwo!«

»Unmöglich!« rief Frédéric.

Arnoux entgegnete gelassen: »Ja, wie soll ich denn jetzt noch in Paris leben?«

Es war lange still.

Frédéric begann: »Wann könnten Sie sie zurückerstatten, die Summe?« Er hatte sie nicht; im Gegenteil. Doch er konnte zu seinen Freunden gehn, Schritte bei ihnen unternehmen. Er klingelte seinem Diener, um sich anzukleiden. Arnoux dankte ihm.

»Achtzehntausend Francs brauchen Sie, nicht wahr?«

»Oh, mir genügten wohl sechzehntausend! Zweitausendfünfhundert, dreitausend kann ich mit meinem Silbergeschirr aufbringen, indes nur, wenn Vanneroy mir bis morgen Frist läßt; und ich sage Ihnen nochmals, Sie können dem, der die Summe leiht, versichern, ihm schwören, daß sie in acht Tagen, vielleicht sogar in fünf oder sechs, zurückgezahlt wird. Auch haftet die Hypothek dafür. Also keine Gefahr, verstehen Sie?«

Frédéric erklärte, daß er verstehe, und daß er sich sogleich auf den Weg machen werde.

Er blieb zu Hause und fluchte Deslauriers; denn er wollte ihm sein Wort halten und doch etwas für Arnoux tun. Ob ich Herrn Dambreuse frage? überlegte er. Doch unter welchem Vorwand soll ich Geld von ihm erbitten? Er möchte doch vielmehr für seine Grubenaktien Geld von mir. Ach, ich will Ruhe vor seinen Aktien haben! Ich muß sie ja nicht kaufen!

Und Frédéric war von seiner Unabhängigkeit befriedigt, als hätte er Herrn Dambreuse abgeschlagen, womit er ihm hätte dienen sollen.

Und dann, sagte er sich, habe ich ja insofern einen Verlust, als ich mit fünfzehntausend Francs einen Gewinn von hunderttausend erzielen könnte! An der Börse ist das manchmal so! . . . Kann ich nicht den einen im Stich lassen, bin ich nicht frei? . . . Ach, soll schon Deslauriers warten! . . . Nein, nein, das wäre nicht schön, ich muß hingehn!

Er sah auf seine Uhr: Ach, es eilt ja nicht, die Bank sperrt erst um fünf.

Und um halb fünf, als er sein Geld abgehoben hatte: Jetzt hat es keinen Zweck! Er ist ja nicht zu Hause; ich gehe heute abend hin!

So gab er sich die Möglichkeit, seine innere Entscheidung noch zu widerrufen. Denn es bleibt im Gewissen stets etwas von den Sophismen zurück, die man hineingegossen hat, ein Nachgeschmack wie nach einer giftigen Flüssigkeit.

Frédéric spazierte auf den Boulevards und speiste allein im Restaurant. Dann hörte er, um sich zu zerstreuen, einen Akt im Vaudeville. Doch die Banknoten herumzutragen war ihm peinlich, als ob er sie gestohlen hätte. Er hätte sie ohne Kummer verloren.

In seiner Wohnung fand er einen Brief mit folgenden Zeilen: »Was ist Neues? Meine Frau vereinigt sich mit mir, lieber Freund, in der Hoffnung usw. Ganz der Ihre«; und ein Namenszug.

Seine Frau! Sie bittet mich!

In diesem Augenblick erschien Arnoux, um zu erfahren, ob die Summe, die er sofort benötigte, aufgetrieben sei.

»Hier ist sie!« sagte Frédéric.

Und vierundzwanzig Stunden später antwortete er Deslauriers: »Ich habe nichts bekommen.«

Der Advokat besuchte ihn drei Tage hintereinander. Er drängte ihn, dem Notar zu schreiben. Er erbot sich sogar zur Reise nach Le Havre.

»Nein! Das ist nutzlos! Ich werde schon hinreisen.«

Am Ende der Woche bat Frédéric schüchtern Herrn Arnoux um seine fünfzehntausend Francs.

Arnoux schob es auf den nächsten Tag, dann auf den übernächsten. Frédéric wagte erst im Dunkel der Nacht die Straße zu betreten, da er fürchtete, plötzlich werde Deslauriers da sein. Eines Abends prallte er an der Ecke der Madeleine mit jemandem zusammen. Er war es.

»Ich hole das Geld«, sagte er.

Und Deslauriers begleitete ihn bis zur Tür eines Hauses im Faubourg Poissonnière.

»Warte hier!«

Er wartete. Endlich, nach dreiundvierzig Minuten, kam Frédéric mit Arnoux heraus und winkte ihm zu, er solle sich noch etwas gedulden. Er ging mit dem Fayencefabrikanten, Arm in Arm, die Rue Hauteville hinauf, dann durch die Rue de Chabrol.

Die Nacht war finster, mit Stößen von lauem Wind. Arnoux schlenderte gemächlich und sprach dabei über die Handelsgalerien, eine Reihe gedeckter Passagen, die vom Boulevard Saint-Denis zum Châtelet führen sollten, eine wunderbare Spekulation, die mitzumachen er große Lust hatte; und von Zeit zu Zeit stand er still, um an den Schaufenstern der Läden die Gesichter der Grisetten zu sehen. Dann sprach er weiter.

Frédéric hörte hinter sich Deslauriers' Schritte wie Vorwürfe, die hämmernd sein Gewissen trafen. Doch er hatte nicht die Kraft, das Geld zu reklamieren, aus falscher Scham, und weil er glaubte, es sei umsonst. Die Schritte des anderen näherten sich. Er entschloß sich.

Arnoux sagte in sehr leichtem Ton, da er seine Eingänge noch nicht habe, könne er die fünfzehntausend Francs jetzt nicht zurückerstatten. »Sie brauchen sie doch nicht?«

In diesem Moment trat Deslauriers an Frédéric heran und zog ihn abseits: »Sei offen, hast du sie, ja oder nein?«

»Nun gut, nein«, sagte Frédéric, »ich habe sie verloren.«
»Ach, und wie?«
»Im Spiel.«
Deslauriers entgegnete kein Wort, grüßte sehr tief und entfernte sich. Arnoux hatte sich bei der Gelegenheit in einer Tabaktrafik eine Zigarre angezündet. Er kam wieder und fragte, wer der junge Mann sei.
»Nichts! Ein Freund!«
Drei Minuten später sagte Arnoux vor der Tür von Rosanette: »Gehn Sie doch mit hinauf, sie wird vergnügt sein, Sie zu sehen. Wie menschenscheu sind Sie geworden!«
Eine Gaslaterne, unter der er stand, beleuchtete ihn; und mit der Zigarre zwischen seinen weißen Zähnen und seiner glücklichen Miene hatte er etwas Aufreizendes.
»Ach! Da fällt mir ein, mein Notar war heute morgen bei dem Ihren wegen der Eintragung einer Hypothek. Meine Frau hat mich daran erinnert.«
»Die Frau hat einen Kopf!« sagte Frédéric mechanisch.
Und Arnoux begann wieder sie zu rühmen. Sie war unvergleichlich an Klugheit, Herz, Sparsamkeit; und mit gedämpfter Stimme setzte er hinzu, indem er die Augen rollte: »Und einen Körper hat sie!«
»Adieu«, sagte Frédéric.
Arnoux machte eine Bewegung. »So! Warum?« Die Hand ihm halb hinstreckend, prüfte er sein Gesicht, ganz betroffen über den Zorn darin.
Frédéric erwiderte trocken: »Adieu.«
Er ging die Rue de Bréda hinunter wie ein Stein, der einem Abgrund zurollt. Voller Wut auf Arnoux tat er ein Gelübde, ihn für immer zu meiden, und auch sie. Er war zerrissen, trostlos. Arnoux war weit entfernt, mit seiner Frau zu brechen, wie er gehofft hatte, er liebte sie offenbar, ganz und gar, vom Scheitel bis in die Tiefe der Seele. Über die Gewöhnlichkeit dieses Mannes war Frédéric außer sich. Alles gehörte ihm also, diesem da! Er fand ihn wieder auf der Schwelle der Lorette; und die Qual eines

Bruchs wurde gemehrt durch den Grimm über seine Ohnmacht. Daß Arnoux so ehrenhaft war, ihm Garantien für sein Geld verschaffen zu wollen, demütigte ihn; er hätte ihn erdrosseln mögen. Und über seinem Gram schwebte in seinem Bewußtsein wie ein Nebel das Empfinden, daß er feige handelte an seinem Freund. Tränen erstickten ihn.

Deslauriers lief die Rue des Martyrs hinab und fluchte laut vor Empörung; denn sein Plan, gleichsam ein gestürzter Obelisk, schien ihm jetzt riesenhaft hoch. Er hatte das Gefühl, bestohlen zu sein, als hätte er einen großen Schaden erlitten. Seine Freundschaft für Frédéric war tot, und er freute sich dessen; es war eine Abrechnung zwischen ihnen. Ein Haß gegen die Reichen schüttelte ihn. Er neigte sich den Ansichten Sénécal's zu und versprach sich, ihnen zu folgen.

Inzwischen saß Arnoux bequem auf einer Bergère, nahe dem Fenster, schlürfte seine Tasse Tee und hielt dabei die Marschallin auf den Knien.

Frédéric besuchte die Arnoux nicht mehr; und um sich aus der unheilvollen Verstrickung zu lösen, wählte er den ersten Gegenstand, der sich ihm darbot. Er beschloß, eine Geschichte der Renaissance zu verfassen. Er häufte auf seinem Tisch, wirr durcheinander, die Humanisten, die Philosophen und die Dichter an. Er ging in die graphische Sammlung, um die Stiche von Marc-Anton zu sehen; er bemühte sich Machiavelli zu studieren. Nach und nach beschwichtigte ihn die heitere Ruhe der Arbeit. Indem er in der Persönlichkeit der anderen unterging, vergaß er die seine, was wohl das einzige Mittel ist, nicht durch sie zu leiden.

Eines Tages, als er still über seinen Notizen saß, öffnete sich die Tür, und der Diener meldete Frau Arnoux.

Sie war es! Allein? Doch nein; sie hielt den kleinen Eugène an der Hand, und mit ihr kam in weißer Schürze das Mädchen. Sie ließ sich nieder, hustete und sagte: »Sie waren lange nicht mehr bei uns.«

Frédéric fand keine Entschuldigung. Sie setzte hinzu: »Das ist sehr zartfühlend von Ihnen.«

Er fragte: »Zartfühlend?«
»Nach dem, was Sie für Arnoux getan haben.«
Frédéric sagte durch eine bezeichnende Geste: Was liegt mir an ihm? Für Sie war es doch.
Sie schickte ihr Kind in den Salon, mit dem Mädchen zu spielen.
Sie wechselten ein paar Worte über ihre Gesundheit, dann verstummte die Unterhaltung.
Sie trug ein Kleid von brauner Seide, in der Farbe von spanischem Wein, und einen Paletot von schwarzem Samt, der einen Rand von Nerz hatte. Mit den Händen wollte er über dieses Fell streichen; und ihr langes schwarzes, geglättetes Haar zog seine Lippen an. Aber seine Erregung verstörte sie, und sie wandte die Augen der Tür zu: »Es ist hier ein wenig heiß!«
Frédéric erriet die Vorsicht, die in ihrem Blick war.
»Verzeihen Sie! die beiden Türflügel sind nur angelehnt.«
»Ach ja!« Und sie lächelte, als wollte sie sagen: Ich bin unbesorgt.
Er fragte sie unvermittelt, was sie herführe.
»Mein Mann«, äußerte sie mit Anstrengung, »hat mich gebeten, zu Ihnen zu gehn, da er selbst es nicht wagte.«
»Und weshalb?«
»Sie kennen Herrn Dambreuse, nicht wahr?«
»Ja, ein wenig.«
»Ah! Ein wenig.« Sie schwieg.
»Doch sprechen Sie weiter!«
Sie erzählte, Arnoux habe vorgestern vier Wechsel von tausend Francs auf Ordre des Bankiers nicht einlösen können, die er sie hatte unterzeichnen lassen. Sie bereute, daß sie das Vermögen ihrer Kinder gefährdet habe. Doch alles war besser als Schande. Und wenn Herr Dambreuse die Eintreibung aussetzte, würden die Wechsel sicher beglichen werden; denn sie wollte ihr kleines Haus in Chartres verkaufen.
»Arme Frau!« flüsterte Frédéric. »Ich gehe! Verlassen Sie sich auf mich!«
»Danke!« Und sie erhob sich, um Abschied zu nehmen.

»Oh! Sie haben doch keine Eile!«

Sie blieb stehen und betrachtete die Trophäe von mongolischen Pfeilen, die an der Decke hing, die Bibliothek, die Einbände, das Schreibgerät. Sie hob die Bronzeschale für die Federn auf; ihre Füße traten auf verschiedene Stellen des Teppichs. Sie war schon öfter bei Frédéric gewesen; doch immer mit Arnoux. Nun waren sie allein, allein in seinem eignen Hause. Das war ein außerordentliches Begebnis, fast ein Geschenk des Glücks.

Sie wollte sein Gärtchen sehen. Er reichte ihr den Arm, um ihr sein Reich zu zeigen, einen Grund von dreißig Schuh Erde, umschlossen von Häusern, mit Gebüsch in den Ecken und in der Mitte einem Blumenbeet. Es waren die ersten Apriltage. Die Fliedersträucher wurden schon grün, ein reiner Hauch durchwallte die Luft, Vögel zwitscherten, und ihr Lied wurde dann und wann vom fernen Lärm aus der Schmiede eines Wagenbauers unterbrochen.

Frédéric holte eine Kohlenschippe; und indes sie Seite an Seite spazierten, schüttete das Kind in der Allee kleine Sandberge auf.

Frau Arnoux glaubte nicht, daß der Knabe später viel Phantasie besitzen werde, doch er offenbarte bereits jetzt ein sich anschmiegendes Gemüt. Seine Schwester hingegen hatte eine Frostigkeit des Naturells, die sie mitunter schmerzte.

»Das wird anders werden«, sagte Frédéric. »Man soll niemals verzweifeln.«

»Man soll niemals verzweifeln«, erwiderte sie.

Durch diese mechanische Wiederholung seiner Worte schien sie ihn ermutigen zu wollen. Er pflückte eine Rose, die einzige des Gartens. »Erinnern Sie sich noch . . . an das Rosenbukett, eines Abends, bei einer Wagenfahrt.«

Sie errötete ein wenig; und mit einer Art spöttischem Mitleids: »Oh, ich war sehr jung!«

»Und wird es«, fragte Frédéric leise, »auch mit dieser Rose so gehen?«

Sie drehte den Stengel zwischen den Fingern, wie den Faden einer Spindel: »Nein, ich werde sie verwahren!«

Sie winkte dem Dienstmädchen, das den Knaben aufnahm. Dann, an der Schwelle der Straßentür, roch sie an der Blume und neigte den Kopf zur Schulter, mit einem Blick, der sanft war wie ein Kuß.

Als er wieder in sein Kabinett hinaufgegangen war, betrachtete er den Sessel, in den sie sich gesetzt, und alle Dinge, die sie angerührt hatte. Etwas von ihr wob um ihn. Noch dauerte die Wärme ihrer Gegenwart. Sie war hier! sagte er sich. Und er versank in den Fluten einer unendlichen Zärtlichkeit.

Am nächsten Tag um elf Uhr erschien er bei Herrn Dambreuse. Man empfing ihn im Speisesaal. Der Bankier frühstückte mit seiner Frau. Ihre Nichte saß neben ihr und auf der anderen Seite die Lehrerin, eine Engländerin mit Pockennarben.

Herr Dambreuse lud seinen jungen Freund an den Tisch ein, und als er ablehnte: »Womit kann ich Ihnen dienen? Ich höre.«

Frédéric erklärte mit gespielter Gleichgültigkeit, er komme »mit einem Ersuchen eines gewissen Arnoux«.

»Aha! Der ehemalige Kunsthändler!« rief der Bankier, indes ein stummes Lächeln sein Zahnfleisch entblößte. »Früher hat Oudry für ihn gutgesagt. Sie haben sich verzankt.«

Und er begann die Briefe und Zeitungen, die neben seinem Teller lagen, zu durchfliegen.

Zwei Diener servierten und glitten geräuschlos über das Parkett; und die Höhe des Saals, in dem es drei Stoffportieren und zwei Springbrunnen von weißem Marmor gab, der Glanz der Schüsselwärmer, die Zurichtung der Vorspeisen, all dieser behagliche Wohlstand, bis zu den steifen Falten der Servietten, war für Frédéric ein mahnender Kontrast zu einem anderen Déjeuner bei Arnoux. Er wagte Herrn Dambreuse nicht zu unterbrechen.

Die gnädige Frau gewahrte seine Verlegenheit. »Sehen Sie manchmal unsren Freund Martinon?«

»Er kommt heute abend«, sagte rasch das junge Mädchen.

»Ach! Du weißt es?« erwiderte ihre Tante und musterte sie kalt.

Dann, als einer der Diener sich zu ihrem Ohr herabbeugte: »Deine Schneiderin, mein Kind! . . . Miss John!« Und gehorsam verschwand die Lehrerin mit ihrem Zögling.
Herr Dambreuse, den das Stuhlrücken irritierte, fragte, was denn los sei.
»Frau Regimbart ist da.«
»Ach! Regimbart! Den Namen kenne ich. Ich habe irgendwo seine Unterschrift gesehen.«
Frédéric schnitt endlich die Frage an. Arnoux war wert, daß man ihm half. Er wollte jetzt sogar, nur um seine Verpflichtungen zu erfüllen, ein Haus seiner Gattin verkaufen.
»Sie ist angeblich sehr hübsch«, sagte Frau Dambreuse.
Der Bankier erkundigte sich in biederem Ton: »Sind Sie mit ihnen befreundet . . . intim befreundet?«
Ohne klar zu antworten, sagte Frédéric, er werde ihm sehr dankbar sein, wenn er erwägen wolle . . .
»Na gut, da Ihnen damit ein Gefallen geschieht, wird man warten! Ich habe noch Zeit. Wollen wir in mein Büro hinuntergehn?«
Das Déjeuner war beendet. Frau Dambreuse grüßte leicht und lächelte ein seltsames Lächeln der Höflichkeit und der Ironie. Frédéric konnte nicht darüber nachdenken; denn sobald sie allein waren, sagte Herr Dambreuse: »Sie haben sich unsere Aktien nicht geholt.« Und ohne ihm eine Entschuldigung zu gestatten: »Gut! Gut! Sie müssen das Geschäft erst noch genauer kennenlernen.«
Er bot ihm eine Zigarette und begann.
Die Allgemeine Union der französischen Steinkohlengruben war gegründet; es fehlte nur noch die formelle Bekanntgabe. Die bloße Tatsache des Zusammenschlusses verringerte den Aufwand für Überwachung und Arbeitskräfte und mehrte den Gewinn. Die Gesellschaft hatte sogar eine Neuerung vor; sie wollte die Arbeiter an ihrem Betrieb interessieren. Sie baute ihnen Häuser, gesunde Wohnungen; sie wurde zum Lieferanten der bei ihr Beschäftigten, gab ihnen alles zum Selbstkostenpreis ab.

»Und sie werden verdienen! Das ist wahrer Fortschritt; damit tritt man einer gewissen republikanischen Hetze siegreich entgegen! Wir haben in unserm Aufsichtsrat«, er zeigte den Prospekt, »ein Mitglied der Pairskammer, einen Gelehrten vom Institut, einen pensionierten hohen Artillerieoffizier, lauter bekannte Namen! Solche Elemente machen das ängstliche Kapitel fest und ziehen das intelligente Kapitel an.« Die Gesellschaft werde Staatsaufträge haben, dann die Eisenbahnen, die Dampfschiffahrt, die Hütten, die Gasfabriken, die Privatküchen. »So heizen wir, beleuchten wir, dringen wir bis zum Herd des ärmsten Haushalts. Aber wie, werden Sie sagen, können wir den Verkauf unsrer Kohlen sichern? Durch Schutzzölle, mein lieber Herr, und wir werden sie schon erwirken; das lassen Sie unsre Sache sein! Ich bin im übrigen ganz offen Prohibitionist. Das Vaterland über alles!« Man hatte ihn zum Direktor ernannt; aber es gebrach ihm an Zeit, um sich mit gewissen Einzelheiten, unter anderem den schriftlichen, zu beschäftigen. »Ich stehe mit den Klassikern etwas auf dem Kriegsfuß; ich habe meine Gymnasialbildung verlernt. Ich brauchte jemanden, der meine Ideen übersetzt.« Und dann plötzlich: »Wollen Sie mit dem Titel eines Generalsekretärs dieser Mann sein?«

Frédéric wußte keine Antwort

»Nun, was hindert Sie?«

Seine Tätigkeit würde nur in der Abfassung des Jahresberichts für die Aktionäre bestehen. Er hätte jeden Tag Umgang mit den hervorragendsten Persönlichkeiten von Paris. Als Vertreter der Gesellschaft gegenüber den Arbeitern würde er von ihnen natürlich angebetet werden; und so konnte er später in den Generalrat und in die Kammer gelangen.

In Frédéric's Schläfen sauste es. Woher kam diese gütige Gesinnung? Er erging sich in Dankbezeugungen.

Aber er solle, bemerkte der Bankier, von niemandem abhängig sein. Das beste Mittel sei, Aktien zu nehmen, »übrigens eine ausgezeichnete Anlage, denn Ihr Kapital garantiert Ihre Position, wie Ihre Position Ihr Kapital.«

»Wieviel etwa soll ich einzahlen?« sagte Frédéric.

»Mein Gott, wenn es Ihnen recht ist, zwischen vierzig- und sechzigtausend Francs, vermute ich.«

Diese Summe war so klein für Herrn Dambreuse und seine Autorität so groß, daß Frédéric sich dafür entschied, sofort ein Gut zu verkaufen. Er willigte ein. Herr Dambreuse wollte für die nächsten Tage eine Zusammenkunft verabreden, bei der ihre Abmachung bestätigt werden sollte.

»Ich kann also Jacques Arnoux sagen ...?«

»Was Ihnen beliebt! Der arme Kerl! Was Ihnen beliebt!«

Frédéric schrieb den Arnoux, sie könnten unbesorgt sein, und übersandte den Brief durch einen Diener, dem man bedeutete, es sei gut.

Da ihm wohl mehr Dank für seine Hilfe gebührte, erwartete er einen Besuch oder wenigstens ein paar Zeilen. Er empfing keinen Besuch. Kein Brief kam. War es Vergeßlichkeit von ihnen oder Absicht? Da Frau Arnoux einmal bei ihm gewesen war, weshalb nicht ein zweites Mal? So war jene Vertraulichkeit, jenes scheinbare Geständnis nur ein Manöver aus Eigennutz? Haben sie mich zum Narren gehalten? Ist sie mit im Spiel? Trotz seines Begehrens zwang ihn irgendeine Scham, nicht mehr bei ihnen anzufragen.

Eines Morgens, drei Wochen nach seiner Visite, schrieb ihm Herr Dambreuse, er rechne für heute in einer Stunde auf ihn.

Als er unterwegs war, mußte er wieder an die Arnoux denken; und da er ihr Schweigen nicht begriff, erschrak er für sie in düsterer Vorahnung. Um von ihr frei zu werden, rief er eine Droschke an und ließ sich nach der Rue Paradis fahren.

Herr Arnoux war verreist.

»Und die gnädige Frau?«

»Ist auf dem Land, in der Fabrik.«

»Wann kommt der Herr wieder?«

»Zuverlässig morgen.«

Er würde sie allein finden; es war die günstige Gelegenheit. Eine innere Stimme befahl ihm: Gehe hin!

Jedoch Herr Dambreuse? Ach was, einerlei. Ich werde sagen, ich sei krank gewesen. Er lief zum Bahnhof. Im Abteil dachte er: Vielleicht ist das töricht von mir? Nun, wenn schon!

Rechts und links von der Bahn dehnte sich grüne Ebene. Der Zug rollte. Die Stationshäuschen glitten wie Dekorationen vorbei, und der Rauch der Lokomotive schleuderte, immer nach derselben Seite, seine dicken Flocken, die über das Gras hinwegtanzten, dann verwehten.

Frédéric saß allein auf seiner Bank und betrachtete alles gelangweilt, versunken in jene Mattigkeit, die das Übermaß sogar der Ungeduld hinterläßt. Aber Krane, Magazine tauchten auf. Das war Creil.

Die Stadt, die am Hang zweier niedriger Hügel erbaut ist (der erste kahl, der zweite von einem Wald gekrönt), bot mit ihrem Kirchturm, ihren unregelmäßigen Häusern und ihrer Steinbrücke einen heiteren, friedlichen Anblick. Ein großer Kahn schwamm den Fluß hinab, das Wasser plätscherte, vom Wind gepeitscht. Am Fuß des Kalvarienberges pickten Hühner im Stroh; eine Frau ging vorüber, die auf ihrem Kopf nasse Wäsche trug.

Hinter der Brücke war eine Insel, von der man rechts die Ruinen einer Abtei sah. Eine Mühle drehte sich und versperrte in seiner ganzen Breite den Nebenarm der Oise, über der die Fabrik lastete. Die Wucht dieses Gebäudes setzte Frédéric in Staunen. Sein Respekt vor Arnoux vergrößerte sich. Drei Schritte weiter ging er in ein Gäßchen, das von einem Gitter abgeschlossen war.

Er war eingetreten. Die Frau des Pförtners rief ihn zurück und schrie: »Haben Sie eine Erlaubnis?«

»Wozu?«

»Die Fabrik zu besichtigen!«

Frédéric sagte grob, er wolle zu Herrn Arnoux.

»Was für einen Herrn Arnoux?«

»Na, zum Chef, zum Herrn, zum Besitzer!«

»Nein, das ist die Fabrik von Lebœuf und Milliet!«

Die Gute spaßte wohl. Arbeiter kamen; er redete einige von ihnen an. Sie gaben dieselbe Auskunft.
Frédéric verließ den Hof, wie ein Trunkener wankend, und sein Gesicht war so bestürzt, daß auf der Schlachthausbrücke ein Bürger, der seine Pfeife rauchte, ihn fragte, ob er etwas verloren habe. Dieser kannte die Fabrik von Arnoux. Sie lag in Montataire.
Frédéric erkundigte sich nach einem Wagen; es gab nur am Bahnhof welche. Er kehrte dorthin zurück. Vor dem Gepäckschalter stand einsam eine Kalesche, die schon aus den Fugen war, bespannt mit einem alten Klepper, dessen zerschlissenes Zaumzeug in der Gabeldeichsel hing.
Ein Bengel erbot sich, den »Vater Pilon« zu suchen. Nach zehn Minuten kam er wieder; der Vater Pilon frühstückte gerade. Frédéric, der nicht mehr an sich halten konnte, ging. Aber die Bahnschranke war geschlossen. Er mußte warten, bis zwei Züge vorbei waren. Endlich hastete er über Land.
Das monotone Grün glich dem eines ungeheuren Billardtuchs. An beiden Rändern der Chaussee war Eisenschlacke geschichtet, in Meterabständen wie sonst Kieselgeröll. In einiger Entfernung rauchten Fabrikschornsteine, einer neben dem anderen. Geradeaus, auf einem runden Hügel, erhob sich ein Schlößchen mit kleinen Türmen und der viereckige Glockenturm einer Kirche. Lange Mauern darunter zogen sich in unregelmäßigen Linien durch die Bäume hindurch; und ganz im Tal breiteten sich die Häuser des Dorfes aus. Sie hatten nur ein Stockwerk mit einer Treppe von drei Stufen, die aus Blöcken ohne Zement zusammengesetzt waren. Ab und zu hörte man die Klingel eines Krämers. Schwere Schritte sanken in den schwarzen Schlamm ein, und dünner Regen schraffierte mit tausend Streifen den fahlen Himmel.
Frédéric folgte der Mitte des Pflasters. Dann sah er links, am Eingang eines Wegs, einen großen Holzbogen mit einer Inschrift in Goldbuchstaben: Fayencen.
Jacques Arnoux hatte nicht ohne Zweck die Gegend von Creil gewählt. Indem er seine Fabrik möglichst nahe der andren

errichtete, die seit langem akkreditiert war, bewirkte er beim Publikum eine für ihn vorteilhafte Verwechslung.

Das Hauptgebäude lehnte sich an das Ufer eines Flüßchens, das eine Wiese durchfloß. Das Haus des Herrn war von einem Garten umgeben und hatte als besondere Zier eine Freitreppe mit vier Vasen, in denen sich stachlige Kakteen sträubten. Haufen von weißer Tonerde trockneten unter Schuppen, andere in der freien Luft; und mitten im Hof stand Sénécal in seinem ewigen blauen, rotgefütterten Paletot.

Der ehemalige Lehrer reichte ihm seine kalte Hand. »Sie wollen den Chef besuchen? Er ist nicht da.«

Frédéric gab in seiner Verblüffung die dumme Antwort: »Ich wußte es.« Doch er besann sich: »Ich komme in einer Sache von Frau Arnoux. Kann sie mich empfangen?«

»Ach! Seit drei Tagen habe ich sie nicht gesehen«, sagte Sénécal. Und er stimmte ein Kyrieleis von Klagen an. Er hatte, als er auf die Bedingungen des Fabrikanten einging, geglaubt, er werde in Paris wohnen, nicht in diesem Landnest vergraben sein, fern von seinen Freunden, die Zeitungen entbehrend. Gleichviel, er hatte sich darein gefunden. Jedoch Arnoux schien seine Verdienste um die Fabrik gar nicht zu beachten. Er war übrigens borniert, rückschrittlich, unwissend. Statt nach kunstgewerblichen Vervollkommnungen zu suchen, hätte er Heizung mit Steinkohle oder Gas durchführen sollen. Der Mensch »ritt sich herein«; Sénécal betonte den Ausdruck. Kurz, seine Tätigkeit mißfiel ihm; und er forderte fast, Frédéric solle für ihn sprechen, damit sein Gehalt erhöht werde.

»Seien Sie still!« sagte der andere.

Auf der Treppe begegnete er niemandem. Im ersten Stock sah er in ein leeres Zimmer hinein; es war der Salon. Er rief laut. Keine Antwort. Offenbar war die Köchin weggegangen, ebenso das Dienstmädchen. Als er endlich im zweiten Stock war, stieß er eine Tür auf. Frau Arnoux stand allein vor einem Spiegelschrank. Der Gürtel ihres halboffenen Schlafrocks hing an ihren Hüften herab. Die rechte Seite ihres Haars war gelöst, und es lag wie eine schwarze Flut auf ihrer Schulter. Sie hatte die Arme erhoben und raffte mit einer Hand ihre Nackenfrisur, indes sie mit der zweiten eine Nadel in deren Knoten stach. Sie schrie auf und entfloh.

Dann trat sie, korrekt angekleidet, wieder ein. Ihre Taille, ihre Augen, das Rascheln ihres Gewandes, alles riß ihn hin. Frédéric zwang sich, sie nicht mit Küssen zu bedecken.

»Ich bitte Sie um Verzeihung«, sagte sie, »aber ich konnte nicht . . .«

Er war so kühn, sie zu unterbrechen: »Sie waren . . . doch eben . . . ganz reizend.«

Sie fand das Kompliment wohl etwas plump; denn ihre Wangen färbten sich rot. Er fürchtete, sie beleidigt zu haben. Sie fragte: »Welcher freundliche Zufall veranlaßt Ihr Kommen?«

Er wußte nichts zu erwidern. Und nach einem kleinen Spottlächeln, das ihm Zeit zur Überlegung gab: »Wenn ich es Ihnen sage, würden Sie mir glauben?«

»Warum nicht?«

Frédéric erzählte, er habe vorige Nacht einen schrecklichen Traum gehabt: »Mir träumte, Sie seien schwer krank, dem Tode nahe.«

»Oh! Ich und mein Mann, wir sind niemals krank.«

»Ich habe nur von Ihnen geträumt«, sagte er.

Sie betrachtete ihn ruhig. »Träume werden nicht immer zur Wirklichkeit.«

Frédéric stotterte, suchte nach Worten und erging sich endlich in einer langen Tirade über die Wahlverwandtschaft der Seelen. Es existiere eine Kraft, die durch das All hindurch zwei Personen verbinden, sie von dem, was sie erleiden, benachrichtigen und sie eins werden lassen könne.

Sie lauschte ihm mit gesenkter Stirn und lächelte ihr schönes Lächeln. Er betrachtete sie verstohlen, mit Freude, und sprach unter dem Schutz von Banalitäten offen seine Liebe aus. Sie schlug ihm vor, mit ihm die Fabrik zu durchwandern; und da sie den Vorschlag wiederholte, war er bereit.

Zuerst wollte sie ihm etwas Amüsantes zeigen: das Museum, mit dem das Treppenhaus geschmückt war. Die an der Wand aufgehängten oder auf Brettchen gereihten Probeexemplare verrieten, womit nacheinander sich Arnoux gemüht, was er mit Starrsinn umworben hatte. Nachdem er das Kupferrot der Chinesen gesucht hatte, waren Majoliken daran gewesen, der Stil von Faënza, der etrurische, der orientalische Stil und einige der technischen Verbesserungen, die ihm später gelangen. So standen in dieser Galerie dicke Vasen mit Mandarinen, Schalen in schimmernder Goldkäferfarbe, Töpfe mit arabischen Umschriften, Schenkkannen im Geschmack der Renaissance und breite Teller mit zwei Figuren, die wie mit Rötel gezeichnet waren, zierlich und duftig. Jetzt fabrizierte er Lettern für Geschäftsschilder und Etiketts für Weinflaschen. Aber seine Intelligenz war weder hoch genug, um bis zur Kunst zu reichen, noch bürgerlich genug, um nichts als Profit zu erstreben; und da er so niemanden zu befriedigen vermochte, wurde alles, was er machte, notwendig sein Ruin.

Als sie diese Gegenstände anschauten, ging Fräulein Marthe vorbei. »Erkennst du den Herrn?« fragte ihre Mutter.

»Ja, doch!« antwortete sie und grüßte ihn, indes ihr heller, argwöhnischer Blick, ihr Jungfrauenblick, zu sagen schien: Was willst du hier? Und sie eilte die Stufen hinauf, den Kopf ein wenig zurückgeworfen.

Frau Arnoux ging mit Frédéric in den Hof; dann erklärte sie ihm ernsthaft, wie man die Tonerde zerstößt, reinigt, siebt. »Am wichtigsten ist die Herstellung der Masse.«

Sie öffnete ihm einen Saal, der mit Bottichen gefüllt war, in denen eine mit horizontalen Armen versehene Vertikalachse sich um sich selbst drehte. Frédéric war ärgerlich, daß er ihren Vorschlag nicht einfach abgelehnt hatte. »Das sind die Muddler«, sagte sie. Das Wort schien ihm grotesk und fast unziemlich, wenn sie es gebrauchte.

Lange Lederriemen liefen von einem Ende des Plafonds zum andern und rollten sich um Walzen; und all das bewegte sich

ohne Unterlaß, mit mathematischer, aufreizender Regelmäßigkeit.
Sie traten hinaus und schritten an einem zerfallenen Häuschen vorüber, in dem man einst das Gartengerät aufbewahrt hatte.
»Es wird nicht mehr verwendet«, sagte Frau Arnoux.
Mit zitternder Stimme bemerkte er: »Das Glück kann hier wohnen.«
Das Gestampf der Feuerpumpe verschlang seine Worte. Sie kamen in das Atelier, in dem man den Ton knetete. Männer saßen an einem schmalen Tisch und legten vor sich auf die Drehscheibe eine breiige Masse. Ihre linke Hand strich das Innere glatt, ihre rechte streichelte die Oberfläche, und man sah Vasen sich erheben wie Blumen, die sich entfalten. Frau Arnoux ließ Hohlformen für schwierigere Modelle zeigen.
In einer anderen Werkstatt machte man die Randleisten, die Hälse, die gebauchten Linien. Im Oberstock wurden die Nähte entfernt, und mit Ton verstopfte man die kleinen Löcher, die vom letzten Herstellungsgang noch geblieben waren. Auf Fenstergeschossen, in Winkeln, auf den Korridoren, überall stand Geschirr.
Frédéric fing an sich zu langweilen. »Ermüdet Sie das?« fragte sie.
Um seinen Besuch nicht hier enden zu lassen, täuschte er im Gegenteil großes Entzücken vor. Er bedauerte sogar, sich dieser Industrie nicht selbst gewidmet zu haben.
Sie schien überrascht.
»Gewiß! Ich hätte Ihnen nahe leben dürfen.«
Und als er ihren Blick suchte, nahm Frau Arnoux, um ihm auszuweichen, von einer Konsole kleine Klumpen der Paste, die von mißlungenen Formen herrührten, preßte sie flach und drückte ihre Hand darauf ab.
»Kann ich das behalten?« fragte Frédéric sie.
»Sie sind kindisch, mein Gott!«
Er wollte entgegnen, Sénécal trat ein.
Schon an der Schwelle gewahrte der Herr Unterdirektor eine

Verfehlung gegen die Vorschriften. Die Werkstätten sollten jede Woche gefegt werden; heute war Sonnabend, und da die Arbeiter es nicht getan hatten, erklärte ihnen Sénécal, sie müßten eine Stunde länger dableiben. »Das habt ihr davon.«

Sie beugten sich zu ihrer Arbeit nieder, ohne zu murren; aber daß sie zornig waren, ließ der rauhe Atem ihrer Brust erkennen. Es war übrigens leicht mit ihnen umzugehen, denn sie alle hatte man aus der großen Fabrik fortgejagt. Der Republikaner tyrannisierte sie. Ihm als Theoretiker galt nur die Masse, und er war unbarmherzig gegen die Individuen.

Frédéric, dem es peinlich war, dabei zu sein, fragte Frau Arnoux leise, ob er nicht die Öfen sehen dürfe. Sie stiegen ins Erdgeschoß hinab; und sie wollte ihm gerade das Brennkastensystem erklären, als Sénécal, der ihnen nachgegangen war, sich zwischen sie schob. Er begann von selbst zu demonstrieren, ließ sich über die verschiedenen Heizstoffe aus, das Einschießen, die Pyroskope, die Gebläse, die Engoben, und warf dabei mit Worten der Chemie um sich, Chlorür, Sulfur, Borax, Carbonat. Frédéric begriff nichts davon und wandte sich jede Minute nach Frau Arnoux um.

»Sie passen ja nicht auf«, sagte sie, »Herr Sénécal ist aber doch sehr gut zu verstehen. Er weiß alles viel besser als ich.«

Der Mathematiker, dem das Lob schmeichelte, schlug ihnen vor, dem Auftragen der Farben zuzusehen. Frédéric befragte mit einem ängstlichen Blick Frau Arnoux. Sie war unempfänglich dafür; denn ihr Wunsch war zweifellos, weder mit ihm allein zu sein, noch ihn zu verlassen. Er wollte ihr den Arm geben. »Nein, danke! Die Treppe ist zu eng!«

Oben machte Sénécal die Tür zu einem Zimmer auf, in dem viele Arbeiterinnen saßen. Sie handhabten Pinsel, Phiolen, Schälchen, Glastafeln. An das Gesims waren gravierte Platten gelehnt. Ein feiner Papierstaub schwebte durch die Luft; und ein gußeiserner Ofen hauchte eine widerwärtige Glut aus, in die sich der Geruch des Terpentins mischte.

Fast alle Arbeiterinnen hatten schmutzige Kittel an. Eine nur sah man, die ein halbseidenes Kleid und große Ringe in den Ohren trug. Sie war schmal und doch fleischig und hatte große schwarze Augen und die vollen Lippen einer Negerin. Ihre üppige Brust wölbte sich unter ihrem Hemd, das mit der Schnur ihres Rocks um die Taille festgehalten wurde; und einen Ellbogen auf dem Werktisch, indes ihr anderer Arm schlaff hing, betrachtete sie sich die Landschaft vor dem Fenster. Neben sich hatte sie eine Flasche Wein und Aufschnitt vom Schweineschlächter. Die Vorschriften untersagten das Essen in der Werkstatt, eine Maßnahme der Sauberkeit im Interesse der Arbeit und der Hygiene.

Aus Pflichtgefühl oder aus Hang zum Despotismus rief Sénécal schon von weitem, indem er auf ein eingerahmtes Plakat wies: »He, Sie dort, das Fräulein aus Bordeaux! Lesen Sie mal laut den Artikel neun vor!«

»Na und?«

»Na und? Sie zahlen drei Francs Strafe!«

Sie sah ihn frech an. »Was ich mich darum schere! Wenn der Chef wiederkommt, erläßt er mir die Strafe ja doch! Ich pfeife auf Sie, guter Mann!«

Sénécal, der, die Hände auf dem Rücken, hin und her spazierte wie ein Elementarlehrer im Klassenzimmer, lächelte nur: »Artikel dreizehn, Ungehorsam gegen den Vorgesetzten, zehn Francs!«

Das Weib aus Bordeaux ging wieder an seine Arbeit. Frau Arnoux schwieg aus Anstand, aber sie runzelte ihre Stirn. Frédéric flüsterte: »Oh! Für einen Demokraten sind Sie doch recht hart!«

Sénécal erwiderte schulmeisterlich: »Die Demokratie ist nicht die Schamlosigkeit des Individualismus. Sie ist die Gleichheit unter dem Gesetz, die Arbeitsteilung, die Ordnung!«

»Sie vergessen die Menschlichkeit!« sagte Frédéric.

Frau Arnoux nahm seinen Arm. Sénécal ging, über diese wortlose Zustimmung vielleicht gekränkt.

Frédéric fühlte eine ungeheure Entspannung. Seit heute morgen suchte er die Gelegenheit, ihr seine Liebe zu offenbaren; die Gelegenheit war da. Auch glaubte er, die unwillkürliche Bewegung von Frau Arnoux sei verheißungsvoll; und er bat sie, um sich die Füße zu erwärmen, mit ihm hinaufzugehen. Doch als er bei ihr saß, spürte er Beklommenheit. Er wußte nicht, wie er es einleiten sollte. Zum Glück dachte er an Sénécal.

»Nichts Dümmeres«, äußerte er, »als diese Abstraferei!«

Frau Arnoux widersprach: »Strenge ist oft unerläßlich!«

»Wie denn, das sagen Sie, die Sie so gut sind? Ach, ich irre mich ja. Denn manchmal ist es Ihnen eine Lust, Schmerz zu bereiten.«

»Ich kenne mich in Rätseln nicht aus, mein Freund.«

Und ihr Blick, der noch spröder war als ihre Worte, wehrte ihm. Frédéric war entschlossen, nicht aufzugeben. Ein Band Musset lag zufällig auf der Kommode. Er blätterte ein paar Seiten um, dann begann er von der Liebe zu reden, von ihrer Qual und ihrem Rausch.

Das alles war, so meinte Frau Arnoux, frevelhaft oder erkünstelt.

Diese Verneinung tat Frédéric weh. Um sie zu bekämpfen, führte er als Zeugnisse die Selbstmorde an, von denen man in der Tagespresse liest; und er schwärmte von den großen Gestalten der Literatur, Phädra, Dido, Romeo, Desgrieux. In seinem Eifer verfing er sich.

Das Feuer im Kamin brannte nicht mehr, der Regen klatschte gegen die Fenster. Frau Arnoux saß, ohne sich zu regen, die Hände auf den Armpolstern ihres Fauteuils. Die Bänder ihrer Haube fielen herab wie die Stirnbinden einer Sphinx; ihr reines Profil schimmerte in seiner Blässe aus dem Schattengrund.

Er wollte jäh vor ihr niederknien. Von draußen kam ein knakkendes Geräusch, und er wagte es nicht.

Auch hinderte ihn etwas wie eine religiöse Furcht. Dieses Kleid, das sich mit der Finsternis verwob, schien ihm kein Maß zu haben, schien ihm unendlich, nicht bewegbar; und gerade das verdoppelte sein Verlangen. Doch die Angst, zu viel und zu wenig

zu tun, raubte ihm jede Selbstbesinnung. Wenn sie mich nicht mag, dachte er, soll sie mich fortschicken! Wenn sie mich will, soll sie mich ermutigen!
Seufzend fragte er: »Sie bestreiten also, daß man lieben . . . eine Frau lieben kann?«
Frau Arnoux sagte: »Wenn sie noch ledig ist, soll man sie heiraten; wenn sie einem andern gehört, soll man gehn.«
»Dann ist es unmöglich, glücklich zu sein?«
»Nein! Aber man wird es nie durch Lüge, durch Unruhe und Reue.«
»Was liegt daran, wenn man damit erhabenste Freuden erkauft!«
»Die Erfahrung kostet zu viel.«
Er wollte sie mit Ironie angreifen. »Ist also die Tugend nur Feigheit?«
»Sagen Sie lieber, klare Einsicht. Auch denen, die sich der Pflicht oder der Religion entschlagen, kann der einfache Verstand genügen. Die Selbstsucht ist eine solide Basis der Lebensklugheit.«
»Ach! Welch bürgerliche Grundsätze Sie haben!«
»Ich spiele mich ja nicht als große Dame auf.«
In diesem Moment lief der kleine Junge herein. »Mama, kommst du essen?«
»Ja, gleich!«
Frédéric stand auf; jetzt erschien Marthe.
Er zögerte noch zu gehen; und mit einem flehenden Blick fragte er: »Dann sind also die Frauen, von denen Sie reden, sehr gefühllos?«
»Nein, aber wenn es sein muß, taub.«
Sie stand auf der Schwelle ihres Zimmers, ihre beiden Kinder neben sich. Er verneigte sich stumm. Stumm erwiderte sie seinen Gruß.
Zuerst war er grenzenlos betroffen. Diese Art, ihm die Leere seiner Hoffnung zum Bewußtsein zu bringen, zermalmte ihn. Er fühlte sich verloren wie jemand, der in die unergründliche Tiefe

einer Schlucht gestürzt ist, der weiß, daß man ihm nicht helfen wird, und daß er sterben muß.

Er marschierte jedoch davon, ohne etwas zu sehen, richtungslos. Er stieß gegen Steine; er irrte sich im Weg. Ein Geklapper von Holzschuhen ertönte nahe seinem Ohr; es waren die Arbeiter der Gießerei, die Feierabend hatten. Jetzt sah er, wo er war.

Am Horizont zog sich eine feurige Linie, die Laternen der Eisenbahn. Er kam hin, als ein Zug eben abdampfen sollte, man stieß ihn in einen Waggon, und er schlummerte ein.

Eine Stunde später, auf den Boulevards, drängte die Heiterkeit des abendlichen Paris ihm diese Fahrt in schon ferne Vergangenheit. Er wollte stark sein und erleichterte sich das Herz, indem er Frau Arnoux beschimpfte: Sie ist eine dumme Gans, eine Pute, denken wir nicht mehr an sie!

Zu Hause fand er in seinem Kabinett einen achtseitigen Brief auf blauem Glanzpapier mit den Initialen R. A.

Er begann mit freundschaftlichen Klagen: »Was ist mit Ihnen, mein Lieber? Ich langweile mich.« Aber die Schrift war so gräßlich, daß Frédéric schon die ganzen Bogen wegwerfen wollte, als er eines Postskriptums ansichtig wurde: »Ich zähle morgen auf Sie, Sie müssen mit mir zum Rennen.«

Was sollte diese Einladung? War das wieder ein Possenstreich der Marschallin? Aber man höhnt nicht zweimal für nichts und wieder nichts denselben Menschen; und mit erwachender Neugier las er den Brief aufmerksam durch. Er unterschied die Worte: »Ein Mißverständnis . . . habe da unbegreiflich falsch gehandelt . . . Enttäuschungen . . . Wir sind sehr zu bedauern . . . zwei Flüsse, die wieder zusammentreffen . . .«

Der Stil klang ganz anders als die Sprache, die die Lorette gewohnt war. Welche Veränderung hatte sich da mit ihr begeben?

Er hielt die Blätter lange in seiner Hand. Sie rochen nach Iris. Und in der Form der Buchstaben und dem unregelmäßigen Zwischenraum der Linien war etwas wie eine Nachlässigkeit der Toilette, die ihn verwirrte.

Warum soll ich nicht hingehen? sagte er sich dann. Doch wenn nachher Frau Arnoux es erfährt? Ach, sie soll es erfahren! Um so besser! Und sie mag eifersüchtig sein, das ist dann meine Rache.

4

Die Marschallin war schon fertig und erwartete ihn. »Das ist nett!» sagte sie und sah ihn unverwandt an mit ihren hübschen, zugleich zärtlichen und lustigen Augen.
Als sie die Schleife ihres Kapotthuts geknotet hatte, setzte sie sich auf den Diwan und schwieg.
»Gehn wir?« fragte Frédéric.
Sie sah nach der Stutzuhr. »Nein! Nicht vor halb zwei«, als hätte sie bei sich selbst ihrer Unsicherheit diese Grenze gesetzt.
Dann endlich, als es halb zwei schlug: »Na dann, andiamo, caro mio!« Und sie strich sich zum letzten Male das Haar glatt und hinterließ Weisungen für Delphine.
»Ist die Gnädige zum Diner zurück?«
»Warum denn? Wir werden irgendwo speisen, im Café Anglais oder wo Sie wollen!«
»Gut!«
Ihre Hündchen umkläfften sie. »Die können wir doch mitnehmen?«
Frédéric trug sie selbst zum Wagen. Es war ein Viersitzer, den er samt zwei Postpferden und einem Postillon gemietet hatte; sein eigener Diener saß hinten. Die Marschallin schien über seine Aufmerksamkeit erfreut. Sobald sie Platz genommen hatte, fragte sie ihn, ob er letzthin bei Arnoux gewesen sei.
»Schon einen Monat nicht«, erklärte Frédéric.
»Aber ich bin ihm vorgestern begegnet, er wäre sogar heute gekommen. Er hat jedoch alle möglichen Schwierigkeiten, noch einen Prozeß, ich weiß nicht. Ein närrischer Kerl!«
»Ja, sehr närrisch!«

Mit gleichgültiger Miene sagte Frédéric dann: »Übrigens ... sehen Sie noch ... wie heißt er denn ... den ehemaligen Sänger ... Delmar?«
Sie erwiderte trocken: »Nein, das ist aus.«
So war ihr Bruch entschieden. Frédéric durfte hoffen.
Sie fuhren im Schritt durch das Breda-Viertel. Die Straßen waren sonntäglich menschenleer, und Gesichter von Bürgern zeigten sich hinter den Fenstern. Der Gang der Pferde beschleunigte sich; der Lärm der Räder ließ Passanten sich umdrehen, das Leder des zurückgeschlagenen Verdecks glänzte, der Diener warf sich in die Brust, und die beiden Bologneser Hündchen sahen, dicht aneinandergekauert, wie zwei auf den Kissen lagernde Hermelinmuffe aus. Frédéric ließ sich vom Wippen der Hängeriemen schaukeln. Die Marschallin schaute um sich, rechts und links, und lächelte.
Ihr Hut, dessen Stroh perlmutterfarben schimmerte, war mit schwarzer Spitze garniert. Die Kapuze ihres Burnus flatterte im Wind; und sie schützte sich vor der Sonne mit einem Schirm von lila Satin, der oben spitz zulief wie eine Pagode.
»Allerliebste kleine Finger!« sagte Frédéric und faßte behutsam nach ihrer Linken, die mit einem Armband geschmückt war, das die Form einer Kinnkette hatte. »Ei, ist das niedlich; woher ist das?«
»Das habe ich schon lange«, sagte die Marschallin.
Frédéric wandte gegen diese heuchlerische Antwort nichts ein. Er zog es vor, »die Gelegenheit zu benutzen«. Und indem er noch immer ihr Handgelenk preßte, koste er es mit seinen Lippen, zwischen Handschuh und Manschette.
»Hören Sie auf, wir werden beobachtet!«
»Bah, was ist dabei?«
Jenseits der Place de la Concorde fuhren sie über den Quai de la Conférence und den Quai de Billy. Dort stand in einem Garten eine Zeder. Rosanette glaubte, der Libanon liege in China; sie selbst lachte über ihre Unwissenheit und bat Frédéric, ihr Geographiestunden zu geben. Dann ließen sie den Trocadéro zur

Rechten, überquerten den Pont de Jéna und hielten endlich inmitten des Champ de Mars, bei den anderen Wagen, die im Hippodrom sich scharten.
Die Rasenhügel waren von kleinen Leuten voll. Man bemerkte Neugierige auf dem Balkon der Militärschule; und in den beiden Pavillons außerhalb des Wiegeplatzes, auf den beiden Tribünen innerhalb seines Rings und einer dritten vor der des Königs drängte sich in Galatoiletten das Publikum, das durch sein Äußeres seinen Respekt vor dieser noch neuen gesellschaftlichen Vergnügung bekundete. Es war damals noch erlesener als heute und sah weniger gewöhnlich aus; es war die Zeit der Hosenstege, der Samtkragen und der weißen Handschuhe. Die Damen, die in Buntheit leuchteten, hatten Kleider mit langer Taille, und wie sie sich auf den Stufen der Estraden drängten, boten sie einen Anblick wie große Blumenbeete mit schwarzen Flecken hier und da von den dunklen Männerkostümen. Doch alle Blicke galten dem berühmten Algerier Bou-Maza, der zwischen zwei Generalstabsoffizieren unbeweglich auf einer der reservierten Tribünen saß. Auf der des Jockey-Club standen nur sehr ernste Herren.
Die größten Enthusiasten hatten sich unten neben die Rennbahn gestellt, deren Schranke eine Doppelreihe von Stangen mit Seilen darüber war. In dem ungeheuren Oval dieses Ganges schwangen Händler mit Kokosnüssen ihre Klapper, andere verkauften das Rennprogramm, wieder andere schrien Zigarren aus, ein dumpfes Brausen schwoll. Die Munizipalgardisten schritten hin und her. Eine Glocke an einem mit Ziffern bedeckten Pfahl gellte. Fünf Pferde erschienen, und man trat auf die Tribünen.
Indessen wälzten sich dicke Wolken heran, die mit ihren schweren Leibern die Wipfel der Ulmen auf der anderen Seite des Platzes berührten. Rosanette hatte Angst vor einem Regenschauer.
»Ich habe Regenschirme da, und alles was man braucht, um nichts zu entbehren«, sagte Frédéric und hob ein wenig den Koffer mit einem Korb, in dem Mundvorrat stak.

»Bravo! Wir verstehen uns!«

»Und werden uns noch besser verstehen, nicht?«

»Kann sein!« sagte sie und errötete.

Die Jockeis in ihren seidenen Jacken suchten ihre Pferde auszurichten und zügelten sie mit beiden Händen. Jemand senkte eine rote Fahne. Da ritten sie, auf die Mähne gebeugt, alle fünf los. Sie blieben zunächst in einer einzigen Masse beisammen. Bald dehnte und zerteilte sich das Feld. Der mit der gelben Jacke wäre bei der ersten Runde fast gestürzt. Dann schwankte das Rennen zwischen Filly und Tibi. Dann war Tom Pouce vornweg. Aber Clubstick, der seit dem Start zurücklag, holte auf und ging als erster durchs Ziel, wobei er Sir Charles um zwei Längen schlug. Es war eine Überraschung. Man schrie. Die Holztribünen erbebten unter dem Beifallsgestampf.

»Ist das amüsant!« rief die Marschallin. »Ich liebe dich, mein Süßer!«

Frédéric zweifelte an seinem Glück nicht mehr; das letzte Wort von Rosanette war ihm eine Bestätigung.

Hundert Schritte von ihm erschien in einem Kabriolett à la Mylord eine Dame. Sie neigte sich über den Türrand, dann zog sie rasch den Kopf wieder hinein. Das wiederholte sich mehrmals. Frédéric konnte ihr Gesicht nicht erkennen. Ein Verdacht bemächtigte sich seiner; war das nicht Frau Arnoux? Das war doch ausgeschlossen. Warum sollte sie zum Rennen fahren?

Er stieg ab, gab vor, er wolle am Wiegeplatz umherbummeln.

»Galant sind Sie nicht«, sagte Rosanette.

Er hörte nicht hin und ging vorwärts. Der Mylord drehte um und begann zu traben.

In diesem Augenblick wurde Frédéric von Cisy erwischt. »Na, mein Lieber! Was treiben Sie? Hussonnet ist da. So hören Sie doch!«

Um den Mylord nicht zu verlieren, hätte Frédéric sich gern von ihm befreit. Die Marschallin winkte ihm, er solle zu ihr zurückkehren. Cisy sah sie und wollte mit Hartnäckigkeit ihr guten Tag sagen.

Seit die Trauer um seine Großmama erledigt war, verwirklichte er sein Ideal, konnte er »patent« sein. Schottische Weste, kurzer Frack, dicke Schleifen auf den Schuhen und die Eintrittskarte im Band um den Zylinderhut, nichts fehlte an dem, was er selber seinen »Chic« nannte, einem anglomanischen Kavalierschic. Er beklagte sich zuerst über den Champ de Mars, der ein jämmerlicher Turf sei, sprach dann von den Rennen in Chantilly und dem Unfug, der dort angestellt werde; schwor, er könne während der zwölf Mitternachtsschläge zwölf Glas Champagner hintereinander austrinken, wollte, die Marschallin solle mit ihm wetten, streichelte ihr Hündchen; und mit dem Ellbogen auf dem Wagenrand, erzählte er der Albernheiten noch mehr. Den Knopf seines Stocks hatte er am Mund; er stand straff, mit gespreizten Beinen. Frédéric stand rauchend neben ihm und suchte noch immer nach dem Mylord.

Als das Klingelzeichen ertönte, ging Cisy, zur großen Freude Rosanette's, die er sehr langweilte, wie sie sagte.

Das zweite Rennen bot nichts Besonderes, auch das dritte nicht; nur daß ein Mann auf einer Tragbahre weggeschafft wurde. Das vierte Rennen, bei dem acht Pferde sich um den Preis der Stadt Paris stritten, war am interessantesten.

Das Tribünenpublikum war auf die Bänke geklettert. Die anderen Zuschauer standen in den Wagen und verfolgten mit ihren Lorgnetten die Entwicklung des Rennens. Man sah die Jockeis als rote, gelbe, weiße und blaue Flecke an der Menge entlangjagen, die den Umkreis des Hippodroms säumte. Von fern hatte man nicht den Eindruck außerordentlicher Geschwindigkeit. Am Ende des Champ de Mars schienen sie sogar sich zu verlangsamen zu einer Art von Gleiten, bei dem die Bäuche der Pferde die Erde streiften, ohne daß ihre ausgestreckten Füße sich bogen. Aber schnell kamen sie wieder und wuchsen. Wenn sie vorbeischossen, zerschnitten sie den Wind, der Boden zitterte, die Kieselsteine flogen. Die Luft wühlte sich in die Jacken der Jockeis und blähte sie wie Segel auf. Mit wilden Peitschenhieben hetzten sie ihre Tiere, um zu dem Pfahl zu gelangen, zum Ziel. Man nahm die Ziffern fort, eine andre wurde hochgerissen; und vom Beifall umbraust schleppte das siegreiche Pferd sich bis zum Wiegeplatz, schweißüberronnen, mit steifen Knien, den Hals geduckt, indes sein Reiter, wie ein Sterbender im Sattel hockend, sich die Seiten hielt.

Ein Protest verzögerte den letzten Start. Die Menge, die sich langweilte, zerstreute sich allmählich. Unter den Tribünen plauderten Gruppen von Männern. Sie sprachen sehr zwanglos. Vornehme Damen entfernten sich, über die Nachbarschaft der Loretten empört.

Es waren auch Berühmtheiten der Ballhäuser da und Schauspielerinnen der Boulevardtheater; und nicht gerade die schönsten empfingen die meisten Huldigungen. Die alte Georgine Aubert, die ein Vaudevilleschreiber als den »Ludwig XI. der Prostitution« bezeichnete, saß, grauenhaft geschminkt, mitunter auflachend, wie wenn sie grunzte, hingegossen in ihrer langen Kalesche, unter einem mächtigen Nerzkragen wie mitten im Winter. Frau von Remoussot, die durch ihren Prozeß in Mode war, thronte in Gesellschaft von Amerikanern auf dem Sitz eines Break; und Thérèse Bachelu mit ihrem Antlitz einer gotischen Jungfrau füllte mit ihren zwölf Volants das Innere einer Schneckenkutsche, die statt des Spritzleders einen Rosenbusch hatte. Die Marschallin war auf diese Berühmtheiten eifersüchtig; um aufzufallen, begann sie laut zu reden, mit auffallenden Gesten.

Einige Herren erkannten sie und sandten ihr Grüße zu. Sie antwortete ihnen und erzählte Frédéric, wer sie seien. Alle waren sie Grafen, Vicomtes, Herzöge und Marquis; und er wurde stolz, denn in aller Augen las er einen gewissen Respekt vor seinem Glück.

Cisy, zwischen den gereiften Männern, die ihn umstanden, sah nicht minder glücklich aus. Sie lächelten über ihre hohen Krawatten hinweg, als verspotteten sie ihn; dann gab er dem ältesten Herrn einen Handschlag und ging auf die Marschallin zu.

Sie verzehrte mit affektierter Gefräßigkeit ein Stück Gansleberpastete. Frédéric, eine Flasche Wein zwischen den Knien, machte es gehorsam ebenso.

Der Mylord erschien wieder; es war Frau Arnoux. Sie wurde totenblaß.

»Gib mir Champagner!« sagte Rosanette. Und sie hob, so hoch sie konnte, ihr volles Glas und rief: »Ha, da drüben die anständigen Frauen! Die Gemahlin meines Gönners soll leben!«

Lautes Lachen erscholl rundum. Der Mylord verschwand. Frédéric zerrte die Marschallin am Kleid; er wollte in Jähzorn aufbrausen. Aber Cisy war da, in derselben Haltung wie vorher; und mit noch größerer Dreistigkeit lud er Rosanette für heute abend zum Diner ein.

»Unmöglich!« antwortete sie. »Wir gehen ins Café Anglais.«

Frédéric war stumm, als hätte er nichts gehört; und Cisy verließ die Marschallin mit enttäuschter Miene.

Indes er, an den Wagenschlag rechts gelehnt, zu ihr sprach, war von links Hussonnet gekommen, und er griff die Worte ›Café Anglais‹ auf: »Das ist ein reizendes Lokal! Wie ist's, wollen wir nicht dort einen Happen essen?«

»Wie Sie wünschen«, sagte Frédéric, der, in der Ecke des Viersitzers zusammengesunken, dem Mylord nachsah, wie er am Horizont entschwand. Er fühlte, etwas hatte sich ereignet, das nicht gutzumachen war, die Zerstörung seiner großen Liebe. Und die andre war da, neben ihm, die lustige Liebe, die man leicht erobert. Er war müde, voll von Begehren, das sich widersprach. Er wußte nicht mehr, was er wollte, eine maßlose Trauer war in ihm, er sehnte sich nach dem Tod.

Er blickte auf, als sich ein großer Lärm von Stimmen und Schritten erhob; die Straßenjungen sprangen über die Seile der Rennbahn und kamen, sich die Tribünen anzusehn. Man ging. Einige Regentropfen platschten. Das Durcheinander der Wagen mehrte sich. Man hatte Hussonnet verloren. »Um so besser!« sagte Frédéric.

»Man wäre wohl gern allein?« fragte die Marschallin und legte ihre Hand auf die seine.

Da fuhr, mit Blinken von Messing und Stahl, ein prächtiger Landauer an ihnen vorbei, bespannt mit vier Pferden und à la Daumont gelenkt von zwei Jockeis in Samtweste mit Silberfransen. Frau Dambreuse saß neben ihrem Gatten, Martinon auf der Bank gegenüber; alle drei hatten erstaunte Gesichter. Sie haben mich erkannt! sagte sich Frédéric.

Rosanette wollte halten, um den Zug der Wagen besser zu sehn. Frau Arnoux konnte wieder erscheinen. Er rief dem Postillon zu: »Los! Los! Vorwärts!«

Und der Viersitzer eilte durch die Champs-Elysées dahin inmitten der anderen Gefährte, Kaleschen, Britschkas, Krümperwagen, Tandems, Tilburys, Dogcarts, Kremser mit Ledervorhängen, auf denen feiernde Arbeiter sangen, und vierrädrigen Einspännern, die der Familienvater selbst mit Vorsicht kutschierte. Aus Victorias, die mit Menschen vollgepfropft waren, ließen Burschen, auf den Füßen der anderen sitzend, beide Beine herausbaumeln. Große Coupés mit Tuchpolstern beförderten adlige Greisinnen, die sanft schlummerten; oder ein eleganter Stopper flitzte vorüber mit einem Stuhlsitz, einfach und kokett wie der Frack eines Dandy. Inzwischen wurde der Regen zum Platzregen. Man spannte Regenschirme, Sonnenschirme und wickelte sich in Mackintosh. Von weitem schrie man sich zu: »Guten Tag! Geht's gut? Ja! Nein! Auf bald!« und die Gesichter tanzten so schnell vorüber wie die Figuren eines chinesischen Schattenspiels. Frédéric und Rosanette sprachen nicht mehr miteinander, denn durch das ständige Kreisen all dieser Räder fühlten sie sich benommen.

Manchmal hielten die Wagenreihen, da sie sich zu sehr gestaut hatten, alle zugleich in gestaffelten Linien an. Da blieb man dicht beisammen und musterte sich. Vom Rand der Türen mit aufgemalten Wappen trafen wesenlose Blicke die Menge. Augen voll Neid glänzten in den Fiakern. Boshaftes Lächeln antwortete dem Kopfrecken der Hoffart. Münder klafften in schwachsinniger Bewunderung. Und hier und da sprang ein Spaziergänger mitten auf der Straße zurück, auf der Flucht vor einem Reiter, der zwischen den Wagen galoppierte, und kam endlich aus dem Gewimmel heraus. Dann setzte alles sich wieder in Bewegung. Die Kutscher fuhren mit gelockerten Zügeln, senkten ihre langen Peitschen. Die Pferde schüttelten feurig ihre Kinnketten und spritzten Schaum um sich. Die Kruppen und die feuchten Geschirre dampften in dem Wasserdunst, in dem die untergehende Sonne lag. Sie brach unter dem Arc de Triomphe hindurch und ließ bis in Mannshöhe ein rötliches Licht fluten, von dem die Radnaben funkelten, die Türgriffe, die Deichselspitzen, die Ringe der Sättel; und zu beiden Seiten der Hauptallee, die einem Strom glich, in dem Mähren schwammen und Kleider und Menschenköpfe, standen wie grüne Mauern die Bäume, von Regen glitzernd. Das Himmelsblau darüber, das hier und da sich wieder zeigte, war zart wie Satin.

Da erinnerte Frédéric sich an die schon fernen Tage, wo er das unsagbare Glück ersehnte, in einem der Wagen zu sitzen, neben einer der Frauen. Nun hatte er es errungen, das Glück, und vermochte dessen doch nicht froh zu werden.

Der Regen hatte aufgehört. Die Passanten, die sich zwischen den Säulen der Königlichen Intendantur geborgen hatten, kamen hervor. In der Rue Royale wandten Spaziergänger sich dem Boulevard zu. Vor dem Ministerium des Äußern hatte sich, auf den Treppenstufen, ein Schwarm von Gaffern postiert.

In der Höhe des Chinesischen Bades verlangsamte der Viersitzer seinen Trab, da das Pflaster löchrig war. Ein Mann in haselnußbraunem Paletot ging am Rand des Bürgersteigs. Schlamm, der unter den Rädern hervorquoll, besudelte ihn von hinten. Der Mann drehte sich aufgeregt um. Frédéric wurde blaß; er hatte Deslauriers erkannt.

An der Tür des Café Anglais schickte er den Wagen weg. Roseanette war vor ihm hinaufgegangen, indes er den Postillon entlohnte.

Er fand sie auf der Treppe wieder, im Gespräch mit einem Herrn. Frédéric nahm ihren Arm. Doch auf dem Korridor wurde sie von einem zweiten Herrn angehalten. »Geh nur!« sagte sie, »ich bin heute mit dir!«

Er trat allein in das Kabinett. Durch die beiden offenen Fenster sah man aus den Häusern gegenüber Leute hinausschauen. Breiter Wasserglanz kräuselte sich auf dem Asphalt, der schon trocknete, und der Raum duftete von einer Magnolie, die am Balkongeländer blühte. Der Duft und die Frische besänftigten seine Nerven; er ließ sich auf den roten Diwan unter dem Spiegel fallen.

Die Marschallin kam und küßte ihn auf die Stirn: »Hat er Kummer, der arme Bubi?«

»Vielleicht!« entgegnete er.

»Da bist du nicht der einzige.« Das hieß: Wir wollen jeder den unseren in gemeinsamem Glück vergessen!

Dann schob sie ein Blumenblatt zwischen ihre Lippen und hielt es ihm zum Schnäbeln hin. Diese Bewegung, die voll Anmut und fast schamloser Weichheit war, rührte Frédéric. »Warum tust du mir Schmerz an?« fragte er, mit den Gedanken bei Frau Arnoux.

»Ich dir Schmerz?« Und vor ihm stehend, betrachtete sie ihn, die Augenbrauen zusammenkneifend, die Hände auf seinen Schultern.

All sein Aufbegehren, all sein Groll ging unter in grenzenloser Schlaffheit. Er antwortete: »Weil du mich nicht lieben willst!« und setzte sie auf seine Knie.

Sie ließ es zu. Er umschlang mit beiden Armen ihre Taille. Das Rascheln ihres Kleides entflammte ihn.

»Wo sind sie?« rief Hussonnets Stimme auf dem Korridor. Die Marschallin sprang jäh auf und ging zu einem Platz am anderen Ende des Kabinetts, wo sie mit dem Rücken gegen die Tür saß.

Sie wollte Austern haben; und sie speisten.

Hussonnet war durchaus nicht komisch. Dadurch, daß er Tag für Tag über allerhand Dinge schrieb, viele Zeitungen las, bei vielen Diskussionen anwesend war und mit Paradoxen zu verblüffen suchte, hatte er zuletzt die klare Urteilsfähigkeit eingebüßt und blendete sich selbst mit den schwachen Raketen seines Geistes. Die Wirren eines Lebens, das ehemals leichtfertig, jetzt aber schwierig war, hielten ihn in andauernder Erregung; und seine Ohnmacht, die er sich nicht zugeben wollte, machte ihn zänkisch, sarkastisch. Die Aufführung eines neuen Ballets ›Ozaï‹ nahm er zum Anlaß eines gründlichen Vorstoßes gegen den Tanz und hiermit gegen die Oper; dann, über die Oper, gegen die Italiener, die jetzt von einer Truppe spanischer Schauspieler verdrängt worden waren, »als hätte man nicht das ewige Kastilien satt«. Frédéric war in seiner romantischen Liebe für Spanien getroffen; und um das Thema zu wechseln, fragte er nach dem Collège de France, von dem man soeben Edgar Quinet und Mickiewicz ausgeschlossen hatte. Aber Hussonnet, ein Bewunderer von de Maistre, erklärte sich für die Autorität und den Spiritualismus. Er zweifelte jedoch an besterwiesenen Tatsachen, leugnete die Geschichte und bestritt das positivste Wissen. Er rief sogar bei dem Wort ›Geometrie‹ aus: »Ein Schwindel, die Geometrie!« Das alles vermengt mit Nachahmungen von Schauspielern. Sainville zumal war sein Modell.

Diese Flausen waren für Frédéric gräßlich. In einer Bewegung der Gereiztheit stieß er mit seinem Schuh unter dem Tisch an eines der Hündchen. Beide begannen sie abscheulich zu bellen. »Sie sollten sie nach Hause bringen lassen«, sagte er schroff.

Rosanette wollte sie niemandem anvertrauen.

Er wandte sich an den Bohémien: »Na, Hussonnet, opfern Sie sich!«

»Ja, ja, mein Kleiner, das wäre sehr liebenswürdig von Ihnen!«

Hussonnet ging, ohne sich bitten zu lassen. Auf welche Weise belohnte man seine Gefälligkeit? Frédéric dachte nicht daran. Er begann sogar, sich des Tête-à-tête zu freuen, als ein Kellner eintrat.

»Gnädige Frau, ein Herr fragt nach Ihnen.«

»Wie? Noch einer?«

»Nachsehen muß ich«, sagte Rosanette.

Er hatte Durst, er hatte Verlangen. Daß sie sich ihm so entzog, schien ihm eine Pflichtversäumnis, fast eine Roheit von ihr. Was maßte sie sich denn an? War es nicht genug, daß sie Frau Arnoux beschimpft hatte? Im übrigen, fort mit Schaden! Jetzt haßte er alle Frauen; und Tränen erstickten ihn, denn seine Liebe wurde verkannt und seine Sinnlichkeit getäuscht.

Die Marschallin trat wieder ein und führte ihm Cisy zu: »Ich habe den Herrn gebeten. Ich darf doch?«

»Aber wie denn nicht! Natürlich!« Mit dem Lächeln eines Gefolterten winkte er dem Edelmann, er solle sich setzen.

Die Marschallin durchflog die Karte und verweilte bei den bizarren Namen. »Wollen wir nicht einen Turban von Kaninchen à la Richelieu und einen Pudding à la Orléans essen?«

»Oh, nicht doch Orléans«, rief Cisy, der Legitimist war und witzig sein wollte.

»Ist Ihnen Steinbutt à la Chambord genehm?« fragte sie. Ihre Höflichkeit verdroß Frédéric.

Die Marschallin entschied sich für ein einfaches Tournedos, Krebse, Trüffeln, Ananassalat und Sorbets mit Vanille. »Das Weitere werden wir sehen. Los! Ach! Ich vergaß! Für mich eine Wurst! Aber ohne Knoblauch!« Und sie nannte den Kellner »junger Mann«, klopfte mit dem Messer gegen ihr Glas und warf die Krumen ihres Brots gegen den Plafond. Sie wollte sofort Burgunder trinken.

»Den trinkt man nicht schon zu Anfang«, sagte Frédéric.

Der Vicomte bemerkte, man tue es doch manchmal.

»Nein, niemals!«

»Aber ja, ich versichere Ihnen!«

»Siehst du!« In dem Blick, mit dem sie diese Worte erläuterte, lag: »Das ist ein feiner Mann, nach dem richte dich nur!«

Indessen öffnete sich jede Minute die Tür, die Kellner kreischten, und auf einem höllischen Piano in dem Kabinett nebenan drosch jemand einen Walzer. Dann gaben die Rennen Anlaß zu einem Gespräch über die Reitkunst und die miteinander rivalisierenden

Schulen. Cisy war für Baucher, Frédéric für den Grafen Aure, bis Rosanette die Achseln zuckte:
»Laß doch, das kennt er ja besser als du.»
Sie biß in eine Granatfrucht, den Ellbogen auf den Tisch gestemmt. Die Kerzen des Kandelabers flackerten im Wind. Das weiße Licht durchleuchtete ihre Haut mit Perlmuttertönen, färbte ihre Augenlider rosig, machte ihre Augäpfel strahlen. Die Röte der Frucht verschmolz mit dem Purpur ihrer Lippen, ihre schmalen Nasenflügel bebten; und in ihrer ganzen Erscheinung war eine Unverschämtheit, eine Trunkenheit, eine Wollust, die Frédéric erbitterte, und die ihm doch wahnsinniges Begehren durchs Herz trieb.
Dann fragte sie mit ruhiger Stimme, wem der große Landauer mit der kanstanienbraunen Livree gehöre.
»Der Gräfin Dambreuse«, sagte Cisy.
»Sie sind sehr reich, was?«
»Oh, sehr reich, obwohl Frau Dambreuse, die ganz einfach ein Fräulein Boutron ist, die Tochter eines Präfekten, ein mäßiges Vermögen hat.«
Ihr Mann hingegen hat Aussicht auf mehrere Erbschaften. Cisy zählte sie her. Da er bei den Dambreuses verkehrte, kannte er ihre Geschichte.
Frédéric setzte sich in den Kopf, ihn durch Streiterei zu ärgern. Er behauptete, der Familienname von Frau Dambreuse sei de Boutron, er versicherte, sie sei adlig.
»So oder so! Ihre Equipage möchte ich haben!« rief die Marschallin und bog sich in ihrem Fauteuil zurück. Und da der Ärmel ihres Kleides etwas verrutschte, entblößte sie das Gelenk ihrer linken Hand, um das ein Armband mit drei Opalen hing.
Frédéric sah es: »Ach! Was ist . . .«
Sie schauten sich alle drei an und wurden rot.
Die Tür ging diskret zur Hälfte auf, ein Hutrand erschien, dann Hussonnet. »Entschuldigung, wenn ich das Liebespaar störe!« Aber er verstummte, weil er plötzlich Cisy gewahrte, und daß dieser auf seinem Platze saß.

Man trug noch ein Kuvert herein, und da er großen Hunger hatte, packte er, was er von den Resten des Diners gerade in die Hände bekam, Fleisch von einer Schüssel, Obst aus dem Korb, trank mit einer Hand, bediente sich mit der anderen und erzählte dabei vom Verlauf seiner Mission. Die Hündchen habe er also heimgeleitet. In der Wohnung nichts Neues. Er habe einen Soldaten bei der Köchin vorgefunden; ein Märchen, das er nur wegen der Wirkung zusammenlog.

Die Marschallin hängte ihren Kapotthut vom Garderoberiegel ab. Frédéric stürzte sich auf die Klingel und rief von weitem dem Kellner zu: »Einen Wagen!«

»Ich habe meinen da«, sagte der Vicomte.

»Aber, mein Herr . . .«

»Jawohl, mein Herr!« Und sie starrten sich in die Augen, beide blaß, mit zitternden Händen.

Dann nahm die Marschallin Cisy's Arm und zeigte auf den tafelnden Bohémien: »Pflegen Sie ihn! Er erstickt sonst. Ich möchte nicht, daß er die Fürsorge für meine Kläffer mit dem Tod bezahlen muß.«

Die Tür fiel ins Schloß.

»Nun?« fragte Hussonnet.

»Nun was?«

»Ich glaubte . . .«

»Was glaubten Sie?«

»Sind Sie nicht . . .« Er schloß den Satz durch ein Zeichen.

»Aber nein, im Leben nicht.«

Hussonnet forschte nicht weiter. Er hatte, als er sich zum Diner bat, einen Zweck gehabt. Da seine Zeitschrift, die nicht mehr ›Die Kunst‹ hieß, sondern ›Signal‹, mit dem Wahlspruch: ›Kanoniere, an die Geschütze!‹ durchaus nicht gedieh, hätte er sie gern in eine Wochenrevue umgewandelt, allein, ohne Deslauriers. Er erörterte wieder das alte Projekt und dazu seinen neuen Plan. Frédéric, der kaum etwas verstand, gab eine ungewisse Antwort. Hussonnet nahm mehrere Zigarren vom Tisch, sagte: »Adieu, mein Lieber« und verschwand.

Frédéric forderte die Rechnung. Sie war ziemlich lang; und der Kellner wartete, die Serviette unter dem Arm, auf sein Geld, als ein zweiter, ein Individuum mit fahlen Gesicht, das Martinon ähnelte, kam und ihm bedeutete: »Entschuldigen der Herr, man hat im Kontor den Fiaker auf die Rechnung zu schreiben vergessen.«

»Was für einen Fiaker?«

»Den der Herr vorhin genommen hat, für die kleinen Hunde.« Und das Gesicht des Kellners zog sich lang, als ob er den armen jungen Mann bedauerte. Frédéric hätte ihn am liebsten geohrfeigt. Er ließ die zwanzig Francs, die man ihm herausgab, als Trinkgeld da. »Ich danke, Euer Gnaden«, sagte der Mann mit der Serviette und verbeugte sich tief.

Den nächsten Tag grübelte Frédéric voll Zorn über den Schimpf nach, der ihm angetan worden war. Er war mit sich unzufrieden, daß er Cisy nicht geohrfeigt hatte. Und die Marschallin gelobte er sich niemals wiederzusehen. Es gab genug andere, ebenso schöne wie sie. Und da man Geld brauchte, um diese Weiber zu haben, wollte er mit der Summe, die den Preis seines Gutes ausmachte, an der Börse spielen. Dann war er reich und konnte durch seinen Luxus die Marschallin und alle zerschmettern. Als es Abend war, wunderte er sich, daß er nicht an Frau Arnoux gedacht hatte. Um so besser, wozu auch?

Am Tag darauf, schon um acht Uhr, besuchte ihn Pellerin. Zunächst sagte er ihm Schmeicheleien über das Mobiliar, das herrlich sei. Dann plötzlich: »Sie waren am Sonntag zum Rennen?«

»Ja, leider!«

Nun sprach der Künstler mit Pathos gegen den Bau der englischen Pferde und pries die Pferde Géricault's, die Rosse des Parthenon. »Die Marschallin war mit Ihnen?« Und geschickt wußte er sie zu loben.

Die Kälte Frédéric's beirrte ihn. Er fand keinen Vorwand, über das Porträt zu reden.

Zuerst hatte er einen Tizian malen wollen. Doch nach und nach hatte die launisch sich ändernde Buntheit seines Modells ihn bestochen; und er hatte ehrlich gearbeitet, Farbe an Farbe, Licht auf Licht gesetzt. Rosanette war anfangs hingerissen. Ihre Rendezvous mit Delmar hatten die Sitzungen unterbrochen und Pellerin Muße gelassen, von seinem Werk begeistert zu sein. Dann, als er ruhiger wurde, hatte er sich gefragt, ob das Bild nicht der Größe entbehre. Er hatte wiederum die Tizians betrachtet, die Distanz ermessen, seinen Fehler erkannt und die Umrisse zu übermalen begonnen. Indem er sie auflockerte, hatte er versucht, sie in die Töne des Kopfes und des Hintergrundes übergehen zu lassen. Das Antlitz hatte Festigkeit, der Schatten Kraft gewonnen; alles schien körperlicher. Endlich hatte die Marschallin sich wieder eingestellt. Sie hatte sich sogar Kritiken gestattet; natürlich ohne daß er deshalb von seiner Malweise abließ. Nach Anfällen der Wut über ihre Dummheit hatte er sich gesagt, daß sie Recht haben könne. Dann kam die Zeit der Zweifel, des geistigen Bauchgrimmens, das sich in Magenkrämpfen, Schlaflosigkeit, Fieber und Selbstüberdruß äußert. Er hatte jetzt endlich den Mut zu Retouchen aufgebracht, doch alles gegen sein Gefühl und mit dem Gedanken, daß er pfusche.

Er klagte nur über seine Ablehnung durch den Salon. Dann, Frédéric habe sich das Porträt der Marschallin nicht angesehen.

»Ich pfeife auf die Marschallin!«

Nach dieser Erklärung wagte Pellerin sich weiter hervor. »Was sagen Sie, das Biest will es jetzt nicht mehr!«

Er verschwieg, daß er ihr einen Preis von fünftausend Francs genannt hatte. Es kümmerte sie wenig, wer die Summe beglich; und da ihr andere Zahlungen Arnoux' dringender waren, hatte sie diese Geschichte ihm gegenüber gar nicht erwähnt.

»Na, und Arnoux?« meinte Frédéric.

Sie hatte Pellerin an ihn verwiesen. Der ehemalige Kunsthändler wollte mit dem Porträt nichts zu tun haben.

»Er sagt, es gehöre Rosanette.«

»Das stimmt auch.«

»Was? Und sie sagt, ich soll zu Ihnen gehn«, erwiderte Pellerin. Hätte er an die Vortrefflichkeit seines Bildes geglaubt, so hätte er vielleicht nicht daran gedacht, es auszubeuten. Aber ein gediegener Preis war ein Dementi für die Tadler, eine Selbstbestätigung für ihn. Um ihn loszuwerden, erkundigte Frédéric sich höflich nach den Bedingungen.

Er war empört über die hohe Ziffer und antwortete:

»Nein! Oh, nein!«

»Sie sind aber doch ihr Liebhaber, Sie haben mir den Auftrag erteilt!«

»Ich war der Vermittler, erlauben Sie!«

»Ich kann doch nicht auf dem Bild sitzen bleiben!« Der Künstler geriet in Wallung.

»Ich hielt Sie nicht für so geldgierig!«

»Und ich Sie nicht für so schmutzig! Empfehle mich!«

Kaum war er fort, als Sénécal gemeldet wurde. Frédéric fuhr verstört auf: »Was ist denn?«

Sénécal berichtete seine Erlebnisse: »Am Sonnabend gegen neun Uhr wurde Frau Arnoux durch einen Brief nach Paris gerufen. Da gerade niemand da war, um von Creil einen Wagen zu holen, wollte sie, ich sollte selbst hin. Ich habe mich geweigert, denn dazu bin ich nicht engagiert. Sie ist abgereist und Sonntagabend zurückgekommen. Gestern morgen platzt Arnoux in die Fabrik herein. Das Weib aus Bordeaux hat sich beschwert. Ich weiß nicht, was zwischen ihnen ist, aber er hat ihr vor dem ganzen Personal ihre Geldstrafe erlassen. Wir hatten einen Auftritt. Kurz, er hat mich abgelohnt, und da bin ich.« Und die Silben scharf trennend: »Übrigens, ich bereue nicht, ich habe meine Pflicht getan. Doch Sie sind schuld daran ...«

»Wieso?« fragte Frédéric laut, in Furcht, Sénécal habe erraten ...

Er hatte nichts erraten; denn er versetzte: »Weil ich ohne Sie vielleicht etwas Besseres gefunden hätte.«

Frédéric's Gewissen regte sich: »Womit kann ich Ihnen behilflich sein?«

Sénécal bat um irgendeine Anstellung, einen Posten. »Für Sie ist

das ja nicht schwer. Sie kennen so viele Menschen, auch Herrn Dambreuse, wie mir Deslauriers gesagt hat.«
Die Erinnerung an Deslauriers war seinem Freunde peinlich. Seit der Begegnung auf dem Champ de Mars hatte er kein Interesse daran, die Dambreuses wieder zu besuchen. »In dem Hause verkehre ich nicht intim genug, um für jemanden sprechen zu können.«
Der Demokrat nahm das Nein stoisch hin; dann, nachdem er eine Minute geschwiegen hatte, sagte er: »All das kommt sicher durch das Weib aus Bordeaux und auch durch Ihre Frau Arnoux.«
Das ›Ihre‹ tötete in Frédéric's Herzen das Wenige an gutem Willen, das noch darin war. Er faßte jedoch aus Zartsinn an den Schlüssel seines Schreibtischs.
Sénécal kam ihm zuvor: »Danke!«
Sodann vergaß er seine Not und sprach über das Vaterland, die Ordensverleihungen am Geburtstag des Königs, einen Kabinettswechsel, die Affären Drouillard und Bénier, Skandale der Epoche, deklamierte gegen das Bürgertum und sagte eine Revolution voraus.
Ein japanischer Kris, der an der Wand hing, zog seine Augen an. Er nahm ihn, probierte das Heft, dann warf er ihn mit dem Ausdruck des Ekels auf das Sofa: »Dann adieu! Ich muß nach Notre-Dame de Lorette.«
»Ach! Warum?«
»Heute ist die Seelenmesse für Godefroy Cavaignac, sein Todestag. Er ist mitten in der Arbeit gestorben! Doch es ist noch nicht alles zu Ende! Wer weiß!« Und er gab ihm bieder die Hand: »Vielleicht sehen wir uns nicht mehr! Adieu!«
Dies Adieu, das er zweimal wiederholte, sein Stirnrunzeln, als er den Dolch anschaute, seine Resignation und besonders seine Feierlichkeit machten Frédéric stutzig; doch bald dachte er nicht mehr an ihn.
In derselben Woche sandte ihm sein Notar in Le Havre den Erlös für das Gut, einhundertvierundsechzigtausend Francs. Er hal-

bierte die Summe, legte den einen Teil in Staatsanleihe an und trug den zweiten zu einem Makler, um ihn an der Börse zu riskieren.

Er aß in den Restaurants, die Mode waren, ging in die Theater und suchte sich zu zerstreuen. Hussonnet schrieb ihm einen Brief, worin er in heiterem Ton erzählte, daß die Marschallin schon am Tag nach dem Rennen Cisy verabschiedet habe. Frédéric war darüber froh, ohne sich zu fragen, warum ihm der Bohémien von diesem Abenteuer Kenntnis gab.

Der Zufall wollte, daß er drei Tage später Cisy traf. Der Edelmann machte zum bösen Spiel gute Miene und lud ihn sogar für den nächsten Mittwoch zum Diner ein.

Am Morgen dieses Tages empfing Frédéric eine gerichtliche Mitteilung, wonach Herr Charles-Jean-Baptiste Oudry durch Entscheidung des Tribunals Käufer eines Grundstücks zu Belleville, im Besitz des Herrn Jacques Arnoux, geworden und zur Zahlung des Kaufpreises von zweihundertdreiundzwanzigtausend Francs erbötig war. Doch aus derselben Gerichtsakte folgte, daß die Summe der Hypotheken, mit denen das Objekt belastet war, den Erwerbungspreis überschritt. Frédéric's Guthaben mußte demnach als restlos verloren gelten. Das ganze Unglück war, daß er die Eintragung einer Hypothek nicht zur richtigen Zeit erneuert hatte. Arnoux hatte das übernommen und nachher verabsäumt. Frédéric war gegen ihn aufgebracht, und dann, als sein Zorn sich beschwichtigte, sagte er sich: Na, gleichviel! Wenn ihn das retten kann, auch schön! Ich sterbe nicht daran! Schluß!

Aber als er auf dem Tisch in seinen Papieren kramte, fiel ihm der Brief Hussonnet's in die Hand, und er sah das Postskriptum, das er beim erstenmal nicht bemerkt hatte. Der Bohémien wollte von ihm genau fünftausend Francs, um die Sache mit der Zeitung geschäftlich poussieren zu können. Ein unangenehmer Mensch! dachte Frédéric. Und in einer lakonischen Karte schlug er schroff ab. Dann kleidete er sich an und verfügte sich in die Maison d'Or.

Cisy nannte die Namen seiner Gäste, zuerst des würdevollsten, eines dicken weißhaarigen Herrn: »Marquis Gilbert des Aulnays, mein Pate. Herr Anselme de Forchambeaux«, sagte er darauf (es war ein blonder, schmächtiger, schon kahler junger Mann); dann, und er zeigte auf einen Vierziger von schlichten Manieren: »Mein Vetter Joseph Boffreu; und hier mein ehemaliger Lehrer Herr Vezou«; eine Persönlichkeit, halb wie ein Frachtfuhrmann und halb wie ein Seminarist, mit großem Bakkenbart und langem, nur einmal unten zugeknöpftem Gehrock, der wie ein Schal sich auf seiner Brust bauschte.
Cisy erwartete noch jemanden, den Baron Comaing, »der vielleicht kommen wird, es ist nicht sicher«. Er lief jede Minute hinaus und schien in Unruhe zu sein. Endlich um acht Uhr ging man in einen großen, prachtvoll erleuchteten und für die Zahl der Gäste zu geräumigen Saal, den Cisy aus Protzerei gewählt hatte. Ein Aufsatz von vergoldetem Silber, mit Blumen und Obst beladen, gleißte in der Mitte der Tafel, die nach alter französischer Mode silberne Schüsseln deckten. Nachenförmige Schalen mit eingesalzenen und gewürzten Speisen umrandeten sie. Krüge mit eiskaltem Rosenwein standen entfernt voneinander. Fünf Gläser von abgestufter Höhe waren vor jedem Teller aufgereiht, dazu Dinge, deren Gebrauch man lernen mußte, tausend kunstvoll ersonnene Eßgeräte. Und es gab, nur als ersten Gang: mit Champagner getränkter Störkopf, Yorker Schinken mit Tokaier, Drosseln mit einer Brotkruste, gebratene Wachteln, Blätterteigpastete à la Béchamel, Ragout von roten Rebhühnern und an den beiden Enden dieser Arrangements geschnitzelte Erdäpfel mit Trüffeln dazwischen. Ein Lüster und Girandolen erhellten den mit rotem Damast tapezierten Saal. Vier befrackte Bediente harrten hinter den Sesseln von Saffianleder. Bei diesem Anblick riefen die Eingeladenen Worte des Entzückens, voran der Lehrer: »Unser Amphithryon ist, auf Ehre, wahrhaft verschwenderisch in seiner Gastfreundschaft! Das ist zu schön!«
»Das?« sagte Herr von Cisy. »Na, wissen Sie!«
Und nach dem ersten Löffel: »Nun, mein alter des Aulnays,

waren Sie im Palais Royal, ›Papa und Portier‹ besuchen?«
»Dir ist bekannt, daß ich keine Zeit dazu habe!« antwortete der Marquis. Seine Vormittage füllte ein Baumschulenkurs, alle seine Nachmittage Studien in Fabriken für landwirtschaftliche Werkzeuge. Da er drei Viertel des Jahres in Saintonge wohnte, benutzte er seine Reisen nach der Hauptstadt, um sich zu unterrichten; und in seinen breitrandigen Zylinder, den er auf eine Konsole gesetzt hatte, waren Broschüren gestopft.
Aber Cisy sah, daß Herr von Forchambeaux sich keinen Wein mehr eingießen lassen wollte. »Trinken Sie doch, zum Kuckuck! Sie sind bei Ihrer letzten Junggesellenmahlzeit sehr zimperlich!«
Bei diesem Ausruf verbeugten sich alle und gratulierten Forchambeaux.
»Und die junge Dame«, sagte der Lehrer, »ist sicher reizend!«
»Bei Gott!« schnarrte Cisy. »Und doch tut er unrecht. Die Ehe ist so blöd!«
»Du sprichst leichtfertig, mein Freund«, mahnte Herr des Aulnays, in dessen Augen bei dem Gedanken an seine verstorbene Frau eine Träne schwamm.
Und Forchambeaux wiederholte mehrmals und grinste: »Ihr kommt auch noch dran! Ihr kommt auch noch dran!«
Cisy protestierte. Er wollte lieber »patent« sein, ausschweifend wie die Kavaliere des Rokoko. Sein Wunsch war, das Boxen mit den Füßen zu erlernen, und, wie der Prinz Rodolphe in den ›Geheimnissen von Paris‹, in den Kaschemmen der Altstadt zu verkehren. Er nahm eine kurze Pfeife aus seiner Tasche, war grob zu den Bedienten, machte alle Gerichte schlecht. Er schickte sogar die Trüffeln zurück, und der Lehrer, der sich daran labte, sagte kriecherisch: »So exquisit wie die Eier in Schnee bei Ihrer Frau Großmama sind sie nicht!«
Dann sprach er wieder mit seinem Nachbar, dem Landwirt, der das Leben außerhalb der Stadt sehr vorteilhaft fand, sei es auch nur, um seine Töchter in schlichter Art erziehen zu können. Der Lehrer zollte seinen Ideen Beifall und schmeichelte ihm mit ver-

ächtlicher Beflissenheit, da er glaubte, er habe Einfluß auf seinen Schüler, dessen Sachwalter zu werden, seine verschwiegene Hoffnung war.

Frédéric war voll übler Laune gegen Cisy gewesen; seine Dummheit hatte ihn entwaffnet. Aber seine Gesten, sein Gesicht, seine ganze Person erinnerten ihn wieder an das Diner im Café Anglais und brachten ihn mehr und mehr auf. Und er hörte nach den halblauten, tadelnden Zwischenbemerkungen des Vetters Joseph hin, eines braven jungen Mannes ohne Vermögen, der Jagdliebhaber war und spekulierte. Cisy nannte ihn, um scherzhaft zu sein, mehrmals einen Dieb. Plötzlich jedoch rief er: »Ah, der Baron!«

Es trat ein Lebemann von dreißig Jahren ein, mit roher Physiognomie und geschmeidigen Gliedern, den Hut auf dem Ohr, eine Blume im Knopfloch. Das war das Ideal des Vicomte. Er war überschwenglich stolz darauf, seine Freundschaft zu besitzen. Und durch seine Gegenwart angestachelt, versuchte er sogar einen Wortwitz; denn als ein Birkhahn, ein *coq de bruyère,* herumgereicht wurde, sagte er: »Das ist das beste von La Bruyère's Charakter.«

Dann überhäufte er Herrn de Comaing mit Fragen nach Personen, die der Gesellschaft unbekannt waren. Und als besänne er sich auf einmal: »Sagen Sie, haben Sie an mich gedacht?«

Der Lebemann zuckte die Achseln. »Sie sind noch zu jung, mein Kleiner! Unmöglich!«

Cisy hatte ihn gebeten, ihm zum Eintritt in den Klub zu verhelfen. Aber der Herr Baron hatte offenbar Erbarmen mit seiner Eitelkeit: »Ach, mir fällt ein! Viele Glückwünsche zu Ihrer Wette, mein Lieber!«

»Welcher Wette?«

»Die Sie beim Rennen eingegangen sind, daß Sie noch am selben Abend diese Dame haben würden.«

Frédéric traf es wie ein Peitschenhieb. Cisy's fassungsloses Gesicht beruhigte ihn sofort. In der Tat hatte es die Marschallin schon am nächsten Tag bereut, als ihr erster Liebhaber, der

Mann ihres Herzens, Arnoux erschien. Beide hatten sie dem Vicomte zu verstehen gegeben, daß er lästig sei, und man hatte ihn ohne viele Zeremonien hinausgeworfen.
Er stellte sich taub. Der Baron sagte noch: »Wie geht es der wakkeren Rosanette? Hat sie noch immer so hübsche Beine?« Durch diese Worte bewies er seine Intimität mit ihr.
Frédéric ärgerte sich über die Entdeckung.
»Zu erröten brauchen Sie nicht«, fuhr der Baron fort. »Ein famoses Frauenzimmer ist sie.«
»Pah! Wirklich so famos?«
»Ah!«
»Mein Gott, ja! Erstens, finde ich, ist sie gar nichts Außergewöhnliches, und dann kriegt man solche Weiber, so viel man will, denn . . . sie ist käuflich!«
»Nicht für jeden!« bemerkte Frédéric in bitterem Ton.
»Er glaubt von den andern verschieden zu sein«, entgegnete Cisy. »So ein Ulk!«
Und ein Gelächter lief die Tafel entlang.
Frédéric klopfte das Herz zum Ersticken. Schnell hintereinander trank er zwei Glas Wasser aus.
Der Baron hatte an Rosanette eine gute Erinnerung.
»Ist sie noch mit einem gewissen Arnoux?«
»Weiß ich nicht«, sagte Cisy. »Den Herrn kenne ich nicht!« Er behauptete jedoch, er sei eine Art Gauner.
»Einen Moment!« rief Frédéric.
»Aber er ist es! Er hat sogar einen Prozeß gehabt.«
»Das ist nicht wahr!« Frédéric begann, Arnoux zu entlasten. Er übernahm für seine kaufmännische Redlichkeit Bürgschaft, glaubte zuletzt selbst daran, erfand Ziffern, Belege. Der Vicomte, voll Gehässigkeit und auch schon nicht mehr nüchtern, beharrte bei seinen Versicherungen, so daß Frédéric ihn mit Ernst fragte: »Wollen Sie mich etwa beleidigen, mein Herr?« Und er sah ihn mit Augen an, die so glühten wie seine Zigarre.
»Oh! Durchaus nicht. Ich räume Ihnen sogar ein, daß etwas an ihm ganz hervorragend ist: seine Frau.«

»Sie kennen sie?«
»Na, und ob! Sophie Arnoux, die kennt doch jeder!«
»Sie sagten?«
Cisy war aufgestanden und wiederholte stotternd: »Die kennt doch jeder!«
»Schweigen Sie! Die Dame gehört nicht zu den Frauenzimmern, mit denen Sie verkehren.«
»Darauf bilde ich mir was ein!«
Frédéric schleuderte ihm seinen Teller ins Gesicht.
Der Teller sauste wie ein Blitz über den Tisch hinweg, schmetterte zwei Flaschen um, zerbrach eine Kompottschale, sprang an dem Tafelaufsatz in drei Stücke und prallte dem Vicomte gegen den Bauch.
Alle erhoben sich, um ihn zurückzuhalten. Er schlug um sich und schrie, als wäre er rasend. Herr des Aulnays rief immerzu: »So beruhigen Sie sich doch, mein Junge!«
»Aber das ist ja furchtbar!« heulte der Lehrer.
Forchambeaux zitterte, blau und grün vor Angst. Joseph lachte schallend; die Kellner wischten den Wein auf und sammelten die Scherben vom Boden; und der Baron ging das Fenster schließen, denn trotz dem Wagengerassel hätte der Lärm auf den Boulevard hinausdringen können.
Da in dem Augenblick, in dem der Teller flog, alles durcheinander redete, war es unmöglich, die Ursache des Angriffs zu ermitteln, ob er wegen Arnoux geschehen war, ob Frau Arnoux, Rosanette oder sonstwer der Anlaß war. Unzweifelhaft war nur die unqualifizierbare Brutalität Frédéric's; er weigerte sich glatt, das geringste Bedauern zu äußern.
Herr des Aulnays suchte ihn zu besänftigen, der Vetter Joseph, der Lehrer, Forchambeaux sogar. Inzwischen sprach der Baron Cisy Mut zu, der, einer Nervenschwäche nachgebend, Tränen vergoß. Und es wäre bis in die Frühe so geblieben, hätte der Baron nicht, um zum Ende zu kommen, gesagt: »Mein Herr, der Vicomte wird Ihnen morgen seine Zeugen schicken.«
»Um wieviel Uhr?«

»Um zwölf, wenn es Ihnen recht ist.«
»Durchaus, mein Herr.«
Als Frédéric auf der Straße war, atmete er tief die Luft ein. Zu lange schon hatte er sein Herz zwingen müssen. Nun hatte er sich vom Druck befreit; und er empfand deshalb einen männlichen Stolz, ein Überquellen körperlicher und seelischer Kraft, das ihn berauschte. Er mußte zwei Zeugen haben. Zuerst dachte er an Regimbart; und er ging sofort zu einer Wirtschaft in der Rue Saint-Denis. Die Rolläden waren herabgelassen. Aber Licht glänzte durch eine Scheibe oberhalb der Tür. Diese öffnete sich, und er trat ein, indem er sich tief unter den Windfang bückte.
Eine Kerze am Rand des Zahltischs beleuchtete den verödeten Saal. Alle Schemelstühle waren umgekehrt auf die Tische gestellt. Der Wirt und die Wirtin mit ihrem Kellner speisten in dem Winkel neben der Küche zur Nacht; und Regimbart, den Hut auf dem Kopf, teilte ihr Mahl und belästigte sogar den Kellner, der für jeden Bissen, den er zu sich nahm, sich ein wenig zur Seite beugen mußte. Frédéric weihte ihn in den Vorfall mit kurzen Worten ein und bat ihn um seinen Beistand. Der Bürger erwiderte zuerst gar nichts; er rollte die Augen, schien nachzusinnen, lief mehrmals durch den Saal. Dann erklärte er: »Ja, gern.« Und ein Mörderlächeln hellte seine Stirn auf, als er hörte, der Gegner sei ein Adliger. »Er soll schon bald zum Rückzug trommeln müssen, da seien Sie beruhigt! Wir wählen natürlich den Degen!«
»Aber vielleicht«, warf Frédéric ein, »habe ich nicht das Recht ...«
»Ich sage Ihnen, wir wählen den Degen!« befahl der Bürger schroff. »Können Sie fechten?«
»Ein wenig!«
»Ach, ein wenig! So sind sie alle! Und dabei haben sie die Fechtwut! Das hat schon einen Wert, so ein Waffenunterricht. Hören Sie zu: halten Sie sich in Distanz, schließen Sie sich immer in Kreislinien ein und parieren Sie! Parieren Sie! Das ist gestattet. Und wenn er müde ist, dann fallen Sie schneidig aus! Nur keine

Kniffe, keine Stöße à la Fougère! Immer nur eins-zwei und die Klinge losmachen! Sehen Sie, so! Das Handgelenk drehen, wie wenn Sie ein Schloß aufsperren wollten! Vater Vauthier, geben Sie mir Ihren Spazierstock! Ach, das genügt schon.«

Er faßte die Stange, die dazu diente, das Gas anzuzünden, rundete den linken Arm, beugte den rechten und hieb gegen die Wand, die den Saal abtrennte. Er stampfte mit dem Fuß auf, erregte sich, tat sogar als habe er es mit einem schwierigen Gegner zu tun, und rief: »Bist du da? Was? Bist du da?« Seine ins Ungeheure vergrößerte Silhouette zeichnete sich an der Mauer ab, mit seinem Hut, der an die Decke zu stoßen schien. Der Wirt sagte oft »Bravo! Sehr gut!« und auch seine Gattin bewunderte ihn erschüttert. Théodore, ein ehemaliger Soldat, war baff vor Staunen und im übrigen ein fanatischer Verehrer des Herrn Regimbart.

Tags darauf, in der Frühe, eilte Frédéric zu dem Magazin, in dem Dussardier jetzt war.

Hinter einer Flucht von Zimmern, die sämtlich voller Stoffe waren, auf Regalen aufgestapelt oder quer über Tische gebreitet, indes um hölzerne Champignons Schals hingen, sah er ihn in einer Art von vergittertem Käfig vor einem Pult schreiben, das mit Geschäftsbüchern bepackt war. Der brave Bursche unterbrach sogleich seine Arbeit.

Die Zeugen kamen noch am Vormittag. Frédéric glaubte, es sei geschmacklos von ihm, bei der Zeremonie anwesend zu sein.

Der Baron und Herr Joseph waren mit den einfachsten Entschuldigungen zufrieden. Aber Regimbart, dessen Prinzip war, niemals nachzugeben, und der unbedingt die Ehre von Arnoux verteidigen wollte (Frédéric hatte ihm sonst nichts gesagt), forderte, der Vicomte müsse sich entschuldigen. Herr de Comaing war über diese Frechheit empört. Der Bürger ließ nicht locker. Eine Versöhnung war unmöglich, so wurde das Duell unvermeidlich.

Andere Schwierigkeiten erhoben sich; denn die Wahl der Waffen stand dem Brauch nach Cisy als dem Beleidigten zu. Jedoch erklärte Regimbart, durch die Entsendung des Kartellträgers sei er der Beleidiger geworden. Seine Zeugen widersetzten sich energisch; eine Ohrfeige sei die grausamste Beleidigung. Der Bürger krittelte an den Worten herum; ein Schlag sei eben keine Ohrfeige. Dann einigte man sich auf eine Anfrage bei Militärs. Und die vier Zeugen entfernten sich, um Offiziere in irgendeiner Kaserne als Unparteiische heranzuziehen.

Sie suchten die am Quai d'Orsay auf. Herr de Comaing trat an zwei Hauptleute heran und legte ihnen die Streitsache vor. Die Hauptleute begriffen sie nicht, da der Bürger sie durch seine Zwischenbemerkungen ganz verwirrte. Sie empfahlen den Herren die Abfassung eines Protokolls; danach würden sie sich äußern. Man trat in ein Café; und um völlig diskret zu sein, nannte man in dem Bericht Cisy mit dem Buchstaben H, Frédéric mit einem K.

Dann kehrte man in die Kaserne zurück. Die Offiziere waren fort. Sie erschienen wieder und befanden, die Wahl der Waffen stehe offenbar Herrn H. zu. Alle machten sich nun auf den Weg zu Cisy. Regimbart und Dussardier blieben unten.

Als der Vicomte die Entscheidung erfuhr, wurde er so bestürzt, daß er sie sich mehrmals wiederholen ließ. Und als Herr de Comaing die Ansprüche Regimbarts erwähnte, murmelte er: »Ja aber«; er selbst wäre ihnen gern gefolgt. Dann sank er in einen Sessel und teilte mit, er werde sich nicht duellieren.

»Wieso denn?« fragte der Baron.

Nun begann Cisy in ungeordnetem Redefluß. Er wollte sich mit Blunderbüchsen schießen, einen einzigen Schuß, aus nächster Nähe. »Oder man schüttet Arsenik in ein Glas, und es wird gelost. Das tut man zuweilen; ich habe davon gelesen.«

Der Baron, der sehr ungeduldigen Charakters war, wurde grob zu ihm. »Die Herren erwarten Ihre Antwort. Das ist nachgerade skandalös. Was wählen Sie also? Den Degen?«

Der Vicomte nickte bejahend; und die Zusammenkunft wurde für den folgenden Tag Punkt sieben Uhr an der Porte Maillot vereinbart.

Dussardier mußte wieder ins Geschäft. Regimbart ging, Frédéric

Bescheid zu sagen. Man hatte ihn den ganzen Tag über ohne Nachricht gelassen, so daß er in gereizter Spannung war.
»Um so besser!« rief er.
Dem Bürger schien seine Haltung löblich. »Man wollte Abbitte von uns, ist das zu glauben? Es hätte nur ein Wort gekostet! Aber ich habe sie mit Pauken und Trompeten heimgeschickt! Das mußte ich doch, nicht wahr?«
»Zweifellos«, sagte Frédéric und dachte sich dabei, daß es klüger gewesen wäre, einen andren Zeugen zu nehmen.
Dann, als er allein war, sagte er laut ein paarmal vor sich hin: »Ich werde mich duellieren. Also ich werde mich duellieren! Das ist komisch!« Und indem er in seinem Zimmer hin und her schritt, am Spiegel vorbei, gewahrte er seine Blässe. »Fürchte ich mich etwa?« Eine abscheuliche Angst packte ihn bei der Vorstellung, es könne ihn auf dem Kampfplatz Furcht überwältigen. »Wenn ich aber getötet werde? Genau so ist mein Vater gestorben. Ja, ich werde getötet!«
Und plötzlich sah er seine Mutter in schwarzem Kleid; in seinem Kopf entwickelten sich ungeordnete Bilder. Er war wegen seiner eigenen Feigheit erzürnt. Ein Paroxysmus der Tapferkeit durchdrang ihn, ein Blutdurst. Er wäre nicht vor einem Bataillon gewichen. Als dieses Fieber verflog, fühlte er sich mit Freude unbesiegbar. Er besuchte, um sich abzulenken, die Oper, in der man ein Ballett gab. Er hörte der Musik zu, schaute durch das Lorgnon nach den Tänzerinnen und trank in der Pause ein Glas Punsch. Doch als er nach Hause kam, befiel ihn beim Anblick seines Kabinetts, seiner Möbel, zwischen denen er vielleicht das letztemal stand, eine Schwäche.
Er ging in seinen Garten hinab. Die Sterne funkelten; er betrachtete sie. Die Idee, daß er für eine Frau fechte, erhöhte und veredelte ihn in seinen Augen. Dann legte er sich ruhig zu Bett.
Mit Cisy war es nicht so. Nach dem Weggang des Barons bemühte Joseph sich, ihn moralisch zu stärken; und als der Vicomte dafür kein Verständnis zeigte, sagte er zu ihm: »Ja, mein Junge, wenn du dich nicht aufraffst, spreche ich lieber mit dem Herrn.«

Cisy wagte nicht zu antworten: »Tue es doch!« aber er war auf seinen Vetter böse, daß er ihm nicht schweigend diesen Dienst erwies.
Er wünschte, Frédéric möchte noch in der Nacht an einem Schlaganfall sterben, oder es bräche eine Revolte aus, und es wären morgen alle Straßen ins Bois de Boulogne mit Barrikaden verschlossen, oder irgendein Ereignis hinderte einen seiner Zeugen draußen zu sein; denn wenn die Zeugen fehlten, mußte man auf das Duell verzichten. Er wollte mit einem Expreßzug abreisen, sich irgendwohin retten. Er bedauerte, daß er nicht Medizin studiert hatte, um irgend etwas einzunehmen, das ohne Gefährdung seines Lebens den Anschein erweckte, er sei tot. Er wünschte sich sogar eine schwere Krankheit.
Um Rat und Hilfe zu haben, bat er Herrn des Aulnays zu sich. Der vortreffliche Mann war wieder in die Saintonge gefahren, auf eine Depesche hin, die ihm die Unpäßlichkeit einer seiner Töchter meldete. Das galt Cisy als ungünstiges Omen. Zum Glück kam Herr Vezou, sein Lehrer. Ihm vertraute er sich an.
»Was soll ich machen, mein Gott, was soll ich machen?«
»Ich an Ihrer Statt, Herr Graf, ich würde einen Lastträger von der Markthalle mieten, der ihn durchprügelt.«
»Er würde doch wissen, von wem das ausgeht!« entgegnete Cisy. Ab und zu stöhnte er; dann fragte er: »Hat man denn ein Recht, sich zu duellieren?«
»Ein Überrest der Barbarei. Es ist nun einmal so!«
Der Pädagoge war so freundlich, sich selbst zum Diner einzuladen. Sein Schüler aß nichts, und nach dem Essen hatte er das Bedürfnis, ein wenig spazierenzugehn.
Als sie vor einer Kirche standen, fragte er: »Wollen wir nicht einen Moment hinein . . . um zu sehen?« Herr Vezou stimmte durchaus zu und führte ihn sogar zum Weihwasserkessel. Es war der Marienmonat, der Mai, der Altar war mit Blumen geschmückt, Gesang und Orgel ertönten. Aber Cisy konnte nicht beten, der religiöse Pomp erinnerte ihn an ein Begräbnis. Ihm war, als höre er das dumpfe Brausen des *De profundis*.

»Wir wollen fort! Ich fühle mich nicht wohl!«

Sie spielten die ganze Nacht hindurch Karten. Der Vicomte war darauf aus zu verlieren, um so das Unheil im Duell zu beschwören, woraus Herr Vezou Nutzen zog. Endlich in der Morgendämmerung sank Cisy, der tief erschöpft war, auf das grüne Tuch des Spieltischs und hatte einen Schlaf voll peinlicher Träume.

Wenn jedoch Mut der Wille ist, seine Schwäche zu beherrschen, so war der Vicomte mutig; denn angesichts seiner Zeugen, die ihn abholten, straffte er sich mit aller Kraft, da seine Eitelkeit ihm sagte, wenn er jetzt noch zurückschrecke, werde das ein Verhängnis für ihn sein. Herr de Comaing gratulierte ihm zu seiner Frische.

Aber unterwegs wurde er vom Schaukeln des Fiakers und von der Glut der Morgensonne ganz krank. Sein Schneid hatte ihn verlassen. Er wußte nicht einmal, wo er war. Der Baron ergötzte sich, seine Bangigkeit noch zu mehren, indem er von der »Leiche« sprach und wie man sie insgeheim zur Stadt schaffe. Joseph erwiderte ihm; denn beide waren überzeugt, die Affäre sei lächerlich, und man werde sie schlichten.

Cisy hatte den Kopf auf die Brust hinabgebeugt; er hob ihn sacht und fragte, warum kein Arzt mit sei.

»Das hat keinen Zweck«, sagte der Baron.

»Dann wird also nichts passieren?«

Joseph erklärte düster: »Hoffen wir es!« Und nun sprach niemand im Wagen mehr ein Wort.

Um sieben Uhr zehn Minuten war man an der Porte Maillot. Frédéric und seine Zeugen standen dort, alle drei in Schwarz. Regimbart hatte statt einer Halsschleife einen Roßhaarkragen umgetan, wie ein alter Soldat; und er trug eine Art von langem Violinkasten, der das Requisit solcher Duellmorgen ist. Mit kalten Mienen wechselte man einen Gruß. Dann wanderten alle ins Bois de Boulogne hinein, über die Route de Madrid, auf der Suche nach einem geeigneten Platz.

Regimbart sagte zu Frédéric, der zwischen ihm und Dussardier schritt: »Na, haben Sie Lampenfieber? Wenn Sie etwas brauchen, genieren Sie sich nicht, ich kenne das. Die Furcht ist beim Menschen ganz natürlich.« Und leise: »Rauchen Sie nicht mehr, das erschlafft!«

Frédéric warf seine Zigarre, die ihm lästig war, fort und ging festen Fußes weiter. Hinter ihm kam der Vicomte, auf die Arme seiner beiden Zeugen gestützt.

Selten nur trafen sie Passanten. Der Himmel war blau, und ab und zu wechselten Kaninchen durchs Laub. An einem Seitenpfad schwatzte eine Frau in halbseidenem Kittel mit einem Mann in einer Bluse, und in der großen Allee unter den Kastanienbäumen bewegten Diener in Leinwandwesten ihre Pferde. Cisy gedachte der glücklichen Tage, wo er, auf seinem Fuchs sitzend, das Lorgnon ins Auge geklemmt, neben der Tür der Kaleschen ritt. Diese Erinnerungen verschärften seine Angst. Ein quälender Durst brannte ihn. Das Gesumm der Fliegen vermischte sich mit dem Klopfen in seinen Adern. Seine Füße hafteten im Sand. Es war ihm, als ob er seit endloser Zeit marschiere.

Die Zeugen musterten, ohne sich aufzuhalten, die Straßenränder. Man überlegte, ob man zu der Croix Catelan gehen solle oder unter die Mauern von Bagatelle. Dann ging man rechts, bis zu einer Art Lichtung zwischen Föhren. Der Ort wurde so gewählt, daß das Niveau des Bodens hüben und drüben das gleiche war. Man markierte die Plätze für die beiden Gegner. Dann öffnete Regimbart seinen Kasten. Auf einem Polster von rotem Schafleder lagen darin vier entzückende Degen, in der Mitte hohl, die Gefäße mit feinem Silberdraht verziert. Ein Lichtstrahl, der durch die Blätter glitt, tanzte darüber; und es war Cisy, als glänzten sie wie silberne Schlangen auf einer Blutlache.

Der Bürger zeigte, daß sie alle dieselbe Länge hatten. Er nahm den dritten für sich, um die Kämpfenden, wenn es notwendig wurde, zu trennen. Herr de Comaing hatte seinen Spazierstock. Man schwieg und sah sich an; und die Gesichter waren verstört oder grausam.

Frédéric hatte sich seines Rocks und seiner Weste entledigt. Jo-

seph half Cisy das gleiche zu tun; als seine Krawatte herunter war, sah man um seinen Hals eine geweihte Medaille, worüber Regimbart mitleidig lächelte.
Um Frédéric noch einen Moment der Besinnung zu geben, suchte Herr de Comaing Streit. Er forderte das Recht, einen Handschuh anzuziehen, und das, den Degen des Gegners mit der Linken zu fassen. Regimbart, der Eile hatte, widersetzte sich nicht. Dann wandte der Baron sich an Frédéric: »Alles hängt von Ihnen ab, mein Herr! Es ist niemals unehrenhaft, einzugestehen, wenn man einen Fehler begangen hat.«
Dussardier billigte das durch ein Nicken. Regimbart entrüstete sich: »Glauben Sie, das wir hier sind, um Enten zu rupfen, zum Donnerwetter?«
Die Gegner standen einander gegnüber, zwischen ihren Zeugen. Er rief: »Los!«
Cisy wurde furchtbar blaß. Seine Klinge schwankte an der Spitze wie eine Reitpeitsche. Sein Kopf sank nach hinten, seine Arme spreizten sich, er fiel auf den Rücken in Ohnmacht. Joseph hob ihn hoch, und indem er ihm einen Flakon unter die Nase preßte, rüttelte er ihn kräftig. Der Vicomte öffnete die Augen wieder, dann stürzte er sich wie ein Rasender auf seinen Degen. Frédéric hatte den seinen noch; und er erwartete ihn, den Blick starr, die Hand in Abwehr.
»Halt, halt!« schrie jemand von der Straße her, und schon nahte der Lärm eines galoppierenden Pferdes, und das Verdeck eines Kabrioletts zersplitterte die Zweige. Ein Mann, der sich aus dem Wagen bog, schwang ein Taschentuch und schrie noch immer: »Halt, halt!«
Herr de Comaing, der an die Einmischung der Polizei glaubte, winkte mit seinem Spazierstock. »Aufhören! der Vicomte blutet!«
»Ich?« fragte Cisy.
Er hatte sich bei seinem Fall den Daumen der linken Hand geritzt. »Aber im Fallen«, sagte der Bürger. Der Baron stellte sich taub.

Arnoux war aus dem Kabriolett gesprungen. »Ich komme zu spät! Nein! Gott sei Dank!« Er umarmte Frédéric, betastete ihn, küßte ihn ab. »Ich weiß, warum! Sie haben Ihren alten Freund verteidigen wollen! Das ist gut von Ihnen, das ist gut. Ich werde es Ihnen nie vergessen. Wie gut Sie sind! Ach, liebes Kind!« Er betrachtete ihn, vergoß Tränen und grinste dazu vor Glück.
Der Baron wandte sich an Joseph. »Mir scheint, wir sind bei der Familienszene überflüssig. Es ist aus, nicht wahr meine Herren? Vicomte, stecken Sie Ihren Arm in eine Binde; da haben Sie mein Halstuch.« Dann mit gebieterischer Geste: »Also kommen Sie, keine Ranküne! Das ist Duellregel!«
Die beiden Gegner gaben sich lässig die Hand. Der Vicomte, Herr de Comaing und Joseph verschwanden nach der einen, Frédéric und seine Zeugen nach der anderen Seite.
Da es nicht weit zum Restaurant de Madrid war, schlug Arnoux vor, dort ein Glas Bier zu trinken. »Man könnte sogar frühstükken«, sagte Regimbart. Jedoch Dussardier hatte keine Zeit mehr, und so begnügte man sich mit einem kleinen Imbiß im Garten. Alle empfanden jenes Wohlbehagen, das auf eine glückliche Lösung folgt. Indessen ärgerte sich Regimbart, daß das Duell im besten Moment unterbrochen worden war.
Arnoux hatte durch einen gewissen Compain, einen Freund Regimbarts, davon erfahren, und in einer Herzenswallung war er herbeigeeilt, um es zu verhindern; er glaubte zum ganzen die Ursache zu sein. Er bat Frédéric, ihm Einzelheiten zu liefern. Durch seine Zärtlichkeitsbeweise gerührt, wollte Frédéric ihn in seiner Täuschung nicht noch bestärken, und so sagte er: »Ich bitte Sie dringend, sprechen wir nicht davon!«
Arnoux fand diese Reserve sehr zartfühlend. Dann ging er mit seiner gewohnten Leichtfertigkeit zu anderem über. »Was gibt es Neues?« fragte er Regimbart.
Und sie plauderten von Tratten und Fälligkeitsterminen. Der größeren Bequemlichkeit halber setzten sie sich sogar an einen Tisch in der Ecke und flüsterten. Frédéric vernahm die Worte: »Sie werden mit unterschreiben. – Ja, aber Sie, selbstverständ-

lich ... – Ich habe ihn für dreihundert gegeben! – Eine nette Provision!« Kurz, es war klar, daß Arnoux mit dem Bürger allerlei Wuchergeschäfte machte.
Frédéric wollte ihn an seine fünfzehntausend Francs mahnen. Doch dadurch, daß Arnoux vorhin so eingegriffen hatte, wurden auch die sanftesten Vorwürfe unmöglich. Zudem war er müde. Der Ort hier paßte nicht dazu. Er schob seine Mahnung auf.
Arnoux saß im Schatten eines Ligusters und rauchte heiter. Er blickte zu den Türen des Salons, die sämtlich nach dem Garten zu lagen, und erzählte, da oben sei er häufig gewesen.
»Doch nicht allein?« fragte der Bürger.
»Bei Gott!«
»Sie sind schon ein feiner Ehemann!«
»Na, und Sie!« erwiderte Arnoux, und mit duldsamem Lächeln: »Ich bin sogar sicher, der Schuft hat irgendwo ein Zimmer, um kleine Mädchen zu empfangen!«
Der Bürger bekannte sich zur Wahrheit dieser Behauptung nur durch ein Heben der Augenbrauen. Nun ließen sich beide Herren über ihren Geschmack aus. Arnoux war jetzt für die Jugend, die Arbeiterinnen. Regimbart sagte, die »Nutten« seien gräßlich, und verlangte vor allem etwas Positives. Der Schluß, den der Fayencehändler zog, war, man dürfe die Frauen nicht ernst nehmen. Und doch liebt er seine Frau! dachte Frédéric und wandte sich ab; und er fand, er sei ein gemeiner Mensch. Er grollte ihm wegen dieses Zweikampfs, als hätte er für ihn vor ein paar Stunden sich dem Tod ausgesetzt.
Aber dankbar war er Dussardier für seine Treue. Auf seine fortwährenden Bitten besuchte der Kommis ihn bald täglich. Frédéric lieh ihm Bücher: Thiers, Dulaure, Barante, ›Die Girondisten‹ von Lamartine. Der gute Kerl hörte ihm eifrig zu und richtete sich nach seinen Anschauungen wie nach denen eines Lehrers.
Eines Abends war er ganz außer sich. Am Morgen war er auf dem Boulevard mit einem Mann, der gehetzt keuchte, zusam-

mengerannt; und dieser hatte ihm, da er einen Freund Sénécal's in ihm erkannte, gesagt: »Sie haben ihn verhaftet, ich fliehe!« Es war volle Wahrheit. Dussardier hatte den Tag über sich erkundigt. Sénécal war, eines politischen Attentats verdächtig, hinter Schloß und Riegel.

Sohn eines Zwischenmeisters, in Lyon geboren, hatte er zum Professor einen ehemaligen Schüler von Chalier gehabt und war sofort nach seiner Ankunft in Paris in den ›Verband der Familien‹ eingetreten. Sein Leben wurde beobachtet; die Polizei überwachte ihn. Bei der Affäre im Mai 1839 hatte er sich geschlagen; seitdem blieb er im Dunkel. Jedoch erhitzte er sich mehr und mehr, schwärmte fanatisch für Alibaud, vereinigte seine Klagen gegen die Gesellschaft mit denen des Volks gegen die Monarchie und erwachte jeden Morgen mit der Hoffnung auf eine Revolution, die in vierzehn Tagen oder einem Monat das Antlitz der Welt ändern würde. Dann hatte er, aus Widerwillen gegen die Schlappheit seiner Genossen, aus Wut über die Verzögerungen seiner Träume, verzweifelnd am Vaterland, sich als Chemiker an dem Komplott der Brandbomben beteiligt. Und man hatte ihn ertappt, als er Pulver nach dem Montmartre trug, um damit zu experimentieren; es sollte sein letzter Versuch zur Schaffung der Republik sein.

Dussardier liebte sie nicht minder; denn sie bedeutete für seinen Glauben die Freiheit und das Glück aller. Eines Tages hatte er, als Fünfzehnjähriger, in der Rue Transnonain vor einem Kramladen Soldaten gesehen, die Bajonette rot von Blut, mit Gewehrkolben, an denen Haare klebten; seitdem verabscheute er die Regierung als die Verkörperung der Ungerechtigkeit. Er verwechselte die Mörder und die Gendarmen ein wenig; ein Spitzel war in seinen Augen so verrucht wie einer, der seinen Vater umbringt. Die Wurzel alles Bösen auf Erden war für seine Naivität die Staatsmacht; und er haßte sie mit tiefem, dauerndem Haß, der sein ganzes Herz ausfüllte und seine Empfindungen verfeinerte. Die Deklamationen Sénécal's hatten ihn geblendet. Ob er schuldig war oder nicht und sein Anschlag verwerflich, kümmerte ihn nicht. Sobald er das Opfer der Autorität war, mußte man für ihn einstehen.

»Die Pairs werden ihn sicher verdammen! Man wird ihn in einem Zellenwagen fortführen wie einen Galeerensträfling und ihn auf dem Mont-Saint-Michel einsperren, wo die Regierung sie verrecken läßt. Austen ist wahnsinnig geworden! Steuben hat sich getötet! Um Barbés in den Kerker zu schleppen, hat man ihn an den Beinen, an den Haaren geschleift! Man ist ihm auf dem Leib herumgetrampelt, und sein Kopf hämmerte gegen jede Stufe der langen Treppe. Welche Greuel! O die Elenden!« Zorniges Schluchzen erstickte ihn, und wie in großer Angst lief er im Kreis durch das Zimmer. »Etwas muß doch geschehen! Was? Ich weiß es nicht. Wollen wir ihn zu befreien versuchen? Wenn man ihn zum Luxembourg transportiert, kann man auf den Gängen die Wache überfallen! Einem Dutzend entschlossener Männer gelingt das überall!«

In seinen Augen flammte ein solches Feuer, daß Frédéric erschauerte. Sénécal schien ihm nun größer, als er gedacht hatte. Er entsann sich seiner Leiden, seiner sittlichen Strenge. Ohne sich für ihn wie Dussardier zu begeistern, zollte er ihm jene Bewunderung, die jeder einer Idee sich opfernde Mensch in uns erweckt. Er sagte sich, daß Sénécal, wenn er ihm geholfen hätte, nicht dahin gekommen wäre; und die beiden Freunde mühten sich, ihn durch irgendwelche Mittel zu retten. Sie fanden keinen Zutritt zu ihm.

Frédéric forschte nach seinem Schicksal in den Zeitungen und war drei Wochen hindurch Gast in den Lesekabinetten.

Eines Tages fielen ihm mehrere Nummern des ›Flambart‹ in die Hand. Der Leitartikel war jedesmal der Zerschmetterung eines berühmten Mannes gewidmet. Es folgten die Neuigkeiten aus der Gesellschaft, der Klatsch. Dann wurden das Odéon gehöhnt, Carpentras, die Fischzucht und die zum Tode Verurteilten, wenn es solche gab. Das Verschwinden eines Postdampfers lieferte ein Jahr lang Stoff zu Scherzen. Die dritte Spalte bot eine Kunstchronik, in der Form einer Anekdote oder eines Rats,

Schneiderreklamen neben Berichten über Soireen, Verkaufsankündigungen, Analysen literarischer Neuerscheinungen, wobei man über einen Gedichtband im gleichen Tone sprach wie über ein Paar Stiefel. Der einzige ernsthafte Teil war die Theaterkritik, die zwei oder drei Direktoren übel mitspielte; und die Interessen der Kunst wurden feierlich beschworen wegen der Dekorationen in den Funambules oder einer Liebhaberin des Délassements.

Frédéric wollte die Hefte schon fortschieben, als seine Augen einen Artikel entdeckten, der betitelt war: ›Ein Hühnchen zwischen drei Hähnen‹. Es war die Geschichte seines Duells, in einem Stil mutwillig gallischen Humors wiedergegeben. Unschwer erkannte er sich darin, denn auf ihn zielten die mehrmals gebrauchten Worte: »Ein junger Mann aus der Provinz, der fürwahr noch sehr Provinz ist.« Man stellte ihn hin als einen armen Schlucker von Kleinstädter, einen obskuren Dummkopf, dessen Ehrgeiz der Umgang mit großen Herren war. Der Vicomte dagegen hatte die schöne Rolle: zuerst bei dem Souper, zu dem er sich mit Gewalt einlud, dann bei der Wette, da er die Dame eroberte, und zuletzt auf dem Kampfplatz, auf dem er sich als Edelmann benahm. Frédéric's Mut wurde nicht gerade geleugnet, aber man erriet, daß ein Vermittler, der »Gönner« selbst, rechtzeitig dazugekommen war. Die Plauderei endete mit einem Satz voll hinterhältiger Bosheit: »Was ist der Grund ihrer Zuneigung? Ein Rätsel! und wie Bazile sagt: Wen zum Teufel betrügt man hier?«

Es war zweifellos Hussonnet's Rache an Frédéric, weil er ihm nicht die fünftausend Francs geschenkt hatte.

Was sollte er tun? Zog er den Bohémien zur Rechenschaft, so beteuerte dieser seine Unschuld, und er hatte nicht das Geringste davon. Am besten, er würgte die Sache schweigend herunter. Den ›Flambart‹ las ja doch niemand.

Als er aus dem Lesekabinett trat, sah er eine Ansammlung von Leuten vor dem Schaufenster einer Buchhandlung. Man betrachtete ein Frauenporträt, unter dem in schwarzen Buchstaben geschrieben war: ›Fräulein Rose-Annette Bron, Eigentum des Herrn Frédéric Moreau aus Nogent‹.

Sie war es – oder ungefähr sie – von vorn gesehen, mit entblößtem Busen und losem Haar. In den Händen hielt sie einen Geldbeutel von rotem Samt, indes von hinten ein Pfau seinen Schnabel ihr auf die Schulter legte und mit seinem großen Rad wie mit einem Fächer die Mauer überbreitete. Pellerin hatte diese Ausstellung bewirkt, um Frédéric zur Zahlung zu zwingen; denn er war von seinem Ruhm überzeugt und dachte, ganz Paris werde sich für ihn erregen und sich mit der Kleinlichkeit des Bilderkäufers befassen.

War es eine Verschwörung? Hatten der Künstler und der Journalist gemeinsam manövriert? Sein Duell hatte ihn vor nichts geschützt. Er wurde lächerlich, und alles spottete seiner.

Drei Tage später, Ausgang Juni, stiegen die Aktien des Nordkonzerns um fünfzehn Francs; und da er im vorigen Monat zweitausend erworben hatte, verdiente er daran dreißigtausend Francs. Diese Huld des Schicksals flößte ihm wieder Selbstvertrauen ein. Er sagte sich, daß er keines Menschen bedürfe, daß alle Mißlichkeiten von seiner Scheu, von seinem schaudernden Schwanken herrührten. Er hätte zu der Marschallin brutal sein sollen; Hussonnet's Forderung mußte er gleich ablehnen, sich mit Pellerin nicht einlassen. Und um zu zeigen, daß nichts ihn genierte, begab er sich zu Frau Dambreuse an einem der Abende, wo sie stets zu Hause war.

Inmitten des Vorraumes wandte Martinon, der zusammen mit ihm kam, sich um. »Was, du bist hier?« Er war erstaunt und sogar verdrossen, ihn zu sehen.

»Weshalb nicht?« Und Frédéric schritt dem Salon zu, indem er über den Grund einer solchen Begrüßung nachsann.

Das Licht war schwach, trotz den Lampen in den Winkeln; denn die drei offenen Fenster waren nur drei gleichförmige, breite, schattendunkle Vierecke. Blumentische unter den Gemälden standen bis in Mannshöhe an den Zwischenräumen der Wand; und eine silberne Teemaschine mit einem Samowar blinkte drü-

ben vor einem Spiegel. Ein leises Stimmengemurmel war zu vernehmen. Man hörte Lackschuhe auf dem Teppich knarren.
Er gewahrte Herren im Frack, einen runden, von einer Lampe mit großem Schirm beleuchteten Tisch, sieben oder acht Damen in Sommergewändern und etwas abseits Frau Dambreuse in einem Schaukelstuhl. Ihr Kleid von lila Taft hatte geschlitzte Ärmel, aus denen Bäusche von Musselin quollen, der sanfte Ton des Stoffs vermählte sich mit der Nuance ihres Haars; sie hatte sich etwas zurückgeworfen, mit ihrer Fußspitze auf einem Polster, ruhig wie ein zartes Kunstwerk, eine Blume von Treibhauskultur.
Herr Dambreuse und ein weißhaariger Alter gingen hin und her. Einige Gäste unterhielten sich am Rand der kleinen Diwans; andere hatten sich in der Mitte zu einem Cercle gruppiert. Sie sprachen von Beschlüssen, Anträgen, Zusatzanträgen, von der Rede des Herrn Grandin, von der Erwiderung des Herrn Benoist. Die dritte Partei ging entschieden zu weit. Das linke Zentrum hätte seines Ursprungs mehr eingedenk sein sollen. Das Ministerium war erschüttert. Erfreulich war nur, daß man keine Nachfolger dieser Regierung sah. Kurz, die Situation ähnelte durchaus der im Jahre 1834.
Da das Frédéric langweilte, näherte er sich den Damen. Martinon stand bei ihnen, den Zylinder unter dem Arm, im Dreiviertelprofil und so geziert, daß er einer Figur aus Sèvresporzellan glich. Er nahm eine ›Revue des Deux-Mondes‹, die zwischen einem Thomas a Kempis und einem Gothaischen Hofkalender auf dem Tisch lag, kritisierte von oben herab einen berühmten Dichter, sagte, er gehe zu den Vorträgen in der Kirche Saint-François, beklagte sich über Heiserkeit, kaute ab und zu eine aromatische Gummikugel, und dabei schwatzte er von Musik und spielte den Schwerenöter. Fräulein Cécile, die Nichte der Frau Dambreuse, die sich ein Paar Manschetten stickte, sah ihn mit ihren blaßblauen Augen von unten an, und auch Miss John, die Lehrerin mit der Stumpfnase, hatte ihre Handarbeit fallen lassen. Beide schienen innerlich zu seufzen: Ach, ist er schön!

Frau Dambreuse sagte zu ihm: »Geben Sie mir doch meinen Fächer von der Konsole dort! Sie irren sich! Dort!«
Sie erhob sich; und als er zurückkam, begegneten sie sich in der Mitte des Salons, Auge in Auge. Sie zischelte ihm einige Worte zu, Vorwürfe, wie es nach dem hochfahrenden Ausdruck ihres Gesichts schien. Martinon versuchte zu lächeln; dann trat er in die Gruppe der ernsten Männer. Frau Dambreuse setzte sich wieder, neigte sich über die Lehne ihres Stuhls und sagte zu Frédéric: »Ich habe vorgestern jemanden gesehn, der mir von Ihnen erzählte, Herrn von Cisy; Sie kennen ihn, nicht wahr?«
»Ja . . . ein wenig!«
Plötzlich rief Frau Dambreuse: »Herzogin, Sie! Ah! Welches Glück!« Und sie schritt bis zur Tür des Salons, einer alten kleinen Dame entgegen, die ein Kleid von Taft in der hellbraunen Farbe der Karmeliterinnen und eine Spitzenhaube mit Goldstickerei und langen Schlaufen trug. Als Tochter eines Exilgefährten des Grafen von Artois und Witwe eines kaiserlichen Marschalls, der 1830 zum Pair von Frankreich ernannt worden war, hatte sie Verbindungen mit dem alten wie dem neuen Hof und konnte vieles durchsetzen. Die Gäste, die im Stehen plauderten, traten etwas zur Seite, dann begannen sie wieder ihre Diskussion.
Sie sprachen jetzt über den Pauperismus, die Armut, die nach diesen Herren immer viel zu kraß geschildert wurde. »Und dennoch«, äußerte Martinon, »gibt es Not, verhehlen wir es uns nicht. Aber die Heilung bringt weder die Wissenschaft noch der Staat. Sie ist eine rein individuelle Frage. Wenn die unteren Klassen sich ihre Laster abgewöhnen wollen, werden sie nicht mehr entbehren. Das Volk soll moralischer sein, dann ist es weniger arm!«
Nach Herrn Dambreuse war alles umsonst ohne Kapitalsüberschuß. Die einzige Möglichkeit war also, »wie es übrigens auch die Saint-Simonisten sich dachten, mein Gott, sie hatten schon ihr Gutes, man muß gegen jeden gerecht sein, die einzige Möglichkeit ist, sage ich, die Sache des Fortschritts denjenigen anheimzustellen, die fähig sind, die nationale Kapitalssubstanz zu

vermehren.« So war man, ohne daß es auffiel, bei den großen industriellen Unternehmungen; den Eisenbahnen, der Steinkohle. Herr Dambreuse wandte sich an Frédéric und sagte leise zu ihm: »Sie waren nicht wegen unsres Geschäfts bei mir.«

Frédéric entschuldigte sich mit Krankheit. Doch da er fühlte, daß die Ausrede zu dumm war, erklärte er: »Auch benötigte ich meine Gelder.«

»Um einen Wagen zu kaufen?« fragte Frau Dambreuse, die bei ihm vorüberging, eine Tasse Tee in der Hand; und sie schaute ihn eine Minute lang an, den Kopf ein wenig zur Schulter geneigt. Sie glaubte, er sei der Liebhaber von Rosanette; die Andeutung war klar. Es schien Frédéric sogar, daß alle Damen ihn von weitem betrachteten und flüsterten. Um besser zu erkennen, was sie von ihm dachten, näherte er sich ihnen nochmals.

Auf der anderen Seite des Tischs saß Martinon neben Fräulein Cécile und blätterte in einem Album. Es waren lithographierte spanische Kostümbilder. Er las laut die Unterschrift vor: »Weib aus Sevilla – Gärtner aus Valencia – Andalusischer Picador«; und indem er einmal bis unten die Seite überflog, sagte er ohne Pause: »Verlag Jacques Arnoux. Mit dem bist du befreundet, was?«

»Allerdings«, entgegnete Frédéric, durch seine Miene gekränkt.

Frau Dambreuse bemerkte: »Ach ja, Sie waren ja eines Morgens hier, wegen . . . eines Hauses, meine ich . . . eines Hauses, dessen Besitzerin seine Frau ist.« (Das sollte heißen: Ihre Geliebte.)

Er errötete bis an die Ohren; und Herr Dambreuse, der im gleichen Moment kam, fügte hinzu: »Sie schienen sich sogar für die Herrschaften sehr zu interessieren.«

Die letzten Worte verwirrten Frédéric vollends. Seine, wie er dachte, sichtbare Erregung mußte den Argwohn bestätigen. Da fragte Herr Dambreuse ihn, ganz nahe und in ernstem Ton: »Sie haben doch keine Geschäfte miteinander?« Durch wiederholtes Kopfschütteln verneinte er, ohne die Absicht des Kapitalisten zu begreifen, der ihm einen Rat geben wollte.

Er hatte Lust zu verschwinden. Die Furcht, feige zu erscheinen, hielt ihn zurück. Ein Diener nahm die Teetassen fort. Frau Dambreuse plauderte mit einem Diplomaten in blauem Frack. Zwei junge Mädchen, Stirn an Stirn geschmiegt, zeigten sich einen Ring. Die anderen saßen im Halbkreis auf den Sesseln und bewegten sanft ihre weißen Gesichter unter ihrem schwarzen oder blonden Haar. Niemand achtete auf ihn. Frédéric drehte sich um; und in mehrfachem, langem Zickzack hatte er fast die Tür erreicht, als er auf einer Konsole, zwischen einer Chinavase und der Wandtäfelung, eine zusammengefaltete Zeitung hervorlugen sah. Er zog daran und las den Titel ›Le Flambart‹.

Wer hatte das hierhergebracht? Cisy! Kein anderer offenbar. Nun was scherte ihn das? Sie würden alle dem Artikel Glauben schenken, taten es vielleicht schon. Warum die Bosheit? Eine stumme Ironie hüllte ihn ein. Er war wie jemand, der sich im Sandmeer verloren hat. Aber die Stimme Martinon's drang zu ihm: »Übrigens, weil wir von Arnoux reden, ich las unter denen, die wegen der Brandbomben verhaftet worden sind, den Namen eines seiner Angestellten, Sénécal. Ist das unsrer?«

»Ja«, sagte Frédéric.

Martinon wiederholte schreiend: »Was, unser Sénécal, unser Sénécal!«

Die Gäste forschten ihn aus. Als Beisitzer der Staatsanwaltschaft mußte er über den Anschlag unterrichtet sein. Er gestand, daß er nichts wisse. Er kenne den Menschen auch höchst wenig, da er ihn nur zwei- oder dreimal gesehen habe. Doch er halte ihn, alles in allem, für ein ziemlich minderwertiges Subjekt.

Empört rief Frédéric: »Das ist nicht wahr, er ist sehr ehrenhaft!«

»Aber, mein Herr«, sagte ein Grundeigentümer, »ein Komplott und ehrenhaft!«

Der größte Teil der Männer, die hier waren, hatte mindestens vier Regierungen gedient; und sie hätten Frankreich oder die Menschheit verkauft, um ihr Kapital zu sichern, eine Unbequemlichkeit, eine Schwierigkeit sich zu ersparen, oder nur aus knechtischer Gesinnung, aus instinktiver Anbetung der Gewalt.

Alle fanden sie, politische Verbrechen seien unverzeihlich. Man müsse diejenigen entschuldigen, deren Ursache Not sei. Und man versäumte nicht, das ewige Beispiel des Familienvaters zu nennen, der das ewige Stück Brot bei dem ewigen Bäcker stiehlt.
Ein Verwaltungsbeamter rief sogar: »Ich, mein Herr, würde meinen Bruder anzeigen, sollte ich erfahren, daß er auf Umsturz hinarbeitet!«
Frédéric führte das Recht zum Widerstand an; und indem er sich an einige Phrasen von Deslauriers erinnerte, zitierte er Desolmes, Blackstone, die englische Rechtsbill und den Artikel 2 der Verfassung von 91. Auf Grund dieses Rechts hatte man ja auch die Absetzung Napoleons verkündet; es war 1830 anerkannt und an die Spitze der Charte geschrieben worden. »Übrigens, wenn der Herrscher den Kontrakt nicht hält, will es die Gerechtigkeit, daß man ihn beseitigt.«
»Das ist abscheulich!« rief die Frau eines Präfekten.
Alle anderen schwiegen, in unklarem Entsetzen, als hätten sie das Pfeifen von Kugeln vernommen. Frau Dambreuse schaukelte sich in ihrem Stuhl und hörte ihm lächelnd zu.
Ein Industrieller, ein ehemaliger Carbonaro, suchte ihm zu beweisen, die Orléans seien eine sehr schöne Familie; es gebe freilich Mißbräuche ...
»Na, und?«
»Aber man darf nicht von ihnen sprechen, lieber Herr! Wenn Sie wüßten, wie all das Geschrei der Opposition den Geschäften schadet!«
»Was gehen mich die Geschäfte an!« versetzte Frédéric. Er war empört über die moralische Fäulnis der Alten hier; und von der Tapferkeit fortgerissen, die mitunter die Schüchternsten berauscht, griff er die Finanzmänner an, die Deputierten, die Regierung, den König, nahm er die Partei der Araber, gab er viel Törichtes zum besten. Einige ermunterten ihn ironisch: »Gut! Gut! Nur so fort!« indes andere murmelten: »Teufel nochmal, ist der überspannt!« Endlich glaubte er, es sei an der Zeit, sich zurück-

zuziehn; und als er ging, sagte Herr Dambreuse, auf den Sekretärposten anspielend, zu ihm: »Noch ist es nicht abgetan! Doch beeilen Sie sich!«

Und Frau Dambreuse: »Auf bald, nicht wahr?«

Für Frédéric klangen die Abschiedsworte wie ein letzter Spott. Er war gewillt, niemals mehr in dieses Haus zu kommen, nie mehr mit all den Leuten zu verkehren. Er glaubte sie beleidigt zu haben und wußte nicht, wieviel Unempfindlichkeit der Welt zu Gebote steht. Über die Frauen besonders war er außer sich. Er grollte ihnen, daß er sie nicht gerührt hatte. Das Naturell von Frau Dambreuse schien ihm schmachtend und trocken zugleich, was ihn hinderte, eine Formel für sie aufzustellen. Hatte sie einen Liebhaber? Wer war es? Der Diplomat oder wer sonst? Etwa Martinon? Unmöglich. Indessen spürte er eine Art Eifersucht gegen ihn und gegen sie ein rätselhaftes Übelwollen.

Dussardier, der ihn wie jeden Abend besuchte, erwartete ihn. Frédéric's Herz war voll. Er entlud es, und seine Klagen, obschon unbestimmt und schwer verständlich, betrübten den braven Kommis; er wurde sogar traurig, daß er so allein war. Dussardier schlug, ein wenig zögernd, ihm vor, sich zu Deslauriers zu begeben.

Als er den Namen des Advokaten nannte, hatte Frédéric den heftigsten Drang, ihn wiederzusehen. Seine geistige Vereinsamung war tief und die Gesellschaft Dussardier's unzulänglich. Er antwortete ihm, er solle ein Zusammentreffen, wie er es wünsche, vorbereiten.

Auch Deslauriers fühlte seit dem Zank eine Leere in seinem Dasein. Ein herzliches Entgegenkommen erwiderte er gern. Sie umarmten sich, dann plauderten sie von gleichgültigen Dingen.

Die Zurückhaltung Deslaurier's schmerzte Frédéric; und um ihn gewissermaßen zu entschädigen, berichtete er ihm tags darauf von seinem Verlust der fünfzehntausend Francs, ohne hinzuzusetzen, daß diese fünfzehntausend Francs eigentlich für ihn gewesen waren. Der Advokat war jedoch davon überzeugt. Dieses

Mißgeschick, das ihn in der Verurteilung Arnoux' bestärkte, entwaffnete seinen Groll, und er gedachte der damaligen Zusage nicht mehr.
Durch sein Schweigen getäuscht, glaubte Frédéric, er habe es vergessen. Einige Tage danach fragte er ihn, ob er nicht irgendwie noch zu seinen Geldern gelangen könne. Ein Mittel hierzu war, die früheren Hypotheken anzuzweifeln. Man konnte Arnoux wegen Betrugs verklagen, die Frau in der Wohnung pfänden lassen.
»Nein! Nein! Sie nicht!« rief Frédéric; und den Fragen des gewesenen Advokatenschreibers nachgebend, eröffnete er ihm die Wahrheit. Deslauriers hatte den Eindruck, daß er sie nicht restlos sagte, wohl aus Scheu. Dieser Mangel an Zutrauen tat ihm weh.
Sie waren indes so beisammen wie ehedem, und sie hatten sogar solches Vergnügen daran, daß die Gegenwart Dussardier's ihnen lästig wurde. Unter dem Vorwand, sie gingen zu einem Rendezvous, entledigten sie sich seiner nach einiger Zeit. Manche Menschen haben nur die Bestimmung, als Vermittler zwischen anderen zu dienen; man schreitet über sie wie über Brücken und setzt seinen Weg fort.
Frédéric verheimlichte seinem Jugendfreund nichts. Er erzählte ihm von den Bergwerksaktien und dem Vorschlag des Herrn Dambreuse. Der Advokat sann nach: »Seltsam! für den Posten braucht man doch einen tüchtigen Juristen!«
»Du könntest mir ja helfen«, erwiderte Frédéric.
»Ja . . . richtig . . . ja natürlich.«
In derselben Woche ließ er Deslauriers einen Brief seiner Mutter lesen. Frau Moreau bezichtigte sich, Herrn Roque verkannt zu haben; und er habe sich seitdem vollauf gerechtfertigt. Dann sprach sie von seinem Reichtum und von der Möglichkeit einer späteren Heirat mit Louise.
»Das wäre wohl nicht so dumm!« sagte Deslauriers.
Frédéric wies das weit von sich. Auch war der Vater Roque ein alter Filou. Das machte doch nichts, meinte der Advokat.

Ende Juli stürzten die Aktien des Nordkonzerns durch eine unerklärliche Baisse. Frédéric hatte die seinen nicht verkauft; er verlor mit einemmal sechzigtausend Francs. Seine Einkünfte wurden dadurch beträchtlich geringer. Er mußte seine Ausgaben herabsetzen oder einen Beruf ergreifen oder sich zu einer Geldheirat entschließen.

Da sprach Deslauriers zu ihm von Fräulein Roque. Er könne sich doch die Sache immerhin selbst ansehen. Frédéric war ein wenig ermüdet; in der Provinz und im Mutterhaus erholte er sich vielleicht. Er fuhr ab.

Das Bild der Straßen von Nogent, durch die er im Mondlicht wanderte, trug ihn in alte Erinnerungen zurück; und in ihm war etwas wie Angst, so als sei er nach langen Reisen heimgekehrt.

Bei seiner Mutter saßen alle die Besucher von einst: die Herren Gamblin, Heudras und Chambrion, die Familie Lebrun, »diese Fräuleins Auger«; dazu der Vater Roque und, gegenüber von Frau Moreau, an einem Spieltisch, Fräulein Louise. Sie war jetzt zum Weib erwachsen. Sie erhob sich und stieß einen Schrei aus. Alle wurden unruhig. Sie war starr stehengeblieben; und die vier silbernen Leuchter auf dem Tisch vertieften noch ihre Blässe. Als sie wieder zu spielen begann, zitterten ihre Finger. Diese Erregung schmeichelte Frédéric, dessen Stolz krank war, außerordentlich. Er sagte sich: Du, du sollst mich lieben! Und zum Entgelt für das Unglück, das er dort in der fernen Stadt gehabt hatte, gebärdete er sich als Pariser, als Salonlöwe, berichtete Theaterneuigkeiten, erzählte mondäne Anekdoten, die er in den kleinen Journalen gefunden hatte; kurz, er blendete seine Mitbürger.

Am nächsten Tag verbreitete sich Frau Moreau über die trefflichen Eigenschaften von Louise; dann zählte sie die Wälder, die Gutshöfe auf, die sie besitzen würde. Das Vermögen des Herrn Roque sei groß.

Er hatte es erworben, indem er für Herrn Dambreuse Gelder unterbrachte; denn er belieh Personen, die gute hypothekarische Sicherheiten bieten konnten, was ihm erlaubte, Zuschüsse und

Provisionen zu heischen. Dank einer tätigen Überwachung lief das Kapital kein Risiko. Im übrigen zauderte Papa Roque nie vor einer Pfändung; dann kaufte er die mit den Hypotheken belasteten Grundstücke um niedrigen Preis zurück, und Herr Dambreuse, der so sah, daß seine Gelder wieder zu ihm kamen, fand seine Geschäfte ausgezeichnet besorgt. Aber diese ungesetzliche Handhabung stellte ihn vor seinem Sachwalter bloß. Er durfte ihm nichts abschlagen. Auf seine Bitte hatte er Frédéric so höflich empfangen.

Papa Roque verbarg in seiner Seele einen ehrgeizigen Traum. Er wollte, daß seine Tochter Gräfin würde; und um das zu erreichen, ohne das Glück seines Kindes zu gefährden, kannte er keinen andren jungen Mann als diesen. Durch die Verwendung des Herrn Dambreuse würde man ihm den Titel seines Großvaters beschaffen. Frau Moreau war die Tochter eines Grafen Fouvens und hatte Beziehungen zu den ältesten Familien der Champagne, den Lavernade und den Etrigny. Was die Moreaus betraf, so erwähnte eine gotische Inschrift bei den Mühlen von Villeneuve-l' Archevêque einen Jacob Moreau, der sie im Jahre 1596 wieder erbaut hatte; und das Grab seines Sohnes, Pierre Moreau, ersten königlichen Stallmeisters unter Ludwig XIV., war in der Niklaskapelle zu sehen.

Soviel Adel und hohes Bürgertum bezauberten Herrn Roque, den Sohn eines ehemaligen Bedienten. Wenn die Grafenkrone ausblieb, so wollte er sich mit anderem trösten; denn Frédéric konnte Deputierter werden, wenn Herr Dambreuse zum Pair ernannt wurde, und dann ihm bei seinen Geschäften behilflich sein, Lieferungen und Konzessionen für ihn durchsetzen. Der junge Mann gefiel ihm persönlich. Er wollte ihn zum Schwiegersohn, weil er sich schon lange in diese Idee verbohrt hatte, die sich nur immer mehr in ihm festsetzte.

Jetzt ging er regelmäßig in die Kirche. Und er hatte Frau Moreau zumal durch die Hoffnung auf den Grafentitel gewonnen. Sie hatte sich jedoch vor einer entscheidenden Antwort gehütet.

So hielt man acht Tage später, ohne daß es ein Verlöbnis gegeben hätte, Frédéric für den ›Zukünftigen‹ von Fräulein Louise; und Papa Roque, der sich wenig Skrupel machte, ließ die beiden manchmal ohne Aufsicht.

5

Deslauriers hatte von Frédéric die Kopie des Schriftstücks über die Abtretung der Forderung mitgenommen und dazu eine regelrechte Vollmacht. Aber als er in seinen fünften Stock hinaufstieg und inmitten seines öden Kabinetts in seinem Schafledersessel saß, ekelte ihn der Anblick des gestempelten Papiers. Er hatte die Dinge satt und die Restaurants zu zweiunddreißig Sous, die Fahrten im Omnibus, sein Elend, seine Mühsal. Er griff wieder nach dem Papierhaufen. Andere Schriftstücke lagen daneben; die Prospekte des Steinkohlenkonzerns mit der Liste der Gruben und den Einzelheiten über ihre Förderung. Frédéric hatte ihm das alles dagelassen, um seine Meinung darüber zu erfahren.

Eine Idee durchfuhr ihn: bei Herrn Dambreuse vorzusprechen und sich um den Posten des Sekretärs zu bewerben. Doch man kam dazu sicher nur gegen den Kauf einer gewissen Zahl von Aktien. Er erkannte, wie unvernünftig sein Plan war. Nein, das wäre schlecht.

Nun fragte er sich, was er tun sollte, um die fünfzehntausend Francs wiederzuerlangen. Für Frédéric bedeutete der Betrag nichts. Aber für ihn, von welchem Nutzen wäre er für ihn gewesen! Und der ehemalige Advokatenschreiber ergrimmte über den Wohlstand des anderen: Er macht einen kläglichen Gebrauch davon. Er ist ein Egoist. Ach, er kann mir gestohlen werden mit seinen fünfzehntausend Francs!

Warum hatte er sie geliehen? Wegen der schönen Augen von Frau Arnoux. Sie war seine Geliebte. Deslauriers zweifelte nicht daran. Das ist noch so etwas, wozu das Geld gut ist! Gehässigkeit beschlich ihn.

Dann dachte er an Frédéric selbst. Er hatte immer auf ihn eine beinahe frauenhafte Anziehung ausgeübt; und bald bewunderte er ihn wegen eines Erfolgs, dessen er sich unfähig fand.
Jedoch, ist nicht der Wille das Grundelement aller Unternehmungen? Und da man durch ihn triumphiert?
›Ach, spaßig wäre das schon!‹
Er schämte sich dieser Treulosigkeit, und eine Minute nachher sagte er sich: ‹Bah! Fürchte ich mich etwa?‹
Frau Arnoux war, weil er so viel von ihr reden hörte, seiner Phantasie allmählich im Licht des Ungewöhnlichen erschienen. Die Beständigkeit dieser Liebe reizte ihn wie ein Problem. Seine etwas theatralische Sittenstrenge verdroß ihn jetzt. Die Dame der Gesellschaft (oder was er darunter begriff) lockte den Advokaten als das Symbol und die Vereinigung tausend unbekannter Wonnen. Er, der Arme, sehnte sich nach dem Luxus in seiner sichtbarsten Form.
›Und wenn er sich ärgert, um so schlimmer für ihn! Er hat sich gegen mich zu übel betragen, als daß ich mich genieren sollte. Ich habe ja keinen Beweis, daß sie seine Geliebte ist. Er hat es vor mir abgeleugnet. Ich bin also frei!‹
Die Begierde, den Schritt zu wagen, verließ ihn nicht mehr. Er war eine Kraftprobe für ihn. Eines Tages lackierte er plötzlich selbst seine Schuhe, kaufte sich weiße Handschuhe und machte sich auf den Weg. Er sah in sich den Ersatz für Frédéric und wähnte fast, es zu sein, durch einen sonderbaren geistigen Vorgang, in dem zugleich Rache war und Sympathie, Nachahmungstrieb und Frechheit.
Er ließ sich als Doktor Deslauriers melden.
Frau Arnoux war überrascht, da sie keinen Arzt um seine Visite gebeten hatte.
»Verzeihung! Doktor der Rechte. Ich komme in Sachen von Herrn Moreau.«
Dieser Name verwirrte sie offenbar. ›Desto besser!‹ dachte der gewesene Advokatengehilfe. Da sie ihn gewollt hat, wird sie auch mich wollen. Und er ermutigte sich durch die überkom-

mene Idee, daß ein Liebhaber leichter zu verdrängen ist als ein Gatte.
Er habe die Freude gehabt, einmal, im Justizpalast, ihr zu begegnen; er nannte sogar das Datum. Über sein Gedächtnis staunte Frau Arnoux. In süßlichem Ton fuhr er fort: »Sie hatten schon einige ... pekuniäre Schwierigkeiten!«
Sie antwortete nicht. Mithin war es in Wahrheit so.
Er begann über allerlei Dinge zu plaudern, ihre Wohnung, die Fabrik. Dann deutete er auf Medaillons am Rand des Spiegels: »Wohl Familienporträts?« Er betrachtete das einer alten Dame, der Mutter von Frau Arnoux. »Sie hat ein sehr gutes Gesicht, südfranzösischer Typ.« Und auf den Einwand, sie sei aus Chartres: »Chartres, eine nette Stadt.«
Er rühmte ihre Kathedrale und ihre Pasteten. Dann sprach er wieder von dem Porträt, behauptete, es ähnle Frau Arnoux, und warf ihr die Schmeichelei indirekt zu. Sie nahm daran keinen Anstoß. Er wurde zuversichtlich und sagte, daß er Arnoux seit langem kenne. »Ein braver Kerl! Aber er kompromittiert sich. Diese Hypothek zum Beispiel, das ist so ein Leichtsinn ...«
»Ja, ich weiß«, sagte sie und zuckte die Achseln.
Dieses unwillkürliche Zeugnis von Verachtung bewog Deslauriers weiterzugehn. »Seine Geschichte mit der Porzellanerde, Sie haben das womöglich nicht erfahren, hätte fast ein böses Ende gehabt, und sogar sein Ruf ...«
Mit einem Stirnrunzeln befahl ihm Frau Arnoux, davon zu schweigen. Er wich ins Allgemeine aus und klagte über das Los der armen Frauen, deren Gatten ihre Habe vergeuden.
»Aber *er* hat Eigentum, mein Herr; ich besitze nichts!«
Gleichviel! Man wußte nicht ... Ein Mann der Praxis konnte da von Nutzen sein. Er bot seine ergebenen Dienste an, pries selbst seine Vorzüge; und er sah ihr durch seine funkelnden Brillengläser ins Gesicht.
Eine dumpfe Betäubung erfaßte ihn. Dann bat sie plötzlich: »Nun aber wollen wir von Ihrem geschäftlichen Auftrag sprechen.«

Er legte ihr seine Akten vor. »Das hier ist Frédéric's Vollmacht. Hat ein Gerichtsvollzieher eine solche Urkunde in der Hand und fordert er zur Zahlung auf, dann ist es so einfach wie nur etwas: binnen vierundzwanzig Stunden . . .« Sie blieb teilnahmslos; er änderte seine Taktik. »Dabei verstehe ich gar nicht, weshalb er jetzt so mahnt, denn nötig hat er das Geld nicht!«

»Wie denn? Herr Moreau war immer sehr liebenswürdig . . .«

»Oh! Ganz Ihrer Meinung!« Und Deslauriers sang Frédéric's Lob. Dann schwärzte er ihn an, hintenherum, schilderte ihn als vergeßlich, selbstsüchtig, knauserig.

»Ich dachte, er sei Ihr Freund, mein Herr?«

»Trotzdem durchschaue ich seine Fehler. So ist er beispielsweise sehr undankbar für . . . wie soll ich sagen? für Sympathie . . .«

Frau Arnoux blätterte in den Akten. Sie unterbrach ihn, um sich ein Wort erklären zu lassen. Er beugte sich über ihre Schulter, so nahe, daß er ihre Wangen streifte. Sie wurde rot. Ihre Röte entflammte Deslauriers; er küßte ihr in hungriger Sinnlichkeit die Hand.

»Was tun Sie da?« Und sie lehnte sich gegen die Mauer und zwang ihn mit ihren großen, in Zorn glänzenden Augen, sich nicht mehr vom Platz zu bewegen.

»Hören Sie mich an! Ich liebe Sie!«

Sie lachte, ein krampfhaftes, schrilles, verzweifeltes, furchtbares Lachen. Deslauriers hatte eine würgende Wut in sich. Er bezwang sich; und mit der Miene eines Besiegten, der um Gnade fleht: »Ah! Das ist ungerecht von Ihnen! Ich würde nicht wie er hingehen und . . .«

»Von wem sprechen Sie?«

»Von Frédéric!«

»Ach, Herr Moreau interessiert mich sehr wenig, ich sagte es Ihnen bereits!«

»Oh, entschuldigen Sie, entschuldigen Sie!« Dann mit scharfer Stimme, die Worte dehnend: »Ich glaubte sogar, Sie empfänden genug für ihn, daß die Nachricht Sie erfreuen würde . . .«

Sie wurde totenblaß. Der ehemalige Advokatenschreiber setzte hinzu: »Er wird heiraten!«
»Er!«
»In einem Monat spätestens, und zwar Fräulein Roque, die Tochter des Verwalters von Herrn Dambreuse. Er ist sogar nur zu dem Zweck nach Nogent gereist.«
Sie fuhr mit der Hand nach dem Herzen, wie unter einem jähen Schlag; doch schon läutete sie. Deslauriers wartete nicht, bis er hinausgeworfen wurde. Als sie sich umdrehte, war er verschwunden.
Frau Arnoux stöhnte leise. Sie näherte sich, um tief zu atmen, dem Fenster. Auf der anderen Straßenseite, auf dem Trottoir, nagelte ein Packer in Hemdsärmeln eine Kiste zu. Fiaker trotteten vorüber. Sie schloß das Fenster und setzte sich wieder. Da die hohen Nachbarhäuser die Sonne abfingen, lag ein kaltes Tageslicht in der Stube. Ihre Kinder waren fort, nichts rührte sich um sie her. Es war eine ungeheure Verlassenheit.
Er wird heiraten! sagte sie sich. Kann es sein? Und ein nervöses Zittern durchrann sie.
Weshalb denn? Liebe ich ihn?
Und plötzlich: Ja, ich liebe ihn! Ich liebe Ihn!
Es war ihr, als versinke sie in einen bodenlosen Abgrund. Auf der Stutzuhr schlug es drei. Sie hörte die metallenen Schwingungen ersterben. Und sie saß noch immer am Rand ihres Sessels, mit starren Augen, und lächelte.
Am selben Nachmittag, zur selben Stunde gingen Frédéric und Fräulein Louise durch den Garten, den Herr Roque am Ende der Insel besaß. Die alte Catherine überwachte sie von fern. Sie schritten nebeneinander, und Frédéric sagte: »Erinnnern Sie sich, wie ich Sie mit in die Felder hinausnahm?«
»Ach, waren Sie gut zu mir!« entgegnete sie. »Sie halfen mir Kuchen im Sand backen, meine Gießkanne füllen, und wiegten mich auf der Strickschaukel!«
»Was ist mit allen Ihren Puppen, die Sie wie Königinnen oder Marquisen benannten?«

»Meiner Seele, das weiß ich nicht!«
»Und wo ist Ihr Hund Moricaud?«
»Der ist ertrunken, der Arme!«
»Und der ›Don Quichotte‹, dessen Stiche wir bunt bemalten?«
»Den habe ich noch!«
Er sprach von ihrer Firmung, und wie niedlich sie zur Vesper war, mit ihrem weißen Schleier und ihrer großen Kerze, indes sie alle um den Chor wandelten und die Glocke dröhnte.
Diese Klänge aus Kindheitstagen hatten, wie es schien, für Fräulein Roque wenig Reiz. Sie fand keine Antwort, dann, nach einer Minute: »Sie unartiger Mensch! Sie haben mir nicht ein einziges Mal geschrieben!«
Frédéric schützte vor, daß er soviel zu arbeiten habe.
»Was arbeiten Sie denn?«
Die Frage verwirrte ihn; dann sagte er, er studiere Politik.
»Ah!« und ohne mehr zu forschen: «Ja, das beschäftigt Sie, aber ich!« Und sie erzählte ihm von ihrer faden Existenz, daß sie niemanden sehe, nicht das geringste Vergnügen habe, die geringste Zerstreuung. Reiten wollte sie. »Der Vikar behauptet, das schicke sich für ein junges Mädchen nicht. O wie dumm das ist, diese Schicklichkeit! Früher ließ man mich alles tun, was ich eben mochte; und jetzt nichts!«
»Ihr Vater liebt Sie doch!«
»Ja, aber ...« Sie stieß einen Seufzer aus, der besagte: Davon wird man nicht glücklich.
Sie schwiegen. Sie hörten nur das Knirschen des Sandes unter ihren Füßen und das Rauschen des stürzenden Wassers; denn oberhalb von Nogent spaltet sich die Seine. Der Lauf, der die Mühlen treibt, ergießt hier seinen übergroßen Wasserschwall, um weiter unten in das angestammte Flußbett zurückzukehren; und kommt man von den Brücken, so sieht man rechts an dem anderen Ufer eine Rasenböschung, auf der ein weißes Haus steht. Links zwischen den Wiesen sind lange Reihen von Pappeln, und der Horizont geradeaus schneidet eine Biegung des Flusses ab. Er war spiegelglatt; große Insekten tanzten auf der ruhigen Flä-

che. Gebüsch von Schilfrohr und Binsen rahmte sie ungleich ein. Allerlei hierher verpflanzte Blumen breiteten sich aus, mit goldenen Knospen, ließen gelbe Blütentrauben hängen oder Spindeln von amarantroten Blumen aufragen, bildeten, nach dem Zufall wuchernd, grüne Gespinste. In einer Bucht entfalteten sich Wasserrosen, und eine Gruppe alter Weiden, unter denen Wolfseisen versteckt lagen, war die ganze Abwehr an den Grenzen des Gartens.

Drinnen faßten vier Mauern mit Schindeln den Gemüsegarten ein, dessen Erdschollen, neu umgeackert, in braune Klumpen zerschnitten waren. Die Melonenglocken leuchteten nebeneinander auf ihrem engen Beet; Artischocken, Bohnen, Spinat, Mohrrüben und Tomaten wechselten ab bis zu einem Spargelgrund, der wie ein Wäldchen von Federbüschen aussah.

Unter dem Direktorium war dieses Terrain das gewesen, was man damals *une folie* nannte. Seitdem waren die Bäume maßlos gewachsen. Wilder Wein umstrickte die Laubengänge der Hagebuchen, die Alleen waren mit Moos bedeckt, überall starrte Dorngestrüpp. Torsos von Statuen zerbröckelten ihren Gips unter dem Gras. Wenn man ging, rannte man gegen die Trümmer eines Drahtzauns. Von dem Pavillon waren nur noch zwei Zimmer des Erdgeschosses da mit Fetzen blauer Tapete. Vor der Fassade erstreckte sich ein Spalier in italienischem Stil, ein Stabgitter auf Ziegelpfeilern, das Weinstöcke trug.

Sie krochen beide darunter, und als das Licht durch die ungleichen Löcher des grünen Zeltes fiel, betrachtete Frédéric, indes er von der Seite mit Louise sprach, den Schatten der Blätter auf ihrem Antlitz. Sie hatte im Knoten ihres roten Haars eine Nadel mit einer Glaskugel daran, die Smaragd imitierte; und sie trug trotz ihrer Trauer (so harmlos war sie in ihrem schlechten Geschmack) Strohpantoffeln mit rosa Atlas, einen billigen Putz, den sie wohl auf irgendeinem Jahrmarkt gekauft hatte.

Er bemerkte es und machte ihr ein ironisches Kompliment. »Verspotten Sie mich nicht!« sagte sie. Dann musterte sie ihn

ganz, vom grauen Filzhut bis zu den seidenen Strümpfen. »Wie gefallsüchtig Sie sind!«
Nachher bat sie ihn, ihr Werke zu nennen, die sie lesen sollte. Er nannte ihr einige; und sie sagte: »Oh, sind Sie gebildet!«
Als kleines Mädchen hatte sie für ihn eine der kindlichen Leidenschaften gehegt, die die Reinheit einer Religion haben und das Ungestüm eines Naturdranges. Er war ihr Kamerad gewesen, ihr Bruder, ihr Lehrer, er hatte ihren Geist zur Fröhlichkeit erwachen, ihr Herz schlagen lassen und unwillkürlich in ihre Tiefen einen verborgenen, steten Rausch gesenkt. Dann hatte er sich von ihr in einer vollen tragischen Krise entfernt, als ihre Mutter kaum tot war und zwei Verzweiflungen in ihr zusammenflossen. Die Abwesenheit hatte ihn in ihrer Erinnerung idealisiert. Er kam wieder mit einer Art Glorie, und naiv schwelgte sie in dem Glück, daß er da war.
Zum erstenmal in seinem Leben fühlte Frédéric sich geliebt; und dieser neue Genuß, der für ihn nicht über sonstige angenehme Empfindungen hinausging, schwellte ihm sacht das Herz, so sehr, daß er die Arme spreizte und den Kopf zurückwarf.
Eine dicke Wolke eilte am Himmel vorüber. »Sie zieht nach Paris zu«, sagte Louise. »Sie möchten ihr folgen, nicht wahr?«
»Ich! Weshalb?«
»Nun, wer weiß!« Und sie durchbohrte ihn mit dem Blick: »Vielleicht haben Sie dort (sie suchte nach einem Wort) eine Liebe.«
»Eh! Ich habe keine Liebe!«
»Bestimmt nicht?«
»Aber nein, mein Fräulein, bestimmt nicht!«
In weniger als einem Jahr war mit dem jungen Mädchen eine außerordentliche Wandlung geschehen, über die Frédéric staunte. Er schwieg eine Minute lang und fügte hinzu: »Wollen wir uns nicht so wie einst duzen?«
»Nein.«
»Warum nicht?«
»Darum nicht!«

Er beharrte bei seiner Frage. Sie antwortete, indem sie den Kopf niederhielt: »Ich traue mich nicht!«
Sie waren am Ende des Gartens, auf dem Strandkies des Livon. Wie Straßenjungen tun, begann Frédéric Steine über das Wasser hinweg zu schleudern. Sie befahl ihm, sich zu setzen. Er gehorchte; dann, mit dem Blick auf die Wellen: »Es ist wie am Niagara!«
Er begann von fernen Ländern und großen Reisen zu erzählen. Die Idee, solche auch zu machen, entzückte sie. Sie hätte vor nichts Angst gehabt, nicht vor Stürmen, nicht vor Löwen.
Nebeneinander sitzend hoben sie Sandkörner auf, je eine Handvoll, und ließen sie sich, während sie plauderten, durch die Finger rieseln. Und der warme Wind von der Ebene her brachte ihnen in Stößen den Duft von Lavendel, mit dem Geruch von Teer, der einer Barke hinter der Schleuse entquoll. Der Sonnenschein traf die Kaskade; die grünlichen Blöcke der kleinen Mauer, an der das Wasser vorbeifloß, waren wie von einer flatternden Silbergaze überzogen. Eine breite Barre von Schaum sprang unten im Takt empor. Dann wurden daraus Wirbel und Strudel, zahllose sich begegnende Bäche, die zuletzt in einen einzigen hellen Wasserspiegel verschmolzen.
Louise flüsterte, sie beneide die Fische: »Das muß wonnig sein, sich dort zu wälzen, solange man mag, sich an allen Gliedern kosen zu lassen.« Und sie schauderte mit Bewegungen sinnlicher Lustempfindung.
Aber eine Stimme rief: »Wo bist du?«
»Ihre Magd sucht Sie«, sagte Frédéric.
»Gut! Gut!« Louise ließ sich nicht stören.
»Sie wird ungeduldig werden«, fing er nochmals an.
»Das ist mir egal, und übrigens . . .« Fräulein Roque deutete durch eine Geste an, daß sie zu ihr hielt.
Sie stand jedoch trotzdem auf, dann klagte sie über Kopfschmerz. Und als sie an einem geräumigen Schuppen, in dem Reisig geschichtet lag, vorübergingen, schlug sie vor: »Wollen wir nicht da unterschlupfen, unters Dachkandel?«

Er tat, als kenne er das ländliche Wort nicht, und neckte sie wegen ihres Dialekts. Nach und nach kniff sie ihre Mundwinkel zusammen, biß sich auf die Lippen und ging schmollend abseits.

Frédéric holte sie ein und beteuerte, er habe ihr nicht wehtun wollen und liebe sie sehr.

»Ist das wahr?« rief sie und sah ihn mit einem Lächeln an, von dem ihr ganzes, ein wenig sommersprossiges Gesicht strahlte.

Er ergab sich dieser Tapferkeit des Gefühls, dieser Jugendfrische und erwiderte: »Warum soll ich dich belügen? Zweifelst du daran, was?« Und er umfaßte mit dem linken Arm ihre Taille.

Ein Schrei, anmutig wie das Gurren einer Taube, entrang sich ihrer Kehle; ihr Kopf neigte sich rückwärts, sie wurde ohnmächtig, er stützte sie. Die Gewissenswarnungen seiner Rechtschaffenheit waren nicht notwendig; vor dieser Jungfrau, die sich ihm anbot, hatte ihn Furcht befallen. Er half ihr dann vorsichtig bei den ersten Schritten. Die zärtlichen Reden vermied er nun, er wollte nur noch Belangloses sagen und sprach mit ihr über Personen der Gesellschaft von Nogent.

Plötzlich schob sie ihn fort und äußerte in bitterem Ton: »Du wirst ja nie wagen, mich zu entführen!«

Er blieb stehen, mit der Miene völliger Ratlosigkeit. Sie brach in Schluchzen aus und drückte ihren Kopf an seine Brust: »Kann ich denn ohne dich leben?«

Er versuchte sie zu beschwichtigen. Sie legte ihm beide Hände auf die Schulter, um ihm besser ins Antlitz zu sehen, und blitzte ihn mit ihren feuchten grünen Augen an, die fast die eines Raubtiers waren: »Willst du mein Mann sein?«

»Aber ...«, erwiderte Frédéric und fand kaum eine Antwort. »Gewiß ... ich wünsche mir nichts Schöneres.«

In diesem Moment erschien die Mütze des Herrn Roque hinter einem Fliederstrauch.

Er ließ sich von seinem »jungen Freund« auf einer zweitägigen Fahrt in die Umgegend begleiten; und als Frédéric wiederkam, erwarteten ihn bei seiner Mutter drei Briefe.

Der erste war ein Billet von Herrn Dambreuse, der ihn für den vorigen Dienstag zum Diner einlud. Weshalb diese Gunst? So hatte man ihm seine Unbesonnenheit verziehen.
Der zweite war von Rosanette. Sie dankte ihm, daß er sein Leben für sie aufs Spiel gesetzt habe. Frédéric wurde nicht sofort klug daraus. Endlich, nach vielen Umschweifen, beschwor sie ihn bei seiner Freundschaft und im festen Glauben an sein Zartgefühl, auf den Knien, wie sie schrieb, da sie in großer Not sei, und so wie man um Brot fleht, ihr ein kleines Darlehen von fünfhundert Francs zu geben. Er war ohne Zaudern bereit, es ihr zukommen zu lassen.
Der dritte Brief, von Deslauriers, handelte von der abgetretenen Forderung und war lang und dunkel. Der Advokat hatte noch nichts verfügt. Er bat ihn, sich von nichts abhalten zu lassen. »Es bedarf Deiner Rückkehr nicht!« Das wiederholte er sogar mit seltsamer Hartnäckigkeit.
Frédéric verlor sich in allerlei Vermutungen, und er wollte nach Paris; diese angemaßte Vormundschaft empörte ihn. Auch hatte er schon Heimweh nach dem Boulevard. Und seine Mutter quälte ihn so andauernd, Herr Roque umkreiste ihn so schlau, und Fräulein Louise liebte ihn so stark, daß er gezwungen war, sich ohne Zögern zu erklären. Er mußte nachdenken; in der Entfernung konnte er besser urteilen.
Um seine Reise zu motivieren, ersann Frédéric eine Geschichte; und als er abfuhr, sagte er jedem, er werde bald wieder daheim sein, und glaubte es selbst.

6

Seine Ankunft in Paris war nicht heiter. Es war ein Abend in den letzten Tagen des August, der Boulevard schien leer, die Passanten folgten sich mit verdrossenen Gesichtern, hier und dort dampfte ein Asphaltkessel, an vielen Häusern waren die Jalousien bis unten geschlossen. In seiner Wohnung bedeckte Staub die Möbelstoffe; und während er allein speiste, übermannte ihn ein Gefühl von Verlassenheit. So dachte er an Fräulein Roque. Die Idee einer Heirat mit ihr war für ihn nicht mehr so absonderlich. Sie würden reisen, nach Italien, nach dem Orient. Und er sah sich auf einem Hügel, in der Betrachtung einer Landschaft, oder Arm in Arm mit ihr vor den Gemälden einer florentinischen Galerie. Welche Freude mußte es sein, wenn das gute kleine Geschöpf vor seinen Augen im Glanz der Kunst und der Natur erblühte! Ihrer Umwelt entrissen, war sie bald eine bezaubernde Gefährtin. Auch war das Geld des Herrn Roque nicht zu verachten. Und dennoch widerstrebte ihm das alles wie eine Schwäche, eine Erniedrigung.

Doch was er auch tun würde, er war entschlossen, sein Dasein zu ändern, das heißt, nicht mehr an unfruchtbare Leidenschaften sein Herz zu vergeuden. Und er schob sogar eine Bestellung, die Louise ihm mitgegeben hatte, auf. Er sollte für sie bei Jacques Arnoux zwei große buntfarbige Statuetten kaufen, Figuren von Negern, wie sie in Troyes im Hause des Präfekten standen. Sie kannte die Fabrikmarke und wünschte keine andere. Frédéric hatte Furcht, wenn er noch einmal ›zu ihnen‹ ginge, seiner alten Liebe wiederum zu verfallen.

Darüber sann er den ganzen Abend nach; und er wollte sich schon zu Bett legen, als eine Frau eintrat. »Ich bin es«, begrüßte ihn lachend Fräulein Vatnaz. »Rosanette schickt mich her.«

So hatte sie sich ausgesöhnt?

»Mein Gott, ja! Ich bin nicht nachtragend, das wissen Sie. Und dann, das arme Kind . . . Es wäre zu weitläufig, wollte ich Ihnen all das erzählen.«

Kurz, die Marschallin hatte Sehnsucht nach ihm, sie erwartete eine Antwort, nachdem ihr Brief von Paris nach Nogent gewandert war. Fräulein Vatnaz wußte nicht, was er enthielt. Frédéric erkundigte sich nach der Marschallin.

Sie »lebte« jetzt mit einem sehr reichen Mann, einem Russen, dem Fürsten Tschernukoff, der sie im vergangenen Sommer bei dem Rennen auf dem Champ de Mars gesehen hatte. »Sie hat

drei Wagen, ein Reitpferd, Livree, Groom nach dem englischen Chic, ein Landhaus, eine Loge im Théâtre Italien und eine Masse andrer Dinge. Ja, ja, mein Lieber!« Und als hätte auch sie von diesem Glücksumschwung ihren Profit, schien sie lustiger, ganz aufgeheitert. Sie legte ihre Handschuhe ab und betrachtete genau die Möbel und die kleinen Kunstsachen im Zimmer. Sie schätzte sie nach ihrem richtigen Preis, wie ein Trödler. Er hätte ihren Rat erfragen sollen, um sie wohlfeiler zu erstehen; und sie gratulierte ihm zu seinem guten Geschmack. »Ah, das ist niedlich, etwas sehr Gutes. Solche Ideen können nur Sie haben.«
An der Hinterwand des Alkovens sah sie eine Tür: »Ach, da verschwinden die Dämchen, was?« Und freundschaftlich griff sie ihm ans Kinn. Er zitterte bei der Berührung ihrer langen Hände, die mager und doch weich waren. Um die Handgelenke hatte sie eine Spitzenkrause und auf dem Mieder ihres grünen Kleides Borten wie ein Husar. Ihr schwarzer Tüllhut, dessen Ränder herabhingen, verbarg ein wenig ihre Stirn; darunter glühten ihre Augen. Ein Patschuliduft entströmte ihrem Haar. Im Schein der auf einem Tischchen stehenden Carcellampe, der sie wie das Licht einer Bühnenrampe von unten beleuchtete, sprang ihr Kinnbacken hervor; und plötzlich hatte Frédéric vor dieser häßlichen Frau, deren Hüften gleiten konnten wie der biegsame Leib einer Pantherin, eine maßlose Begierde, ein Verlangen von tierischer Wollust.
Sie zog aus ihrer Börse drei Theaterbilletts und fragte ihn mit salbungsvoller Stimme:
»Das werden Sie mir doch abnehmen?« Es waren drei Plätze für ein Benefiz von Delmar.
»Wie denn? Für ihn?«
»Nun ja!« Ohne sich näher darüber auszulassen, setzte Fräulein Vatnaz hinzu, daß sie ihn mehr anbete als jemals. Wenn man ihr glaubte, war der Schauspieler definitiv unter die »Koryphäen der Gegenwart« zu rechnen. Und er verkörperte nicht diese oder jene Rolle, nein, das Genie Frankreichs selbst, das Volk! In ihm war »die Seele der Menschheit«; er wußte, was »das Hohepri-

stertum der Kunst« ist! Um die Lobpreisungen nicht mehr zu hören, gab Frédéric ihr das Geld für die drei Plätze.
»Sie brauchen bei ihr nicht davon zu reden! Gott, ist das schon spät! Ich muß fort. Ach, fast hätte ich Ihnen die Adresse nicht genannt: Rue Grange-Batelière 14.«
Und auf der Schwelle: »Adieu, geliebter Freund!«
Geliebt von wem? fragte sich Frédéric. Was für eine merkwürdige Person! Und er erinnerte sich, daß Dussardier ihm einmal von ihr gesagt hatte: »Oh, mit der ist nicht viel los!« als spielte er auf wenig ehrenhafte Geschichten an.
Am folgenden Tag ging Frédéric zu der Marschallin. Sie wohnte in einem Neubau, dessen Markisen nach der Straße zu hochgestellt waren. Auf jeder Etage gab es einen Wandspiegel, vor den Fenstern Kästen mit Gartenblumen, auf allen Stufen bis oben einen langen Leinwandteppich; und wenn man von draußen kam, erfrischte die Kühle des Treppenhauses.
Ein männlicher Dienstbote öffnete, ein Kammerdiener mit roter Weste. Im Vorflur saßen, auf einer Bank, eine Frau und zwei Männer, sicher Lieferanten, und warteten wie im Vestibül eines Ministers. Zur Linken sah man durch die halboffene Tür des Speisesaals leere Flaschen auf den Büfetts, Servietten auf den Stuhllehnen; und parallel zu ihm lief eine Galerie, in der goldene Stäbe ein Rosenspalier stützten. Unten im Hof reinigten zwei nacktarmige Burschen einen Landauer. Ihre Stimmen drangen bis hinauf und dazwischen ab und zu das Geräusch eines Striegels, mit dem man gegen einen Stein klopfte. Der Diener kam zurück. Die Gnädige empfing den Herrn. Er geleitete ihn durch einen zweiten Vorraum, dann durch einen großen, mit gelbem Brocatelle bespannten Salon; die schneckenförmig gewundenen Verzierungen in den Ecken vereinigten sich auf dem Plafond und schienen fortzulaufen in den wie dicke Seile gedrehten Ranken des Lüsters. In der letzten Nacht hatte man hier offenbar ein Fest veranstaltet. Zigarrenasche lag noch auf den Konsolen.
Nun endlich trat er in eine Art Boudoir, das durch farbige Fensterscheiben ein unbestimmtes Licht empfing. Aus Holz ge-

schnitzte Kleeblätter schmückten die Türsimse; hinter einer Balustrade waren drei purpurrote Polster zu einem Diwan zusammengerückt, und quer darauf lag das Pfeifenrohr eines Nargileh von Platin. Über dem Kamin befand sich statt eines Spiegels eine Pyramide, auf deren Brettern eine ganze Raritätensammlung sich reihte: alte silberne Taschenuhren, Becher aus böhmischem Glas, Edelsteinagraffen, Knöpfe von Jade. Emailarbeiten, Affen aus Porzellan, eine kleine byzantinische Jungfrau mit goldrotem Mantel; und das alles zerfloß, mit der bläulichen Farbe des Teppichs, dem Perlmutterreflex der Stühlchen, dem fahlen Ton der mit kastanienbraunem Leder bedeckten Wände in goldener Dämmerung. In den Winkeln, auf Schemeln, standen Bronzevasen mit Blumenbüscheln, von denen die Luft schwer war.

Rosanette erschien, in einem Jäckchen von rotem Satin, einer Hose von weißem Kaschmir, mit einem Halsband aus Piastern und einem roten Käppchen, um das ein Jasminzweig geflochten war. Frédéric fuhr im ersten Moment überrascht zurück; aber dann sagte er zu ihr, er habe »das Betreffende« bei sich, und überreichte ihr eine Banknote.

Sie schaute ihn verdutzt an; und da sie den Zettel noch immer in der Hand hatte und nicht wußte, wohin sie ihn geben sollte, rief er: »Nehmen Sie doch!«

Sie tat es und warf die Note auf den Diwan. »Sehr freundlich von Ihnen!«

Sie wollte sie für die Bezahlung eines Grundstücks in Bellevue verwenden, für das sie Jahresraten entrichtete. Eine solche Unverschämtheit beleidigte Frédéric. Nun, um so besser, das war die Rache für das Vergangene.

»Setzen Sie sich!« sagte sie. »Hierhin, näher.« Und in ernstem Ton: »Vor allem muß ich Ihnen danken, mein Lieber, daß Sie Ihr Leben für mich riskiert haben.«

»Oh, das war doch nichts!«

»Wieso! Das ist doch sehr schön!« Und die Marschallin bezeugte eine Erkenntlichkeit, die ihm peinlich war; denn sie mußte glauben, daß er sich allein für Arnoux geschlagen habe, da dieser, der sich das vortäuschte, es ihr wohl ausgeplaudert hatte. Vielleicht bin ich lächerlich für sie, dachte Frédéric.

Er hatte hier nichts mehr zu suchen, und so erhob er sich; er müsse zu einem Rendezvous.

»Aber nein! Bleiben Sie noch!«

Er setzte sich wieder und machte ihr ein Kompliment über ihre malerische Tracht.

Sie erwiderte mit apathischem Gesicht: »Der Fürst möchte, daß ich so gehe! Und so ein Dings muß ich rauchen«, fügte sie hinzu und zeigte auf das Nargileh. »Wollen Sie mal probieren?«

Man brachte ihr Feuer! Da der Tabak sich nur langsam anzünden ließ, zappelte sie vor Ungeduld. Dann versank sie in eine Erschlaffung. Sie saß unbeweglich auf dem Diwan, ein Kissen in der Achselhöhle, den Rumpf ein wenig verrenkt, ein Knie gebeugt, das andere Bein gerade. Die lange Schlange von rotem Saffianleder, die sich am Boden ringelte, rollte sich um ihren Arm. Sie hielt die Bernsteinspitze an ihren Mund und blinzelte Frédéric durch den Rauch hindurch an, dessen Spiralen sie umwogten. Ihre Atemzüge ließen das Wasser gluckern, und bisweilen flüsterte sie:

»Der arme Schatz! Der arme Kleine!«

Er wollte ein passendes Konversationsthema finden; und er dachte an die Vatnaz. Er sagte, sie sei ihm sehr elegant vorgekommen.

»Das will ich meinen!« entgegnete die Marschallin. »Die kann glücklich sein, daß sie mich hat!« Und sie fügte kein Wort mehr hinzu, so gehemmt waren sie in ihrem Gespräch.

Beide fühlten sie einen Zwang, ein Hindernis. Das Duell, als dessen Ursache Rosanette sich selbst betrachtete, hatte ihrer Eitelkeit geschmeichelt. Dann staunte sie sehr, daß er nicht schnell zu ihr kam und sich mit seiner Heldentat aufspielte; und um ihn zur Rückkehr zu nötigen, hatte sie erdichtet, daß sie jene fünfhundert Francs sofort brauche. Wieso verlangte Frédéric nicht als Lohn von ihr ein bißchen Zärtlichkeit? Das war ein Raffinement, das sie sehr wunderte; und in einer Herzenswallung fragte sie ihn:

»Möchten Sie nicht mit, wenn wir ins Seebad reisen?«
»Wer ist das: wir?«
»Ich und mein Alter. Ich gebe Sie für meinen Vetter aus, wie in den alten Komödien.«
»Tausend Dank!«
»Dann werden Sie ganz nahe bei uns wohnen.«
Die Idee, sich vor einem reichen Mann zu verstecken, demütigte ihn.
»Nein, unmöglich.«
»Wie es Ihnen beliebt.«
Rosanette wandte sich ab; und in ihren Wimpern hing eine Träne. Frédéric bemerkte es; und um Interesse für sie zu bekunden, sagte er es freue ihn, sie endlich in einer ausgezeichneten Situation zu wissen.
Sie hob die Schultern.
Was für einen Schmerz hatte sie denn noch? Wurde sie etwa nicht geliebt?
»Oh! mich liebt man immer.« Dann fügte sie hinzu: »Es fragt sich nur, wie.«
Die Marschallin klagte, die Hitze sei zum Ersticken, und streifte das Jäckchen ab; und ohne eine andere Leibeshülle als ihr Seidenhemd beugte sie ihren Kopf zu seinem Hals hinab, mit dem Ausdruck einer Sklavin und lockend.
Ein Mann von weniger vorsichtigem Egoismus hätte nicht gedacht, daß der Vicomte, Herr de Comaing oder ein anderer, dazukommen könnte. Frédéric war zu oft von denselben Blicken genarrt worden, um sich von neuem zu blamieren.
Sie wollte wissen, mit wem er umgehe, wie er sich zerstreue. Sie fragte ihn sogar nach seinen Geschäften aus und bot ihm an, ihm Geld zu leihen, wenn er Bedarf habe. Nervös nahm Frédéric seinen Hut. »Also, meine Liebe, viel Vergnügen im Bad! Auf Wiedersehn!«
Sie riß die Augen auf; dann erwiderte sie trocken: »Auf Wiedersehn!«
Er schritt durch den gelben Salon und den zweiten Vorflur. Zwi-

schen einer Schale mit Visitenkarten und einem Tintenfaß stand auf einem Tisch ein ziseliertes silbernes Kästchen. Es war das von Frau Arnoux. Das rührte ihn und erregte ihn zugleich wie eine schmachvolle Entweihung. Er hätte es anfassen, es öffnen mögen. Doch er hatte Furcht, beobachtet zu werden, und schritt hinaus. Frédéric war tapfer. Er ging nicht mehr zu den Arnoux. Er schickte seinen Diener hin, die zwei Neger zu kaufen, nachdem er ihm alle erforderlichen Anweisungen gegeben hatte; und noch am selben Abend wurde die Kiste nach Nogent gesandt. Als er am folgenden Tag zu Deslauriers unterwegs war, traf er an der Ecke der Rue Vivienne und des Boulevard mit Frau Arnoux zusammen.

Beide wichen sie anfangs zurück. Dann huschte das gleiche Lächeln auf ihre Lippen, und sie traten aufeinander zu. Während einer Minute sprach keiner von ihnen.

Das Sonnenlicht umwob sie; und ihr ovales Antlitz, ihre langen Brauen, ihr schwarzer Spitzenschal, in dem sich die Form ihrer Schultern abzeichnete, ihr Kleid von taubengrauer Seide, das Veilchensträußchen an ihrem Kapotthut, das alles erschien ihm von Strahlen umwebt. Eine unsagbare Holdheit ergoß sich aus ihren herrlichen Augen; und die ersten Worte stammelnd, die ihm einfielen, fragte Frédéric:

»Wie geht es Arnoux?

»Ich danke Ihnen.«

»Und Ihren Kindern?«

»Es geht ihnen sehr gut.«

»Ah! Ah! Prachtvolles Wetter, nicht wahr?«

»Ja, prachtvoll!«

»Sie machen Besorgungen?«

»Ja.« Und mit leichtem Kopfnicken: »Adieu!«

Sie hatte ihm nicht ihre Hand gewährt, kein freundschaftliches Wort gesagt, ihn nicht einmal zum Besuch eingeladen. Was kümmerte das ihn? Er hätte diese Begegnung nicht für das schönste Abenteuer missen wollen. Und indes er weiterging, träumte er von der Lieblichkeit der wenigen Momente.

Deslauriers, der ihn mit Überraschung sah, verhehlte seinen Ärger. Denn aus Eigensinn hatte er sich noch einige Hoffnung auf die Gunst von Frau Arnoux gemacht; und er hatte, um in seinen Manövern ungehindert zu sein, Frédéric geschrieben, er solle in Nogent bleiben.

Er erzählte ihm jedoch, daß er sich bei ihr gemeldet habe, um zu wissen, ob sie laut Ehevertrag in Gütergemeinschaft lebten; denn dann könne man sich an der Frau schadlos halten. »Und ein komisches Gesicht hat sie geschnitten, als sie durch mich von deiner Heirat erfuhr.«

»So! Was ist das für eine Erfindung?«

»Es mußte sein, um ihr darzutun, daß du deine Gelder brauchtest! Wäre sie gleichgültig gegen dich, so hätte sie nicht diese Art Ohnmacht durch Herzschwäche gehabt.«

»Was, wirklich?« rief Frédéric.

»Ah, mein Junge! Du verrätst dich! Sei offen, also!«

Eine unendliche Feigheit bemächtigte sich dessen, der Frau Arnoux liebte. »Nein doch! Ich versichere dir! Auf Ehrenwort!«

Diese matten Verneinungen überzeugten Deslauriers vollends. Er gratulierte ihm. Er wollte »Genaueres« wissen. Frédéric teilte ihm nichts mit und widerstand sogar dem Hang, mit seiner Phantasie auszuhelfen.

Wegen der Hypothek, sagte er ihm, solle er nichts tun, abwarten. Deslauriers erklärte das für falsch und wurde sogar in seinen Vorhaltungen brutal.

Er war übrigens finsterer, böser und zorniger als jemals. In einem Jahr wollte er, wenn sein Schicksal sich nicht änderte, nach Amerika auswandern oder sich ein Kugel vor den Kopf schießen. Er war so voll Wut gegen alles und so bedingungslos in seinem Radikalismus, daß Frédéric ihm unwillkürlich sagte: »Jetzt bist du ja wie Sénécal.«

Bei dieser Gelegenheit hörte er von Deslauriers, daß Sénécal aus Sainte-Pélagie entlassen worden war, wohl weil die Untersuchung nicht hinlängliche Beweise geliefert hatte, um ihn vor Gericht zu stellen.

Aus Freude über seine Befreiung wollte Dussardier »einen Punsch offerieren«, und bat Frédéric, »mit von der Partie zu sein«. Er sagte ihm auch, daß er sich mit Hussonnet treffen werde, der sehr gut an Sénécal gehandelt habe.
Der ›Flambart‹ hatte sich nämlich durch ein Büro erweitert, auf dessen Prospekten stand: ›Kontor für Weinbau – Reklamedienst – Eintreibung von Geldern, Auskünfte usw.‹ Doch da der Bohémien vermeiden wollte, daß seine industrielle Tätigkeit seinem literarischen Ansehen schade, hatte er zur Buchführung den Mathematiker genommen. Es war zwar ein bescheidener Posten, doch hätte Sénécal ohne ihn Hungers sterben müssen.
Da Frédéric den braven Dussardier nicht kränken mochte, willigte er ein.
Drei Tage vorher hatte der Kommis die rote Steindiele seiner Mansarde gebohnert, den Sessel ausgestaubt und den Kamin abgewischt, wo man unter einem Glassturz eine Uhr von Alabaster zwischen einem Tropfsteinklumpen und einer Kokosnuß sah. Da seine beiden Kerzenleuchter und seine Wachsstockbüchse nicht reichten, hatte er sich vom Portier zwei hohe Armleuchter geborgt; und diese fünf Lichtspender glänzten auf der Kommode, die mit drei Servietten gedeckt war, zu dezenterer Herrichtung von Makkaroni, Biskuits, Buttergebäck und zwölf Flaschen Bier. Gegenüber, an der mit gelbem Papier tapezierten Wand, lehnte eine kleine Bibliothek von Mahagoni, die die ›Fabeln‹ von Lachambeaudie enthielt, die ›Geheimnisse von Paris‹ und den ›Napoleon‹ von Norvins; und inmitten des Alkovens lächelte in einem Palisanderrahmen das Gesicht Béranger's.
Die Gäste waren, außer Deslauriers und Sénécal, ein junger Apotheker, der kürzlich bestanden hatte, aber nicht das Geld besaß, um sich zu etablieren, ein junger Mann von Dussardier's Firma, ein Weinreisender, ein Architekt und ein Versicherungsagent. Regimbart hatte nicht kommen können, was man bedauerte.
Man empfing Frédéric mit großer Sympathie; denn alle kannten durch Dussardier die Sprache, die er bei Herrn Dambreuse geführt hatte. Sénécal bot ihm mit Würde die Hand.

Er stand am Kamin. Die anderen saßen, mit der Pfeife an den Lippen, und hörten ihm zu, wie er die Notwendigkeit des allgemeinen Stimmrechts erörterte, aus dem sich der Triumph der Demokratie erheben sollte, die Verwirklichung der Prinzipien des Evangeliums. Die Stunde nahte schon. In den Provinzen mehrten sich die reformistischen Banketts; Piemont, Neapel, Toscana ...

»Es ist wahr«, fiel ihm Deslauriers ins Wort, »es kann nicht länger so dauern.« Und er entwarf ein Bild der Gesamtlage. Wir hatten Holland geopfert, um von England die Anerkennung Louis-Philippe's zu erlangen; und nun war diese berühmte englische Allianz durch die spanischen Heiraten verloren. In der Schweiz hielt Guizot, im Schlepptau Österreichs, die Bundesverfassung von 1815 aufrecht. Preußen mit seinem Zollverein rührte sich, uns Schwierigkeiten zu schaffen. Die Orientfrage blieb ungelöst.

»Daß der Großfürst Konstantin dem Herzog von Aumale Präsente schickt, ist noch kein Grund, dem Zaren zu trauen. Und in der inneren Politik hat man noch nie soviel Verblendung, soviel Dummheit erlebt. Nicht einmal ihre Mehrheit hält sie noch zusammen. Überall, nach dem bekannten Wort, nichts, nichts, nichts! Und bei all der Schande«, schloß der Advokat und stemmte die Fäuste in die Hüften, »erklären sie, zufrieden zu sein!«

Diese Anspielung auf ein berühmtes Votum rief Beifallsgeklatsch hervor. Dussardier entkorkte eine Flasche Bier; der Schaum bespritzte die Gardinen, er achtete nicht darauf. Er stopfte die Pfeifen, zerschnitt das Gebäck, bot an und war schon mehrmals die Treppen hinuntergestiegen, um zu sehen, ob der Punsch komme. Bald ereiferte man sich; denn in allen lebte derselbe Groll gegen die Staatsmacht. Er war leidenschaftlich, nur aus Haß gegen Ungerechtigkeit; und in sachliche Beschwerden mischten sich sehr törichte Vorwürfe.

Der Apotheker seufzte über den jämmerlichen Zustand der Flotte. Der Versicherungsagent wollte Beseitigung der doppel-

ten Schildwache vor dem Hause des Marschalls Soult. Deslauriers entlarvte die Jesuiten, die sich ganz öffentlich in Lille niedergelassen hatten. Sénécal fluchte noch mehr Herrn Cousin; denn der Eklektizismus, dessen Lehre der Vernunft die Gewißheit entzog, förderte den Egoismus und vernichtete die Solidarität.
Der Weinreisende, der hiervon wenig begriff, sagte laut, daß Sénécal vieles, was haarsträubend sei, vergesse. »Der königliche Salonwagen auf der Nordbahn wird achtzigtausend Francs kosten! Wer bezahlt ihn?«
»Ja, wer bezahlt ihn?« echote der junge Kaufmann, wütend, als ob das Geld aus seiner Tasche käme.
Es folgten Anschuldigungen gegen die Wucherer der Börse und die Bestechlichkeit der Beamten. Nach Sénécal mußte man noch höher gehen und vor allem die Prinzen verklagen, die die Sittenlosigkeit der Régence erneuerten. Sah man nicht letzthin die Freunde des Herzogs von Montpensier von Vincennes zurückkommen, sicherlich berauscht, und durch ihre Chansons die Arbeiter in Faubourg Saint-Antoine herausfordern?
»Es ist sogar gerufen worden: Nieder mit den Dieben!« sagte der Apotheker. »Ich war dabei, ich habe mitgerufen!«
»Desto besser! Seit dem Prozeß Teste-Cubières wird das Volk wach.«
»Mir ist der Prozeß peinlich«, sagte Dussardier, »weil er einen alten Soldaten bloßstellt.«
»Wissen Sie«, sagte Sénécal, »was man bei der Herzogin von Praslin entdeckt hat?«
Aber die Tür wurde mit dem Fuß aufgestoßen. Hussonnet trat ein. »Meinen Gruß, edle Herren!« sagte er und setzte sich auf das Bett.
Niemand erwähnte seinen Artikel, den er übrigens bedauerte; die Marschallin hatte ihn derb heruntergeputzt. Er hatte soeben im Theater von Dumas den ›Chevalier de Maison-Rouge‹ gesehen und fand das »zum Auswachsen«.
Ein solches Urteil verblüffte die Demokraten, da dieses Schauspiel durch seine Gesinnung oder vielmehr durch seine Dekora-

tionen ihrem Instinkte schmeichelte. Sie erhoben Einspruch. Abschließend fragte Sénécal, ob das Stück der Demokratie von Nutzen sei.

»Ja, vielleicht; aber das Ganze ist in einem Stil geschrieben . . .«

»So, dann ist es gut. Was ist der Stil! Die Idee ist das Wesentliche!« Und ohne Frédéric zu Worte kommen zu lassen: »Ich behaupte also, daß im Fall Praslin . . .«

Hussonnet unterbrach ihn: »Das ist auch so eine abgedroschene Geschichte. Ich habe schon eine Wut darauf!«

»Und andere ebenso wie Sie!« fiel Deslauriers ein.. »Es sind nicht weniger als fünf Zeitungen ihrethalben beschlagnahmt worden! Hören Sie!« Und er holte sein Notizbuch heraus und las: »Seit der Errichtung der besten der Republiken haben wir zwölfhundertneunundzwanzig Presseprozesse über uns ergehen lassen, die den Schriftstellern eintrugen: dreitausendeinhunderteinundvierzig Jahre Gefängnis und die kleine Summe von sieben Millionen einhundertzehntausendfünfhundert Francs Geldstrafe. Niedlich, was?«

Alle lachten bitter. Frédéric, der wie sie erregt war, begann: »Die ›Friedliebende Demokratie‹ hat einen Prozeß wegen ihres Feuilletons, eines Romans mit dem Titel ›Der Anteil der Frauen‹.«

»Sehr gut!« sagte Hussonnet. »Wenn man uns unsren Anteil an den Frauen verbietet!«

»Was ist denn nicht verboten?« rief Deslauriers. »Es ist verboten, im Luxembourg zu rauchen, verboten, die Hymne auf Pius den Neunten zu singen!«

»Und man untersagt das Buchdruckerbankett«, äußerte jemand dumpf. Es war die Stimme des Architekten, der im Schatten des Alkovens verborgen saß und bis jetzt geschwiegen hatte. Er sagte noch, in der letzten Woche sei ein Mann namens Barbe wegen Majestätsbeleidigung verurteilt worden.

»Geröstete Barbe!« meinte Hussonnet.

Dieser Scherz schien Sénécal so unpassend, daß er ihn bezichtigte, er verteidigte »den Gaukler vom Balkon des Stadthauses, den Freund des Verräters Dumouriez«.

»Ich? Keine Spur!« Er fand Louis-Philippe kitschig, nationalgardenmäßig, so spießig und schlafmützig wie nur etwas. Und der Bohémien legte die Hand auf sein Herz und deklamierte die feierlichen Phrasen: »Mit stets neuem Vergnügen . . . die polnische Nation wird nicht zugrunde gehn . . . Wir werden fortfahren in unsren großen Arbeiten . . . Geben Sie mir Geld für meine kleine Familie . . .« Alle lachten sehr, nannten ihn einen köstlichen, spaßhaften Burschen. Und die Freude verdoppelte sich beim Anblick der Punschterrine, die ein Gastwirt hereintrug.
Die Glut des Alkohols und der Kerzen erhitzten bald den Raum; und das Licht der Mansarde beleuchtete, quer über den Hof weg, den Rand eines Daches mit dem Rohr eines Kamins, das schwarz in die Finsternis ragte. Sie sprachen sehr laut, alle zusammen. Sie hatten ihre Jacken abgeworfen; sie stießen an die Möbel, die Gläser klirrten.
Hussonnet rief: »Lasset große Damen kommen, daß es mehr ›Tour de Nesle‹ wird, Lokalfarbe und rembrandtesk, Himmelherrgott!«
Der Apotheker, der die Punschterrine unzählige Male kippte, brüllte aus voller Kehle:

»Zwei Ochsen sind in meinem Stall,
zwei große weiße Ochsen . . .«

Sénécal deckte ihm mit der Hand den Mund zu, er liebte die Zügellosigkeit nicht; und an ihren Fenstern zeigten sich die Mieter, überrascht von dem ungewohnten Lärm bei Dussardier. Der gute Kerl war glücklich. Er bemerkte, das erinnere ihn an ihre einstigen Sitzungen am Quai Napoléon. Mehrere zwar fehlten, »zum Beispiel Pellerin«.
»Der ist wohl entbehrlich«, sagt Frédéric.
Deslauriers fragte nach Martinon. »Was ist mit dem interessanten Herrn?«
Sofort entlud sich Frédéric seiner Abneigung gegen ihn und griff seinen Geist an, seinen Charakter, seine unechte Eleganz, den Menschen in seiner Gesamtheit. Er war ein richtiger bäurischer

Parvenü. Der neue Adel, das Bürgertum, konnte sich mit dem alten nicht vergleichen. Das bekräftigte er; und die Demokraten pflichteten ihm bei, als wäre er im zweiten zu Hause, und sie hätten Umgang mit dem ersten. Man war von ihm hingerissen. Der Apotheker meinte sogar, er sei wie Alton-Shée, der als Pair von Frankreich die Sache des Volkes gewählt habe.
Die Stunde der Trennung war da. Alle verabschiedeten sich mit freundschaftlichem Händedruck. Dussardier begleitete aus Zärtlichkeit Frédéric und Deslauriers. Sobald sie drunten waren, tat er, als sinne er nach, und nach einer kurzen Pause: »Du bist also sehr ungehalten auf Pellerin?«
Frédéric leugnete es nicht.
Indessen habe der Maler das berühmte Bild aus dem Schaufenster entfernt. Man solle sich nicht wegen einer Lappalie zerzanken. Wozu sich mit jemandem verfeinden? »Er hat einer üblen Laune nachgegeben, und das ist entschuldbar bei einem Manne, der keinen Sou hat. Du kannst das nicht verstehen!«
Auch als Deslauriers hinaufgegangen war, ließ der Kommis Frédéric nicht los. Er bat ihn sogar, das Porträt zu kaufen. Da Pellerin nicht mehr hoffen durfte, ihn einzuschüchtern, hatte er die beiden bearbeitet, sie sollten ihn zur Erwerbung des Gemäldes bringen.
Deslauriers redete nochmals davon, mit Beharrlichkeit. Der Anspruch des Malers war durchaus vernünftig. »Ich bin sicher, daß um vielleicht fünfhundert Francs . . .«
»Ach, gib sie ihm schon. Da hast du sie!« sagte Frédéric.
Noch am selben Abend wurde das Bild an ihn geliefert. Es schien ihm noch teuflischer als zuerst. Die Halbtöne und die Schatten waren durch zu viele Nachbesserungen bleiern geworden und hatten sich verdunkelt im Kontrast zu den Lichtern, die hier und da glänzten und aus dem Ganzen schreiend hervorstachen.
Frédéric rächte sich für den Kauf durch rücksichtslosen Tadel des Kunstwerks. Deslauriers sagte, er glaube ihm aufs Wort, und billigte seine Handlungsweise. Denn er hatte noch immer den Ehrgeiz, eine Phalanx um sich zu scharen, deren Häuptling er sein

wollte. Gewissen Menschen behagt es, ihre Freunde Dinge tun zu lassen, durch die ihnen Unannehmlichkeiten entstehen. Jedoch hatte Frédéric noch keinen Besuch bei den Dambreuses gemacht. Er hatte kein flüssiges Kapital. Sicher gab es mit Herrn Dambreuse endlose Auseinandersetzungen. Er schwankte. Vielleicht hatte er recht, nicht zu ihm zu gehn? Heute war alles ungewiß und die Steinkohlenspekulation nichts anderes als irgendeine sonst. Er mußte hinaus aus diesen Gesellschaftskreisen. Von einem Besuch riet ihm auch Deslauriers ab, der in seinem Haß tugendhaft wurde; er liebte es, Frédéric in der Durchschnittlichkeit zu sehen. So blieb er ihm ebenbürtig und ihm enger verbunden.

Der Auftrag für Fräulein Roque war schlecht ausgeführt worden. Ihr Vater schrieb es ihm mit allen Einzelheiten und schloß seinen Brief mit dem Witz: »Beschaffen Sie uns die Neger, und wenn Sie auch selber darüber schwarz werden.«

Frédéric mußte nun selber zu den Arnoux. Er ging in das Magazin hinauf und sah niemanden. Da die Firma im Wanken war, wurde das Personal so nachlässig wie der Chef.

Er schritt das lange, mit Fayencen gefüllte Regal ab, das durch den Saal hindurch von einem Ende bis zum andren reichte. Hinten, vor dem Kontor, trat er lauter auf, damit man ihn hörte.

Die Portiere hob sich, und Frau Arnoux erschien.

»Wie denn? Sie sind hier?«

»Ja«, stammelte sie, ein wenig bestürzt. »Ich suchte . . .«

Er gewahrte ihr Taschentuch neben dem Pult und erriet, daß sie zu ihrem Gatten hinabgeeilt war, um sich zu vergewissern, etwas, was sie beunruhigte, aufzuklären.

»Aber . . . Sie haben irgendeinen Wunsch?«

»Nur eine Kleinigkeit, gnädige Frau.«

»Die schrecklichen Kommis, niemals sind sie da.«

Man durfte sie nicht schelten. Er freute sich vielmehr dieser Fügung.

Sie sah ihn ironisch an. »Und die Heirat?«

»Welche Heirat?«

»Die Ihre.«
»Die meine? Im Leben nicht.«
Sie antwortete mit einer Geste des Unglaubens.
»Ja, und wenn dem so wäre? Man flüchtet in die Mittelmäßigkeit, wenn man daran verzweifelt, das Schöne zu erringen, von dem man geträumt hat!«
»Es waren aber nicht alle Ihre Träume so ... rein!«
»Was wollen Sie damit sagen?«
»Wenn Sie zum Rennen fahren mit ... Personen!«
Er verfluchte die Marschallin. Dann erinnerte er sich an ein Gespräch. »Aber Sie selbst baten mich damals, hin und wieder bei ihr zu verkehren, und zwar im Interesse von Arnoux!«
Sie warf den Kopf zurück: »Und Sie nutzten das aus, um sich zu zerstreuen!«
»Mein Gott! Vergessen wir doch diese Albernheiten!«
»Jawohl, Sie heiraten ja jetzt!« Und sie unterdrückte einen Seufzer, zerbiß sich die Lippen.
Da rief er: »Nein! ich sage Ihnen nochmals nein! Können Sie denn annehmen, daß ich mit meinen geistigen Bedürfnissen, meinen Gewohnheiten mich in der Provinz vergrabe, um Karten zu spielen, Maurer zu überwachen und in Holzschuhen herumzulaufen? Zu welchem Zweck denn? Man hat Ihnen erzählt, sie habe Geld, nicht wahr? Ah, ich verachte das Geld! Soll ich, nachdem ich das Schönste begehrt habe, das Zarteste, das Zauberischste, ein Paradies in menschlicher Gestalt ... und wenn ich es endlich gefunden habe, das Ideal, wenn diese Vision mir alle andren verbirgt ...« Und er faßte mit beiden Händen ihren Kopf und küßte sie auf die Augenlider und sagte: »Nein! Nein! Nein! Ich werde nie heiraten! Nie! Nie!«
Sie duldete seine Liebkosungen, betäubt durch ihre Jäheit und überronnen von Entzücken.
Die Treppentür des Magazins fiel zu. Sie erbebte; und sie streckte die Hand aus, als gebiete sie ihm Schweigen. Schritte näherten sich. Dann sagte draußen jemand: »Gnädige Frau, sind Sie da?«

»Herein!«
Frau Arnoux hatte den Ellbogen auf dem Kontorpult und rollte gleichmäßig zwischen ihren Fingern eine Feder, als der Buchhalter die Portiere öffnete.
Frédéric stand auf. »Gnädige Frau, ich empfehle mich Ihnen. Die Ware wird also geliefert werden? Ich kann darauf rechnen?«
Sie antwortete nicht. Jedoch dieses stumme Mitverschworensein rötete ihr Gesicht mit allen Flammen des Ehebruchs.
Am Tag darauf ging er wieder zu ihr. Sie empfing ihn; und um das, was er erzielt hatte, zu verfolgen, rechtfertigte Frédéric sich ohne weiteres für die Begegnung auf dem Champ de Mars. Durch einen bloßen Zufall hatte sie ihn mit dieser Frau getroffen. Zugegeben, sie wäre hübsch (was sie nicht war), wie könnte sie seine Gedanken auch nur eine Minute fesseln, da er eine andre liebte? »Sie wissen es, ich habe es Ihnen gesagt.«
Frau Arnoux senkte den Kopf. »Ich bin betrübt, daß Sie es mir gesagt haben.«
»Warum?«
»Die einfachste Schicklichkeit fordert jetzt, daß ich Sie nicht mehr sehe.«
Er beteuerte die Unschuld seiner Liebe. Die Vergangenheit bürge ihr für die Zukunft. Er hatte sich gelobt, ihre Existenz nicht zu verwirren, sie mit seinen Klagen nicht aufzuwühlen. »Aber gestern ist mein Herz übergeflossen.«
»Wir wollen daran nicht mehr denken, mein Freund!«
»Doch wie sollte es ein Unrecht sein, daß zwei arme Wesen ihre Traurigkeit miteinander vereinigen? Denn auch Sie sind nicht glücklich! Oh, ich kenne Sie, Sie haben niemanden, der Ihren Drang nach Zuneigung stillt, nach Hingabe. Ich werde alles tun, was Sie wollen! Ich werde Sie nicht kränken! Das schwöre ich Ihnen.« Und er ließ sich auf die Knie fallen, unabsichtlich, niedergezwungen von einer schweren inneren Last.
»Stehen Sie auf!« befahl sie. »Ich will es!« Und streng erklärte sie ihm, er werde sie nie wiedersehen, wenn er nicht gehorche.
»Ah! Das wird nicht geschehen!« sagte Frédéric. »Was habe ich

in dieser Welt zu tun? Die andren mühen sich um Reichtum, Ruhm und Macht! Ich bin ohne Amt und Stellung, mit Ihnen allein beschäftige ich mich, Sie sind mein ganzes Glück, der Zweck, der Mittelpunkt meines Daseins, meiner Gedanken. Ich kann ohne Sie so wenig leben wie ohne die Luft des Himmels! Fühlen Sie nicht, wie der Atem meiner Seele zu der Ihren aufsteigt, und daß sie sich verschmelzen müssen, und daß ich daran sterbe?«
Frau Arnoux begann an allen Gliedern zu zittern. »Oh, gehn Sie, ich bitte Sie!«
Der Ausdruck der Erschütterung in ihrem Gesicht bannte ihn auf den Platz. Dann ging er einen Schritt vor. Doch sie wich zurück und faltete die Hände. »Lassen Sie mich, um des Himmels willen! Schonen Sie mich!«
Und Frédéric liebte sie so sehr, daß er sie verließ.
Bald wurde er von Zorn gegen sich selbst erfaßt, nannte sich einen Narren, und vierundzwanzig Stunden darauf kam er wieder.
Die gnädige Frau war nicht da. Er stand auf dem Treppenabsatz, von Wut und Entrüstung benommen. Arnoux erschien und teilte ihm mit, seine Frau sei heute morgen nach Auteuil gefahren, um sich in einem kleinen Landhaus einzurichten, das sie gemietet hätten, da sie das in Saint-Cloud nicht mehr besaßen. »Auch so eine Marotte von ihr! Na, da es ihr recht ist und mir auch: um so besser! Speisen wir heute abend zusammen?«
Frédéric schützte dringende Angelegenheiten vor, dann begab er sich rasch nach Auteuil.
Frau Arnoux stieß einen Freudenschrei aus. Da entschwand all sein Groll gegen sie.
Er sprach nicht von seiner Liebe. Um ihr Vertrauen noch mehr zu gewinnen, war er von übertriebener Zurückhaltung. Und als er sie fragte, ob er wiederkommen dürfe, sagte sie: »Aber gewiß«, und bot ihm ihre Hand, die sie ihm sogleich wieder entzog.
Seitdem vervielfachte Frédéric seine Besuche bei ihr. Er sagte dem Kutscher große Trinkgelder zu. Doch oft sprang er, voll

Ungeduld über die Langsamkeit des Pferdes, ab, kletterte keuchend auf einen Omnibus. Und wie geringschätzig musterte er die Gesichter der Leute, die vor ihm saßen, und die nicht zu ihr fuhren!

Von fern erkannte er ihr Haus an einem riesigen Geißblattgesträuch, das auf der einen Seite die Dachplanken bedeckte; es war eine Art Schweizerhaus, rot bemalt, mit einem um die Fassade laufenden Balkon. Im Garten waren drei alte Kastanienbäume und in der Mitte, auf einem Erdhügel, ein Sonnenschirm von Stroh, den ein Baumstumpf stützte. Unter den Schindeln der Mauer hing ein breiter, schlecht gebundener Weinstock hie und da herab wie ein verfaultes Ankertau. Die Klingel am Gitter, die sich nur etwas rauh läuten ließ, schepperte zögernd, und es dauerte immer lange, bevor jemand kam. Jedesmal spürte er eine Angst, eine unbestimmte Furcht.

Dann hörte er die Pantoffeln des Dienstmädchens über den Sand klappern; oder Frau Arnoux selbst zeigte sich. Er trat eines Tages hinter ihrem Rücken ein, als sie vor dem Rasen kauerte und Veilchen suchte.

Die Widerspenstigkeit ihrer Tochter hatte sie genötigt, sie in ein Klosterpensionat zu geben. Ihr Sohn war nachmittags in einer Schule, Arnoux saß bei großen Déjeuners im Palais Royal mit Regimbart und seinem Freunde Compain. Niemand behelligte sie, überraschte sie.

Es war zwischen ihnen ausgemacht, daß sie sich nicht angehören würden. Diese Vereinbarung, die ihnen ein Schutz vor der Sünde war, erleichterte ihre Herzensgeständnisse.

Sie schilderte ihm ihr Leben damals in Chartres, bei ihrer Mutter, ihre Frömmigkeit mit etwa zwölf Jahren; dann ihre Schwärmerei für Musik, wenn sie bis in die Nacht hinein in ihrem kleinen Zimmer sang, von dem man die Festungswälle überblickte. Er sprach ihr von seiner Schwermut auf dem Gymnasium, und wie an seinem poetischen Firmament ein Frauenantlitz strahlte, so daß er, als er sie zum erstenmal sah, es in ihr wiedererkannte.

Meist redeten sie nur über die Jahre, seit sie sich begegnet waren.

Er erinnerte sie an unbedeutende Einzelheiten, an die Farbe ihres Kleides dann und dann, welche Person eines Tages hinzukam, was sie von einer anderen gesagt hatte; und sie antwortete ganz verwundert: »Ja, ich weiß noch!«

Ihr Geschmack, ihre Urteile waren dieselben. Oft rief der von ihnen, der den andren erzählen ließ: »Und ich auch!«

Und der andere hinwieder: »Ich auch!«

Dann waren es endlose Klagen über das Schicksal. »Warum hat es nicht gewollt? Hätte es uns vorher zusammengeführt!«

»Ach, wäre ich jünger gewesen!« seufzte sie.

»Nein, ich ein wenig älter!«

Und sie erdachten sich ein nur der Liebe geweihtes Leben, fruchtbar genug, um die weitesten Einsamkeiten auszufüllen, freudig über alle Freuden, allem Elend trotzend, wo die Stunden in einem unablässigen Rausch entschwinden würden und das Licht erhaben sein würde wie das Funkeln der Sterne.

Fast immer saßen sie im Freien, oben an der Treppe, Baumwipfel, fahlgelb vom Herbst, ragten in Wellen vor ihnen auf, ungleich hoch bis zum Rand des blassen Himmels; oder sie gingen die Allee hinab, zu einem Pavillon, dessen ganzes Mobiliar ein Kanapee von grauer Leinwand war. Schwarze Fliegenflecke beschmutzten den Spiegel; die Mauern hauchten einen dumpfen Geruch aus; und sie blieben dort, plauderten selig von sich, von anderen, von irgendwelchen Dingen. Manchmal glitten die Sonnenstrahlen durch die Jalousie und spannten von der Erde bis zu den Fliesen die Saiten einer Leier aus. Staubkörnchen wirbelten in diesen leuchtenden Streifen. Sie belustigte sich, sie mit ihrer Hand zu spalten. Frédéric ergriff sie, ganz zart; und er betrachtete das Geflecht ihrer Adern; die Zeichnung ihrer Haut, die Form ihrer Finger. Jeder war für ihn mehr als ein Stück ihres Körpers, beinahe eine Person.

Sie schenkte ihm ihre Handschuhe, die Woche darauf ihr Taschentuch. Sie nannte ihn Frédéric, er nannte sie Marie; und er betete diesen Namen an, der, so sagte er, eigens geschaffen war, um in der Ekstase geflüstert zu werden, und der Wolken von

Weihrauch in sich zu tragen schien und hingestreute Rosen. Sie waren sich allmählich über die Tage seiner Besuche im voraus einig; und von ungefähr ging sie auf die Straße und schritt ihm entgegen.

Sie tat nichts, um seine Liebe zu schüren, verloren in jene Sorglosigkeit, die das Wesen des großen Glückes ist. In dieser ganzen Jahreszeit trug sie ein Hausgewand von brauner Seide, von ebensolchem Samt gesäumt, ein schleppendes Kleid, das zu der Weichheit ihrer Bewegungen und ihrem ernsten Antlitz paßte. Übrigens war sie dem August der Frauen nahe, der Epoche des Sinnens zugleich und der Zärtlichkeit, wenn die beginnende Reife den Blick mit tieferer Glut färbt, wenn die Kraft des Herzens sich mit Lebenserfahrung verschwistert, und wenn am Ende seiner Entfaltung das nun ausgeglichene Wesen in der Harmonie seiner Schönheit von Reichtum überströmt. Nie hatte sie mehr Sanftmut besessen, mehr Nachsicht. Gewiß, sich nicht zu vergehen, schwelgte sie in einem Gefühl, das ihr ein durch ihren Kummer erobertes Recht schien. Es war so gut, und es war so neu. Welche Kluft zwischen der lärmenden Gewöhnlichkeit von Arnoux und Frédéric's leisem Überschwang!

Er zitterte davor, durch ein Wort zu zerstören, was er erreicht zu haben glaubte, und bedachte, daß man eine Gelegenheit wiederfinden, doch den Schaden einer Torheit nie wieder einbringen kann. Er wollte, daß sie sich gäbe, und nicht sie nehmen. Die Schönheit seiner Liebe ergötzte ihn wie ein Vorgenuß des Besitzes; und dann verwirrte ihr Zauber ihm weniger die Sinne als das Herz. Es war ein grenzenloses Glück, eine solche Verzückung, daß er sogar die Möglichkeit eines vollkommenen Glückes, wenn er bei ihr war, nicht mehr sah. War er fern von ihr, so verzehrte ihn wilde Begierde.

Bald entstanden in ihren Dialogen lange, stumme Pausen. Manchmal erröteten sie voreinander in einer Art geschlechtlicher Scham. All ihre Sorgfalt, ihre Liebe zu verbergen, enthüllte sie; je stärker sie wurde, desto erzwungener war ihr Umgang. Dadurch, daß sie sich auf eine solche Lüge einstellten, wurde ihre Empfindsamkeit verschärft. Sie rochen mit Wonne den Duft des feuchten Laubes, sie waren krank vom Ostwind, waren grundlos gereizt, hatten dunkle Vorahnungen. Ein Hall von Schritten, das Krachen einer Wandtäfelung verursachten ihnen ein Entsetzen, als wären sie schuldig. Eine Gewitteratmosphäre umlagerte sie; und wenn Frédéric wehleidig war, so klagte sie sich selbst an: »Oh! Es ist nicht recht von mir! Ich bin wie eine Frau, die mit Ihnen spielt! Kommen Sie doch nicht mehr!« Und jedesmal schwur er ihr die gleichen Eide, und jedesmal lauschte sie willig.

Seine Rückkehr nach Paris und die Belästigungen durch das Neujahrsfest unterbrachen ihre Zusammenkünfte. Als er wiederkam, gebärdete er sich freier. Sie ging in jeder Minute hinaus, um Anordnungen zu geben, und empfing, obwohl er sie bat, es nicht zu tun, alle Bürger, die sie besuchten. Man sprach dann über Léotade, Herrn Guizot, den Papst, den Aufruhr in Palermo und das Bankett des zwölften Arrondissements, das Besorgnisse wachrief. Frédéric erleichterte sich, indem er auf die Machthaber schimpfte. Denn wie Deslauriers wünschte er einen allgemeinen Umsturz; so verbittert war er jetzt. Frau Arnoux ihrerseits umdüsterte sich.

Ihr Gatte, der es immer toller trieb, hatte ein Verhältnis mit einer Arbeiterin der Fabrik, dem Weib aus Bordeaux. Frau Arnoux selbst sagte es Frédéric. Er wollte das überredend nutzen; sie werde »betrogen«.

»Oh! Danach frage ich nicht!« erwiderte sie.

In diesen Worten sah er die volle Bestätigung der Intimität zwischen ihnen beiden. Hatte Arnoux einen Verdacht?

»Nein, jetzt nicht!« Sie berichtete ihm, daß er sie eines Abends beisammen gelassen hatte, dann zurückgekommen war, hinter der Tür gehorcht hatte; und da sie von gleichgültigen Dingen redeten, lebte er seitdem völlig beruhigt.

»Mit gutem Grund, nicht wahr?« sagte Frédéric herb.

»Ja, zweifellos.« Sie hätte dieses Wort besser vermieden.

Eines Tages war sie um die Stunde, in der er sonst bei ihr war, nicht zu Hause. Es berührte ihn wie ein Verrat. Dann ärgerte es ihn, daß sie die Blumen, die er ihr brachte, immer in ein Glas Wasser steckte.

»Wohin sollen sie denn?«

»Oh! Nicht dahin! Aber sie haben es dort noch weniger kalt als an Ihrem Herzen.«

Einige Zeit später warf er ihr vor, daß sie im Théâtre Italien gewesen sei, ohne ihn davon zu verständigen. Andere hatten sie gesehen, bewundert oder auch geliebt. Frédéric klammerte sich an seinen Argwohn, einzig um mit ihr zu zanken, sie zu foltern; denn er begann sie zu hassen, und zum mindesten sollte sie einen Teil seiner Qualen spüren.

Eines Nachmittags, gegen Mitte Februar, überraschte er sie in großer Aufregung. Eugène klagte über Halsschmerzen. Der Arzt hatte gesagt, es sei nichts, ein Katarrh, eine Grippe. Frédéric war über die fiebrige Schlaftrunkenheit des Knaben erstaunt. Er beruhigte jedoch die Mutter und zitierte Fälle von Kindern in diesem Alter, die ebenso erkrankt und schnell genesen waren.

»Wirklich?«

»Aber ja doch.«

»Oh, wie gut Sie sind!« Und sie faßte seine Hand. Er preßte die ihre. »Oh, lassen Sie los!«

»Was tut das? Sie reichen sie ja dem Tröster . . . Nun glauben Sie mir, und Sie zweifeln an mir, wenn ich Ihnen von meiner Liebe spreche!«

»O nein!«

»Hätte ich nur einen Beweis!«

»Was für einen Beweis?«

»Den, den Sie dem ersten besten geben würden, den Sie mir selbst schon gewährt haben.« Und er erinnerte sie, wie sie einmal zusammen ausgegangen seien, in der Dämmerung eines Wintertags, bei nebligem Wetter. Das alles lag jetzt so weit zurück! Weshalb sollte sie sich nicht an seinem Arm, vor allen Leuten zeigen, ohne daß sie Furcht hatte oder er einen Hintergedanken, da doch niemand in der Nähe sei, der sie stören könne?

»Also ja«, sagte sie, mit einer Tapferkeit im Entschluß, durch die Frédéric verblüfft war.
Doch rasch begann er wieder: »Soll ich Sie an der Ecke der Rue Tronchet und der Rue de la Ferme erwarten?«
»O Gott, mein Freund!« stammelte Frau Arnoux.
Ohne ihr Zeit zur Überlegung zu lassen, fügte er hinzu: »Am Dienstag, ja?«
»Am Dienstag?«
»Zwischen zwei und drei Uhr!«
»Ich werde dort sein!« Und mit schamhafter Bewegung wandte sie ihr Gesicht ab. Frédéric drückte seine Lippen auf ihren Nakken. »Oh, das ist schlecht von Ihnen«, sagte sie. »Ich müßte es bereuen.«
Er gab sie frei, da er den gefährlichen Wankelmut der Frauen kannte. Dann, auf der Schwelle, flüsterte er, leise wie eine sichere Verabredung: »Bis Dienstag!« Still und resigniert schlug sie die Augen nieder.
Frédéric hatte einen Plan. Er hoffte, mit Hilfe von Regen oder Sonne werde er sie dazu bringen, sich unter eine Tür zu stellen, und sobald sie unter der Tür sei, werde sie auch in das Haus eintreten. Schwierig war nur, ein passendes zu finden. Er ging also auf die Suche und las etwa in der Mitte der Rue Tronchet von weitem ein Schild: Privathotel.
Der Kellner, der seine Absicht erriet, öffnete ihm sofort im Zwischenstock ein Zimmer und ein Kabinett mit doppeltem Ausgang. Frédéric mietete für einen Monat und zahlte im voraus.
Dann ging er in drei Läden, um die seltensten Parfüms zu kaufen. Er beschaffte sich ein Stück unechter Spitze zum Ersatz für die scheußliche Bettdecke von roter Baumwolle, er wählte ein Paar Pantoffeln von blauem Satin. Nur eine Ängstlichkeit, es könnte plump erscheinen, gebot ihm in seinen Einkäufen Maß. Er kam mit ihnen; und ehrfürchtiger, als es beim Herrichten der Prozessionsaltäre geschieht, rückte er die Möbel zurecht, drapierte er selbst die Vorhänge, breitete er Erika auf den Kamin, Veilchen auf die Kommode. Er hätte am liebsten das Zimmer ganz mit

Gold gepflastert. Morgen, sagte er sich, ja morgen! Ich träume nicht. Und er fühlte sein Herz in seiner rasenden Hoffnung mit Ungestüm pochen. Dann, als alles fertig war, trug er den Schlüssel in seiner Tasche mit sich, als hätte das Glück, das da schlief, entflattern können.

Ein Brief seiner Mutter lag in seiner Wohnung. »Warum bleibst Du so lange fort? Dein Benehmen wird nach und nach lächerlich. Ich begreife bis zu einem gewissen Grad, daß Du vor dieser Ehe zuerst gezögert hast; aber werde Dir nun klar!« Und sie nannte eine genaue Ziffer: fünfundvierzigtausend Francs Rente. Übrigens »sprach« man schon von der Sache; und Herr Roque wollte eine definitive Antwort. Das junge Mädchen war in recht heikler Situation. »Sie liebt Dich sehr.«

Frédéric warf den Brief weg, ohne ihn ganz zu lesen, und riß einen zweiten auf, einen Brief von Deslauriers: »Alter Junge, die Birne ist reif. Im Sinne Deines Wortes rechnen wir auf Dich. Treffpunkt Place du Panthéon, morgen bei Tagesanbruch. Gehe ins Café Soufflot. Ich muß vor der Kundgebung mit Dir reden.« Oh, ich weiß schon, wie das ist, ihre Kundgebungen, dachte Frédéric. Tausend Dank! Ich habe ein holderes Rendezvous.

Am nächsten Tag eilte er schon um elf Uhr auf die Straße. Er wollte ein letztes Mal seine Vorbereitungen sich ansehen. Und vielleicht war sie durch irgendeinen Zufall früher dort. Am Ausgang der Rue Tronchet hörte er bei der Madeleine einen großen Tumult. Er ging heran und bemerkte im Hintergrund des Platzes, zur Linken, Blusenmänner und Bürger. Ein von den Zeitungen abgedrucktes Manifest hatte alle, die sich zu dem reformistischen Bankett meldeten, an diesen Ort zusammengerufen. Aber bald hatte das Ministerium es durch einen Maueranschlag verboten. Gestern abend hatte die parlamentarische Opposition darauf verzichtet; aber die Patrioten, die von dem Beschluß der Führer nichts wußten, waren gekommen und mit ihnen ein Haufe Neugieriger. Vertreter der Akademiker waren vorhin bei Odilon Barrot gewesen, und jetzt waren sie im Ministerium des Äußern; und es fragte sich, ob das Bankett stattfand, ob die Regierung ihre Drohung verwirklichte, ob die Nationalgarde herbeigeholt wurde. Man hatte einen Zorn auf die Deputierten wie auf die Machthaber. Die Menge ballte sich immer zahlreicher; da tönte durch die Luft hell der Refrain der Marseillaise.

Die Studenten marschierten heran, im Gleichschritt, in zwei Kolonnen, in strammer Ordnung, mit gereizten Gesichtern und entblößten Händen, und alle schrien sie im Takt: »Hoch die Reform! Nieder mit Guizot!«

Die Freunde Frédéric's waren sicher darunter. Wenn sie ihn entdeckten, so zerrten sie ihn mit. Rasch flüchtete er in die Rue de l'Arcade.

Zweimal umkreisten die Studenten die Madeleine; dann zogen sie nach der Place de la Concorde. Sie war voll von Menschen; und von fern sah es aus wie ein wogendes Getreidefeld mit schwarzen Ähren.

Im selben Moment reihte sich die Infanterie links von der Kirche zum Kampf.

Noch aber verharrten die Gruppen. Um sie zu verjagen, packten Polizisten in Zivil die Aufsässigsten und schleppten sie brutal nach der Wache. Trotz seiner Empörung blieb Frédéric stumm; man hätte ihn mit den anderen fassen können, und er hätte Frau Arnoux verfehlt.

Kurz darauf zeigten sich die Helme der berittenen Munizipalgardisten. Sie hieben mit flachem Säbel um sich. Ein Pferd stürzte; man sprang ihm bei, und sobald der Reiter im Sattel saß, stob alles auseinander.

Nun herrschte eine tiefe Stille. Der feine Regen, der den Asphalt genäßt hatte, sickerte nicht mehr. Wolken wanderten, vom weichen Westwind fortgefegt.

Frédéric lief durch die Rue Tronchet und spähte dabei vor sich und hinter sich.

Endlich war es zwei Uhr. Ah, jetzt, sagte er sich, jetzt verläßt sie ihr Haus, jetzt kommt sie. Und eine Minute nachher: Inzwischen hätte sie kommen können. Bis drei Uhr suchte er sich zu beruhigen. Nein, es ist noch nicht zu spät, ein bißchen Geduld!

Um sich über die Zeit hinwegzutäuschen, musterte er die wenigen Läden: ein Buchhändler, ein Sattler, ein Trauermagazin. Bald kannte er die Namen aller Werke, alle Geschirre, alle Stoffe. Die Kaufleute, die ihn in einem fort hin und her gehen sahen, waren zuerst erstaunt, dann erschreckt und schlossen ihre Auslagen.

Sie war wohl irgendwie verhindert und litt ebenso wie er darunter. Aber jetzt gleich, welche Freude! Denn daß sie kam, war sicher! Sie hat es mir versprochen! Indes bemächtigte sich seiner eine ungeheure Angst.

In einer sinnlosen Regung trat er in das Hotel ein, als wäre sie dort zu finden. Wenn sie nun im selben Augenblick in der Straße erschien! Er rannte hinaus. Niemand? Und wieder strich er das Trottoir auf und ab. Er betrachtete die Spalten zwischen den Pflastersteinen, die Abflüsse der Dachrinnen, die Kandelaber, die Nummern oberhalb der Türen. Die kleinsten Gegenstände wurden ihm Begleiter oder ironische Zuschauer; und die regelmäßigen Häuserfassaden schienen ihm erbarmungslos. Er fror an den Füßen. Er verging vor dumpfer Mattigkeit. Der Widerhall seiner Schritte erschütterte ihm das Gehirn.

Als er auf seiner Uhr sah, daß es vier war, spürte er einen Schwindel, ein Entsetzen. Er suchte sich Verse herzusagen, irgend etwas auszurechnen, eine Geschichte zu erdenken. Unmöglich! Das Bild von Frau Arnoux folgte ihm bis zur Besessenheit. Er wollte ihr entgegenhasten. Aber welchen Weg sollte er gehn, damit sie nicht einander verpaßten?

Er rief einen Dienstmann, gab ihm fünf Francs in die Hand und schickte ihn nach der Rue Paradis, zu Herrn Jacques Arnoux; er sollte sich beim Portier erkundigen, ob die gnädige Frau zu Hause sei. Dann stellte er sich an die Ecke der Rue de la Ferme und der Rue Tronchet, so daß er beide Straßen zugleich überschauen konnte. Ganz hinten auf dem Boulevard schoben sich wirre Massen vorüber. Ab und zu unterschied er den Helmbusch eines Dragoners, einen Frauenhut; und er strengte seine Augen an, um mehr zu erkennen. Ein zerlumptes Kind mit einem in

einem Kasten sitzenden Murmeltier erbettelte lächelnd von ihm ein Almosen.
Der Mann mit der Samtweste kam wieder. Der Portier hatte sie nicht fortgehn sehn. Was hielt sie zurück? Wenn sie krank war, würde man es gesagt haben. War es ein Besuch? Nichts einfacher, als ihn nicht zu empfangen.
Er schlug sich an die Stirn: Ach, bin ich dumm! Wegen des Aufruhrs wagt sie sich nicht hinaus! Das war die natürliche Erklärung. Ihm wurde leichter. Plötzlich besann er sich: Aber in ihrem Viertel ist es ja still. Und ein abscheulicher Zweifel durchzuckte ihn: Wenn sie gar nicht kommt! Wenn ihr Versprechen nur eine Irreführung war! Nein, nein! Was sie hinderte, war zweifellos ein ganz ungewöhnliches Begebnis, eines jener Ereignisse, die der Voraussicht spotten. Dann hätte sie geschrieben. Und er sandte den Hotelkellner nach seiner Wohnung in der Rue Rumfort, um zu erfahren, ob ein Brief da sei.
Es war kein Brief gebracht worden. Dieses Ausbleiben einer Nachricht beruhigte ihn.
Er weissagte sich selbst aus der Zahl der Geldstücke, die er gerade in der Hand hatte, aus den Gesichtern der Passanten, der Farbe der Pferde; und wenn das Zeichen ungünstig war, wollte er ihm nicht glauben. In seinen Wutanfällen gegen Frau Arnoux schmähte er sie mit halblauter Stimme. Dann war er schwach, einer Ohnmacht nahe, und jäh flackerte in ihm die Hoffnung wieder empor. Jetzt kam sie. Sie war da, hinter seinem Rücken. Er drehte sich um: nichts! Einmal sah er, ungefähr dreißig Schritte entfernt, eine Frau von gleichem Wuchs, in dem gleichen Kleid. Er lief ihr nach: sie war es nicht! Es wurde fünf Uhr! Fünfeinhalb! Sechs Uhr. Das Gas wurde angezündet. Frau Arnoux war nicht gekommen.
In der vorigen Nacht hatte sie geträumt, sie stehe schon seit langem auf dem Trottoir in der Rue Tronchet. Sie erwartete dort irgend etwas Ungewisses, das jedoch von Bedeutung für sie war; und ohne zu wissen weshalb, fürchtete sie sich, gesehn zu werden. Aber ein verwünschter kleiner Hund, der mit Bosheit hinter

ihr her war, biß sich in ihrem Kleidsaum fest. Er kehrte fort und fort wieder und bellte, immer stärker. Frau Arnoux erwachte. Sie lauschte. Das Bellen drang aus dem Zimmer ihres Sohnes. Sie sprang bloßfüßig hin zu ihm. Das Kind hustete. Es hatte brennend heiße Hände, hochrote Backen, und die Stimme war seltsam rauh. Seine Atemnot vermehrte sich von Minute zu Minute. Bis zur Dämmerung beobachtete sie ihn, über seine Decke gebeugt.

Um acht Uhr erschien der Trommler der Nationalgarde und holte Herrn Arnoux zu seinen Kameraden ab. Er kleidete sich schnell an und ging mit dem Versprechen, bei Herrn Colot, dem Hausarzt, vorbeizugehn. Um zehn Uhr war Herr Colot noch nicht da. Frau Arnoux schickte ihre Zofe. Der Arzt war verreist, auf dem Lande, und der junge Mann, der ihn vertrat, war bei Patienten.

Eugène hatte den Kopf auf dem Kissen zur Seite gelegt, zog immer die Brauen zusammen und blähte die Nasenlöcher. Sein armes Gesichtchen wurde blasser als das Leintuch; und aus seiner Kehle zischte, sooft er atmete, ein Pfeifen, immer kürzer, trocken und metallisch. Sein Husten glich dem Geräusch jener barbarischen mechanischen Spielzeuge, durch deren Feder ein Hund aus Pappmaché kläfft.

Frau Arnoux war vor Schreck von Sinnen. Sie stürzte sich auf die Klingeln, schrie um Hilfe: »Ein Arzt! Ein Arzt!«

Zehn Minuten später kam ein alter Herr mit weißer Krawatte und grauem, sorgfältig geschnittenem Backenbart. Er forschte sie mit vielen Fragen nach den Gewohnheiten, dem Alter, dem Temperament des jungen Kranken aus, dann untersuchte er ihm den Hals, horchte an seinem Rücken und schrieb ein Rezept. Die Gelassenheit dieses Ehrenmanns war gräßlich; er roch wie einbalsamiert. Sie hätte ihn schlagen mögen. Er sagte, er werde am Abend wiederkommen.

Bald begann von neuem der furchtbare Husten. Zuweilen richtete das Kind sich jäh auf. Krampfbewegungen erschütterten ihm die Brustmuskeln, und beim Atmen höhlte sich sein Bauch, als hätte es sich abgehetzt und keuchte. Dann sank es zurück, den Kopf nach hinten, den Mund weit offen. Unendlich behutsam versuchte Frau Arnoux, ihm den Inhalt der Flasche einzuflößen, Sirup von Ipecacuana, einen Kermestrank. Aber es stieß den Löffel weg und stöhnte mit schwacher Stimme. Es hauchte seine Worte nur.

Von Zeit zu Zeit las sie wieder das Rezept. Die Bemerkungen auf dem Formular ängstigten sie. Vielleicht hatte der Apotheker sich geirrt. Sie war außer sich über ihre Ohnmacht.

Der Assistent des Herrn Colot kam. Er war ein junger Mann von bescheidenem Gebaren, ganz neu in seinem Beruf. Er verhehlte seinen Eindruck nicht. Zuerst war er unschlüssig, aus Furcht, sich zu kompromittieren, dann schrieb er den Gebrauch von Eis vor. Es dauerte lange, bis man Eis fand. Der Beutel platzte. Der Kranke mußte das Hemd wechseln. Die Störung verursachte wieder einen Anfall, der noch gräßlicher war.

Das Kind riß sich die Leinwandbinden vom Hals, als wollte es von dem Druck, der es erstickte, sich befreien, kratzte an der Mauer, packte die Vorhänge seines Bettchens, suchte sich irgendwo zu stützen, um zu atmen. Sein Gesicht war jetzt bläulich, und sein in kalten Schweiß getauchter Körper schien abzumagern. Seine unsteten Augen hingen in scheuer Qual an der Mutter. Es warf ihr die Arme um den Hals, hängte sich verzweifelt an sie. Und sie hielt ihr Schluchzen zurück und stammelte zärtliche Worte: »Ja, mein Liebling, mein Engel, mein Schatz!«

Dann kamen Momente der Ruhe. Sie suchte Spielsachen, Polichinell, ein Bilderbuch und legte sie aufs Bett, um das Kind abzulenken. Sie bemühte sich sogar zu singen.

Sie sang die erste Strophe eines Liedes, das sie ihm vor Jahren vorsprach, wenn sie auf diesem selben Stühlchen es wickelte, es schaukelte. Aber der Knabe erzitterte mit seinem ganzen Leib wie eine Welle unter einem Windstoß. Seine Augäpfel quollen hervor. Sie dachte, er sterbe, und wandte sich ab, um es nicht zu sehen.

Dann hatte sie die Kraft, nach ihm zu blicken. Er lebte noch. Die Stunden verrannen, schwer, bleiern, endlos, trostlos; und sie zählte die Minuten nur nach dem Fortschreiten seiner Agonie. Seine Brust hob sich, wenn der Krampf sie schüttelte, als sollte sie auseinanderbersten. Zuletzt spie er etwas Sonderbares aus, das einem Pergamentröllchen ähnelte. Was war das? Sie glaubte, er habe ein Stück seiner Eingeweide erbrochen. Aber er atmete regelmäßig und frei. Dieses scheinbare Wohlgefühl war ihr noch grauenhafter als bisher. Sie saß wie versteinert, mit schlaffen Armen und starren Augen, als Herr Colot kam. Das Kind war, so sagte er, gerettet.

Sie verstand anfangs nicht und ließ sich den Satz wiederholen. War das nicht eine bei Medizinern übliche Beschönigung? Der Arzt ging mit zufriedener Miene. Da war ihr, als ob die Seile, die ihr Herz umschnürten, sich gelockert hätten.

Gerettet! Ist es möglich?

Auf einmal befiel sie klar und unerbittlich der Gedanke an Frédéric. Es war ein Wink der Vorsehung. Aber der Herr in seinem Erbarmen hatte sie nicht zu hart strafen wollen! Wie würde sie es erst büßen müssen, wenn sie bei dieser Liebe beharrte! Man würde gewiß ihren Sohn ihretwegen beleidigen; und Frau Arnoux sah den jungen Mann im Zweikampf verwundet, auf einer Bahre heimgetragen, sterbend. Mit einem Sprung kniete sie vor dem kleinen Stuhl nieder; mit voller Inbrunst hob sie ihre Seele den Höhen zu und brachte Gott zur Sühne das Opfer ihrer ersten Leidenschaft, ihrer einzigen Schwäche dar.

Frédéric war wieder in seiner Wohnung. Er blieb in seinem Sessel sitzen und hatte nicht einmal mehr die Kraft ihr zu fluchen. Schläfrigkeit übermannte ihn; und im Halbtraum hörte er den Regen rieseln und glaubte, er stehe noch immer da unten, auf dem Trottoir.

Am nächsten Tag schickte er in einer letzten Feigheit noch einen Dienstmann zu Frau Arnoux. Ob nun der Savoyarde gar nichts bestellte, oder ob sie ihm zu viel zu sagen hatte, um es ihm in einem Wort zu erklären, der Bescheid lautete so wie gestern. Das war eine zu große Unverschämtheit. Er ergrimmte in seinem Stolz. Er schwor jedes Verlangen ab; und wie ein Blatt, das von einem Orkan dahingeweht wird, entschwand seine Liebe. Er fühlte Erleichterung, eine stoische Freude, dann einen Hang zur Gewalttat. Und er ging, vom Zufall getrieben, durch die Straßen.

Männer aus den Vorstädten zogen vorüber, bewaffnet mit Flinten und alten Säbeln, etliche trugen rote Mützen, und alle sangen sie die Marseillaise oder die ›Girondisten‹. Hier und da eilte ein Uniformierter von der Nationalgarde seiner Mairie zu. In der Ferne schallten Trommeln. An der Porte Saint-Martin wurde gekämpft. Es lag in der Luft etwas Verwegenes und Kriegerisches. Frédéric schritt noch immer voran. Er wurde heiter von der Erregung der großen Stadt.

In der Gegend von Frascati sah er die Fenster der Marschallin. Eine tolle Idee kam ihm, eine Reaktion seiner Jugend. Er überquerte den Boulevard.

Man sperrte die Einfahrt; und Delphine, die Kammerjungfer, die gerade mit Kreide auf das Tor schrieb: »Waffen abgeliefert«, sagte in ihrer Lebhaftigkeit zu ihm: »Ach die Gnädige ist in einem netten Zustand! Heute morgen hat sie den Groom entlassen, der frech zu ihr war. Sie hat Furcht, daß überall geplündert wird. Sie krepiert vor Angst, wo nun auch der Herr fort ist!«

»Welcher Herr?«

»Der Fürst!«

Frédéric trat in das Boudoir. Die Marschallin erschien, im Unterrock, mit herabhängendem Haar, fassungslos. »Ach! danke! Du rettest mich! Zum zweitenmal! Und nie forderst du deinen Lohn!«

»Oh, Verzeihung!« sagte Frédéric und griff ihr mit beiden Händen an die Hüften.

»Na, was tust du denn?« stammelte die Marschallin, zugleich überrascht und belustigt durch dies Benehmen.

Er antwortete: »Ich mache die Mode mit. Ich bin für Reform, ich wandle mich.«

Sie ließ sich auf den Diwan werfen und lachte noch unter seinen Küssen.

Am Nachmittag betrachteten sie vom Fenster aus das Volksgewimmel in der Straße. Dann ging er mit ihr zu den Trois Frères Provençaux dinieren. Sie speisten lange und delikat. Da es keine Wagen gab, kehrten sie zu Fuß heim.

Auf die Nachricht von einem Regierungsumsturz hatte Paris sich verändert. Alles war frohgestimmt. Spaziergänger schlenderten umher, und von den Lampions in jedem Stockwerk war es hell wie mitten am Tag. Die Soldaten marschierten zögernd in ihre Kasernen, abgespannt und traurig. Man begrüßte sie, rief ihnen zu: »Hoch die Linieninfanterie!« Sie antworteten nicht. Bei der Nationalgarde hingegen schwangen die Offiziere, rot vor Begeisterung, ihre Säbel und schrien: »Hoch die Reform!« und jedesmal lachte das Liebespaar über das Wort. Frédéric scherzte, war sehr vergnügt.

Über die Rue Duphot erreichten sie die Boulevards. An den Häusern schwebten venezianische Laternen wie feurige Girlanden. Darunter war ein verworrenes Gewühl. Inmitten dieses Schattens blitzten hie und da die weißen Bajonette. Ein großes Hallo entstand. Die Masse war zu dicht, der gerade Weg unmöglich; und sie betraten die Rue Caumartin, als plötzlich hinter ihnen ein Geräusch hörbar wurde wie das Krachen eines ungeheuren Stückes Seide, das zerfetzt wird. Es war die Schießerei am Boulevard des Capucines.

»Ach, da purzeln ein paar Bourgeois«, sagte Frédéric gelassen. Denn in mancher Situation ist auch der am wenigsten grausame Mensch so losgelöst von den anderen, daß er ohne Herzklopfen den Tod der ganzen Menschheit sehen würde.

Die Marschallin ließ sich von Frédéric nachschleppen und klapperte mit den Zähnen. Sie behauptete, sie sei unfähig, zwanzig Schritte weiterzugehen. Da führte er sie, in einem Raffinement des Hasses, um Frau Arnoux in seiner Seele noch mehr zu beschimpfen, nach dem Hotel in der Rue Tronchet, in die Zimmer, die er für die andere vorbereitet hatte.

Die Blumen waren nicht verwelkt. Die Spitzenstickerei lag über dem Bett. Er zog die kleinen Pantoffeln aus dem Schrank. Rosanette fand diese Aufmerksamkeit sehr artig.

Gegen ein Uhr erwachte sie durch ein fernes Dröhnen; und sie sah, daß er den Kopf im Kissen vergraben hatte und schluchzte.

»Warum weinst du denn, Liebling?«

»Vor allzu großem Glück«, sagte Frédéric. »Ich hatte mich schon zu lange nach dir gesehnt!«

Dritter Teil

1

Der Lärm von Flintenschüssen ließ ihn aus seinem Schlummer jäh auffahren; und so sehr Rosanette ihn zu bleiben bat, wollte er sehen, was los sei. Er ging die Champs-Elysées hinunter, wo man gefeuert hatte. An der Ecke der Rue Saint-Honoré begegnete er Blusenmännern, die ihm zuriefen: »Nein! Nicht hier entlang! Zum Palais-Royal!«

Frédéric folgte ihnen. Die Gitter an der Kirche Mariä Himmelfahrt waren abgerissen worden. Ein Stück weiter sah er drei Pflastersteine mitten auf der Straße, wohl der Beginn einer Barrikade, Flaschenscherben und Drahtbündel, um die Kavalliere aufzuhalten. Plötzlich stürmte aus einer Gasse ein großer, bleicher junger Mann; sein schwarzes Haar flatterte ihm um die Schultern, die in einer Art Trikot mit bunten Erbsentupfen staken. Er hielt ein langes Soldatengewehr und lief in seinen Pantoffeln mit der Miene eines Schlafwandlers und behend wie ein Tiger. Von Zeit zu Zeit hörte man den Knall einer Explosion.

Am Vorabend hatte die Schaustellung eines Karrens mit fünf Leichen, die man unter den Toten vom Boulevard des Capucines aufgesammelt hatte, das Volk umgestimmt. Und indes in den Tuilerien ein Adjutant nach dem andren erschien, Herr Molè, der ein neues Kabinett bilden sollte, nicht zurückkam, Herr Thiers seinerseits dasselbe versuchte und der König sich herumzankte, zauderte, dann Bugeaud das Oberkommando gab, um ihn an seiner Ausübung zu hindern, organisierte die Revolte, wie von einem einzigen Arm geleitet, sich zu furchtbarer Geschlossenheit. Männer von frenetischer Beredsamkeit sprachen an den Straßenecken zu der Masse. Andre läuteten in den Kirchen mit voller Wucht die Glocke des Aufruhrs. Man goß Blei, man rollte Kartätschenpatronen. Die Bäume der Boulevards, die Pissoirs, die Bänke, die Gitter, die Gaslaternen, alles wurde losgerissen, umgestürzt. Am Morgen war Paris mit Barrikaden bedeckt. Der Widerstand dauerte nicht lange; überall griff die Nationalgarde ein, so daß bis acht Uhr das Volk, friedlich oder mit Gewalt, fünf Kasernen, fast alle Mairien und die entscheidenden strategischen Punkte eingenommen hatte. Von selbst, ohne daß sie gestoßen wurde, verging die Monarchie in rascher Auflösung; und jetzt griff man die Wache am Château-d'Eau an, um fünfzig Gefangene zu befreien, die nicht darin waren.

Frédéric war gezwungen, am Eingang des Platzes stillzustehn. Bewaffnete Gruppen erfüllten ihn. Kompanien der Linieninfanterie hatten die Rue Saint-Thomas und die Rue Fromanteau besetzt. Eine riesige Barrikade versperrte die Rue de Valois. Die Rauchwolke, die über dem Verhau lag, schwankte, öffnete sich, Männer liefen oben herum und machten große Gesten, um dann wieder zu verschwinden; und wieder begann das Feuer. Die Wache antwortete, ohne daß man jemanden im Innern des Gebäudes sah. Seine durch Läden von Eichenholz geschützten Fenster waren von Schießscharten durchlöchert; und das Monument mit seinen beiden Etagen, seinen beiden Flügeln, seinem Brunnen im unteren Geschoß und seiner kleinen Tür in der Mitte besäte sich unter dem Anprall der Kugeln mit weißen Flecken. Die drei Stufen der Treppe waren leer.

Neben Frédéric stand ein Mann mit griechischer Mütze, der über seiner Trikotweste eine Patronentasche trug, und stritt sich mit einer Frau in halbseidenem Kittel. Sie bat ihn: »Komm doch zurück! Komm doch zurück!« Der Gatte antwortete: »Laß mich in Ruhe! Du kannst doch deine Portierloge allein bewachen. Bürger, ich frage Sie, ist das richtig? Ich habe immer meine Pflicht getan, 1830, 32, 34, 39! Heute wird gekämpft! Da muß ich mitkämpfen! Geh schon!«

Die Portiersfrau hörte dann auf seine Vorhaltungen und auf die eines Nationalgardisten, der gleich neben ihnen stand, eines Vierzigers, dessen gutmütiges Gesicht von einem blonden Bart umrahmt war. Er lud seine Waffe, schoß und redete dabei mit Frédéric, so ruhig inmitten der Straßenschlacht wie ein Gärtner in seinem Garten. Ein Junge mit einer Schürze von Sackleinwand bettelte ihm Zündhütchen ab, um seine Flinte gebrauchen zu können, einen schönen Jagdkarabiner, den ihm »ein Herr« gegeben hatte. »Pack zu, da hinten hab ich sie«, sagte der Zivilist, »und verdufte! Sie erschießen dich sonst!«

Die Trommeln schlugen zum Angriff. Gellendes Geschrei, ein Hurragebrüll des Triumphs erhob sich. Die Menge flutete beständig hin und her. Frédéric, eingeklemmt zwischen zwei Volkshaufen, konnte sich nicht rühren; auch fesselte ihn das alles und ergötzte ihn sehr. Die Verwundeten, die umfielen, die Toten, die hingestreckt waren, sahen nicht wie wirkliche Verwundete und wirkliche Tote aus. Ihm war, als sei er Zuschauer eines Schauspiels.

Wo die Brandung am dichtesten war, erschien über den Köpfen ein Greis in schwarzem Rock auf einem Schimmel mit samtenem Sattel. In der einen Hand hatte er einen grünen Zweig, in der andren ein Papier, beides beharrlich schwenkend. Dann entsagte er der Hoffnung, daß man auf ihn hörte, und zog sich zurück.

Die Linieninfanterie war fort, und nur noch die Munizipalgarde verteidigte die Wache. Ein Schwall von unerschrockenen Gesellen stürmte auf die Freitreppe zu; sie fielen, andere drängten ihnen nach; das Tor dröhnte unter den Hieben von Eisenstangen. Die Munizipalgarde wich nicht. Da aber wurde eine Kutsche, in die man Heu gestopft hatte, und die wie eine ungeheure Fackel brannte, gegen die Mauern herangeschleppt. Schleunigst brachte man Holzscheite, Stroh, ein Faß Weingeist. Das Feuer stieg an den Steinen entlang in die Höhe. Das Gebäude begann wie eine Schwefelgrube zu rauchen; und breite Flammen fuhren hoch oben, durch das Terrassengeländer, mit Zischen hervor. Die erste Etage des Palais-Royal war jetzt voller Nationalgardisten. Von allen Fenstern des Platzes feuerte man. Kugeln sausten. Das Wasser der zerschossenen Fontäne mischte sich mit Blut, sikkerte in Pfützen auf den Erdboden. Im Schlamm glitt man über Kleider, Tschakos und Waffen aus. Frédéric spürte unter seinem Fuß etwas Weiches; es war die Hand eines Sergeanten in grauer

Uniform, der mit dem Gesicht im Rinnstein lag. Immer neue Freischärlertrupps kamen und schoben die vor der Wache Kämpfenden weiter. Die Schießerei wurde heftiger. Die Weinwirte hatten offen. Dann und wann ging man zu ihnen, um sich mit einer Pfeife Tabak zu wärmen und einen Schoppen zu trinken; hierauf kehrte man zum Kampf zurück. Ein Hund, der sich verirrt hatte, heulte. Darüber lachte man.

Frédéric wurde durch den Anprall eines Mannes erschüttert, der, eine Kugel im Kreuz, röchelnd ihm gegen die Schulter fiel. Nach diesem vielleicht gegen ihn selbst gerichteten Schuß befiel ihn helle Wut; und er stürzte vorwärts, als ein Nationalgardist ihm in den Weg trat. »Das tut nicht mehr not. Der König ist eben abgereist. Wenn Sie mir nicht glauben, sehen Sie selbst nach!«

Eine solche Versicherung besänftigte Frédéric. Die Place du Carrousel dehnte sich friedlich wie sonst. Das Hôtel de Nantes ragte einsam wie immer; und die Häuser dahinter, die Kuppel des Louvre gegenüber, die lange Holzgalerie rechts und die ungewisse Fläche, die bis zu den Baracken der Standkrämer hin sich wellte, verschwammen im Grau der Luft, in dem fernes Murren mit dem Nebel in eins floß; während auf der anderen Seite des Platzes grelles Tageslicht, das durch eine Wolkenspalte die Fassade der Tuilerien traf, alle ihre Fenster weiß abschnitt. Nahe dem Triumphbogen lag ein totes Pferd. Innerhalb der Gitter versammelten sich im Gespräch Gruppen von fünf oder sechs Personen. Die Schloßtore waren geöffnet, die Diener auf der Schwelle ließen sie eintreten.

In einem kleinen Parterresaal servierte man Tassen voll Milchkaffee. Mehrere Neugierige setzten sich spaßend an die Tische; die übrigen blieben stehen, auch ein Fiakerkutscher. Er nahm mit beiden Händen eine Glasschale voll Staubzucker, spähte unruhig nach rechts und links, dann aß er gierig und tauchte dabei die Nase in das Gefäß. Unten an der großen Treppe schrieb jemand seinen Namen in ein Register. Frédéric erkannte ihn von hinten.

»Ah, Hussonnet!«

»Jawohl«, sagte der Bohémien. »Ich führe mich bei Hof ein. Das ist ein famoser Ulk, was?«
»Wollen wir hinauf?«
Sie kamen in den Saal der Marschälle. Alle Portraits dieser ruhmreichen Krieger waren unversehrt, bis auf das von Bugeaud, dem man den Bauch durchbohrt hatte. Sie steiften sich auf ihrem Säbel, eine Lafette hinter sich, in furchtgebietender Pose, die den Umständen dieses Tages sonderbar widerstritt. Auf einer mächtigen Stutzuhr war es ein Uhr zwanzig Minuten.
Plötzlich erscholl die Marseillaise. Hussonnet und Frédéric beugten sich über die Rampe. Das war das Volk. Es wälzte sich über die Treppe, es trieb in seinen Wogenwirbeln bloße Köpfe, Helme, rote Mützen, Bajonette und Schultern, so wild brausend, daß Menschen in dieser wirbelnden Masse verschwanden, die immer noch stieg wie ein Strom, der sich gestaut hat, bei der Springflut der Tag- und Nachtgleiche, mit langem Tiergebrüll, mit alles zermalmender Wucht. Oben breitete sie sich aus, und der Gesang verstummte.
Man hörte nur noch in dem Stimmengemurmel das Trappeln all der Füße. Die Menge war harmlos und begnügte sich anzuschauen. Jedoch hin und wieder zerstieß ein Ellbogen, der zu sehr eingezwängt war, eine Scheibe; oder eine Vase, eine Statuette rollte von einer Konsole herab. Die eingedrückte Holztäfelung krachte. Alle Gesichter waren rot, in breiten Tropfen rann ihnen der Schweiß herunter. Hussonnet äußerte: »Die Helden riechen übel!«
»Ach, Sie sind gräßlich«, antwortete Frédéric.
Vorwärtsgeschoben gegen ihren Willen betraten sie einen Raum, an dessen Decke ein Baldachin von rotem Samt gespannt war. Auf dem Thron darunter saß ein schwarzbärtiger Proletarier, das Hemd halb offen, mit der stumpfsinnigen Heiterkeit eines häßlichen Affen. Andere kletterten auf die Estrade, um an seinen Platz zu kommen. »Ein Mythos!« sagte Hussonnet. »Das souveräne Volk!«
Der Thronsessel wurde mit Gewalt hochgehoben und wanderte

geschaukelt durch den ganzen Saal. »Sapperlot!« meinte Hussonnet. »Wie er wackelt! Das Staatsschiff schwankt auf stürmischem Meer! Es tanzt Cancan! Es tanzt Cancan!«
Man hatte den Thron einem Fenster genähert und schleuderte ihn unter Johlen hinab. »Armes, altes Gerümpel!« sagte Hussonnet, als er es in den Garten purzeln sah, wo es mit Eifer empfangen wurde, um von da bis zur Bastille getragen und verbrannt zu werden.
Nun platzte ein frenetischer Jubel los, als ob an Stelle des Thrones eine Zukunft unermeßlichen Glücks erschienen wäre. Und minder zur Rache als um sich sein Eigentumsrecht zu bestätigen, zerschmetterte und zerriß das Volk Spiegel und Vorhänge, Lüster, Leuchter, Tische, Stühle, Rundsessel, alle Möbel, sogar Albums mit Zeichnungen und Stickereikörbchen. Da man gesiegt hatte, warum sollte man sich nicht amüsieren? Der Mob putzte sich zum Hohn mit Spitzen und Kaschmir. Goldfransen wurden um Blusenärmel gewickelt, Hüte mit Straußenfedern schmückten den Kopf von Grobschmieden, Ordensbänder der Ehrenlegion dienten Huren als Gürtel. Jeder tat nach seiner Laune; die einen tanzten, andere zechten. Im Zimmer der Königin strich sich eine Frau ihr Haar mit Pomade glatt. Hinter einem Wandschirm klopften zwei Spielratzen Karten. Hussonnet zeigte Frédéric ein Individuum, das, auf eine Balkonbrüstung gelehnt, seine Stummelpfeife rauchte. Und das Delirium verdoppelte sein ununterbrochenes Getöse durch Geklirr von Porzellan, das in Scherben ging, und von Kristall, das hüpfend wie die Metallplättchen einer Harmonika klang.
Dann wurde der Ingrimm des Volkes finsterer. Eine obszöne Neugier erwachte, alle Kabinette, alle Winkel zu durchstöbern, alle Schubladen aufzusperren. Galeerensträflinge vergruben die Arme in die Kissen der Prinzessinnen und torkelten darüber, zum Trost, daß sie sie nicht schänden konnten. Andere, mit unheilvolleren Mienen, irrten schweigend umher und suchten etwas zu stehlen; aber es waren zu viele Menschen da. Durch die Türluken sah man in der Reihe der Gemächer nur die

dunkle Masse zwischen den Goldleisten, unter Staubgewölk. Allen keuchte die Brust. Die Hitze wurde immer betäubender. Die beiden Freunde verließen die Säle, aus Furcht zu ersticken.
Im Vorraum saß auf einem Kleiderstapel eine Straßendirne als Statue der Freiheit, unbeweglich, mit großgeweiteten Augen, erschreckend.
Sie hatten draußen drei Schritte gemacht, als eine Abteilung Munizipalgardisten in ihren langen Röcken auf sie zukam. Alle entblößten sie zugleich ihre ein wenig kahlen Schädel von ihren Polizeimützen und ehrten das Volk durch tiefen Gruß. Ob dieser Respektsbezeugung bliesen die zerlumpten Sieger sich auf. Auch Hussonnet und Frédéric hatten etwas wie Vergnügen daran.
Sie wurden sehr erregt und kehrten zum Palais-Royal zurück. An der Rue Fromanteau waren Leichen von Soldaten auf Stroh gebettet. Sie gingen empfindungslos vorbei und empfanden mit Stolz ihre gute Haltung.
Im Palais war ein Gewimmel. Sieben Scheiterhaufen flammten im Innenhof. Man warf Pianos, Kommoden und Stutzuhren zu den Fenstern hinaus. Feuerspritzen spien Wasser bis hoch zu den Dächern. Strolche suchten mit ihren Säbeln Schläuche zu durchschneiden. Frédéric bat einen Zögling der Polytechnischen Kriegsschule, es zu hindern. Der Polytechniker verstand ihn nicht, schien auch geistesschwach. Ringsumher in den beiden Galerien widmete der Pöbel, als Beherrscher der Weinkeller, sich einer abscheulichen Sauferei. Der Wein rann in Bächen und netzte die Füße, die Straßenbengel tranken ihn aus Flaschenstümpfen und schrien taumelnd. »Gehn wir«, sagte Hussonnet, »mich ekelt vor diesem Volk.«
Entlang der Galerie d'Orléans lagen Verwundete am Boden, auf Matratzen, mit Purpurvorhängen zugedeckt; und Kleinbürgerinnen aus dem Viertel brachten ihnen Bouillon und Wäsche. »Und dennoch«, sagte Frédéric, »ich finde das Volk erhaben.«
Das große Vestibül war von einem Schwall rasender Menschen

erfüllt. Einige wollten in die oberen Stockwerke hinauf, um alles bis aufs letzte zu zerstören. Nationalgardisten, die auf den Stufen standen, bemühten sich, sie abzuwehren. Der unverzagteste von ihnen war ein Jäger, barhäuptig, mit struppigem Haar und zerschlitztem Lederzeug. Das Hemd bauschte sich ihm zwischen Hose und Jacke, und er prügelte sich inmitten der anderen voll Hartnäckigkeit. Mit seinen scharfen Augen erkannte Hussonnet von weitem, daß es Arnoux war.

Dann strebten sie, um freier atmen zu können, dem Tuileriengarten zu. Sie setzten sich auf eine Bank und blieben dort ein paar Minuten, die Lider geschlossen, in so dumpfer Zerschlagenheit, daß sie nicht einmal die Kraft hatten zu sprechen. Die Passanten um sie her redeten sich an. Die Herzogin von Orléans war zur Regentin ernannt worden. Alles war zu Ende; und man überließ sich jenem Wohlbehagen, das der raschen Lösung einer Katastrophe folgt. An jeder der Schloßmansarden erschienen Lakaien, die ihre Livreen zerfetzten. Sie warfen sie in den Park hinunter, zum Zeichen, daß sie der Monarchie jetzt den Gehorsam kündigten. Das Volk pfiff sie aus. Sie verschwanden.

Frédéric und Hussonnet wurden durch einen großen Burschen abgelenkt, der, die Flinte über der Schulter, zwischen den Bäumen dahineilte. Eine Patronentasche hing ihm an der Hüfte fest um die rote Wollbluse, ein Tuch war unter seiner Mütze um seine Stirn geknotet. Er drehte sich um. Es war Dussardier; und sie umarmend rief er: »Ach, welch ein Glück, Kameraden!« Mehr konnte er nicht sagen, so ächzte er vor Freude und Ermattung.

Seit achtundvierzig Stunden war er auf den Beinen. Er hatte an den Barrikaden im Quartier Latin gearbeitet, in der Rue Rambuteau gefochten, drei Dragoner gerettet, war mit der Kolonne Dunoyer in die Tuilerien eingedrungen und hierauf nach der Kammer, dann ins Stadthaus marschiert. »Ich komme von dort! Alles geht gut! Das Volk triumphiert! Arbeiter und Bürger liegen sich in den Armen. Ach, wenn ihr wüßtet, was ich gesehen habe! Was für tapfere Leute! Wie schön das ist!« Und ohne zu bemerken, daß sie unbewaffnet waren: »Ich war sicher, daß ihr hier seid! Eine schwere Sache war es ja, aber wenn schon!« Ein Tropfen Blut sickerte ihm über die Backe; doch auf die Fragen der beiden erwiderte er: »Oh, nichts, eine Schramme von einem Bajonett!«

»Sie sollten sich verbinden lassen.«

»Bah! Ich bin ein kräftiger Kerl! Was ist dabei? Die Republik ist ausgerufen worden. Jetzt wird man glücklich sein! Polen und Italien sollen befreit werden, hörte ich vorhin Journalisten sagen. Keine Könige mehr, wissen Sie! Die ganze Erde frei! Die ganze Erde frei!«

Er umfaßte mit einem einzigen Blick den Horizont und reckte triumphierend die Arme. Doch eine lange Menschenkette lief auf die Terrasse, an den Rand der Seine. »Ach, sapperlot! Ich vergaß. Die Forts sind genommen. Ich muß hin! Adieu!«

Er wandte sich noch einmal um, schwang seine Flinte und schrie ihnen zu: »Hoch die Republik!«

Aus den Kaminen des Schlosses kräuselten sich riesige schwarze Rauchschwaden, in denen Funken sprühten. Die Glocken hallten in der Ferne wie das Blöken einer verängstigten Schafherde. Rechts und links, allenthalben entluden die Sieger ihre Schußwaffen. Frédéric fühlte, obwohl er nicht kriegerisch war, die Wallung seines gallischen Bluts. Die suggestive Wirkung, die von begeisterten Massen ausgeht, hatte sich auf ihn übertragen. Mit Wollust sog er die von Pulverdunst geschwängerte Luft nach dem Gewitter ein; und dabei erschauerte er unter dem Hauch einer unermeßlichen Liebe, einer höchsten und allgemeinen Rührung, und ihm war, als pochte in seiner Brust das Herz der ganzen Menschheit.

Hussonnet sagte gähnend: »Nun ist es wohl Zeit, die Bevölkerung zu informieren.« Frédéric begleitete ihn in sein Korrespondenzbüro an dem Platz vor der Börse; und er verfaßte für das ›Journal de Troyes‹ einen Bericht über die Ereignisse, in lyrischem Stil, einen tönenden Artikel, den er mit seinem Namen unterschrieb. Dann speisten sie zusammen in einer Taverne.

Hussonnet war nachdenklich; die Exzentrizitäten der Revolution übertrumpften die seinen.
Als sie nach dem Kaffee ins Stadthaus gingen, um zu erfahren, was Neues los sei, hatte sein Gassenjungennaturell wieder die Oberhand. Er erklomm die Barrikaden wie eine Gemse und antwortete den Wachtmannschaften mit patriotischen Possen. Sie hörten bei Fackelschein die Ausrufung der provisorischen Regierung.
Endlich um Mitternacht kam Frédéric, vor Müdigkeit wie tot, nach Hause. »Nun«, fragte er seinen Diener, der ihm bei der Nachttoilette half, »bist du zufrieden?«
»Ja doch, gnädiger Herr. Aber wenn das Volk so im Tritt marschiert, das ist mir unsympathisch.«
Am Morgen, beim Erwachen, besann sich Frédéric auf Deslauriers. Er eilte zu ihm. Der Advokat war soeben in die Provinz gereist, wohin man ihn als Kommissar geschickt hatte. Er war am Abend zuvor bis zu Ledru-Rollin gelangt, hatte ihm namens der Studentenschaft zugesetzt und ihm ein Amt, eine Mission entrissen. Übrigens würde er, sagte der Portier, in der nächsten Woche schreiben und seine Adresse mitteilen.
Hierauf besuchte Frédéric die Marschallin. Sie war anfangs ungnädig zu ihn; denn sie grollte ihm, weil er sie verlassen hatte. Ihre Ranküne zerstreute sich, als er ihr wiederholt versicherte, draußen sei Friede. Alles war jetzt beruhigt, sie brauchte sich nicht zu fürchten. Er umarmte sie; und sie erklärte sich für die Republik – wie das schon der Herr Erzbischof von Paris getan hatte, und wie das mit wunderbar schneller Bereitwilligkeit tun sollten: die Beamtenschaft, der Staatsrat, das Institut, die Marschälle von Frankreich, Changarnier, Herr von Falloux, alle Bonapartisten, alle Legitimisten und viele Orléanisten.
Der Sturz der Monarchie hatte sich so rasch vollzogen, daß, nachdem die erste Verblüffung überwunden war, die Bourgeoisie gleichsam staunte, noch am Leben zu sein. Die sofortige Hinrichtung einiger Plünderer, die man ohne Prozeß erschoß, wurde durchaus gebilligt. Einen Monat lang sagte man sich wieder und

wieder die Phrase Lamartines von der roten Fahne, »die nur das Champ de Mars umkreist habe, indessen die Trikolore« et cetera; und alle ordneten sich unter ihrem Schatten, da jede Partei von den drei Farben nur die ihre sah und sich versprach, sobald sie erstarkt sei, die beiden anderen herunterzuholen.

Da das Geschäftsleben stillstand, trieben Unruhe und Gaffsucht alles auf die Straße. Die Achtlosigkeit, mit der man sich kleidete, schwächte die gesellschaftlichen Unterschiede ab, der Haß versteckte sich, Hoffnungen entfalteten sich, die Menge war voll Milde. Im Bewußtsein eines eroberten Rechts strahlten die Gesichter. Es war eine Karnevalsfröhlichkeit mit Biwakallüren. Nichts war lustiger als das Bild von Paris in den ersten Tagen.

Frédéric nahm die Marschallin unter dem Arm; und sie schlenderten miteinander durch die Stadt. Sie ergötzte sich an den Rosetten, die alle Knopflöcher zierten, an den Standarten vor allen Fenstern, den an die Mauern geklebten bunten Plakaten und warf hier und da Kleingeld in die auf der Straße an Stühlen befestigten Almosenbüchsen für die Verwundeten. Dann stand sie vor den Karikaturen von Louis-Philippe, als Zuckerbäcker, als Jahrmarktsgaukler, als Hund und als Blutegel. Aber sie erschrak ein wenig vor den Polizisten Caussidière's mit ihren Säbeln und ihren Schärpen. Dann wieder wurde ein Freiheitsbaum gepflanzt. Die Herren Geistlichen wohnten der Zeremonie bei, mit goldbetreßtem Gefolge, und segneten die Republik; und die Menge fand das sehr schön. Das häufigste Schauspiel war das von Deputationen, die irgend etwas im Stadthaus zu fordern hatten; denn jedes Gewerbe erwartete von der Rgierung die radikale Tilgung seiner Not. Einige allerdings gingen zu ihr, um sie zu beraten oder sie zu beglückwünschen, oder auch nur, um ihr einen kleinen Besuch abzustatten und die Maschine funktionieren zu sehen.

Eines Tags gegen Mitte März gewahrte Frédéric, als er den Pont d'Arcole überquerte, da er im Quartier Latin etwas für Rosanette zu erledigen hatte, eine Gruppe langbärtiger Individuen mit bizarren Hüten. An der Spitze, die Trommel schlagend, ging ein

Neger, ein ehemaliges Ateliermodell, und der Mann, der das im Wind wehende Banner mit der Inschrift ›Kunstmaler‹ trug, war kein anderer als Pellerin.

Er winkte Frédéric zu, er solle auf ihn warten, und erschien fünf Minuten später wieder, da er Zeit genug hatte; denn die Regierung empfing gerade die Steinmetzen. Er wollte mit seinen Kollegen die Errichtung eines Forums der Kunst verlangen, einer Art Börse zur Debatte über die Interessen der Ästhetik; herrliche Werke würden dort erzeugt werden, da die Arbeiter ihr Talent gemeinschaftlich einsetzen würden. Bald werde Paris von gigantischen Monumenten voll sein. Er werde den ornamentalen Schmuck für sie schaffen; er habe sogar eine Figur der Republik begonnen. Einer seiner Genossen kam und holte ihn ab; denn die Sendboten des Geflügelhandels waren ihnen auf den Fersen.

»Was für Albernheiten!« brummte eine Stimme aus dem Hintergrund. »Immer nur Blödsinn! Nichts ist ernst!« Es war Regimbart. Er grüßte Frédéric nicht, aber er benutzte die Gelegenheit, um sich seiner Galle zu entladen.

Der Bürger verbrachte seine Tage damit, daß er in den Straßen herumlief, seinen Schnurrbart zerrte, die Augen rollte, unheilvolle Nachrichten als wahr anerkannte und verbreitete. Er hatte nur zwei Redensarten: »Achtung! Sie überrumpeln uns!« oder: »Verdammt! Die Republik wird uns gestohlen!« Er war mit allem unzufrieden und besonders damit, daß wir nicht unsre natürlichen Grenzen uns wiederverschafft hätten. Wenn der Name Lamartine nur fiel, zuckte er die Achseln. Er fand Ledru-Rollin »für das Problem unzulänglich«, behandelte Dupont (vom Departement L'Eure) als ein »altes Kamel«, Albert als Idioten, Louis Blanc als Utopisten, Blanqui als höchst gefährlichen Menschen. Und auf die Frage Frédéric's, was man denn hätte tun sollen, erwiderte er und zerquetschte ihm fast den Arm: »Den Rhein nehmen, sag ich Ihnen, den Rhein nehmen, zum Kuckuck!«

Dann klagte er die Reaktion an. Sie ließ schon die Maske fallen. Die Plünderung der Schlösser von Neuilly und Suresne, die

Brandlegung in Batignolles, die Wirren in Lyon, alle Exzesse, alle Schäden wurden jetzt übertrieben; und dazu kam noch das Zirkular Ledru-Rollin's, der Zwangskurs der Banknoten, der Sturz der Staatsanleihe auf sechzig Francs und endlich als äußerste Unbill, als letzter Schlag gegen die Rentner, als Schrecken der Schrecken die Steuer der fünfundvierzig Centimes! Und über all das hinaus war da noch der Sozialismus! Obwohl man über diese Theorien, die so neu waren wie das Gänsespiel, seit vierzig Jahren genug debattiert hatte, um Bibliotheken zu füllen, ängstigten sie die Bourgeois wie ein Hagel von Meteorsteinen; und man war empört mit jenem Haß, den das Werden jeder Idee hervorruft, weil sie eine Idee ist. Diese Verketzerung leiht ihr später ihren Ruhm und macht, daß ihre Feinde ihr immer unterlegen sind, so mittelmäßig sie auch sein mag.

Nun stieg der Besitz im öffentlichen Respekt so hoch wie die Religion und wurde eins mit Gott. Die Angriffe, die man gegen ihn richtete, galten als Frevel am Heiligtum, beinahe als Menschenfresserei. Trotz der mildesten Gesetzgebung, die es jemals gab, drohte der Schemen von 1793, und das Beil der Guillotine blitzte in allen Silben des Wortes Republik; was nicht hinderte, daß man sie wegen ihrer Schwäche verachtete. Frankreich, das nicht mehr die Hand eines Herrn fühlte, begann in seiner Ratlosigkeit zu schreien, wie ein Blinder ohne Stab, wie ein kleines Kind, das das Dienstmädchen verloren hat.

Von allen Franzosen zitterte am stärksten Herr Dambreuse. Die neue Ordnung der Dinge war für sein Vermögen bedenklich; doch vor allem strafte sie seine Erfahrung Lügen. Ein so gutes System, ein so weiser König! Sollte man das glauben? Die Erde ging unter! Noch am nächsten Tag entließ er drei Bediente, verkaufte seine Pferde, kaufte sich für die Straße einen weichen Filzhut, wollte sich sogar den Bart wachsen lassen; und er blieb zu Hause, entkräftet, immer wieder mit Bitterkeit die Zeitungen lesend, die seinen Ideen am feindlichsten waren, und so verdüstert, daß alle Scherze über die Pfeife des Herrn Flocon ihm nicht einmal ein Lächeln abgewannen.

Als Stütze des bisherigen Regimes hatte er Furcht vor der Rache des Volkes an seinen Landgütern in der Champagne. Da geriet ihm der Artikel Frédéric's in die Hände. Und sein junger Freund schien ihm eine sehr einflußreiche Persönlichkeit, die ihm zwar nicht helfen, wohl aber ihn verteidigen konnte; so daß er eines Morgens, zusammen mit Martinon, Frédéric besuchte. Der Zweck dieser Visite war, so sagte er, nur, ihn ein wenig zu sehen und mit ihm ein bißchen zu plaudern. Im Grunde freute er sich der Geschehnisse, und mit ganzem Herzen war er Anhänger »unserer erhabenen Devise: Freiheit, Gleichheit, Brüderlichkeit«, da er eigentlich stets Republikaner gewesen sei. Wenn er unter der anderen Staatsform für das Ministerium stimmte, so tat er es nur, um dessen Sturz zu beschleunigen. Er eiferte sogar gegen Herrn Guizot, »der uns schön in die Klemme gebracht hat, entschieden!« Dafür bewunderte er Lamartine sehr, der sich »großartig benommen« habe, »auf Ehrenwort, als er über die rote Fahne . . .«

»Ja, ich weiß«, sagte Frédéric.

Hiernach versicherte Herr Dambreuse seine Sympathie für die Arbeiter. »Denn mehr oder minder sind wir alle Arbeiter!« Und er war dermaßen unparteilisch, daß er Proudhon Logik zubilligte. »Oh, viel Logik, Teufel noch mal!« Dann plauderte er mit der Unbefangenheit einer überlegenen Intelligenz über die Gemäldeausstellung, auf der er das Bild Pellerin's gesehen hatte. Er fand es originell, sehr gelungen.

Martinon unterstrich alle seine Worte durch beifällige Bemerkungen. Auch er war der Ansicht, man müsse »sich offen für die Republik erklären«; und er redete von seinem Vater, dem Akkersmann, spielte den Bauern, den Sohn des Volkes. Bald war man bei den Wahlen zur Nationalversammlung und den Kandidaten im Bezirk von La Fortelle. Der der Opposition hatte keine Hoffnung. »Sie sollten an seinen Platz treten!« sagte Herr Dambreuse.

Frédéric widersprach.

»Oho! Warum denn?« Er würde doch die Stimmen der Ultras

für sich haben, dank seinen persönlichen Anschauungen, und die der Konservativen wegen seiner Familie. »Und vielleicht«, fügte der Bankier lächelnd hinzu, »auch etwas dank meiner Vermittlung«.

Frédéric wandte ein, er wisse nicht, wie er dabei vorgehen solle.

Nichts einfacher als das; indem er sich den Patrioten der Aube durch einen Klub der Hauptstadt empfehlen ließ. Man hatte dort einen Vortrag zu halten, nicht ein Glaubensbekenntnis abzulegen, wie es täglich zu hören war, sondern ernsthafte Darlegung von Prinzipien. »Bringen Sie mir das! Ich weiß, was den lokalen Bedürfnissen entspricht. Und Sie könnten, wiederhole ich Ihnen, dem Lande einen großen Dienst leisten, uns allen, mir selbst.« In solchen Zeiten mußte man einander helfen, und wenn Frédéric irgend etwas brauchte, er oder seine Freunde ...

»Oh, tausend Dank, verehrter Herr Dambreuse!«

»Auf Gegenseitigkeit, natürlich!«

Der Bankier war zweifellos ein hochachtbarer Mann. Frédéric sann über seinen Rat nach; und bald schwindelte es ihn, als wäre er geblendet. Die großen Gestalten des Konvents zogen vor seinen Augen vorüber. Es schien ihm, als steige eine strahlende Morgenröte auf. Rom, Wien, Berlin hatten sich erhoben, die Österreicher waren aus Venetien verjagt; ganz Europa regte sich. Es war die Stunde, sich in die Bewegung hineinzustürzen, vielleicht sie schneller zu entfachen; auch reizte ihn die Tracht, die, wie es hieß, die Abgeordneten tragen sollten. Schon sah er sich in einer Weste mit Seidenaufschlägen und einem blauweißroten Gürtel; und diese Sucht, diese Halluzination wurden so stark, daß er sich Dussardier anvertraute.

Die Begeisterung des braven Burschen erlahmte nicht. »Aber freilich! Sicherlich! Kandidieren Sie!«

Dennoch fragte Frédéric Deslauriers um seine Ansicht. Durch den idiotischen Widerstand, der den Kommissar in seiner Provinz hemmte, war sein Liberalismus nur gewachsen. Er sandte ihm sofort leidenschaftliche Ermahnungen zu.

Indessen hatte Frédéric das Bedürfnis, bei einer größeren Zahl von Menschen Zustimmung zu finden. Und er eröffnete sich Rosanette, eines Tages, als Fräulein Vatnaz dort war.

Sie gehörte zu dem Typ Pariser Junggesellinnen, die jeden Abend, wenn sie ihre Stunden gegeben oder sich um den Verkauf kleiner Zeichnungen, um den Vertrieb dürftiger Manuskripte bemüht haben, mit dem Schmutz der Straße an ihren Unterröcken nach Hause kommen, sich ihr Essen bereiten, es ganz allein verzehren, dann, die Füße auf einem Öfchen, beim Licht einer blakigen Lampe von Liebe träumen, einer Familie, einem Heim, von Geld, von allem, was ihnen fehlt. So hatte die Vatnaz, wie viele außer ihr, die Revolution als den Anbruch der Rache begrüßt; und sie widmete sich einer schrankenlosen sozialistischen Propaganda.

Die Befreiung des Proletariats war nach ihr nur möglich, wenn die Frau befreit wurde. Die Vatnaz wollte ihre Zulassung zu allen Stellen, den Zwang zur Ermittlung der Vaterschaft, ein andres Gesetzbuch, die Abschaffung der Ehe oder wenigstens ihre »intelligentere Reglementierung«. Jede Französin sollte einen Franzosen heiraten oder einen Greis adoptieren müssen. Ammen und Hebammen sollten vom Staat entlohnte Beamtinnen sein. Sie verlangte eine Jury zur Prüfung der Werke von Frauen, besondere Verleger für die Frauen, eine polytechnische Hochschule für die Frauen, eine Nationalgarde für die Frauen, alles für die Frauen! Und da die Regierung ihre Rechte verkannte, mußten sie Gewalt durch Gewalt besiegen. Zehntausend Bürgerinnen mit guten Gewehren konnten das Stadthaus erzittern machen.

Daß Frédéric sich um ein Mandat bewarb, schien ihr für ihre Ideen günstig. Sie ermutigte ihn, zeigte ihm am Horizont den Ruhm. Rosanette freute sich, einen Liebsten zu haben, der in der Kammer das Wort ergreifen würde. »Und vielleicht kriegst du dann einen anständigen Posten.«

Frédéric, dessen Charakter jeder Schwäche erlag, wurde von der allgemeinen Unvernunft fortgerissen. Er schrieb eine Rede und ging zu Herrn Dambreuse, um sie ihm mitzuteilen.

Beim Geräusch der großen Tür, die ins Schloß fiel, verschob sich ein Fenstervorhang, und eine Frau wurde sichtbar. Er hatte nicht die Zeit, sie zu erkennen. Aber im Vorraum hielt ein Gemälde seinen Blick fest, das Gemälde Pellerin's, das, wohl nur einstweilen, auf einen Stuhl gelehnt war. Es stellte die Republik dar oder den Fortschritt oder die Zivilisation, unter dem Bild Jesu Christi, der eine Lokomotive durch einen Urwald führte. Frédéric betrachtete es eine Minute lang und rief: »Abscheulich!«

»Was? Nicht wahr?« sagte Herr Dambreuse, der eben bei diesem Wort hinzukam und glaubte, es ziele nicht auf Pellerin's Malerei, sondern auf die Doktrin, die hier verherrlicht wurde. Im selben Moment erschien Martinon. Sie traten in das Kabinett ein; und Frédéric zog ein Papier aus seiner Tasche, als Fräulein Cécile plötzlich sich zeigte und mit verwirrter Miene fragte: »Ist meine Tante hier?«

»Du weißt, daß sie nicht da ist«, erwiderte der Bankier. »Aber tun Sie, als ob Sie zu Hause wären, mein Fräulein.«

»O danke, ich gehe schon.«

Kaum war sie draußen, so tat Martinon so, als suche er sein Taschentuch. »Ich habe es in meinem Paletot stecken lassen, verzeihen Sie!«

»Gut«, sagte Herr Dambreuse. Offenbar fiel er auf diese List nicht herein; und es schien sogar, als sei er einverstanden. Warum? Doch bald kehrte Martinon zurück, und Frédéric begann seine Rede. Schon bei der zweiten Seite, die das Überwiegen der Geldinteressen als schmählich brandmarkte, schnitt der Bankier eine Grimasse. Dann wandte Frédéric sich den Reformen zu und erklärte sich für die Handelsfreiheit.

»Wie denn? Gestatten Sie!«

Frédéric überhörte das und las weiter. Er forderte Vermögenssteuer, progressive Einkommensteuer, einen europäischen Staatenbund, Volkserziehung und große Spenden für die Kunst. »Wenn das Land Männern wie Delacroix oder Hugo eine Jahresrente von hunderttausend Francs zahlen würde, was wäre dagegen zu sagen?«

Das Ganze endete mit Ratschlägen an die oberen Klassen. »Seid nicht sparsam, ihr Reichen! Gebt! Gebt!«

Er hielt ein und blieb stehen. Die beiden, die sein Publikum waren, saßen stumm; Martinon riß die Augen auf, Herr Dambreuse war über und über blaß. Alsdann verhehlte er seine Erregung unter bitterem Lächeln: »Sie haben vortrefflich gesprochen!« Und er pries die Form sehr, um sich nicht zur Sache äußern zu müssen.

Diese Heftigkeit eines harmlosen jungen Mannes erschreckte ihn vor allem als Symptom. Martinon wollte ihn beruhigen. Schon bald würde die konservative Partei Vergeltung üben. In mehreren Städten hatte man die Kommissare der provisorischen Regierung fortgejagt. Die Wahlen fanden erst am 23. April statt; es war noch Zeit genug. Kurz, Herr Dambreuse persönlich sollte im Aube-Departement kandidieren. Und von nun an wich Martinon nicht mehr von ihm, wurde sein Sekretär und umgab ihn mit der Aufmerksamkeit eines Sohnes.

Frédéric kam sehr von sich befriedigt zu Rosanette. Delmar war dort und verkündete, er habe sich definitiv für das Mandat des Seine-Bezirks gemeldet. Auf einem Plakat ›an das Volk‹, das er duzte, rühmte der Schauspieler sich, er begreife es, *er*, und habe sich zum Wohl des Volkes durch die Kunst kreuzigen lassen, so daß er seine Verkörperung geworden sei, sein Ideal. Im Ernst wähnte er eine ungeheure Macht über die Menge zu besitzen, so sehr, daß er später in einem Ministerium sich vermaß, ganz allein einen Aufstand zu dämpfen; und nach dem Mittel, das er anwenden wolle, gefragt, antwortete er: »Da seien Sie unbesorgt! Das Volk braucht nur einen Kopf zu sehen!«

Um ihn zu kränken, unterrichtete Frédéric ihn von seiner eigenen Kandidatur. Sobald der Komödiant erfahren hatte, daß sein künftiger Amtsgenosse sich in der Provinz bewarb, versicherte er ihn seiner Dienste und machte sich anheischig, ihn durch die Klubs zu lotsen.

Sie besuchten sie alle oder fast alle, die roten und die blauen, die wilden und die zahmen, die puritanischen und die frechen, die mystischen und die der Säufer, die, in denen man für den Tod der Könige stimmte, und die, in denen man über die Betrügereien der Krämer klagte; und überall fluchten die Mieter den Hauswirten, die Bluse haderte mit dem schwarzen Rock, die Reichen verschworen sich gegen die Armen. Mehrere verlangten Entschädigungen für Martyrien, die sie einmal durch die Polizei erlitten hatten, andere flehten um Geld zur Ausnutzung ihrer Erfindungen, oder es waren Pläne für Genossenschaften, für kantonale Basare, Systeme der allgemeinen Glückseligkeit. Dann, hier und da, ein Geistesblitz in diesen Wolken von Dummheit, Anrufe an die Hörer, wie hochspritzender Schlamm, das Recht in einer Verwünschung formuliert, Blumen der Beredsamkeit auf den Lippen eines Trainsoldaten, dem der Riemen eines Säbels auf der nackten Haut, quer über die hemdlose Brust, hing. Manchmal auch spielte ein feiner Herr mit, ein Aristokrat von bescheidenem Gebaren, der plebejische Gesinnung heuchelte und sich die Hände nicht gewaschen hatte, damit sie schwielig aussähen. Ein Patriot erkannte ihn, die Tugendhaftesten verhöhnten ihn; und Wut in der Seele entfernte er sich. Um gesunden Menschenverstand zu beweisen, mußte man hier stets Advokaten anschwärzen und möglichst oft dabei die Phrasen gebrauchen: »seinen Stein zum Gebäude beitragen – soziales Problem – Nationalwerkstätte.«

Delmar versäumte keine Möglichkeit, das Wort an sich zu reißen; und hatte er nichts mehr zu sagen, so half er sich damit, daß er sich hinpflanzte, die Faust in die Hüfte gestemmt, den anderen Arm in der Weste, mit jäher Drehung im Profil, so daß man seinen Kopf bewundern mußte. Dann erscholl ein lautes Klatschen, das von Fräulein Vatnaz, die im Hintergrund des Saales saß.

Trotz der Unzulänglichkeit der Redner hatte Frédéric nicht den Mut, auf die Tribüne zu gehen. Alle die Leute schienen ihm zu roh oder zu feindlich.

Aber Dussardier begab sich auf die Suche und berichtete ihm, es existiere in der Rue Saint-Jacques ein Klub, der sich Klub der

Intelligenz nenne. Ein solcher Name ließ hoffen. Auch wollte Dussardier Freunde bestellen.

Es kamen die mit ihm, die er zu seinem Punsch geladen hatte: der Buchhalter, der Weinreisende, der Architekt; und sogar Pellerin. Vielleicht war auch Hussonnet zu erwarten. Und auf dem Trottoir, vor der Tür, stand Regimbart mit zwei Individuen, von denen das eine sein getreuer Compain war, ein gedrungener Mensch mit Blatternarben und roten Augen; der zweite war so etwas wie ein Negeraffe, mit einem Wald von Haaren, von dem er nur wußte, er sei »ein Patriot aus Barcelona«.

Sie schritten durch einen Treppenflur, dann führte man sie in einen großen Raum, der wohl sonst eine Tischlerwerkstatt war, und dessen noch neue Mauern nach Gips rochen. Vier parallel hängende Lampen mit Blechschirmen erzeugten ein widerwärtiges Licht. Auf einer Estrade hinten war ein Pult mit einer Klingel, unter ihm ein Tisch, die Rednerkanzel, und zu beiden Seiten zwei andere, tiefere, für die Sekretäre. Das Auditorium, das die Bänke einnahm, setzte sich aus alten Malerlehrlingen, Repetenten an Schulen und ungedruckten Schriftstellern zusammen. Über diesen Reihen von Paletots mit schmierigen Kragen sah man da und dort die Haube einer Frau oder die Kappe eines Arbeiters. Von Arbeitern voll war der Hintergrund; sie hatten sich aus Müßiggang eingefunden, oder Redner hatten sie als Applaustrupps für sich aufgeboten.

Frédéric wählte seinen Platz mit Vorbedacht zwischen Dussardier und Regimbart, der, kaum daß er saß, die Hände auf seinen Spazierstock und das Kinn auf seine Hände stützte und die Lider schloß, indes am anderen Ende des Saales Delmar stehend das Gewirr beherrschte.

Am Pult des Präsidenten erschien Sénécal. Diese Überraschung, hatte der gute Kommis gemeint, werde Frédéric erfreuen. Sie verdroß ihn.

Die Menge bezeugte ihrem Präsidenten große Ehrfurcht. Denn er zählte zu denen, die am 25. Februar die sofortige Organisation der Arbeit begehrt hatten. Tags darauf hatte er im Prado für den

Angriff auf das Stadthaus gesprochen. Und da jeder damals einem Modell nacheiferte, der eine Saint-Just kopierte, der zweite Danton, der dritte Marat, so bemühte er sich Blanqui zu ähneln, der seinerseits ein Nachahmer Robespierre's war. Seine schwarzen Handschuhe und sein starr gebürstetes Haar liehen ihm ein unerbittliches, sehr würdiges Aussehen.

Er leitete den Abend mit der Erklärung der Menschen- und der Bürgerrechte ein, dem gewohnten Glaubensakt. Dann sang eine kräftige Stimme die ›Erinnerung des Volkes‹ von Béranger.

Andere Stimmen ertönten. »Nein! Nein!«

»Die Mütze!« verlangten hinten die Patrioten. Und im Chor dröhnte die Hymne des Tages:

»Den Hut zieht ab vor meiner Mütze,
kniet nieder vor dem Arbeitsmann!«

Ein Wort des Präsidenten, und das Auditorium schwieg. Nun begann einer der Sekretäre, Auszüge aus Briefen zu lesen.

»Mehrere junge Leute geben Kenntnis, daß sie jeden Abend vor dem Pahnthéon eine Nummer der ›Nationalversammlung‹ verbrennen, und ersuchen alle Patrioten, ihrem Beispiel zu folgen.«

»Bravo! Genehmigt!« rief die Menge.

»Der Bürger Jean-Jacques Langreneux, Buchdrucker, Rue Dauphine, beantragt die Errichtung eines Monuments zum Gedächtnis der Opfer des Thermidor.«

»Michel-Evariste-Népomucène Vincent, ehemaliger Professor, hat den Wunsch, daß die europäische Demokratie zu einer Einheitssprache übergehe. Man könnte sich einer toten Sprache bedienen, etwa des vervollkommneten Lateins.«

»Nein! Nicht Latein!« rief der Architekt.

»Warum nicht?« fragte ein Lehrer. Und zwischen den beiden Herren entwickelte sich eine Diskussion, in die andere sich mischten; jeder warf irgend etwas ein, um zu glänzen. Das wurde so langweilig, daß viele davongingen.

Aber ein kleiner alter Mann, der unter seiner Stirn, und seltsam hoch, eine grüne Brille trug, bat in einer dringenden Angelegenheit ums Wort. Es war eine Schrift über die Verteilung der Steuern. Die Ziffern strömten nur so, es ließ nicht nach. Die Ungeduld entlud sich zuerst in Murren, in einem Durcheinander von Gesprächen; nichts störte ihn. Dann pfiff man, rief: »Azor!«, als sei ein Hund da. Sénécal schalt das Publikum aus; der Redner fuhr fort wie eine Maschine. Um ihn anzuhalten, mußte man ihn beim Ellbogen packen. Der biedere Alte erwachte, so schien es, aus einem Traum und hob gemächlich seine Brille: »Verzeihen Sie, Bürger! Verzeihen Sie! Ich empfehle mich schon! Bitte tausendmal um Entschuldigung!«

Der Mißerfolg dieser Vorlesung raubte Frédéric jedes Selbstvertrauen. Er hatte seine Rede in der Tasche; aber eine Improvisation wäre besser gewesen.

Dann endlich verkündete der Präsident, man komme nun zum Hauptpunkt, der Wahlfrage. Die großen republikanischen Listen sollten nicht angezweifelt werden. Indessen sei dem Klub der Intelligenz wohl wie einem jeden erlaubt, eine Liste aufzustellen, »die Herren Paschas im Stadthaus mögen es uns nicht verübeln«; und die Bewerber um das Mandat des Volkes könnten auseinandersetzen, inwiefern sie ein Recht dazu hätten.

»Heben Sie die Hand!« sagte Dussardier.

Ein Mann in einer Soutane, mit krausem Wollhaar und mutwilliger Physiognomie hatte es schon getan. Er sagte stotternd, er heiße Ducretot, sei Priester und Landwirt, Verfasser eines Werkes über die Düngung. Man schickte ihn in einen Gartenbauverein.

Dann erkletterte ein Patriot in einer Bluse die Tribüne. Ein breitschultriger Plebejer mit dickem, sanftem Gesicht und ungeschnittenem Haar. Er überflog die Versammlung mit einem fast wollüstigen Blick, warf den Kopf nach hinten und spreizte die Arme: »O meine Brüder! Ihr habt Ducretot verschmäht, und ihr habt richtig gehandelt. Nicht aus Irreligion, denn religiös sind wir alle!«

Mehrere lauschten mit offenem Mund, wie Katechumenen, schwärmerisch versunken.
»Auch nicht, weil er Priester ist! Denn auch wir sind Priester! Der Arbeiter ist Priester, wie es der Begründer des Sozialismus war, unser aller Herr Jesus Christus!« Die Stunde war da, das Reich Gottes zu beginnen. Das Evangelium führte direkt zu der Botschaft von 1789. Nach der Abschaffung der Sklaverei die Abschaffung des Proletariats. Das Zeitalter des Hasses war gewesen, es nahte das Zeitalter der Liebe. »Das Christentum ist der Schlußstein des Gewölbes und das Fundament des Neubaues ...«
»Wollen Sie uns denn verhöhnen?« schrie der Weinreisende. »Was ist denn das für ein Pfaffe?«
Der Zwischenruf war das Zeichen zu einem großen Skandal. Fast alle stiegen auf die Bänke, ballten die Faust und brüllten: »Atheist! Aristokrat! Kanaille!« indes die Klingel des Präsidenten in einem fort gellte und die Schreie: »Zur Ordnung! Zur Ordnung!« sich verdoppelten. Der Weinreisende wehrte sich unerschrocken und belebt durch drei Tassen Kaffee, die er vorher getrunken hatte: »Was, ich ein Aristokrat? Das ist ja noch schöner!« Als man ihn dann zu Wort kommen ließ, erklärte er, es gebe niemals Ruhe mit den Priestern; und da man gerade von Einsparungen rede: die beste wäre, die Kirchen zu unterdrücken, die Monstranzen und zuletzt alle Kulte.
Jemand fand, das gehe zu weit.
»Ja, ich gehe zu weit. Aber wenn ein Schiff vom Sturm gepackt wird ...«
Ohne das Ende des Vergleichs abzuwarten, erwiderte ein andrer: »Mag sein! Aber das bedeutet, mit einem einzigen Stoß alles zerschlagen wollen, stumpfsinnig wie ein Maurer ...«
»Sie beschimpfen die Maurer!« heulte einer, dessen Kleidung von Gips starrte. Und indem er beharrlich darauf schwor, man habe ihn herausgefordert, spie er Injurien, wollte er sich prügeln, klammerte er sich an seiner Bank fest. Drei Männer waren kaum stark genug, um ihn vor die Tür zu setzen.

Indes stand der Arbeiter noch immer auf der Tribüne. Die beiden Sekretäre ermahnten ihn, hinunterzugehen. Er protestierte gegen die Rechtsvergewaltigung. »Sie werden mich nicht hindern zu rufen: Ewige Liebe unserem teuren Frankreich! Ewige Liebe auch der Republik!«

»Bürger!« sagte jetzt Compain, »Bürger!« Und als er durch die häufige Wiederholung des Wortes etwas Stille erzielt hatte, stemmte er seine roten Hände, die wie Stümpfe amputierter Glieder waren, auf den Tribünenrand, reckte den Körper vor und zwinkerte mit den Augen: »Ich bin dafür, daß der Kalbskopf Mode wird.«

Alle schwiegen und dachten, sie hätten sich verhört.

»Ja, der Kalbskopf!«

Aus dreihundert Kehlen barst Gelächter. Die Decke zitterte. Vor allen diesen Gesichtern, die die Heiterkeit verzerrte, trat Compain ein wenig zurück. In grimmigem Ton begann er von neuem: »Was, Sie kennen den Kalbskopf nicht?«

Es war ein Paroxysmus, ein Delirium. Man preßte sich die Rippen. Einige purzelten zu Boden, unter die Bänke. Compain, der nicht mehr an sich hielt, flüchtete zu Regimbart und wollte ihn mitnehmen. »Nein, ich bleibe, bis es aus ist«, sagte der Bürger.

Seine Antwort entschied auch für Frédéric; und als er rechts und links seine Freunde suchte, damit sie ihm halfen, sah er vor sich auf der Tribüne Pellerin. Der Maler wurde gegen die Menge ausfallend. »Ich möchte doch wissen, wie es in alledem um die Kandidatur der Kunst steht. Ich habe Gemälde geschaffen . . .«

»Mit Gemälden können wir nichts anfangen«, sagte brutal ein magerer Mensch mit roten Flecken auf den knochigen Backen.

Pellerin protestierte dagegen, daß man ihn unterbrach.

Doch mit düstrer Tragik rief der andere: »Hätte nicht die Regierung schon durch ein Dekret Prostitution und Elend beseitigen müssen?«

Und da diese Worte ihm sogleich die Huld des Volkes gewannen, donnerte er gegen die Verderbnis der Großstädte:

»Schmach und Schande! Man sollte die Bourgeois, wenn sie aus der Maison d'Or kommen, abfassen und ihnen in die Fresse spucken! Wenn die Regierung wenigstens die Unzucht nicht begünstigen wollte! Aber die Zollbeamten von der Stadtlinie behandeln unsre Töchter und Schwestern mit einer Schamlosigkeit ...«

Von fern erscholl eine Stimme: »Das ist dir ein Ulk!«

»Hinaus mit dem Kerl!«

»Man nimmt uns Steuern ab, um die Ausschweifung zu besolden. So sind da die hohen Schauspielergagen ...«

»Ich bitte ums Wort!« rief Delmar. Er sprang auf die Tribüne, schob alle weg, stellte sich in seiner Pose hin; und indem er erklärte, so platte Anklagen mißachte er, verbreitete er sich über die zivilisatorische Mission des Schauspielers. Da das Theater der Herd der nationalen Bildung sei, wolle er Theaterreform; und vor allem keine Direktionen mehr, keine Privilegien.

»Ja, überhaupt keine!«

Die gemachte Leidenschaft des Komödianten erhitzte die Menge, und umstürzlerische Anträge kreuzten sich.

»Keine Akademien, kein Institut mehr!«

»Keine Lehrstühle!«

»Kein Bakkalaureat!«

»Nieder mit den Universitätsgraden!«

»Erhalten wir sie«, sagte Sénécal; »aber sie sollen durch das allgemeine Stimmrecht verliehen werden, durch das Volk, die einzige wahre Instanz!« Das sei auch nicht das, was jetzt am meisten von Wert sei. Zuerst müsse man die Köpfe der Reichen mit denen der andren nivellieren. Und er schilderte jene, wie sie unter ihren goldenen Plafonds sich mit Lastern mästeten, indes die Armen in ihren Löchern, sich vor Hungerkrämpfen windend, alle Tugenden pflegten. Der Applaussturm wurde so stark, daß er eine Pause einlegte. Minutenlang schloß er die Augen und warf den Kopf in den Nacken, als wiege er sich auf dem Zorn, der ihn erschütterte.

Dann sprach er weiter in dogmatischen Redensarten, in einem

Befehlston wie die Gesetze. Der Staat sollte die Bank und die Versicherungen beschlagnahmen. Das Erbrecht wurde kassiert. Man sammelte einen sozialen Fonds für die Arbeiter. Noch andere Maßregeln waren für die Zukunft gut. Diese genügten einstweilen. Und indem er wieder die Wahlen erörterte, rief er: »Wir brauchen keine Bürger, wir brauchen Männer, die ganz neu sind. Will jemand sich bewerben?«
Frédéric erhob sich. Seine Freunde summten beifällig. Aber Sénécal forschte ihn mit dem Gesicht eines Fouquier-Tinville nach Namen und Vornamen, nach seinem Leben und seinen Sitten aus.
Frédéric erwiderte nur knapp und zerbiß sich die Lippen. Sénécal fragte, ob jemand einen Grund gegen die Kandidatur anzuführen habe.
»Nein! Nein!«
Aber er, Sénécal, werde es tun. Alle beugten sich vor und spitzten die Ohren. Der Bürger, der sich bewarb, hatte eine gewisse Summe, die er für einen demokratischen Zweck, eine Zeitung, zugesagt hatte, nicht hergegeben. Auch hatte er am 22. Februar, obwohl er verständigt worden war, bei dem Rendezvous am Panthéon gefehlt.
»Ich schwöre, daß er bei den Tuilerien war«, rief Dussardier.
»Können Sie beschwören, daß Sie ihn am Panthéon gesehen haben?«
Dussardier neigte den Kopf hinab. Frédéric schwieg; seine Freunde waren empört und blickten voll Unruhe nach ihm.
»Oder kennen Sie wenigstens«, fragte Sénécal, »einen Patrioten, der für Ihre Anschauungen haftet?«
»Ich!« sagte Dussardier.
»Oh! Das ist nicht genug! Noch einer!«
Frédéric wandte sich zu Pellerin. Der Künstler antwortete ihm mit vielen Gesten, deren Sinn war: Ach, mein Lieber, mich haben sie abgelehnt! Zum Teufel, was wollen Sie denn?
Nach dieser Enttäuschung stieß Frédéric Regimbart mit dem Ellbogen.

»Ja, richtig! Es ist Zeit! Ich gehe!«

Und Regimbart erklomm die Estrade; dann zeigte er auf den Spanier, der ihm gefolgt war: »Bürger, gestatten Sie mir, daß ich Ihnen einen Patrioten aus Barcelona vorstelle!«

Der Patriot grüßte tief, rollte wie ein Automat seine Silberaugen und deklamierte, die Hand auf dem Herzen: *»Ciudadanos! mucho aprecio el honor que me dispensais, y si grande es vuestra bondad mayor es vuestro atencion.«*

»Ich bitte doch sehr ums Wort!« rief Frédéric.

»Desde que se proclamo la constitucion de Cadiz, ese pacto fundamental de las libertades españolas, hasta la ultima revolucion, nuestra patria cuenta numerosos y heroicos martires.«

Frédéric suchte noch einmal sich hörbar zu machen: »Aber, Bürger ...«

Der Spanier fuhr fort: *»El martes proximo tendra lugar en la iglesia de la Magdelena un servicio funebre.«*

»Das ist ja zu blöd! Niemand versteht das!«

Die Menge entrüstete sich. »Hinaus! hinaus!«

»Wer? Ich?« fragte Frédéric.

»Sie selbst!« sagte majestätisch Sénécal. »Gehen Sie!«

Er stand auf, um das Lokal zu verlassen; und hinter ihm her klang die Stimme des Iberiers: *»Y todos los españoles descarian ver alli reunidas las deputaciones de los clubs y de la milicia nacional. Una oracion funebre en honor de la libertad expañola, y del mundo entero sera pronunciado por un miembro del clero de Paris en la sala Bonne-Nouvelle. Honor al pueblo frances, que llamaria yo el primero pueblo del mundo, sino fuese ciudadano de otra nacion!«*

»Aristokrat«, kläffte ein halbwüchsiger Bengel und zeigte Frédéric die Faust, der außer sich in den Hof stürzte.

Er tadelte sich wegen seiner Hingabe an die Sache, ohne sich zu besinnen, daß die Anschuldigungen gegen ihn eigentlich gerecht waren. Eine unglückliche Idee, die Kandidatur! Aber was für Esel da drinnen, was für Trottel! Er verglich sich mit diesen Menschen, und ihre Dummheit erleichterte ihm die Wunde, die sein Stolz empfangen hatte.

Dann drängte es ihn, Rosanette wiederzusehn. Von soviel Häßlichkeit und Schwulst würde er sich bei ihr erholen. Sie wußte, daß seine Absicht gewesen war, heute abend in einem Klub zu sprechen. Doch hatte sie keine Frage an ihn, als er in ihre Wohnung trat.

Sie saß beim Fenster und trennte das Futter eines ihrer Röcke ab. Er staunte über eine solche Beschäftigung. »Nun, was treibst du denn da?«

»Du siehst ja«, antwortete sie trocken. »Ich flicke meine Lumpen. Das ist deine Republik.«

»Warum meine Republik?«

»Etwa meine?« Und dann warf sie ihm alles vor, was seit zwei Monaten sich in Frankreich zutrug, und klagte ihn an, er habe die Revolution gemacht, er sei schuld, daß man ruiniert sei, daß die reichen Leute Paris verließen, und daß sie noch im Spital sterben werde. »Du kannst lachen mit deinen Renten! Aber wenn das so weitergeht, wirst du die auch nicht mehr lange haben, deine Renten.«

»Das ist schon möglich«, sagte Frédéric, »wer selbstlos ist, wird immer verkannt; und hätte man nicht sein Gewissen, dann würde man im Umgang mit dem Pack, mit dem man sich kompromittiert, sich die Aufopferung abgewöhnen.«

Rosanette betrachtete ihn mit zusammengezogenen Brauen. »He? Was? Welche Aufopferung denn? Es scheint, der Herr ist durchgefallen? Na, um so besser. Da wirst du verlernen, patriotische Geschenke zu machen. Oh, lüge nicht! Ich weiß, daß du ihnen dreihundert Francs gegeben hast; denn sie läßt sich aushalten, deine Republik! Da, so amüsiere dich doch mit ihr, mein Guter!«

Unter dem Schwall ihrer Albernheiten fühlte Frédéric, wie seine Enttäuschung von vorhin einer noch lastenderen wich. Er hatte sich in das Innere des Boudoirs zurückgezogen. Sie kam ihm nach: »Also bedenke doch einmal! In einem Land wie in einem Haus muß ein Herr da sein; sonst geht alles drunter und drüber. Erstens weiß jeder, daß Ledru-Rollin nichts als Schulden hat.

Na, und Lamartine, wie soll ein Dichter eine Ahnung von Politik haben? Da kannst du den Kopf schütteln und glauben, du bist gescheiter als andere, wahr ist es doch! Aber du streitest ja immer, du läßt einen ja nie zu Wort kommen! Da ist zum Beispiel Fournier-Fontaine, der die Magazine von Saint-Roch hat; weißt du, wieviel bei ihm fehlt? Achthunderttausend Francs! Und Gomer, der Schwindler von da drüben, auch so ein Republikaner, der hat seine Frau mit der Feuerzange verhauen und soviel Absinth getrunken, daß er ins Irrenhaus mußte. So sind sie alle, die Republikaner! Eine Republik zu fünfundzwanzig Prozent! Ja, bilde dir was drauf ein!«

Frédéric ging. Vor der Torheit des Weibes, die sich plötzlich in der Sprache der Gasse enthüllte, graute ihm. Er war sogar wieder ein wenig Patriot geworden.

Die Laune Rosanette's verschlimmerte sich noch. Fräulein Vatnaz reizte sie durch ihren Überschwang. Sie glaubte eine Mission zu haben und war von der Sucht geplagt, wortreich zu belehren, und da ihr diese Dinge geläufiger waren als ihrer Freundin, schmetterte sie sie mit Argumenten nieder.

Eines Tages kam sie, ergrimmt gegen Hussonnet, der sich erdreistet hatte, im Frauenklub zu zoten. Rosanette billigte dies Betragen und erklärte sogar, sie werde sich als Mann kleiden, hingehn, »ihnen allen die Wahrheit sagen und sie mit der Peitsche züchtigen«.

Im selben Moment trat Frédéric ein. »Du gehst mit mir, was?« Und trotz seiner Gegenwart balgten sie sich, wobei die eine die Bürgerin spielte, die andere die Philosophin. Nach Rosanette waren die Frauen einzig zur Liebe geboren oder zur Kindererziehung, für den Haushalt. Nach Fräulein Vatnaz gebührte der Frau ihr Platz im Staat. Ehemals waren die Gallierinnen Gesetzgeberinnen, die Angelsächsinnen auch, die Gattinnen der Huronen Ratsmitglieder. Das Zivilisationswerk war beiden Geschlechtern gemeinsam. Alle mußten dazu mitwirken und endlich den Egoismus durch Brüderlichkeit ersetzen, den Individualismus durch die Assozisation, die Zersplitterung durch hohe Kultur.

»Na, in der Kultur kennst du dich ja jetzt aus!«

»Warum nicht? Und es handelt sich um die Menschheit und ihre Zukunft.«

»Kümmere du dich um deine!«

»Das ist meine Sache!«

Sie wurden wütend. Frédéric vermittelte. Die Vatnaz erhitzte sich und sprach sogar für den Kommunismus.

»So etwas Dummes!« sagte Rosanette. »Als ob das jemals so werden könnte!«

Die Vatnaz zitierte zum Beweis die Essäer, die Böhmischen Brüder, die Jesuiten in Paraguay, die Familie Pingon bei Thiers in der Auvergne; und da sie erregt gestikulierte, fing sich ihre Uhrkette in einem Bündel von Berlocken, das an einem kleinen goldenen Hammel hing.

Plötzlich wurde Rosanette weiß vor Blässe. Fräulein Vatnaz suchte das Schmuckstück loszuwickeln.

»Strenge dich nicht so an, deine politischen Grundsätze kenne ich nun.«

»Wie?« fragte die Vatnaz, die errötet war wie eine Jungfrau.

»Oh, oh, du verstehst mich.«

Frédéric verstand den Zusammenhang nicht. Offenbar hatte sich zwischen ihnen etwas begeben, das mehr ins Leben traf und intimer war als der Sozialismus.

»Und wenn schon!« sagte die Vatnaz und richtete sich unerschrocken wieder auf. »Dann ist es eben geliehen, meine Teuerste, Schuld gegen Schuld!«

»Mein Gott! was ich schulde, das leugne ich nicht. Ein paar tausend Francs, eine große Geschichte! Ich pumpe wenigstens statt zu stehlen!«

Fräulein Vatnaz lachte krampfhaft. »Dafür lege ich meine Hand ins Feuer.«

»Nimm dich in acht. Sie ist dürr genug, die kann brennen.«

Die alte Jungfer hielt ihr die rechte Hand hin, gerade vor das Gesicht: »Aber unter deinen Freunden sind welche, denen sie gefällt.«

»Wohl Andalusier? Die sie als Kastagnette nehmen!«
»Schlampe!«
Die Marschallin verbeugte sich leicht. »Man kann nicht entzükkender sein.«
Fräulein Vatnaz antwortete nichts. Schweißtropfen erschienen auf ihren Schläfen. Ihre Augen starrten auf den Teppich. Sie keuchte. Dann endlich war sie an der Tür, und indem sie sie mit Macht zuschmetterte, rief sie noch: »Sie werden von mir hören!«
»Wohl bekomm's!« sagte Rosanette.
Sie war von dem Zwang, den sie sich hatte antun müssen, ganz zerbrochen. Sie fiel auf den Diwan, mit zuckendem Körper, Schimpfworte stammelnd und schluchzend. Quälte die Drohung der Vatnaz sie so? Ach was, die war ihr gleichgültig! War nicht etwa die andre ihr noch Geld schuldig, wenn sie genau durchrechnete? Der goldene Hammel war ein Geschenk; und mitten in ihren Tränen entschlüpfte ihr der Name Delmar. Also liebte sie den Komödianten!
Warum hat sie mich dann genommen? fragte sich Frédéric. Wieso ist er wieder da? Weshalb behält sie mich? Was ist der Sinn von alledem?
Noch immer schluchzte Rosanette. Sie kauerte auf dem Rand des Diwans, seitlich hingesteckt, die rechte Wange auf ihren Händen, und schien ein so zartes, unschuldiges, leidendes Geschöpf, daß er sich ihr näherte und ihr sanft die Stirn küßte. Sie erwiderte mit Liebesbeteuerungen. Der Fürst hatte Paris verlassen; sie war frei. Aber augenblicklich befand sie sich in . . . Verlegenheit. »Du hast es selbst neulich gesehn, als ich mir von dem alten Futter etwas zusammengestückelt habe.« Jetzt gab es keine Equipagen mehr; der Tapezierer wollte die Möbel hier im Zimmer und im großen Salon wieder fortnehmen. Sie wußte nicht, was sie tun sollte.
Frédéric hätte ihr gern geantwortet: »Beunruhige dich nicht! Ich werde zahlen!« Aber vielleicht log die Dame. Er war durch Erfahrung gewitzigt. So beschränkte er sich darauf, sie zu trösten.

Die Furcht Rosanette's war nicht unbegründet; sie mußte die Möbel herausrücken und die schöne Wohnung in der Rue Drouot räumen. Sie mietete eine andere, am Boulevard Poissonière, im vierten Stock. Der Kunstkram ihres ehemaligen Boudoirs reichte hin, um die drei kleinen Gemächer, die sie jetzt hatte, kokett auszustatten. Es gab chinesische Stores, ein Zeltdach auf der Terrasse, im Salon einen noch ganz neuen Teppich, eine Occasion, und runde Polstersessel von rosa Seide. Frédéric hatte zu den Ankäufen sehr viel zugeschossen. Er freute sich wie ein junger Ehemann, der endlich ein Haus für sich besitzt und eine Frau für sich; und da es ihm dort behagte, schlief er fast jede Nacht bei Rosanette.

Als er eines Morgens aus dem Flur trat, sah er in der dritten Etage, auf der Treppe, den Tschako eines Nationalgardisten, der nach oben ging. Zu wem denn? Frédéric wartete. Der Mann stieg noch immer die Stufen hinan, den Kopf ein wenig gesenkt; er blickte auf. Es war Herr Arnoux. Sie wurden gleichzeitig rot, in derselben Verwirrung.

Arnoux überwand sie als erster. »Es geht ihr besser, nicht wahr?« äußerte er, als sei Rosanette krank und er habe nachfragen wollen.

Frédéric benutzte diese Eröffnung. »Ja, gewiß. Wenigstens hat ihre Zofe es mir gesagt.« Das sollte andeuten, daß er nicht empfangen worden sei.

Sie blieben voreinander stehen, beide unschlüssig, und beobachteten sich. Es kam darauf an, wer von ihnen sich nicht entfernte. Noch einmal löste Arnoux die Schwierigkeit. »Ach was, ich besuche sie später! Wohin wollten Sie gehn? Ich begleite Sie!«

Als sie auf der Straße waren, plauderte er zwanglos, wie das seine Art war. Entweder war ihm Eifersucht fremd, oder er war zu gleichgültig, um sich zu ärgern. Auch widmete er sich jetzt mit Ernst dem Vaterland. Seine Uniform zog er nicht mehr aus. Am 29. März hatte er die Büros der ›Presse‹ verteidigt. Beim Angriff auf die Kammer bewies er hervorragende Tapferkeit, und beim Bankett für die Nationalgarde von Amiens war er zugegen.

Hussonnet, der immer zusammen mit ihm Dienst hatte, schmarotzte mehr als irgend jemand vom Wein seiner Feldflasche und seinen Zigarren. Aber frivol von Natur, hatte er seine Lust daran, ihm zu widersprechen, den wenig korrekten Stil der Dekrete zu verspotten, die Beratungen im Luxembourg, die Vesuvianerinnen, die Tiroler, alles und sogar den Wagen des Ackerbaus, der mit Pferden bespannt war statt mit Ochsen, und neben dem häßliche Mädchen schritten. Arnoux indessen sprach für die Regierung und träumte von der Verschmelzung der Parteien. Um seine Geschäfte stand es übel. Er sorgte sich wenig darum.
Das Verhältnis Frédéric's und der Marschallin hatte ihn nicht betrübt; denn diese Entdeckung gab ihm vor seinem Gewissen das Recht, die Summe zu streichen, die er nach der Abreise des Fürsten ihr jeden Monat zugewiesen hatte. Er schützte die Mißlichkeiten der Situation vor, stöhnte, und Rosanette war nicht kleinlich. Daraufhin betrachtete Arnoux sich als den Geliebten ihres Herzens, was seine Selbstachtung erhöhte und ihn verjüngte. Er zweifelte nicht, daß Frédéric die Marschallin bezahlte und bildete sich ein, ›ein flotter Bursche‹ zu sein, versteckte sich sogar vor dem andern und überließ ihm, wenn sie sich trafen, das Feld.
Diese Teilung war für Frédéric kränkend; und die Höflichkeit seines Rivalen schien ihm ein Schabernack, der zu lange dauerte. Doch hätte er, wenn er mit ihm brach, sich völlig den Weg zu jener anderen Frau versperrt; und nur durch ihn konnte er noch von ihr hören. Nach seiner Gewohnheit oder aus Arglist erinnerte der Fayencenhändler gern an seine Gattin und fragte ihn, weshalb er sie nicht mehr besuche. Als er sämtliche Ausflüchte schon gebracht hatte, versicherte Frédéric, er sei mehrmals umsonst bei Frau Arnoux gewesen. Arnoux war auch davon überzeugt; denn oft klagte er vor ihr, daß ihr gemeinsamer Freund sich nicht mehr blicken lasse, und stets antwortete sie, sie habe seine Visite verpaßt; so daß ihrer beider Lügen statt sich zu zerstören, sich bekräftigten.
Die Artigkeit des jungen Mannes und die Freude, daß er der Hahnrei war, mehrten noch Arnoux' Sympathie für ihn. Er be-

zeugte ihm eine grenzenlose Vertraulichkeit, nicht aus Geringschätzung, sondern weil er ganz an ihn glaubte. Eines Tages schrieb er ihm, er müsse in einer dringenden Sache auf vierundzwanzig Stunden in die Provinz und bat, für ihn den Wachtdienst zu übernehmen. Frédéric wollte es ihm nicht verweigern und begab sich zu dem Wachtposten an der Place du Carrousel.

Er mußte die Gesellschaft der Nationalgardisten ertragen. Bis auf einen Arbeiter in einer Papierfabrik, einen Spaßvogel mit ordinären Witzen, der unmäßig trank, schienen sie ihm dümmer als ihre Patronentaschen. Sie schwatzten vor allem über den Ersatz des Ledergehänges durch den Ledergürtel. Andre hatten einen Grimm gegen die Nationalwerkstätten. Einer sagte: »Was soll das werden?« Der, dem er die Frage stellte, fragte seinerseits und riß die Augen auf wie am Rand eines Abgrundes: »Was soll das werden?« Einer, der kühner war, rief: »Das geht nicht so weiter! Es muß ein Ende haben!« Und da sich dieselben Worte bis zum Abend wiederholten, langweilte Frédéric sich tödlich.

Er war sehr überrascht, als er um elf Uhr Arnoux auftauchen sah, der ihm sofort sagte, er sei hergeeilt, um ihn abzulösen; sein Geschäft sei erledigt. Er hatte keine Geschäfte zu erledigen gehabt. Es war ein Kniff gewesen, um vierundzwanzig Stunden allein mit Rosanette zu verbringen. Doch hatte der brave Arnoux sich überschätzt, und in seiner Müdigkeit erfaßte ihn Reue. Er kam, um Frédéric zu danken und ihn zum Souper einzuladen.

»Tausend Dank! Ich habe keinen Hunger! Nur den Wunsch nach meinem Bett!«

»Ein Grund mehr, um nachher miteinander zu frühstücken! Sind Sie ein verweichlichter Mensch! Jetzt geht man nicht nach Hause! Dafür ist es zu spät! Es ist unsicher auf den Straßen!«

Noch einmal fügte sich Frédéric. Arnoux, den man nicht erwartet hatte, wurde von seinen Waffenbrüdern, besonders von dem Arbeiter aus der Papierfabrik, gehätschelt. Alle liebten ihn; und er war ein so guter Kerl, daß er Hussonnet vermißte. Aber er hatte das Bedürfnis, eine Minute die Augen zu schließen, länger nicht. »Setzen Sie sich neben mich«, sagte er zu Frédéric und

streckte sich auf dem Lager aus, ohne sein Lederzeug abzustreifen. Aus Furcht vor einem Überfall behielt er, der Dienstvorschrift zuwider, sein Gewehr bei sich; dann lallte er noch: »Mein Schatz! mein Engelchen!« und schlief rasch ein.
Die, die noch geredet hatten, verstummten; und nach und nach sank über die Wache eine große Stille herab. Frédéric, den die Flöhe peinigten, spähte um sich. An der gelbgetünchten Mauer war in halber Höhe ein Brett befestigt, auf dem die Tornister eine Reihe von Buckeln bildeten, indes darunter die bleifarbenen Flinten nebeneinander lehnten; und das sägende Schnarchen der Nationalgardisten erhob sich, deren Bäuche verschwommen aus der Finsternis ragten. Eine leere Flasche und Teller bedeckten den Ofen. Drei Rohrstühle standen um den Tisch, über den Spielkarten ausgebreitet waren. Eine Trommel mitten auf der Bank ließ ihren Schnallriemen herabhängen. Die Lampe rauchte in dem warmen Wind, der durch die Tür wehte. Arnoux hatte in seinem Schlummer die Arme offen; und da sein Gewehr mit dem Kolben nach unten etwas schräg hing, war die Mündung gerade unter seiner Achsel.
Frédéric bemerkte es und erschrak: Nein! Das ist ja Unsinn! Es ist keine Gefahr für ihn. Und doch, wenn er stürbe . . .
Und alsbald rollten sich vor ihm endlose Bilder ab. Er saß mit ihr nachts in einer Postkutsche; dann am Flußufer an einem Sommerabend, und im Lampenschimmer zu Hause, in dem Heim, das er mit ihr hatte. Er verweilte sogar bei häuslichen Erwägungen und Vorbereitungen, er schaute schon, er betastete sein Glück; und damit es sich verwirklichte, mußte nur der Hahn des Gewehrs schnappen. Man konnte ihn mit der Zehenspitze berühren; der Schuß ging los, und dann war es ein Zufall, sonst nichts!
Frédéric grübelte der Idee nach, wie ein Dramatiker, der ein Stück im Geist vor sich sieht. Dann war ihm, als werde sie jählings in Handlung übergehn und er dabei die Rolle spielen, nach der er verlangte; und eine große Angst packte ihn. In seinem Entsetzen fühlte er eine Wonne, und er versank tiefer und tiefer dar-

in. Seine Gewissensbedenken schwanden. In der Wut seines Traumes verflüchtigte sich die Umwelt; und er spürte sein Leben nur noch durch einen unerträglichen Kampf in der Brust.
»Also trinken wir ein Glas Weißwein?« fragte der Arbeiter, der erwachte.
Arnoux sprang auf den Boden; und als sie den Weißwein getrunken hatten, wollte er statt Frédéric Posten stehen.
Dann ging er mit ihm in der Rue de Chartres bei Parly frühstükken; und da er wieder zu Kräften kommen mußte, bestellte er für sich zwei Fleischgerichte, einen Hummer, ein Omelett mit Rum, einen Salat und so fort, das ganze übergossen mit einem Sauternes von 1819 und einem Romanée von 42, dazu natürlich Champagner zum Dessert und Liköre.
Frédéric hinderte ihn nicht. Er genierte sich, als könne der andere die Spuren seiner Gedanken in seinem Gesicht erkennen. Die Ellbogen auf dem Tischrand, niedergebeugt, mit seinem Blick ihn ermüdend, entwarf Arnoux seine phantastischen Pläne. Er wollte alle Dämme der Nordbahn pachten und Kartoffeln darauf pflanzen. Oder mit einer »Monster-Kavalkade« über die Boulevards ziehen, in der alle »zeitgenössischen Berühmtheiten« figurieren sollten; alle Fenster vermietete er, was zu einem Preis von durchschnittlich drei Francs einen netten Überschuß ausmachte. Kurz, seine Sehnsucht war, durch irgendwelche Spekulationen mit einem Schlag reich zu werden. Er war jedoch sehr moralisch, tadelte die Zügellosigkeit, die schlechten Manieren, sprach von seinem »teuren Vater« und prüfte sich, wie er sagte, jeden Abend innerlich, ehe er Gott seine Seele überantwortete.
»Einen Schluck Curaçao, was?«
»O bitte!«
Ja, und die Republik, die würde schon über alles hinwegkommen. Er war mithin der glücklichste Mensch auf Erden; und sich vergessend pries er die Vorzüge Rosanette's, maß sie sogar an denen seiner Frau. Sie war etwas ganz anderes! Nicht zu sagen, wie schöne Schenkel sie hatte.
»Auf Ihr Wohl!«

Frédéric stieß mit ihm an. Er hatte aus Gefälligkeit ein bißchen zuviel getrunken. Auch blendete ihn das grelle Sonnenlicht. Und als sie zusammen die Rue Vivienne entlang gingen, schaukelten sie mit den Schultern brüderlich gegeneinander.
In seiner Wohnung schlief Frédéric bis sieben Uhr. Dann begab er sich zu der Marschallin. Sie war mit jemandem in der Stadt. Vielleicht mit Arnoux? Da er nicht wußte, was er tun sollte, promenierte er auf dem Boulevard weiter, drang aber nur bis zur Porte Saint-Martin vor, so wimmelte es von Menschen.
Eine Masse von Arbeitern war durch die Not sich selbst überlassen, und jeden Abend vereinigten sie sich hier, wohl zur Heerschau, und weil sie ein Signal erwarteten. Trotz des Gesetzes gegen die Zusammenrottung schwollen diese ›Klubs der Verzweiflung‹ in furchterregendem Maße an; und auch viele Bourgeois liefen täglich hier umher, aus Prahlerei, da es Mode wurde.
Plötzlich sah Frédéric, drei Schritte von sich, Herrn Dambreuse mit Martinon. Er wandte den Kopf weg; denn da Herr Dambreuse sich selbst bewarb, zürnte er ihm. Aber der Kapitalist hielt ihn an. »Nur ein Wort, mein Lieber! Ich möchte verschiedenes aufklären.«
»Das verlange ich gar nicht!«
»Ich bitte Sie inständig! Hören Sie mich an!« Seine Schuld war es nicht. Man hatte ihn gebeten, fast gezwungen. Martinon bestätigte sogleich seine Worte. Eine Bürgerdeputation von Nogent war bei ihm erschienen. »Auch dachte ich doch frei zu sein, nachdem Sie . . .«
Da ein Menschenschwall das Trottoir überschwemmte, mußte Herr Dambreuse ausweichen. Eine Minute später schob er sich wieder hindurch, und er sagte zu Martinon: »Das ist ein großer Dienst! Sie sollen es nicht bedauern . . .«
Alle drei standen nun dicht vor einem Laden, um unbehelligt plaudern zu können. Dann und wann schrie man: »Hoch Napoleon! Hoch Barbès! Nieder mit Marie!« Die zahllose Menge sprach sehr laut; und alle die Stimmen, die an den Häusern wi-

derhallten, klatschten hin und her wie Wogen gegen eine Hafenwand. Mitunter schwiegen sie; dann ertönte die Marseillaise. In den Einfahrten verkauften Männer, die sich geheimnisvoll gebärdeten, Stöcke mit Dolchmessern. Ab und zu begegneten sich zwei Individuen, blinzelten sich zu und entfernten sich rasch. Gruppen von Gaffern hatten das Trottoir besetzt, eine dichte Menge bewegte sich auf dem Pflaster. Ganze Scharen von Polizisten kamen aus den Gäßchen oder verschwanden sofort wieder in ihrem Dunkel. Hier und da loderten kleine rote Fahnen wie Flammen. Die Kutscher droben auf ihren Sitzen gestikulierten mit den Armen, dann kehrten sie um. Es war in seiner Lebendigkeit ein sehr ergötzliches Schauspiel.

»Wie hätte das alles«, sagte Martinon, »Fräulein Cécile amüsiert!«

»Sie wissen doch, meine Frau liebt es nicht, daß meine Nichte mit uns geht«, erwiderte lächelnd Herr Dambreuse.

Er war nicht wiederzuerkennen. Seit drei Monaten rief er: »Hoch die Republik!« und er war sogar für die Verbannung der Orléans gewesen. Doch nun war es genug mit den Konzessionen. Er hatte eine solche Wut, daß er in seiner Tasche einen Totschläger mit sich herumschleppte.

Auch Martinon besaß einen. Da die Gerichtsbeamten nicht mehr unabsetzbar waren, hatte er sich von der Staatsanwaltschaft zurückgezogen; und er schimpfte noch heftiger als Herr Dambreuse.

Der Bankier haßte vor allem Lamartine (weil er Ledru-Rollin gestützt hatte) und mit ihm Pierre Leroux, Proudhon, Considérant, Lamennais, alle diese hirnverbrannten Sozialisten. »Denn was begehren sie? Man hat die Fleischsteuer und die Schuldhaft aufgehoben. Jetzt studiert man das Projekt einer Hypothekenbank. Unlängst war es eine Nationalbank! Und die fünf Millionen im Budget für die Arbeiter! Doch das ist ja zum Glück aus, dank Herrn de Falloux! Jetzt sollen sie gehn! Gute Reise!«

In der Tat hatte eben heute der Minister der öffentlichen Arbeiten, da er nicht wußte, wie er die hundertdreißigtausend Mann in den Nationalwerkstätten ernähren sollte, einen Beschluß unterzeichnet, der alle Bürger zwischen achtzehn und zwanzig Jahren aufforderte, entweder Militärdienst zu tun oder in die Provinz abzufahren und Erde zu karren. Diese Alternative empörte sie, da sie überzeugt waren, man wolle die Republik vernichten. Ein Dasein fern der Hauptstadt war für sie so bitter wie ein Exil; sie sahen sich in wilden Gegenden an Fiebern sterben. In der Mehrzahl waren sie auch an feinere Verrichtungen gewöhnt als die Landwirtschaft, die ihnen eine Erniedrigung schien. Man stellte ihnen eine Falle, man narrte sie, man brach alle beschworenen Zusagen. Widersetzten sie sich, so sollte Gewalt angewendet werden. Sie zweifelten nicht daran und waren gerüstet.

Gegen neun Uhr strömten die Trupps, die sich an der Bastille und am Châtelet gebildet hatten, wieder auf den Boulevard. Von der Porte Saint-Denis bis zur Porte Saint-Martin war nur noch ein riesiges Gewühl von Köpfen, ein einziges dunkelblaues, fast schwarzes Meer. Die Menschen, die man im Halbschatten sah, hatten alle glühende Augen, bleiche, von Hunger abgezehrte, durch Ungerechtigkeit krankhaft verstörte Gesichter. Indessen häuften sich Wolken. Der Gewitterhimmel reizte die Elektrizität der Masse, sie wirbelte um sich selbst, schwankend, breit hin und her sich wälzend wie die Brandung; und man fühlte in ihren Tiefen eine unberechenbare, elementare Kraft. Dann begannen sie alle zu singen: »Lampions her! Lampions her!« Einige Fenster erleuchteten sich nicht; man schmiß Steine gegen sie. Herr Dambreuse hielt es für klüger zu gehen. Die beiden jungen Männer gingen mit ihm.

Er ahnte ein großes Verhängnis. Das Volk konnte noch einmal die Kammer stürzen; und er erzählte, wie er am 15. Mai ohne die Hilfsbereitschaft eines Nationalgardisten gestorben wäre: »Aber es ist ja Ihr Freund, ich vergaß! Ihr Freund, der Fayencenhändler, Jacques Arnoux!« Die Aufrührer erstickten ihn; der brave Bürger nahm ihn in seine Arme und geleitete ihn dahin, wo es sicher war. Seitdem hatten sie gewisse Beziehungen. »Dieser Tage müssen wir einmal zusammen dinieren, und da Sie ihn oft sehen, sagen Sie ihm, daß ich ihn sehr schätze. Er ist ein vortrefflicher Mann und wohl nur verleumdet worden; und Witz hat er, der alte Schlingel! Nochmals mein Kompliment! Guten Abend!«

Nachdem Frédéric sich von Herrn Dambreuse getrennt hatte, kehrte er zu der Marschallin zurück und bedeutete ihr mit finsterer Miene, sie habe zwischen ihm und Arnoux zu wählen. Sie erwiderte ihm sanft, sie verstehe nichts von »solchem Quatsch«, sie liebe Arnoux nicht und lege keinerlei Wert auf ihn. Frédéric brannte darauf, Paris zu verlassen. Sie sträubte sich gegen seine Laune nicht, und so reisten sie am nächsten Tag nach Fontainebleau.

Das Hotel, in dem sie sich einmieteten, unterschied sich von den anderen durch einen inmitten seines Hofes plätschernden Springbrunnen. Die Türen der Zimmer lagen an einem Korridor, wie in Klöstern. Dasjenige, das man ihnen gab, war groß, gut möbliert, mit Kattun bespannt und ruhig, denn es gab nur sehr wenig Gäste. An den Häusern vorüber schlenderten müßig die Einheimischen. Wenn der Tag verlosch, spielten Kinder auf der Straße ein Fangspiel. Und diese Ruhe, die für sie auf den Tumult in Paris folgte, überraschte sie, umfing sie mit Frieden.

Zeitig am Morgen besuchten sie das Schloß. Als sie durch das Gittertor eintraten, sahen sie eine ganze Front, mit den spitzen Dächern seiner fünf Pavillons und der hufeisenförmigen Treppe, die im Hintergrund des Hofes sich entfaltet. Rechts und links umfassen ihn zwei niedrigere Gebäude. Moosflechten auf den Steinen des Pflasters vermischen ihre fahlen Töne von fern mit dem Rotgelb der Ziegel. Und in seiner Gesamtheit hatte das Palais, rostfarben wie ein alter Harnisch, etwas königlich Unbewegtes, eine militärische und traurige Größe.

Ein Lakai erschien mit einem Schlüsselbund. Er zeigte ihnen die Räume der Königinnen, das Oratorium des Papstes, die Galerie Franz des Ersten, den kleinen Mahagonitisch, auf dem der Kaiser seine Abdankung unterschrieb, und in einem der Gelasse, die die ehemalige Hirschgalerie teilten, den Ort, an dem Monaldeschi

auf Geheiß Christines ermordet wurde. Rosanette hörte aufmerksam zu, dann wandte sie sich an Frédéric: »Das geschah wohl aus Eifersucht? Du, nimm dich in acht!«
Dann durchquerten sie den Saal des Rats, den Saal der Garden, den Thronsaal, den Salon Ludwigs XII. Durch die hohen Fenster, die keine Vorhänge hatten, ergoß sich ein weißes Licht. Dünner Staub trübte ein wenig den Glanz der Fenstergriffe, der Kupferfüße an den Konsolen. Tücher von dickem Leinen verbargen alle Sessel. Man sah über den Türen Jagden Ludwigs XV. und hier und da Gobelins, in die die Götter des Olymp gewebt waren, Psyche oder die Schlachten Alexanders.
Wenn sie vor den Spiegeln vorbeikam, blieb Rosanette eine Minute stehn und strich sich ihre Haarsträhnen glatt.
Von dem Hof des Hauptturms und der Kapelle des heiligen Saturnin gelangten sie in den Festsaal. Sie wurden geblendet vom Glanz des Plafonds, der in achteckige Fächer geteilt, mit Gold und Silber geschmückt und mehr als ein Juwel ziseliert war, und durch die Verschwendung an Gemälden. Jede Wand ist damit beladen, von dem gigantischen Kamin, auf dem Mondsicheln und Köcher das Wappen Frankreichs umgeben, bis zu der Empore für die Musiker, die jenseits des Saals in seiner ganzen Breite erbaut ist. Die zehn Bogenfenster standen weit offen. Die Sonne funkelte auf dem Firnis der Bilder, der blaue Himmel setzte ins Unendliche das Ultramarin der Deckengemälde fort. Und aus dem Schoß der Wälder, deren verschleierte Wipfel den Horizont füllten, schien ein Echo der in Elfenbeinhörner geblasenen Halalis und der mythologischen Balletts zu kommen, zu denen sich unter dem Laub Prinzessinnen und Herren versammelten, verkleidet als Nymphen und Faune – eine Epoche naiven Wissens, unbändiger Leidenschaften und prunkvoller Kunst, deren Ideal es war, die Welt in einen Traum von den Hesperiden zu entrücken, und in der die Mätressen der Könige zu den Sternen erhoben wurden. Die Schönste dieser Schönen hatte sich rechts als die Jägerin Diana malen lassen und sogar als die Diana der Unterwelt, wohl um ihre Macht über das Grab hinaus kundzu-

geben. Alle diese Symbole bestätigen ihren Ruhm; und es schwebt da noch etwas von ihr, eine leise Stimme, ein verzitternder Strahl.

Frédéric wurde von einer in die Vergangenheit fliehenden, unnennbaren Begierde erfaßt. Um sich abzulenken, betrachtete er voll Zärtlichkeit Rosanette und fragte sie, ob sie nicht hätte dieses Weib sein mögen.

»Welches Weib?«

»Diana von Poitiers.« Er wiederholte: »Diana von Poitiers, die Geliebte Heinrichs des Zweiten.«

Sie sagte nur: »Ah!« Das war alles.

Ihre Stummheit zeugte davon, daß sie nichts wußte und nichts begriff; und aus Entgegenkommen fragte er sie: »Du langweilst dich wohl?«

»Nein, nein, kein Gedanke!« Und das Kinn hebend, einen höchst vagen Blick in die Runde sendend, äußerte Rosanette: »Das erinnert mich so an Erinnerungen!« Indes drückte sich in ihrem Gesicht eine Anstrengung aus, ein Wille zur Ehrfurcht; und da diese ernste Miene sie noch hübscher machte, verzieh Frédéric ihr.

Der Karpfenteich belustigte sie mehr. Eine Viertelstunde lang schleuderte sie Brotstückchen ins Wasser, um zu sehen, wie die Fische sprangen. Frédéric saß neben ihr, unter den Linden. Er dachte an all die Personen, die in diesen Mauern gewohnt hatten: Karl V., die Valois, Heinrich IV., Peter den Großen, Jean-Jacques Rousseau und die ›weinenden Schönen in den ersten Logen‹, Voltaire, Napoleon, Pius VII., Louis-Philippe. Er fühlte sich umgeben, umdrängt von diesem Getümmel der Toten; eine solche Wirrnis von Bildern betäubte ihn, obwohl er einen Zauber darin fand.

Sodann stiegen sie in den Garten hinunter. Er ist ein großes Rechteck, das alles auf einmal dem Auge darbietet: seine breiten gelben Alleen, seine Rasenquadrate, seine Bänder von Buchsbäumen, seine zu Pyramiden gestutzten Taxushecken, sein niederes Laubwerk und seine schmalen Gartenbeete, auf denen in Abständen Blumen blühen, bunte Flecke in grauer Erde. An den

Garten schließt sich der Park, den in ganzer Ausdehnung ein langer Kanal durchschneidet.
Die königlichen Residenzen haben ihre besondere Schwermut, die wohl mit ihren für die kleine Zahl ihrer Gäste zu riesigen Ausmaßen zusammenhängt, mit dem Schweigen, das man nach so viel Fanfaren überrascht empfindet, ihrem starren Luxus, der durch sein Alter die Vergänglichkeit der Dynastien lehrt und den ewigen Jammer alles dessen, was ist; und dieser Hauch der Jahrhunderte, dumpf und leichenhaft wie der Geruch einer Mumie, ist auch für einfache Intelligenzen merkbar. Rosanette gähnte ungeheuerlich. Sie gingen wieder in ihr Hotel.
Nach dem Frühstück fuhr ein offener Wagen für sie vor. Sie verließen Fontainebleau an einem weiten Rondell, dann ging es im Schritt auf einer sandigen Straße hinan, in ein Wäldchen mit kleinen Fichten. Die Bäume wurden größer. Von Zeit zu Zeit sagte der Kutscher: »Das sind die siamesischen Zwillinge, das der Pharamond, dies das Bukett des Königs.« Er vergaß keine der berühmten Stellen, hielt sogar manchmal, um sie bewundern zu lassen.
Sie kamen in den Hochwald von Franchard. Der Wagen rutschte wie ein Schlitten über das Gras. Unsichtbare Tauben gurrten. Plötzlich erschien ein Cafékellner; und sie stiegen vor dem Zaun eines Gartens mit runden Tischen ab. Dann ließen sie zur Linken die Ruinen einer Abtei, kletterten über große Felsblöcke und erreichten bald die Tiefe der Schlucht. Sie ist auf der einen Seite mit einem Gewirr von Sandsteinen und Wacholdersträuchern bedeckt. Auf der anderen neigt sich das fast kahle Terrain der Talsohle zu, in der sich vom dunkelroten Heidekraut ein Pfad bläßlich abzeichnet. Und in der Ferne sieht man den abgestumpften Kegel eines Hügels und hinter ihm einen Telegraphenturm.
Eine Stunde später wanderten sie nochmals zu Fuß, um die Höhen von Aspremont zu erklettern. Der Weg läuft im Zickzack zwischen gedrungenen Fichten unter Felsen mit kantigen Profilen dahin. Dieser ganze Waldwinkel hat etwas Ersticktes, Wildes, Einsames. Man denkt an die Eremiten, die Gefährten der

großen Hirsche mit dem Flammenkreuz im Geweih, die Mönche, die mit väterlichem Lächeln die vor ihrer Grotte knienden guten Könige von Frankreich empfingen. Harzbrodem durchwallte die heiße Luft, Wurzeln, die frei sich an die Erde klammerten, kreuzten sich wie Adern. Rosanette stolperte darüber, ihr war zum Weinen zumute.

Doch ganz oben wurde sie wieder froh, als sie unter einem Zweigdach etwas wie eine Schenke fand, eine Hütte, in der Holzschnitzereien verkauft wurden. Sie trank eine Flasche Limonade und kaufte sich einen Stock von einer Stechpalme. Und ohne der Landschaft, die von dem Plateau aus sich darbietet, einen Blick zu gönnen, trat sie in die Höhle der Briganten ein, hinter einem Knaben, der eine Fackel trug.

Ihr Wagen erwartete sie in Bas-Bréau. Ein Maler in blauer Bluse arbeitete unter einer Eiche, seinen Farbenkasten auf den Knien. Er sah empor, als sie vorbeifuhren.

Mitten auf dem Hang von Chailly zwang ein Wolkenbruch sie, die Lederkappe der Kutsche zu schließen. Fast sofort versickerte der Regen; und das Straßenpflaster blinkte in der Sonne, als sie wieder in der Stadt waren.

Neu eingetroffene Reisende meldeten, Paris sei von Blut überströmt von einer furchtbaren Schlacht. Rosanette und ihr Liebhaber waren darob nicht erstaunt. Dann ging alles, das Hotel lag in seinem Frieden, das Gaslicht verlosch, und sie schliefen beim Gemurmel des Springbrunnens im Hofe ein.

Am nächsten Tag besichtigten sie die Wolfsschlucht, das Feenmoor, den Langen Felsen, die Marlotte; am übernächsten fingen sie wieder an, ganz nach dem Zufall, wie ihr Kutscher es wollte, ohne zu fragen, wo sie waren, und oft auch unter Vernachlässigung der für die Touristen wichtigsten Punkte. Es war ihnen so wohl in ihrem alten Landauer, der niedrig war wie ein Sofa und einen Leinwandbezug mit entfärbten Falten hatte. Die Gräben, voll von Gestrüpp, glitten in sanfter, fortwährender Bewegung unter ihren Augen dahin. Wie Pfeile durchschwirrte das Licht die hohen Farne. Manchmal zeigte sich ihnen ein gerader Weg, der nicht mehr begangen wurde; weiches Gras sproß hüben und drüben. Wo sich die Wege schnitten und teilten, reckte ein Kreuz seine Arme. Oder Pfähle neigten sich wie verdorrte Bäume. Kleine krumme Furchen, die sich unter den Blättern verloren, weckten Lust, ihnen nachzufolgen. Im selben Moment drehte das Pferd, sie fuhren hinein, man sank in den Schlamm. Weiter hinaus war Moos neben den tiefen Radspuren gewachsen. Sie glaubten sich fern von allen andern, ganz allein. Doch plötzlich ging da ein Jagdhüter mit seinem Gewehr, oder ein Schwarm zerlumpter Frauen quälte sich mit langen Reisigstekken, die sie sich aufgebürdet hatten.

Wenn der Wagen hielt, herrschte eine große Stille. Nur der Atem des Pferdes in seiner Deichsel war vernehmbar und ein wiederholter schwacher Vogelschrei.

Das Licht, das an einzelnen Plätzen den Waldsaum erhellte, ließ das Dickicht im Schattendunkel; oder es war im Vordergrund zur Dämmerung abgedämpft und breitete in der Ferne violette Nebel aus, eine weiße Klarheit. Um die Mittagszeit fiel die Sonne mit Wucht in das grüne Geäst, spritzte ihr Gold darauf, hängte silberne Tropfen an die Zweigspitzen, schüttete Smaragdstreifen in das Gras und goldne Flecke auf die Laubstreu. Wenn man den Kopf nach hinten legte, sah man zwischen den Wipfeln der Bäume den Himmel. Einige waren über alle Maße groß, glichen Patriarchen oder Kaisern oder stießen mit den Zweigen zusammen, formten mit ihren Schäften Triumphbogen; andere, von unten auf schräg, schienen dem Sturz nahe Säulen. Diese Undurchdringlichkeit vertikaler Linien öffnete sich allmählich. Und nun dehnten sich mächtige grüne Wellen, unregelmäßig gebuckelt, bis zu den flachen Tälern, aus denen sich der Rücken wieder neuer Höhenzüge erhob, die blonden Ebenen beherrschend, die sich schließlich in blassen Dunst verloren.

Sie standen zusammen auf irgendeiner Erhöhung, und sie fühlten, dem Atem des Windes hingegeben, wie der Stolz eines freieren Lebens mit überschwenglichen Kräften, eine grundlose Freude in ihre Seele einzog.

Die Verschiedenheit der Bäume war ihnen ein wechselndes Schauspiel. Die Rotbuchen hatten weiße, glatte Rinde, und ihre Kronen griffen ineinander. Schmiegsam bog sich das graugrüne Holz der Eschen. Zwischen den Schößlingen der Hagebuchen starrten Stechpalmen, wie aus Bronze. Dann kam eine Reihe schmächtiger Birken, die sich elegisch herabneigten, und die Föhren, symmetrisch wie Orgelpfeifen, waren stets in Schwingung, als sängen sie. Es gab rauhe, riesenhafte Eichen, die sich verkrampften, sich vom Boden wegspannten, einander umklammerten und, fest auf ihren klotzigen Stämmen wie auf Rümpfen von Statuen, mit ihren nackten Armen sich Rufe der Verzweiflung zuwarfen, rasende Drohungen, gleich einer Gruppe von Titanen, die in ihrem Zorn zu Stein geworden sind. Schwer, von Fiebermüdigkeit erfüllt, war die Luft über den Mooren, deren Gewässer aus dornigem Busch hervorschimmerte; die Moosflechten an ihrem Rand, an dem die Wölfe zur Tränke kommen, sind schwefelfarben, wie von Hexenfüßen verbrannt, und das ununterbrochene Quaken der Frösche antwortet dem Krächzen der kreisenden Krähen. Dann schritten sie durch die Monotonie von Lichtungen, die hier und da mit einer Schonung bepflanzt waren. Lärm von Eisen dröhnte, harte, zahlreiche Schläge; an einem Hügelhang hieb eine Schar von Steinklopfern gegen den Fels. Die Felsblöcke vermehrten sich und füllten nach und nach die ganze Landschaft, kubisch wie Häuser, flach wie Fliesen, sie stützten sich, waren aufeinandergeschichtet, geballt wie die unkenntlichen und gewaltigen Trümmer einer verschollenen Stadt. Aber vor der Wildheit ihres Chaos träumt man eher von Vulkanen, von Sintfluten, von großen Erdumwälzungen, deren Kunde nicht aufbewahrt ist. Frédéric sagte, sie seien dort seit der Geburt der Welt und blieben so bis zu ihrem Untergang. Rosanette wandte den Kopf zur Seite, beteuerte, so etwas könne sie wahnsinnig machen, und ging Heidekraut pflücken. Die winzigen Blumen, die dicht aneinander saßen, waren in ungleichen violetten Flächen verstreut, und die Erde, die darunter zerbröckelte, sah aus wie eine schwarze

Verzierung am Rande des von Glimmer funkelnden Sandes. Eines Tages erklommen sie zur Hälfte einen Hügel, der lauter Sand war. Jungfräulich, nie betreten, war diese weißliche Anhäufung in regelmäßigen Kurven gewellt; und hier und da erhoben sich wie Vorgebirge im ausgetrockneten Bett eines Ozeans Steine, die Tieren ähnelten, Schildkröten, die den Kopf reckten, kriechenden Robben, Flußpferden und Bären. Niemand. Kein Geräusch. Von der Sonne durchglüht, blendete der Sand; und plötzlich, in dieser Schwingung des Lichts, schien es, als bewegten sich die Tiere. Rasch kehrten sie um, flohen, entsetzt beinahe, um nicht von Schwindel überwältigt zu werden.

Der Ernst des Waldes hatte Macht über sie, und in Stunden des Schweigens, wenn sie in der Kutsche vom Schaukeln der Federn sich einwiegen ließen, waren sie benommen von friedvoller Trunkenheit. Den Arm um ihre Taille, hörte er sie reden, indes die Vögel zwitscherten; und mit demselben Blick beobachtete er die schwarzen Trauben ihres Kapotthuts, und die Beeren der Wacholdersträucher, die Raffung ihres Schleiers, die Wülste der Wolken. Und wenn er sich zu ihr beugte, vermengte sich die Frische ihrer Haut mit dem großen Duft der Wälder. Alles hatte Reiz für sie. Sie zeigten sich als Sehenswürdigkeit die an den Büschen hängenden Sommerfäden, Wasserlöcher zwischen dem Gestein, ein Eichhörnchen in den Ästen, den Flug eines Schmetterlingspaars, das ihnen nachfolgte; oder zwanzig Schritte von ihnen ging unter den Bäumen ruhig, edel und sanft eine Hirschkuh, ihr Junges neben sich. Rosanette wäre gern nachgelaufen, es zu umarmen.

Einmal hatte sie große Furcht, als ein Mann, der plötzlich sichtbar wurde, ihr in einer Schachtel drei Ottern zeigte. Sie lehnte sich rasch an Frédéric's Brust; und er war beglückt, daß sie schwach war und er stark genug, sie zu schützen.

An diesem Abend speisten sie in einer Herbergswirtschaft nahe der Seine. Der Tisch stand beim Fenster, Rosanette's Platz war dem seinen gegenüber; und er betrachtete ihr feines, weißes Näschen, ihre aufgeworfenen Lippen, ihre klaren Augen, ihre kastanienbraunen, sich plusternden Haarsträhnen, ihr hübsches, ovales Antlitz. Ihr Kleid von ungebleichtem Foulard klebte an ihren ein wenig herabfallenden Schultern. Ihre Hände, die frei aus den glatten Ärmeln hervorsahen, zerschnitten, gossen ein, fuhren über das Tischtuch hinweg. Man servierte ihnen ein Hähnchen, ein Aalgericht in einer irdenen Kompottschüssel, Wein von Resten, zu hartes Brot mit schartigen Messern. Das alles erhöhte das Vergnügen, die Illusion. Sie glaubten fast, auf einer Reise zu sein, in Italien, in ihren Flitterwochen.

Vor dem Abschied spazierten sie die Böschung entlang. Der zartblaue Himmel, rund wie die Kuppel eines Doms, stützte sich am Horizont auf die Zacken der Wälder. Vor ihnen, jenseits der Wiese, war ein dörflicher Kirchturm; und weiter links stand das Dach eines Hauses wie ein roter Fleck über dem Fluß, der mit allen seinen Windungen sich nicht zu regen schien. Aber Binsen neigten sich, und das Wasser rüttelte leicht an Stangen, die vom Ufer aus hineingesteckt waren, um Fischnetze daran zu verknoten; eine Reuse von Weidenholz, zwei oder drei alte Kähne waren da. Bei der Herberge zog ein Mädchen mit einem Strohhut Eimer aus dem Brunnen; und mit unsagbarem Genuß lauschte Frédéric dem Knirschen der Kette.

Er zweifelte nicht daran, daß er glücklich sein werde bis ans Ende der Tage; so natürlich erschien ihm sein Glück, so eins mit seinem Leben und mit dieser Frau. Es drängte ihn, ihr Zärtlichkeiten zu sagen. Sie erwiderte mit neckischen Worten, einem kleinen Klaps auf die Schulter, anmutigen Spielereien, von denen er überrascht und entzückt war. Er entdeckte in ihr eine ganz neue Schönheit, die vielleicht nur der Reflex ihrer jetzigen Umgebung war oder durch deren geheimen Zauber sich entfaltete.

Wenn sie inmitten der Fluren Siesta hielten, streckte er sich aus, den Kopf auf ihren Knien, im Schatten ihres Sonnenschirms; oder sie lagen im Gras auf dem Bauch, die Köpfe gegeneinander, blickten sich an, versenkten sich in ihre Augen, durstig nacheinander, sich wieder und wieder sättigend. Dann waren sie stumm, die Augen halb geschlossen.

Mitunter erscholl aus der Ferne ein Trommelwirbel. In den Dörfern schlug man den Generalmarsch zur Verteidigung von Paris.

»Ach so, der Straßenkampf!« sagte Frédéric in verächtlichem Mitleid; denn jetzt war für ihn diese ganze Unruhe jammervoll neben ihrer Liebe und der ewigen Natur.

Und sie plauderten von irgend etwas, von Dingen, die sie längst wußten, von Personen, die sie nicht interessierten, von tausend Nichtigkeiten. Sie erzählte von ihrer Zofe und ihrem Friseur. Eines Tages vergaß sie sich und nannte ihr Alter: neunundzwanzig Jahre; ihre Jugend schwand.

Mehrmals gab sie ihm, ohne es zu wollen, Kenntnis von Einzelheiten ihres Lebens. Sie war »Fräulein in einem Magazin« gewesen, hatte eine Reise nach England gemacht, Studien begonnen, um sich als Schauspielerin ausbilden zu lassen; das alles ohne Übergänge, ohne daß er es verbinden konnte. Doch sie sprach mehr von sich, als sie eines Tages an einem Wiesenhang saßen, unter einer Platane. Tiefer, an der Landstraße, hütete ein junges Mädchen, barfuß im Staub, eine Kuh. Sobald sie die Fremden sah, bettelte sie um ein Almosen. Die eine Hand hatte sie an ihrem zerfetzten Unterrock, mit der anderen kratzte sie ihr schwarzes Haar, das wie eine Perücke aus der Zeit Ludwigs XIV, ihren braunen Kopf umgab. Sie hatte glänzende Augen. »Die wird noch sehr hübsch werden«, sagte Frédéric.

»Da kann sie froh sein, wenn sie keine Mutter hat«, bemerkte Rosanette.«

»So, warum?«

»Nun ja doch; ohne meine Mutter . . .« Sie seufzte und fing an, von ihrer Kindheit zu erzählen. Ihre Eltern waren Hausweber von der Croix-Rousse. Sie diente ihrem Vater als weiblicher Lehrling. Der arme Kerl konnte sich noch so sehr abrackern, seine Frau beschimpfte ihn und verkaufte alles, um dem Trunk zu frönen. Deutlich schilderte Rosanette das Zimmer, in dem sie wohnten, die an den Fenstern aufgereihten Webstühle, die Kochtöpfe auf dem Ofen, das mahagonirot bemalte Bett, einen

Schrank ihm gegenüber und den dunklen Hängeboden, in dem sie bis zu ihrem fünfzehnten Lebensjahr schlief. Dann kam ein Herr, ein fetter Mann mit einem Gesicht wie Buchsbaumholz, von frömmelndem Gebaren, schwarzgekleidet. Ihre Mutter und er hatten ein Gespräch, dessen Folge war, daß drei Tage nachher ... Rosanette hielt inne, dann schloß sie mit einem Blick voll Schamlosigkeit und bitterem Hohn: »drei Tage nachher die Sache geschehen war!«
Sie antwortete auf eine Geste Frédéric's: »Da er verheiratet war und gefürchtet hätte, in seinem Hause sich zu kompromittieren, ging man mit mir in ein Kabinett bei einem Restaurateur, und man sagte mir, ich würde es gut haben und ein schönes Geschenk kriegen. Das erste, was ich sah, noch als ich in der Tür stand, war ein vergoldeter Leuchter auf einer Tafel, die für zwei Personen gedeckt war. Ein Spiegel am Plafond warf das alles zurück, und mit den Tapeten von blauer Seide glich der ganze Raum einem Alkoven. Ich war einfach baff. Du kannst dir ja denken, so ein armes Geschöpf, das noch nirgends gewesen war. Doch so sehr mich das blendete, ich bekam es mit der Angst zu tun. Ich wollte verschwinden. Und dann blieb ich doch. Zum Sitzen war nur ein Diwan neben dem Tisch da. Ich sank hinein, so mollig war er, der Heizapparat an der Wand schickte mir seinen schwülen Atem zu, und ich saß und verzehrte nichts. Der Kellner, der noch wartete, forderte mich zum Essen auf. Er füllte mir gleich ein großes Glas voll Wein. Es drehte sich mir alles im Kopf, ich wollte das Fenster öffnen, er sagte: ›Nein, Fräulein, das ist verboten.‹ Und dann ließ er mich so. Die Tafel strotzte von leckeren Dingen, die mir unbekannt waren. Nichts schmeckte mir. Ich hielt mich an einem Topf mit gezuckertem Obst schadlos, und noch immer erschien niemand. Ich weiß nicht, wieso er sich verspätete. Es war schon sehr spät, mindestens Mitternacht, vor Müdigkeit konnte ich nicht mehr. Als ich eins der Kissen fortschob, um mich auszustrecken, fand ich unter meiner Hand etwas wie ein Album, ein Heft; es waren unzüchtige Bilder. Auf dem schlief ich, als er eintrat.«

Sie schlug die Augen nieder und sann nach. Das Laub um sie säuselte, in einem Gewirr von Kräutern schwankte ein großer Fingerhut hin und her, das Licht floß wie eine Welle über den Rasen; und die Stille wurde in kurzen Zwischenpausen durch das Schnaufen der grasenden Kuh unterbrochen, die nicht mehr sichtbar war.

Rosanette betrachtete einen Punkt an der Erde, drei Schritte vor ihr entfernt, starr, mit zitternden Nasenflügel, in sich verloren. Frédéric ergriff ihre Hand. »Wieviel hast du leiden müssen, Schatz!«

»Ja«, sagte sie, »mehr als du glaubst! So sehr, daß ich ein Ende machen wollte. Sie haben mich herausgefischt.«

»Wie?«

»Ach, denken wir nicht daran! Ich liebe dich, ich bin glücklich! Gib mir einen Kuß!« Und sie zupfte die Distelhalme ab, die am Saum ihres Kleides hingen.

Frédéric grübelte vor allem über das, was sie nicht gesagt hatte. In welchen Stufen war sie aus ihrer Not herausgelangt? Welchem Liebhaber verdankte sie ihre Erziehung? Was hatte sich in ihrem Leben bis zu dem Tag ereignet, an dem er sie zum erstenmal besuchte? Ihr letztes Geständnis verwehrte ihm, sie auszuforschen. Er fragte sie nur, wie sie Arnoux kennengelernt habe.

»Durch die Vatnaz.«

»Habe ich dich nicht einmal im Palais Royal mit den beiden gesehen?«

Er nannte das genaue Datum. Rosanette überlegte angestrengt, dann rief sie: »Ja, das stimmt. Ich war damals nicht sehr vergnügt.«

Doch hatte Arnoux sich vortrefflich benommen. Frédéric zweifelte nicht daran. Indessen war ihr gemeinsamer Freund ein komischer Mensch mit lauter Fehlern, an die er absichtlich jetzt erinnerte. Sie leugnete sie nicht. »Schadet nichts . . . lieben tue ich ihn doch, das Kamel!«

»Was, heute auch noch?« fragte Frédéric.

Sie wurde rot, lachte halb, halb war sie ärgerlich: »O nein! Das ist

ja eine alte Geschichte. Zu verheimlichen brauche ich dir nichts. Und wenn schon, bei ihm würde es etwas anderes sein. Übrigens bist du gar nicht nett zu deinem Opfer.«
»Meinem Opfer?«
Rosanette faßte ihn am Kinn. »Na freilich!« Und sie lispelte wie eine Amme, die mit ihrem Säugling redet: »War der Dleine slimm! Hat er mit Frauchen delafen?«
»Ich? Aber niemals!«
Rosanette lächelte. Ihr Lächeln beleidigte ihn, schien ihm zu verraten, daß sie kein Gefühl hatte. Doch sanft fragte sie ihn, mit einem jener Blicke, die um eine Lüge betteln:
»Ist das wahr?«
»Es ist wahr!« Frédéric schwor ihr auf Ehre, er habe nie an Frau Arnoux gedacht, da er eine andere zu sehr liebte.
»Wen denn?«
»Na dich doch, meine Süße!«
»Willst du mich aufziehn? Du, ich werde böse!«
Er fand, es war klüger, eine Geschichte, eine Leidenschaft zu erfinden. Er suchte sich die Umstände zusammen. Diese Person habe ihm viel Kummer bereitet.
»Du hast eben kein Glück«, sagte Rosanette.
»Oh, oh, vielleicht doch!« Er wollte damit mehrere Erfolge andeuten, um eine günstigere Meinung von sich zu erwecken, so wie Rosanette sich nicht zu allen ihren Liebhabern bekannte, damit er sie höher schätzte. Denn noch das innerlichste Vertrauen hat Vorbehalte, aus falscher Scham, aus Zartsinn oder Mitleid. Man entdeckt in dem anderen oder in sich selbst einen Abgrund oder einen Schlammboden, der es unmöglich macht, weiterzudrängen. Man hat auch das Bewußtsein, daß man sich zu fremd ist. Es ist schwer, irgend etwas, was es auch sein mag, in Worten wiederzugeben: und selten sind die restlosen Vereinigungen.
Die arme Marschallin hatte nie eine bessere erlebt. Oft, wenn sie Frédéric anschaute, schwammen Tränen unter ihren Lidern; dann hob sie die Augen oder ließ sie am Horizont schweifen, als

sähe sie eine große Morgenröte, ein grenzenloses Glück in der Ferne. Eines Tages gestand sie, sie möchte eine Messe lesen lassen: »damit unsre Liebe vom Himmel gesegnet wird.«

Warum hatte sie sich ihm so lange verweigert? Sie konnte das selbst nicht sagen. Mehrmals wiederholte er seine Frage; und sie preßte ihn in ihre Arme und erwiderte: »Ich hatte Furcht, daß ich dich zu sehr lieben würde, mein Schatz!«

Am Sonntagmorgen fand Frédéric in einer Zeitung, in einer Liste von Verwundeten, den Namen Dussardier. Er stieß einen Schrei aus, zeigte das Papier Rosanette und erklärte, er werde sofort nach Paris fahren.

»Wozu?«

»Na, um ihn zu sehn, ihn zu pflegen!«

»Du wirst mich doch hier nicht allein lassen?«

»Komm mit!«

»Ach, ich soll da hinein, in Mord und Totschlag? Danke sehr!«

»Ich kann doch nicht ...«

»So, so, so! Als fehlte es in den Spitälern an Krankenwärtern!« Und was ging ihn denn die Sache an? Jeder hat sich um sich zu kümmern!

Ihre Selbstsucht empörte ihn; und er warf sich vor, daß er nicht mit seinen Freunden dort unten war. Eine solche Gleichgültigkeit gegen die Not des Vaterlandes hatte etwas Schäbiges, Bourgeoises. Plötzlich lastete seine Liebe wie ein Verbrechen auf ihm. Eine Stunde lang schmollten sie miteinander. Dann flehte sie, er solle warten, sich nicht in Gefahr stürzen. »Wenn du erschossen wirst!«

»Dann werde ich nur meine Pflicht getan haben.«

Rosanette sprang zornig auf. Seine erste Pflicht war es, sie zu lieben. Er hatte wohl genug von ihr? Das war doch ganz verrückt! So eine Idee, mein Gott!

Frédéric läutete wegen der Rechnung. Aber es war nicht leicht, nach Paris zu kommen. Die Kutsche der Postfirma Leloir war gerade fort, die Kremser von Lecomte fielen aus, der Eilwagen vom Bourbonnais traf erst spät in der Nacht ein und war vielleicht voll; sagen ließ sich darüber nichts. Nachdem er mit diesen Erkundigungen viel Zeit verloren hatte, fiel ihm ein, sie könnten die staatliche Post nehmen. Der Postmeister lehnte die Stellung von Pferden ab, da Frédéric keinen Paß hatte. Endlich mietete er eine Kalesche, dieselbe, die sie bei ihren Ausflügen benutzt hatten, und sie kamen gegen fünf Uhr in Melun an, vor dem Hôtel du Commerce.

Auf dem Marktplatz standen Gewehrpyramiden. Der Präfekt hatte den Nationalgardisten den Marsch nach Paris verboten. Diejenigen, die nicht zum Departement gehörten, wollten ihn fortsetzen. Man schrie. Die Herberge war von Tumult erfüllt.

Verängstigt jammerte Rosanette, sie fahre nicht weiter, und flehte ihn nochmals an, dazubleiben. Der Wirt und seine Frau baten für sie mit. Ein Biedermann, der bei Tisch war, mengte sich ein und äußerte, die Schlacht sei in kurzem zu Ende. Übrigens solle jeder seine Pflicht tun. Nun schluchzte die Marschallin noch unbändiger. Frédéric war wütend. Er gab ihr seine Geldbörse, umarmte sie in Hast und verschwand.

Am Bahnhof in Corbeil teilte man ihm mit, die Aufrührer hätten die Schienen der Eisenbahn überall aufgerissen, und der Kutscher beharrte dabei, hier sei Schluß, seine Pferde seien »fertig«.

Durch seinen Beistand erhielt Frédéric jedoch ein klappriges Kabriolett, das ihn für die Summe von sechzig Francs, ohne Trinkgeld, bis zur Barrière d'Italie führen sollte. Doch hundert Schritte vor der Barrière zwang der Wagenlenker ihn abzusteigen und drehte um. Frédéric ging auf der Landstraße, als plötzlich eine Wache vor ihm die Bajonette kreuzte. Vier Männer packten ihn und riefen: »Das ist so einer! Aufgepaßt! Krempelt ihm die Taschen um! Strolch! Kanaille!«

Er war ganz verblüfft; und so schleppte man ihn zum Wachtposten an der Barrière mit, am Rand des runden Platzes, da, wo der Boulevard des Gobelins, der Boulevard de l'Hôpital, die Rue Godefroy und die Rue Mouffetard zusammenlaufen. Vier Barrikaden türmten am Ausgang der vier Straßen ihre Berge von

Pflastersteinen. Hier und da knisterten Fackeln; trotz des Staubes in der Luft unterschied er Linieninfanteristen und Nationalgarde, alle mit schwarzen Gesichtern, in zerrissenen Uniformen, verstört. Sie hatten eben erst den Platz genommen, hatten ein paar Menschen niedergeknallt; ihr Ingrimm dauerte noch an. Frédéric sagte, er komme von Fontainebleau, um einem verwundeten Freund, der in der Rue Bellefond wohne, zu helfen. Anfangs wollte niemand ihm glauben; man prüfte seine Hände, man schnupperte sogar an seinem Ohr, um sich zu vergewissern, ob er nicht nach Pulver rieche.

Jedoch dadurch, daß er immer wieder dasselbe vorbrachte, überzeugte er zuletzt einen Hauptmann, der zwei Füsilieren befahl, ihn bei der Wache am Jardin des Plantes abzuliefern.

Sie schritten den Boulevard de l'Hôpital hinab. Eine starke Brise wehte und erfrischte ihn. Sie wandten sich dann der Rue du Marché-aux-Chevaux zu. Rechts lag der Jardin des Plantes, ein düstrer Block; links flammte die Front der Pitié, in allen ihren Fenstern erleuchtet, wie ein Brandherd, und Schatten glitten an ihren Scheiben entlang.

Die beiden Männer, die Frédéric begleiteten, überließen ihn einem andern, der ihn bis zur Kriegsschule brachte.

Die Rue Saint-Victor war völlig finster, keine Gaslaterne war angezündet, kein Licht in den Häusern. Alle zehn Minuten erscholl das Signal: Wachen, habt acht! Und dieser Schrei hallte inmitten der Stille, als würde ein Stein in eine gähnende Schlucht geschleudert.

Mitunter nahte ein dumpfes Gestampf. Es war eine Patrouille von wenigstens hundert Mann; Flüstern und gedämpftes Eisengeklirr klangen aus der wirren Masse hervor. In rhythmischem Hin und Her entfernte sie sich und verschmolz in der Dunkelheit.

Im Zentrum der Straßenkreuzungen stand der Gaul eines Dragoners. Von Zeit zu Zeit jagte eine Stafette im Galopp dahin; und wieder die lautlose Stille. Irgendwo ratterten mit furchtbarem Dröhnen Kanonen über das Pflaster; das Herz stockte bei diesem

Lärm, der anders war als jeder gewohnte. Es schien sogar, als vergrößere er das Schweigen noch, das tief war, absolut – ein schwarzes Schweigen. Männer in weißer Bluse gingen an die Soldaten heran, raunten ihnen ein Wort zu und verflüchtigten sich wie Gespenster der Nacht.
An der Wache in der Kriegsschule war ein Menschengewimmel. Frauen belagerten die Schwelle und fragten nach ihren Söhnen oder ihren Männern. Man schickte sie nach dem in eine Leichenhalle umgewandelten Panthéon; und niemand beachtete Frédéric. Er war hartnäckig, schwor, sein Freund Dussardier erwarte ihn, er werde sterben. Man gab ihm endlich einen Korporal mit, der ihm den Weg zur Mairie des zwölften Bezirks zu weisen hatte, oben an der Rue Saint-Jacques.
Die Place du Panthéon war voll von Soldaten, die auf Stroh biwakierten. Es dämmerte, die Wachtfeuer erloschen.
In diesem Viertel hatte der Aufruhr grauenhafte Spuren hinterlassen. Das Pflaster war allenthalben aufgerissen, wie zerhämmert. In den Ruinen der Barrikaden staken Omnibusse, Gasrohre, Räder von Lastkarren; kleine schwarze Pfützen an einzelnen Orten mußten Blut sein. Die Häusermauern waren besät mit Kugeln, die Holzbalken zeigten sich unter dem abgebröckelten Putz. Jalousien hingen, wie Lumpen, noch an einem Nagel. Über zusammengekrachten Treppen öffneten die Türen sich ins Leere. Man sah das Innere der Stuben mit ihren zerfetzten Tapeten. Da und dort waren feinere Dinge nicht verletzt worden. Frédéric sah eine Kaminuhr, einen Reif aus einem Papageienkäfig, Gravüren.
Drinnen in der Mairie redeten die Nationalgardisten mit unersättlicher Schwatzhaftigkeit über den Tod Bréa's und Négrier's, des Abgeordneten Charbonnel und des Erzbischofs von Paris. Man erzählte, der Herzog von Aumale sei in Boulogne gelandet. Barbès aus Vincennes entwichen; Artillerie komme von Bourges, Hilfstruppen aus der Provinz seien im Anmarsch. Gegen drei Uhr brachte jemand gute Nachrichten; Parlamentäre der Revolte waren bei dem Präsidenten der Nationalversammlung.

Darüber freute man sich; und da er noch zwölf Francs hatte, bestellte Frédéric zwölf Flaschen Wein, in der Hoffnung, so eher befreit zu werden. Plötzlich glaubte man, daß wieder Gewehrsalven knatterten. Man zechte nicht mehr und sah den Unbekannten mißtrauisch an; vielleicht war er Heinrich V.
Um der Verantwortung ledig zu sein, schafften sie ihn nach der Mairie des elften Bezirks. Dort wurde ihm nicht vor neun Uhr früh erlaubt, die Straße zu betreten.
Er eilte, so schleunig er konnte, bis zum Quai Voltaire. An einem offenen Fenster weinte ein alter Mann in Hemdsärmeln, die Augen emporgerichtet. Friedlich flutete die Seine. Der Himmel hatte ein reines Blau; in den Bäumen der Tuilerien sangen die Vögel.
Frédéric überquerte die Place du Carrousel, als eine Bahre vorbeigetragen wurde. Sofort präsentierte der Posten, der Offizier legte die Hand an den Tschako: »Ehre dem Unglück eines Tapferen!« Diese Worte waren jetzt fast zwingender Brauch, und wer sie sprach, hatte feierlich bewegt zu sein. Eine Gruppe von Zorn geschüttelter Menschen folgte der Bahre und rief: »Rache! Rache!«
Auf den Boulevards verkehrten die Wagen, Frauen saßen vor den Toren der Häuser und zupften Scharpie. Indessen war die Meuterei ganz oder ungefähr niedergeworfen. Das verkündete eine Proklamation Cavaignac's, die soeben angeschlagen worden war. Oben an der Rue Vivienne erschien ein Zug Mobilgarden. Die Bourgeois brachen in Schreie der Begeisterung aus; sie schwenkten ihre Hüte, klatschten, tanzten, wollten die Soldaten umarmen, ihnen Getränke anbieten, und Damen streuten Blumen von den Balkons.
Endlich um zehn Uhr, als die Kanonen die Eroberung des Faubourg Saint-Antoine mit ihrem grollenden Getöse einleiteten, war Frédéric bei Dussardier. Er fand ihn in seiner Mansarde, ausgestreckt, im Schlaf. Aus der Stube daneben kam, mit leisen Schritten, eine Frau, Fräulein Vatnaz. Sie ging mit Frédéric abseits und sagte ihm, wie Dussardier seine Wunde empfangen hat-

te. Am Sonnabend hatte vor einer Barrikade in der Rue Lafayette ein Straßenjunge, in eine Trikolore gewickelt, den Nationalgardisten zugerufen: »Schießt nicht auf eure Brüder!« Als sie vorgingen, warf Dussardier sein Gewehr hin, drängte die anderen weg, sprang auf die Barrikade, hieb mit dem Bein den Freischärler nieder und entriß ihm die Fahne. Man hatte ihn dann unter den Trümmern aufgehoben, den Schenkel von einem Messinggeschoß durchbohrt. Es mußte aus der Wunde herausgeschnitten werden. Fräulein Vatnaz war noch am selben Abend bei ihm und hatte ihn seitdem nicht mehr verlassen. Sie bereitete mit Klugheit alles für den Verband Nötige vor, half dem Kranken beim Trinken, erriet den geringsten seiner Wünsche, war schneller noch wie eine Fliege um sein Bett und blickte ihn mit zärtlichen Augen an.

Zwei Wochen hindurch verfehlte Frédéric nicht, ihn jeden Morgen zu besuchen. Als er die Treue der Vatnaz pries, zuckte Dussardier die Achseln: »Nein doch! Das tut sie nur aus Gewinnsucht.«

»Du glaubst?«

Er entgegnete: »Sicher!« ohne mehr sagen zu wollen.

Sie überhäufte ihn mit Aufmerksamkeiten und brachte ihm sogar die Zeitungen, in denen man sein Heldentum rühmte. Es schien, als seien ihm diese Huldigungen lästig. Dann gestand er Frédéric die Unruhe seines Gewissens. Er hätte wohl bei denen drüben sein müssen, den Männern in Blusen; denn man hatte ihnen vieles verheißen, um das man sie nachher betrog. Die Sieger haßten die Republik. Und wie schnöd hatte man jene behandelt! Sie waren im Unrecht, ja, und doch nicht so ganz; und den guten Kerl peinigte Reue, daß er gegen die Gerechtigkeit gekämpft habe.

Sénécal, der in den Tuilerien eingeschlossen war, unter der Terrasse nach der Seine zu, fühlte diese Angst nicht.

Dort waren neunhundert Menschen zusammengepfercht, in Kot und Schmutz, schwarz von Pulver und geronnenem Blut, in Fieberschauern, brüllend vor Raserei; und die Sterbenden wurden nicht aus der Masse der anderen heraufgeholt. Manchmal, wenn plötzlich das Echo einer Detonation rollte, dachten sie, man werde sie alle erschießen; dann stürzten sie sich gegen die Mauern und sanken wieder hin auf ihren Platz, so abgestumpft durch den Schmerz, daß es ihnen war, als lebten sie in einem Alptraum, einer Todeshalluzination. Die Lampe, die im Gewölbe schaukelte, war wie ein Blutfleck; und grüne und gelbe Flämmchen, die von den Kellerdünsten erzeugt waren, irrten umher. Zur Verhinderung von Seuchen ernannte man eine Kommission. Schon auf den ersten Stufen der Treppe wich der Präsident zurück, entsetzt über den Geruch der Exkremente und der Leichen. Wenn die Gefangenen sich einem Loch der Außenmauer näherten, stachen die Nationalgardisten, die die Wache hatten, damit sie nicht an den Gitterstäben rütteln könnten, blind in die Schar hinein.

Die meisten von ihnen waren unbarmherzig. Diejenigen, die den Kampf nicht mitgemacht hatten, wollten sich nun bewähren. Es war die Entfesselung der Furcht. Sie rächten sich damit auch an den Zeitungen, den Klubs, dem Volk, das sich zusammengerottet hatte, den Doktrinen, an allem, was sie seit drei Monaten erbitterte. Und trotz dem Sieg offenbarte sich, als wollte sie ihre Anhänger strafen und ihre Feinde höhnen, triumphierend die Gleichheit, eine Gleichheit roher Tiere, eine Gleichheit in blutigen Greueln; denn der Fanatismus der Selbstsucht wog den Wahnwitz der Not auf. Die Aristokratie war so machtlos wie der Pöbel, und die bürgerliche Baumwollmütze zeigte sich nicht weniger abscheulich als die rote Mütze. Die öffentliche Vernunft war wirr, so wie nach großen Naturumwälzungen. Menschen, die Geist besessen hatten, verfielen für ihr ganzes Leben der Idiotie.

Papa Roque war sehr tapfer geworden, fast tollkühn. Er kam am 26. nach Paris mit den Leuten aus Nogent, und statt mit ihnen heimzufahren, blieb er bei der Nationalgarde, die in den Tuilerien lagerte; und er war sehr zufrieden, daß auch er vor der Uferterrasse wachen sollte. Jetzt hatte er sie doch unter sich, diese Banditen! Er labte sich daran, daß sie besiegt, daß sie erniedrigt

waren, und er konnte sich nicht überwinden, sie nicht zu schmähen.
Einer von ihnen, ein Jüngling mit langem, blonden Haar, preßte sein Gesicht an die Stangen und flehte um Brot. Herr Roque befahl ihm zu schweigen. Aber der junge Mann winselte nochmals: »Brot!«
»Na, habe ich denn welches?«
Andre Gefangene erschienen an dem Gitterloch, mit ihren struppigen Bärten, ihren glühenden Augen, und sie trampelten aufeinander und heulten: »Brot!«
Papa Roque war entrüstet, daß man seine Autorität mißachtete. Um sie zu erschrecken, zielte er. Noch einmal schrie der junge Mann; durch den Schwall, der ihn erstickte, bis zum Gewölbe emporgetragen, schrie er mit zurückgebogenem Nacken: »Brot!«
»Da hast du!« sagte Papa Roque und feuerte. Es gab ein Gebrüll; dann war es stumm. Nur an einem Kübel da drinnen klebte etwas Weißes.
Hierauf ging Herr Roque nach Hause. Denn er hatte ein Mietshaus in der Rue Saint-Martin, in dem ein Absteigequartier für ihn reserviert war; und die Schäden, die die Meuterei an der Vorderseite des Grundstücks verursacht hatte, trugen nicht unerheblich dazu bei, ihn zu erbosen. Als er es jetzt wiedersah, war ihm, als sei das Unheil doch nicht so arg. Die Tat, die er vorhin begangen hatte, beschwichtigte ihn wie eine Prozeßbuße.
Seine Tochter selbst öffnete ihm die Tür. Sie sagte ihm sofort, daß seine zu lange Abwesenheit ein Bangen in ihr geweckt habe, die Furcht, es sei ihm etwas passiert, er sei verwundet.
Dieser Beweis von Kindesliebe rührte den Papa Roque.
Er staunte, daß sie ohne Catherine hierhergereist sei.
»Ich habe sie nur weggeschickt, sie soll uns etwas besorgen«, entgegnete Louise. Und sie erkundigte sich nach seinem Wohlbefinden, nach allerlei. Dann fragte sie ihn so nebenher, ob er Frédéric irgendwo getroffen habe.
»Nein! Nirgends!«

Ihn zu sehn, war der einzige Zweck ihrer Reise.
Auf dem Flur ging jemand. »Ach, entschuldige!« Und sie verschwand.
Catherine hatte Frédéric nicht ermittelt. Seit mehreren Tagen war er nicht in seiner Wohnung, und sein intimer Freund, Herr Deslauriers, wohnte jetzt in der Provinz.
Louise trat, an allen Gliedern zitternd, unfähig zu sprechen, wieder ein. Sie stützte sich gegen die Möbel. »Was ist denn, was hast du denn?« rief der Vater. Sie gab ihm ein Zeichen, es sei nichts, und beherrschte sich, indem sie ihren Willen zusammenraffte.
Der Restaurateur von gegenüber tischte die Suppe auf. Doch Papa Roque hatte einen zu anstrengenden Tag hinter sich. Das »durfte nicht vorkommen«; und beim Dessert spürte er eine Art Ohnmacht. Man sandte schnell nach einem Arzt, der eine flüssige Medizin verschrieb. Dann, als er zu Bett war, forderte Herr Roque möglichst viel Decken, um zu schwitzen. Er seufzte, er stöhnte. »Danke dir, meine gute Catherine! Mein Hühnchen, gib deinem armen Vater einen Kuß! Ach, diese Revolution!«
Und als seine Tochter ihn ausschalt, daß er sich eine Krankheit zugezogen habe, indem er sich für sie quälte, erwiderte er: »Ja, du hast recht! Aber ich kann doch nicht anders. Ich habe zu viel Gemüt!«

2

Frau Dambreuse saß in ihrem Boudoir, zwischen ihrer Nichte und Miss John, und hörte zu, wie Herr Roque von seinen Strapazen im Waffendienst erzählte.
Sie biß sich auf die Lippen, schien zu leiden: »Ach, es ist nichts, das geht vorüber.« Und mit anmutiger Miene sagte sie: »Es wird heute jemand bei uns dinieren, den Sie kennen, Herr Moreau.«
Louise zitterte.
»Dann nur noch ein paar intime Freunde, darunter Herr von Cisy.«

Und sie lobte seine Manieren, sein Aussehen und besonders seine moralische Lebensart.
Frau Dambreuse log weniger, als sie zu lügen glaubte. Der Traum des Vicomte war eine Heirat. Er hatte es Martinon mitgeteilt und hinzugesetzt, er sei sicher, Fräulein Cécile zu gefallen und von ihren Pflegeeltern nicht abgewiesen zu werden. Da er diesen Plan vertraulich äußerte, hatte er zweifellos günstige Nachrichten über die Mitgift des jungen Mädchens. Nun hegte Martinon den Verdacht, daß Cécile die uneheliche Tochter von Herrn Dambreuse sei; und es wäre wohl gewagt gewesen, auf gut Glück ihre Hand zu erbitten. Die Verwegenheit konnte gefährlich werden. Darum hatte Martinon sich bis jetzt gehütet, sich zu kompromittieren; und er wußte auch nicht, wie er sich der Tante entledigen könne. Die Worte Cisy's jedoch waren für ihn bestimmend. Er hatte sein Ersuchen bei dem Bankier vorgebracht, der seinerseits kein Hindernis sah und soeben Frau Dambreuse die Neuigkeit hatte wissen lassen.
Cisy trat ein. Sie erhob sich und sagte: »Sie vergessen uns . . . Cécile, shake hands!«
Im selben Augenblick kam Frédéric. »Ach, endlich findet man Sie wieder!« rief Papa Roque. »Ich war in dieser Woche mit Louise dreimal bei Ihnen!«
Frédéric ging ihm mit Vorbedacht aus dem Weg. Er gab an, er weile alle Tage bei einem verwundeten Freund. Auch sei er schon lange mit allerhand Dingen beschäftigt; und er ersann Geschichten hierüber. Zu seiner Erleichterung nahten jetzt die Gäste. Der erste war Herr Paul de Grémonville, der Diplomat, dem er damals auf dem Ball begegnet war. Sodann Fumichon, der Industrielle, dessen konservativer Eifer ihn eines Abends empört hatte. Hinter ihnen die alte Herzogin von Montreuil-Nantua.
Doch im Vorraum wurden zwei Stimmen laut. »Ich bin dessen sicher«, sagte die eine. »Liebe gnädige Frau, schöne gnädige Frau, ich bitte Sie, beruhigen Sie sich!« Es war Herr de Nonancourt, ein alter Geck, mumienhaft mit seiner pomadisierten Maske, und Frau de Larsillois, die Gattin eines Präfekten unter

Louis-Philippe. Sie zeigte große Angst; denn sie hatte vorhin auf einer Drehorgel eine Polka gehört, die eine verabredete Losung der Meuterer war. Viele Bourgeois litten unter solchen Einbildungen. Man glaubte, Männer in den Katakomben würden das Faubourg Saint-Germain in die Luft sprengen. Aus den Kellern drangen Geräusche; an den Fenstern sah man unheimliche Signale.

Indessen bemühten sich alle, die Frau des Expräfekten von ihrer Panik zu befreien. Die Ordnung war wiederhergestellt. Nichts drohte mehr. »Cavaignac hat uns gerettet!« Als wäre es nicht genug an den Gewalttaten der Revolte, steigerte man sich noch. Es waren dreiundzwanzigtausend Sträflinge unter den Sozialisten gewesen, volle dreiundzwanzigtausend. Man war überzeugt, daß die Lebensmittel vergiftet waren, daß sie Mobilgardisten zwischen zwei Bretterplanken zersägt hatten, und daß die Inschriften der Fahnen Plünderung und Brandstiftung begehrten.

»Und noch etwas«, sagte Frau von Larsillois.

»Ach, meine Liebe«, mahnte Frau Dambreuse schamhaft und deutete mit ihrem Blick auf die jungen Mädchen.

Herr Dambreuse verließ mit Martinon sein Kabinett. Sie wandte den Kopf ab und erwiderte den Gruß Pellerin's, der auf sie zueilte. Der Bankier nahm ihn beiseite und legte ihm dar, er habe seine Revolutionsgemälde zunächst einmal verbergen müssen.

»Natürlich!« sagte Pellerin, für dessen Gesinnung sein Durchfall im Klub der Intelligenz nicht ohne Folgen gewesen war.

Herr Dambreuse ließ sehr höflich einfließen, er werde andere Arbeiten für ihn haben.

»O Verzeihung! Ach, mein Werter, wie freue ich mich!« Vor Frédéric standen Herr und Frau Arnoux.

Es schwindelte ihn. Rosanette hatte mit ihrer Bewunderung der Soldaten ihn den ganzen Nachmittag gereizt; in ihm erwachte die alte Liebe.

Der Haushofmeister meldete, es sei serviert. Mit einem Wink

ihrer Augen befahl Frau Dambreuse dem Vicomte, Cécile den Arm zu bieten. »Elender!« zischelte sie Martinon zu. Und man ging in den Speisesaal.

Unter den grünen Blättern einer Ananas prangte inmitten der Tafel ein Goldkarpfen, der mit dem Maul eine Rehkeule berührte und mit dem Schwanz eine Krebspyramide. Feigen, riesige Kirschen und Trauben, Erstlinge der Pariser Obstzucht, waren in Körben von altem Meißner Porzellan aufgebaut. Zwischen dem glänzenden Silbergeschirr lagen Blumenbüschel. Die weißseidenen Stores, die vor den Fenstern herabgelassen waren, füllten den Saal mit sanftem Licht, die Luft erfrischten zwei Fontänen, in denen Eisstücke schwammen. Großgewachsene Lakaien in kurzen Hosen bedienten. Das alles schien nach diesen aufregenden Tagen noch köstlicher. Man genoß wieder die Dinge, um deren Verlust man gezittert hatte; und Nonancourt faßte das allgemeine Empfinden in den Satz zusammen: »Wollen wir hoffen, daß die Herren Republikaner uns dieses Diner gönnen werden!«

»Trotz ihrer Brüderlichkeit«, ergänzte witzig Papa Roque.

Diese beiden Honoratioren saßen rechts und links von Frau Dambreuse, ihr gegenüber ihr Gatte, zwischen Frau de Larsillois, die der Diplomat flankierte, und der alten Herzogin, deren Nachbar Fumichon war. Sodann kamen Pellerin, der Fayencehändler, Fräulein Louise; und dank Martinon, der seinen Platz mit dem neben Cécile vertauscht hatte, saß Frédéric neben Frau Arnoux.

Sie trug ein Kleid von schwarzem Barègestoff, einen Goldreif um das Handgelenk und wie am ersten Abend, an dem er bei ihnen zum Diner geladen war, als Kopfputz einen in den Haarknoten geschlungenen Fuchsienzweig. Er konnte sich nicht enthalten, ihr zu sagen: »Wir haben uns schon lange nicht gesehn!«

»Ach!« meinte sie kalt.

Er begann wieder, in weichem Ton, der die Unverschämtheit seiner Frage milderte: »Haben Sie manchmal an mich gedacht?«

»Weshalb sollte ich an Sie denken?«
Frédéric war verletzt durch diese Worte. »Nun, kann sein, daß Sie recht haben.« Doch in schnellem Bedauern schwor er ihr, Tag für Tag habe ihn die Erinnerung an sie verzehrt.
»Ich glaube Ihnen kein Wort, mein Herr.«
»Sie wissen doch, daß ich Sie liebe!«
Frau Arnoux entgegnete nichts.
»Sie wissen, daß ich Sie liebe!«
Noch immer war sie stumm. Ach, häng dich auf! sagte sich Frédéric. Und indem er um sich sah, bemerkte er am anderen Ende der Tafel Fräulein Roque.
Sie hatte sich in unberatener Koketterie grün gekleidet, in einer Farbe, die zu ihrem rötlichen Haar nicht im mindesten paßte. Die Schnalle ihres Gürtels saß zu hoch, ihr Kragen ließ ihren Hals zu kurz erscheinen; und dieser Mangel an Eleganz hatte wohl bewirkt, daß Frédéric's Augen zuerst über sie hinwegglitten. Gespannt beobachtete sie ihn von weitem. Arnoux, ihr Tischherr, verschwendete umsonst seine Galanterien, sie gewährte ihm keine drei Worte, so daß er nicht mehr hoffen durfte, ihr zu gefallen, und der Unterhaltung nur zuhörte. Man plauderte jetzt über die Ananaspurées des Luxembourg.
Nach Fumichon besaß Louis Blanc ein palastähnliches Haus in der Rue Saint-Dominique und weigerte sich, an Arbeiter zu vermieten.
»Was ich komisch finde«, sagte Nonancourt, »ist, daß Ledru-Rollin in den königlichen Domänen eine Jagd hat.«
»Einem Juwelier ist er zwanzigtausend Francs schuldig«, äußerte Cisy, »und man behauptet sogar . . .«
Frau Dambreuse unterbrach ihn. »Ach, wie häßlich, sich wegen der Politik zu erhitzen! Pfui, ein junger Mann! Sorgen Sie lieber für Ihre Tischdame!«
Hierauf schimpften die ernsten Leute auf die Zeitungen. Indes nahm Arnoux sie in Schutz. Frédéric mischte sich ein und sagte, sie seien Geschäftsfirmen wie alle übrigen. Die Journalisten seien meist Schwachköpfe, oder sie flunkerten. Er gab an, daß er sie

kenne, und stritt mit Sarkasmus gegen die wohlwollende Einstellung seines Freundes. Frau Arnoux fühlte nicht, daß dies seine Rache an ihr war.
Inzwischen zermarterte der Vicomte seinen Verstand, um Fräulein Cécile zu erobern. Er begann damit, daß er künstlerischen Geschmack hervorkehrte und die Form der Karaffen sowie die Ornamente der Messer tadelte. Dann prahlte er mit seinem Reitstall, seinem Schneider und seinem Hemdenlieferanten. Zuletzt versuchte er sich im Bereich der Religion, und er wußte darauf hinzudeuten, daß er alle seine Glaubenspflichten erfülle.
Geschickter war Martinon. Er starrte sie an und rühmte mit langweiliger Stimme ihr Vogelprofil, ihr fades blondes Haar, ihre zu kurzen Hände. Dem unscheinbaren jungen Mädchen war dieser Platzregen von Schmeicheleien eine Wonne.
Den Gesprächen zu folgen, wurde unmöglich, alle redeten sehr laut. Herr Roque wollte für die Regierung Frankreichs eine »gepanzerte Faust«; Nonancourt mißbilligte sogar die Abschaffung des Schafotts für politische Delikte. Man hätte dieses Lumpenpack in Massen töten sollen.
»Sie sind sogar Feiglinge«, sagte Fumichon. »Was ist schon für ein Mut dabei, wenn sie sich hinter die Barrikaden stellen?«
»Ja, erzählen Sie uns doch von Dussardier!« sagte Herr Dambreuse und wandte sich Frédéric zu. Der gute Kommis war jetzt ein Held wie Sallesse, die Brüder Jeanson, die Péquillet und so weiter. Frédéric ließ sich nicht zweimal bitten und berichtete über den Ruhm seines Freundes. Ein Abglanz fiel auf ihn.
Zwanglos kam man so dazu, verschiedene Arten von Tapferkeit zu erwähnen. Der Diplomat fand, es sei nicht schwer, dem Tod zu trotzen; das bezeuge jeder Zweikampf.
»Man braucht nur den Vicomte danach zu fragen«, sagte Martinon.
Der Vicomte wurde sehr rot. Die Gäste blickten zu ihm hin; und Louise, die am naivsten staunte, flüsterte: »Was soll das?«
»Er ist im Duell mit Frédéric schlapp geworden«, belehrte Arnoux sie leise.

»Sie wissen etwas darüber, mein Fräulein?« erkundigte sich Nonancourt; und er übermittelte ihre Antwort Frau Dambreuse, die sich ein wenig vorbeugte und Frédéric betrachtete.
Martinon kam der Neugier Cécile's entgegen, indem er ihr sagte, es habe sich bei der Affäre um eine Person gehandelt, die man hier nicht bezeichnen könne. Das junge Mädchen wich auf ihrem Stuhl ein wenig zurück, als wolle sie vor der Nachbarschaft dieses sittenlosen Menschen fliehen.
Die Unterhaltung hatte wieder begonnen. Die edlen Bordeauxweine kreisten, man wurde aufgeräumt. Pellerin zürnte der Revolution wegen des Spanischen Museums, das nun für immer verloren war. Das schmerzte ihn am meisten, als Maler. Herr Roque forschte ihn bei der Gelegenheit aus:
»Sind Sie nicht der Künstler, der ein hervorragendes Gemälde gemacht hat?«
»Kann schon sein. Welches denn?«
»Es ist eine Dame darauf in einem Kostüm . . . na, wahrhaftig, es ist ein bißchen . . . leicht, und dann hat sie eine Börse, und hinter ihr ist ein Pfau.«
Nun färbte sich Frédéric's Gesicht purpurn. Doch Pellerin tat, als verstehe er nicht.
»Aber natürlich ist es von Ihnen. Denn darunter ist Ihr Name zu lesen und auf dem Rahmen: Eigentum des Herrn Moreau.«
Papa Roque und seine Tochter hatten, als sie eines Tages bei Frédéric warteten, das Porträt der Marschallin gesehen. Der Biedermann hatte es sogar für ein gotisches Bild gehalten.
»Nein!« fertigte Pellerin ihn brutal ab, »es ist das Porträt einer Frau.«
Martinon fügte hinzu: »Einer höchst lebendigen Frau. Was, Cisy?«
»Oh, ich habe da kein Urteil.«
»Mir war doch, als seien Sie mit ihr bekannt? Aber wenn Ihnen das unangenehm ist, bitte tausendmal um Verzeihung!«
Cisy schlug die Augen nieder und bewies durch seine Verwirrung, daß er in der Sache mit dem Bild eine klägliche Rolle ge-

spielt hatte. Nun, und Frédéric war sicher der Liebhaber des Modells. Dieser Eindruck verbreitete sich alsbald, und die Mienen der Anwesenden offenbarten ihn aufs klarste. Wie hat er mich belogen! sagte sich Frau Arnoux. Deshalb ist er mir untreu! dachte Louise.

Frédéric glaubte, die beiden Geschichten könnten ihm schaden; und als man im Garten war, beschwerte er sich bei Martinon. Der Freier von Fräulein Cécile lachte ihn schallend aus. »Keine Spur! Das wird dir nützen! Immer los!«

Welchen Sinn hatte das? Warum dieses Wohlwollen, das Martinon's gewohnter Haltung so sehr widersprach? Ohne seine Äußerung zu erklären, ging er tiefer in den Garten, wo die Damen saßen. Die Herren standen, und in ihrer Mitte trug Pellerin seine Ideen vor. Am besten war für die Kunst eine weise Monarchie. Die heutige Zeit ekelte ihn an, »schon wegen der Nationalgarde«; er trauerte um das Mittelalter, um Ludwig XIV. Herr Roque beglückwünschte ihn zu solchen Ansichten und gab zu, daß sie seine vorgefaßten Meinungen von den Künstlern entkräfteten. Doch schon verschwand er, durch die Stimme Fumichon's angelockt. Während Arnoux behauptete, es gebe zweierlei Sozialismus, einen guten und einen schlechten, war für den Industriellen alles dasselbe. Schon bei dem Wort Eigentum wurde er wie toll. »Es ist ein von der Natur geschriebenes Gesetz. Die Kinder lassen Ihr Spielzeug nicht. Alle Völker bestätigen das, alle Tiere; der Löwe sogar, könnte er reden, würde sagen, er sei Eigentümer. Ich, meine Herren, habe mit fünftausend Francs Kapital angefangen. Dreißig Jahre, wissen Sie, bin ich jeden Tag um vier Uhr morgens aus dem Bett! Ich habe mich teufelsmäßig geplagt und gerackert, um mein Vermögen zu sammeln. Und da will man mir vormachen, ich sei nicht der Herr, mein Geld sei nicht mein Geld, nun also kurz, Eigentum sei Diebstahl!«

»Aber Proudhon . . .«

»Verschonen Sie mich mit Ihrem Proudhon! Wenn er hier wäre, wer weiß, ich könnte ihn erwürgen!«

Er hätte ihn erwürgt. Besonders nach den Likören war Fumichon entfesselt; und sein apoplektisches Antlitz drohte zu platzen wie eine Bombe.

»Guten Abend, Arnoux«, sagte Hussonnet, der flink über den Rasen schritt. Er brachte Herrn Dambreuse den ersten Bogen einer Broschüre ›Die Hydra‹; denn der Bohémien verteidigte die Interessen eines reaktionären Zirkels, und der Bankier stellte ihn in dieser Eigenschaft seinen Gästen vor.

Hussonnet ergötzte sie, indem er zuerst witzelte, die Talghändler bezahlten dreihundertzweiundneunzig Straßenlümmel, damit sie allabendlich schrien: »Lampions her!« Dann verspottete er die Prinzipien von 1789, die Befreiung der Neger, die Redner der Linken. Er wagte es sogar, die Figur des Spießers Prudhomme zu karikieren, »Prudhomme auf der Barrikade«, vielleicht aus jungenhaften Neid gegen diese Bourgeois, die ein gutes Diner hinter sich hatten. Der Scherz fand dürftigen Beifall. Man machte lange Gesichter.

Es war auch nicht der Moment, um zu spaßen. Nonancourt sagte es und erinnerte an den Tod des Erzbischofs Affre und des Generals de Bréa. Stets wurde dieser beiden gedacht; und man zog Folgerungen aus der Nennung ihrer Namen. Herr Roque erklärte das Sterben des Geistlichen für »das Erhabenste, was es gibt«, Fumichon spendete dem Militär die Palme; und anstatt die Morde einfach zu beklagen, erörterte man sie, um zu ergründen, welcher die stärkere Entrüstung hervorrufen werde. Ähnlich debattierte man über den Rang von Lamoricière und Cavaignac, wobei der Bankier Cavaignac und Nonancourt Lamoricière verherrlichte. Niemand in der Gesellschaft, außer Arnoux, hatte ihren Operationen zusehn können. Dennoch besaßen alle ein endgültiges Urteil über ihre Taktik. Frédéric sagte, er könne kaum mitstimmen, und verschwieg nicht, daß er nicht gefochten habe. Der Diplomat und Frau Dambreuse nickten ihm erfreut zu. Kampf gegen den Aufruhr hieß Kampf für die Republik. Die Entscheidung, obzwar günstig, befestigte sie; und jetzt, wo man die Besiegten los war, wäre man gern Sieger gewesen.

Gleich beim Betreten des Gartens hatte Frau Dambreuse sich Cisy's bemächtigt und ihn wegen seiner Mißgriffe gescholten. Als Martinon nahte, verabschiedete sie ihn. Dann fragte sie ihren künftigen Neffen nach dem Grund seiner Scherze über den Vicomte.

»Grund? Den hatte ich nicht.«

»Und alles nur zu Ehren von Herrn Moreau? Zu welchem Zweck denn?«

»Zu gar keinem. Frédéric ist ein entzückender Mensch. Ich schwärme für ihn.«

»Ich auch. Er soll zu mir kommen. Holen Sie ihn mir!«

Nach zwei oder drei nichtssagenden Phrasen begann sie damit, daß sie ihre Gäste ein bißchen herabsetzte, was ihn über die anderen erhöhte. Auch er hechelte ein wenig. Ab und zu verließ sie ihn, es war ein Empfangsabend, sie mußte neuen Besucherinnen entgegengehn. Dann kehrte sie auf ihren Platz zurück, und da die Korbsessel ganz willkürlich im Garten verstreut standen, hatten sie keine ungebetenen Horcher neben sich.

Sie war heiter, ernst, melancholisch und besonnen. Die Obliegenheiten des Alltags beschäftigten sie in sehr geringem Maße; es gab wertvollere Empfindungen. Sie tadelte die Dichter, die nicht wahr sind wie die Natur; dann schaute sie zum Himmel empor und wollte den Namen eines Sternes von ihm wissen.

Man hatte in den Bäumen einige chinesische Laternen aufgehängt; sie schwankten im Wind, bunte Strahlen bebten auf ihrem weißen Kleid. Sie lehnte sich, wie sie es oft tat, in ihrem Stuhl nach hinten und hatte sich einen Schemel unter die Füße geschoben; man sah die Spitze ihres Schuhs von schwarzem Satin. Und dann und wann hob Frau Dambreuse ihre Stimme, oder sie lachte auf.

Dieses Geplänkel reizte nicht Martinon, der sich Cécile widmete, aber es beunruhigte die kleine Roque, die mit Frau Arnoux plauderte. Sie war die einzige unter diesen Damen, so schien es, die sie nicht verächtlich musterte. Sie hatte sich zu ihr geflüchtet; und in einem Drang, jemandem ihr Herz aufzutun, fragte sie:

»Nicht, er ist doch interessant, Frédéric Moreau?«
»Sie kennen ihn?«
»Oh, sehr gut! Wir sind Nachbarn, er hat, als ich noch klein war, mit mir gespielt.«
Frau Arnoux warf ihr einen langen Blick zu, der sagte: Lieben Sie ihn etwa? Und der Blick des jungen Mädchens erwiderte ohne Scheu: Ja, ich liebe ihn.
»Dann sehen Sie ihn wohl häufig?«
»Oh nein! nur wenn er zu seiner Mutter fährt. Jetzt war er zehn Monate nicht bei ihr. Und er hatte versprochen, eher dort zu sein.«
»Den Versprechungen von Männern darf man nicht allzusehr glauben, mein Kind.«
»Mich hat er nicht betrogen!«
»Wie andere!«
Louise zuckte: Sollte er auch ihr etwas versprochen haben? Ihr Antlitz krampfte sich vor Mißtrauen und Haß.
Frau Arnoux fürchtete sich fast; sie hätte ihr Wort gern zurückgenommen. Nun schwiegen sie beide.
Da Frédéric auf dem Klappsessel ihnen gegenübersaß, betrachteten sie ihn, die eine vorsichtig mit den Augenwinkeln spähend, die andere ungeniert, mit offenem Mund, so daß Frau Dambreuse zu ihm sagte:
»Drehen Sie sich doch zur Seite, damit sie Sie sehen kann!«
»Wer?«
»Na, die Tochter von Herrn Roque!« Und sie neckte ihn mit der Liebe der jungen Provinzialin. Er protestierte, zwang sich zu Gelächter. »Ist das möglich? Ich bitte Sie! Die kleine Vogelscheuche!«
Und dennoch hatte er ein maßloses Gefühl befriedigter Eitelkeit. Noch erinnerte er sich an jenen Abend, als er hier gedemütigt fortging; und frei atmete seine Brust. Er war in der für ihn geschaffenen Welt, beinahe in seinem Herrschaftsgebiet, als ob das alles, das Haus Dambreuse einbegriffen, ihm gehörte. Die Damen bildeten einen Halbkreis um ihn und lauschten. Und um

vor ihnen zu glänzen, forderte er die Wiedereinführung der Ehescheidung, die so vereinfacht werden müsse, daß man sich endlos trennen und von neuem zusammenleben könne, nach Laune. Die Damen waren empört, oder sie tuschelten; hier und da wurde unterdrückt gekichert im Schatten, an der mit Geißblatt bedeckten Mauer. Es war wie ein Gegacker lustiger Hühner; und er entwickelte seine Theorie mit der Unverzagtheit, die das Bewußtsein des Erfolgs gibt. Ein Diener brachte in die Sommerlaube eine Platte voll von Tellerchen mit Eis. Die Herren näherten sich. Sie plauderten jetzt über Verhaftungen.

Frédéric rächte sich an dem Vicomte, indem er ihm aufband, man könne ihn als Legitimisten belangen. Cisy wandte ein, er sei überhaupt nicht auf der Straße gewesen. Sein Widersacher erschreckte ihn mit allerhand Tücken des Schicksals. Sogar Herr Dambreuse und Herr von Grémonville amüsierten sich. Dann sagten sie Frédéric Höflichkeiten, bedauerten, daß er sein Talent der Partei der Ordnung vorenthalte, und schüttelten ihm herzlich die Hand; er möge hinfort auf sie rechnen. Zuletzt, als alles ging, verbeugte sich der Vicomte tief vor Cécile: »Mein gnädiges Fräulein, ich habe die Ehre, Ihnen gute Nacht zu wünschen.«

Trocken erwiderte sie: »Gute Nacht!« Und dabei lächelte sie Martinon zu.

Um seine Diskussion mit Arnoux fortzusetzen, erbot sich Papa Roque, ihn »und die gnädige Frau« zu begleiten; sie hatten denselben Weg. Louise und Frédéric schritten voraus. Sie hatte ihn untergefaßt; und als sie von den anderen schon ziemlich entfernt waren, sagte sie: »Ach, endlich, endlich! Was habe ich den ganzen Abend gelitten! Wie boshaft die Frauen sind! Wie hochnäsig!«

Er wollte sie verteidigen.

»Ja, und du konntest mich doch ansprechen, wie du eingetreten bist, nachdem du mich ein Jahr nicht gesehen hast!«

»Es ist noch kein Jahr«, entgegnete Frédéric, froh, daß diese Einzelheit falsch war und er so den übrigen ausweichen konnte.

»Und wenn schon! Mir schien die Zeit eben lang! Aber bei dem scheußlichen Diner mußte ich fast glauben, daß du dich meiner schämtest. Ach, ich weiß, ich bin nicht raffiniert genug, um so wie sie zu gefallen.«

»Du irrst dich«, sagte Frédéric.

»Ist das wahr? Schwöre mir, daß du keine von ihnen liebst!«

Er schwor es.

»Und daß du mich allein liebst?«

»Bei Gott!«

Sie war über seine Beteuerung glücklich. Sie hätte sich mit ihm in den Straßen verlieren, die ganze Nacht sich herumtreiben wollen. »Ich hatte in Nogent solche Angst um dich! Man sprach nur von Barrikaden! Ich sah dich schon blutüberströmt niedertaumeln. Deine Mutter lag mit ihrem Rheuma zu Bett. Sie wußte von gar nichts. Ich sollte schweigen! Ich konnte nicht mehr! Da habe ich Catherine mitgenommen.« Und sie erzählte ihm ihren Aufbruch, ihre ganze Reise und die Lüge, die sie ihrem Vater gesagt hatte. »In zwei Tagen soll ich mit ihm heim. Komme morgen abend wie von ungefähr und bitte ihn bei der Gelegenheit um meine Hand.«

Nie hatte Frédéric eine Heirat weniger erwogen. Im übrigen schien ihm Fräulein Roque eine ziemlich lächerliche kleine Person. Welcher Gegensatz zu Frau Dambreuse! Eine völlig andere Zukunft harrte seiner. Die Gewißheit trug er heute in sich; darum war dies auch nicht der Moment, sich in einer Herzenswallung durch einen so gewichtigen Entschluß festzulegen. Jetzt mußte er ein Mann ruhiger Überlegung sein; und dann – er hatte Frau Arnoux wiedergesehn. Er fragte: »Bist du dir denn über diesen Schritt klar?«

»Wie?« rief sie, zu Eis erstarrt vor Überraschung und Unwillen.

Er sagte, jetzt zu heiraten, sei Wahnsinn.

»Dann willst du mich nicht?«

»Aber du mißverstehst mich!« Und er begann ein verworrenes Gerede, um ihr zu erläutern, daß ihn höhere Rücksichten hemmten, daß er Affären über Affären auf dem Halse habe, daß sogar die Sicherheit seines Vermögens erschüttert sei (Louise schnitt ihm den Satz mit einem einzigen Worte ab), und daß die politische Konstellation noch Hindernisse vorbereite. Es sei am vernünftigsten, sich etwas zu gedulden. Bald werde sich alles regeln; zum mindesten hoffe er es. Und da er keinen Grund mehr fand, tat er so, als erinnere er sich plötzlich, daß er seit zwei Stunden bei Dussardier hätte sein müssen. Dann sagte er den Herrschaften Adieu, entschwand in die Rue Hauteville, schwenkte um das Théâtre du Gymnase herum wieder auf den Boulevard und lief im Hause Rosanette's die vier Treppen hinan.

Herr und Frau Arnoux verließen den Papa Roque und seine Tochter an der Ecke der Rue Saint-Denis. Auf ihrem Rückweg waren sie stumm; er, weil er schon zu viel geschwatzt hatte, und sie aus großer Müdigkeit; sie lehnte sich sogar an seine Schulter. Er war an diesem Abend der einzige Mensch gewesen, der ehrenhafte Anschauungen geäußert hatte. Sie war für ihn voller Nachsicht. Er jedoch hatte etwas wie Groll gegen Frédéric. »Hast du seine Miene gesehn, als das Bild erwähnt wurde? Ich hatte doch recht, sie ist seine Mätresse! Du wolltest es mir nicht glauben!«

»Ja, du hattest recht!«

Arnoux begnügte sich mit diesem Triumph noch nicht. »Ich wette sogar, er ist eben verduftet, nur um zu ihr zu gehn. Er ist schon bei ihr oben. Er schläft heute nacht bei ihr.«

Frau Arnoux zog sich die Kapuze über die Stirn.

»Du zitterst ja!«

»Mich friert«, entgegnete sie.

Sobald ihr Vater eingeschlummert war, trat Luise in das Zimmer Chaterines und rüttelte sie. »Schnell, auf! Na, schneller! und suche einen Fiaker!«

Catherine antwortete ihr, daß so spät keiner mehr aufzutreiben sei.

»Dann komme du selber mit mir!«

»Wohin denn?«

»Zu Frédéric!«
»Das ist doch nicht zu machen! Weshalb denn?«
Sie wollte mit ihm sprechen. Sie konnte nicht warten. Sie mußte sofort zu ihm.
»Was denken Sie sich nur! Mitten in der Nacht so in ein Haus eindringen! Und jetzt schläft er auch!«
»Ich wecke ihn!«
»Aber das schickt sich nicht für ein Fräulein!«
»Ich bin kein Fräulein! Ich bin seine Frau! Ich liebe ihn! Vorwärts, nimm dein Tuch!«
Catherine stand neben ihrem Bett und sann nach. Dann weigerte sie sich.
»Gut, so bleib du hier! Ich gehe!«
Louise glitt wie eine Schlange auf die Treppe hinaus. Catherine stürzte ihr nach und holte sie auf dem Trottoir ein. Ihre Vermahnungen waren nutzlos; und sie folgte ihr und band sich inzwischen das Kamisol zu. Der Weg schien ihr äußerst lang. Sie jammerte über Schmerzen in ihren alten Beinen. »Ich habe auch nicht die Kraft wie so ein verliebtes junges Ding!« Dann wurde sie gerührt. »Armes Herzchen! Deine Catherine brauchst du ja doch noch!« Von Zeit zu Zeit regte sich ihr Gewissen. »Ein schöner Streich, bei dem ich Ihnen helfen soll! Wenn nun Ihr Vater aufwacht! Gott im Himmel, wenn das kein Unglück gibt!«
Vor dem Théâtre des Variétés hielt eine Patrouille der Nationalgarde sie an. Louise sagte gleich, sie müsse mit ihrer Magd nach der Rue Rumfort, einen Arzt holen. Man ließ sie durch.
An der Madeleine trafen sie eine zweite Patrouille, und als Louise dieselbe Antwort gab, fragte ein Bürger: »Wegen so einer Neunmonatskrankheit, was, Miesekatze?«
»Gougibaud!« rief der Hauptmann, »im Dienst keinen Unfug mit Weibern! Meine Damen, passieren Sie!«
Trotz der Warnung feuerte man noch eine Salve von Witzen hinter ihnen her: »Viel Vergnügen!« »Einen Gruß an den Herrn Doktor!« »Laßt euch nicht vom Wolf fressen!«
»Sie spaßen gern«, sagte Catherine, daß es weit zu hören war.

»Ja, ja, die Jugend!«
Endlich kamen sie zu Frédéric's Haus. Louise zerrte mehrmals mit Wucht an der Klingel. Dann gähnte in der Tür ein Spalt, und als sie fragte, erwiderte der Portier: »Nein!«
»Aber er muß doch schon lange zu Bett sein!«
»Ich sage Ihnen: nein! Seit fast drei Monaten schläft er hier nicht!« Und das kleine Fenster der Loge klappte zu wie eine Guillotine.
Sie standen in der finsteren Torwölbung. Eine wütende Stimme schrie sie an: »Hinaus!«
Die Tür öffnete sich wieder. Sie gingen.
Louise mußte sich auf einen Prellstein setzen; und sie weinte, den Kopf in den Händen, bitterlich, aus vollem Herzen. Der Tag dämmerte, Marktwagen knarrten vorüber.
Catherine geleitete sie, stützte sie, sagte ihr alle Tröstungen, die ihre Erfahrung sie lehrte. Man solle sich um einen Liebsten nicht so grämen; war es nicht der, so war es ein anderer.

3

Als der Enthusiasmus Rosanette's für die Mobilgarde verraucht war, wurde sie noch reizender als jemals; und sacht gewöhnte sich Frédéric daran, bei ihr zu leben.
Die behaglichsten Stunden des Tages waren die am Morgen auf dem Balkon. In einem Jäckchen von Batist, bloßfüßig in ihren Pantoffeln, flatterte sie hin und her, sie reinigte den Käfig ihrer Kanarienvögel, gab ihren Goldfischen Wasser und harkte mit einer Feuerzange in ihrer mit Erde gefüllten Blumenkiste, aus der sich an einem Gitter Kapuzinerkresse die Mauer emporrankte. Dann legten sie sich auf die Balkonbrüstung und betrachteten zusammen die Kutschen, die Fußgänger; und sie genossen das Licht der Sonne und entwarfen Pläne für den Abend. Höchstens zwei Stunden blieb er fort. Dann besuchten sie irgendein Theater und saßen in der Proszeniumsloge; Rosanette, ein großes Blu-

menbukett in der Hand, hörte den Instrumenten zu, während Frédéric sich zu ihrem Ohr beugte und ihr heitere und galante Dinge erzählte. Dann wieder fuhren sie in einer Kalesche ins Bois de Boulogne. Dort schlenderten sie bis gegen Mitternacht umher. Dann kehrten sie durch den Arc de Triomphe und die Avenue zurück und genossen die Nachtluft. Über ihren Köpfen schimmerten die Sterne, und soweit man sah, glühten all die Gaslaternen wie eine doppelte Schnur von Lichtperlen.

Frédéric mußte immer warten, wenn sie ausgehen wollten. Rosanette verwendete viel Zeit darauf, die Bänder ihres Kapotthuts um ihr Kinn zu schlingen; und sie lächelte vor ihrem Spiegelschrank sich selbst zu. Dann schob sie seinen Arm unter den ihren und zwang ihn, sich neben ihr im Spiegel zu besichtigen.

»Wir sind ein hübsches Paar, nicht? Ach, mein Lieber, ich könnte dich auffressen!«

Er war jetzt ihre Sache, ihr Eigentum. Sie hatte darüber auf ihrem Gesicht ein ständiges Strahlen, indes sie schmachtender in ihren Bewegungen schien, runder in ihren Formen; und ohne zu wissen, warum, fand er sie verändert.

Eines Tags teilte sie ihm als sehr erhebliche Neuigkeit mit, Herr Arnoux habe einer früheren Arbeiterin seiner Fabrik ein Wäschemagazin eingerichtet; er sei jeden Abend bei ihr und gebe viel aus, erst in der vorigen Woche habe er ihr Möbel von Palisander geschenkt.

»Woher weißt du das?« fragte Frédéric.

»Oh, ich weiß es ganz genau.« Delphine hatte in ihrem Auftrag sich erkundigt.

Dann liebte sie also den Arnoux, wenn sie sich so sehr mit ihm befaßte! Er versetzte nur: »Was geht das dich an?«

Rosanette war über seine Frage offenbar erstaunt. »Aber die Kanaille hat mir noch Geld zurückzuzahlen! Ist es nicht ein Skandal, wenn man so sieht, wie er Dirnen aushält!« Und mit einer Wollust des Hasses: »Von der kriegt er Hörner! Sie hat drei andre neben ihm! Desto besser! Und wenn sie seinen letzten Heller schluckt, dann lache ich!«

Es stimmte, daß Arnoux sich mit der Nachsicht seniler Verliebtheit von dem Weib aus Bordeaux hochnehmen ließ. Seine Fabrik stockte; seine ganze materielle Situation war kläglich. Um wieder hochzukommen, hatte er an die Gründung eines *Café chantant* gedacht, in dem nur patriotische Lieder gesungen werden sollten; wenn der Minister ihm einen Zuschuß bewilligt hätte, wäre das Etablissement ein Mittelpunkt der Propaganda und eine Goldquelle geworden. Infolge des Regierungswechsels war das undurchführbar. Jetzt hing er dem Traum von einer großen militärischen Hutfabrik nach. Es fehlte ihm Kapital, um anzufangen.

Auch in seiner Häuslichkeit hatte er kein Glück. Seine Frau war zu ihm nicht mehr so sanft wie einst, mitunter etwas schroff. Marthe stand immer auf der Seite ihres Vaters. Das vertiefte die Mißhelligkeiten, und das Familienleben wurde für ihn qualvoll. Oft ging er schon morgens fort, brachte den Tag mit Geschäftsgängen hin, um sich zu betäuben, speiste in einem Wirtshaus vor der Stadt, saß und grübelte.

Die lange Abwesenheit Frédéric's störte ihn. So erschien er eines Nachmittags, bat, ihn wie ehemals zu besuchen, und erhielt dieses Versprechen.

Frédéric konnte sich nicht überwinden, zu Frau Arnoux zurückzukehren. Es war ihm, als sei er des Liebesverrats schuldig. Aber diese Einstellung war zu feige. Er mußte schon hin zu ihr. Und eines Abends machte er sich auf den Weg.

Da es regnete, trat er in der Passage Jouffroy unter. Da kam im Licht des Schaufensters ein kleiner Dicker mit einer Mütze an ihn heran. Unschwer erkannte Frédéric Compain, jenen Redner, dessen Darlegungen im Klub ein solches Gelächter entfacht hatten. Er lehnte sich auf den Arm eines Menschen mit roter Zuavenkappe, sehr gedehnter Oberlippe, einer Haut vom Gelb der Apfelsine und mit spitzem Knebelbart, der ihn mit vor Bewunderung triefenden Augen anstarrte.

Compain war sichtlich stolz darauf, denn er sagte: »Ich stelle Ihnen diesen Burschen vor! Er ist ein Freund von mir, ein Schu-

ster, ein Patriot! Trinken wir einen?« Als Frédéric dankte, donnerte er ohne Verzug gegen den Antrag Rateau's, ein Manöver der Aristokraten. Ein kurzer Prozeß war notwendig, ein zweites 1793! Dann fragte er nach Regimbart und einigen anderen, auch nach berühmten Leuten wie Masselin, Sanson, Lecornu, Maréchal und einem gewissen Deslauriers, der in dem Fall der unlängst in Troyes abgefangenen Karabiner kompromittiert war. All das war für Frédéric neu. Compain wußte nichts Genaueres. Als er ging, fragte er ihn: »Auf bald, nicht, Sie zählen doch dazu?«
»Zu was?«
»Zum Kalbskopf?«
»Zu welchem Kalbskopf?«
»Ach, Sie Schlingel!« sagte Compain und hieb ihm auf den Bauch. Und die beiden Terroristen verschwanden in ein Café.
Zehn Minuten später dachte Frédéric nicht mehr an Deslauriers. Er stand vor einem Haus in der Rue Paradis, auf dem Trottoir; und er sah im zweiten Stockwerk, hinter Vorhängen, das Licht einer Lampe.
Endlich stieg er die Treppe hinauf. »Ist Herr Arnoux da?«
Das Stubenmädchen antwortete: »Nein, aber treten Sie bitte näher!« Und brüsk öffnete sie eine Tür: »Gnädige Frau, Herr Moreau!«
Sie erhob sich, bleicher als ihre Halskrause. Sie zitterte. »Was verschafft mir die Ehre ... eines so unerwarteten Besuchs?«
»Nichts! Es ist nur das Vergnügen, alte Freunde wiederzusehn.« Und indem er sich setzte: »Wie geht es dem guten Arnoux?«
»Er ist wohl. Er ist nicht zu Hause.«
»Ah, ich verstehe! So wie er es immer des Abends tat; ein bißchen Zerstreuung!«
»Warum nicht? Nach einem Tag im Büro müssen die Gedanken sich ausruhen.« Sie lobte sogar den Fleiß ihres Mannes.
Das erbitterte Frédéric. Er deutete auf ihre Knie, auf ein Stück schwarzen Tuchs, das dort lag, mit blauen Litzen: »Was arbeiten Sie da?«

»Ich schneidre eine Weste für meine Tochter zurecht.«
»Ach ja, ich sehe sie nicht, wo ist sie denn?«
»In einer Pension«, erwiderte Frau Arnoux. Tränen traten ihr in die Augen; sie drängte sie zurück und stach mit der Nadel heftig in den Stoff.
Er hatte, um sich eine Haltung zu geben, eine Nummer der ›Illustration‹ von dem Tisch neben ihr genommen. »Die Karikaturen von Cham sind scherzhaft, nicht wahr?«
»Ja.«
Dann versanken sie abermals in ihr Schweigen.
Plötzlich klirrten die Fenster von einem Windstoß. »Was für ein Sturm!« sagte Frédéric.
»Gewiß, es ist sehr liebenswürdig von Ihnen, daß Sie bei diesem gräßlichen nassen Wetter gekommen sind.«
»Oh, mir ist das einerlei! Ich bin nicht wie andere, die deshalb ihre Rendezvous versäumen.«
»Welche Rendezvous?« fragte sie arglos.
»Sie erinnern sich nicht?«
Sie erschauerte und bog den Kopf hinab. Er berührte sanft ihren Arm. »Ich versichere Ihnen, daß ich durch Sie viel leiden mußte!«
Sie entgegnete mit einer Klage in der Stimme: »Ich hatte Furcht für mein Kind!« Und sie schilderte ihm die Krankheit des kleinen Eugène und alle Ängste jenes Tages.
»Dank, Dank, ich zweifle nicht mehr! Ich liebe Sie wie immer!«
»Nein, das ist nicht wahr!«
»Wieso?«
Sie betrachtete ihn kalt. »Sie vergessen die andere! Die, mit der Sie zum Rennen fahren! Die Frau, deren Bild Sie haben, Ihre Geliebte!«
»Nun ja!« rief Frédéric. »Ich leugne nichts! Ich bin ein elender Mensch! Hören Sie!« Wenn er sie genommen hatte, so war es in der Verzweiflung geschehen, war es etwas wie ein Selbstmord. Er habe sie auch sehr unglücklich gemacht, um seine eigne

Schmach an ihr zu rächen. »Begreifen Sie nicht, welche Folter das ist?«

Frau Arnoux wandte ihr schönes Antlitz ihm zu und reichte ihm die Hand; und sie schlossen die Augen, von einer Trunkenheit entrückt, die ein süßes, unendliches Wogen war. Dann betrachteten sie sich, Auge in Auge, ganz nahe.

»Konnten Sie glauben, daß ich Sie nicht mehr liebte?«

Sie erwiderte leise, voll Zärtlichkeit: »Nein, trotz allem, tief in meinem Herzen habe ich empfunden, das könne nicht sein, und eines Tages werde das, was uns trennte, sich in Nichts auflösen!«

»Und ich auch! Ich sehnte mich nach Ihnen zu Tode!«

»Einmal«, fuhr sie fort, »bin ich im Palais Royal an Ihnen vorbeigegangen!«

»Wirklich?« Und er sagte ihr, welche Freude er gefühlt habe, als er sie bei den Dambreuses wiedersah. »Doch wie habe ich Sie an diesem Abend, als wir gingen, gehaßt!«

»Sie Armer!«

»Mein Leben ist so leer!«

»Und meines! Wäre es nur der Gram, die Sorge, die Erniedrigung, alles, was ich als Gattin und Mutter meiner Kinder zu erdulden habe, ich würde nicht seufzen, da wir ja sterben werden. Das Gräßliche ist nur meine Einsamkeit, ohne irgend jemanden . . .«

»Ich bin doch da, ich!«

»O ja!« Ein Schluchzen der Hingabe durchbebte sie. Sie breitete ihre Arme; und stehend umklammerten sie sich, in einem langen Kuß.

Der Parkettboden krachte. Eine Frau war eingetreten, Rosanette. Frau Arnoux hatte sie erkannt. Ihre Augen prüften sie, weitaufgerissen, überrascht und voll Unwillens. Dann begann Roseanette: »Ich möchte geschäftlich mit Herr Arnoux sprechen.«

»Er ist nicht zu Hause, das sehen Sie doch.«

»So ist es richtig«, entgegnete die Marschallin. »Ihr Mädchen hat es mir gesagt. Bitte tausendmal um Verzeihung.« Und sie wandte sich an Frédéric: »Du bist hier?«

Dieses Duzen in ihrer Gegenwart traf Frau Arnoux wie ein Schlag ins Gesicht. »Er ist nicht zu Hause, ich sage es Ihnen nochmals!«
Rosanette blickte um sich und fragte ihn gelassen: »Kommst du mit heim? Ich habe unten einen Fiaker.«
Er tat, als höre er nicht.
»Nun komm schon!«
»Ja, es ist eine gute Gelegenheit! So gehn Sie! Gehn Sie!« sagte Frau Arnoux.
Sie gingen. Sie neigte sich über die Rampe, um ihnen nachzusehn; und ein scharfes, grelles Lachen fiel von droben auf sie herab. Frédéric stieß Rosanette in den Fiaker, setzte sich ihr gegenüber und sprach unterwegs kein Wort.
Den Schimpf, der zurückprallend ihn beschmutzte, hatte er selbst heraufbeschworen. Er spürte zugleich die Schande einer zerschmetternden Demütigung und die Wehmut über den Verlust seines Glücks; jetzt, wo er es endlich hielt, war es auf immer unmöglich geworden – durch dieses Weib da, diese Dirne, diese Hure. Er hätte sie erdrosseln können; er erstickte. Als sie in ihrer Wohnung waren, schleuderte er seinen Zylinder auf einen Schrank, zerrte seine Krawatte herunter.
»Da hast du ein sauberes Stückchen geliefert, das weißt du doch!«
Sie stellte sich stolz vor ihn hin. »Nun, und? Was ist denn Böses dabei?«
»Du spionierst mir nach!«
»Bin ich daran schuld? Warum vertreibst du dir die Zeit mit den anständigen Frauen?«
»So oder so! Ich will nicht, daß du unverschämt zu ihnen bist!«
»Inwiefern war ich unverschämt?«
»Damals, auf dem Champ de Mars ...«
»Ach, du langweilst mich mit deinen alten Verhältnissen!«
»Elende Person!« Er hob die Faust.
»Töte mich nicht! Ich bin schwanger!«
Frédéric wich zurück. »Das ist gelogen!«

»Aber sieh mich doch an!« Sie nahm einen Leuchter und zeigte ihm ihr Gesicht: »Kennst du das?« Mit kleinen gelben Flecken war ihre seltsam gedunsene Haut besät. Frédéric bestritt den Augenschein nicht. Er öffnete das Fenster, schritt hin und her und sank in einen Sessel.

Dieses Ereignis war ein Unglück, das zuerst ihren Bruch aufschob und dann alle seine Pläne umstürzte. Die Idee seiner Vaterschaft war für ihn grotesk, er konnte sie nicht zulassen. Doch warum? Wenn statt der Marschallin . . .? Und seine Träumerei wurde so tief, daß eine Art von Halluzination ihn anwandelte. Dort, auf dem Teppich, vor dem Kamin, sah er ein kleines Mädchen. Es glich Frau Arnoux und ein wenig ihm selbst, braun und weiß, mit schwarzen Augen, sehr großen Brauen und einem roten Band in ihrem lockigen Haar. (Oh, wie hätte er dieses Kind geliebt!) Es war ihm, als rufe es ihn: »Papa! Papa!«

Rosanette, die sich entkleidet hatte, näherte sich ihm, sah an seinen Wimpern eine Träne und küßte ihn voll Ernst. Er stand auf: »Gott, man wird sie schon nicht umbringen, deine Range!«

Nun schwatzte sie los. Sicher würde es ein Knabe werden, und Frédéric solle er heißen. Jetzt schon wollte sie Säuglingswäsche kaufen. Und da er sie so beseligt sah, hatte er mit ihr Erbarmen. Sein Zorn war jetzt verflogen, und er fragte sie, weshalb sie denn zu Arnoux gegangen sei. Fräulein Vatnaz hatte ihr heute einen seit langem fälligen Wechsel gesandt; sie war zu ihm geeilt, um Geld von ihm zu fordern.

»Ich hätte dir doch gegeben!« sagte Frédéric.

»Es war viel einfacher, was mein ist, mir zu holen und der anderen ihre tausend Francs zu zahlen.«

»Ist das wenigstens alles, was sie dir geliehen hat?«

Sie antwortete: »Ja.«

Am nächsten Abend um neun Uhr (diese Stunde hatte ihm der Portier bezeichnet) suchte Frédéric die Vatnaz auf. Im Vorzimmer stolperte er gegen dicht gedrängte Möbel. Aber ein Stimmenschwall und Musik führten hin. Er machte eine Tür auf und sah sich unverhofft inmitten einer Gesellschaft. Vor dem Piano, auf dem ein bebrilltes Fräulein klimperte, stand Delmar, würdig wie ein Pontifex, und deklamierte ein an die ganze Menschheit sich wendendes Gedicht über die Prostitution; und seine hohle Stimme rollte, von den Akkorden getragen. An der Wand saß eine Reihe von Frauen, die Mehrzahl in dunklen Gewändern, ohne Hemdkragen und Manschetten. Fünf oder sechs Männer, allesamt Denker, waren auf Stühlen verteilt. In einem Sessel hockte ein ehemaliger Fabeldichter, eine Ruine; und der beißende Geruch der beiden Lampen mischte sich mit dem Aroma der Schokolade, die die Tassen auf dem Spieltisch füllte.

Fräulein Vatnaz, um ihre Hüften eine orientalische Schärpe geschlungen, lehnte in einer Ecke des Kamins; Dussardier ihr gegenüber, mit befangener Miene. Auch machte diese künstlerische Umgebung ihn scheu.

War es zwischen Delmar und der Vatnaz aus? Vielleicht nicht. Doch schien sie auf den braven Jungen eifersüchtig. Als Frédéric sie um eine kleine Unterredung bat, winkte sie Dussardier, er solle mit ihnen kommen. Nach Zahlung der tausend Francs verlangte sie noch Zinsen.

»Das ist doch gar nicht die Mühe wert!« sagte Dussardier.

»Sei still!«

Diese Feigheit eines so tapferen Mannes war Frédéric lieb, als rechtfertige sie die seine. Er nahm den Wechsel mit, und von dem Auftritt bei Frau Arnoux wurde nicht mehr gesprochen. Doch seitdem offenbarten sich unverhüllt alle Fehler der Marschallin. Sie war unverbesserlich geschmacklos, unbegreiflich faul, unwissend wie eine Wilde, so daß sie meinte, der Doktor Desrogis sei ein berühmter Mann; sie war stolz darauf, ihn und seine Gattin zu empfangen, weil sie »verheiratete Leute« waren. Pedantisch schulmeisterte sie Fräulein Irma, ein armes, mit einer leisen Stimme begabtes Geschöpf, dessen Gönner ein »feiner Herr« war, ein gewesener Zollbeamter, der allerhand Kartenkniffe wußte; Rosanette nannte ihn »mein dickes Hundetier«. Auch der mechanische Gebrauch einzelner Worte ärgerte Frédéric, wie »Ja, Kuchen!«, »Pfeif drauf!«, »Du ahnst es nicht!«, und sie ließ nicht davon ab, jeden Morgen, mit einem Paar alter weißer Handschuhe bewehrt, den Staub von ihren Nippes zu wischen. Verdruß hatte er namentlich über ihre Manieren gegen ihre Zofe, die ihren Lohn immer zu spät bekam, und von der sie sich sogar Geld borgte. An den Tagen, wo sie abrechnete, zankten sie sich wie Fischweiber; dann versöhnten sie sich unter Küssen. Das Alleinsein mit Rosanette wurde trübselig. Es war für Frédéric eine Erquickung, als die festlichen Abende bei Frau Dambreuse wieder begannen.

Sie zum wenigsten fesselte ihn. Sie kannte die Intrigen der Gesellschaft, die Abberufungen und Berufungen der Diplomaten, die Modeschneiderinnen; und wenn sie einmal sich abgenutzter Wortwendungen, wie sie in den Salons üblich sind, bediente, so tat sie es in so unpersönlicher Form, daß ihre Redeweise für eine herablassende Höflichkeit oder für Ironie gelten konnte. Man mußte sie inmitten von zwanzig plaudernden Menschen sehen, wie sie niemanden vergaß, die Antworten erzielte, die sie wünschte, die gefährlichen umging. Ganz einfache Dinge, die sie erzählte, wurden zu Vertraulichkeiten, ihre leisestes Lächeln lockte zu Träumen. Ihr Reiz war, wie der gewählte Duft, der um sie schwebte, vielfach zusammengesetzt und unfaßbar. Wenn Frédéric sich bei ihr aufhielt, hatte er jedesmal das Vergnügen einer Entdeckung; und doch fand er immer wieder dieselbe Klarheit in ihr, gleich dem Glanz durchsichtigen Wassers. Doch weshalb zeigte sie eine solche Kälte gegen ihre Nichte? Sie warf ihr mitunter seltsame Blicke zu.

Sobald von der Heirat gesprochen wurde, hatte sie Herrn Dambreuse auf die schwache Gesundheit des »teuren Kindes« verwiesen und war sofort mit ihr in den Badeort Balaruc gereist. Bei ihrer Rückkehr hatte sie bald diesen, bald jenen neuen Vorwand erhoben: der junge Mann war ohne Stellung, die große Liebe schien nicht ernsthaft, man verlor nichts, wenn man wartete. Martinon hatte erwidert, daß er warten werde. Sein Betragen war hervorragend. Er sang Frédéric's Lob. Und mehr noch: Er unterrichtete ihn über die Mittel, Frau Dambreuse zu gefallen, deutete sogar an, daß er die Empfindungen der Tante durch die Nichte erfahren habe.

Herr Dambreuse war weit davon entfernt, Eifersucht zu bekunden; im Gegenteil, er war zu seinem jungen Freund höchst artig, zog ihn in verschiedenen Angelegenheiten zu Rat und sorgte sich um seine Zukunft. Eines Tags, als der Name von Papa Roque genannt wurde, flüsterte er ihm mit schlauer Miene ins Ohr: »Das war gescheit von Ihnen.« Und Cécile, Miss John, die Bedienten, der Portier, alle in diesem Hause verwöhnten ihn.

Jeden Abend war er dort, ließ er Rosanette allein. Ihre kommende Mutterschaft stimmte sie nachdenklich, sogar ein wenig traurig, als ob Unruhe sie quäle. Wenn er sie fragte, erwiderte sie nur: »Du irrst dich. Ich fühle mich wohl.«

Sie hatte seinerzeit fünf Wechsel unterschrieben; und da sie dies Frédéric nach der Einlösung des ersten nicht zu sagen wagte, hatte sie sich nochmals zu Arnoux begeben. Er verpfändete ihr brieflich ein Drittel seines Gewinns aus der Gasbeleuchtung der Städte im Languedoc (einer hervorragenden Spekulation!) und empfahl ihr, vor der Generalversammlung der Aktionäre keinen Gebrauch davon zu machen. Diese wurde von Woche zu Woche aufgeschoben.

Indessen mußte die Marschallin Geld haben. Sie wäre eher gestorben, als daß sie Frédéric darum gebeten hätte. Sie wollte keines von ihm. Es hätte der Liebe, die ihn und sie vereinigte, geschadet. Er bestritt die Kosten des Hausstands; aber die Monatsmiete für eine kleine Kutsche und andere Opfer, die er zu bringen hatte, seitdem er der Gast der Dambreuses war, hinderten ihn, für Rosanette mehr zu leisten. Ein paarmal glaubte er, wenn er früher als sonst die Wohnung wieder betrat, die Rücken von Männern zwischen den Türen verschwinden zu sehn; und oft ging sie aus und weigerte sich zu sagen, wohin. Frédéric war nicht darauf erpicht, nachzuforschen. An einem dieser Tage würde er zu einem definitiven Entschluß gelangen. Er träumte von einem anderen Leben, das amüsanter und vornehmer sein sollte; und mit diesem Ideal wurde er nachsichtiger gegen das Haus Dambreuse.

Es war eine intime Filiale der Rue de Poitiers. Er traf dort den großen M. A., den gefeierten B., den tiefen C., den beredten Z., den fabelhaften Y., die alten Tenöre des Linken Zentrums, die Paladine der Rechten, die Burggrafen der Mitte, die ewigen würdevollen Dummköpfe der Komödie. Er war verdutzt über ihre abscheuliche Sprache, ihre Kleinlichkeit, ihre Rankünen, ihren schlechten Willen – alle diese Menschen, die für die Verfassung gestimmt hatten, waren jetzt bestrebt, sie zu zerstören; und sie waren sehr betriebsam, schrieben Manifeste, Pamphlete, Biographien; die Fumichon's von Hussonnet war meisterhaft. Nonancourt widmete sich der Propaganda auf dem Lande, Herr von Grémonville bearbeitete den Klerus, Martinon warb unter den jungen Bourgeois. Jeder betätigte sich nach seinem Können; sogar Cisy. Er hatte jetzt ernste Interessen und fuhr den ganzen Tag in seinem Kabriolett hin und her, für die Partei.

Herr Dambreuse folgte wie ein Barometer stets den letzten Schwankungen der Politik. Wenn man Lamartine erwähnte, so zitierte er mit Sicherheit das Wort eines Volksmannes: »Genug der Leier!« Cavaignac war in seinen Augen nur noch ein Verräter. Der Präsident, den er drei Monate lang bewundert hatte, sank jetzt allmählich in seiner Achtung (er fand, der habe nicht die »nötige Energie«); und da er immer einen Retter forderte, gehörte seine Anerkennung seit der Affäre des Konservatoriums Changarnier: »Gott sei Dank, Changarnier ... Hoffen wir, daß Changarnier ... Oh, nichts zu fürchten, solange Changarnier ...«

Man pries vor allem Herrn Thiers wegen seines Buches gegen den Sozialismus, in dem er sich ebenso als Denker wie als Schriftsteller bewährte. Man lachte schallend über Pierre Leroux, der in der Kammer Bruchstücke aus den Werken des Philosophen deklamierte. Man spaßte über die ›Queue‹ der Genossenschaften. Man beklatschte den *›Foire aux Idées‹* und verglich die Autoren mit Aristophanes; Frédéric ging wie die anderen hin.

Das politische Geschwätz und das gute Essen stumpften seinen Geist ab. So nichtssagend die Leute ihm schienen, war er doch stolz darauf, unter ihnen zu sein, und begehrte innerlich die Wertschätzung der Bürger. Eine Geliebte wie Frau Dambreuse, so rechnete er, würde sie ihm verschaffen.

Er tat nun alles, was er hierzu tun konnte. Er kreuzte bei der Promenade ihren Weg, er verfehlte nicht, sie in ihrer Loge im Theater zu begrüßen; und da er wußte, wann sie in der Kirche war, stellte er sich in der Pose der Schwermut hinter einen Pfeiler. Über Käufe von Kuriositäten, über Konzerte und die Musik, die man gab, über Bücher und Zeitschriften, die er ihr lieh, sandten sie sich ständig kleine Karten zu. Außer dem abendlichen Besuch machte er ihr bisweilen einen anderen des Nachmittags; und jedesmal erhob sich in ihm zunehmende Freude, wenn er nacheinander das Portal, den Hof, den Vorraum, die beiden Salons durchschritt und schließlich in ihrem Boudoir ankam, das verschwiegen war wie ein Grab und schwül wie ein Alkoven, in dem man an die Sitzpolster der Möbel stieß und vielerlei Dinge, gehäuft waren; Putztischchen, Ofenschirme, Becher und Teller aus Lack, Schildpatt, Elfenbein, Malachit, kostbare und oft erneuerte Bagatellen. Auch kunstloser Zierat war da: drei Strandkiesel von Etretat, die als Briefbeschwerer dienten, eine über einen chinesischen Wandschirm gehängte friesische Haube. Und dennoch war in allem Harmonie. Man staunte sogar über die Noblesse der Gesamtwirkung, die vielleicht durch die Höhe der Zimmerdecke bedingt war, die reiche Pracht der Portieren und die langen, über die goldenen Stäbchen der Sessel herabwehenden Seidenfransen.

Sie lag fast immer auf einem niedrigen Kanapee nahe dem Blumentisch, der die Fensternische schmückte. Er saß auf dem Rand eines dicken Rundsofas und huldigte ihr mit den feinsten Komplimenten; und sie betrachtete ihn, etwas von der Seite, lächelnden Mundes.

Er las ihr Gedichte vor und sprach sie mit aller Hingabe der Seele, um sie zu rühren und zu blenden. Sie unterbrach ihn mit einer absprechenden Bemerkung oder einer praktischen Beobachtung; und immer von neuem glitt ihr Geplauder in die ewige Frage der Liebe hinüber. Sie wollten ergründen, was sie verursachte, ob sie bei den Frauen tiefer sei oder den Männern, inwiefern ein Wesensunterschied der Geschlechter sich feststellen lasse. Frédéric war bemüht, seine Äußerungen so zu halten, daß er dabei sowohl Plumpheit wie Fadheit vermied. Es wurde ein Kampf, der ihm mitunter aber auch langweilig wurde.

Er geriet durch sie nicht in eine Verzückung seines ganzen Wesens wie durch den Zauber, der von Frau Arnoux ausging; und auch nicht in jenen fröhlichen Leichtsinn, in den ihn Rosanette anfangs versetzt hatte. Doch er begehrte sie, weil der Gedanke, sie zu besitzen, durch seine Anormalität ihn reizte, weil sie schwer zu erringen war, weil sie eine Dame der Gesellschaft und weil sie fromm war; und er glaubte, sie werde ihn durch aparte Gefühle überraschen, so selten wie ihre Spitzen, mit Amuletten auf der nackten Haut und schamvoll in der Schamlosigkeit.

Er bediente sich seiner alten Leidenschaft. Als ob sie ihn dazu inspiriere, sagte er ihr alles, was früher Frau Arnoux in ihm erregt hatte, sein Schmachten, seine Ängste, seine Träume. Sie duldete das wie jemand, der an solche Verehrung gewöhnt ist; sie wies ihn nicht ab und gewährte ihm doch keine Gunst. Und ihm gelang es so wenig, sie zu verführen, wie es Martinon gelang, Cécile zu heiraten. Um den Liebhaber ihrer Nichte loszuwerden, beschuldigte sie ihn, er trachte nach Geld, und bat sogar ihren Gatten, ihn zu erproben. Herr Dambreuse teilte also dem jungen Manne mit, Cécile sei das verwaiste Kind armer Eltern und habe demnach weder eine »Hoffnung« noch eine Mitgift. Ob nun Martinon dieser Erklärung nicht traute oder schon zu weit war, um sein Wort zurückzuziehen, oder ob ihn jene idiotische Starrköpfigkeit verwandelte, die bisweilen genial ist, er erwiderte jedenfalls, sie würden mit seinem väterlichen Vermögen, einer Rente von fünfzehntausend Francs, auskommen. Er verhieß ihm die Kaution eines Steuerdirektors und erbot sich, ihm zu diesem Posten zu verhelfen; und im Mai 1850 heiratete Martinon Fräulein Cécile. Auf einen Hochzeitsball wurde verzichtet. Die jungen Leute reisten noch am selben Abend nach Italien. Am nächsten Tag stattete Frédéric Frau Dambreuse einen Besuch ab. Sie schien ihm blasser als sonst. Mit Bitterkeit widersprach sie ihm in zwei oder drei gleichgültigen Dingen. Übrigens seien alle Männer Egoisten.

Manche könnten doch auch zärtlich lieben; und mindestens sei er so.

»Ach was, Sie sind wie die andren!« Ihre Augenlider waren rot; sie weinte. Dann erzwang sie ein Lächeln: »Verzeihen Sie! Ich bin im Unrecht. Mir war eben schmerzlich zumute!«

Er verstehe das nicht, meinte er; und er sagte sich: Sie ist doch schwächer, als es den Anschein hat.

Sie läutete nach einem Glas Wasser, trank einen Schluck, schickte es wieder hinaus und klagte, daß sie elend bedient werde. Um sie zu zerstreuen, scherzte er, er wolle ihr Diener sein, er habe Talent dazu, Teller zu reichen, Möbel abzustauben, Herrschaften anzukündigen, kurz, er sei ein vortrefflicher Kammerdiener oder auch Chasseur, obzwar das nicht mehr modern sei. Er wollte hinten auf ihrem Wagen stehn mit einem Hut, an dem Hahnenfedern baumelten. »Und wie majestätisch würde ich zu Fuß Ihnen folgen, Ihr Hündchen auf dem Arm!«

»Sie sind heute sehr lustig!« sagte Frau Dambreuse.

Ob es nicht Wahnsinn sei, fuhr er fort, alles ernst zu nehmen? Es gebe schon genug Verdruß; wozu ihn sich selbst bereiten? Nichts sei so wertvoll, daß man ihm nachtrauern müsse. Frau Dambreuse hob die Brauen, als ob sie das irgendwie bejahe.

Diese innere Übereinstimmung erhöhte Frédéric's Verwegenheit. Durch seine Irrtümer von einst war er jetzt hellsichtig. Er fing wieder an: »Unsre Voreltern hatten mehr Lebenskunst. Warum soll man nicht dem Drang in uns gehorchen?« Die Liebe sei doch, alles in allem, nicht so maßlos wichtig.

»Aber das ist ja unmoralisch, was Sie da reden!«

Sie hatte sich wieder auf dem Kanapee hingestreckt. Er setzte sich an den Rand, ihr zu Füßen. »Ja, sehen Sie nicht, daß ich mich verstelle? Denn wer den Frauen gefallen will, muß die Rolle eines oberflächlichen Narren spielen oder die Raserei der Tragödie. Sie spotten unser, wenn wir ihnen einfach sagen, daß wir sie lieben. Ich finde, daß durch diesen Überschwang, an dem sie sich ergötzen, die wahre Liebe entweiht wird, so daß man unsicher ist, wie man sie bekennen soll, zumal einer Frau, die ... Geist hat.«

Sie blickte ihn mit halbgeöffneten Augen an. Er beugte sich zu ihrem Mund vor und raunte: »Ja, ich habe Furcht vor Ihnen! Erzürne ich Sie etwa? Verzeihung! Ich wollte alles das ja nicht sagen! Es ist nicht meine Schuld! Sie sind so schön!«

Frau Dambreuse schloß die Augen ganz, und er war überrascht von der Leichtigkeit seines Sieges. Das weiche Rauschen in den großen Gartenbäumen verstummte. Unbewegliche Wolken bildeten lange rote Streifen am Himmel, und es war, als stehe die Welt still. Da hatte er die verworrene Erinnerung an ähnliche Abende mit demselben Schweigen. Wo konnte er sie erlebt haben?

Er kniete vor Frau Dambreuse nieder, ergriff ihre Hand und schwor ihr ewige Liebe. Als er sich verabschiedete, winkte sie ihm noch einmal zurück und sagte leise: »Kommen Sie heute zum Diner! Wir sind ungestört!«

Frédéric schritt die Treppe hinab; und es war ihm, als sei er ein andrer Mensch geworden, als walle um ihn die balsamische Luft des Treibhauses, als trete er nun völlig in die obere Gesellschaftsschicht der patrizischen Ehebrüche und der großen Intrigen ein. Um in ihr einen ersten Platz zu erobern, bedurfte man eines Weibes wie dieser Frau hier. Machtsüchtig ohne Zweifel und voll Energie, neben einem mittelmäßigen Gatten, den sie durch außerordentliche Dienste gefördert hatte, verlangte sie jetzt, so schien es ihm, nach einem Starken, der sie leitete. Nichts war für ihn hinfort unmöglich. Er fühlte, daß er fähig war, auf dem Pferd zweihundert Meilen zu galoppieren, mehrere Nächte hintereinander zu arbeiten, ohne daß er ermattete; das Herz pochte ihm vor ungebärdigem Stolz.

Vor ihm auf dem Trottoir ging ein Mann in einem schäbigen Überrock, mit gesenktem Kopf und in so niedergeschlagener Haltung, daß Frédéric sich nach ihm umdrehte. Der andere sah auf. Es war Deslauriers. Er zögerte. Frédéric umarmte ihn stürmisch. »Ach, alter Junge! Du bist es!« Und er schleppte ihn nach Hause und überhäufte ihn mit Fragen.

Der Exkommissar Ledru-Rollin's erzählte zuerst, welches Ungemach er erlitten habe. Da er den Konservativen die Brüderlichkeit predigte und den Sozialisten die Achtung vor den Gesetzen, hatten jene mehrmals auf ihn geschossen, diese einen Strick gebracht, um ihn zu hängen. Nach dem Juni hatte man ihn brutal fortgejagt. Er hatte sich in ein Komplott gestürzt, das mit den in Troyes beschlagnahmten Karabinern. Man hatte ihn aus Mangel an Beweisen freigelassen. Dann hatte der Aktionsausschuß ihn nach London gesandt, wo er sich mit seinen Brüdern auf einem Bankett ohrfeigte. Nach Paris zurückgekehrt . . .

»Weshalb bist du nicht zu mir gekommen?«

»Du warst immer abwesend. Dein Portier tat so geheimnisvoll, ich wußte nicht, was ich davon zu denken hatte; und dann wollte ich nicht als Besiegter wieder vor dir erscheinen.«

Er hatte an die Türen der Demokratie geklopft und war willens gewesen, ihr mit Feder und Wort, mit seinen Fähigkeiten zu dienen. Überall verschmähte man ihn, man mißtraute ihm. Er hatte sich seiner Uhr, seiner Bibliothek, seiner Wäsche entäußert. »Man möchte lieber mit Sénécal auf den abgetakelten Kriegsschiffen in Belle-Isle krepieren!«

Frédéric, der an seiner Krawatte zupfte, war von dieser Nachricht nicht sehr bewegt. »Ach, er ist deportiert, der gute Sénécal?«

Deslauriers betrachtete mit neidischem Blick die Wände: »Es hat nicht jeder das Glück wie du!«

»Du verargst es mir nicht«, sagte Frédéric, der die Anzüglichkeit überhörte, »aber ich bin zum Diner geladen. Man wird dir zu essen geben; bestelle dir nur, was du willst! Schlafe in meinem Bett . . .«

Vor einer so unbegrenzten Herzlichkeit löste sich in Deslauriers der Groll. »Dein Bett? Dann würde ich dich doch genieren!«

»Ich habe andre Betten!«

»Ach so«, erwiderte der Advokat und lachte. »Wo dinierst du denn?«

»Bei Frau Dambreuse.«

»Sollte etwa sie . . .«

»Du bist zu neugierig«, sagte Frédéric mit einem Lächeln, das den Argwohn bestätigen mußte. Dann sah er nach der Stutzuhr und setzte sich nieder. »Ja, so ist es, nur nicht verzweifeln, alter Volkstribun!«

»Bei Gott, nein! Sollen andre sich dazu hergeben!« Der Advokat haßte jetzt die Arbeiter, weil er in seinem Bezirk, einem Kohlenrevier, durch sie viel ausgestanden hatte. Jede Grube hatte eine provisorische Regierung ernannt, von der er Befehle empfing. »Sie haben sich überall famos betragen: in Lyon, in Lille, in Havre, in Paris! Denn nach dem Muster der Fabrikanten, die den Ausschluß der fremdländischen Waren erzielen wollen, sind diese Herren für den Boykott der englischen, deutschen, belgischen und savoyischen Arbeiter! Und ihre Intelligenz? Und was für einen Nutzen hatten sie unter der Restauration von ihren großartigen Arbeitervereinigungen? 1830 sind sie in die Nationalgarde eingetreten und waren zu unvernünftig, um sie zu beherrschen! Sind nicht 1848, gleich am nächsten Tag, die Zünfte mit eigenen Fahnen aufmarschiert? Sie wollten sogar eigne Abgeordnete haben, die nur für sie zu sprechen hätten! So wie die Abgeordneten der Runkelrübe nur für die Runkelrübe da sind. Ach, ich hab genug von dem Gesindel, das bald vor dem Schafott Robespierre's im Staub liegt, bald vor den Stiefeln des Kaisers oder dem Schirm Louis-Philippe's, diesem Pack, das immer dem anhängt, der ihm Brot in den Rachen wirft! Man schreit über die Käuflichkeit von Talleyrand und Mirabeau. Aber der Dienstmann da unten würde das Vaterland um fünfzig Centimes verkaufen, wenn er statt dessen drei Francs für den Gang erhielte!

Ach, wie falsch war das alles! Wir hätten Europa an allen vier Ekken anzünden sollen!«

Frédéric erwiderte: »Der Funke fehlte! Ihr wart nichts als Spießer, und die besten von euch waren Schulmeister! Die Arbeiter haben schon Grund zur Klage; denn außer der einen Million, die ihr von der Zivilliste gestrichen und mit der niedrigsten Schmeichelei ihnen aufgenötigt habt, habt ihr ihnen nur lauter Phrasen geschenkt! Der Arbeitgeber hat noch immer das Arbeitsbuch in Händen, und der Lohnangestellte ist, sogar vor der Justiz, seinem Herrn unterlegen, weil seinem Wort nicht geglaubt wird. Die Republik scheint mir schon überaltert. Wer weiß, ob nicht der Fortschritt nur durch eine Aristokratie oder einen einzelnen zu verwirklichen ist? Die Initiative geht stets von oben aus. Das Volk ist unmündig, was auch gesagt werden mag.«

»Vielleicht hast du recht«, entgegnete Deslauriers.

Nach Frédéric wollte die Masse der Bürger nichts als Ruhe (er hatte im Hause Dambreuse gelernt), und alle Chancen hatten die Konservativen. Jedoch verfügte diese Partei nicht über neue Männer. »Wenn du dich bewerben wolltest, bin ich sicher ...«

Deslauriers ließ ihn nicht zu Ende kommen; er verstand ihn. Er wischte sich über die Stirn und fragte plötzlich: »Aber du? Dich hindert doch nichts? Warum solltest du nicht Deputierter werden?« Infolge einer Doppelwahl war im Aube-Bezirk eine Kandidatur frei geworden. Herr Dambreuse, der wieder in die Gesetzgebende Versammlung gewählt worden war, hatte einen andren Wahlkreis. »Soll ich mich darum kümmern?« Er kannte viele Wirte, Lehrer, Ärzte, Advokatengehilfen und deren Chefs. »Übrigens ist es nicht schwer, den Bauern alles einzureden, was man will!«

Frédéric fühlte, wie sein Ehrgeiz sich wieder entflammte.

Deslauriers bemerkte noch: »Du könntest für mich in Paris etwas finden.«

»Oh, durch Herrn Dambreuse wird das schon gehn.«

»Da wir über Kohle sprachen«, fragte der Advokat, »was wird denn aus seinem großen Verband? Eine solche Stellung müßte

ich haben: ich könnte mich nützlich machen unter Wahrung meiner Unabhängigkeit.«
Frédéric sagte ihm zu, er werde ihn innerhalb von drei Tagen zu dem Bankier bringen.
Das Diner mit Frau Dambreuse allein war ein köstlicher Genuß. Sie saß ihm gegenüber, auf der anderen Seite des Tischs, und lächelte ihm zwischen den Blumen, die in einem Korb dufteten, zu, im Schimmer der schwebenden Lampe; und da das Fenster offen blieb, sah man die Sterne leuchten. Sie plauderten sehr wenig, wohl weil sie vor sich selbst auf der Hut waren. Doch sobald die Diener ihnen den Rücken wandten, sandten sie sich mit spitzen Lippen Küsse zu. Er erzählte ihr von seiner Idee einer Kandidatur. Sie war dafür, und sie wollte sogar Herrn Dambreuse veranlassen, daß er in seinem Sinne arbeitete.
Abends erschienen einige Freunde bei der Dame des Hauses, um ihr zu gratulieren und sie zu bedauern; es müsse sie doch grämen, daß sie nun ihre Nichte entbehre. Aber es sei von dem jungen Ehepaar sehr verständig, daß es gleich fortgereist sei; »später ist es schon mißlicher, wenn erst die Kinder da sind.« Italien sei zwar nicht so, wie die Phantasie es sich ausmale. Nun, die jungen Leute waren im Alter der Illusion; und die Flitterwochen verschönten alles. Jetzt waren nur noch Herr von Grémonville und Frédéric da. Der Diplomat wollte sich nicht entfernen. Dann, um Mitternacht, erhob er sich. Frau Dambreuse gab Frédéric ein Zeichen, er solle mit ihm aufbrechen, und dankte ihm für seinen Gehorsam durch einen Händedruck, der noch gewinnender war als alles zuvor.
Die Marschallin stieß, als sie ihn wiedersah, einen Freudenschrei aus. Seit fünf Uhr wartete sie. Er entschuldigte sich, er habe für Deslauriers in einer entscheidenden Sache tätig sein müssen. Sein Gesicht strahlte vor Triumph; und dieser wirkte auf Rosanette. »Vielleicht ist es wegen deines Fracks, der dir gut steht; aber ich habe dich noch nie so schön gefunden!« In einem Rausch von Zärtlichkeit gelobte sie sich, niemals mehr anderen sich hinzugeben, was auch geschehen mochte, und wenn sie zugrunde ging.

Ihre hübschen, feuchten Augen funkelten so ungestüm, daß Frédéric sie auf seine Knie zog. Er sagte sich: Ich bin doch ein Schuft! und bewunderte dabei seine Verderbtheit.

4

Herr Dambreuse, bei dem sich Deslauriers vorstellte, erwog gerade die Wiederbelebung des Kohlenkonzerns. Doch wurde diese Verschmelzung aller Grubengesellschaften angefeindet. Man zeterte über ein Monopol, als bedürfe es nicht zur Ausbeutung solcher Lager ungeheurer Kapitalien.

Deslauriers, der eigens das Werk von Gobet und die Artikel von Chappe in der Bergwerkszeitung gelesen hatte, kannte die Frage durchaus. Er zeigte, daß das Gesetz von 1810 dem Konzessionär ein unerschütterliches Recht verlieh. Man konnte den Plan auch demokratisch färben: den Zusammenschluß der Gruben hindern wollen, war ein Attentat gegen das Genossenschaftsprinzip.

Herr Dambreuse händigte ihm Notizen zur Abfassung einer Denkschrift ein. Wie er ihn dafür bezahlen werde, darüber ließ er sich nur ungenau und desto freigebiger aus.

Deslauriers kam wieder zu Frédéric und berichtete ihm von der Konferenz. Er hatte auch, als er ging, unten an der Treppe Frau Dambreuse gesehen. »Meine Hochachtung! Sapristi!«

Dann plauderten sie über die Wahl. Irgend etwas mußte ersonnen werden.

Drei Tage später fand Deslauriers sich nochmals ein, mit einem handschriftlichen Blatt, dessen Inhalt für die Zeitungen bestimmt war, einem vertraulichen Brief, durch den Herr Dambreuse die Kandidatur ihres gemeinsamen Freundes empfahl. Wenn ein Konservativer sie unterstützte und ein Roter sie anpries, mußte sie Erfolg haben.

Wieso hatte der Kapitalist eine solche Stilübung unterzeichnet? Der Advokat hatte sie ohne das geringste Zaudern von sich aus

Frau Dambreuse vorgelegt, die sie als gut beurteilte und das andre übernahm.
Von diesem Schritt hatte Frédéric nichts gewußt; doch er billigte ihn. Dann, als Deslauriers eine Unterredung mit Papa Roque haben sollte, sagte er ihm, wie er mit Louise stehe. »Erzähle ihnen alles, was du willst, daß meine finanziellen Verhältnisse sehr durcheinandergeraten sind, daß ich sie regeln werde, daß sie jung ist und noch Zeit hat!«
Deslauriers fuhr nach Nogent; und Frédéric glaubte, sehr gescheit zu sein. Er fühlte jetzt eine Sättigung, eine tiefe Befriedigung. Seine Freude, eine reiche Dame zur Geliebten zu haben, wurde durch keinen Kontrast getrübt; seine Empfindungen waren mit der Umwelt in harmonischem Einklang. Sein Leben war nun in allem ausgeglichen.
Der größte Reiz war es wohl für ihn, Frau Dambreuse zwischen mehreren Besuchern in ihrem Salon zuzuschauen. Wenn sie formell sich neigte, träumte er von anderen Bewegungen, denen sie sich am Tag zuvor überlassen hatte. Wenn sie in kaltem Ton plauderte, erinnerte er sich an die von ihr gestammelten Liebesworte. Alle Ehrerbietung vor ihrer Sittenstrenge schmeichelte ihm, als richte sie sich an ihn; und manchmal gelüstete es ihn, zu rufen: Ich kenne sie ja besser als ihr! Mir gehört sie doch!
Ihre Beziehungen waren bald ein öffentliches Geheimnis. Den ganzen Winter über sah man ihn mit ihr in allen Gesellschaften. Er kam beinahe immer vor ihr; und dann war er Zeuge, wie sie eintrat, mit nackten Armen, in der Hand ihren Fächer, Perlen im Haar. Sie stand einen Moment auf der Schwelle (zwischen den Pfosten der Tür hob sie sich ab wie aus einem Rahmen) und blinzelte, leicht unentschlossen, mit den Augenlidern, um zu entdekken, ob er da war. Sie führte ihn in ihrem Wagen mit sich, der Regen peitschte die Fenster, wie Schatten eilten die Fußgänger durch den Straßenschlamm; und aneinandergeschmiegt beobachteten sie das alles, mit Gelassenheit und Geringschätzung. Unter dem oder jenem Vorwand blieb er noch eine gute Stunde in ihrem Boudoir.

Aus Langeweile hatte Frau Dambreuse eigentlich nachgegeben. Doch jene letzte Prüfung sollte nicht umsonst gewesen sein. Sie wollte die große Leidenschaft; sie begann ihn mit bettelnden Liebkosungen zu verwöhnen. Sie schickte ihm Blumen; fertigte ihm einen Stuhl mit Stickereien, schenkte ihm eine Zigarrentasche, ein Schreibgerät, viele kleine Dinge für den Tagesgebrauch, damit er stets die Erinnerung an sie habe. Diese. Freundlichkeiten entzückten ihn zuerst und erschienen ihm bald selbstverständlich. Sie stieg in einen Fiaker, verließ ihn am Eingang einer Passage und schlüpfte am anderen Ende aus dieser hinaus. Dann glitt sie, das Antlitz mit doppeltem Schleier bedeckt, die Mauern entlang und kam so zu der Straße, an der Frédéric als Schildwache harrte, um ihren Arm zu nehmen und sie rasch in sein Haus zu geleiten. Seine beiden Diener spazierten irgendwo, der Portier hatte etwas zu besorgen. Sie spähte umher: kein Grund zur Furcht! Und sie seufzte wie ein Verbannter, der seine Heimat wiedersieht. Durch das Glück wurden sie dreister. Ihre Rendezvous vervielfachten sich. Eines Abends erschien sie sogar plötzlich in großem Ballprunk. Diese Überraschungen konnten gefährlich werden; er tadelte ihre Unvorsichtigkeit. Im übrigen mißfiel sie ihm so; ihr zu tiefes Décolleté entblößte zu sehr ihren mageren Busen.
Er erkannte jetzt, was er sich verhehlt hatte, die Enttäuschung seiner Sinne. Dennoch heuchelte er Liebesglut; aber um von ihr durchdrungen zu werden, mußte er sich das Bild von Rosanette oder von Frau Arnoux heraufbeschwören.
In dieser Leere des Gefühls hatte er den Kopf frei; und mehr als jemals strebte er nach einer glänzenden Position. Da er eine solche Verbündete hatte, mußte er sich ihrer schon bedienen.
Eines Morgens, gegen Mitte Januar, trat Sénécal in sein Kabinett; und als Frédéric sein Erstaunen kundgab, antworte er ihm, er sei Sekretär bei Deslauriers. Er brachte einen Brief von diesem, mit guten Neuigkeiten; doch tadelte Deslauriers seine Nachlässigkeit, er müsse hinfahren. Der künftige Deputierte sagte, übermorgen werde er es tun.
Sénécal schwieg über die Kandidatur. Er sprach von sich und den

Krisen des Landes. So kläglich die Politik war, er freute sich dessen, weil man auf dem Weg zum Kommunismus war. Zunächst bahnte die Verwaltung selbst ihn an; denn täglich erweiterte sich die Staatsregie. Die Konstitution von 1848 hatte, so schwach sie war, das Eigentum nicht geschont; im Namen der Allgemeinheit durfte der Staat hinfort, was ihm paßte, sich nehmen. Sénécal erklärte sich für die Autorität; und Frédéric gewahrte in seinen Reden die Übersteigerung dessen, was er zu Deslauriers bemerkt hatte. Der Republikaner donnerte sogar gegen die Unfähigkeit der Massen. »Robespierre hat, indem er das Recht der kleinen Zahl verteidigte, Ludwig den Sechzehnten vor den Konvent geführt und das Volk gerettet. Das Ende heiligt seine Tat. Die Diktatur ist manchmal notwenig. Hoch die Tyrannei, wenn der Tyrann das Gute erzwingt!«

Ihre Diskussion dauerte lange, und als er ging, gestand Sénécal (es war wohl der Zweck seines Besuchs), Deslauriers sei in großer Unruhe über das Schweigen von Herrn Dambreuse.

Jedoch Herr Dambreuse war krank. Frédéric sah ihn Tag für Tag, da er als Intimer des Hauses zu ihm gelassen wurde. Die Absetzung des Generals Changarnier hatte den Kapitalisten sehr erregt. Noch am gleichen Abend war er von einem hitzigen Fieber befallen worden, mit solcher Atemnot, daß er nicht mehr liegen konnte. Das Schröpfen mit Blutegeln brachte ihm alsbald Linderung. Der trockene Husten verschwand, der Atem wurde gleichmäßiger. Eine Woche darauf sagte er, indem er eine Bouillon schluckte: »Jetzt ist mir besser! Aber fast war ich schon auf der großen Reise!«

»Nicht ohne mich!« rief Frau Dambreuse, was bedeuten sollte, sie hätte ihn nicht überleben können. Statt ihr zu entgegnen, ließ er über sie und ihren Geliebten ein seltsames Lächeln schweifen, in dem Resignation war, Nachsicht und Ironie und sogar ein leiser Humor, ein fast fröhlicher Hintergedanke.

Der Abfahrt Frédéric's nach Nogent widersetzte sich Frau Dambreuse; und so packte er seine Koffer und packte sie wieder aus, je nach den Schwankungen im Befinden des Kranken.

Plötzlich spie Herr Dambreuse eine Menge Blut. Die ›Fürsten der Wissenschaft‹, die man befragte, schlugen irgendein neues Mittel nicht vor. Seine Beine schwollen an, die Kräfte sanken noch mehr. Des öfteren hatte er den Wunsch geäußert, Cécile zu sehen, die in der Provinz wohnte, mit ihrem Gatten, der vor einem Monat zum Steuerdirektor ernannt worden war. Er befahl, sie kommen zu lassen. Frau Dambreuse schrieb drei Briefe, die sie ihm zeigte. Sie vertraute nicht einmal der frommen Schwester, wich keine Sekunde von seinem Bett, ging nicht mehr schlafen. Die Personen, die ihre Namen beim Portier eintrugen, sprachen in Tönen der Begeisterung von ihr; und das Straßenpublikum sah mit Respekt, wieviel Stroh unter die Fenster des Hauses geschüttet war.

Am 12. Februar um fünf Uhr brach ein erschreckendes Bluthusten bei Herrn Dambreuse aus. Der Arzt, der Dienst hatte, sagte, er sei in Gefahr. Schnell wurde ein Priester geholt.

Die Beichte ihres Gatten verfolgte Frau Dambreuse von weitem mit scharfen Blicken. Dann legte der junge Arzt ein Zugpflaster auf und wartete. Das durch Möbel verstellte Lampenlicht erhellte den Raum ungleichmäßig. Frédéric und Frau Dambreuse standen am Fuß des Bettes und betrachteten den Sterbenden. In einer Fensternische sprachen der Priester und der Arzt mit gedämpfter Stimme; die Nonne kniete und murmelte Gebete.

Endlich wurde ein Röcheln laut. Die Hände erkalteten, das Antlitz begann zu erbleichen. Manchmal atmete der Kranke gewaltsam auf, dann seltener und seltener. Zwei oder drei unklare Worte entflohen seinen Lippen, er stieß einen kleinen Seufzer aus, verdrehte die Augen, und der Kopf glitt seitlich in die Kissen.

Eine Minute lang blieben alle unbeweglich. Frau Dambreuse näherte sich und drückte ihm ohne Überwindung, in schlichter Pflichterfüllung, die Augen zu. Dann breitete sie die Arme aus, bog ihren Rumpf wie im Krampf niedergehaltener Verzweiflung und ging aus dem Zimmer, vom Arzt und von der Nonne gestützt. Eine Viertelstunde später stieg Frédéric die Treppe zu ihrem Schlafgemach hinan. Ein unnennbarer Duft erfüllte es, der zarte Hauch erlesener Dinge. Mitten auf ihrem Bett lag ein schwarzes Kleid, das vom Rosa der Seidendecke sich abhob. Frau Dambreuse stand aufrecht am Kamin. Er glaubte nicht, daß sie wilden Schmerz fühlen werde, doch dachte er, sie werde etwas traurig sein; und mit Wehmut in der Stimme fragte er sie: »Leidest du sehr?«

»Ich? Durchaus nicht!«

Als sie sich umwandte, sah sie das schwarze Kleid und untersuchte es. Dann sagte sie ihm, er solle ganz nach Belieben tun. »Rauche, wenn du magst! Du bist bei mir!« Und mit einem tiefen Seufzer: »Ach, himmlische Jungfrau! Welche Befreiung!«

Frédéric wunderte sich über ihre Worte. Er küßte ihre Hand und erwiderte: »Frei waren wir doch!«

Diese Anspielung darauf, wie bequem ihr Liebesverhältnis gewesen sei, schien Frau Dambreuse zu verletzen. »Ach, du weißt ja gar nicht, was ich für ihn getan, in welcher Angst ich immer gelebt habe!«

»Wieso?«

»Nun ja! War das denn eine ruhige Existenz für mich, immer den Bastard neben mir, ein Kind, das er mir nach fünfjähriger Ehe gebracht hat, und das ohne meine Wachsamkeit ihn zu irgendeiner Torheit verleitet hätte?« Und sie setzte ihm ihre Lage auseinander. Sie hatten eine vertragliche Ehe mit Gütertrennung geschlossen. Ihr väterliches Vermögen betrug dreihunderttausend Francs. Im Ehekontrakt hatte Herr Dambreuse ihr, für den Fall, daß sie ihn überlebte, eine Jahresrente von fünfzehntausend Francs und das Haus zugesichert. Aber bald darauf hatte er ihr doch im Testament seinen gesamten Besitz vermacht; und sie schätzte ihn, nach dem, was man bis jetzt wissen konnte, auf mehr als drei Millionen.

Frédéric's Augen wurden groß.

»Das lohnt sich schon, was? Und ich habe daran mitgearbeitet, die Summe zu mehren! Ich habe ja für mein Eigentum gekämpft. Cécile würde mich zu Unrecht beraubt haben.«

»Warum ist sie noch nicht bei ihrem Vater?« fragte Frédéric.

Frau Dambreuse schaute ihn an und erwiderte trocken: »Wie soll ich das wissen? Vermutlich, weil sie kein Herz hat! Oh, ich kenne sie! Sie wird auch keinen Heller von mir bekommen!«
Aber sie störte doch niemanden, wenigstens seit ihrer Heirat.
»Haha, ihre Heirat!« höhnte Frau Dambreuse. Sie wütete über sich selbst, daß sie dieses Frauenzimmer zu mild behandelt habe, das neidisch sei, voll Eigennutz und Hinterlist. »Alle Untugenden ihres Papas!« Sie schimpfte immer heftiger auf ihn. Ein durch und durch falscher Charakter, unbarmherzig, hart wie Stein, »ein böser Mensch, ein böser Mensch!«
Auch die Klügsten vergreifen sich manchmal. Frau Dambreuse hatte in ihrem zügellosen Haß einen solchen Fehler begangen. Frédéric, der vor ihr auf einem gepolsterten Lehnsessel saß, war empört und überlegte.
Sie erhob sich und schmiegte sich auf sein Knie. »Du allein bist gut! Ich liebe nur dich!« Indem sie ihn anschaute, wurde ihr Herz weich, eine Entspannung der Nerven trieb ihr Tränen in die Augen, und sie flüsterte: »Willst du mich heiraten?«
Er dachte zuerst an ein Mißverständnis. Dieser Reichtum betäubte ihn. Sie sagte nochmals, lauter: »Willst du mich heiraten?«
Lächelnd antwortete er jetzt: »Zweifelst du denn daran?« Hierauf regte sich Scham in ihm; und zur Buße erbot er sich selbst, bei dem Toten zu wachen. Doch da er diese fromme Empfindung zu verbergen suchte, fügte er leicht hinzu: »Es wäre wohl schicklicher.«
»Ja«, sagte sie, »kann sein, wegen des Dienstpersonals.«
Man hatte das Bett ganz aus dem Alkoven herausgerückt. Die Nonne saß am unteren Ende und zu Häupten des Toten ein Priester, ein anderer, groß, mager, mit spanischem Fanatikerantlitz. Auf dem Nachttisch, über den eine weiße Serviette gebreitet war, brannten drei Leuchter.
Frédéric nahm sich einen Stuhl und starrte den Toten an. Sein Gesicht war gelb wie Stroh, etwas blutiger Schaum stand in den Mundwinkeln. Er hatte ein Tuch um den Schädel, eine Trikot-

weste, und auf der Brust, zwischen den gekreuzten Armen, ein silbernes Kruzifix.
Es war aus, dieses hastige Leben. Wie war er in seinem Büro herumgelaufen, hatte er Ziffern untereinandergereiht, Geschäfte getätigt, Berichte gehört! Wieviel marktschreierische Reklame, wieviel Lächeln, wieviel Bücklinge! Denn er hatte Napoleon Beifall geklatscht, den Kosaken, Ludwig XVIII., 1830, den Arbeitern, allen Regierungen, und er liebte die Macht mit solcher Inbrunst, daß er, um sich verkaufen zu können, noch zugezahlt haben würde. Aber er hinterließ die Domäne La Fortelle, drei Fabriken in der Picardie, den Wald von Crancé an der Yonne, ein Pachtgut bei Orléans und beträchtliche mobile Kapitalien.
So machte Frédéric den Überschlag über sein Vermögen; und jetzt sollte es ihm zufallen. Er dachte zuerst an das, »was die Leute sagen würden«, ein Geschenk für seine Mutter, die Equipagen, die er sich anschaffen wollte, einen alten Kutscher seiner Familie, der Hausmeister bei ihm werden mußte. Die Livree würde er natürlich ändern. Den großen Salon würde er als Arbeitskabinett benutzen. Nichts hinderte ihn, drei Mauern niederreißen zu lassen und im zweiten Stockwerk eine Bildergalerie zu haben. Vielleicht konnte er auch unten ein türkisches Bad einrichten. Und wie war das Büro von Herrn Dambreuse, ein häßlicher Raum, zu verwerten?
Der Priester, der sich schneuzte, oder die Schwester, die das Kaminfeuer schürte, unterbrachen roh diese Träume. Aber die Wirklichkeit bestätigte sie: noch immer lag die Leiche da. Ihre Lider hatten sich wieder geöffnet; und die Pupillen hatten, obwohl sie in klebrigen Finsternissen verschwammen, einen rätselhaften, peinigenden Ausdruck. Frédéric wähnte ein Urteil über sich darin zu lesen, und er spürte fast Reue, denn er hatte nie über diesen Mann zu klagen gehabt, der vielmehr . . . Ach was, ein alter Schurke! sagte er sich, und er starrte ihn aus der Nähe an, um sich zu festigen, und rief ihm im Geiste zu: Nun, und? Habe ich dich getötet? Indessen las der Priester in seinem Brevier; die

Nonne schlummerte, unbeweglich; die Dochte der drei Leuchter wurden länger.
Zwei Stunden hindurch hörte man das dumpfe Rollen der Karren, die zu den Markthallen fuhren. Durch die Fensterscheiben wurde es fahler Morgen, ein Fiaker kam vorbei, eine Herde Eselinnen trottete über das Pflaster, und Gehämmer, Geschrei von Straßenhändlern, Trompetenstöße, alles verschmolz in der großen Stimme des erwachenden Paris.
Frédéric trat seine Wege an. Er ging zuerst nach der Mairie, um den Tod zu melden; dann, als der Amtsarzt ihn bescheinigt hatte, ein zweites Mal in die Mairie, um zu sagen, welchen Friedhof die Familie wählte, und um mit dem Leichenbestattungsinstitut das Nötige zu vereinbaren. Dort legte man ihm ein Schema der verschiedenen Begräbnisklassen und eine Zeichnung mit allen Angaben über die Ausschmückung vor. Wollte man einen Wagen mit Dach oder einen Wagen mit Helmzier, sollten die Mähnen der Pferde geflochten werden, die Diener Federbüsche haben? Wollte man Initialen oder Wappenschild, Trauerlampen, einen Mann mit einem Kissen für die Orden, und wieviel Wagen für die Gäste? Frédéric war großzügig; Frau Dambreuse hatte nicht die Absicht zu sparen. Dann ging er in die Kirche. Der Vikar für die Beerdigungen tadelte zuerst den Wucher der Leichenbestattungsinstitute. So war der Beamte für die Ehrendekorationen überflüssig; besser nahm man viele Kerzen. Man einigte sich über eine stille Messe mit Musik. Frédéric unterschrieb, was abgemacht wurde, mit einer solidarischen Haftung für alle Kosten. Nun wandte er sich zum Stadthaus, um einen Grabplatz zu kaufen. Für einen Platz von zwei Metern in der Länge und einem in der Breite war die Gebühr fünfhundert Francs. War es ein Grab auf fünfzig Jahre oder ohne Frist? »Aber ja, ohne Frist!« sagte Frédéric. Er war ernsthaft geschäftig und sehr beflissen. Im Hof erwartete ihn ein Steinmetz, um ihm Berechnungen und Skizzen griechischer, ägyptischer, maurischer Grabdenkmäler zu zeigen. Jedoch der Privatarchitekt von Herrn Dambreuse hatte sich schon mit der gnädigen Frau beraten; und auf dem Tisch im Ve-

stibül waren allerlei Prospekte über das Reinigen der Matratzen, die Desinfektion der Zimmer, die Arten der Einbalsamierung geschichtet.
Nachdem er gegessen hatte, mußte Frédéric nochmals wegen der Trauerkleidung der Domestiken zum Schneider, zu einem letzten Gang; denn er hatte billigere Wollhandschuhe bestellt statt der Handschuhe aus Seidengarn, die richtig waren.
Als er am nächsten Tag um zehn Uhr kam, füllte der große Salon sich schon; und fast alle sagten, indem sie sich begrüßten, mit melancholischer Stimme: »Ich habe ihn noch vor einem Monat gesehen! Mein Gott, das ist unser aller Los!«
»Ja, aber versuchen wir, daß es uns möglichst spät beschieden wird!« Dann lachte man, ein kleines zufriedenes Lachen, und begann sogar Gespräche, die dieser Veranlassung durchaus fremd waren.
Endlich erschien der Zeremonienmeister, in schwarzem Frack von französischem Schnitt und Kniehosen, mit Mantel, Trauerbinden, den Degen umgeschnallt, den Dreispitz unter dem Arm, verbeugte sich und sprach die üblichen Worte: »Wenn es den Herrschaften beliebt!« Man ging hinaus.
Auf der Place de la Madeleine war Blumenmarkt. Es war helles, lindes Wetter; und der Wind, der die Leinenzelte ein wenig zauste, blähte den Rand des ungeheuren, über das Portal gehängten schwarzen Tuchs. Dreifach prangte dort auf einem samtenen Viereck das Wappen von Herrn Dambreuse. Es war eine geballte Faust im Silberhandschuh und schwarz auf goldenem Feld, mit der Grafenkrone und der Devise: Immer voran.
Die Träger hoben den schweren Sarg die Treppenstufen hinauf, und man trat ein.
Die sechs Kapellen, der Halbkreis der Mitte und die Stühle waren mit schwarzem Stoff bespannt. Der Katafalk unter dem Chor war mit seinen großen Kerzen ein einziger Herd gelbgoldenen Feuers. An den beiden Ecken, auf Kandelabern, brannten Flammen von Weingeist.
Die vornehmsten der Trauernden nahmen am Hochaltar Platz,

die anderen im Schiff; und der Gottesdienst hub an. Bis auf wenige waren sie alle in religiösen Dingen so unwissend, daß der Zeremonienmeister hin und wieder ihnen Zeichen geben mußte, aufzustehen, zu knien, sich zu setzen. Die Orgel und zwei dunkle Kontrabässe mischten sich in die Menschenstimmen. In den Pausen, in denen sie schwiegen, hörte man das Gemurmel des Priesters am Altar; dann fingen Musik und Gesänge von neuem an. Matt fiel der Tag von den drei Kuppeln herab; jedoch durch die offene Tür flossen horizontale Bäche weißen Lichts, das alle die bloßen Köpfe traf. Und in der Luft, in halber Höhe des Schiffes, schwebte ein Schatten, verwoben mit dem Reflex des Goldes, das die Rippen der Wölbungen und das Blattwerk der Kapitäle schmückte.

Um sich abzulenken, lauschte Frédéric dem *Dies irae*; er betrachtete die Versammelten und suchte die allzu hohen Fresken zu sehen, die das Leben der Magdalena schildern. Zum Glück stellte sich Pellerin neben ihn und begann sofort über diese Gemälde eine lange Dissertation. Die Glocke läutete, und man verließ die Kirche.

Der Leichenwagen, der mit schleppenden Draperien und hohen Federbüschen aufgeputzt war, zog zum Père-Lachaise, bespannt mit vier Rappen, die Zöpfe in den Mähnen hatten und über ihren Stirnen nickende Büsche und bis zu den Hufen in weite, mit Silber bestickte Schabracken gehüllt waren. Der Kutscher, in Reitstiefeln, trug einen Dreispitz mit wehendem Kreppschleier. Vier Personen hielten die Schnüre: ein Quästor der Deputiertenkammer, ein Mitglied des Generalrats für den Aube-Bezirk, ein Vertreter der Kohlengruben – und Fumichon, als Freund. Die Kalesche des Entschlafenen und zwölf Trauerkutschen folgten. Hinter ihnen bewegten sich die übrigen Geladenen in der Mitte des Boulevards. Um all das zu sehen, machten die Passanten halt, Frauen, ihre kleinen Kinder im Arm, kletterten auf Stühle, und Leute, die in den Cafébeiseln ihren Schoppen tranken, wurden an den Fenstern sichtbar, in der Hand einen Billardstock.

Die Strecke war lang; und wie bei den zeremoniellen Gastmäh-

lern, bei denen man zuerst reserviert und dann vergnügt ist, lokkerte sich bald der allgemeine Zwang. Man plauderte nur über die Weigerung der Kammer, dem Präsidenten Gelder zu bewilligen. Herr Piscatory war zu schroff gewesen; Montalembert, »großartig wie immer«, und die Herren Chambolle, Pidoux, Creton, die ganze Kommission, hätten vielleicht sich den Herren Quentin-Bauchart und Dufour verschließen sollen.
Die Unterhaltungen setzte man in der Rue de la Roquette fort, die von Buden eingefaßt ist, in denen man nur Ketten aus buntem Glas sieht und schwarze runde Tafeln mit Ornamenten und goldenen Buchstaben; es ist, als wären es Tropfsteingrotten oder Fayencemagazine. Aber vor dem Gitter des Père-Lachaise wurden sofort alle stumm.
Die Denkmäler ragten zwischen den Bäumen, zerbrochene Säulen, Pyramiden, Tempel, keltische Dolmensteine, Obelisken, etrurische Grabkammern mit Bronzetoren. In einigen sah man Gemächer, die Friedhofsboudoirs glichen, mit ländlichen Sesseln und Klappstühlen. Spinnweben hingen in grauen Fetzen an den Kettchen der Urnen; und Staub bedeckte die künstlichen Buketts von Satinband und die Kruzifixe. Überall, zwischen den Balustraden, auf den Gräbern, waren Kränze von Immortellen und Leuchter, Vasen, Blumen, schwarze Scheiben mit geprägten Goldlettern, Gipsstatuetten: kleine Knaben oder Mädchen oder Engel, mit dünnem Messingdraht befestigt; einige haben sogar ein Zinkdach über dem Kopf. Große Seile von gesponnenem Glas, schwarz, weiß und azurblau, senken sich von den Grabsäulen bis zu den Fliesen herab in langen Schlangenwindungen. Die Sonne, die darauf schien, ließ sie zwischen den schwarzen Holzkreuzen funkeln. Der Leichenwagen bewegte sich auf den wie in einer Stadt gepflasterten Gräberstraßen dahin. Mitunter krachten die Achsen. Kniende Frauen, deren Kleid sich auf dem Rasen ausbreitete, hielten stille Zwiesprache mit den Verstorbenen. Aus dem Grün der Taxushecken stiegen weißliche Rauchwölkchen auf. Dort wurden welke Bumen, vergessene Totenspenden zu Asche.

Das Grab für Herrn Dambreuse war denen von Manuel und Benjamin Constant benachbart. An dieser Stelle senkt sich der Boden in steilem Abhang. Unter sich hat man die Wipfel grüner Bäume; in der Ferne die Schornsteine der Pumpenstation und die ganze große Stadt.

Frédéric konnte das Panorama bewundern, indes die Reden gehalten wurden. Die erste im Namen der Deputiertenkammer, die zweite für den Generalrat der Aube, die dritte für die Bergbaugesellschaft der Saône und Loire, die vierte für den Landwirtebund der Yonne; eine fünfte im Namen einer philanthropischen Stiftung. Und man wollte schon gehen, als ein Unbekannter sich anschickte, eine sechste Rede vorzulesen, im Namen der Antiquare von Amiens. Jeder benutzte die Gelegenheit, um dem Sozialismus zu fluchen, als dessen Opfer Herr Dambreuse dahingeschieden sei. Das Schauspiel der Anarchie und sein Eifer für die Ordnung hatten seine Tage abgekürzt. Man rühmte seine Bildung, seine Rechtlichkeit, seinen Großmut und sogar seine Schweigsamkeit als Volksvertreter; denn wenn er auch kein Redner war, besaß er dafür treffliche Eigenschaften, die tausendmal vorzuziehen waren, und so weiter. Das alles mit den pflichtgemäßen Worten des Gedenkens: »frühzeitiger Hingang – immerdar ihn vermissen – die ewige Heimat – Lebewohl, oder vielmehr auf Wiedersehn!« Erde polterte mit Kieselgeröll auf den Sarg; und der Tote war für diese Welt gewesen.

Man beschäftigte sich noch etwas mit ihm, als man den Friedhofshügel hinabstieg; und nun würdigte man ihn, ohne Pietätlosigkeit zu scheuen. Hussonnet, der über die Feier in den Blättern zu berichten hatte, wiederholte alle Reden und verspottete sie; denn der gute Dambreuse habe zu den korruptesten Politikern des vorigen Regimes gezählt. Dann brachten die Trauerkutschen die Herren zu ihren Berufen zurück. Die Zeremonie hatte nicht allzu lange gedauert, und man war dessen froh.

Müde fuhr Frédéric nach seiner Wohnung.

Als er am nächsten Tag im Hause Dambreuse fragte, ob die gnädige Frau schon empfange, sagte man ihm, sie arbeite unten im

Büro. Die Pappschachteln, die Schubladen waren aufgerissen, die Rechungsbücher wirr durcheinandergeworfen. Ein Bündel Papiere mit dem Titel: »Aussichtslose Forderungen« lag irgendwo am Boden; er wäre beinahe darüber gefallen und hob es auf. Frau Dambreuse verschwand in dem großen Sessel, in dem sie zusammengekauert saß.
»Nun? Wo sind Sie denn? Was haben Sie?«
Sie sprang wild empor. »Was ich habe? Ruiniert bin ich, ruiniert! Verstehst du?«
Herr·Adolphe Langlois, der Notar, hatte sie in seine Kanzlei kommen lassen und ihr ein Testament mitgeteilt, das ihr Gatte vor ihrer Ehe abgefaßt hatte. Darin vermachte er alles Cécile; und das andere Testament war verloren. Frédéric wurde sehr bleich. Sicher hatte sie schlecht gesucht?
»Dann sieh doch selbst nach!« sagte Frau Dambreuse und wies in den Raum.
Die beiden Geldschränke klafften, mit Brecheisen aufgerissen. Sie hatte das Pult, die Kästen an der Wand durchstöbert, die Strohmatten geschüttelt. Plötzlich stieß sie einen grellen Schrei aus und stürzte in eine Ecke, in der sie eine kleine Kiste mit einem Messingschloß bemerkte. Sie öffnete sie, nichts! »Oh, der Elende! Und ich habe ihn so treu gepflegt!« Sie schluchzte.
»Vielleicht ist es woanders?« meinte Frédéric.
»Nein, es war hier im Geldschrank. Ich habe es noch vor kurzem gesehn. Es ist verbrannt, bestimmt!« An einem der ersten Tage seiner Krankheit war Herr Dambreuse, um Akten zu unterschreiben, ins Büro hinuntergegangen. »Damals hat er den Streich gegen mich vollführt!«
Vernichtet sank sie wieder in einen Stuhl. Eine trauernde Mutter an einer leeren Wiege konnte nicht ergreifender in ihrem Jammer sein als Frau Dambreuse vor dem gähnenden Geldschrank. So niedrig das Motiv war, schien ihr Schmerz so entsetzlich, daß er sich bemühte, sie zu trösten; sie sei doch trotz allem nicht in Not.
»Es ist die Misere, da ich dir nun kein großes Vermögen mehr

biete!« Sie hatte noch eine Jahresrente von dreißigtausend Francs, dazu das Haus, das vielleicht achtzehn- bis zwanzigtausend wert war.
Obwohl dies für Frédéric Reichtum bedeutete, war er jäh ernüchtert. Er mußte seinen Hoffnungen entsagen, dem Leben des Genusses, von dem er geträumt hatte. Die Ehre zwang ihn, Frau Dambreuse zu heiraten. Er sann eine Minute nach; dann versicherte er zärtlich: »Du bleibst mir ja!«
Sie warf sich ihm in die Arme, und er preßte sie an seine Brust, in einer Rührung, in der zugleich ein wenig Selbstbewunderung war. Frau Dambreuse, deren Tränen nicht mehr flossen, blickte glückstrahlend zu ihm empor und hielt seine Hand: »Ach, ich habe niemals an dir gezweifelt. Ich wußte es!« Diese Vorwegnahme dessen, was er als eine schöne Tat betrachtete, erweckte Unbehagen in ihm.
Dann ging er mit ihr in ihr Boudoir, und sie erörterten ihre Pläne. Frédéric sollte jetzt an seine Karriere denken. Sie gab ihm für seine Bewerbung um das Mandat ausgezeichnete Ratschläge. Am wichtigsten war es, über zwei oder drei Phrasen der politischen Ökonomie zu verfügen. Man mußte sich eine Spezialität wählen, etwa die Pferdezucht, mehrere Artikel über eine Frage von lokalem Interesse schreiben, immer Postämter oder Tabaktrafiken zu vergeben haben, eine Menge kleiner Gefälligkeiten austeilen. Herr Dambreuse war darin musterhaft. Einmal, auf dem Lande, war er mit seinem Break, in dem lauter Parteifreunde saßen, vor der Krambude eines Schuhflickers vorgefahren und hatte für seine Gäste zwölf Paar Stiefel und für sich selbst abscheuliche Schuhe gekauft, die er in seinem Heroismus sogar vierzehn Tage lang trug. Diese Anekdote heiterte Frau Dambreuse und Frédéric auf. Sie erzählte noch mehr, mit neuer Grazie, Jugend und witziger Laune.
Sie billigte seine Idee, sofort nach Nogent zu reisen. Sie verabschiedeten sich zärtlich. Auf der Schwelle flüsterte sie nochmals: »Du liebst mich, nicht wahr?«
»Ewig!« antwortete er.

Zu Hause erwartete ihn ein Dienstmann mit einem Zettel, auf dem mit Bleistift etwas gekritzelt war, die Nachricht, Rosanette werde jede Stunde entbinden. Im Drang der letzten Tage hatte er sie völlig vergessen. Sie war in einer Privatanstalt in Chaillot. Er ließ einen Fiaker holen und fuhr hin.
An der Ecke der Rue de Marbeuf las er auf einer Tafel in großen Buchstaben: ›Klinik und Entbindungsheim von Frau Alessandri, Hebamme erster Klasse, früher Elevin der Universitätsklinik, Verfasserin mehrerer Schriften . . .‹ Dann, in der Mitte der Straße, stand auf einem Schild an der Tür, einer kleinen Zauntür, wiederum: ›Klinik von Frau Alessandri‹ und all ihre Titel, doch ohne das Wort Entbindungsheim.
Frédéric schlug mit dem Klopfer dagegen. Ein Stubenmädchen, das wie eine Lustspielzofe aussah, geleitete ihn in einen Salon, den ein Mahagonitisch schmückte, Sessel von granatrotem Velours und eine Uhr unter einem Glassturz.
Fast sofort erschien Frau Alessandri, eine große Brünette von vierzig Jahren, mit schmaler Taille und schönen Augen, weltgewandt. Sie überraschte Frédéric mit der Meldung einer glücklichen Geburt und schritt mit ihm in das Zimmer der jungen Mutter hinauf.
Rosanette lächelte ein unsagbares Lächeln; und als vergehe sie in der Flut der Liebe, die sie erstickte, sagte sie leise: »Ein Junge! Da! Da!« und zeigte auf eine Hängewiege neben ihrem Bett. Er schob die Gardinen zur Seite und sah in den weißen Kissen etwas Gelblichrotes, sehr Runzliges, das übel roch und quäkte.
»Gib ihm einen Kuß!«
Er antwortete, um seinen Widerwillen zu verbergen: »Ich fürchte aber, ich tue ihm weh!«
»Nein! Nein!«
Da küßte er sein Kind mit dem Rand seiner Lippen.
»Wie es dir ähnlich ist!« Und mit ihren beiden schwachen Händen umklammerte sie seinen Hals, in einem Strom des Gefühls, wie er ihn noch nie erlebt hatte.
Er dachte an Frau Dambreuse. Er beschuldigte sich eines unge-

heuerlichen Verrates an diesem armen Geschöpf, das in der ganzen freien Offenheit seiner Natur liebte und litt. Mehrere Tage leistete er ihr bis zum Abend Gesellschaft. Es war ihr wohl in diesem diskreten Haus. Die Fensterläden zur Straße waren sogar immer geschlossen; ihr hell tapeziertes Zimmer lag nach einem großen Park zu. Frau Alessandri, deren einziger Fehler war, daß sie von den berühmten Ärzten sprach, als sei sie mit ihnen intim, verhätschelte sie. Ihre Schicksalsgenossinnen, fast alle Fräuleins aus der Provinz, langweilten sich sehr, da niemand sie besuchte; Rosanette bemerkte, daß man sie beneidete, und sagte es Frédéric voller Stolz. Jedoch man konnte nur mit gedämpfter Stimme reden; die Zwischenwände waren dünn, und alles horchte, trotz dem unausgesetzten Geklimper auf den Pianos.

Er war nun endlich fertig zur Abfahrt nach Nogent; da kam ein Brief von Deslauriers. Zwei neue Kandidaten bewarben sich, der eine konservativ, der andere rot; ein dritter hatte, wer er auch sei, keine Aussichten. Frédéric durfte sich das selbst zuschreiben. Er hatte den günstigen Moment versäumt; er hätte eher eintreffen, sich tummeln sollen. »Nicht einmal bei der landwirtschaftlichen Preisschau warst du!« Der Advokat tadelte ihn, daß er keine Zeitung habe, die ihn unterstützte. »Hättest Du damals meinen Rat befolgt! Hätten wir ein Blatt, das uns gehörte!« Das betonte er. Übrigens würden viele Personen, die sonst aus Hochachtung vor Herrn Dambreuse ihn gewählt hätten, ihn jetzt im Stich lassen. Deslauriers war einer von ihnen. Da er von dem Kapitalismus nichts mehr zu hoffen hatte, gab er dessen Schützling preis.

Frédéric brachte Frau Dambreuse den Brief. »Du warst also nicht in Nogent?« fragte sie.

»Warum?«

»Weil ich Deslauriers vor drei Tagen gesprochen habe.« Da der Advokat von dem Tod ihres Gatten wußte, hatte er seine Notizen über die Kohlengruben an sie wieder abgeliefert und sich ihr als Geschäftsführer angeboten. Das schien Frédéric sonderbar; und was trieb sein Freund dort unten?

Frau Dambreuse erkundigte sich, wie er nach ihrer Trennung seine Zeit verwandt habe. »Ich war krank«, erwiderte er.

»Dann hättest du mich wenigstens verständigen sollen.«

»Oh, es war nicht so schlimm.« Auch hatte er eine Menge Störungen gehabt, Zusammenkünfte, Visiten.

Sein Leben war nunmehr ein Doppelleben. Er schlief mit Gewissenhaftigkeit bei der Marschallin und ging jeden Nachmittag zu Frau Dambreuse, so daß er kaum eine Mittagsstunde frei hatte.

Das Kind war auf dem Land, in Andilly. Seine Eltern besuchten es allwöchentlich.

Das Haus der Amme lag oben im Dorf, im Hintergrund eines kleinen Hofs, der finster war wie ein Brunnenschacht, mit Strohhaufen auf der Erde, scharrenden Hühnern und einem Gemüsekarren unter dem Schuppen. Rosanette begann damit, daß sie ihr Baby leidenschaftlich küßte; und in einer Raserei der Freude eilte sie hin und her, wollte die Ziege melken, aß grobes Bauernbrot, atmete den Geruch des Düngers, von dem sie am liebsten etwas in ihr Taschentuch gesteckt hätte.

Dann zerstreuten sie sich durch große Spaziergänge. Sie trat bei den Gärtnern der Baumschulen ein, pflückte die über die Mauern wachsenden Fliederzweige ab, schrie den Eseln, die vor einem Karren liefen: »Hü, Grauchen!« zu, stand still und betrachtete durch das Gitter das Innere schöner Parks. Oder die Amme nahm das Kind, man setzte es in den Schatten eines Nußbaums; und die Frauen schwatzten stundenlang die albernsten Torheiten.

Frédéric saß in ihrer Nähe und ließ seine Augen über die Vierecke der Weingärten am Abhang wandern, zwischen denen hier und da ein dicker Baum strotzte, über die staubigen Wege, die grauen Bändern glichen, die Häuser, die weiß und rot den grünen Hintergrund fleckten; und manchmal dehnte sich der Rauch einer Lokomotive am Fuß der laubbedeckten Hügel, wie eine riesige Straußenfeder, deren leichtes Ende davonflog.

Dann fiel sein Blick wieder auf seinen Sohn. Er stellte sich vor, wie er als junger Mann sein werde, er wollte ihn zu seinem Gefährten machen; aber vielleicht wurde er ein Dummkopf, sicher ein unglücklicher Mensch. Seine illegitime Geburt würde immer auf ihm lasten; besser für ihn, er wäre nicht geboren. Und Frédéric flüsterte: »Armes Kind«, das Herz von rätselhafter Traurigkeit geschwellt.

Oft verfehlten sie den letzten Zug. Dann schalt Frau Dambreuse ihn wegen seiner Unpünktlichkeit. Er erfand irgendeine Geschichte.

Er mußte es auch für die Marschallin tun. Sie begriff nicht, wie er alle seine Abende verbrachte; und wenn man zu ihm schickte, war er nie zu Hause! Als er eines Tages wirklich dort war, erschienen sie beide fast zur gleichen Minute. Er schaffte Rosanette hinaus und verbarg Frau Dambreuse, indem er jener sagte, seine Mutter werde kommen.

Bald ergötzten ihn diese Lügen. Er wiederholte der einen den Schwur, den er eben der andren geschworen hatte, sandte ihnen die gleichen Buketts, schrieb ihnen zur selben Zeit. Dann zog er Vergleiche zwischen ihnen; stets war eine Dritte in seinen Gedanken da. Die Unmöglichkeit, sie zu besitzen, rechtfertigte sein treuloses Spiel, das den Reiz durch Abwechslung verschärfte; und je mehr er eine der beiden betrog, desto mehr liebte sie ihn, als ob ihre Liebe sich gegenseitig entzündete und jede wetteifernd ihn die andre vergessen lassen wollte.

»Bewundere mein Vertrauen!« sagte Frau Dambreuse einmal zu ihm und entfaltete ein Papier, auf dem man ihr Nachricht gab, Herr Moreau lebte in ehelicher Gemeinschaft mit einer gewissen Rose Brun. »Ist das etwa die Dame, die beim Rennen war?«

»Was für ein Blödsinn!« entgegnete er. »Laß sehn!« Der Brief war in lateinischen Buchstaben geschrieben und nicht unterzeichnet. Frau Dambreuse hatte anfangs diese Mätresse geduldet, die ihren Ehebruch deckte. Als ihre Leidenschaft stärker wurde, verlangte sie Frédéric's Lossagung von ihr, die, wie er beteuerte, schon lange erfolgt war. Danach fragte sie und drückte blinzelnd ihre Augenlider zu, hinter denen ein Blick funkelte wie ein Dolch unter Musselin: »Nun, und die andre?«

»Welche andere?«
»Die Frau des Fayencehändlers!«
Er zuckte kühl die Achseln. Sie beharrte auf ihrer Frage nicht. Jedoch einen Monat später, als sie von Ehre und Loyalität sprachen und er sich (beiläufig aus Vorsicht) der seinen rühmte, sagte sie zu ihm: »Es ist wahr, du bist ehrenhaft, du gehst nicht mehr hin.«
Frédéric, der an die Marschallin dachte, stotterte: »Wohin denn?«
»Zu Frau Arnoux.«
Er bat sie flehentlich, ihr zu gestehen, von wem sie das habe. Sie hatte es von ihrer Schneiderin im zweiten Stock, Frau Regimbart.
Also kannte sie sein Leben, und er wußte nichts von dem ihren!
Er hatte jedoch in ihrem Toilettezimmer das Miniaturbild eines Herrn mit langem Schnurrbart gefunden; war es derselbe, von dessen Selbstmord man ihm einmal in Andeutungen erzählte? Aber er konnte darüber nichts mehr in Erfahrung bringen. Wozu auch? Frauenherzen sind wie jene Geheimschränkchen voll ineinandergeschachtelter Schubläden; man zerrt an ihnen, man splittert sich die Nägel ab, und dann sieht man ganz hinten eine welke Blume oder Staub – oder die Leere! Und außerdem fürchtete Frédéric, nachher zuviel zu wissen.
Sie zwang ihn, Einladungen abzulehnen, zu denen sie nicht mit ihm erscheinen konnte, hielt ihn stets neben sich, war besorgt, ihn zu verlieren – und trotz dieser tagtäglich fester werdenden Bindung taten sich plötzlich Abgründe zwischen ihnen auf, wegen irgendeiner Nichtigkeit, wegen der Einschätzung eines Menschen, eines Kunstwerks. Sie hatte auf dem Piano einen korrekten, harten Anschlag. Ihr Spiritualismus (Frau Dambreuse glaubte an eine Entrückung der Seelen nach den Sternen) hinderte sie nicht, ihre Kasse mit erstaunlicher Umsicht zu verwalten. Sie war hoffärtig gegen ihr Hausgesinde; ihre Augen blieben trocken, wenn sie die Lumpen der Armen sah. Ein naiver Ego-

ismus offenbarte sich in ihren gewohnten Redensarten: »Was geht das mich an? Da müßte ich ja schön dumm sein! Habe ich das nötig?« und tausend, nicht zu zergliedernden, sehr häßlichen Handlungen. Sie konnte hinter den Türen lauschen; sie belog sicher ihren Beichtvater. Aus Herrschsucht wollte sie, daß Frédéric sie am Sonntag in die Kirche begleitete. Er gehorchte und trug ihr das Gebetbuch.

Die Einbuße der Erbschaft hatte sie sehr verändert. Diese Merkmale eines Kummers, den man auf den Tod des Herrn Dambreuse zurückführte, machten sie interessant; und wie vordem gab sie viele Empfangsabende. Seit dem Scheitern von Frédéric's Kandidatur erstrebte sie für ihn und sich eine Gesandtschaft in Deutschland; und das erste Mittel hierzu war, sich den herrschenden Ideen anzupassen.

Die einen wünschten das Kaisertum, andre die Orléans, andre den Grafen Chambord. Doch alle waren sie sich einig über die Dringlichkeit der Dezentralisation, und man hatte da verschiedene Rezepte: Paris durch eine Menge großer Straßen zu zerteilen und so eine Vielheit von Dörfern herzustellen, den Sitz der Regierung nach Versailles zu verlegen, die Universitäten nach Bourges, die Bibliotheken zu sperren, alle Macht den Divisionsgenerälen zu überlassen; und man pries das Land, da der Ungebildete von Natur mehr Verstand habe als der Gebildete. Der Haß wucherte: Haß gegen die Volksschullehrer und gegen die Weinwirte, gegen die obersten Gymnasialklassen, gegen die Vorlesungen über Geschichte, die Romane, die roten Westen, die langen Bärte, gegen jede Freiheit, jede individuelle Kundgebung. Denn das ›Autoritätsprinzip‹ sollte errichtet werden, von wo es auch kam, wenn es nur die Kraft, die Autorität war! Die Konservativen sprachen jetzt wie Sénécal. Frédéric begriff das nicht mehr; und er fand bei seiner Mätresse dieselben Äußerungen wieder, die sie denselben Personen nachbetete.

Die Salons der Kokotten (damals gewannen sie ihren Einfluß) waren ein neutrales Gebiet, auf dem die Reaktionäre der verschiedenen Gruppen sich trafen. Hussonnet, der sich in Hohn gegen die zeitgenössischen Berühmtheiten gefiel (was der Sache der Ordnung sehr dienlich war), gab Rosanette den Wunsch ein, auch Soireen bei sich zu haben. Er wollte darüber schreiben. Er führte ihr als ersten einen gemessenen Herrn zu, Fumichon; dann kamen Nonancourt, Herr von Grémonville, Herr de Larsillois, der Expräfekt, und Cisy, der jetzt Landwirt war, Edelmann der Bretagne und christlicher als je zuvor. Ferner frühere Liebhaber der Marschallin, wie der Baron Comaing, der Graf Jumillac und andere; die Ungeniertheit ihres Gebarens ärgerte Frédéric.

Um sich als Herrn des Hauses zu erweisen, vergrößerte er den Haushalt. Man mietete einen Groom, man übersiedelte in eine neue Wohnung mit neuem Mobiliar. Dieser Aufwand konnte ihm nützen, um seine Heirat dem Stand seines Vermögens angemessener erscheinen zu lassen. Dabei schrumpfte es in erschreckendem Maße zusammen; und Rosanette kannte sich in diesen Geldfragen nicht aus.

Sie, die deklassierte Bürgerin, schwärmte für das Familienleben, ein kleines friedliches Heim. Schließlich genügte es ihr, wenn sie einen ›Jour‹ hatte. Sie sagte »diese Weiber!« von ihren Kolleginnen, wollte eine ›Dame von Welt‹ sein und glaubte, sie sei es schon. Sie bat ihn, im Salon nicht zu rauchen, und versuchte ihn des guten Tons wegen zum Fasten anzuhalten. Sie log sich in ihre Rolle hinein; denn sie wurde ernst und zeigte sogar, bevor sie mit ihm schlief, ein bißchen Melancholie, so wie düstre Zypressen an der Tür einer Weinschenke stehen.

Er entdeckte den Grund: sie träumte von Heirat – auch sie! Frédéric war erbittert darüber. Überdies erinnerte er sich an den Skandal bei Frau Arnoux; und er grollte ihr noch, weil sie ihm so lange Widerstand geleistet hatte.

Dennoch forschte er, wieviel Liebhaber sie vor ihm gehabt habe. Sie leugnete alle. Etwas wie Eifersucht überwältigte ihn. Die Geschenke empörten ihn, die man ihr früher zugeschickt hatte und noch schickte. Und je mehr sie im Tiefsten ihres Wesens ihn erbitterte, desto mehr riß eine wüste, tierische Sinnlichkeit ihn zu ihr hin, die Illusion eines Moments, die sich in Haß löste. Ihre

Worte, ihre Stimme, ihr Lächeln, alles war ihm zuwider, und besonders ihre Blicke, dieses immer klare und einfältige weibliche Auge. Oft war er so zornig, daß er sie ohne Erschütterung hätte sterben sehen können. Doch wie sollte er mit ihr brechen? Er verzweifelte über ihre Sanftmut.

Deslauriers kehrte zurück und erklärte, weshalb er in Nogent geblieben sei; er unterhandle dort wegen einer Anwaltskanzlei. Frédéric war glücklich, ihn wiederzuhaben; das war doch ein Mann: Er mußte der Dritte sein.

Der Advokat speiste manchmal bei ihnen; und wenn sich ein kleiner Zank erhob, nahm er stets für Rosanette Partei, so daß Frédéric ihm einmal sagte: »Na, schlafe doch mit ihr, wenn es dich freut!« So sehr wünschte er sich einen, der ihn dieser Bürde entledigte.

Gegen Mitte Juni erhielt sie einen Zahlungsbefehl, durch den der Gerichtsvollzieher Athanase Gautherot sie aufforderte, viertausend Francs, die sie Fräulein Clémence Vatnaz schulde, dieser zurückzuerstatten; andernfalls werde er sie am folgenden Tag pfänden. In der Tat war von den vier Wechseln, die sie ehedem unterschrieben hatte, ein einziger bezahlt; das Geld, das sie seitdem hatte auftreiben können, war für andre Bedürfnisse verbraucht worden. Sie lief zu Arnoux. Er wohnte in Faubourg-Saint-Germain; der Portier wußte die Straße nicht. Sie begab sich zu mehreren Freunden, fand keinen und kam außer sich zurück. Sie wollte Frédéric nichts sagen und zitterte, daß diese neue Geschichte ihrer Heirat schaden werde.

Zeitig am nächsten Tag erschien Herr Athanase Gautherot, flankiert von zwei Gehilfen, der eine blaß, mit einem Mardergesicht, von Neid verzehrt, der andre mit einem steifen Kragen, sehr gespannten Hosenstegen und einem Fingerling von schwarzem Taft, und beide gräßlich schmutzig, mit fettigen Rockaufschlägen und zu kurzen Ärmeln. Ihr Chef, der im Gegensatz zu ihnen ein schöner Mann war, begann damit, daß er sich wegen seiner sehr peinlichen Mission entschuldigte. Inzwischen sah er sich im Zimmer um, das »voll lauter hübscher Sachen« war, »mein

Wort!« Und er fügte hinzu: »außer denen, die man nicht beschlagnahmen darf.« Ein Wink von ihm schickte die beiden Federfuchser hinaus.

Nun verdoppelte er seine Komplimente. War es zu glauben, daß eine so . . . niedliche Person keinen ernsthaften Freund hatte? Eine behördliche Zwangsversteigerung war ein wahres Unglück! Davon erholte man sich nie. Er wollte ihr einen Schreck einjagen; dann, als er merkte, daß sie bewegt war, sprach er plötzlich in väterlichem Ton. Er kannte die Welt, er hatte mit allen diesen Damen zu tun gehabt; und indem er sie nannte, prüfte er die Bilder an der Wand. Es waren alte Gemälde aus dem Laden von Arnoux, Studien von Sombaz, Aquarelle von Burieu, drei Landschaften von Dittmer. Rosanette hatte sicher keine Ahnung von deren Preis. Gautherot sagte zu ihr: »Hören Sie! Nur um Ihnen zu zeigen, daß ich ein netter Kerl bin: überlassen Sie mir die Dittmers, und ich zahle alles. Abgemacht?«

Gerade jetzt trat Frédéric, der draußen von Delphine erfuhr, was los war, und auch die beiden Gehilfen gesehen hatte, ins Zimmer, den Hut auf dem Kopf, mit brutaler Miene. Gautherot erlangte seine Würde wieder; und da die Tür noch offen war, fing er an: »Also meine Herren, schreiben Sie! Im zweiten Raum sagte ich, ein Eichentisch mit zwei Auszugsplatten, zwei Büfetts . . .«

Frédéric unterbrach ihn mit der Frage, ob die Beschlagnahme nicht zu verhindern sei.

»Oh, gewiß! Wer hat die Möbel bezahlt?«

»Ich!«

»Gut, dann fordern Sie sie zurück, Sie gewinnen dadurch immerhin Zeit.« Schnell diktierte Gautherot das Protokoll, schrieb darunter: »Fräulein Brun beantragt vorläufige Entscheidung« und verschwand.

Frédéric ersparte Rosanette jeden Vorwurf. Er betrachtete die von den Stiefeln der Gehilfen auf dem Teppich hinterlassenen Kotspuren und sagte zu sich selbst: »Man wird Geld suchen müssen!«

»Ach Gott, bin ich dumm!« rief die Marschallin. Sie wühlte in einem Schubfach, entnahm ihm einen Brief und ging hastig ins Kontor der Gesellschaft zur Beleuchtung des Languedoc, um sich ihre Aktien überweisen zu lassen.

Nach einer Stunde kam sie wieder. Ihre Wertpapiere waren an einen andren verkauft worden. Der Beamte hatte ihre Urkunde, die schriftliche Erklärung von Arnoux, betastet und dann geäußert: »Durch diesen Schein sind Sie mitnichten Besitzerin. Die Gesellschaft weiß nichts davon.« Kurz, er hatte sie vor die Tür gesetzt, sie platzte; Frédéric solle unverzüglich zu Arnoux und ihn zur Rede stellen.

Doch er sagte sich, Arnoux könne glauben, er komme, um indirekt die fünfzehntausend Francs seiner verlorenen Hypothek beizutreiben; und dieses Vorgehen gegen einen Mann, der der Liebhaber seiner Mätresse gewesen war, dünkte ihn schimpflich. Er wählte einen Mittelweg, erkundigte sich im Hause Dambreuse nach der Wohnung von Frau Regimbart, sandte einen Dienstmann zu ihr und erhielt so die Adresse des Cafés, in dem der Bürger jetzt verkehrte.

Es war ein kleines Café an der Place de la Bastille, in dem er den ganzen Tag hockte, in der rechten Ecke und im Hintergrund, ohne sich zu rühren, als gehörte er zum Lokal. Nachdem hintereinander die Schale Kaffee sein Stammgetränk gewesen war, der Grog, der Bischof, der Glühwein und selbst Wasser mit Rotwein, war er wieder beim Bier; und alle halbe Stunde ließ er ein einziges Wort fallen: »Bock!« So hatte er seine Sprache auf das Unentbehrliche beschränkt. Frédéric fragte ihn, ob er Arnoux manchmal sehe.

»Nein!«

»So, warum nicht?«

»Ein Idiot!«

Vielleicht trennte sie die Politik; und Frédéric dachte, es sei klug, auch nach Compain zu fragen.

»Ein Vieh!« sagte Regimbart.

»Wieso?«

»Na, mit seinem Kalbskopf!«
»Ach, können Sie mir nicht sagen, was der Kalbskopf ist?«
Regimbart lächelte mitleidig. »Dummheiten!«
Nach einem langen Schweigen begann Frédéric: »Dann ist er also umgezogen?«
»Wer?«
»Arnoux!«
»Ja; Rue de Fleurus.«
»Welche Nummer?«
»Bin ich mit Jesuiten befreundet?«
»Wie, Jesuiten?«
Der Bürger versetzte zornig: »Für das Geld eines Patrioten, mit dem ich ihn bekannt gemacht habe, hat das Schwein eine Bude mit Rosenkränzen eröffnet.«
»Nicht denkbar!«
»Überzeugen Sie sich!«
Es war so. Durch einen Nervenanfall geschwächt, hatte Arnoux sich der Religion ergeben (auch war er stets im Grunde gläubig gewesen) und in der ihm eigentümlichen Verbindung von Merkantilismus und Naivität, um das Heil seiner Seele und ein Vermögen zu gewinnen, hatte er sich dem Handel mit frommen Gegenständen zugewandt.
Leicht entdeckte Frédéric sein Etablissement, auf dessen Schild zu lesen war: Gotische Kunst – Erneuerung von kirchlichen Geräten – Paramente – Polychrome Skulptur – Weihrauch der Heiligen Drei Könige, und so fort. In der Ecke des Schaufensters erhoben sich zwei Holzstatuen, roh bemalt mit Gold, Zinnober und Himmelblau; ein heiliger Johannes der Täufer in seinem Schaffell und eine heilige Genoveva, Rosen in der Schürze, eine Spindel unter dem Arm. Dann Gruppen aus Gips; eine fromme Schwester, die ein junges Mädchen lehrt, eine neben einem Bettchen niederkniende Mutter, drei Gymnasiasten vor dem Abendmahlstisch. Das Reizvollste war eine Hütte, die das Innere der Krippe darstellte, mit dem Esel, dem Ochsen und dem Jesuskind. Es lag auf Stroh. In Regalen waren von oben bis unten dut-

zendweis Medaillen gehäuft, Rosenkränze jeder Art, Weihwasserkessel in Muschelform und die Bilder der berühmten Kirchenmänner, unter denen der Erzbischof Affre und der Heilige Vater, beide lächelnd, besonders auffielen.
Arnoux schlummerte an seinem Pult, mit gesenktem Kopf. Er war erstaunlich gealtert, hatte sogar um die Schläfen einen Kranz von rosigen Pickeln, auf die der Reflex der vom Licht getroffenen goldenen Kreuze fiel.
Frédéric wurde angesichts dieses Niedergangs traurig. Aus Willfährigkeit gegen die Marschallin entschloß er sich jedoch vorzutreten. Hinten im Laden erschien Frau Arnoux. Da machte er kehrt.
»Ich habe ihn nicht gefunden«, sagte er, als er zu Rosanette kam. Umsonst versicherte er, er werde sofort von seinem Notar in Le Havre sich Geld schicken lassen; sie tobte. Nie hatte man einen so schlaffen, so weichlichen Menschen gesehn; während sie tausend Entbehrungen erduldete, taten andere sich gütlich.
Frédéric dachte an Frau Arnoux und an die herzzerreißende Armseligkeit, in der sie lebte. Er saß vor dem Sekretär; und als die schrille Stimme Rosanettes forttönte, rief er ihr zu: »Um des Himmels willen, so schweig doch!«
»Nimmst du sie etwa in Schutz?«
»Ja«, schrie er, »denn warum bist du auf einmal so erbost?«
»Und du, warum willst du nicht, daß sie zahlen? Hast du Furcht, deine ehemalige Geliebte zu betrüben? Gestehe nur!«
Er hatte Lust, sie mit der Marmoruhr zu erschlagen. Die Worte gingen ihm aus. Er verstummte. Rosanette trumpfte noch auf, indes sie im Zimmer hin und her lief: »Ich hänge ihm einen Prozeß an, deinem Arnoux! oh, ich brauche dich nicht!« Und mit verkniffenem Mund: »Ich werde mir schon Rat holen.«
Drei Tage später trat plötzlich Delphine ein. »Gnädige Frau, gnädige Frau, da ist ein Mann mit einem Leimtopf, ich habe solche Angst.« Rosanette folgte ihr in die Küche und sah einen Strolch, das Gesicht mit Blatternarben besät, an einem Arm gelähmt, zu drei Vierteln betrunken und lallend. Es war der Zettel-

ankleber des Herrn Gautherot. Da das Gericht den Einspruch gegen die Pfändung abgelehnt hatte, war die Auktion unvermeidlich. Zuerst wollte er für die Mühe, daß er die Treppe hinaufgestiegen sei, ein Glas Branntwein haben. Dann erbat er eine andere Gunst, nämlich Theaterbilletts, da er glaubte, die Dame sei Schauspielerin. Dann blinzelte er mehrere Minuten lang, ohne daß sich verstehen ließ wozu, mit den Augen. Endlich erklärte er, für zwei Francs werde er die Ecken des schon unten an der Tür angeklebten Plakats abreißen. Rosanette sah sich darauf mit ihrem wahren Namen genannt, eine besondere Härte, die den ganzen Haß der Vatnaz offenbarte.

Diese war früher einmal empfindsam gewesen und hatte in einem Herzensgram sich an Béranger um Rat gewandt. Doch vom Ungemach des Daseins war sie verbittert. Sie hatte nacheinander Klavierstunden gegeben, eine Pension mit Mittagstisch geleitet, für Modejournale geschrieben, Zimmer vermietet, in der Welt der galanten Schönheiten mit Spitzen gehandelt; und hier konnte sie durch ihre Beziehungen vielen Personen nützlich sein, auch Arnoux. Vorher hatte sie in einem Wäschehaus gearbeitet. Sie zahlte dort die Löhne der Näherinnen aus; und für jede von ihnen gab es zwei Bücher, deren eines stets in ihrer Verwahrung blieb. Dussardier, der aus Gutmütigkeit für eine gewisse Hortense Baslin abrechnete, erschien eines Tages im selben Moment an der Kasse, in dem Fräulein Vatnaz die Abrechnung für dieses Mädchen brachte, über 1682 Francs, die der Kassierer ihr auszahlte. Am Abend vorher hatte Dussardier nur 1082 Francs in das Buch der Baslin eingetragen. Er forderte es unter einer Ausflucht zurück; dann erzählte er, um die Diebstahlsgeschichte zu begraben, er habe das Buch verloren. Die Arbeiterin berichtete seine Lüge naiv der Vatnaz, die, um sich zu entlasten, mit gleichgültiger Miene zu dem braven Kommis davon sprach. Er antwortete ihr nur, er habe es ins Feuer geworfen. Bald darauf schied sie bei jener Firma aus, ohne an die Vernichtung des Buches zu glauben und in der Meinung, es sei noch in Dussardier's Händen.

Als sie hörte, er sei verwundet, war sie zu ihm geeilt, um des Dokuments wieder habhaft zu werden. Trotzdem sie mit aller ihrer Schlauheit seine Stube durchspähte, entdeckte sie nichts. Da wurde sie von Respekt vor diesem Burschen ergriffen und bald von Liebe zu ihm, der so ehrenhaft war, so sanft, so heroisch und so stark. Ein solches Glück hatte sie in ihrem Alter nicht mehr erhofft. Sie stürzte sich mit der Gier eines weiblichen Oger darauf. Sie hatte die Literatur und den Sozialismus im Stich gelassen, »die tröstenden Doktrinen und die edlen Utopien«, ihren Kursus über die Emanzipation der Frau; kurz, sie bot Dussardier an, sich mit ihr ehelich zu verbinden.

Obwohl sie seine Mätresse wurde, liebte er sie durchaus nicht. Auch hatte er ihren Diebstahl nicht vergessen. Dann war sie ihm zu reich. Er verschmähte sie. Da klagte sie ihm weinend, was ihr Traum gewesen sei; zusammen mit ihm ein Konfektionshaus zu führen. Sie besaß das unbedingt notwendige erste Kapital, das sich in der nächsten Woche um viertausend Francs vermehren werde; und sie teilte ihm mit, welchen Schritt sie gegen die Marschallin unternommen habe.

Dussardier schmerzte das wegen seines Freundes. Er erinnerte sich an die Zigarrentasche, das Geschenk auf der Polizeiwache, die Abende am Quai Napoléon, so viele gute Gespräche, geliehene Bücher, die tausend Freundlichkeiten Frédéric's. Er bat die Vatnaz, davon abzusehn. Sie spottete über seine Gutmütigkeit und bekundete gegen Rosanette einen sonderbaren Abscheu. Sie wünschte sich Vermögen auch nur deshalb, um später mit ihrer Karosse sie zu zermalmen.

Diese bodenlose Niedertracht erschreckte Dussardier; und als er den Tag der Versteigerung wußte, ging er fort. Schon am nächsten Morgen trat er in sichtlicher Befangenheit bei Frédéric ein.

»Ich habe Ihnen abzubitten.«

»Was denn?«

»Sie müssen mich für einen undankbaren Menschen halten, der ihr . . .« Er stammelte. »Oh, ich will sie nicht mehr sehen, ich will nicht ihr Mitschuldiger sein!« Und als ihn Frédéric verblüfft anschaute: »Werden nicht in drei Tagen die Möbel Ihrer Geliebten verkauft?«

»Wer hat Ihnen das gesagt?«

»Sie selbst, die Vatnaz! Aber ich fürchte mich, Sie zu beleidigen ...«

»Unmöglich, mein Freund!«

»Ah, es ist wahr, Sie sind so gut!« Und er übergab ihm mit diskreter Hand eine kleine Brieftasche von braunem Leder. Es waren viertausend Francs, seine ganzen Ersparnisse.

»Wie denn? O nein, nein!«

»Ich wußte schon, ich werde Sie kränken«, entgegnete Dussardier, eine Träne im Auge.

Frédéric drückte ihm die Hand; und mit kummervoller Stimme sagte der Brave: »Nehmen Sie! Machen Sie mir die Freude! Ich bin so verzweifelt! Und ist denn nicht alles aus? Ich dachte, als die Revolution kam, man werde glücklich sein. Erinnern Sie sich, wie schön das war! Wie man aufatmete! Aber jetzt sind wir tiefer als je gesunken.« Er starrte zu Boden: »Jetzt töten sie unsre Republik, wie sie die andre getötet haben, die in Rom, und das arme Venedig, das arme Polen, das arme Ungarn! Welche Schmach! Zuerst hat man die Freiheitsbäume gefällt, dann das Wahlrecht beschnitten, die Klubs geschlossen, die Zensur erneuert und den Unterricht den Priestern ausgeliefert, bis die Inquisition wieder da ist. Warum nicht? Manche Konservative wünschen uns die Kosaken! Man verfolgt die Zeitungen, wenn sie die Todesstrafe bekämpfen. Paris wimmelt von Bajonetten, sechzehn Departements sind im Belagerungszustand; und die Amnestie ist noch einmal verweigert worden!« Er umfaßte mit beiden Händen seine Stirn; dann reckte er wie in großem Jammer die Arme: »Und dennoch, wenn man es nur versuchte! Alle, die guten Willens sind, könnten sich verständigen! Aber nein! Die Arbeiter sind nicht besser als die Bürger, wissen Sie! Unlängst in Elbeuf haben sie bei einer Feuersbrunst nicht löschen wollen. Da gibt es miserable Kerle, die Barbès als Aristokraten behandeln! Dem Volk zum Hohn wollen sie für die Präsidentschaftskandidatur

Nadaud benennen, einen Maurer, ich bitte Sie! Und es ist keine Hilfe, keine Rettung! Die ganze Welt hat sich gegen uns verschworen! Ich habe niemals in meinem Leben Unrecht getan; und doch liegt mir das schwer auf der Brust. Ich werde noch verrückt, wenn das so fortgeht. Ich möchte mich am liebsten umbringen. Ich sage Ihnen ja, daß ich mein Geld nicht brauche. Sie werden es mir zurückzahlen, mein Gott, wenn Sie dazu imstande sind, ich leihe es Ihnen.«

Frédéric, den die Not zwang, nahm zuletzt die viertausend Francs. So hatten sie von der Vatnaz nichts mehr zu befürchten.

Aber bald darauf verlor Rosanette ihren Prozeß gegen Arnoux; und in ihrem Eigensinn wollte sie gegen das Urteil appellieren. Deslauriers quälte sich ab, ihr begreiflich zu machen, daß die Zusage von Arnoux weder eine Schenkung sei noch eine reguläre Zession. Sie hörte überhaupt nicht hin und fand das Gesetz unbillig; es liege nur daran, daß sie eine Frau sei und die Männer unter einer Decke steckten. Dann aber gehorchte sie seinem Rat.

Er genierte sich in ihrem Hause so wenig, daß er wiederholt Sénécal zum Essen mitbrachte. Diese Unbekümmertheit ärgerte Frédéric, der ihm Geld vorschoß, ihn sogar bei seinem Schneider auf seine Rechnung einkleiden ließ; und der Advokat gab seine alten Röcke dem Sozialisten, von dem man nicht wußte, wovon er lebte.

Er wollte jedoch Rosanette zu Diensten sein. Als sie ihm eines Tags zwölf Aktien der Gesellschaft zur Gewinnung von Porzellanerde zeigte, jenes Unternehmens, das Arnoux die Buße von dreißigtausend Francs eingetragen hatte, sagte er zu ihr: »Ah, das ist ja eine faule Sache! Das ist ja herrlich!« Sie war als Gläubigerin befugt, ihn vor Gericht zu laden. Sie mußte zuerst beweisen, daß er solidarisch für alle Passiva haftete, da er persönliche Schulden für Gesamtschulden erklärt hatte, und ferner, daß er der Gesellschaft mehrere Effekten unterschlagen habe. »Durch all das ist er des betrügerischen Bankerotts überführt. Artikel 586 und 587

des Handelsgesetzbuchs; und wir werden ihn hineinreiten, verlassen Sie sich darauf, meine Holde!«
Rosanette fiel ihm um den Hals. Er empfahl sie am nächsten Tag seinem ehemaligen Chef, da er selbst sich dem Prozeß nicht widmen konnte, denn er mußte nach Nogent; Sénécal sollte ihm, wenn es dringend war, schreiben.
Seine Unterhandlungen wegen des Kaufs einer Advokatenkanzlei waren nur ein Vorwand. Die ganze Zeit über hielt er sich bei Herrn Roque auf. Er führte sich damit ein, daß er nicht nur Frédéric lobte, sondern sein Gebaren und seine Redeweise möglichst nachahmte. So errang er das Vertrauen von Louise, indes er das ihres Vaters durch Ausfälle gegen Ledru-Rollin erlistete. Wenn ihr gemeinsamer Freund nicht zurückkam, so war es, weil er in der großen Welt verkehrte. Und nach und nach sagte Deslauriers ihnen, daß er jemanden liebe, daß er ein Kind habe, daß eine Dirne seine bezahlte Mätresse sei.
Die Verzweiflung von Louise war ungeheuer und nicht weniger stark die Entrüstung von Frau Moreau. Sie sah ihren Sohn in die Tiefe eines Abgrunds taumeln, war in ihrem Glauben an die guten Sitten verletzt und litt wie unter einer persönlichen Schmach. Dann plötzlich änderte sich ihre Miene. Wenn man sie nach Frédéric fragte, entgegnete sie ironisch: »Es geht ihm ausgezeichnet.« Sie wußte jetzt von seiner bevorstehenden Heirat mit Frau Dambreuse.
Der Termin war schon ziemlich festgelegt; und er suchte sogar, wie er Rosanette die Pille versüßen könne.
In der Mitte des Herbstes urteilte das Gericht in ihrem Aktienprozeß zu ihren Gunsten. Frédéric erfuhr es, als er vor seiner Tür Sénécal traf, der von der Verhandlung kam. Man hatte Arnoux aller Betrugsdelikte schuldig erkannt; und der ehemalige Unterlehrer schien dessen so froh, daß Frédéric ihn hinderte, zu Rosanette zu gehn, und versicherte, er wolle ihr das selbst sagen. Gereizt trat er bei ihr ein. »Nun bist du wohl zufrieden!«
Sie achtete nicht auf seine Worte. »Sieh doch nur!« Und sie deu-

tete auf ihr Kind, das neben dem Kamin in einer Wiege lag. Sie hatte es an diesem Morgen bei der Amme so krank vorgefunden, daß sie sofort mit ihm nach Paris zurückgereist war. Seine Glieder waren bedrohlich abgemagert und seine Lippen mit weißen Punkten bedeckt, die die Mundhöhle wie geronnene Milch überzogen.

»Was hat der Arzt gesagt?«

»Ach, der Arzt! Er sagt, die Bahnfahrt hätte seine . . . ich weiß nicht mehr, so ein Wort auf itis . . . verschlimmert, also er hätte den Schwamm. Kennst du das?«

Frédéric erwiderte ohne Zögern. »Freilich«, und er setzte hinzu, es sei keine Gefahr.

Jedoch am Abend erschreckten ihn die Schwäche des Kindes und die Vermehrung der weißlichen Flecke, die wie Schimmel aussahen, als fliehe das Leben schon aus dem armen Körperchen und hinterlasse nur eine unbeseelte Materie, in der die pflanzlichen Keime wucherten. Die Hände des Kindes waren kalt; es konnte schon nicht mehr trinken. Und die Amme, eine andre, die der Portier ganz nach dem Zufall aus einem Gesindebüro geholt hatte, meinte immer wieder: »Es steht sehr schlecht mit ihm, sehr schlecht.«

Rosanette war die ganze Nacht hindurch auf.

Am Morgen weckte sie Frédéric. »Komm doch, er bewegt sich nicht mehr.«

Das Kind war tot. Sie nahm es, schüttelte es, umklammerte es, rief es mit den süßesten Namen, bedeckte es schluchzend mit Küssen, wand sich in ihrem Schmerz, raufte sich das Haar, schrie gellend und sank auf den Diwan, auf dem sie dann kauerte, mit offenem Mund, starren Blicks, in einer Flut von Tränen. Dann verfiel sie in dumpfe Betäubung; und es herrschte Ruhe. Die Möbel waren durcheinander. Zwei oder drei Servietten lagen am Boden. Die Uhr schlug sechs. Die Nachtlampe erlosch. Frédéric sah das alles wie im Traum. Angst preßte ihm das Herz zusammen. Es schien ihm, als sei dieser Tod nur ein Vorspiel, und als nahe ein noch viel größeres Unglück.

Auf einmal fragte Rosanette sanft und zärtlich: »Wir geben ihn nicht fort, nein?«
Ihr Wunsch war, ihn einbalsamieren zu lassen. Dagegen sprachen sehr viele Gründe; am meisten, wie Frédéric einwarf, der, daß es bei so kleinen Kindern nicht gehe. Besser war ein Porträt. Sie stimmte dem zu. Er schrieb eine Karte an Pellerin, und Delphine eilte mit ihr fort.
Pellerin war rasch zur Stelle; er wollte durch diese Bereitschaft die Unzuträglichkeiten von damals vergessen machen. Er sagte, als er vor der Wiege stand: »Armes Engelchen! Mein Gott, wie traurig!« Doch dann war er wieder der Künstler; und er erklärte, er könne mit den schwarzen Ringen um die Augen, mit dem Leichengesicht nichts anfangen. Das sei etwas für Stillebenmaler, daß die Sache ein großes Talent erfordere; und er murmelte: »Nicht so einfach, nicht so einfach!«
»Wenn es ihm nur ähnlich wird«, bemerkte Rosanette.
»Oh, ich pfeife auf die Ähnlichkeit! Nieder mit dem Realismus! Man malt den Geist! Stören Sie mich nicht! Ich werde versuchen, mit der Phantasie herauszukriegen, wie das sein müßte!« Er sann nach, die Stirn in der linken Hand, die rechte am Ellbogen; und plötzlich rief er:
»Ah! Eine Idee! Ein Pastell! Mit farbigen Halbtönen, die man flach aufstreicht, nur an den Rändern kann man eine schöne Modellierung herausholen!«
Er schickte das Stubenmädchen, seinen Kasten zu holen. Dann begann er, mit einem Stuhl unter den Füßen und einem zweiten neben sich, in großen Zügen zu malen, so gelassen, als arbeite er nach einem Gipsmodell. Er pries die kleinen heiligen Johannesknaben von Correggio, die Infantin Rosa von Velazquez, das milchige Fleisch auf den Bildern von Reynolds, den Adel eines Lawrence und besonders das langhaarige Kind auf den Knien der Lady Glower. »Übrigens gibt es nichts Entzückenderes als diese kleinen Kröten! Das Urbild des Erhabenen, das hat Raffael durch seine Madonnen bewiesen, ist wohl eine Mutter mit ihrem Kind!«

Rosanette, die ein Weinen erstickte, ging hinaus; und nun fragte Pellerin:
»Sie wissen doch, was mit Arnoux passiert ist?«
»Nein! Was denn?«
»Na, einmal mußte das ja so enden!«
»Ja, was?«
»Kann sein, er ist schon ... Verzeihen Sie!« Der Künstler stand auf, um den Kopf des kleinen Leichnams höher zu schieben.
»Sie sagten?« drängte Frédéric.
Pellerin blinzelte abmessend mit den Augen. »Ich sagte, daß unser Freund Arnoux vielleicht schon im Gefängnis sitzt.« Und im Ton der Genugtuung: »Sehen Sie her! Ist das recht so?«
»Ja, sehr gut. Aber Arnoux?«
Pellerin legte seinen Farbstift hin. »Wenn ich nicht irre, hat ihn ein gewisser Mignot verklagt, ein Freund von Regimbart. Das ist ein Narr, was? Ein Idiot! Denken Sie sich, daß er einmal ...«
»Es handelt sich doch jetzt nicht um Regimbart!«
»Jawohl. Nun, bis gestern hatte Arnoux zwölftausend Francs zu zahlen, oder er war verloren.«
»Das ist vielleicht übertrieben«, sagte Frédéric.
»Nein, nicht im mindesten! Es war ernst, sehr ernst!«
In dem Moment trat Rosanette wieder ein, mit brennend roten Flecken unter den Augen wie von Schminke. Sie setzte sich neben den Karton und betrachtete ihn. Pellerin gab ein Zeichen, ihretwegen verstummte er. Doch Frédéric übersah das. »Ich kann aber nicht glauben ...«
»Ich sage Ihnen nochmals, daß ich ihn gestern abend um sieben Uhr in der Rue Jacob getroffen habe. Er hatte sogar schon zur Vorsicht seinen Paß mit; und er sprach davon, er werde sich in Le Havre einschiffen, er und seine ganze Sippschaft!«
»Wie? Mit seiner Frau?«
»Na zweifellos! Er ist ein zu guter Familienvater, um allein zu leben.«
»Sind Sie dessen sicher?«

»Mein Gott, wo soll er denn die zwölftausend Francs gefunden haben?«
Frédéric ging mehrmals durch das Zimmer. Er keuchte, er zerbiß sich die Lippen, dann griff er nach seinem Hut. »Wohin willst du?« fragte Rosanette.
Er antwortete nicht und stürzte fort.

5

Zwölftausend Francs mußte er haben, oder er sah Frau Arnoux nicht wieder; und bis jetzt war eine unbesiegbare Hoffnung in ihm verblieben. War sie nicht das Heiligtum seines Herzens? Ein paar Minuten taumelte er über den Gehsteig. Er verzehrte sich in Ängsten und war doch glücklich, nicht mehr bei der andern zu sein. Wo konnte er das Geld beschaffen? Frédéric wußte sehr wohl, wie schwer es ist, sofort und zu jedem Preis eine Summe aufzutreiben. Ein einziger Mensch konnte ihm helfen, Frau Dambreuse. Sie verwahrte stets ein paar Banknoten in ihrem Sekretär. Er suchte sie auf, und in dreistem Ton fragte er: »Kannst du mir zwölftausend Francs borgen?«
»Wozu?«
Es war das Geheimnis eines Bekannten. Sie forschte, wer es sei. Er sträubte sich. Beide beharrten sie auf ihrem Willen. Endlich beteuerte sie, sie gebe nichts, bevor sie wisse, zu welchem Zweck. Frédéric wurde über und über rot. Einer seiner Kameraden hatte einen Diebstahl begangen. Das Geld mußte noch heute zurückbezahlt werden.
»Und wie heißt er? Sein Name! Laß seinen Namen hören!«
»Dussardier.« Und er warf sich vor ihr auf die Knie und bat sie flehentlich zu schweigen.
»Was denkst du von mir?« erwiderte Frau Dambreuse. »Man möchte glauben, du seiest der Verbrecher. Laß doch das tragische Getue! Hier hast du! Und wohl bekomms!«
Er lief zu Arnoux. Der Händler war nicht in seinem Laden. Aber

er hauste noch in der Rue Paradis, denn er hatte zwei Wohnungen.
In der Rue Paradis schwor der Pförtner, Herr Arnoux sei seit gestern abend fort; über die gnädige Frau wagte er nichts zu sagen. Frédéric stieg pfeilschnell die Treppe hinauf und legte sein Ohr an das Schlüsselloch. Endlich wurde geöffnet. Die Herrschaften hatten sich zusammen entfernt. Die Zofe wußte nicht, wann sie zurückkämen. Ihren Lohn hatte sie empfangen, und sie selbst war im Begriff aufzubrechen. Plötzlich vernahm man das Knarren einer Tür. »Aber es ist doch jemand zu Hause?«
»O nein, Herr, das ist der Wind.«
Da ging er. In jedem Fall: ein so plötzliches Verschwinden war rätselhaft. Vielleicht konnte Regimbart als Mignot's intimer Freund ihm die Sache erklären. Und Frédéric ließ sich zu ihm fahren, Rue de l'Empereur.
Zu seiten des Hauses lag ein Gärtchen. Ein Gitter verschloß es, dessen Lücken mit Blechplatten verstopft waren. Ein Sockel mit drei Stufen hob die weiße Fassade; und man sah vom Trottoir zu ebener Erde zwei Stuben, die eine war ein Salon mit Kleidern auf allen Möbeln, die zweite die Werkstatt, in der die Arbeiterinnen von Frau Regimbart saßen.
Sie alle waren überzeugt, daß der Herr wichtige Beschäftigungen und große Beziehungen habe, daß er ein ganz außerordentlicher Mann sei. Wenn er durch den Flur schritt, mit seinem rundkrempigen Hut, seinem langen, ernsten Gesicht und seinem grünen Rock, so unterbrachen sie ihre Verrichtung. Auch verfehlte er nie, sie mit einem aufmunternden Wort zu beehren, einer Höflichkeit in Form einer Sentenz. Und später waren die Frauen in dem Haushalt unglücklich, weil er ihr Ideal blieb. Keine jedoch liebte ihn so wie Frau Regimbart, eine kleine intelligente Person, die ihn durch ihre Schneiderei ernährte.
Sobald Herr Moreau sich meldete, begrüßte sie ihn eifrig; denn von der Dienerschaft wußte sie von seinen Beziehungen zu Frau Dambreuse. Ihr Gatte werde gleich wieder hier sein; und indem er ihr folgte, bewunderte Frédéric die Sauberkeit der Räume und

das viele Wachstuch überall. Einige Minuten wartete er in einer Art Büro, in das der Bürger sich stets begab, um zu denken. Er empfing ihn weniger rauh als sonst. Er erzählte die Geschichte mit Arnoux. Der ehemalige Fayencefabrikant hatte Mignot beschwatzt, einen Patrioten, Besitzer von hundert Aktien des ›Siècle‹, und ihm dargelegt, Leitung und Redaktion des Blattes müßten in demokratischem Sinne geändert werden. Unter dem Vorwand, er wollte seine Anschauungen in der nächsten Generalversammlung durchsetzen, hatte er fünfzig Aktien von ihm gefordert; diese werde er sicheren Freunden aushändigen, die für seinen Antrag stimmen würden. Mignot habe keine Verantwortung und werde sich mit niemandem zu entzweien brauchen. Dann, nach erfolgtem Abschluß, solle er in der Verwaltung einen guten Platz haben, mit wenigstens fünf- bis sechstausend Francs. Die Aktien waren ihm ausgehändigt worden. Doch Arnoux hatte sie sofort verkauft und das Geld benutzt, um sich mit dem Inhaber eines Ladens für kirchliche Kunst zu assoziieren. Daraufhin Beschwerden von Mignot, Flunkereien von Arnoux. Zuletzt hatte der Patriot ihm mit einer Klage wegen Betrugs gedroht, falls er nicht die Aktien oder deren Wert zurückerstatte, fünfzigtausend Francs.

Frédéric's Miene war verzweiflungsvoll.

»Das ist noch nicht alles«, sagte der Bürger. »Mignot, der eine brave Haut ist, hat seine Forderung auf ein Viertel herabgesetzt. Neue Versprechungen von Arnoux, natürlich wieder nur fauler Zauber. Kurz, vorgestern früh hat Mignot ihn gemahnt, binnen vierundzwanzig Stunden zwölftausend Francs zurückzugeben, unbeschadet des Rests.«

»Ich habe sie!« sagte Frédéric.

Der Bürger drehte sich langsam um. »Spaßvogel!«

»Verzeihung, ich habe sie in meiner Tasche. Ich wollte sie ihm gerade bringen.«

»Sie gehen aber ins Zeug! Donnerwetter noch mal! Übrigens ist es schon zu spät. Die Klage ist erhoben, und Arnoux ist fort!«

»Allein?«

»Nein! Mit seiner Frau. Man hat sie im Zug nach Le Havre gesehen.«
Frédéric wurde sehr blaß. Frau Regimbart glaubte, er werde ohnmächtig. Er hielt sich aufrecht und hatte sogar die Kraft zu einigen Fragen über dieses Abenteuer. Regimbart bedauerte es, da es im Grunde doch der Demokratie nachteilig sein müsse. Arnoux war von jeher ein Mensch ohne Moral und ohne Ordnung. »Ein richtiger Larifari! Er hat sich selber ruiniert! Ja, diese Schürzen! Aber nicht er tut mir leid, sondern seine arme Gattin!« Denn der Bürger bewunderte tugendhafte Frauen und vor allem Frau Arnoux. »Sie wird viel ausgestanden haben.«
Frédéric war ihm für dieses Zeugnis seiner Sympathie dankbar; und als hätte Regimbart ihm einen Dienst geleistet, drückte er ihm mit Wärme die Hand.
»Nun, hast du alle Gänge besorgt?« fragte Rosanette ihn, als sie ihn wiedersah. Er habe nicht den Mut gehabt, antwortete er, und sei auf den Straßen herumgeirrt, sich zu betäuben.
Um acht Uhr gingen sie in das Eßzimmer; doch sie saßen sich stumm gegenüber, seufzten ab und zu tief auf und stießen ihren Teller weg. Frédéric trank Branntwein. Er fühlte sich gerädert, zerstört, zerschmettert, und empfand nichts weiter als eine große Müdigkeit.
Sie holte das Porträt. Rot, Gelb, Grün und Indigo prallten in grellen Flecken aufeinander; das Bild wirkte abscheulich, fast lächerlich. Auch der kleine Tote selbst war nicht mehr zu erkennen. Der violette Ton seiner Lippen machte das Weiß der Haut noch wächserner. Die Nasenflügel waren noch schmaler, die Augen noch hohler. Der Kopf ruhte auf einem Polster von blauem Taft, zwischen den Kelchblättern von Kamelien, Herbstrosen und Veilchen; das war eine Idee des Stubenmädchens, beide hatten sie fromm das Kissen so dekoriert. Der Kamin, der mit einem Spitzenbehang bedeckt war, trug Leuchter von vergoldetem Silber und dazwischen Sträuße von geweihtem Buchsbaum. In den Vasen an den Ecken brannten orientalische Räucherkügelchen. Dies alles glich mit dem Bett des Kleinen

einem Ruhealtar, und Frédéric erinnerte sich seiner Totenwacht bei Herrn Dambreuse.

Jede Viertelstunde fast zog Rosanette die Gardinen der Wiege weg, um ihr Kind anzuschauen. Sie sah es, wie es in einigen Monaten zu laufen begann, dann im Hof des Gymnasiums beim Fangspiel; dann mit zwanzig, als jungen Mann; und alle die Bilder, die sie sich schuf, wurden ihr zu ebenso vielen Söhnen, die ihr gestorben waren. Das Übermaß ihres Schmerzes vervielfachte ihre Mutterschaft.

Frédéric saß unbeweglich im anderen Sessel und dachte an Frau Arnoux. Sie saß jetzt wohl in der Eisenbahn, das Gesicht am Fenster eines Waggons, und betrachtete die Landschaft, die hinter ihr nach Paris zurückfloh. Oder sie stand auf der Brücke eines Schiffs, wie an dem Tag, als er sie zum erstenmal erblickt hatte; doch dieses dampfte ins Ungewisse, in Länder, von denen sie nie wiederkehrte. Dann sah er sie in einer Herberge, ihre Koffer am Boden, die Papiertapete zerfetzt, eine Tür, die im Wind erzitterte. Und was wurde später aus ihr? Lehrerin, Gesellschafterin, vielleicht Kammerfrau? Sie war ein Spielball für alle Zufälle des Elends. Die Unsicherheit über ihr Schicksal quälte ihn. Er hätte sich ihrer Flucht widersetzen oder ihr nachreisen sollen. War er nicht eigentlich ihr Gatte? Und indem er sich darauf besann, daß er sie nie mehr finden werde, daß es aus war, daß sie ihm unwiderruflich verloren sei, ging es wie ein Riß durch sein ganzes Wesen; seine Tränen, die sich seit heute morgen angesammelt hatten, quollen über.

Rosanette bemerkte es. »Ach, du weinst wie ich! Du grämst dich!«

»Ja, ich gräme mich!« Er zog sie an sein Herz, sie umarmten sich und schluchzten.

Auch Frau Dambreuse weinte. Sie lag auf ihrem Bett, auf dem Bauch, den Kopf in den Händen. Olympe Regimbart war abends gekommen, um ihr das erste farbige Kleid anzuprobieren, und hatte ihr von Frédéric's Besuch erzählt; auch daß er zwölftausend Francs für Herrn Arnoux bereit gehabt habe. So hatte er mit dem Geld, ihrem Geld, die Abreise jenes Mannes hindern und sich eine Mätresse erhalten wollen. Sie wütete zuerst; sie war entschlossen, ihn wie einen Lakai hinauszujagen. Ein Tränenerguß beruhigte sie. Es war besser, nichts zu sagen, alles zu verbergen.

Am nächsten Tag brachte Frédéric ihr die zwölftausend Francs zurück. Sie bat ihn, damit noch zu warten, falls er sie etwa für seinen Freund benötige, und forschte ihn sehr nach diesem Herrn aus. Wer hatte ihn denn zu dem Vertrauensbruch angetrieben? Wohl eine Frau? Für die Frauen begehen die Männer jede Gemeinheit. Ihr höhnender Ton verwirrte Frédéric. Er bereute die falsche Beschuldigung Dussardier's sehr. Doch fühlte er sich deshalb sicher, weil Frau Dambreuse die Wahrheit nicht wissen konnte.

Sie ließ jedoch nicht ab; denn am übernächsten Tag erkundigte sie sich zuerst nach seinem Freund und dann nach einem andren, Deslauriers. »Ist das ein tüchtiger und gescheiter Mensch?«

Frédéric lobte ihn.

»Bitte ihn, an einem dieser Vormittage mich aufzusuchen. Ich möchte seinen geschäftlichen Rat.«

Sie hatte eine Papierrolle gefunden, hoffnungslos protestierte Wechsel von Arnoux, die Frau Arnoux unterschrieben hatte; dieselben, um derentwillen damals Frédéric während des Déjeuners zu Herrn Dambreuse gekommen war. Der Kapitalist wollte Arnoux nicht auf Zahlung verklagen; doch hatte das Handelsgericht seinem Antrag gemäß die Verurteilung nicht nur Arnoux' ausgesprochen, sondern auch die seiner Gattin. Sie wußte es nicht, da Arnoux davon abgesehen hatte, sie einzuweihen.

Das war eine Waffe. Frau Dambreuse zweifelte nicht daran. Ihr Notar würde ihr vielleicht zureden, auf die Vollstreckung zu verzichten. Ein obskurer Mann war ihr lieber; und da fiel ihr dieser große Teufelskerl mit der unverschämten Miene ein, der sich ihr angeboten hatte.

Frédéric bestellte ihn arglos. Der Advokat war entzückt, daß eine so große Dame ihn zu sich bat, und er eilte herbei.

Sie sagte ihm, die Gesamterbin sei ihre Nichte; ein Grund mehr für sie, diese Schuldforderungen zu liquidieren. Sie werde die Summen dem Ehepaar Martinon auszahlen lassen, das sie durch Korrektheit ins Unrecht setzen wolle. Deslauriers spürte, daß hier irgendein Geheimnis war. Indem er die Wechsel prüfte, geriet er ins Träumen. Die Unterschrift von Frau Arnoux rückte ihm ihre ganze Person wieder vor Augen und die schimpfliche Abweisung, die er durch sie erfahren hatte. Da er jetzt die Möglichkeit der Rache sah, warum wollte er sie nicht nutzen? Er empfahl also Frau Dambreuse, die aussichtslosen Forderungen, die sich aus der Erbschaft herleiteten, an den Meistbietenden verkaufen zu lassen. Ein Strohmann würde sie unter der Hand zurückkaufen und die Klage durchführen. Er übernahm es, diesen Mann zu liefern.

Gegen Ende November blickte Frédéric, als er durch die Straße schritt, in der Frau Arnoux gewohnt hatte, zu ihren Fenstern auf und gewahrte an der Tür ein Plakat, auf dem in dicken Buchstaben gedruckt war: ›Versteigerung eines reichen Haushalts, bestehend aus Küchengeschirr, Leib- und Tafelwäsche, Hemden, Spitzen, Unterröcken, Hosen, französischen und indischen Kaschmirschals, einem Piano von Erard, Renaissancetruhen von Eiche, venezianischen Spiegeln, Porzellan aus China und Japan‹.

Es ist ihr Hausrat! sagte sich Frédéric; und der Portier bestätigte seinen Verdacht. Wer der Urheber der Auktion sei, wisse er nicht. Jedoch der Taxator, Herr Berthelmot, werde wohl Auskünfte geben.

Der ministerielle Beamte wollte zuerst nicht sagen, welcher Gläubiger die Versteigerung beantragt habe. Frédéric drängte. Es sei ein Agent, ein Herr Sénécal; und Herr Berthelmot war sogar so artig, ihm das Auktionsregister zu leihen.

Als Frédéric zu Rosanette kam, schleuderte er es entfaltet auf den Tisch. »Lies doch!«

»Nun?« sagte sie mit so sanftem Gesicht, daß er empört war. »Ach! Spiele nur die Unschuld!«

»Was willst du denn?«
»Läßt du bei Frau Arnoux versteigern?«
Sie las die Ankündigung nochmals. »Wo ist denn ihr Name?«
»Ihr Mobiliar ist es! Das weißt du besser als ich!«
»Was geht das mich an?« sagte Rosanette und zuckte die Achseln.
»Was es dich angeht? Du rächst dich, das ist es! Das ist die Folge deiner Klage. Hast du sie nicht beschimpft, indem du sogar in ihre Wohnung eindrangst, du Dirne! Die heiligste Frau, die bezauberndste, die beste! Warum bist du so darauf aus, sie zu vernichten?«
»Du irrst dich, ich schwöre es dir!«
»Ach was! Du hast doch Sénécal vorgeschoben!«
»So eine Dummheit!«
Der Jähzorn übermannte ihn. »Du lügst, Elende, du lügst! Du bist auf sie eifersüchtig! Du hast ein Urteil gegen Arnoux in der Hand! Sénécal hat sich auch sonst schon in deine Geschäfte eingemischt! Er haßt Arnoux, ihr seid euch einig im Haß gegen ihn. Ich habe seine Freude gesehn, als du den Prozeß wegen der Aktien gewonnen hattest. Willst du das leugnen?«
»Ich gebe dir mein Wort . . .«
»Oh, ich kenne es, dein Wort!« Und Frédéric nannte ihr ihre Liebhaber mit Namen, mit genauen Einzelheiten. Rosanette erblaßte und wich zurück. »Da staunst du wohl? Du dachtest, ich sei blind, weil ich die Augen schloß. Heute bin ich es satt. Man stirbt nicht an dem Verrat einer Frau von deiner Sorte. Wenn er zu ungeheuerlich wird, verzieht man sich. Es wäre Selbsterniedrigung, wollte man ihn bestrafen.«
Sie fragte, die Hände ringend: »Mein Gott, was hat dich denn so verändert?«
»Niemand als du!«
»Und das alles wegen Frau Arnoux!« rief Rosanette und weinte.
Er erwiderte kalt: »Ich habe nur sie geliebt!«
Bei dieser Schmähung stockte ihre Tränenflut. »Das zeigt, was du für einen Geschmack hast! Eine Frau im vorgerückten Alter

mit einem Teint wie Lakritzensaft, mit dicker Taille, Augen so groß wie Kellerlöcher und ebenso leer! Wenn dir das gefällt, lauf doch zu ihr!«

»Das habe ich erwartet! Ich danke dir!«

Rosanette stand unbeweglich, von diesem Auftritt überrumpelt. Sie regte sich noch nicht, als er die Tür zuschlug. Dann holte sie ihn mit einem Satz im Vorraum ein und breitete ihre Arme um ihn: »Du bist ja toll! Du bist ja toll! Das ist ja ein Wahnsinn! Ich liebe dich!« Sie flehte ihn an: »Mein Gott, bei unsrem Kindchen!«

»Gib zu, daß du dahintersteckst!«

Sie schwor nochmals, sie sei unschuldig.

»Du gibst es also nicht zu?«

»Nein!«

»Dann Adieu! Für immer!«

»Höre mich!«

Frédéric wandte sich um. »Wenn du mich besser kenntest, würdest du wissen, daß das mein letztes Wort ist!«

»Oh, oh, du kommst wieder!«

»Nimmermehr!« Und er warf die Tür zu, daß sie krachte.

Rosanette schrieb an Deslauriers, sie müsse ihn sofort sprechen. Er erschien nach fünf Tagen an einem Abend; und als sie ihm von der Entzweiung erzählte, meinte er: »Sonst nichts? Ein großes Unglück!«

Sie hatte zuerst geglaubt, er könne Frédéric mit ihr aussöhnen; doch jetzt war alles verloren. Sein Portier hatte ihr gesagt, daß er demnächst Frau Dambreuse heiraten werde.

Deslauriers hielt ihr eine Moralpredigt. Er war seltsam heiter, machte galante Scherze; und da es sehr spät war, bat er um die Erlaubnis, auf einem Fauteuil zu übernachten. Am nächsten Morgen reiste er nach Nogent und teilte ihr mit, er wisse nicht, wann sie sich wiedersehen würden; es stehe vielleicht ein baldiger großer Umschwung in seinem Leben bevor.

Zwei Stunden nach seinem Eintreffen war die Stadt in Aufruhr. Es hieß, Herr Frédéric heirate Frau Dambreuse. Die drei Fräulein

Auger bändigten ihre Neugier nicht mehr, sie eilten zu Frau Moreau, die mit Stolz das Gerücht bejahte. Papa Roque wurde krank davon. Louise sperrte sich ein. Man munkelte, sie sei übergeschnappt.

Indes konnte Frédéric seine Trauer nicht verbergen. Um ihn davon abzulenken, war Frau Dambreuse noch liebenswürdiger als sonst. Jeden Nachmittag fuhr sie in ihrem Wagen mit ihm spazieren; und einmal, als sie über die Place de la Bourse kamen, hatte sie die Idee, nur um sich ein bißchen zu zerstreuen, in das Auktionshaus zu gehen.

Es war der erste Dezember, der Tag, an dem die Habe von Frau Arnoux versteigert werden sollte. Er erinnerte sich an das Datum und gab sein Widerstreben kund, indem er sagte, dieser Ort sei unerträglich wegen des Menschengewühls und des Lärms. Sie wollte nur einen Blick hinein tun. Die Kutsche hielt. Frédéric mußte ihr folgen.

Man sah im Hof Waschtoiletten ohne Becken, Stuhlbeine, alte Körbe, Porzellanscherben, leere Flaschen, Matratzen; und Männer in Blusen oder schmutzigen Straßenröcken, ganz grau von Staub, mit gewöhnlichen Gesichtern, einige auch mit Rucksäcken über der Schulter, sprachen in getrennten Gruppen aufeinander ein oder riefen sich geräuschvoll zu.

Frédéric sagte, es sei doch mißlich, weiterzugehn. »Ach was!« erwiderte Frau Dambreuse. Und so schritten sie die Treppe hinauf.

Im ersten Saal rechts prüften Herren, einen Katalog in der Hand, Gemälde. In einem andern verkaufte man eine Sammlung chinesischer Waffen. Frau Dambreuse wollte wieder hinunter. Sie spähte nach den Nummern oberhalb der Türen und führte Frédéric bis an das äußerste Ende des Korridors, bis zu einem Raum, in dem es von Publikum wimmelte.

Er erkannte sogleich die beiden Regale der ›Werkkunst‹, ihren Nähtisch, alle ihre Möbel. Im Hintergrund, nach der Größe gestapelt, türmten sie sich von der Diele bis zu den Fenstern; und auf den anderen Seiten hingen Teppiche und Vorhänge an den

Wänden herab. Darunter waren Trittleitern, auf denen biedere alte Männer hockten und dösten. Links erhob sich ein Pult, an dem der Auktionator, in weißer Krawatte, einen kleinen Hammer schwang. Ein junger Mann neben ihm schrieb; und tiefer stand ein robuster Kerl, halb Geschäftsreisender, halb Billeteur, der die zu verkaufenden Möbel ausschrie. Drei Burschen schoben sie auf einen Tisch, den, in einer Reihe sitzend, Althändler und Trödlerinnen säumten. Hinter ihnen zirkulierte die Menge.
Als Frédéric eintrat, wurden Unterröcke, Fichus, Taschentücher und sogar Hemden von Hand zu Hand gereicht und umgedreht; manchmal warf man sie sich von entfernten Plätzen aus zu, und etwas Weißes flog plötzlich durch die Luft. Dann verkaufte man ihre Kleider, dann einen ihrer Hüte, dessen Feder gebrochen herabhing, dann ihre Pelze, dann drei Paar Schuhe; und die Teilung dieser Reliquien, in denen er ungewiß die Formen ihrer Glieder wiederfand, schien ihm grauenhaft, als sähe er Raben ihren Leib zerhacken. Ihn ekelte vor der mit Atemdunst durchsetzten Atmosphäre des Saals. Frau Dambreuse bot ihm ihr Riechfläschchen; für sie sei es sehr amüsant, meinte sie.
Man zeigte die Möbel des Schlafzimmers. Herr Berthelmot nannte einen Preis, den der Ausrufer sofort lauter wiederholte; und die drei Männer warteten ruhig, bis der Hammer fiel, dann trugen sie den Gegenstand in ein Zimmer nebenan. So verschwanden nacheinander der große blaue Teppich mit dem Kamelienmuster, den ihre zierlichen Füße streiften, wenn sie ihm entgegenging, der kleine gepolsterte Lehnsessel mit den Spitzen, auf den er sich immer zu ihr setzte, wenn sie allein waren; die beiden Kaminschirme, deren Elfenbeinglanz noch milder wurde durch die Zartheit ihrer Hände; ein samtenes Nähkissen, noch von Nadeln starrend. Es war, als lösten sich Stücke seines Herzens mit diesen Dingen los; und die Monotonie derselben Stimmen, derselben Gesten lähmte ihn mit Müdigkeit, mit Todesdumpfheit, mordete ihn.
Nahe seinen Ohren knisterte Seide. Rosanette berührte ihn. Sie wußte von der Versteigerung durch Frédéric selbst. Sobald ihr

Kummer vorüber war, hatte sie die Laune gehabt, dort irgend etwas erwerben zu wollen. Sie kam in einer Jacke von weißem Satin mit Perlenknöpfen und einem Rock mit Falten, in engen, hohen Handschuhen, mit triumphierender Miene. Er wurde blaß vor Zorn. Sie sah auf seine Begleiterin.

Frau Dambreuse hatte sie erkannt; und eine Minute lang musterten sie sich von oben bis unten, mit aller Gewissenhaftigkeit, um einen Fehler zu entdecken, einen Makel. Die eine beneidete wohl die andre um ihre Jugend; und diese ärgerte sich über die einfache, vornehme Eleganz ihrer Rivalin. Endlich wandte Frau Dambreuse den Kopf ab, mit einem Lächeln von unsagbarer Hoffart. Der Ausrufer hatte ein Piano aufgeklappt – ihr Piano! Im Stehen griff er mit der Hand eine Kadenz und kündigte das Instrument mit zwölfhundert Francs an, dann ermäßigte er die Taxe auf tausend, achthundert, siebenhundert. Frau Dambreuse spottete vergnügt über den alten Kasten.

Man stellte vor die Trödler einen kleinen Koffer mit Medaillons, Ecken und Schloß von Silber, denselben, den er bei dem ersten Diner in der Rue de Choiseul sah, der dann bei Rosanette gewesen und wieder zu Frau Arnoux gekommen war. Oft waren ihm seine Augen begegnet, wenn sie plauderten; er war mit seinen teuersten Erinnerungen verbunden, und seine Seele zerfloß in Wehmut. Da sagte Frau Dambreuse: »Den werde ich kaufen.«

»Aber es ist nichts Besonderes«, entgegnete er.

Sie fand ihn jedoch sehr hübsch; und der Ausrufer pries seine Köstlichkeit an: »Ein Kleinod aus der Renaissance! Achthundert Francs, meine Herren! Fast ganz aus Silber. Mit ein wenig Putzpulver schimmert das prachtvoll!«

Sie drängte sich vor. »Eine komische Idee!« sagte Frédéric.

»Sind Sie böse?«

»Nein! Aber was soll der Kram?«

»Vielleicht kann man Liebesbriefe darin aufbewahren.« Ihr Blick unterstrich diese Andeutung noch.

»Ein Grund mehr, die Toten nicht ihrer Geheimnisse zu berauben.«

»Ich dachte gar nicht, daß sie tot ist.« Und vernehmlich fügte sie hinzu: »Achthundertachtzig Francs!«
»Das ist sehr unrecht von Ihnen«, murmelte Frédéric.
Sie lachte.
»Liebe Freundin, es ist meine erste Bitte an Sie.«
»Sie werden kein netter Ehemann sein, wissen Sie das?«
Jemand hatte mehr geboten, sie hob die Hand: »Neunhundert Francs!«
»Neunhundert Francs!« wiederholte Barthelmot.
»Neunhundertzehn ... fünfzehn ... zwanzig ... dreißig!« kreischte der Ausrufer und schaute rings über das Publikum, wobei er heftig mit dem Kopf nickte.
»Beweisen Sie mir, daß eine Frau vernünftig ist«, sagte Frédéric und zog sie sanft zur Tür.
Der Auktionator fuhr fort: »Also, meine Herren, neunhundertunddreißig! Wer bietet mehr?«
Frau Dambreuse, die schon auf der Schwelle war, stand still und sagte mit klarer Stimme: »Tausend Francs!«
Ein Schauer ging durch die Menge, ein Schweigen.
»Tausend Francs, meine Herren, tausend Francs! Niemand bietet? Tausend Francs! Die Dame!«
Der Elfenbeinhammer fiel nieder. Sie reichte ihre Karte hinüber, und man schickte ihr den kleinen Koffer, den sie in ihrem Muff verbarg.
Frédéric fühlte, wie ein kalter Strom ihm das Herz durchzuckte. Frau Dambreuse hing noch an seinem Arm; und sie wagte ihm nicht ins Gesicht zu sehen bis auf die Straße, wo ihre Kutsche wartete.
Sie kletterte hinein wie ein flüchtender Dieb, und als sie saß, drehte sie sich zu Frédéric um. Er hatte den Hut in der Hand: »Sie steigen nicht ein?«
»Nein, gnädige Frau.« Er grüßte sie kalt, schloß den Wagenschlag und winkte dem Kutscher, er solle fahren.
Zuerst empfand er Freude über die Wiedereroberung seiner Freiheit. Er war stolz, daß er Frau Arnoux gerächt hatte, indem

er ein Vermögen opferte. Dann staunte er, daß er so gehandelt hatte, und er fühlte sich maßlos niedergeschlagen.
Am Morgen darauf hatte sein Diener Neuigkeiten. Der Belagerungszustand war durch Dekret verfügt, die Nationalversammlung auseinandergejagt und ein Teil der Volksvertreter in Mazas. Die öffentlichen Angelegenheiten waren ihm gleichgültig; so sehr beschäftigten ihn die seinen.
Er schrieb mehreren Lieferanten, um Einkäufe, deren Ursache seine Heirat war, abzubestellen. Diese Ehe erschien ihm jetzt als eine etwas unwürdige Spekulation; und er fluchte Frau Dambreuse, weil er ihretwegen fast eine niedrige Handlung begangen hätte. Er vergaß dabei die Marschallin, sorgte sich nicht einmal mehr um Frau Arnoux, dachte nur an sich, an sich allein, verlor sich unter den Trümmern seiner Träume, krank, voll Gram und Entmutigung. Und aus Haß gegen die künstliche Welt, in der er so viel gelitten hatte, sehnte er sich nach der Frische des Grases, der Ruhe der Provinz, einem schläfrigen Leben im Schatten des elterlichen Daches, unter naiven Herzen. Dann endlich, am Mittwoch abend, verließ er sein Haus.
Zahlreiche Gruppen standen auf dem Boulevard. Von Zeit zu Zeit wurden sie durch eine Patrouille zerstreut; sie schlossen sich hinter ihr wieder zusammen. Man redete frei, man schrie der Truppe Spaßworte und Schmähungen zu, sonst nichts.
»Wie denn? Wird man nicht kämpfen?« fragte Frédéric einen Arbeiter.
Der Mann in der Bluse erwiderte: »Nicht so dumm, uns für die Bourgeois töten zu lassen! Sollen sie selbst zuschauen, wie weit sie kommen!« Und ein Herr, der den Bewohner der Vorstadt scheel ansah, brummte: »Sozialistenpack! Jetzt müßte man sie sämtlich niederknallen!«
Frédéric verstand so viel Erbitterung und so viel Borniertheit nicht. Sein Überdruß gegen Paris wurde dadurch noch größer; und am nächsten Tag reiste er mit dem ersten Zug nach Nogent ab.
Bald entschwanden die Häuser, das flache Land dehnte sich. Ein-

sam in seinem Coupé, die Füße auf der Bank, erwog er die Geschehnisse dieser Tage, seine ganze Vergangenheit. Er erinnerte sich an Louise: Sie hat mich geliebt! Ich hätte dieses Glück fassen sollen. Bah, denken wir nicht daran! Und fünf Minuten später: Und doch, wer weiß . . . später, warum nicht? Seine Träumerei verlor sich wie seine Augen in ungewisse Horizonte: Sie war einfältig, ein Bauernmädchen, beinahe eine Wilde, aber so gut!

Je kürzer die Entfernung bis Nogent wurde, desto näher war Louise für ihn. Als man durch die Wiesen von Sourdun fuhr, sah er sie wie einst unter den Pappeln, wenn sie am Rand der Gewässer Binsen schnitt. Man kam an; er stieg aus.

Dann lehnte er sich auf die Brücke, um die Insel und den Garten zu sehn, wo sie an einem sonnigen Tag spazierengegangen waren; und benommen von der Reise und der freien Luft, geschwächt durch seine letzten Erregungen war er wie im Fieber. Er sagte sich: Vielleicht ist sie unterwegs! Wenn ich ihr nun begegnete?

Die Glocke von Saint-Laurent ertönte; und auf dem Platz vor der Kirche scharten sich die Armen um eine Kalesche, die einzige hier, die für die Hochzeiten gebraucht wurde. Da erschienen unter dem Portal, in einer Flut von Bürgern mit weißen Krawatten, zwei Neuvermählte. Er glaubte an eine Halluzination. Doch nein! Sie war es, Louise, gehüllt in einen weißen Schleier, der von ihrem roten Haar bis zu ihren Fersen herabfiel; und das war er, Deslauriers, in einem mit Silber bestickten blauen Frack, der Tracht eines Präfekten. Wieso denn?

Frédéric verbarg sich in einem Häuserwinkel und ließ die Hochzeitsgesellschaft vorbeiziehen.

Beschämt, besiegt, zermalmt kehrte er zum Bahnhof und nach Paris zurück.

Der Kutscher seines Fiakers versicherte, es seien vom Château-d'Eau bis zum Gymnase Barrikaden gebaut, und fuhr durch das Faubourg Saint-Martin. An der Ecke der Rue de Provence ging er zu Fuß weiter, um auf die Boulevards zu gelangen.

Es war fünf Uhr, ein feiner Regen troff. Zivilisten hatten das

Trottoir auf der Seite der Oper besetzt. Die Häuser gegenüber waren geschlossen. Niemand an den Fenstern. In der gesamten Breite des Boulevards ritten in scharfem Galopp Dragoner, auf ihre Pferde gebückt, mit bloßen Säbeln; und ihre Helmschweife und ihre großen weißen Mäntel, die hinter ihnen sich bauschten, glitten durch das Licht der Gaslaternen, die im Nebelwind flakkerten. Die Menge sah die Soldaten stumm an, jäh erschrokken. Zwischen den Kavallerieattacken schwärmten Rotten von Polizisten aus, um die Massen in die Nebenstraße zu scheuchen.

Aber auf den Stufen von Tortoni blieb ein Mann stehen, Dussardier, von fern schon durch seinen hohen Wuchs sichtbar, starr wie eine Karyatide. Einer der Polizisten, der voranmarschierte, den Dreispitz über den Augen, bedrohte ihn mit seinem Degen. Der andre trat einen Schritt vor und rief: »Hoch die Republik!« Er fiel auf den Rücken, die Arme ausgebreitet wie am Kreuz.

Ein Gebrüll des Entsetzens ging durch die Menge. Der Polizist blickte sich im Kreis um; und sprachlos erkannte Frédéric Sénécal.

6

Er reiste.

Er erlebte die Melancholie der Ozeandampfer, die frostkalten Stunden des Erwachens unter dem Zelt, die Betäubung vor Landschaften und Ruinen, die Bitterkeit von Neigungen, die schneller Abschied zerriß.

Er kam wieder.

Er verkehrte in der großen Gesellschaft, und er hatte andre Liebschaften. Aber durch die immerwährende Erinnerung an die erste wurden sie ihm schal und leer; und der Sturm des Begehrens, die Blume des Liebesgefühls war für ihn dahin. Auch sein geistiger Ehrgeiz hatte nachgelassen. Jahre verstrichen; und er ertrug die Untätigkeit seines Geistes, die Trägheit seines Herzens.

Gegen Ende des März 1867, in der sinkenden Dunkelheit, als er allein in seinem Kabinett war, trat eine Frau ein.

»Frau Arnoux!«

»Frédéric!«

Sie nahm ihn bei den Händen, zog ihn sanft zum Fenster hin, betrachtete ihn und sagte wieder und wieder: »Er ist es! Er ist es!«

In der fahlen Dämmerung gewahrte er nur ihre Augen unter dem schwarzen Spitzenschleier, der wie eine Maske ihr Gesicht verhüllte. Sie legte auf den Kaminrand eine kleine Brieftasche von granatrotem Samt und setzte sich. Beide konnten sie noch nicht sprechen, und sie lächelten sich zu.

Dann richtete er mehrere Fragen an sie, wie es ihr und ihrem Gatten gehe.

Sie wohnten im Innern der Bretagne, bescheiden, um ihre Schulden abzuzahlen. Arnoux war fast immer krank und schien jetzt ein Greis. Ihre Tochter war in Bordeaux vermählt, ihr Sohn in Mostaganem in Garnison. Dann blickte sie auf: »Aber ich habe Sie wiedergesehn! Ich bin glücklich!«

Er sagte ihr, daß er auf die Nachricht von ihrer Katastrophe zu ihnen geeilt sei.

»Ich wußte es!«

»Wie?«

Sie hatte ihn im Hof bemerkt und sich verborgen.

»Warum?«

Da flüsterte sie mit zitternder Stimme und langen Pausen zwischen ihren Worten: »Ich hatte ... Angst! Ja ... Angst vor Ihnen ... vor mir!«

Diese Offenbarung ergriff ihn wie ein Schauer der Wollust. Sein Herz pochte mit harten Stößen. Sie fuhr fort: »Verzeihen Sie, daß ich nicht früher gekommen bin.« Und sie wies auf die kleine granatrote Tasche, die mit goldnen Palmblättern bestickt war: »Ich habe sie eigens für Sie angefertigt. Sie enthält die Summe, für die die Grundstücke in Belleville haften sollten.«

Frédéric dankte ihr für das Geschenk und tadelte sie, daß sie sich so bemüht habe.

»Nein! Nicht deshalb bin ich gekommen! Der Besuch bei Ihnen war mit vieles wert. Nun will ich zurück . . . nach dort unten.«

Und sie sprach von ihrem Wohnort. Sie hatten ein Häuschen mit einer einzigen Etage und einem Garten voll riesiger Buchsbäume und einer Allee von Kastanienbäumen bis auf den Hügel, von dem man bis zum Meer schauen kann. »Dort werde ich mich auf eine Bank setzen, die ich Frédéric's Bank genannt habe.«

Dann besah sie die Möbel, die kleinen Kunstgegenstände, die Bilder, um an alles zurückdenken zu können. Das Porträt der Marschallin war von einer Gardine halb versteckt. Aber das Gold und das Weiß, das aus der Finsternis hervorstach, zog sie an. »Diese Frau kenne ich doch?«

»Unmöglich!« sagte Frédéric. »Es ist ein altes italienisches Bild.«

Sie gestand ihm, daß sie gern Arm in Arm mit ihm ein wenig durch die Straßen spazieren würde.

Sie gingen aus. Das Licht der Läden bestrahlte hin und wieder ihr bleiches Profil. Dann umfloß sie von neuem der Schatten. Und sie schritten inmitten der Menschenwogen, des Lärms, ohne auf andres zu achten als auf sich, ohne irgend etwas zu vernehmen, als schritten sie durch einen Wald, über totes Laub dahin.

Sie erzählten sich von einst, von ihren Diners in den Tagen der ›Werkkunst‹, von Arnoux' Seltsamkeiten, von seiner Art, an den Spitzen seines Hemdkragens zu ziehn, kosmetische Creme auf seinem Schnurrbart zu verreiben und andren, intimeren und tieferen Dingen. Wie berauscht war er gewesen, als sie zum erstenmal in seiner Gegenwart sang! Wie schön war sie an ihrem Namenstag in Saint-Cloud! Er erinnerte sie an den kleinen Garten in Auteuil, an Abende im Theater, eine Begegnung auf dem Boulevard, Dienstboten von früher, ihre Negerin.

Sie wunderte sich über sein Gedächtnis. Doch sie sagte zu ihm: »Manchmal kommen Ihre Worte zu mir wie ein fremdes Echo, wie der Schall einer Glocke, den der Wind zu mir weht; und mir ist, als wären Sie da, wenn ich in Büchern die Schilderung einer Liebe lese.«

»Alles, was man daran übersteigert nennt«, sagte Frédéric, »ich habe es durch Sie empfunden. Ich verstehe Werther, der, wenn Lotte Butterbrote streicht, nicht ernüchtert ist.«

»Armer Freund!« Sie seufzte und schwieg lange. Dann meinte sie: »Und doch, wir hätten uns sehr geliebt.«

»Ohne uns anzugehören!«

»Vielleicht ist das besser«, erwiderte sie.

»Nein! Nein! Wie glücklich wären wir gewesen!«

»Oh, ich glaube es, mit einer Liebe wie der Ihren!« Sie mußte stark sein, um nach einer so langen Trennung noch zu bestehen.

Frédéric fragte sie, wie sie sie entdeckt habe.

»An einem Abend, als Sie mir den Arm zwischen Handschuh und Manschette küßten. Ich sagte mir: Er liebt mich ja ... er liebt mich. Doch ich hatte Furcht, es mir zu bestätigen. Ihre Zurückhaltung war so reizend, daß ich sie genoß wie eine ungewollte, nie nachlassende Huldigung.«

Er bedauerte nichts. Für seine Leiden von damals war er belohnt.

Als sie sein Zimmer wieder betraten, setzte sie ihren Hut ab. Die Lampe auf der Konsole beleuchtete ihr weißes Haar. Es war ihm wie ein Stoß gegen die Brust. Um ihr seine Enttäuschung zu verhehlen, kniete er vor ihr nieder, faßte ihre Hände und sprach voll Zärtlichkeit zu ihr: »Ihre Erscheinung, Ihre geringsten Bewegungen hoben sich für mich über alles Menschliche hinaus. Mein Herz wirbelte wie der Staub unter Ihren Schritten. Sie waren mir wie der Mond einer Sommernacht, wenn alles Duft ist, süßer Schatten, weiße Unendlichkeit; und alle Wonnen des Leibes und der Seele waren für mich in Ihrem Namen beschlossen, den ich mir wiederholte, um ihn auf meinen Lippen zu küssen. Ich kannte nichts Höheres. Ich liebte in Ihnen die Frau Arnoux, die Sie waren, mit ihren beiden Kindern, weich, ernst, blendend schön und so gut! Vor diesem Bild erloschen mir alle anderen.

Dachte ich denn daran, da doch stets die Musik Ihrer Stimme und der Glanz Ihrer Augen im Grund meiner Seele waren.«
Sie ließ sich entzückt von der Anbetung überströmen, die einer Frau galt, die sie nicht mehr war. Frédéric berauschte sich an seinen Worten; und es wurde ihm zur Wirklichkeit, was er sagte. Frau Arnoux neigte sich, von dem Licht abgewandt zu ihm. Er fühlte auf seiner Stirn den Hauch ihres Atems, durch ihre Kleider hindurch die ungewisse Berührung ihres ganzen Körpers. Ihre Hände preßten sich ineinander; die Spitze ihres Schuhs glitt unter ihrem Rocksaum ein wenig hervor, und beinahe ohnmächtig sagte er zu ihr: »Ihren Fuß zu sehen, verwirrt mich.«
In einer Anwandlung von Scham stand sie auf. Dann sprach sie, regunglos, mit dem seltsamen Ton einer Nachtwandlerin: »In meinem Alter! Mein Fuß! Frédéric! . . . Nie ist eine so geliebt worden wie ich! Nein! Nein! Was nützt es, jung zu sein? Ich mache mir nichts daraus! Ich verachte sie, alle, die hierherkommen.«
»Keine kommt hierher!« entgegnete er willfährig.
Ihr Antlitz erhellte sich, und sie fragte ihn, wann er heiraten werde.
Er schwor ihr, er werde es nie tun.
»Sicher? Warum?«
»Ihretwegen«, sagte Frédéric und umarmte sie.
Sie blieb so, den Rumpf zurückgebeugt, den Mund halb geöffnet, die Augen emporgewandt. Plötzlich stieß sie ihn wie in Verzweiflung von sich. Und als er sie flehentlich bat, ihm zu antworten, senkte sie den Kopf: »Ich hätte Sie glücklich machen wollen.«
Frédéric glaubte, Frau Arnoux sei gekommen, um sich ihm hinzugeben; und wieder überwältigte ihn eine Begierde, stärker als je, wütend, rasend. Und dennoch war irgend etwas Unsagbares in ihm, ein Widerstreben, etwas wie Grauen vor Blutschande. Noch eine andre Furcht hemmte ihn, die vor dem Ekel nachher. Und welche Schwierigkeiten konnten übrigens daraus erwachsen! Und zugleich aus Klugheit, um sein Ideal nicht zu entweihen, ging er fort von ihr und drehte sich eine Zigarette.

Sie betrachtete ihn ganz verwundert. »Wie zartfühlend Sie sind! So sind nur Sie, nur Sie!«
Es schlug elf. »Schon«, sagte sie. »In einer Viertelstunde gehe ich.«
Sie setzte sich wieder; doch sie beobachtete die Uhr, und er durchmaß rauchend das Zimmer. Sie hatten sich nichts mehr zu sagen. Beim Abschied gibt es einen Moment, wo die geliebte Person schon nicht mehr bei uns ist.
Endlich, als der Zeiger über fünfundzwanzig Minuten hinaus war, nahm sie langsam ihren Hut an den Bändern. »Adieu, mein Freund, mein lieber Freund! Ich werde Sie nie wiedersehen! Es war mein letzter Gang als Frau. Meine Seele wird Sie nicht verlassen. Aller Segen des Himmels möge mit Ihnen sein!« Und sie küßte ihn auf die Stirn wie eine Mutter.
Doch sie schien etwas zu suchen; und sie bat ihn um eine Schere. Sie zog ihren Kamm heraus: all ihr weißes Haar fiel herab. Brutal schnitt sie, an der Wurzel, eine lange Strähne ab. »Behalten Sie sie! Adieu!«
Als sie hinaus war, öffnete Frédéric sein Fenster.
Vom Trottoir aus winkte Frau Arnoux einem vorüberfahrenden Fiaker zu. Sie stieg ein. Der Wagen verschwand. Und das war alles.

7

Im Anfang dieses Winters plauderten Frédéric und Deslauriers am Kaminfeuer. Sie hatten sich nochmals versöhnt und folgten damit einer Notwendigkeit ihres Naturells, die sie zwang, sich immer wieder zu begegnen und zu lieben.
Der eine erklärte in knappen Worten sein Zerwürfnis mit Frau Dambreuse, die einen Engländer geheiratet hatte.
Der andere sagte nicht, wie es zur Ehe zwischen ihm und Fräulein Roque gekommen war, doch berichtete er, daß seine Frau eines Tags mit einem Sänger durchgebrannt sei. Um sich vom

Unglimpf der Lächerlichkeit ein wenig zu reinigen, hatte er sich in seiner Präfektur durch ein Übermaß von Regierungstreue kompromittiert. Man hatte ihn abgesetzt. Er war dann Leiter der Kolonisation in Algier gewesen, Sekretär eines Paschas, Direktor einer Zeitung, Annoncenmakler, und jetzt war er juristischer Vertreter einer Industriegesellschaft.

Frédéric hatte zwei Drittel seines Vermögens aufgebraucht und lebte als kleiner Rentner.

Dann erkundigten sie sich gegenseitig nach ihren Freunden.

Martinon war Senator.

Hussonnet hatte eine hohe Stellung inne, mit großem Einfluß auf alle Theater und die ganze Presse.

Cisy, der sehr fromm geworden war und Vater von acht Kindern, bewohnte das Schloß seiner Ahnen.

Pellerin hatte sich nacheinander eingelassen in den Fouriérismus, die Homöopathie, das Tischrücken, die gotische Kunst und die menschheitliche Malerei, und war nun Photograph; und auf allen Mauern von Paris sah man ihn abgebildet, mit einem winzigen Körper und einem dicken Kopf.

»Und dein Intimus Sénécal?« fragte Frédéric.

»Verschwunden! Ich weiß nicht! Und Frau Arnoux, deine große Leidenschaft?«

»Sie ist wohl in Rom mit ihrem Sohn, der Chausseurleutnant ist.«

»Und ihr Gatte?«

»Im letzten Jahr verstorben.«

»So! So!« sagte der Advokat. Dann hieb er sich gegen die Stirn: »Ach ja, neulich traf ich in einem Laden die gute Marschallin. Sie führte einen kleinen Jungen an der Hand, den sie adoptiert hat. Sie ist Witwe eines gewissen Herrn Oudry und jetzt sehr plump, enorm. Welcher Verfall ihrer Reize! Sie hatte früher eine so schmale Taille.« Deslauriers machte kein Hehl daraus, daß er ihre Verzweiflung benutzt und sich selbst davon überzeugt hatte. »Du hattest es mir ja auch gestattet.«

Dieses Eingeständnis war ein Ausgleich dafür, daß er seinen

Mißerfolg bei Frau Arnoux verschwieg. Da er kein Glück gehabt hatte, wäre Frédéric nachsichtig gewesen.
Obwohl die Entdeckung ihn etwas verdroß, tat er, als ob er darüber lachte. Von der Marschallin kamen sie auf die Vatnaz. Deslauriers hatte sie nicht mehr gesehen und auch andere Gäste von Arnoux nicht. Doch sehr wohl erinnerte er sich an Regimbart.
»Lebt er noch?«
»Kaum! Jeden Abend schleppte er sich regelmäßig, von der Rue Grammont bis zur Rue Montmartre, an den Cafés entlang, schwach, krumm, ausgehöhlt, ein Gespenst!«
»Nun, und Compain?« Frédéric schrie vor Vergnügen und bat den Exdelegierten der provisorischen Regierung, ihm das Geheimnis des Kalbskopfs mitzuteilen.
»Das ist ein Import aus England. Zur Verhöhnung der Zeremonie, die die Royalisten am 30. Januar feierten, begründeten die Unabhängigen ein Jahresbankett, bei dem man Kalbsköpfe aß und Rotwein aus Kalbsschädeln trank unter Toasten auf die Vernichtung der Stuarts. Nach dem Thermidor errichteten die Terroristen eine genau jener gleichende Bruderschaft, was beweist, daß die Dummheit sich fortpflanzt.«
»In politischen Fragen bist du wohl ruhiger geworden?«
»Das wird man mit den Jahren«, sagte der Advokat.
Und sie überschauten ihr Leben.
Sie hatten es beide verfehlt, der eine, der von der Liebe geträumt hatte, und der andere, dessen Traum die Macht gewesen war. Was war der Grund?
»Vielleicht, weil unsere Charaktere keine gerade Linie hatten«, sagte Frédéric.
»Bei dir kann es so gewesen sein. Ich habe im Gegenteil durch allzu große Starrheit gesündigt, tausend kleine Nebendinge nicht eingerechnet, die entscheidender waren als alles. Ich hatte zu viel Logik und du zu viel Gefühl.«
Dann klagten sie den Zufall an, die Umstände, die Zeit, in der sie geboren waren.

Frédéric meinte dann: »Das hätten wir uns einst nicht gedacht, in Sens, als du eine kritische Geschichte der Philosophie schreiben wolltest und ich einen großen mittelalterlichen Roman über Nogent, dessen Stoff ich bei Froissard gefunden hatte: Wie der Herr Brokars de Fénestranges und der Bischof von Troyes den Herrn Eustache d'Ambrecicourt berannten. Erinnerst du dich?«

Und sie gruben ihre Jugend aus und schlossen jeden Satz: »Erinnerst du dich?«

Sie sahen den Hof im Gymnasium, die Kapelle, den Sprechsaal wieder, den Fechtsaal unten an der Treppe, Gesichter von Lehrern und Schülern, einen namens Angelmarre aus Versailles, der sich aus alten Stiefeln Hosenstege schnitt. Herrn Mirbal und seinen roten Backenbart, die beiden Professoren für das geometrische und für das freie Zeichnen, Varaud und Suriret, die immer zankten, und den Polen, den Landsmann des Kopernikus, mit seinem Planetensystem von Pappdeckel, einen wandernden Astronomen, dessen Vortrag man mit einer Mahlzeit im Refektorium bezahlt hatte; dann eine schreckliche Sauferei auf einem Spaziergang, die ersten Pfeifen, die sie rauchten, die Prämienverteilung, die Ferienfreuden.

In den Ferien von 1837 waren sie bei der Türkin gewesen. So nannte man eine Frau, die mit ihrem wirklichen Namen Zoraïde Turc hieß; und viele glaubten, sie sei eine Mohammedanerin, eine Türkin. Das mehrte den poetischen Reiz ihres Etablissements, das am Ufer lag, hinter den Festungswerken. Auch mitten im Sommer umschwebte Schatten ihr Haus, das an einem Goldfischglas neben einem Resedatopf auf einem Fenstersims zu erkennen war. Fräuleins in weißem Morgenrock, Schminke auf den Backen, mit langen Ohrgehängen, klopften, wenn jemand vorüberkam, an die Scheiben. Des Abends sangen sie auf der Schwelle, leise, mit rauhen Stimmen, Lieder vor sich hin.

Diese Stätte der Sünde strahlte weithin einen phantastischen Glanz aus. Man sprach von ihr in Umschreibungen: »das Haus, Sie verstehen schon – in der gewissen Straße – unterhalb der

Brücken.« Die wohlhabenden Bäuerinnen in der Gegend zitterten davor, ihrer Männer wegen, die bürgerlichen Damen waren um ihrer Dienstboten willen besorgt, weil die Köchin des Herrn Unterpräfekten bei der Türkin abgefaßt worden war; und alle jungen Leute träumten im geheimen von dem Haus.

Eines Sonntags um die Vesperzeit pflückten Frédéric und Deslauriers, nachdem sie vormittags sich das Haar hatten brennen lassen, Blumen im Garten von Frau Moreau und gingen durch die Hintertür den Feldern zu. Nach einem großen Umweg durch die Weinberge kamen sie an dem Fischteich vorbei zurück und schlichen sich bei der Türkin ein, in der Hand ihre großen Sträuße.

Frédéric hielt sein Bukett vor sich wie ein Liebhaber, der seine Braut besucht. Aber die schwüle Luft, die Angst vor dem Unbekannten, eine Art von Reue und auch das Vergnügen, mit einem einzigen Blick so viele Weiber zu sehen, die auf seine Wünsche warteten, erregten ihn so, daß er ganz bleich wurde und an seinem Platz blieb, ohne einen Schritt vorwärts zu tun und stumm. Alle Mädchen lachten, belustigt von seiner Verlegenheit. Es schien ihm, als werde er verspottet, und so flüchtete er. Und da Frédéric das Geld hatte, war Deslauriers gezwungen, ihm zu folgen.

Sie wurden beobachtet, als sie herauskamen. Nach drei Jahren war die Geschichte noch nicht vergessen.

Schwatzhaft erzählten sie jetzt davon, und jeder ergänzte das, was der andere wußte. Und als sie zu Ende waren, sagte Frédéric:

»Das war eigentlich unser schönstes Erlebnis.«

»Ja, vielleicht war es das schönste«, sagte Deslauriers.

Zum Verständnis des Werkes

Romantik – Realismus

Bis zum heutigen Tage geistert durch Literaturgeschichten und Monographien die Auffassung, Flaubert's Persönlichkeit und Werk seien von einem Dualismus beherrscht, der ihnen die Geschlossenheit und Einheit versage und mithin dem Werk auch den obersten künstlerischen Rang. Der Verfasser von ›*Salammbô*‹ (1862), der ›*Versuchung des Heiligen Antonius*‹ (1874) und von ›*Hérodias*‹ (1877) soll ein Romantiker sein, derjenige von ›*Madame Bovary*‹ (1867), ›*L'Education sentimentale*‹ (1869) und ›*Bouvard und Pécuchet*‹ (1881 postum) aber ein Realist. Verlockend schien es, das Bild eines doppelgesichtigen Flaubert zu zeichnen und die aufgerissene Kluft zwischen romantischer Seele und analytischem Denken mit dem vermeintlichen Widerspruch von fanatischem Haß auf den Bourgeois einerseits und bürgerlicher Lebensführung andererseits in Zusammenhang zu bringen. In Wahrheit bezeichnen die ›romantischen‹ Werke des reifen Flaubert die Flucht in Historie, deren der abgründige Ekel vor der Gegenwart bedurfte, um überhaupt ertragen zu werden – Flaubert selbst hat sich darüber unmißverständlich ausgesprochen –, und der solid-›bürgerliche‹ Arbeitstag im Landhaus von Croisset war die keineswegs leicht gegen mannigfache Verführungen gewahrte Bedingung für ein ganz und gar der Kunst gewidmetes Leben.

Flaubert's Lebensjahre (1821-1880) umgreifen die Blütezeit der Romantik und die ersten Erfolge der naturalistischen Schule. Er war neun Jahre alt, als die Romantik mit der ›Schlacht‹ um VICTOR HUGO's Drama ›*Hernani*‹ ihren spektakulären Höhepunkt erreichte, stand im 30. Lebensjahr, als ihn auf einer Reise die Nachricht vom Tode BALZAC's erreichte, dessen Erbe und Fortführer er werden sollte, und als er selbst starb, hatte EMILE ZOLA bereits einen beträchtlichen Teil seines ›*Rougon-Macquart*‹-

Zyklus veröffentlicht. Die gefestigte Kunstauffassung des reifen Flaubert erlaubte keine ›Rückfälle‹ in die seelischen Eruptionen der romantischen Dichtung. Es wäre indessen ein Wunder gewesen, wenn die Jugend des in frühesten Jahren für die Literatur entbrannten Flaubert nicht im Zeichen BYRON's und CHATEAUBRIAND's gestanden hätte.

Das Milieu, in dem er am 12. Dezember 1821 geboren wurde, war mehr dazu angetan, ihn für die spätere erbarmungslose Analyse des Menschen zu disponieren als für die romantische Exaltation des Ich. Flaubert wuchs im Krankenhaus von Rouen auf, wo er auch geboren wurde, wo sein Vater, Nachkomme mehrerer champagnischer Ärzte, Chirurg und Chefarzt war. Arzt und Nachfolger des Vaters wurde auch der ältere Bruder, mit dem Gustave zeitlebens nur ein kühles Verhältnis verband, ganz im Gegensatz zu der Vertrautheit mit der zärtlich geliebten jüngeren Schwester CAROLINE. Die Mutter, ebenfalls Arzttochter, stammte aus einer normannischen Familie von Seefahrern und Beamten. Als Normanne fühlte sich auch Gustave Flaubert, ohne selber recht zu wissen, daß er ein sehr anziehender, männlich-schöner Vertreter des normannischen Typus war. Der noch ganz romantisch getönte Pessimismus seiner Schülerjahre konnte sich zunächst aus den Eindrücken des Krankenhauslebens nähren: »Niemals habe ich ein Kind ansehen können ohne zu denken, daß daraus einmal ein Greis wird, und nie eine Wiege, ohne mir zugleich ein Grab vorzustellen. Die Betrachtung einer nackten Frau ruft den Gedanken an ihr Skelett in mir hervor.«
Der Schüler des Gymnasiums von Rouen erfuhr die ganze Faszination, die das romantische Lebensgefühl noch in seiner provinziellen Spätblüte auszustrahlen vermochte. Wie die Kameraden, unter ihnen der schwärmerische Freund ALFRED LE POITTEVIN, dessen Schwester LAURE die Mutter MAUPASSANT's werden sollte, kultivierte Flaubert den Weltschmerz und die Todessehnsucht. In seinen Briefen evoziert er die Gefühle einer Generation, die »zwischen Wahnsinn und Selbstmord schwankte«, erinnerte sich an Jugendfreunde, die »sich mit ihrer Krawatte erwürgten«

oder ins Laster stürzten, um dem *ennui* zu entgehen, diesem »Krebs, der den Menschen verbrennt, ihn zerreißt, und zum Selbstmord treibt«.

Um die Verfallsmelancholie des Herbstes, um Tod, Grab, Tränen, Empörung, Selbstdämonisierung und Schmerz kreisen die Gedanken und Gefühle dieser Jugend, und sie prägen auch die frühen Schriften Flaubert's. Der Neunjährige schon hatte sich auf dem Billardtisch des Vaters mit szenischen Darstellungen versucht, der Schüler historische Erzählungen, Essays und Theaterstücke entworfen. Mit fünfzehn Jahren begann Flaubert seine *›Mémoires d'un fou‹* zu schreiben, mit einundzwanzig die Erzählung *›Novembre‹,* beide schon mit dem Thema, das die *›Education sentimentale‹* entwickeln sollte, aber beide noch als lyrische, träumerische und enthusiastische Konfessionen, romantische Selbstaussagen, in denen das überspannte Ich sich zu verlieren droht. »Zerschmettert von dem Gewicht meines Herzens und meines Stolzes fiel ich wie vernichtet in einen Abgrund von Schmerzen, das Blut peitschte mir das Gesicht, mein Pulsschlag betäubte mich, meine Brust schien zu bersten, ich sah nichts mehr, fühlte nichts mehr, ich war trunken, ich war wahnsinnig« – so heißt es in der autobiographischen Erzählung *›Novembre‹*. Flaubert erkannte jedoch die tödliche Gefahr; der Trost, den die Werther und die Renés aus dem Bewußtsein einer schicksalhaften Auserwähltheit noch im Untergang schöpfen konnten, hat für ihn seinen Wert verloren. Eine neuverstandene Kunst, das heroische Objektivieren des verachteten Daseins durch das beherrschte Wort, verspricht einen Ausweg aus dem radikalen romantischen Pessimismus. Die Kunst als Bemächtigung der Realität erscheint als die einzig mögliche Form einer Erlösung dieser Realität. Es war jedoch ein weiter und harter Weg bis zur endgültigen Überwindung der romantischen Verführung des Herzens. Den ersten Schritt bezeichnet der Anhang zu *›Novembre‹*, der in der Erzählform der dritten Person und mit seiner Stilkritik die vorausgehende Ich-Erzählung und den Realitätswert ihres seelischen Ergusses widerruft. Dem romantischen Erzähler-Ich – und mit ihm meint Flaubert sein vorheriges Selbst – schweigen Kunst und Leben, wenn die Substanz des Ich sich in der Idolatrie des ungezähmten Lebensekels verzehrt. Das zum ›Er‹ gewordene Ich von ›*Novembre*‹ stirbt, unfähig selbst zur Tat des Selbstmords, an der Auszehrung des resignierenden Gefühls. Flaubert's romantisches *alter ego* wird mit diesem Selbstbefreiungsakt theoretisch begraben. Zum praktischen Vollzug bedurfte es freilich der gesammelten persönlichen, geschichtlichen und künstlerischen Erfahrungen. Im Tiefsten ungeklärt sind bis heute die Gründe, die in Flaubert jene große, entscheidende Wende hervorriefen, die sein Leben und Schaffen in zwei klar unterscheidbare Phasen aufteilen lassen. Zeitlich fallen in dieser Wende die Konsequenzen aus Flaubert's Krankheit, der Bruch mit der Romantik, die Orientreise und das Erlebnis der Revolution von 1848 zusammen. Im Jahre 1843 wird Flaubert von einer Nervenkrankheit befallen, deren ernste Symptome den Vater veranlassen, das ohnehin nur sehr widerwillig durchgeführte Rechtsstudium des Sohnes in Paris abbrechen zu lassen. Drei Jahre später schreibt Flaubert: »Mein leidenschaftlich bewegtes, von plötzlichen, widersinnigen Sprüngen und vielfältigen Empfindungen erfülltes Leben ging mit zweiundzwanzig Jahren zu Ende.« 1863 weiß er dem Übel sogar Dank: »Meine Nervenkrankheit hat mir wohlgetan, sie hat alle Aufregungen der Jugend in das körperliche Element übertragen und mir den Kopf kühl belassen.« Flaubert bezieht das 1844 von seinem Vater gekaufte Landhaus in Croisset, eine Meile von Rouen entfernt am rechten Seine-Ufer gelegen. Dort wird er sein ganzes weiteres Leben verbringen, eine nur von wenigen Reisen und Besuchen unterbrochene Kette von meist vierzehn- bis sechzehnstündigen Arbeitstagen.

Die durch die Krankheit notwendig gewordene, abgeschiedene und streng geregelte Lebensführung half mit, die Konsequenzen aus einer bereits theoretisch gewonnenen Einsicht zu ziehen. In der schon 1843 angefangenen ›ersten‹ ›*Education sentimentale*‹ stellt er dem an der Banalität des Lebens scheiternden schwärmerisch veranlagten Helden einen Freund gegenüber, der sich zur Tat und zum Erfolg durchkämpft. Die Antithese der beiden Gestalten konkretisiert eine Auseinandersetzung mit den künstlerischen Alternativen: Gefühl – Intellekt, erlebte Leidenschaft – beschriebene Leidenschaft, reine Konfession – reflektierte Erfahrung, Phantasie – beobachtete Wirklichkeit, d. h. die Entscheidung zwischen zwei Kunstrichtungen als Ausdruck zweier verschiedener Konzeptionen des Daseins: Romantik – Realismus. Die Entscheidung Flaubert's wird, obwohl er sie erst später formuliert, schon in der ersten ›*Education*‹ deutlich: »Wer selbst an einer Handlung beteiligt ist, sieht sie nicht in ihrem Zusammenhang; der Spieler sieht nichts von der Poesie, die im Spiel enthalten ist, der Wüstling nichts von der Größe der Ausschweifung, der Liebende nichts vom Lyrismus der Liebe, und der Fromme vielleicht nichts von der wahren Größe der Religion.« Das Werk profitiert freilich künstlerisch noch nichts von dieser Einsicht. Flaubert selbst führt darüber Klage in einem Brief an die Freundin und Geliebte dieser Jahre, die schöne Dichterin LOUISE COLET: »Die Ursachen werden aufgezeigt, die Ergebnisse desgleichen, aber nicht die Verkettung von Ursachen und Wirkungen. Das ist der Fehler des Buches, und darin widerspricht es seinem Titel . . . Ich weiß aber, wie man es machen müßte! O mein Gott! Was für ein großer Schriftsteller wäre ich, schriebe ich den Stil, der mir vorschwebt!« Auch die 1849 beendete erste Fassung der ›*Versuchung des Heiligen Antonius*‹ bringt diesen Stil noch nicht, ja wird zu einer schweren Enttäuschung. Zweiunddreißig Stunden lang liest Flaubert das Manuskript den engsten Freunden MAXIME DU CAMP und LOUIS BOUILHET, vor. Ihr Urteil lautet: »Ins Feuer werfen und nie wieder davon reden!« Es bedurfte einer längeren Pause in völlig veränderter Umgebung, um in Flaubert die neue Stiltheorie zu einer Klarheit reifen zu lassen, die ihre Verwirklichung in der dichterischen Praxis und damit die endgültige Abkehr von der Romantik ermöglichte. In diesem geistigen Klärungsprozeß wird man die eigentliche Bedeutung der großen Reise sehen dürfen, die Flaubert von 1849 bis 1851 zusammen mit MAXIME DU CAMP unternahm und die ihn nach Ägypten, Palästina, Syrien, nach der Türkei, Griechenland und Italien führte. Unmittelbar nach seiner Rückkehr und einer kurzen Reise mit der Mutter nach London beginnt er wieder zu schreiben. Nach jener unbarmherzigen Verurteilung der ersten *›Versuchung‹* durch die Freunde hatte BOUILHET Flaubert als Thema die *›Geschichte von Delamare‹*, einen damals aufsehenerregenden Fall von Ehebruch und Selbstmord, angeraten. In fünfundfünfzig Monaten qualvoller Arbeit schreibt er nun *›Madame Bovary‹*, den Roman, der die Verwirklichung seines ästhetischen Ideals, den Publikumserfolg, aber auch die bittere Erfahrung des gegen ihn angestrengten Prozesses wegen Immoralität bringt[1].

Die ›Schrecken des Stils‹

Als DU CAMP, der stets auf schnellen Ruhm Bedachte, Flaubert drängt, die *›Bovary‹* abzuschließen und zu publizieren, antwortet ihm Flaubert: »Der Erfolg erscheint mir als ein Resultat, aber nicht als das Ziel. Ich will lieber wie ein Hund krepieren als die Niederschrift eines Satzes, der noch nicht reif ist, um eine einzige Sekunde beschleunigen.« In diesen Worten sind die ganze Disziplin und der tiefe Ernst dieses Dienstes an der Kunst beschlossen, den man mit Fug und Recht als eine Religion der Kunst bezeichnen darf. Der gleiche Mann, dem einst, in seiner romantischen Epoche, die Gefühle so leicht aus der Feder geflossen waren, kämpft jetzt stundenlang um ein Wort, tagelang um einen Satz. Im Januar des Jahres 1857 schreibt Flaubert an Mme SCHLÉSINGER: »Ich werde also mein so karges und stilles Leben wiederaufnehmen, dessen Abenteuer die Sätze sind und in dem ich keine andern Blumen pflücke als Metaphern. Wie in den vergangenen Jahren werde ich schreiben nur um des Vergnügens willen zu schreiben, für mich allein, ohne jeden Hintergedanken an Geld oder Aufsehen. Apoll wird es mir sicher zugutehalten, und

1 *›Madame Bovary‹*, insel taschenbuch 167

vielleicht gelingt es mir eines Tages, etwas Schönes zu erzeugen! Denn alles, nicht wahr, gibt schließlich der Stärke eines dauernden Gefühls nach. Jeder Traum findet einmal seine Gestalt.« Der heroische Wille zum Kunstwerk, der immer aufs neue die Resignation vor dem verhaßten Dasein zu überwinden hat, stöhnt oft genug verzweifelt unter der selbstauferlegten Last. An die verständnisvolle, großherzige Freundin seiner späten Jahre, die Schriftstellerin GEORGE SAND, schreibt er: »Sie, Sie wissen nicht, was es heißt, einen ganzen Tag lang dazusitzen, den Kopf in die Hände gepreßt, um aus dem erbärmlichen Gehirn ein Wort herauszuquetschen.« Nach der aufreibenden Nachtarbeit schreibt er im Morgengrauen seine Briefe, legt er vorbehaltlos Rechenschaft über sein Tun ab in einer sich über rund fünfzig Jahre erstreckenden Korrespondenz, die nicht nur durch den geistigen Rang ihrer Adressaten – neben den persönlichen Vertrauten auch die Brüder GONCOURT, VICTOR HUGO, THÉOPHILE GAUTIER, SAINTE-BEUVE, RENAN, MAUPASSANT, ZOLA –, sondern vor allem als ein »Brevier der schriftstellerischen Ehre« wie ALBERT THIBAUDET sie nannte, höchste Aufmerksamkeit verdient. In sie sind alle aus dem Werk selbst eliminierten Leiden und Freuden eines bald legendär gewordenen Einsiedlerdaseins eingegangen.

Der Vater, dem Flaubert in dem Doktor Larivière der *›Madame Bovary‹* ein schönes Denkmal errichtete, starb 1846. Von der verständigen Mutter betreut, und selber in rührendem Eifer für die Tochter der im Wochenbett verstorbenen Schwester sorgend, rang Flaubert in der Einsamkeit von Croisset um seine Sätze, ein asketischer Mystiker der Kunst. »Ich führe ein strenges, jeder äußeren Bewegtheit entbehrendes Leben, in dem nur eine Art von permanenter Raserei mich aufrecht zu erhalten vermag, die manchmal ob ihrer Ohnmacht weint, aber beständig ist. Ich liebe meine Arbeit mit einer frenetischen und verderbten Liebe, so wie ein Asket das Büßerhemd, das ihm den Bauch zerkratzt. Ich hasse mich und klage mich des wahnwitzigen Stolzes an, der mich nach Chimären lechzen läßt. Eine Viertelstunde später ist alles anders, das Herz pocht mir vor Freude . . . Im Licht eines Enthusiasmus, der meine Haut vom Scheitel bis zur Sohle erschauern läßt, habe ich manchmal Seelenzustände erfahren, die über dem Leben stehen, für die der Ruhm nichts und selbst das Glück unnütz wäre . . . Sogar inmitten der naivsten Zufriedenheit kommen mir Zweifel. Und trotzdem! Ich würde dies für nichts preisgeben, weil es meinem Gewissen scheinen will, daß ich eine Pflicht erfülle, daß ich einer höheren Bestimmung gehorche, daß ich das Gute tue und auf dem richtigen Wege bin.« Diese Kunstreligion trägt fast mystische Elemente in sich. Ihr Gott aber ist grausam: »Die Kunst ernährt sich wie der Gott der Juden von Blutopfern.« Immer wieder hat LOUISE COLET, an die diese Zeilen gerichtet wurden, Flaubert einem weniger anspruchsvollen Gott zuzuführen versucht. Erstaunlich ist, daß Flaubert's Verhältnis zu dieser so ganz anders veranlagten, elf Jahre älteren, vom Erfolg und von Verehrern verwöhnten Frau mehr als zehn Jahre dauern konnte. Flaubert wollte aus der ›Muse‹, wie die ehrgeizige und mittelmäßige Schriftstellerin genannt wurde, eine Dichterin machen, korrigierte unermüdlich ihre Verse und schrieb zahllose Briefe an sie, die wegen der in ihnen enthaltenen theoretischen Explikationen seiner Ästhetik von unschätzbarem Wert sind. Unablässig versuchte Louise Colet, Flaubert zur Übersiedlung nach Paris und zum Zusammenleben mit ihr zu überreden. Aber der Eremit von Croisset blieb hart. Er quälte sich weiter ab mit den »Schrecken des Stils«, im Kampf um das vollkommene Wort, das es »auf den Gedanken zu kleben« gilt, weil es nach Flaubert's hierin der französischen Klassik verpflichteter Ansicht keine Synonyme gibt. Wie besessen ringt er mit den Unvermeidlichkeiten der Sprache, den Genitiven, den Relativpronomen, Hilfsverben und Konjunktionen. Im Text der zweiten Auflage der ›*Education sentimentale*‹ bringt er zahlreiche Korrekturen an. Vier Fünftel aller Änderungen sind Tilgungen, drei Viertel davon betreffen die ›aber‹, ›dann‹, ›und‹, ›darauf‹ und ›indessen‹. Stets geht es um die Präzision, die kein sprachliches Element unkontrolliert durchläßt und ihm seinen vollen, exakten Aussagewert zurückgibt, der wiederum ebenso an den Rhythmus wie an den Inhalt gebunden ist. Denn Flaubert wollte einen Stil, der »rhythmisiert ist wie der Vers und präzis wie die Sprache der Wissenschaft«. Das »richtige« Wort ist immer auch das harmonische Wort. Kein Satz, der nicht durch die Probe des *gueuloir* gegangen wäre, d. h. den der Autor nicht durch lauten Vortrag auf Melodie und Rhythmus geprüft hätte. Fünf Jahre braucht er für *›Madame Bovary‹*, fünf weitere für *›Salammbô‹,* sechs Jahre für die *›Education sentimentale‹,* der 1872 begonnene Roman *›Bouvard et Pécuchet‹* bleibt unvollendet. Die Sorge um den Stil, die kein Autor sonst in ähnlicher Stärke verspürt hat, ist jedoch nicht allein die Ursache für die langen Entstehungszeiten. Flaubert fand keine Ruhe, bevor er nicht ein Maximum an Materialsammlungen und Quellenstudien hinter sich gebracht hatte. Für die *›Education‹* bewältigte er innerhalb von sechs Wochen siebenundzwanzig verschiedene Darstellungen der Februarrevolution, für *›Bouvard et Pécuchet‹* las und exzerpierte er rund fünfzehnhundert wissenschaftliche Werke. Stilgesinnung und Wille zur vollständigen sachlichen Richtigkeit sind monumentaler Ausdruck des unablässigen Ringens um die Realisierung eines alle Kräfte in seinen Bann ziehenden ästhetischen Ideals.

Impassibilité

»Monsieur Gustave Flaubert, Sohn und Bruder ausgezeichneter Ärzte, führt die Feder wie andere das Skalpell. Anatomen und Physiologen, überall finde ich euch wieder!« Wieviele Male ist dieser in SAINTE-BEUVE'S *›Bovary‹*-Kritik enthaltene Satz bis heute wiederholt worden! Die mit klinischer Exaktheit dargebotene Schilderung des Todeskampfes der Titelheldin war nur die auffälligste Probe einer bislang unerhörten Darstellungsform. Eine zeitgenössische Karikatur von LEMOT zeigt Flaubert, wie er Emma Bovary seziert. Nicht ›Realist‹, sondern ›Brutalist‹ sei der Verfasser, so meinte der Schriftsteller BARBEY D'AUREVILLY, dem jedes Verständnis für Flaubert abging. Flaubert hatte von

der experimentalmedizinischen Schulung des Vaters mitprofitiert, trieb selbst anatomische, physiologische und pathologische Studien. Einen Fortschritt der Literatur erwartete er nur von einer Übernahme der wissenschaftlichen Methoden, die für ihn zugleich die wahre Kritik einschlossen. Während der Arbeit an *›Madame Bovary‹* (1854) bezeichnet er diesen Roman selbst als ein »Werk der Kritik oder vielmehr der Anatomie«. An LOUISE COLET schreibt er in der gleichen Zeit: »Man muß die Kritik so betreiben wie die Naturwissenschaften, ohne moralisches Vorurteil. Die Ästhetik wartet noch auf ihren Geoffroy de Saint-Hilaire, jenen großen Mann, der die Rechtmäßigkeit der Monstren nachwies. Wenn man eine Zeitlang die menschliche Seele mit der gleichen Unparteilichkeit behandelt haben wird, mit der man in der Physik die Materie studiert, wird ein ungeheurer Schritt vorwärts getan sein. Dies ist das einzige Mittel für die Menschheit, sich ein wenig über sich selbst zu erheben.«
Das Gelingen ist für Flaubert eine Frage der Methode, jener Methode, die er selbst anwenden will. Der stets die Wahrheit seiner Inhalte überprüfende Verstand ist mit höchstem Mißtrauen gegen das Gefühl zu wappnen, denn allein »das Wort Seele hat die Menschen fast ebensoviele Dummheiten aussprechen lassen als es Seelen gibt«. Auf die Literatur übertragen hat die wissenschaftliche Methode zwei Grundgesetze: strikte Enthaltung von Schlüsseziehen, und *impassibilité,* d. h. die Unempfindlichkeit, die Teilnahmslosigkeit des Künstlers. Schlüsse ziehen *(conclure)* ist zugleich auch Urteil, Urteil aber beim Künstler Vorurteil, Parteinahme. Unparteilichkeit *(impartialité)* ist die Grundtugend der Wissenschaft; für den Schriftsteller besagt sie: darstellen unter Verzicht auf jede moralisierende Absicht, auf jede persönliche Stellungnahme. So haben es, wie Flaubert anmerkt, HOMER, SHAKESPEARE und GOETHE gehalten. Das richtig Dargestellte spricht für sich allein. Der Autor selbst hat sich völlig herauszuhalten, seinem Werke muß Unpersönlichkeit *(impersonalité)* eignen. »Der Künstler darf in seinem Werk nicht mehr zum Vorschein kommen als Gott in der Natur . . . überall gegenwärtig,

aber nirgends sichtbar.« Der Rückzug des Erzählers in die leidenschaftslose Anonymität des allgegenwärtigen und nirgends faßbaren Schöpfers bezweckt äußerste Objektivität. Die Romanhandlung wird zu einer Geschichte, die sich gleichsam selbst erzählt, deren Vorgänge durch ihr So-Sein sich selber interpretieren, ohne jeden Kommentar, ohne jede Erklärung, ohne jede Wertung durch den Autor, allein durch die die Vorgänge produzierende Sprache, durch die Macht des Stils, der »für sich allein eine Weise ist, die Dinge zu sehen«. Es gilt, wie Flaubert seinem Schüler MAUPASSANT erklärt, die Wirklichkeit »lange und aufmerksam genug zu betrachten, um einen Aspekt zu entdecken, der noch von niemanden gesehen oder dargestellt worden ist«. Der Stil übersetzt die Beobachtung und impliziert ihre objektive Wahrheit. Wie anders hatte noch BALZAC die künstlerische Darstellung der Realität konzipiert!

Objektivität, Unpersönlichkeit und Unparteilichkeit setzen eine Tugend voraus, die sich gerade Flaubert in immer neuer, ungeheurer Anstrengung erwerben muß: die *impassibilité* wurde für ihn zum Gegenstand intellektueller und ästhetischer Askese. »Nicht die Leidenschaft macht die Verse« – so schreibt er an LOUISE COLET – »je persönlicher Sie sind, desto schwächer. Je weniger man eine Sache fühlt, um so fähiger wird man, sie so auszudrücken, wie sie wirklich ist, aber man muß die Gabe besitzen, sie sich fühlbar zu machen.« Der künstlerische Akt besteht also in der äußersten, keine Empfindung hindurchlassenden Objektivierung von vorher stark mitempfundenen Vorgängen. Gerade dies ist, vor allem schon von den Zeitgenossen, völlig mißverstanden und Flaubert als kalter, unbarmherziger und daher auch unmoralischer Charakter mißdeutet worden. Nichts ist jedoch falscher, als die selbst auferlegte Disziplin und das Prinzip der *impassibilité* als Gefühllosigkeit des Menschen Flaubert auszulegen. Sein vielzitierter Ausspruch: »Madame Bovary, das bin ich selbst«, ist so ernst zu nehmen wie sein Bekenntnis, daß er, während er die Agonie der Emma Bovary beschrieb, beständig den Geschmack des Arseniks im Munde verspürt habe. Die

Empfindungsfähigkeit, die aus dem Kunstwerk eliminiert wird, ist gleichwohl dessen Voraussetzung: »Um richtig wiedergegeben zu werden muß die äußere Wirklichkeit in uns eindringen, bis sie uns zum Schreien bringt.« Die Ästhetik der *impassibilité* konnte nur von einem Autor konzipiert werden, dem die Fähigkeit zu tiefen Empfindungen in höchstem Maße eigen war.

Pessimismus

Einen inneren Widerspruch oder gar menschliche Unzulänglichkeit darf man dieser Theorie nicht zugrunde legen. Wohl aber ist nach den Impulsen zu fragen, die sie hervortreiben konnten. 1859 schrieb Flaubert an den befreundeten Schriftsteller FEYDEAU: »Es ist notwendig, auf der Höhe des Schicksals zu stehen, das heißt, ebenso empfindungslos *(impassible)* zu sein wie das Schicksal.« Was das persönliche Dasein selbst nicht ermöglicht, die Kunst, die »am wenigsten lügenhafte von allen Lügen«, soll es verwirklichen. Sie ist eine »zweite Natur, und der Schöpfer dieser Natur soll analog dem Schöpfer der ersten verfahren, so daß man in all ihren Atomen, in all ihren Aspekten eine verborgene und unendliche Empfindungslosigkeit *(impassibilité)* verspürt». BALZAC's ungeheure künstlerische Schöpfungsanalogie hatte aus dem Dynamismus der Gesellschaft seiner Zeit noch einen Optimismus des Sich-Durchsetzen-Könnens festhalten, das Schicksal noch als vom starken Willen beeinflußbar hinstellen können. Bei Flaubert ist es blindes und gefühlloses Fatum, dem nur die wissenschaftlich instrumentierte Kunst, und diese eben nur durch die gleiche *impassibilité* begegnen kann, die das Wesen des Schicksals ist. Die Bewältigung des absolut Entfremdeten durch den neuen Stil begreift sich bei Flaubert als Vergeltung: »Sezieren ist eine Rache.« Der radikale romantische Pessimismus seiner Jugend ist zum rationalen, philosophischen, stark an der physiologischen Lehre CLAUDE BERNARD's orientierten Determinismus geworden. Wie sehr diese Überzeugung Flaubert's Kunsttheorie bestimmt, kommt am deutlichsten wohl in

seiner später von MARCEL PROUST übernommenen Auffassung von der Unfreiheit des Künstlers in der Wahl seiner Gegenstände zum Ausdruck: »Ich mache nichts von dem, was ich will. Man wählt seine Stoffe nicht, sie drängen sich auf.«
Flaubert's Gestalten sind vom Fatum getrieben, dem gegenüber sie schließlich nicht einmal mehr den Versuch der Empörung unternehmen. Dieser Fatalismus prägt, je mehr er sich mit den Jahren vertieft, um so stärker auch den gesamten Kompositions- und Sprachstil des Flaubertschen Romans, bewirkt die von Proust so bewunderten *blancs*, die Sprungtechnik, die alle irrelevanten und leicht zu ergänzenden Zwischenstadien des Geschehens ausläßt, die ›unkausale Situationsfolge‹ (HUGO FRIEDRICH), die Unterdrückung der Kausalitäts- und Finalitätspartikeln im Satz, d. h. die im Stil, der ›Sehweise‹ des ›richtigen Denkens‹, reproduzierte Disjunktion von Motiv und Resultat, Ursache und Wirkung.
Teilnahmslos wie das Fatum und fremd wie die mit der Absicht nicht übereinstimmende Folge des Tuns ist die Gesamtheit der Außenwelt, konkretisiert an der Welt der Dinge. Bei BALZAC gab die mit menschlicher Atmosphäre durchtränkte häusliche oder natürliche Umwelt die Antwort des Vertrauten. Bei Flaubert schweigt sie, verharrt in grausamer Indifferenz vor dem Bestätigung heischenden Blick. Als in der *›Education‹* Mme Arnoux, durch Deslauriers' unverschämtes Auftreten plötzlich ihrer Liebe zu Frédéric in ihrer ganzen schmerzlichen Tiefe bewußt geworden, ans Fenster tritt, offenbaren die Hammerschläge eines Packers, das Rollen passierender Fiaker, das kalte Tageslicht und die »ungeheure Verlassenheit« des Zimmers die absolute Gleichgültigkeit der Außenwelt. MARCEL PROUST hat in einem erstaunlichen Essay einige der »unwandelbaren Eigentümlichkeiten einer deformierenden Syntax« als Ausdruck einer völlig »neuen Sicht« in Flaubert's Werk beleuchtet und festgestellt, daß bei Flaubert das Zustands-Tempus, das Imperfekt, wesentlich den Personen eignet, das »aktive«, ändernde, Neues bringende Perfekt aber vorwiegend den Dingen. Die Menschen

sind passiv, sind Gehandelte, während die Dingwelt zum Träger eines – freilich völlig losgelösten und dem Menschen fremden – autonomen Geschehens geworden ist. Diese »so neue Verwendung des Imperfekts verändert, gleich einer anderswo aufgestellten Lampe, vollständig den Aspekt der Dinge und der Wesen«. Abgründige Disharmonie zwischen Ich und Nicht-Ich, unaufhebbare Diskrepanz von Wunsch und Wirklichkeit, grundsätzliches Nichtübereinstimmen von Gefühl und Umwelt sind Seite für Seite in Handlung und Schilderung unbarmherzig existent. Die von Werk zu Werk immer stärker in Stil, Struktur und Handlung transponierte Grunderfahrung einer universalen Entfremdung von Innen und Außen hinterläßt dem gedemütigten Individuum eine restlos entzauberte Welt, in der es kein Glück mehr gibt. Die Geschichte der Flaubertschen Personen ist ein Erfahrungsdurchgang, an dessen Ende die in Sprach- und Kompositionsstil gleichsam vorweggenommene Erkenntnis der Sinnentleertheit der Welt steht, ist die Geschichte der ›verlorenen Illusionen‹ in einem viel strengeren, totaleren Sinne als der Balzacsche Roman ihn gefaßt hatte.

Flaubert's Helden – man kann sie nur mit Vorbehalt so bezeichnen – leiden an einem Übel, das man seit JULES DE GAULTIER mit ›Bovarysmus‹ bezeichnet, an ihrer verhängnisvollen Fähigkeit, sich anders zu sehen, als sie sind, an der Illusion über sich selbst und über die Welt, mit der sie zwangsläufig in einen heillosen Konflikt geraten müssen. Aber das tragische Schicksal der Bovary wie das Scheitern Frédéric's in der ›*Education*‹ ermangeln der Größe. Emmas Gefühlsleben ist klischiert, Frédéric ist zu keiner echten, schon gar nicht zu einer konsequenten Willenshandlung fähig. Die Herrschaft der Trivialität, die Flaubert mit untilgbarem Ekel erfüllte, erlaubt das Erhabene nicht mehr. Der ›Bovarysmus‹ ist der ganz und gar banal gewordene Donquijotismus der unheroischen Epoche der Bourgeoisie, deren typische Vertreter die Homais und Lheureux der ›*Madame Bovary*‹ und der Großkapitalist Dambreuse der ›*Education*‹ sind. BALZAC's geniales Buch ›*Verlorene Illusionen*‹ war der erste moderne Desillusionsroman insofern, als der Prozeß der Desillusionierung sich hier nicht mehr in den Konflikten mit den erstarrten geschichtlichen Institutionen vollzieht, sondern in der Auseinandersetzung mit der ganz gegenwärtigen, ja historisch gerade im Kommen begriffenen Welt des Kapitalismus. Damit verdüstert sich der Horizont der Zukunft, der dann bei Flaubert keinerlei Lichtblick mehr zuläßt. Flaubert's Pessimismus ist absolut. Seine Gestalten treten von vornherein an unter dem Gesetz der das Leben zum Scheitern verurteilenden Illusion. Die Disharmonie erweist sich als prästabiliert, und damit erfüllt der Roman vielleicht zum erstenmal das Form- und Gattungsgesetz ganz, unter dem er in die Geschichte eingetreten ist: die für ihn konstitutive Trennung von Sinn und Leben ist bei Flaubert völlig unaufhebbar und der Roman damit ganz und gar zu dem geworden, was GEORG LUKÁCS in seiner glänzenden ›*Theorie des Romans*‹ die ›Form der transzendentalen Obdachlosigkeit‹ genannt hat.

Zeitfeindschaft und Bürgerhaß

Flaubert's Realismus ist kritischer Realismus. Hätte er es nicht selbst – vor allem im Hinblick auf die ›*Bovary*‹ – ausgesprochen, man müßte diesen Sachverhalt zwangsläufig erschließen. Die Realität durchschauen und sezierend bloßlegen ist die einzige Möglichkeit, ihr zu begegnen, denn zu ändern ist sie nicht. Die *impassibilité* erscheint als die einzige angemessene Waffe dieser Kritik, weil jedes moralische Urteil, jedes unkontrollierte Gefühl doch nur denen dienen würde, die FLAUBERT, BAUDELAIRE und später, noch zu Flaubert's Lebzeiten, MAUPASSANT vor Gericht zerrten. Flaubert war zu spät geboren, um – wie STENDHAL und BALZAC – die heroische Epoche des Bürgertums noch in lebendiger Erinnerung zu haben. Für ihn stand die Gesellschaft seiner Zeit im Zeichen der allgegenwärtigen Lebenslüge, der *bêtise bourgeoise,* der verfälschten Moral, der Scheinhaftigkeit aller Ideale. Sein unauslöschlicher Haß auf den Bourgeois ist der Haß auf die Träger des Ungeistes, ein Haß, der sich zum Abscheu vor der

ganzen Zeit und der ganzen Menschheit ausweitet: »Ich nenne den einen Bourgeois, der niedrig denkt« – Flaubert kann dem Bürgertum die Trivialisierung des Lebens nicht verzeihen. Von den drei kritischen ›Vorwörtern‹, die er sein Leben lang plante, sollte eines das *›Buch der Vergeltung‹* werden. Es verschmolz mit dem *›Wörterbuch der vorgefaßten Meinungen‹*, dem lexikographischen Niederschlag des in Sprachkritik umgewandelten Hasses, einem Verzeichnis der Gemeinplätze, platten Redewendungen und Klischees, angelegt zu dem Zweck, die Nichtigkeit des zeitgenössischen Wort- und Ideenschatzes bloßzulegen. Bis in seine letzten Lebensjahre hat Flaubert diese Sammlung fortgeführt und sie vor allem für *›Bouvard et Pécuchet‹,* die romanhafte Bestandsaufnahme der spießbürgerlichen Borniertheit, verwendet. Als er den Plan für dieses Werk ausarbeitet, schreibt er an GEORGE SAND: »Ich gehe mit etwas um, in dem ich endlich meinem Zorn freien Lauf lassen kann. Ja, endlich will ich mich frei machen von dem, was mich erstickt. Ausspeien will ich auf meine Zeitgenossen den Ekel, den sie mir einflößen, und sollte mir dabei die Brust zerspringen.«
Der Realismus Flaubert's wird nicht nur durch die Abrechnung mit der falsch gewordenen Innerlichkeit der Romantik bestimmt, sondern ebenso durch die Entdeckung des Häßlichen und Banalen als beflissen Vertuschtes, in Wahrheit aber Herrschendes. »Schönheit ist unverträglich mit dem modernen Leben.« Die Schilderung des Häßlichen, Rohen, Trivialen in Flaubert's Werken stellt die Wahrheit gegen die Verfälschung des Fühlens und gegen die Seichtheit des Denkens, will die Entlarvung der Unredlichkeit. Die Flucht in historische Stoffe kann ihn nicht davon entbinden, das Rohe und Häßliche auch in der Vergangenheit zu schildern und als Wahrheit seinen Zeitgenossen vor Augen zu halten. Über *›Salammbô‹,* schreibt er an den großen Kritiker SAINTE-BEUVE: »Ich beschreibe furchtbare Greuel, und das belustigt mich. Aus diesem Buch tritt eine ungeheure Verachtung der Menschheit zutage.« Und an anderer Stelle: »Wenige werden sich vorstellen können, wie traurig man sein

muß, um die Wiedererweckung Karthagos zu unternehmen! Das ist eine Flucht in die Wüste von Thebais, wohin mich der Ekel vor dem modernen Leben gejagt hat.« Aber immer wieder trieb es ihn in die eigene Zeit zurück. Zähneknirschend unterzog er sich dann der mühevollen Bewältigung des Stoffes, den ihm die Gegenwart aufzwang, und gerade aus der Abrechnung mit der eigenen Zeit erwuchsen Flaubert's größte Leistungen: *›Madame Bovary‹*, die ihm den Prozeß einbrachte, die tief pessimistische *›Education sentimentale‹*, die völlig unverstanden blieb, und sein bitterstes Buch, *›Bouvard et Pécuchet‹*. Flaubert hat seinen Haß auf die Bourgeoisie und die von ihr geprägte Gesellschaft in mehreren Romanfiguren besonders konkretisiert. Unvergeßlich bleibt jedem Leser der *›Madame Bovary‹* die Gestalt des Apothekers Homais, des Prototyps des eingebildeten, hohlen und egoistischen Provinzbürgers, dessen bornierter Fortschrittsglaube das Erbe der Aufklärung mißbraucht und diskreditiert. Aber Homais, der perfide Lheureux, und der Roque der *›Education‹*, der einen hilflosen Revolutionär einfach niederknallt, sind die Erfolgreichen. Während die trotz der *impassibilité* von Flaubert noch mit spürbarer Sympathie gezeichneten Bovary und Moreau wirtschaftlich und gesellschaftlich sinken, ist der Stern der Homais, Lheureux und Roque im Steigen. Die *›Bovary‹* endet mit der nüchternen Feststellung, daß die Tochter der Bovarys sich das tägliche Brot als Arbeiterin in einer Baumwollspinnerei verdient, und Homais soeben das Kreuz der Ehrenlegion erhalten hat. Das im ganzen Roman durchgehaltene Präteritum ist in diesen Schlußsätzen dem Präsens gewichen. Im Tempuswechsel allein schon zeigt sich, daß die Zukunft den Bourgeois von der Sorte Homais' gehört. Die Gesinnungslosigkeit der Finanz- und Industriebourgeoisie hat in der Gestalt des Großkapitalisten Dambreuse in der *›Education‹* monumentale Formen angenommen. In seinem Haus trifft sich eine Gesellschaft, die um des Geldes willen zu jedem Gesinnungswechsel bereit ist: »Die Mehrzahl dieser Menschen hatte mindestens vier Regierungsformen gedient, und sie hätten Frankreich, ja das ganze Menschengeschlecht verkauft, nur um ihr Vermögen zu erhalten, sich ein Unbehagen, eine Schwierigkeit, zu ersparen, oder auch nur aus gewöhnlicher Niedrigkeit, aus instinktiver Anbetung der Gewalt.« Dambreuse selbst, der nacheinander Napoleon, den Kosaken, Ludwig XVIII., dem Umsturz von 1830, den Arbeitern von 1848, kurz allen Regimen zugejubelt hatte, liebt die herrschende Macht so innig, daß er »noch dafür bezahlen würde, um sich ihr verkaufen zu dürfen«. Der konzessionslose, durch alle *impassibilité* hindurch vernehmbare Haß auf die ungeistige, egoistische Gesellschaft seiner Zeit treibt Flaubert zu einem unbedingten Individualismus, der auch sein Verhältnis zu Volk, Arbeiterschaft, Demokratie und Sozialismus bestimmt.

1848

Die Mitte des 19. Jahrhunderts bezeichnet einen der schärfsten Einschnitte, welche die französische Literatur kennt. Es ist kein Zufall, daß mit dem Zusammenbruch der Republik LAMARTINE's auch die Romantik zu Ende war. Die Wendung des Verstandes gegen das Gefühl, des wissenschaftlich-positivistischen Geistes gegen das Genie fällt zusammen mit dem Verlust der Hoffnungen einer ganzen Generation. Am 25. Februar 1848 wurde die Monarchie des Bürgerkönigs gestürzt. Wenige Wochen später betrog die bürgerliche Reaktion die Revolutionäre um die Früchte ihres Sieges. Als die Arbeiterschaft erneut auf die Straßen ging, wurde sie von CAVAIGNAC, dem Kriegsminister der um Besitz und ›Ordnung‹ besorgten Regierung zusammengeschossen. LOUIS BONAPARTE wurde Staatspräsident, drei Jahre später schwang er sich durch seinen Staatsstreich zum Kaiser auf. Zum erstenmal war durch die Barrikadenkämpfe, den vorübergehenden Sieg des Volkes und die Reaktion die soziale Frage als geschichtliches und menschliches Problem in das Bewußtsein aller Denkenden gerückt. Tiefster Pessimismus bemächtigte sich der Generation, die in den entscheidenden Jahren von 1848 bis

1851 zwanzig bis dreißig Jahre alt war. Es ist die Generation Frédéric Moreau's und seiner Freunde.
Flaubert begriff, daß mit den Ereignissen dieser Jahre ein neuer Abschnitt in der Geschichte der bürgerlichen Gesellschaft begann, der zu seiner Bewältigung anderer künstlerischer Mittel, nämlich der unnachsichtigen, kritischen Analyse bedurfte. Er war dreißig Jahre alt, als er 1851 mit der Arbeit an ›*Madame Bovary*‹ begann. Der Mißerfolg des spontanen Aufstands und die Unzulänglichkeit seiner Führer ließen den Individualisten Flaubert bald wieder zu seiner Verachtung des Volkes als Masse zurückkehren und ihn aus der Enttäuschung über die Niederlage der Freiheit den illusionären Charakter der Freiheit folgern. »Wieder eine zerstörte Illusion, wieder eine verwelkte Blüte!« ›Vertrocknete Früchte‹ wollte er die ›*Education*‹ eine Zeitlang nennen, und MAXIME DU CAMP schrieb zur selben Zeit an einem Roman, dessen Titel ›*Die verlorenen Kräfte*‹ auf die gleiche Erfahrung, die Hoffnung von 1848 und ihre endgültige Vernichtung durch den Staatsstreich, hindeutet.
Die in trostlose Resignation einmündende ›*Education sentimentale*‹ ist auch eine *éducation politique*; beide sind unlösbar ineinander verflochten. Flaubert ist der erste Schriftsteller, der die Achtundvierziger Revolution im Roman geschildert hat, sogar zweimal: in der ›*Education*‹ und im 6. Kapitel von ›*Bouvard et Pécuchet*‹. BALZAC hatte die Arbeiterschaft noch nicht als Klasse wahrgenommen, bei Flaubert ist sie als vom rapide entwickelten Kapitalismus erzeugtes Proletariat unheimlich existent. Ihre wachsende Zahl erschien dem extremen Individualisten Flaubert als bedrohliche Masse, die Demokratie als nivellierender Egalitarismus: »Als Volk drückt sich die Menschheit in viel engerer Weise aus als im Individuum, und die Menge ist das, was dem Menschen am stärksten entgegengesetzt ist.« Jahrelang beschäftigte er sich mit den Schriften der sozialistischen Theoretiker SAINT-SIMON, LEROUX, FOURIER und PROUDHON. Die vorübergehende, im gemeinsamen Enthusiasmus der Februarrevolution vollzogene Verbindung von Volk und Vertretern des Katholi-

zismus ließ in ihm die Überzeugung entstehen, daß daraus das finsterste Mittelalter wiedererstehen sollte. Die Angst vor der Masse, die allein durch ihre Stimmenzahl eine neue, totalere Autorität an die Stelle der alten setzen könnte, veranlaßte ihn, das allgemeine Wahlrecht zur »Schande für den menschlichen Geist« zu erklären.

Solche Äußerungen ziehen bereits die pessimistischen Schlußfolgerungen aus der Revolution von 1848 und der Kommune von 1871. »Die Masse, die Zahl, ist immer dumm« – so schreibt er 1871 an GEORGE SAND – »Man muß sie indessen respektieren, wie unfähig sie immer sei, denn sie enthält Keime von unberechenbarer Fruchtbarkeit. Man gebe ihr die Freiheit, aber nicht die Macht.« Sarkastisch deutet Flaubert die sozialen Bestrebungen als den »Traum der Demokratie, den Proletarier auf das Niveau der Dummheit des Bourgeois zu heben«. Flaubert hat die Schwächen der Führer des Volks von 1848 und das Versagen, welches das zweite Kaiserreich und sein klägliches Ende ermöglichte, nicht vergessen können, und hat alle sozialen Schichten gleichermaßen mit der Verantwortung behaftet: »Da die Bürger grausam, die Arbeiter neidisch, die Priester servil sind, und das Volk letztlich jeden Tyrannen hinnimmt, sofern man ihm nur das Maul im Futtertrog läßt, hat Napoleon ganz richtig gehandelt! Soll er es knebeln, mit Füßen treten, vertilgen! Sein Haß auf das Recht, seine Feigheit, seine Unfähigkeit und seine Verblendung haben es nur zu sehr verdient.« So heißt es in ›*Bouvard et Pécuchet*‹. Flaubert's Menschenverachtung ist durch die geschichtlich-politischen Erfahrungen absolut geworden. Hoffnungslosigkeit ist es, die ihn 1871, nach dem blutigen Kommuneaufstand, das Volk zum »ewigen Minderjährigen« erklären und nach einer »Regierung von Mandarinen« rufen läßt. Der gleiche Flaubert aber, dessen verzweifelte Ironie schon von den Zeitgenossen als Nihilismus mißverstanden wurde, dem die traditionalistisch-katholische Rechte bis heute seinen Individualismus und Liberalismus, die Linke seinen ›Mandarinismus‹ vorwirft, sagte, vor den Ruinen der im Mai 1871 von den Verteidigern der

Kommune in Brand gesteckten Tuilerien stehend: »Wenn man bedenkt, daß dies nicht geschehen wäre, hätte man die *›Education sentimentale‹* richtig verstanden!« Nicht zu Unrecht meinte GEORGES SOREL, daß die Lektüre der *›Education‹* für ein Verständnis der dem Staatsstreich LOUIS BONAPARTE's vorausgehenden Ereignisse unerläßlich sei. Mit noch größerem Recht darf man sagen, daß der Roman ohne die Kenntnis dieser Ereignisse nicht in seiner ganzen Bedeutung und Tiefe begriffen werden kann.

Die ›Lehrjahre des Gefühls‹

»Wenn das früheste vollkommene Muster des Romans der *›Don Quichotte‹* ist, so ist sein spätestes vielleicht die *›Education sentimentale‹*.« Flaubert's zeitgenössische Kritiker hätten diesem Urteil von WALTER BENJAMIN verständnislos gegenübergestanden. Als der Roman im November 1869, wenige Monate vor Ausbruch des Krieges, erschien, fand er eisige Aufnahme. Flaubert mußte bissige Rezensionen, ja gehässige Angriffe hinnehmen. Trost bieten konnten ihm nur die Zustimmung VICTOR HUGO's, das Verständnis GEORGE SAND's und THÉODORE DE BANVILLE's Artikel, der die *›Education‹* als eine inmitten der allgemeinen geistigen Verödung wieder Hoffnung schenkende »große Manifestation des menschlichen Genies« würdigte.

Die *›Education sentimentale‹* ist schwer, ja vielleicht überhaupt erst bei wiederholtem Lesen wirklich zugänglich. Und sie ist ein deprimierendes Buch, in dem außer dem höchsten Grad an Kunst kaum etwas Erbauliches zu finden ist. Selbst über Mme Arnoux, einer der schönsten Frauengestalten der Weltliteratur, liegt die Melancholie eines resignierenden Duldens, deren biographische Hintergründe wenigstens angedeutet werden müssen. Die gleich eingangs geschilderte Szene, in welcher Frédéric der wie eine Traumerscheinung auf ihn wirkenden Mme Arnoux den Schal zurückreicht und ihre Dankesworte erhält, hat in Wahrheit im Sommer 1836 am Strand von Trouville stattgefunden. Dort hatte der fünfzehnjährige Flaubert die elf Jahre ältere ELISA

SCHLÉSINGER und deren Mann, den Musikverleger MAURICE SCHLÉSINGER, kennengelernt und diese Bekanntschaft dann in Paris fortgesetzt. Elisa ist Flaubert's Idealbild für das ganze Leben geblieben. Sie wird Modell schon für die Frauengestalt der *›Mémoires d'un fou‹*, ist in *›Novembre‹* erkennbar, in der ersten *›Education‹*, und sie ist in allen wesentlichen Zügen Mme Arnoux, so wie Maurice Schlésinger, Geschäftemacher und Lebemann, das Vorbild für Jacques Arnoux wurde. Das erst von der jüngsten Forschung enthüllte, auch Flaubert offenbar unbekannt gebliebene Geheimnis ihres Lebens – das unglückliche Ende ihrer ersten Ehe und die damit zusammenhängende, jahrelang nicht legalisierte Verbindung mit Schlésinger – ist als Geheimnis in das Wesen der Mme Arnoux eingegangen.

Frédéric Moreau ist Flaubert selbst, aber ein Flaubert ohne Willen und ohne große Begabung, das überwundene schwächere Ich des Autors. Vorbilder lassen sich auch bei anderen Figuren des Romans erschließen. Aber stets handelt es sich um Züge von mehreren Personen, die in einer einzigen Romangestalt zusammenfließen, in einer individuellen ›Synthese‹. Jede Gestalt Flaubert's ist, wie sein Schüler MAUPASSANT schrieb, »ein Typ, d. h. die Zusammenfassung einer Anzahl von Menschen, die auf der gleichen geistigen Stufe stehen«. Das gilt auch für die Hauptfigur des Romans: der Frédéric, der zum Geliebten der Mme Dambreuse wird, ist nicht mehr Flaubert selbst, sondern MAXIME DU CAMP, der Nachfolger MÉRIMÉE's in der Gunst jener Mme DELESSERT, der Flaubert die meisten Züge für seine Mme Dambreuse entlehnt hat.

Der autobiographische Charakter der *›Lehrjahre des Gefühls‹* hat Flaubert also nicht daran gehindert, in seinen Gestalten Typus und Individuum zur Deckung zu bringen. Das Proportionsverhältnis, in dem persönliches Erlebnis und Fiktion zueinander stehen, wird bestimmt durch den erklärten Vorsatz des Autors, den Roman einer gescheiterten Generation, seiner eigenen Generation, zu schreiben, zugleich auch »ein Buch der Liebe, der Leidenschaft, wie es sie nur heutzutage gibt, d. h. der inaktiven Leidenschaft«. Die Sinnverfehlung des Daseins ist in die *›Lehrjahre des Gefühls‹* übersetzt, deren Hauptinhalt die unerfüllte Liebe des willensschwachen Helden zu der mütterlich reifen Mme Arnoux bildet. Die vier Frauen, die in Frédéric's Leben eine Rolle spielen, sprechen vier Seiten seines Wesens an und repräsentieren vier verschiedene Bereiche des Lebens. Mme Arnoux, Inkarnation des erträumten Ideals, ist würdiger Gegenstand eines reinen, großen Gefühls. Rosanette, die ungebildete, plebejische Halbweltdame, erfüllt Frédéric's sinnliches Begehren. Mme Dambreuse, die elegante große Dame, erringt er in einer kurzen Anspannung seines schwachen Willens. Louise, das Naturkind aus der Provinz, ist immer dann Ziel seiner Wünsche, wenn er aus der Enttäuschung heraus sich nach der Ruhe eines idyllischen Glückes sehnt. Wo Frédéric seine Wünsche realisiert, sind Schalheit und seelische Öde das Resultat. Mme Arnoux dagegen verkörpert die Unerreichbarkeit des Ideals in einer dem Menschen entfremdeten Welt. Frédéric's fast pathologisches Unvermögen, im gegebenen Augenblick richtig, wenn überhaupt, zu handeln, bildet das psychologische Korrelat zu einer sinnentleerten Wirklichkeit, die durch den schicksalbestimmenden Zufall das vielleicht doch noch mögliche zwischenmenschliche Einvernehmen unterbindet. Trotz Frédéric's »allseitiger Schwäche» und ungeachtet des fraulichen Stolzes und der natürlichen Tugendhaftigkeit der Mme Arnoux käme es zu einer Erfüllung ihrer gegenseitigen Liebe, wären es nicht – wie Flaubert in seinen ersten Entwürfen zu dem Roman erklärt – die »zufälligen Umstände«, die das menschliche Scheitern vollenden.

Psychologisches und räumliches Sichverfehlen macht immer dann die Chance des Sichfindens, und d. h. auch des Sinnfindens, zunichte, wenn alle Voraussetzungen für ihr Ergreifen gegeben scheinen. Nirgends kommt dieser für die Struktur des ganzen Romans wichtige Sachverhalt deutlicher zum Ausdruck als in der Episode des verpaßten Rendezvous, in der privates und öffentlich-historisches Geschehen kulminieren. Mme Arnoux hat Frédéric endlich zugesagt, sich mit ihm zu treffen. Stundenlang wartet er vergeblich auf sie, irrt durch die sich mit aufsässigem Volk füllenden Straßen und führt tags darauf aus Trotz und Verzweiflung die Kurtisane Rosanette in die Wohnung, die er für Mme Arnoux eingerichtet hat – an die Stelle der Heiligen, der Erfüllung aller Sehnsüchte und Träume, tritt die banale Erotik. Frédéric weiß nicht, daß eine plötzlich ausgebrochene Krankheit ihres Kindes Mme Arnoux am Kommen gehindert hat. Die Kontaktstörung zwischen Mensch und Umwelt, Ich und Du, manifestiert sich im Romangeschehen in Zufall und Mißverständnis. Die blutigen Barrikadenkämpfe dieser Tage sind nicht nur düsterer Hintergrund für Frédéric's tiefste Enttäuschung und für die fragwürdige Tröstung mit Rosanette. Die Gewehrsalven auf dem Boulevard des Capucines, auf die der verbitterte Frédéric mit zynischen Worten reagiert, verhinderten die Verständigung zwischen dem König und dem bereits siegreichen Volk. Ihr Anlaß war, daß eine Gruppe Soldaten, die sich irrtümlich für bedroht hielt, in die Menge feuerte. Von nun an geht die Revolution planlos ihrem Schicksal entgegen, und ebenso ziellos läßt sich Frédéric von diesem Tag an treiben. Die ohnehin schwachen Versuche zu einer autonomen Lebensgestaltung sind jetzt endgültig aufgegeben.

Noch ein zweites Mal fällt ein entscheidender Umschwung in seinem persönlichen Schicksal mit dem Revolutionsgeschehen zusammen. Vergeblich hat Frédéric's Ehrgeiz sich an einer politischen Rolle versucht. Eine alle Hoffnungen erneut weckende Begegnung mit Mme Arnoux wird durch Rosanette's Dazwischentreten zu einer neuen Enttäuschung. Er bricht mit Rosanette und Mme Dambreuse, begegnet – auf dem Höhepunkt neuer politischer Kämpfe, dem edelmütigen Freund Dussardier, verläßt trotz dessen bitterer Klage – »Jetzt töten sie unsere Republik« – angewidert Paris. Drei Frauen hat er fast gleichzeitig verloren, nun sucht er Zuflucht bei der vierten, zuvor grausam zurückgestoßenen. Aber als er in der Heimatstadt Nogent eintrifft, sieht er die Jugendfreundin Louise mit dem ihr soeben angetrauten Deslauriers aus der Kirche treten. »Beschämt, besiegt, zermalmt« kehrt er in die Hauptstadt zurück, um dort zu erleben, wie der Revolutionär Dussardier durch den zum Polizisten gewordenen Revolutionär Sénécal getötet wird. Frédéric's Geschichte ist damit essentiell ebenso zu Ende wie diejenige der Revolution. In einem riesigen *blanc* überspringt die Handlung jetzt fast zwanzig Jahre, in denen Frédéric lernt, die »Erstarrung seiner Intelligenz und die Trägheit seines Herzens« zu ertragen.

Die Koinzidenz zwischen privatem und historischem Geschehen, persönlichem Desillusionsprozeß und politischem Scheitern ist von grundlegender Bedeutung für die *›Education sentimentale‹*. Dabei enthält sich der Autor, dem ästhetischen Prinzip der *impassibilité* entsprechend, jeder Stellungnahme und distanziert sich von den Ereignissen, indem er sie nur mittelbar in der Perspektive seines Helden vor Augen führt, sie durch die wechselnden Stimmungen eines empfindsamen, wankelmütigen und im Grunde unpolitischen Müßiggängers reflektieren läßt. Von Anfang an wollte Flaubert mit der *›Education‹* »zeigen, daß die Entwicklung des Gefühls seit 1830 der Politik folgt und deren Phasen reproduziert«, erkannte aber bald die großen Schwierigkeiten, die sich bei dem Versuch einstellen mußten, die beiden Bereiche organisch zu verbinden. Galt es doch so zu verfahren, daß keine einzige Person von den politischen Ereignissen unberührt blieb, daß der notwendig beschränkte Kreis der Figuren und Lebenssphären ein vollständiges, alle Probleme, Politik, Kunst, Ökonomie, Moral, Gesellschaft einschließendes Bild der Epoche ergab, ohne daß die historischen Ereignisse die fiktivpersönlichen überwucherten. »Es bereitet mir große Mühe« – schrieb er noch 1860 – »meine Gestalten mit den politischen Ereignissen von 48 zu verflechten; ich habe Angst, daß die Hintergründe den Vordergrund verschlingen könnten, . . . denn die geschichtlichen Figuren sind interessanter als die erfundenen, besonders, wenn diese letzteren nur mäßige Leidenschaften haben.« Flaubert's Vorhaben ist jedoch so sehr gelungen, daß der dokumentarische Wert des Romans nicht weniger groß ist als sein dichterischer. Die Exaktheit der topographischen und atmosphärischen Schilderung der französischen Hauptstadt unter LOUIS PHILIPPE und während der Revolution ist bis ins Detail nachzuweisen. Die Personen wachsen in völlig natürlicher Weise in den historischen Prozeß hinein. Daß dieser Eindruck der nahtlosen Verknüpfung im Leser entsteht, setzt freilich eine vollendete Gestaltung in Struktur, Charakteren und Fabel des Romans voraus.

Die beiden Personenkreise, mit denen sich Frédéric's Leben engstens berührt, sind bei aller Differenzierung in Art und Zusammensetzung von vornherein durch ihr Verhältnis zu Politik und Gesellschaft bestimmt. Gemeinsamer, aber sehr unterschiedlich motivierter Haß auf das Bürgerkönigtum verbindet die Gruppe der gleichaltrigen und besitzlosen Freunde, den ehrgeizigen Advokaten Deslauriers, den spintisierenden Maler Pellerin, den politischen Amateur Régimbart, den wendigen Journalisten Hussonnet; eine gärende Jugend, deren Impulse an der Zeit und an der eigenen Unzulänglichkeit scheitern. In dem gefühllosen Doktrinär Sénécal vollzieht sich der Umschlag der Revolution in die Negation der Freiheit, in den Totalitarismus. In einer kurzen, durch ihre Stellung auf dem Höhepunkt des Handlungsverlaufs eine furchtbare Relevanz erhaltene Szene hat Flaubert blitzartig den Selbstwiderspruch der Revolution beleuchtet: vor den Augen des fassungslosen Frédéric wird Sénécal zum Mörder Dussardier's, des einzigen Reinen unter den Revolutionären. Der Weg dieser Generation führt ins Nichts. Materieller Erfolg stünde ihr nur offen unter Anpassung an die gemeinen Bedingungen der Epoche. Resignation ist die einzige Haltung, in der sich diese gescheiterte Generation einen Rest von Selbstachtung zu erhalten vermag.

Den Revolutionären steht die Gruppe der Konservativen und Reaktionäre um Dambreuse gegenüber, der Nutznießer der neuen »Feudalität des Geldes, die schlimmer ist als die alte«. Auf den Häuptern des Großaktionärs Dambreuse, des Trägers sämtlicher Verdienstkreuze, der sich an seiner Frau rächt, indem er sie um das Erbe betrügt, und seines skrupellosen Helfers Roque sammelt sich der ganze Bourgeoishaß Flaubert's. Ihnen gegenüber erscheint der bankrottierende Geschäftemacher Arnoux noch sympathisch, weil er unfähig ist, dem Gelddenken seine privaten Neigungen aufzuopfern. Die bis ins Äußerste erfüllte epische Funktion des Protagonisten Frédéric, zwischen den beiden Gruppen zu vermitteln, ihre Sonderbereiche zur Einheit des Gesamtbildes der Epoche zu schließen, wäre allein schon ein ausreichendes Zeugnis für die Kunst Flaubert's. Frédéric's Charakter und Lebensverhältnisse sind von dieser Integrationsaufgabe her ebenso mitbedingt wie von den Erfordernissen der unerfüllbaren und ›inaktiven‹ Leidenschaft. Von seinen gleichaltrigen Freunden unterscheidet ihn nicht nur seine Entschlußlosigkeit, größere Sensibilität und politische Indifferenz, sondern auch sein Vermögen. Geld soll ihm nach den Plänen der Mutter eine große Karriere eröffnen, Geld bestimmt das Verhältnis der Moreaus zu ihren Nachbarn, und Geld spielt eine wichtige Rolle in Frédéric's Beziehungen zu den Frauen, selbst zu Mme Arnoux. Da er zur Arbeit unfähig ist, gibt es für ihn kein Glück ohne Geld, aber das Schuldgefühl gegenüber den Armen verläßt ihn nie und prägt entscheidend sein Verhältnis zu dem stärkeren, aber besitzlosen Jugendfreund Deslauriers.

Frédéric ist der Schwächste aus dem Freundeskreis, aber das von seinem Onkel ererbte Vermögen bewirkt, daß er als letzter seine Illusionen verliert. Der romantische Träumer, dessen Jugendideale Werther, René und Lara heißen, der, ähnlich dem Balzacschen Lucien de Rubempré, die Welt als Dichter oder Politiker erobern will, der immer neue Pläne faßt, bevor er einen ausführt, dessen ehrgeizige Aufschwünge so schnell ins Leere verpuffen wie seine Begeisterung, dieser sensible und künstlerisch veranlagte Dilettant schwankt ziel- und richtungslos, dem Wechsel von Hoffnung und Enttäuschung unterworfen, zwischen Revolutionären und Konservativen, zwischen reiner und sinnlicher Liebe, zwischen selbstloser Hilfe und egoistischer Härte hin und her, unfähig ebenso zur Revolte wie zum Ergreifen der Chancen, die ihm die reaktionäre Geldwelt bietet. Charakter und finanzielle Unabhängigkeit sind die Voraussetzungen dafür, daß der passive Held Frédéric zum Repräsentanten einer gescheiterten Generation, zum Exempel der Sinnverfehlung der Existenz, aber auch zum Träger der epischen Integration der verschiedenen geistigen und sozialen Ebenen werden kann. Unentschiedenheit und Anfälligkeit lassen den allen Eindrücken offenen Nichtstuer Frédéric nicht nur durch seinen stetigen geistigen und räumlichen Standortwechsel die verschiedenen Lebenssphären ganz natürlich verbinden, sondern bewirken auch, daß im Wechsel der Stimmungen, Neigungen und Begegnungen die geschichtliche Wirklichkeit in den unterschiedlichsten Aspekten und doch in einer persönlichen Perspektive in Erscheinung tritt. Die Revolutionsereignisse werden nur in gleichsam zufälligen, von der Anwesenheit Frédéric's bedingten Ausschnitten und durch die Brechung seiner jeweiligen Gefühlslage hindurch dargestellt. Vieldeutigkeit und Fragwürdigkeit des Geschehens sind in der Spiegelung durch eine einzige Individualität zusammengefaßt, durch deren seelische Komplexität aber zugleich anschaulich gemacht und durch die subjektive Differenzierung hindurch in ihrem objektiven Charakter reproduziert. Im Hinblick auf das grundlegende Formprinzip der Gattung – der wesenhaften Intensivierung einer unüberschaubaren Gesamtwirklichkeit – gehört dieser vielleicht schwächste aller bedeutenden Helden des Romans zu seinen stärksten. Erst nach dieser Einsicht, von der aus die Auswahl der Ereignisse, das Beziehungsnetz der Personen und Gruppen, die psychologische Organisation der Hauptgestalten, die Folge der die politischen und privaten Handlungen verflechtenden Situation und zugleich die konstitutive Bedeutung all dieser Elemente für das Scheitern Frédéric's erhellt wird, läßt sich die Größe von Flaubert's künstlerischer Leistung ermessen.

Die Geschichte Frédéric Moreau's beginnt wie die seines Freundes Deslauriers mit dem Glauben an eine Welt, die sich willig als Material zur Erfüllung romantischer Träume von Erfolg, Glück und Schönheit darbietet. Je deutlicher die Wirklichkeit aber die-

sen Vorstellungen widerspricht, um so mehr verzichtet Frédéric auf jede tätige Auseinandersetzung mit ihr. Die Ereignisfolge und ihr psychischer Niederschlag artikulieren die Entfremdung von Ich und Welt in einem Rhythmus von Hoffnung und Enttäuschung, der sich am Schluß in atemloser Hast fast überschlägt, bis der tiefste Sturz den Prozeß der Desillusionierung unwiderruflich besiegelt. Das Ideal, in Mme Arnoux verkörpert, immer wieder greifbar nahe und doch stets verfehlt, bleibt unerreichbar, und die Reisejahre Frédéric's nach der letzten Katastrophe lassen die Welt als Ganzes zu dem werden, was für ihn schon vorher nacheinander Rosanette, das Stutzerleben, die Politik und Mme Dambreuse waren, zum bloßen Surrogat.
Die Entzauberung der Welt ist vollendet. Frédéric verbringt den Rest seines Lebens in der Mittelmäßigkeit eines bürgerlichen Kleinrentners. Das weiße Haar Mme Arnoux' verweist alle Hoffnung endgültig zurück in eine unwiederholbare Vergangenheit. Die Zeit ist die Komplizin der Entfremdung und beläßt als Trost nur die Erinnerung an die Illusionen der Jugend. Resigniert stehen Frédéric und Deslauriers am Schluß vor den Trümmern all ihrer Hoffnungen und ziehen das trostlose Fazit aus der Geschichte ihres Scheiterns. Das Buch schließt mit der Erinnerung der Freunde an einen gemeinsamen, aber mißglückten Bordellbesuch in ihrer Jugend: »Es war unser schönstes Erlebnis.« In dieser zurückschauenden Deutung einer jugendlichen Renommierunternehmung, deren blamabler Ausgang das verfehlte Leben der beiden Freunde vorausnimmt und es gleichzeitig in einem einzigen Satz als illusionär rekapituliert, ist der abgründigste und unpathetischste Pessimismus beschlossen, mit dem je ein Roman beendet wurde. Die einzige Antwort, die nach Flaubert's Überzeugung dem entfremdeten Dasein noch einen Sinn zu entwinden vermag, die Antwort durch die Kunst, ist mit diesem Buche selbst gegeben.

Lange mußte Flaubert bis zu einer Neuauflage der ›*Education*‹ warten. Inzwischen erlebte er den Sturz des zweiten Kaiserreichs, die Preußen in Croisset, und, infolge des geschäftlichen Zusammenbruchs des Mannes seiner Nichte, die Sorge um seine wirtschaftliche Unabhängigkeit. Binnen weniger Jahre starben die engsten Freunde, SAINTE-BEUVE, BOUILHET, GAUTIER, GEORGE SAND; 1872 auch die Mutter. Er fuhr fort, »weißes Papier vollzuschreiben, um nicht vor Lebensöde zu krepieren«. Vor der völligen Vereinsamung bewahrte ihn die seine letzten Lebensjahre erhellende Verehrung der jungen Schriftsteller, die in ihm ihren großen Meister sahen: ZOLA, DAUDET, HUYSMANS und MAUPASSANT. 1874 veröffentlichte er seinen *›Faust‹*, die *›Versuchung des Heiligen Antonius‹,* drei Jahre später die *›Trois contes‹ (›Saint-Julien l'Hospitalier‹, ›Un Cœur simple‹, ›Hérodias‹).* »Müde bis ins Mark« zwar, beschäftigte er sich doch noch mit Plänen für weitere Erzählungen und Romane und quälte sich mit *›Bouvard et Pécuchet‹,* bis der Tod am 8. Mai 1880 diesem im Dienste der Kunst verbrachten Asketenleben ein Ende setzte.

Erich Köhler

Bibliographie

Ausgaben

L'Education sentimentale. Histoire d'un jeune homme. Paris, Michel Lévy frères, 1870 (ersch. bereits 1869)

L'Education sentimentale. Histoire d'un jeune homme. Nouvelle édition. Paris, G. Charpentier, 1880 (gedr. 1879)

Oeuvres. Paris. Lemerre, 1874-1885 (10 Bde.)

Oeuvres complètes. Paris, Conard, 1909-1912 (18 Bde.) Dazu Correspondance, 1926-1933 (9 Bde.), Suppléments, 1954 (4 Bde.)

Oeuvres complètes illustrées. Edition du Centenaire. Paris, Librairie de France, 1921-1925 (14 Bde.)

Oeuvres. Texte établi et annoté p. A. Thibaudet et R. Dumesnil. Paris (Bibliothèque de la Pléiade) 1951 (2 Bde.)

Sekundärliteratur

MAUPASSANT, GUY DE, Étude sur Gustave Flaubert. Paris 1882

FAGUET, E., Flaubert. Paris 1899

GAULTIER, J. DE, Le Bovarysme. Paris 1902

DESCHARMES, R. et R. DUMESNIL, Autour de Flaubert. Paris 1912

BERTRAND, L., Gustave Flaubert. Paris 1912

FERRÈRE, E.-L., L'esthétique de Flaubert. Paris 1913

PROUST, MARCEL, A propos du ›style‹ de Flaubert. In: Chroniques, Paris 1927, S. 193 ff

ALBALAT, A., Flaubert et ses amis. Paris 1927

MAYNIAL, E., Flaubert et son milieu. Paris 1927

DEMOREST, D. L., L'expression figurée et symbolique dans l'œuvre de Gustave Flaubert. Paris 1931

HAAS, E., Flaubert und die Politik. Diss. Heidelberg 1931

DUMESNIL, R., Gustave Flaubert, l'homme et l'œuvre. Paris 1932, 3. A. 1947

FREJLICH, H., Flaubert d'après sa correspondance. Paris 1934

THIBAUDET, A., Flaubert. Paris, 7. A. 1935

DUMESNIL, R., L'Education sentimentale de Gustave Flaubert. Malfère 1936

DUMESNIL, R. et D.-L. DEMOREST, Bibliographie de Gustave Flaubert. Paris 1939

WARTBURG, W. VON, Flaubert als Gestalter. In: Deutsche Vierteljahresschrift 19 (1941), S. 208 ff
COLLING, A., Gustave Flaubert. Paris 1941
GÉRARD-GAILLY, Le grand amour de Flaubert. Paris 1944
FRIEDRICH, H., Drei Klassiker des französischen Romans. Frankfurt a. M. 2. A. 1950. S. 118 ff
BONWIT, M., Gustave Flaubert et le principe d'impassibilité. Univ. of California Press, Berkeley and Los Angeles 1950
DURRY, M.-J., Flaubert et ses projets inédits. Paris 1950
SPENCER, PH., Flaubert, a biography. London 1951
JUNKER, A., Die Darstellung der Februarrevolution im Werke Flauberts. In: Gedächtnisschr. f. Adalbert Hämel, Würzburg 1953, S. 93 ff
REINHARDT, E. H., Gustave Flaubert, Die Erziehung des Herzens. In: Der magische Schrein (List-Bücher) München 1956, S. 118 ff
GIRAUD, R., The unheroic hero in the novels of Stendhal, Balzac and Flaubert. Rutgers Univ. Press, New Brunswick, N. J. 1957, S. 132 ff
JAUSS, H. R., Die beiden Fassungen von Flauberts »Education sentimentale«. In: Heidelberger Jahrbücher Bd. II (1958), S. 96 ff